Adrian Leschek
Der Herr des Feuers

Adrian Leschek

Der Herr des Feuers

Roman

Originalausgabe

blanvalet

MIX
Papier aus verantwortungsvollen Quellen
FSC® C083411

Verlagsgruppe Random House FSC® N001967

1. Auflage
Originalausgabe März 2016 bei Blanvalet,
einem Unternehmen der Verlagsgruppe Random House GmbH, München

Umschlaggestaltung und -illustration: © Isabelle Hirtz, Inkcraft
Lektorat: Peter Thannisch
HK · Herstellung: sam
Satz: Vornehm Mediengestaltung GmbH, München
Druck und Einband: CPI books GmbH, Leck
Printed in Germany
ISBN 978-3-7341-6026-4

www.blanvalet-verlag.de

»Nur Unwissenheit schützt vor Magie.«
»Strafe nicht den, der schon gestraft ist.«
Aus dem Buch des Namenlosen Gottes

»Töte nicht, was von allein stirbt.«
Aus dem Ehrenkodex der Assassinengarde des Gottkaisers von Arakand

»Alles lässt sich durch Nichthandeln bewegen.«
Aus den Schriften von Meister Zelados, dem Gründer des Mönchsordens der Wissenden Brüder

Prolog

»Wir sind erwählte Mörder des Gottkaisers von Arakand; die geheimen Werkzeuge dessen, dem Gott die Macht gab, das Zweite Licht zu bannen. Wir töten schnell und leise, unerkannt und unsichtbar – und erhalten damit den, der die Welt erhält.«

So kam es aus fünfhundert Kehlen. Ein dumpfer, murmelnder Chor tiefer Stimmen. Worte, die mit feierlichem Ernst gesprochen wurden und in dem Tempelgewölbe widerhallten.

Die Männer, die sich versammelt hatten, trugen kuttenartige Mäntel.

Mäntel, wie geschaffen, um Waffen darunter zu verbergen, und deren dunkler Stoff sie im flackernden Licht der Fackeln wie dunkle Schatten erscheinen ließ.

Ein Priester ging die Reihen der frisch dem Dienst am Gottkaiser geweihten Assassinen entlang. Er trug eine weiße Robe. Jedem der angehenden Assassinen legte er die Hände auf den Kopf und fragte: »Wie ist dein Name, Mörder?«

»Dolch«, antwortete der junge Mann, den er gerade segnete.

Der Priester musste unwillkürlich lächeln. »Wirklich *Dolch*?«, fragte er.

»Wie mein Werkzeug.«

»Wer hat dir diesen Namen gegeben?«

»Ich gab ihn mir selbst.«

»Und wie lautet der Name, den deine Eltern dir gegeben haben?«

»Ich wuchs in den Straßen von Arakand auf. Meine Eltern habe ich nie kennengelernt. Und ob sie mir je einen Namen gegeben haben, weiß ich nicht.«

Der Priester sah dem jungen Mann in die Augen – und erschrak. Da war etwas in seinem Gesicht, das ihn an jemanden erinnerte. Der Priester wurde bleich und zuckte regelrecht zusammen. Der junge Mann, dem er gerade den Segen der Assassinen erteilte, sah aus wie sein Sohn, sein jüngerer Bruder, wie sein Amtsvorgänger, der sich aus dem Grab erhoben hatte. *Der, dem ich einst den Becher mit vergiftetem Wein reichte und der sich dann für diesen wohlschmeckenden Trunk revanchierte, indem er schnell starb und es mir ermöglichte, Erster Priester von Arakand zu werden,* erinnerte sich der Priester voller Schrecken.

Eine unangenehme Erinnerung. Sie war wie ein heftiger Stich, der geradewegs in das Zentrum seines schlechten Gewissens geführt wurde. Auch ein Priester handelte eben nicht immer so, wie es die Gebote des Namenlosen Gottes eigentlich verlangten …

Das überlegene Lächeln, das für einen Moment aus dem Gesicht des Priesters verschwunden war, kehrte zurück. Das Gesicht des jungen Mannes schien sich unterdessen zu verändern. Seine Züge wirkten jetzt vollkommen unscheinbar und hatten keinerlei Ähnlichkeit mehr mit dem Amtsvorgänger des Priesters.

»Du bist ein Wechsler«, stellte der Priester fest. Und seinem Tonfall war die Erleichterung anzuhören.

»Viele Assassinenbrüder sind Wechsler.«

Mit gutem Grund, wusste der Priester. *Man sieht in ihre Gesichter, aber niemand kann sie später beschreiben. Jeder, der einen von ihnen ansieht, erkennt jemand anderen.*

Es war ein dunkler Zauber, der den Wechslern anhaftete.

Es war nicht verwunderlich, dass man sie bis zu diesem Tag oft als Fluchbringer empfand und in der Vergangenheit fast ausgerottet hatte.

Aber für die Assassinengarde des Gottkaisers waren sie wie geschaffen. Und der Erste Priester von Arakand freute sich über jeden von ihnen, den er weihen durfte. Denn sie waren am besten in der Lage, den Auftrag ihres Herrn so auszuführen, wie es die Einsegnungsformel der Assassinen forderte: *unerkannt und unsichtbar.*

Der Erste Priester sah dem jungen Mann geradewegs in die Augen. *Unmöglich zu sagen, welche Farbe sie haben, so schnell schienen sie diese zu wechseln!*

»Da ich mir dein Gesicht nicht merken kann, werde ich mir deinen Namen gut einprägen – *Dolch!*«, kündigte der Erste Priester an. »Gerade weil es nur noch so wenige von eurer Art gibt, hast du vielleicht einen steilen Aufstieg vor dir.«

Die einzige Karriere, die ein Wechsler in dieser Stadt machen kann, fügte der Erste Priester in Gedanken hinzu. *Insofern hat er die Profession des Mörders klug gewählt.*

»Es wäre mir eine Ehre«, sagte Dolch.

»Wenn die Zeremonie beendet ist, dann gehe nicht mit den anderen hinaus, sondern verweile hier.«

»Wie Ihr befehlt, Herr.«

Der Erste Priester legte Dolch beide Hände auf das Haupt und sprach die Worte, die das Ritual verlangte. »Ich segne deinen heiligen Dienst, ich segne deine heiligen Morde, ich segne dein Schweigen über alles, was du tust, und alles, was du erfährst. Der Namenlose Gott mag dich schützen, so wie er uns alle davor schützt, dass uns das Erste Licht des Himmels verbrennt. Du aber schütze den Gottkaiser von Arakand mit deinem Leben, auf dass uns auch das Zweite Licht des Himmels verschonen mag. Schwöre immerwährenden Gehorsam und Treue im Glauben, Assassine!«

»Ich schwöre es bei der Kraft des Namenlosen Gottes und meinem Leben«, antwortete Dolch.

»So gehörst du nun zur Garde der Assassinen. Ein Bruder unter heiligen Mördern. Nur der Tod oder das Ende der Welt können dich aus dem Bund dieser heiligen Bruderschaft entlassen.«

»Nur der Tod oder das Ende der Welt«, wiederholte Dolch pflichtschuldig die Worte, die man ihm zum Abschluss der Ausbildung für die formelle Aufnahmezeremonie gelehrt hatte.

Später, als alle anderen, die man in dieser Nacht geweiht hatte, bereits gegangen waren, verharrte Dolch noch immer an seinem Platz im Tempelgewölbe und wartete. Ein Diener des Ersten Priesters hatte damit begonnen, die Fackeln zu löschen. Dolch sah den Ersten Priester neben dem quaderförmigen Altar stehen – neben ihm eine breitschultrige, hoch aufragende Gestalt in dunkler Kutte. Die Kapuze war tief in das Gesicht gezogen, sodass darunter nur dunkler Schatten war.

Dolch erkannte ihn trotzdem, denn er trug das messingfarbene Amulett des Assassinenmeisters. Balok war sein Name. Bei ihm hatte Dolch den Großteil seiner Ausbildung absolviert.

Das Licht des Mondes fiel durch ein Fenster in das Innere des Gewölbes, das zu einem Nebentempel des Kaiserpalastes gehörte. Als sich Balok dem Ersten Priester etwas mehr zuwandte, spiegelte sich das Mondlicht in dessen Amulett und ließ es dadurch aufleuchten.

Es war eine heilige Grenzmondnacht, wie es sich für Zeremonien dieser Art geziemte. Deutlich war durch das Fenster der charakteristische schwarze Streifen zu sehen, der den Mond zu teilen schien.

Dieser Streifen zog sich über den gesamten Himmel in Ost-West-Richtung von Horizont zu Horizont. Mal ging der Mond in der südlichen Hälfte des Himmels auf, mal in der nördlichen. Manchmal wanderte er in einer Nacht auch über die Grenze. Und manchmal ging er so auf, dass ihn die Himmelsgrenze durchschnitt. Wenn er derart die ganze Nacht verharrte, ohne auf die eine oder andere Seite zu wechseln, sprach man von einer heiligen Grenzmondnacht.

Priester und Gelehrte errechneten die Termine dieser Nächte lange im Voraus. Und der Verkauf entsprechender Kalender gehörte zu den wichtigsten Einnahmequellen der Priesterschaft des Namenlosen Gottes.

Dolch wusste nicht viel über seine Vergangenheit. Er vermutete, dass seine Eltern einer der Wechslerverfolgungen zum Opfer gefallen waren, die es in der Vergangenheit gegeben hatte.

Die ersten Jahre hatte er bei einer Frau gelebt. Einer gewöhnlichen Menschenfrau, an die er sich ebenfalls nur dunkel zu erinnern vermochte. Sie hatte ihn bei sich aufgenommen. Aber das Schwarze Fieber hatte sie hinweggerafft. Und von da an war Dolch auf sich allein gestellt gewesen. Die Eigenschaften eines Wechslers waren ihm dabei nicht nur von Nachteil gewesen. Sie hatten es ihm immerhin ermöglicht, sich als Dieb durchzuschlagen.

Nicht einmal den Namen dieser Ziehmutter hätte er noch sagen können. Aber er erinnerte sich an den Klang ihrer Stimme. Und daran, wie sie zu ihm gesagt hatte: »Du musst in einer Grenzmondnacht geboren worden sein, sonst wärst du nicht mehr am Leben.«

Der Klang dieser Worte und ihrer Stimme hatten ihn sein ganzes Leben lang begleitet.

Ob er wirklich in einer Grenzmondnacht geboren worden war oder sie das nur gesagt hatte, um damit auszudrücken, wie viel Glück er gehabt hatte, die Verfolgung zu überleben, der seine Eltern zum Opfer gefallen waren, wusste Dolch nicht.

Aber in diesem Moment musste er unwillkürlich daran denken.

Das Gespräch zwischen Balok und dem Ersten Priester schien sich hinzuziehen. Zuerst war da nur ein leises Wispern zwischen beiden Männern, zu leise, dass Dolch ein Wort hätte verstehen können. Zuletzt wurde es lauter, und Wortfetzen hallten bis zu Dolch hinüber. Dann verneigte sich der Assassinenmeister. Mit eiligen Schritten ging er davon.

Als er in Dolchs Nähe kam, blieb er kurz stehen, wandte den Blick in seine Richtung. Das Licht des Grenzmondes fiel so, dass das Dunkel unter seiner Kapuze erhellt wurde. Ein von Pockennarben übersätes Gesicht wurde sichtbar. Die Augen flackerten unruhig.

Dolch erschrak.

Selbst wir sind vor dem dunklen Zauber unserer eigenen Art nicht gefeit, dachte Dolch.

Auch Balok war ein Wechsler. Das pockennarbige Gesicht, das Dolch einen einzigen Herzschlag lang sah, gehörte in Wahrheit einem Bettler, den Dolch als kleiner Junge erstochen hatte. Um ein paar Münzen willen, von denen der Straßenjunge einen ganzen Monat hatte leben können.

Das Pockengesicht verschwand, machte unbestimmten, beinahe weichen und feisten Zügen Platz.

»Der Namenlose Gott sei mit dir, *Assassinenbruder*«, wisperte Balok.

Dann ging er davon.

Dolch hörte noch, wie die Tür des Nebentempels hinter dem Assassinenmeister ins Schloss fiel, schwer und dumpf.

Das Geräusch hallte mehrfach im Gewölbe wider. Der Diener des Ersten Priesters hatte inzwischen sämtliche Fackeln gelöscht. Nur der Grenzmond spendete noch Licht.

Der Diener verließ ebenfalls den Tempel.

»Komm her, Assassinenbruder«, forderte der Erste Priester.

Dolch gehorchte. Der Priester trat ebenfalls vor und empfing den gerade gesegneten Assassinenbruder in der Mitte des Lichtkegels. Seine weiße Robe schien dadurch zu leuchten.

»Nimm dies«, sagte der Priester und streckte die Hand aus. Ein Amulett lag darauf. Auf den ersten Blick wirkte es wie eine gewöhnliche arakandische Silbermünze. Aber die Gravur unterschied sich deutlich. Eine Folge von Zeichen war darauf zu sehen. *Die Geheimschrift der Priesterschaft,* erkannte Dolch. *Erschaffen für geheime Bücher, die keinem gewöhnlichen Menschen zugänglich sein dürfen* … Niemandem außer den Angehörigen des Hohen Klerus war es gestattet, diese besondere Schrift zu erlernen. Und wer Außenstehende darin unterrichtete, wurde mit dem Tod sowie der Verdammnis im Jenseits bestraft.

»Was ist das?«

»Ein Erkennungszeichen. Du bist ein Wechsler. Dein Gesicht kann auch ich mir kaum merken, geschweige denn wiedererkennen. Und allein auf den Klang einer Stimme will ich mich nicht verlassen. Es könnte eine Situation eintreten, in der ich sicher sein muss, niemand anderen als dich vor mir zu haben, Dolch. Du verstehst mich?«

»Ja«, sagte Dolch.

»Dann werde ich von dir fordern, dieses Amulett vorzuzeigen.«

»Ich werde es immer bei mir tragen.«

»Verlierst du es, verlierst du dein Leben, Dolch. Bewahrst du es, öffnet es dir viele Türen. Und es ermöglicht dir, dem Gottkaiser auf ganz besondere Weise zu dienen.«

»Ja, Herr.«

»Dem Gottkaiser … und *mir*!«

Dolchs Hand umschloss das Amulett. Es fühlte sich kalt an.

So ungewöhnlich kalt wie der Wind, der ihm entgegenblies, als er den Tempel verließ und ins Freie trat. Arakand, diese riesige Stadt am Meer, war bekannt für ihr mildes Klima.

Nur sehr selten schafften es die kühlen Winde aus dem Norden oder dem Süden bis an diesen in der Mitte der Welt gelegenen Ort. Und wenn es dann doch einmal ausnahmsweise geschah, dann galt das als gutes Zeichen, denn es bedeutete, dass das Zweite Licht fern war und sich zumindest innerhalb des nächsten Jahres nicht anschickte, die Welt zu verbrennen und das Meer zum Kochen zu bringen.

Dolch blieb stehen. Allein in der Nacht zwischen den ausladenden, imposanten Gebäuden des Kaiserpalastes, der wie eine Stadt in der Stadt angelegt war, mit eigenem Hafen, der dem Gottkaiser und seinem Gefolge notfalls die Flucht ermöglichte, sollten die verschiedenen, jeweils mehr als zwanzig Schritte breiten Mauern, die die Stadt auf der Landseite umgaben, gegen alle Wahrscheinlichkeit doch irgendwann einmal von einem fremden Heer durchbrochen werden.

Dolch blickte zum Himmel.

Die Grenze, die sich von Horizont zu Horizont wie ein Bogen über das Firmament spannte und die nördliche Hälfte der Welt von der südlichen trennte, war auch in der Nacht deutlich zu sehen. Und der Mond wurde noch immer exakt in der Mitte von ihr durchschnitten.

Ein Zeichen, dachte Dolch. *Und es muss auch das Zeichen meiner Geburt gewesen sein. Der Namenlose Gott hat es gut mit mir und meinem Schicksal gemeint …*

Er breitete die Arme aus.

In diesem Augenblick hatte er das Gefühl, dass die Kraft des Namenlosen Gottes selbst ihn durchströmte und erfüllte wie nie zuvor in dem kurzen, harten Leben, das er bisher geführt hatte.

Er hat mich geführt und mein Schicksal gelenkt, dachte er voller Ehrfurcht. In den Jahren, die er in den verwinkelten Gassen der Stadt gelebt hatte wie ein wandernder Schatten und von Hausnische zu Hausnische gehuscht war und sich zu verbergen versucht hatte, so gut er konnte, hatte ihn der Glaube aufrechterhalten. Dass er jetzt in den heiligen Dienst des Gottkaisers getreten war, erfüllte ihn mit tiefer Genugtuung.

Es gab für ihn nicht den Hauch eines Zweifels, dass er diesen Dienst in absolutem Gehorsam erfüllen würde. *Bis zum Tod oder dem Ende der Welt …*

Kapitel 1

Jahre später …

»Dolch!«

Es war die Stimme des Assassinenmeisters Balok, die Dolch von seinem Lager auffahren ließ.

»Ja?«

Er hatte sich nach den anstrengenden Übungen, die er vormittäglich absolvierte, zu seiner regelmäßigen Ruhestunde zurückgezogen. Sie begann, wenn das Erste Licht im Zenit stand, und endete, wenn es nicht mehr die Himmelsgrenze berührte.

Dolch blinzelte. Das Zweite Licht stand zurzeit selbst mittags so, dass seine Strahlen geradewegs durch das hohe Fenster in sein karges Zimmer schienen.

Das Zimmer selbst glich eher einer Mönchszelle. Es gab ein Bett, einen Tisch und einen Stuhl. Auf dem Tisch lag ein in Leder gebundenes kleines Buch. Es enthielt Auszüge aus dem Buch des Namenlosen Gottes. Jeder Assassine bekam es bei Antritt seines Dienstes. An der Wand hingen seine Waffen: ein langes schmales Schwert, ein kurzes breites, Dolche in unterschiedlichster Ausführung und Größe, Wurfsterne und eine Einhandarmbrust. Daneben hingen an einem Haken der weite Mantel, der all diese Dinge verbergen sollte, und ein lederbeschichtetes Wams, das aus mehreren Lagen sehr dicht gewebter unterschiedlicher Stoffe bestand und angeblich weitgehend stichfest war. Die Probe aufs Exempel hatte Dolch allerdings tunlichst vermieden. Ein guter Assassine schlug zu, ehe sein Opfer auch nur einen einzigen Gedanken daran verschwenden konnte, sich eventuell noch zu wehren.

Dolch erhob sich, entriegelte die Tür und stand vor Balok.

Da sie beide Wechsler waren und somit über den dunklen Zauber ihrer Art besser Bescheid wussten als die meisten anderen Bewohner Arakands, vermieden beide Assassinenbrüder den direkten Blickkontakt. Gleichzeitig versuchten sie, einen möglichst unspezifischen Gesichtsausdruck zu wahren. Eine starre, gleichförmige Mimik ohne besonderen Ausdruck verringerte den Einfluss, den der Anblick eines Wechslerantlitzes auf das Gegenüber hatte. Das war zweifelsfrei erwiesen, auch wenn nicht einmal die größten Gelehrten von Arakand hätten sagen können, was der genaue Grund dafür war. Es schien einfach eine Folge von bestimmten Gesetzmäßigkeiten der Natur zu sein.

Es war nicht einfach für einen Wechsler, seine besonderen Eigenschaften zu verbergen. Aber auch dies hatte Dolch in seinen frühen Jugendjahren gelernt wie kaum ein Zweiter seiner Art. Andernfalls wäre es unmöglich für ihn gewesen zu überleben.

Und doch konnte man nie ganz sicher sein, denn es lag immer auch am Betrachter, den Wechsler zu erkennen. Die Veränderungen des Gesichts geschahen in seinen Gedanken. Und die waren für den Wechsler nicht beherrschbar. Das Einzige, was er tun konnte, war, sein Gegenüber genau zu beobachten und alles zu vermeiden, was diese Gedanken und Erinnerungen zu wecken half.

Wechsler verfuhren untereinander stets auf diese Weise.

Es war ein Gebot der Rücksichtnahme. Selbst wenn zwei Wechsler einander nicht wohlgesinnt waren, hielten sie sich normalerweise daran. Es war nicht nur die Solidarität der wenigen Überlebenden untereinander. Es war auch die schlichte Erkenntnis, dass der andere mindestens genauso unangenehme Gesichter aus der eigenen Erinnerung wachzurufen vermochte wie man selbst.

»Du sollst auf den Ostturm steigen«, sagte Balok. »Ganz oben wirst du erwartet.«

»Ein Auftrag?«, fragte Dolch.

Baloks Lächeln war so verhalten, dass jemand, der ihn nicht kannte, es gar nicht bemerkt hätte.

»Man braucht einen *Dolch*«, sagte er.

»So werde ich meine heilige Pflicht erfüllen«, erklärte Dolch mit geradezu feierlichem Ernst. Er wollte gewohnheitsmäßig zu seinen Waffen greifen, sich den Gürtel und das Gehänge mit den unterschiedlichsten Taschen und Futteralen anlegen, dazu das Rückenfutteral für das lange Schwert, dessen über die Schulter geführten Riemen Laschen für verschiedene Kleindolche und Wurfsterne hatten, nicht zu vergessen die von zwei Riemen am Bein gehaltene Aufhängung für die Einhandarmbrust, die gerade einmal eine Dreivierteltelle maß.

Aber Balok legte Dolch die Hand auf die Schulter. »Nein«, sagte er mit großer Bestimmtheit. Dolch sah ihn erstaunt an. Die Blicke beider Männer begegneten sich zum ersten Mal auf direkte Weise, aber nur für einen kurzen Moment. *Nur in die Augen sehen. Das Gesicht nicht beachten,* ging es Dolch durch den Kopf. Balok hatte ihn nicht nur das Handwerk eines Assassinen gelehrt, sodass Dolch so unauffällig zu töten vermochte wie kaum ein Zweiter dieser Heiligen Profession. Er hatte ihm auch beigebracht, wie man dem Blick eines anderen Wechslers notfalls doch standzuhalten vermochte. *Etwas, das ich nur von einem anderen meiner Art lernen konnte,* wusste Dolch.

»Dies ist kein Heiliger Mord, wie es jeder andere davor war«, sagte Balok. »Schon, dass ich dich in deiner Ruhestunde unterbreche und dich hier in deiner Zelle aufsuche, sollte dir ungewöhnlich erscheinen.«

»Worum geht es?«, fragte Dolch.

»Das Gebot des Schweigens war für uns Assassinenbrüder immer ein hohes Gut.«

»Ich habe es nie gebrochen.«

»Was diesen Fall betrifft, hat dieses Gebot eine noch viel größere Bedeutung als all die anderen Male, da du deine Waffen im Dienst des Gottkaisers und für die Erhaltung der Welt geführt hast.«

Dolch kannte Balok als einen nüchternen Mann. Einen, der nicht zu Pathos und Leidenschaft neigte und auf Außenstehende so kalt wie ein toter Fisch wirkte. Nie hatte Balok die Bedeutung ihres Dienstes sonderlich herausgehoben. Er sah sich als ein Handwerker des Todes. Er tat seine Arbeit und erwartete dafür keinen Ruhm. Schon aufgrund seiner Wechslernatur wäre es ihm unangenehm gewesen, herausgestellt zu werden. Wenn jemand wie Balok mit solch bedeutungsschwerem Tonfall sprach, dann war das wohl wirklich keine Angelegenheit wie andere auch.

Und Dolch, der während seiner Zeit, da er in den Straßen Arakands aufgewachsen war, gelernt hatte, andere einzuschätzen und jeder Veränderung eine Bedeutung beizumessen, fiel das natürlich sofort auf.

»Ich bin inzwischen in die Jahre gekommen«, sagte Balok. »In nächster Zeit werde ich in den Veteranenstatus überwechseln und mein Leben, das ich als unscheinbarer Mörder geführt habe, als ebenso unscheinbarer Bürger von Arakand beenden.«

»Ihr habt Euch diesen Status mehr als verdient, Assassinenmeister«, sagte Dolch. »Auch wenn ich bedauere, dass Ihr Euer wichtiges Amt dann nicht mehr ausüben werdet.«

»Man wird von mir erwarten, dass ich einen Nachfolger vorschlage«, fuhr Balok fort. »Die Entscheidung hängt zwar nicht allein von mir ab, da der Gottkaiser selbst in dieser Sache das letzte Wort hat. Aber in den letzten zweihundert

Jahren ist es nicht mehr vorgekommen, dass der Nachfolgevorschlag eines aus dem Amt scheidenden Assassinenmeisters abgelehnt worden wäre. Der Gottkaiser konnte sich der Loyalität seiner heiligen Mörder immer sicher sein – was weder für seine Leibgarde noch für die Stadtwache oder die Priesterschaft je gegolten hat!«

Dolch schluckte.

Er hatte nie nach Amt und Würden gedürstet, nie auch nur einen Gedanken an die Möglichkeit verschwendet, andere zu führen. Stets hatte es ihm vollkommen genügt, seinen Dienst in gläubiger Treue und größter Gewissenhaftigkeit zu versehen und dabei selber ein ungefährdetes, sicheres Leben zu führen. So sicher, wie es für einen Wechsler in Arakand eben möglich war. Seit man ihn zum Assassinenbruder geweiht hatte, war die Furcht aus seiner Seele entschwunden. Die Furcht, die er so oft in all den Jahren empfunden hatte, die er die Straßen Arakands durchstreift und von Diebstählen gelebt hatte. Eine Furcht, die ihn damals am Leben erhalten hatte, später aber nur noch ein lähmendes Gift gewesen wäre.

Dolch hätte nichts dagegen gehabt, als einfacher, aber anerkannter Mörder den Rest seiner Tage zu fristen, bis es ihm vielleicht irgendwann die Zeichen des Alters unmöglich gemacht hätten, seinen Dienst in gewohnter Qualität zu versehen.

Die Ankündigung des Assassinenmeisters traf ihn vollkommen unvorbereitet.

»Herr, ich weiß nicht, ob ich dieser Ehre würdig bin.«

»Darüber brauchst du dir keine Gedanken zu machen, Dolch. Ich bin mir sicher, dass du dafür geeignet bist. Und es wäre mir ein großes Anliegen, die Führung der Bruderschaft in guten Händen zu wissen.«

»Ihr wisst, dass ich immer versuche, meinen Dienst so gut ich kann zu verrichten.«

»Ja, das weiß ich. Damit es auch dem Gottkaiser bewusst wird, dass du der richtige Mann für meine Nachfolge bist, wirst du dir bei dem Auftrag, der dir nun erteilt werden wird, besondere Mühe geben.«

»Es ist also ein besonders wichtiger Mord«, schloss Dolch.

Balok nickte. »Er muss wichtiger sein als alles, was du bisher getan hast. Nicht einmal ich wurde über die Einzelheiten informiert. Ich weiß weder, um wen es geht, noch kenne ich irgendwelche Umstände. Aber ich habe die Anweisung, dich noch einmal auf das Schweigegebot hinzuweisen …«

»… das ich niemals brechen werde!«

»… und das in diesem Fall auch gegenüber dem Ersten Priester eingehalten werden soll. Das gilt ebenfalls für Gebete und Beichten zur Seelenerleichterung. Was diese Angelegenheit angeht, wirst du nichts davon in Anspruch nehmen können.«

Das war ungewöhnlich und ließ Dolch nun doch aufmerken.

Gegenüber dem Ersten Priester galt normalerweise das Schweigegebot der Assassinen nicht. Denn der Erste Priester hatte seinerseits ein Schweigegelübde über alle Vorgänge im Palast abgelegt, das natürlich auch sämtliche Angelegenheiten der Assassinen betraf.

»Ich nehme es, wie es kommt«, antwortete Dolch.

Der Aufstieg auf den Ostturm von Arakand war selbst für einen durchtrainierten Assassinen wie Dolch keine Kleinigkeit. Kein Turm auf der ganzen Welt reckte sich dem Bogen der Himmelsgrenze näher entgegen als dieser. Nirgendwo auf dem ganzen Erdenrund war man den zwei Sonnenlichtern näher als hier oben zur Mittagsstunde.

Oben angekommen, atmete Dolch tief durch. Er ließ den Blick schweifen – und war überwältigt.

Nie zuvor hatte Dolch die Stadt, in deren Gassen er sein

ganzes Leben verbracht hatte, auf die Weise gesehen, wie es von hier oben möglich war: die größte Stadt der Welt, einst Zentrum eines gewaltigen Reiches, das nun nur noch auf den Bereich innerhalb seiner äußeren Mauern begrenzt war. Und doch war es ein Anblick, der Dolch den Atem stocken ließ. In dieser Stadt, so sagte man, lebten mehr Menschen als in allen angrenzenden Reichen zusammen. Die gewaltigen, titanenhaften Mauern hatten Wehrgänge, die breiter als die breitesten Straßen waren, die noch aus der Zeit des alten Imperiums stammten und bis zu diesem Tag Dutzende von Ländern in gerader Linie durchzogen, im Hafen lagen mehr Schiffe als an irgendeinem anderen Ort unter der Himmelsgrenze und den zwei Lichtern des Tages, und die golden schimmernden Kuppeln der Kathedralen und Tempel zeugten von dem ungeheuren Reichtum, der hinter den Mauern der Stadt zu Hause war.

Mochten die Tage des glorreichen Imperiums auch lange vorbei und die Stadt verglichen mit ihrer vergangenen Herrlichkeit nur noch als Schatten ihrer selbst erscheinen, so war sie immer noch die mit Abstand reichste Stadt der Welt. Kaufleute aus Arakand beherrschten den Seehandel, und die Lage an der einzigen Meerenge, die eine Durchfahrt vom Ozean des Nordens in den Ozean des Südens ermöglichte, spülte mit dem Zoll ungezählter Schiffe, die die Straße von Arakand passierten, einen ständigen Strom aus Gold und Silber in die Stadtkasse.

Daneben gab es noch einen zweiten Strom, der Reichtum und Wohlstand nach Arakand brachte. Das waren die Pilger, die kamen, um zu den Festen der Kirche des Namenlosen Gottes in den Tempeln und Kathedralen dafür zu beten, dass das nahende Zweite Licht die Welt nicht verbrannte.

Arakand lag auf einer Halbinsel, die von den Mauern der Stadt vollkommen vom Rest jenes Kontinents getrennt war, den man auch den Gürtel der Welt nannte, denn er erstreckte sich parallel zu dem dunklen, in Ost-West-Richtung verlaufenden Himmelsbogen. So wie der unübersehbare Bogen am Himmel die Grenze zwischen Nord und Süd markierte, so teilte der Gürtel der Welt die beiden Ozeane voneinander.

An den Zinnen des Turms sah Dolch die Gestalt eines Mannes.

Der Gottkaiser, durchfuhr es ihn schaudernd.

Der Herrscher trug dunkle, fließende Gewänder. Gewänder, so schwarz wie die Nacht, denn die Nacht hatte eine wichtige Eigenschaft mit ihm selbst gemeinsam: Nur der Gottkaiser und der Einbruch der Nacht konnten das Zweite Licht für eine gewisse Zeit bannen, wenn es sich der Welt gefährlich näherte.

Doch während die Nacht diesen Bann nur für wenige Stunden aufrechterhalten konnte, vermochte der Gottkaiser dies für Jahre. Manchmal für Jahrzehnte oder noch länger.

Der Schädel des Gottkaisers war vollkommen haarlos.

Kahl geschoren, damit man das eintätowierte Zeichen seiner Erwähltheit sehen konnte.

Da das Erste Licht noch im Zenit stand, warf es keinen Schatten. Nur der Schatten des Zweiten Lichts war zu sehen. Es stieg nicht ganz so hoch am Himmel wie das Erste.

Beide Sonnen waren fast gleich groß.

Sie wirkten beinahe wie Zwillingsbrüder.

Das war jedoch nicht immer so gewesen. Dolch konnte sich daran erinnern, dass das Zweite Licht in der Zeit, da seine Erinnerungen erwacht waren, kaum ein Zehntel so groß gewesen war wie die Sonnenscheibe des Ersten Lichts.

Aber im Verlauf der Jahre war das Zweite Licht immer größer geworden. In einem langen Zyklus näherte es sich immer wieder der Welt und drohte sie zu versengen. Noch war es nicht so weit, aber jeder, der zum Himmel sah, konnte erkennen, dass es nicht mehr lange auf sich warten ließ.

Dann war der Tag gekommen, da der Gottkaiser dem

Zweiten Licht in einer heiligen Zeremonie Einhalt gebot und es zurückschickte.

Der Erhalter der Welt, ging es Dolch mit wohligem Schauder durch den Kopf. *Welch eine Ehre, ihm zu dienen.* Tiefe Dankbarkeit erfüllte ihn. Dankbarkeit und der unerschütterliche Glaube an die Macht, die dem Gottkaiser zur Rettung und Erhaltung der Welt verliehen worden war.

Der Gottkaiser, dessen Blick bisher über die Zinnen hinweg in die Ferne gerichtet gewesen war, drehte sich nun um.

Dolch kniete nieder.

Der Gottkaiser musterte ihn, und Dolch wagte es nicht, den Blick zu heben. Es war das erste Mal, dass er dem Herrscher von Arakand so nahe war. Ein Gefühl der Befangenheit erfüllte ihn.

»Du bist Dolch, nehme ich an«, sagte der Gottkaiser.

»Ja, Herr.«

»Steh auf und komm näher.«

»Ja, Herr, aber …«

»Ich fürchte den Anblick eines Wechslers nicht. In all den Jahren meiner Herrschaft habe ich in so furchtbare Abgründe blicken müssen, da kann nicht einmal dein Gesicht mich erschrecken.«

»Ja, Herr.«

Dolch gehorchte und näherte sich. Er wagte es dabei auch jetzt kaum, den Blick zu heben, denn nichts hätte seiner Absicht ferner gelegen, als irgendeinen verborgenen Schrecken in der Seele seines Gegenübers wachzurufen. Gleichzeitig aber schien der Gottkaiser seinerseits den Blickkontakt mit Dolch keineswegs zu meiden. Dolch spürte den Blick des Herrschers geradezu auf seiner Haut brennen. Es war quälend.

»Habe ich dir gesagt, du sollst stehen bleiben? Komm noch näher, Assassine!«

»Ja, Herr.«

»Komm her neben mich und wirf einen Blick über die Zinnen. Du brauchst nicht zu wissen, weshalb du jeweils tötest. Es genügt, wenn dir bewusst ist, was du dadurch bewahrst.«

»Ja, Herr.«

Dolch trat neben seinen Herrscher an die Zinnen. Genau wie der Namenlose Gott hatte auch der Gottkaiser keinen Namen. Er legte ihn bei der Inthronisierung ab. Danach war er nur noch der *Gottkaiser,* Vorgänger und Nachfolger anderer Gottkaiser, deren Aufgabe es war, dass Zweite Licht zu bannen.

Der Gottkaiser machte eine weit ausholende Geste, und Dolch folgte dieser mit seinem Blick.

Der Himmel war wolkenlos. Man hatte einen weiten Blick von hier oben. Er reichte im Osten bis zur anderen Seite der Seestraße von Arakand, wo sich das Kettenende befand.

Das Kettenende war der Name des einzigen Stadtteils von Arakand, der sich am Ostufer der Meerenge befand. Mochte das Kettenende auch größer sein als die meisten Hauptstädte der anderen Reiche auf dem Gürtel der Welt, verglichen mit Arakand war es kaum ein Dorf. Genau genommen war es eine Festung, die nur dem einzigen Zweck diente, von Arakand aus auch das Ostufer der Meerenge zu kontrollieren. Der Name kam daher, dass vom Palasthafen aus eine Kette über den Meeresgrund bis zu dieser Festung führte. Mithilfe gewaltiger Winden konnte sie gespannt werden und versperrte dann die wichtigste Seestraße der Welt, sodass kein Schiff sie mehr passieren konnte.

»Sieh jetzt nach Westen, Assassine«, forderte ihn der Gottkaiser auf und streckte dabei den Arm aus. »Sieh über die äußere Stadtmauer hinweg, die den Geburtsnamen eines meiner Vorfahren trägt, was heute ein Frevel wäre, da der Name des Kaisers nach der Inthronisierung nie wieder erwähnt werden darf. Aber im Verlauf der Zeitalter haben manche Sitten sich geändert.«

Der Herrscher lächelte überlegen.

Die Art und Weise, in der der Gottkaiser ihn ansprach, verwirrte Dolch. Es war nicht üblich, dass der Herrscher mit Untergebenen persönlich sprach. Und für die Assassinen galt das ganz besonders. Das Gewissen des Herrschers sollte rein bleiben. Was seine Assassinen taten, war notwendig, aber nach Möglichkeit sollte der Erhalter der Welt damit nicht in Verbindung gebracht werden.

Doch Dolch hatte inzwischen verstanden, dass die Angelegenheit, mit der man ihn beauftragen wollte, offenbar wenig mit seiner bisherigen Arbeit vergleichbar war.

»Sieh über die Mauern nach Westen, Assassine! Du kannst von hier aus die Zelte der Barbarenfürsten sehen, die unsere Stadt in aller Regelmäßigkeit belagern und dann doch unverrichteter Dinge abziehen, weil sich sonst zu viele ihrer Krieger von geheimen Schleusern in die Stadt bringen und sich hier als Söldner der Stadtwache anwerben lassen.« Der Gottkaiser lächelte, während Dolch in die Ferne blickte und gegen das aufgeblähte Zweite Licht blinzelte. Es würde den halben Himmel ausfüllen, wenn es der Welt nahe kam. »Arakand droht keine Gefahr von außen, Dolch. Es wird belagert, seit ich denken kann, und schon mein Großvater hat auf diesem Turm gestanden und zugesehen, wie die Barbarenheere immer wieder aufgelöst wurden. Nicht vom Beschuss unserer Katapulte. Nicht durch die Kriegskünste unserer Söldner. Sondern durch die Träume der Barbaren selbst. Denn je länger sie dort draußen vor den Mauern lagern, desto stärker wird ihr Verlangen, auf dieser Seite der Mauer zu leben. Und dieser Traum vom guten Leben in der reichsten Stadt der Welt ist stärker als alles andere. Kein Barbarenheer ist ihm gewachsen. In tausend Jahren nicht, mein guter Dolch. Nein, die Gefahr kommt aus dem Inneren. Aus den dunklen, verwinkelten Gassen oder sogar aus dem Palast selbst.« Der Gottkaiser deutete mit dem Zeigefinger auf seine Stirn knapp unterhalb der Stelle, wo das aus unzähligen miteinander verwobenen Ligaturen bestehende Zeichen begann, das man ihm in den Kopf gebrannt hatte. »Die Gefahr beginnt in den Köpfen, Dolch. Irrlehren, falsche Gedanken, spekulative Theorien, unheilige Wissenschaften, die im Widerspruch zur Lehre des Namenlosen Gottes stehen. All das kostete Arakand schon sein Imperium. Und es könnte die Stadt vollkommen zugrunde richten, ließe man diesen Dingen freien Lauf. Verstehst du, worauf ich hinauswill, Dolch?«

Dolch schluckte.

Er verstand es nicht. Er war nur erfüllt von dem Glauben, dass der Gottkaiser das Richtige tat und dass es jedes Opfer und jedes Verbrechen rechtfertigte, ihn zu schützen und dafür zu sorgen, dass er die Bannrituale durchführen konnte, die das Zweite Licht fortschickten. Alles andere war nebensächlich. Die Alternative war der Weltuntergang. Ein versengtes Land, ein kochendes Meer und eine verlorene Zukunft.

»Ich bin ein schlichter Mörder«, gestand Dolch. »Unbegabt im Geist. Das Einzige, von dem ich etwas verstehe, ist das lautlose Töten. Und wen immer Ihr, o Herr, zum Opfer auserkoren habt, werde ich in die Hölle schicken.«

»Dein Assassinenmeister hält große Stücke auf dich. Er will, dass du sein Nachfolger wirst.«

»Ich tue, was man mir sagt, ganz gleich, welchen Rang ich bekleiden mag.«

»Wenn du nicht loyal wärst, würde ich dich gar nicht hier empfangen, Dolch.« Der Gottkaiser deutete in die Ferne zu den Belagerern. »Ich habe dir *einen* Grund genannt, weshalb diese Barbaren Arakand niemals einnehmen und bestenfalls mit einem Lösegeld und schlechtestenfalls ohne ihre besten Männer abziehen. Aber ich will dir einen zweiten Grund nennen, aus dem Arakand niemals erobert wurde und auch in der Zukunft nicht erobert werden wird. Weder von den Barbaren noch von mächtigeren Reichen, die durchaus die Mittel hätten, eine wirkungsvollere Belagerung zu beginnen!« Der Gottkaiser ballte die Hand zur Faust und schlug sie gegen die Brust. »Ich bin der Grund, der Gottkaiser. Überall dort, wo man den Namenlosen Gott verehrt, überall dort, wo früher das Imperium herrschte, glaubt man daran, dass es der Gottkaiser ist, der das Zweite Licht fortschickt. Diese Narren wissen ganz genau, sollten sie es gegen alle Wahrscheinlichkeit trotz ihres militärischen Unvermögens und nicht zuletzt entgegen ihrer notorischen Zerstrittenheit doch schaffen, diese Mauern zu überwinden, unsere Kriegsschiffe zu besiegen und den Palast zu erobern, wäre es ihr eigener Untergang. Spätestens, wenn sich das Zweite Licht nähert und ihnen die Stirn versengt und die Augen blendet, werden sie erkennen, dass ich der Einzige bin, der diese Gefahr zu bannen vermag.«

»So sollten wir alle hoffen, dass der Glaube überall verbreitet bleibt und unsere Stadt nur fromme Feinde hat«, sagte Dolch.

»Du bist klüger, als du zu sein vorgibst«, stellte der Gottkaiser fest. Er sah Dolch auf eine Weise an, die diesen sofort erkennen ließ, was mit ihm los war. Niemand brauchte es ihm zu erklären, es war unnötig, ein Wort darüber zu verlieren. *Wen mag er jetzt sehen? Einen Ketzer, den er zum Tod verurteilt hat?*, ging es Dolch durch den Kopf. *Es gab so viele von ihnen. Aber weshalb sollte ihn deswegen ein schlechtes Gewissen plagen? Nein, es muss jemand sein, dem er wirklich Unrecht angetan hat, sonst wäre seine Reaktion nicht so heftig. Nicht bei ihm …*

Anfangs hatte Dolch schon gedacht, die Unempfindlichkeit des Gottkaisers gegen den Anblick seines Wechslergesichts läge darin begründet, dass der Erhalter der Welt ein so reines Herz hätte, dass ihm in den Zügen eines Wechslers niemand erschien, dessen Antlitz ihn erschrecken musste.

Aber so schien es nicht zu sein.

»Weißt du, warum ich dich hier oben auf diesem Turm empfange, Dolch?«

»Nein, Herr.«

»Weil ich nur hier sicher sein kann, dass uns niemand belauscht. Der Palast hat Ohren, sagt man. Und ich habe immer wieder erfahren müssen, dass in diesen Mauern kaum Geheimnisse bewahrt werden können. Aber die Dinge, die ich jetzt mit dir zu besprechen habe, müssen um jeden Preis geheim bleiben.«

»Ja, Herr.«

»Du wirst mit niemandem darüber sprechen. Auch nicht mit dem Ersten Priester.«

»Balok hat mir das bereits eingeschärft.«

»Du hast gewiss schon vom Orden der Wissenden Brüder gehört.«

»Sie betreiben einige Armenkrankenhäuser in der Stadt.«

»Ja, das tun sie. Aber unter ihnen grassieren auch Gedanken, die geeignet sind, den Glauben zu zerstören. Und wie wichtig es ist, dass das nicht geschieht, haben wir ja gerade besprochen.«

»Herr, wen soll ich für Euch töten?«

»Es geht zunächst einmal um eine bestimmte Gemeinschaft innerhalb des Ordens. Sie besteht aus zwölf Männern und bewohnt ein Haus in der Nähe der äußeren Mauer am Ende der Gasse am Tempel des Heiligen Feuers. Die Brüder dieses Klosters befassen sich mit verbotenen Künsten. Mehr musst du nicht wissen, denn wie heißt es so schön im Buch des Namenlosen Gottes? *Nur Unwissenheit schützt vor Magie.*«

»Wen genau von diesen Mönchen soll ich töten?«, fragte Dolch, der etwas irritiert wirkte.

»Alle. Töte sie alle. Lass keinen am Leben, denn einer ist so gefährlich wie der andere.«

Dolch war etwas erstaunt. Es war ungewöhnlich, dass ein einzelner Assassine beauftragt wurde, eine so große Anzahl von Personen auf einmal und ganz allein zu töten.

Aber dafür gab es sicher gute Gründe, und Dolch dachte nicht im Traum daran, diese anzuzweifeln.

»Es wissen genau zwei Personen über die Einzelheiten dieses Auftrags Bescheid, Dolch – du und dein Gottkaiser. Mach deine Arbeit gut, und ich werde Balok gern in den Veteranenstatus entlassen und seinen Vorschlag, dich zu seinem Nachfolger zu ernennen, aufgreifen.«

»Ja, Herr«, sagte Dolch und verneigte sich in tiefer Demut.

Kapitel 2

In dieser Nacht war der Mond nur eine liegende Sichel – so schmal, dass sein Schein nur sehr schwach war. Wie eine Barke überquerte er im Lauf der Nacht die Himmelsgrenze und ließ sie dabei auf eigenartige Weise schimmern.

Dolch wartete die Stunden vor dem ersten Sonnenaufgang ab, jenen dunklen Teil der Nacht, bevor im Osten das Erste Licht aufging, nur wenig später gefolgt vom Zweiten. Bei ihm war die Himmelsrichtung, in der es am frühen Morgen zu sehen war, allerdings unterschiedlich. Auch das Zweite Licht erhob sich über den Horizont. Sein Aufstiegspunkt war nicht immer an derselben Stelle. Er näherte sich im Verlauf von Jahren dem des Ersten Lichts an, zog am Ersten Licht vorbei und entfernte sich wieder davon.

Arakand war eine Stadt, in der es nie völlig dunkel wurde. Die Leuchtfeuer auf den Stadtmauern und den Hafentürmen brannten die ganze Nacht, und in den Tavernen, Freudenhäusern und manchen Tempeln herrschte bis zum Morgengrauen geschäftiges Treiben.

Dennoch waren diese frühen Stunden vor dem Aufgang der beiden Sonnen die beste Zeit für einen Assassinen, um seinen Auftrag auszuführen.

Ein paar Söldner der Stadtwache kamen die schmale Gasse entlang, offenbar auf dem Weg zur äußeren Mauer, wo vermutlich in Kürze ihre Schicht begann. Wie ein lautloser

Schatten verbarg sich Dolch in einer Hausnische. Es war besser, wenn ihn niemand bemerkte, niemand sich an einen einzelnen lauernden Schatten in der Nacht erinnerte. Nichts war Dolch im Verlauf seines wechselvollen Lebens so sehr in Fleisch und Blut übergegangen wie das Unsichtbarbleiben.

Er wartete ab, bis die Söldner um die nächste Ecke gebogen und nicht mehr zu sehen waren. Ihre schweren Schritte und das Klirren ihrer Waffen und Rüstungen verklangen in der Dunkelheit der Nacht.

Dolch setzte seinen Weg fort.

Am Ende der Straße fand er das Haus der Wissenden Brüder. Klein und unscheinbar stand es zwischen zwei sehr viel größeren Gebäuden: dem Tempel des Heiligen Feuers und einem Lagerhaus, das einem der wohlhabenden und einflussreichen Handelsherren von Arakand gehörte.

Dresois war sein Name, und sein Wappen mit den verschnörkelten Ligaturen seines Handelshauses prangte am Giebel.

Da der Mond in dieser Nacht südlich der Himmelsgrenze stand, schien sein fahles Licht geradewegs auf das Wappen des Hauses Dresois.

Da in dem Lagerhaus wertvolle Gewürze und Unmengen von genauso wertvollem Zucker lagerten, hatte man Wachen aufgestellt. Doch die waren nicht besonders aufmerksam. Selbst wenn sie nicht schliefen, war es für Dolch keine Schwierigkeit, von ihnen nicht bemerkt zu werden. Einen der Wachposten sah Dolch, während er die Straße überquerte. Der Posten lehnte sitzend an der Tür des Lagerhauses, und sein Schnarchen mischte sich mit dem Miauen einer der vielen streunenden Katzen, die in den Nächten durch die Gassen von Arakand strichen und selbst in den entlegensten Winkeln noch nach Ratten und anderen Nagetieren jagten.

Es musste mindestens noch ein weiterer Wachmann beim Lagerhaus sein. Eigentlich. Aber es war bekannt, dass die

Männer einen so geringen Lohn bekamen, dass sie ihre Pflichten nicht besonders ernst nahmen. Manche blieben nicht einmal die eigentlich vorgeschriebene Zeit auf ihrem Posten.

Die wirklich guten Männer dienten in der Stadtwache, wie Dolch wusste. Und die noch besseren in der Assassinengarde des Gottkaisers.

Dolch hatte die andere Straßenseite erreicht. Der Schatten vor dem Haus der Wissenden Brüder verschlang ihn vollends.

Aus dem Tempel nebenan drangen Gesänge herüber. Offenbar wurde dort selbst zu dieser nachtschlafenden Zeit noch dem Namenlosen Gott gehuldigt.

Vermutlich waren es einige der Brüder, die da sangen. Aber Dolch wäre es niemals eingefallen, sein blutiges Handwerk im Tempel zu vollbringen. Er nahm sich vor, auf sie zu warten.

Die Tür des Hauses war nicht verschlossen. Das war typisch für die Gemeinschaften, die dem Orden der Wissenden Brüder angehörten. Niemand sollte eine verschlossene Tür vorfinden, wenn er in Not war. So lautete einer der allseits bekannten Lehrsätze der Wissenden Brüder.

Dolch betrat das Haus. Durch die offenen Fenster wehte ein warmer Luftzug. Seit das Zweite Licht wieder angewachsen war, kühlte es in den Nächten kaum noch ab. Nur wenn die Meerwinde aus Norden oder Süden über Arakand hinwegwehten, war noch ein kühlender Hauch zu verspüren. Die Alabastervorhänge an den Fenstern waren zusammengerollt. Die stickige Luft sollte in der Nacht entweichen. Mondlicht und der Schein von Fackeln hinter den bemalten Tempelfenstern in unmittelbarer Nachbarschaft mischten sich mit dem Licht einer Kerze auf einem Tisch. An dem saß ein Mann in dunkler Kutte. Das Gesicht war faltig und grau, der Kopf glatt rasiert und haarlos, wie es der Ordenstradition der Wissenden Brüder entsprach.

Der Mönch blickte von dem in Leder gebundenen Folianten auf, in dem er bis dahin gelesen hatte. Er erstarrte. Das flackernde Kerzenlicht ließ Schatten über sein zerfurchtes, faltiges Gesicht tanzen.

Der Mönch hatte den Mund gerade halb geöffnet und noch nicht einmal ausgeatmet, als Dolch bereits bei ihm war. Mit blitzschnellen, geschmeidigen und beinahe lautlosen Bewegungen packte ihn Dolch, riss ihn an sich, zog mit derselben Bewegung eine der zahlreichen Klingen, die er bei sich trug, und setzte sie dem Mönch an die Kehle.

»Wo sind die anderen?«

»Im Tempel«, flüsterte der Mönch. »Es ist die Nacht des äußersten südlichen Mondes, und sie verrichten die Gebete bis zum Morgengrauen des Ersten Lichts.«

Obwohl Dolch ein zutiefst gläubiger Mann war, kannte er sich mit den Gebetsritualen der Wissenden Brüder kaum aus. Er wusste nur, dass sie neben den allgemein begangenen Feiertagen noch eine ganze Reihe weiterer Anlässe zum Gebet einhielten. Und diese Anlässe waren bei jedem der vielen Mönchsorden, die der Glaube an den Namenlosen Gott im Verlauf der Zeitalter hervorgebracht hatte, unterschiedlich. Es war, als wollten sie sich in ihrer Frömmigkeit gegenseitig überbieten und dabei möglichst stark von gewöhnlichen Gläubigen als auch von anderen Ordensgemeinschaften abheben.

Welche Gebetsregeln der Orden der Wissenden Bruder hatte, darüber wusste Dolch ebenso wenig wie über ihre irregeleiteten Lehren oder verbotenen Künste, die dazu geführt hatten, dass sie nun in Ungnade gefallen waren.

»Ist außer dir niemand im Haus?«

»Niemand«, sagte der Mönch. »Alle sind im Tempel.«

»Gut.«

Der Mönch schluckte.

Es war das Letzte, was er tat, denn Dolch tötete ihn mit einem Stich, der so sauber geführt war, dass sein Opfer weder zu schreien vermochte noch stark blutete.

Der Mönch sank zurück gegen die Lehne seines Stuhls. Er saß mit nach unten hängenden Armen da. Das Licht der Kerze flackerte leicht. Der warme, gelbliche Schein ließ das Gesicht des Toten weich und entspannt wirken.

Dolch schloss ihm die Augen, sodass man glauben konnte, der alte Mann wäre einfach nur über der Lektüre des dicken Folianten eingeschlafen. Das Rinnsal Blut war kaum zu sehen und wirkte wie ein Teil des Schattenmusters, das vom unruhigen Kerzenlicht erzeugt wurde.

Dolch steckte die Waffe wieder ein, ein kurzes Stilett, das sich vielfach bewährt hatte. Sicherer Stich, so nannte er diese Waffe aus der Sammlung an Dolchen und Messern, die er bei sich trug, wenn er seiner Profession nachging. Viele Assassinen hatten zu ihren Waffen ein ganz besonderes, fast persönliches Verhältnis. Niemand, der nicht zur Bruderschaft der Assassinengarde gehörte, konnte das auch nur ansatzweise verstehen.

Ich werde warten, bis die anderen eintreffen, nahm sich Dolch vor. *Ich werde also sehr schnell und präzise arbeiten müssen. Immerhin habe ich es dann mit allen auf einmal zu tun.*

Dolch warf einen Blick auf das Buch, das aufgeschlagen vor dem Mönch auf dem Tisch lag. Der Assassine runzelte verwirrt die Stirn, als er bemerkte, dass es keine Kolonnen von Buchstaben und Wörtern waren, die auf den Seiten geschrieben standen, sondern …

Zahlen!

Manchmal waren sie mit Buchstaben, Strichen, eigenartigen und Dolch vollkommen unbekannten Zeichen vermischt. Aber die Zahlen waren auf jeden Fall in einer erdrückenden Mehrheit gegenüber allen anderen Arten von Zeichen, die sonst noch auf den aufgeschlagenen Seiten zu sehen waren.

Es musste sich um jene verbotene Art von Mathematik handeln, die den Verlauf der Gestirne vorherzuberechnen versuchte und ganz gewiss eine Sünde gegenüber dem

Glauben an den Namenlosen Gott war, denn sie stellte seine Macht über die Gestirne und die Sonnenlichter infrage.

Vielleicht war das der Grund dafür, dass die Wissenden Brüder in Ungnade gefallen waren und der Gottkaiser eine Gefahr in ihnen sah, der sofort begegnet werden musste. Aber das alles ging Dolch nichts an, wie er sehr wohl wusste.

Töte nur, und sieh nicht hin, erinnerte sich Dolch an einen der Lehrsätze, die ihm während seiner Ausbildung am Hof des Gottkaisers beigebracht worden waren.

Und doch – die Zahlen und Zeichen in dem Buch schienen eine eigenartige Magie auf Dolch auszuüben. Ein Einfluss, dem selbst er hilflos ausgeliefert war. Oder war es nur schlichte Neugier?

Jedenfalls blätterte er eine Seite weiter.

Die Kunst des Lesens und Schreibens war Teil seiner Ausbildung gewesen. Ein Mörder musste lesen können, denn manchmal ließ sich nur so die Fährte eines Opfers verfolgen. Ebenso erwartete man von ihm, dass er mehrere Sprachen beherrschte. Alle Idiome zu verstehen, die in den Straßen von Arakand gesprochen wurden, war wohl unmöglich. Aber wer immer einen sauberen Mord vollbringen wollte, tat gut daran, wenigstens ein paar von ihnen zu verstehen und eben auch lesen zu können.

Dolch sah eine Zeichnung, die mit vielen Zahlen und Schriftzeichen versehen war. Eine skizzenhafte Darstellung der Welt, so als blickte ein Vogel, der zu den Sternen geflogen war, auf sie herab. *Der Mönch hatte Talent zum Zeichner,* dachte Dolch. Manche der Wissenden Brüder verdingten sich in den Straßen als Porträtzeichner, um Geld zu sammeln. Natürlich nicht für sich selbst, sondern für die Krankenhäuser und Armenspeisungen, die der Orden unterhielt.

Dolch sah eine Kugel, die von einem Ring umgeben war. Das war die Welt. Eine kleinere Kugel war der Mond. Linien zeigten an, wie er um die Welt und die Welt um das Erste

Sonnenlicht und beide Sonnenlichter umeinander kreisten. Die Bezeichnungen an den einzelnen Elementen dieses Bildes ließen keinen Zweifel daran, was er da sah.

Doch jedes Kind und jeder ungebildete Bettler hätten das ebenfalls sofort erkannt, denn es gab auf vielen Plätzen in Arakand Steinreliefs, die ähnliche Darstellungen zeigten.

Es war die Kraft des Namenlosen Gottes und des von ihm erwählten Herrschers, die die Gestirne auf ihren Bahnen hielt und insbesondere dafür sorgte, dass die beiden Sonnenlichter der Welt nicht zu nahe kamen.

Dass manche geradezu besessen davon waren, den Verlauf der Gestirne mittels verbotener Künste zu errechnen, davon hatte Dolch schon gehört. Aber wäre das noch ein anbetungswürdiger Gott gewesen, wenn sich sein Wille durch mathematische Hexenkunst vorausberechnen ließ?

Es ist Frevel, dachte Dolch und schlug das Buch heftig zu. Sein Puls beschleunigte sich. Die Jahre in den Straßen hatten ihn furchtlos gemacht. Es gab nur sehr wenige Dinge, die ihn wirklich ängstigen konnten. Darunter war auch die Furcht, Opfer von Magie zu werden.

Einmal, als er noch als junger Dieb durch die Straßen gezogen war, hatte ihm eine etwas wunderlich aussehende Frau mit stechendem Blick einen Trunk angeboten, der angeblich dafür sorgen sollte, dass seine Wechslereigenschaften verschwänden. Ihm war stattdessen aber nur schlecht geworden. An das, was danach geschehen war, konnte er sich nicht mehr erinnern. Er war dann irgendwann in einer Seitenstraße aufgewacht. Von seinem ohnehin nur sehr bescheidenen Besitz war kaum etwas geblieben. Nicht einmal die Stiefel hatte man ihm gelassen.

Noch einmal, das hatte er sich geschworen, sollte ihm das nicht passieren. Ein zweites Mal würde er sich nicht so einfach von irgendwelcher Magie beeinflussen lassen. Ganz gleich, wer auch immer diesen Zauber wirken mochte.

Und da es in dem Buch, in dem der erstochene Mönch gelesen hatte, zweifellos um verbotene Magie ging, fürchtete Dolch, dass sich diese Kräfte nun seiner bemächtigen könnten. Nur Unwissenheit schützte vor dem Einfluss der Magie, so wusste es schon die Überlieferung. *Ich sollte mich einfach daran halten,* ging es Dolch durch den Kopf.

Dolch setzte sich auf einen der anderen Stühle im Raum und wartete. Dabei positionierte er sich so, dass er kaum zu sehen war. Er verschwand beinahe vollkommen in einem auslaufenden Schatten.

Als dann das Licht der Ersten Sonne bereits hinter dem Horizont auftauchte und ein tröstlicher Schimmer die ganze Stadt in einen sehr eigenartigen Schein tauchte, hörten die Gesänge im Tempel auf.

Nun konnte es nicht mehr lange dauern.

Dolch wartete geduldig ab, bis die Mönche aus dem Tempel zurückkehrten. Er hörte ihre Stimmen und Schritte. Dolch lockerte den Sicheren Stich und die Einhandarmbrust, die er am Gürtel trug.

Die Tür ging auf. Der erste Mönch trat ein. Ein ziemlich beleibter, hochgewachsener Mann, von dem kaum mehr als ein Schattenriss auszumachen war.

Dolch hörte sie reden.

»Warum ist die Kerze aus?«

»Bruder Estus scheint eingeschlafen zu sein.«

»Anscheinend waren unsere Gesänge nicht laut genug, um ihn wach zu halten.«

Die Tür fiel ins Schloss. Auf diesen Moment hatte Dolch gewartet. Noch hatte ihn niemand bemerkt. Und noch hatte auch keiner der Mönche begriffen, dass ihr Mitbruder längst in die Gefilde der jenseitigen Verklärung eingegangen war – vorausgesetzt der Richterspruch des Namenlosen Gottes verbannte ihn nicht in die Höllenglut tief unter der Erde.

Dolch riss die Einhandarmbrust hervor. Es machte »klack«, als der Bolzen dem feisten Riesen genau in die Stirn drang und dabei den Schädelknochen durchschlug, um ins Hirn zu dringen. Kein Schrei kam aus seiner Kehle. Stumm sackte er in sich zusammen, fiel erst auf die Knie, dann mit einem dumpfen, an einen fallenden Mehlsack erinnernden Laut auf den Boden.

Noch ehe der feiste Riese aufgeschlagen war, hatte Dolch zwei weitere Mönche durch Wurfringe getötet. Ein dritter starb durch einen Wurfdolch, noch ehe er die Tür erreichen konnte. Die Einhandarmbrust hatte der Assassine fallen lassen, zog blitzschnell das kurze Schwert am Gürtel und das lange, dass er über dem Rücken trug. Mit einer Kombination aus außerordentlich treffsicheren und schnellen Hieben und Stichen tötete er innerhalb von Augenblicken mehrere Mönche.

Einer der Mönche griff nach dem Schürhaken am Kamin, der in Zeiten des größer werdenden Zweiten Sonnenlichts kaum in Gebrauch und vermutlich schon seit Jahren nicht benutzt worden war. Ein Hieb der langen Klinge schlug ihm den Schürhaken aus der Hand, die kurze tötete ihn augenblicklich und fast lautlos. Die Klingen wirbelten herum. Blut spritzte, ein Kopf rollte über den Boden. Der letzte der Mönche starb durch einen Wurfdolch im Rücken, als er gerade das Fenster erreichte.

Dann herrschte Stille.

Kaum zwanzig Herzschläge und ein Dutzend tote Mönche, dachte Dolch, *keine schlechte Arbeit.* Jeder Hieb, jeder Stich, jeder Wurf und auch der Schuss mit der Einhandarmbrust hatte gesessen. Das schlimmste Missgeschick, das einem Assassinen widerfahren konnte, war es, sein Opfer nur zu verletzen. Das war unsaubere Arbeit. Man tötete schnell und lautlos. Alles andere war eine Schande für jeden ehrenhaften Berufsmörder.

Bei einer so großen Anzahl von Opfern glich es allerdings schon einer wahren Kunst, die Regeln des ehrbaren Mordes, wie sie in der Assassinengarde traditionell hochgehalten wurden, auch wirklich umzusetzen. Ein einziger misslungener Wurf mit einem Dolch, ein einziger unpräziser Schwerthieb oder Stich konnte ein mörderisches Kunstwerk in ein gewöhnliches Gemetzel verwandeln, wie es hin und wieder unter rivalisierenden Hafenbanden vorkam.

Aber Dolch war zufrieden mit seiner Arbeit.

Und er hoffte, dass sein Herr, der allgewaltige Gottkaiser von Arakand, es auch sein würde. Allerdings hatte Dolch während der langen Jahre, die er nun schon als Assassinenbruder diente, festgestellt, dass seine Auftraggeber die Kunst ehrbaren Mordes kaum zu schätzen wussten. Man war an höherer Stelle zumeist damit zufrieden, wenn das Opfer ganz sicher tot war. In besonderen Fällen erwartete man dann von einem Assassinen, dass er dafür einen Beweis erbrachte, den Kopf des Opfers etwa. In diesem Fall war das allerdings nicht so. *Niemand wird erwarten, dass ich zwölf blutige Schädel in einem Sack durch die Straßen von Arakand trage,* dachte Dolch, während er damit begann, seine Waffen wieder einzusammeln. Das Erste Sonnenlicht ging schnell auf. Er musste sich beeilen. Aber bei einem Assassinen, der etwas auf sich hielt, ging Schnelligkeit niemals auf Kosten der Sorgfalt.

Jede der Waffen wischte er kurz mit einem Tuch ab, das er zu diesem Zweck bei sich trug.

Auf einmal ließ ihn der Klang einer fernen, schwachen Stimme zusammenzucken. Und gleichzeitig fiel es ihm wie Schuppen von den Augen.

Es sind nur elf!

Einer der Mönche musste noch am Leben sein. Vielleicht war er im Tempel zurückgeblieben, um dort seine Andacht in den Morgen hinein fortzusetzen. Oder er war aus einem anderen Grund ausgerechnet in dieser Nacht nicht hier gewesen.

Beim Namenlosen Gott und den beiden Sonnenlichtern, wie konnte das nur passieren?, durchfuhr es Dolch. Er hasste es, wenn Dinge nicht so abliefen wie geplant. Aber so oft er die Leichen auch zählte, es blieben nur elf. Ein Mönch fehlte.

»Bruder Estus?«

Die Stimme kam aus dem Obergeschoss. Sehr schwach war sie und kaum zu hören.

Das musste des Rätsels Lösung sein! Bruder Estus hatte ihn offenbar angelogen, als er behauptet hatte, dass alle anderen Mönche dieser Gemeinschaft im Tempel wären. *Wieso hat er das getan?*, fragte sich Dolch. Es musste einen Grund dafür geben.

»Estus?«

Der zweite Ruf war schon fast ein Schrei, wenn auch immer noch ein sehr schwacher, sodass er kaum deutlicher zu vernehmen war als der erste.

Dolch ging vorsichtig die Treppe hinauf, die ins Obergeschoss führte. Das Holz knarrte leise. So vorsichtig sich Dolch bewegen mochte, diese Geräusche waren einfach nicht zu vermeiden.

»Estus? Ich dachte … schon, du hättest … mich vergessen«, hörte Dolch die Stimme sagen, wobei immer nach ein paar Worten eine Pause entstand, so als musste der Sprecher erst Atem schöpfen.

Im Obergeschoss folgte Dolch einem schmalen Flur – und der Stimme des unbekannten letzten Mönchs.

Die Tür zu dem Zimmer, in dem dieser sich offenbar befand, stand halb offen. Dolch trat ein.

Er hielt den Sicheren Stich in der Rechten. In der Enge, die hier oben herrschte, war ein Messer eine besser zu handhabende Waffe als ein Schwert. Je nach Bedarf konnte der Assassine den Sicheren Stich dem Gegner in den Leib rammen, ihm damit die Kehle durchschneiden oder die Waffe schleudern.

Als er in das Zimmer trat, war es dort bereits recht hell. Der Tag hatte in Arakand begonnen, und man hörte in der Ferne bereits die ersten Karren mit frisch gebackenem Brot durch die Straßen fahren, zumeist von mehr oder minder störrischen Maultieren und Eseln gezogen.

Dolch bewegte sich langsam weiter in das Zimmer hinein und sah eine Gestalt zusammengekrümmt in einem Bett liegen. Ein verwachsener Krüppel mit dünnen, greisenhaft und kraftlos wirkenden Armen und Beinen. Im ersten Moment dachte Dolch, ein Kind vor sich zu haben, aber der Kopf und das Gesicht gehörten einem erwachsenen Mann. Nur war sein Körper hinsichtlich Größe und Muskulatur völlig unterentwickelt.

Der Krüppel lag auf der Seite und war auf ein halbes Dutzend Kissen gebettet. Er verdrehte die Augen, um Dolch sehen zu können. Außer sie und die Lippen und die Zunge schien er keinen anderen Körperteil aus eigener Kraft bewegen zu können. Die Hände waren um Lappen aus Leinen gekrallt, die wohl verhindern sollten, dass sie wund wurden. Vor Jahren war der Vorgänger des jetzigen Ersten Priesters vom Schlag getroffen worden und hatte die letzten Monate seines Lebens in einem ähnlich hilflosen Zustand verbracht. Allerdings war bei ihm nur eine Körperhälfte von der grausamen Lähmung betroffen gewesen.

Bei der armen Kreatur, mit der es der Assassinenbruder hier zu tun hatte, war anscheinend der gesamte Körper gelähmt. Und das offenbar schon seit sehr langer Zeit. Anders war der Zustand der Arme und Beine nicht zu erklären. Das Leinengewand, das der Gelähmte trug, ließ genug davon erkennen, um zu sehen, dass die Gliedmaßen dieses Mannes nur aus Haut und Knochen bestanden. Es war so gut wie keine Muskulatur vorhanden. *Als ob er seine Arme und Beine noch nie benutzt hat,* ging es Dolch durch den Kopf. *Er scheint von Geburt an mit diesem Leiden geschlagen zu sein. Eine Laune der Natur oder ein Fluch des Namenlosen Gottes, der diese Kreatur wegen der Sünden seiner Eltern traf ...*

Dolch hatte in den Jahren in den Straßen von Arakand viele Krüppel kennengelernt, die sich als Bettler verdingten. Manche hatte er umgebracht und ausgeraubt, mit anderen hatte er Freundschaft geschlossen. Aber nie war eine so bemitleidenswerte Kreatur darunter gewesen wie dieser Mann, so fand er.

»Estus? Du bist es doch? Wenn du mir nicht bald den Rücken abklopfst, werde ich an meinem Schleim ersticken! Wieso kommst du erst jetzt? Die anderen müssten doch längst aus dem Tempel zurück sein. Das Erste Licht blendet mir ja schon in die Augen. Leg mich anders hin ...«

Offenbar kann er mich noch immer nicht sehen, erkannte Dolch. Er rührte sich nicht. *Töte nichts, was von selbst stirbt* – an dieses Axiom aus dem Kodex der Assassinenbrüder musste er in diesem Augenblick denken.

»Du bist nicht Estus«, sagte der Krüppel plötzlich. »Sonst hättest du schon geantwortet.«

»Bist du ein Mönch?«, fragte Dolch.

»Ein Fremder also. Die Laute, die ich von unten hörte, ergeben jetzt einen anderen Sinn.«

»Ich habe dir eine Frage gestellt.«

Der Krüppel versuchte etwas zu sagen, aber ein Hustenanfall verschluckte seine Worte. Es rasselte in seinem Brustkorb. Sein Kopf lief rot an. So dunkelrot, dass sich für Dolch noch einmal bestätigte, was eigentlich nicht zu übersehen war. *Ohne Hilfe stirbt er,* dachte er.

Wie konnte er als ehrbarer Assassinenbruder so jemanden töten? Das war undenkbar.

Dolch erinnerte sich an die Worte seines Assassinenmeisters Balok: *»Wir halten uns an kein Gesetz, wir brechen jede Regel, die unter zivilisierten Menschen üblich ist, um einen höheren Zweck zu erfüllen. Umso wichtiger ist es, dass wir unseren eigenen Kodex peinlich genau beachten.«*

Worte, die sich Dolch ins Bewusstsein gebrannt hatten.

Stirb von allein und nimm mir damit diese schwere Entscheidung ab, dachte er, während der Krüppel immer heftiger nach Atem rang und tatsächlich kurz vor dem Erstickungstod stand. Seine Augen quollen hervor. Schleim und Blut rannen ihm aus dem Mund und besudelten das Laken. Ähnliche Spuren, die bereits getrocknet waren, verrieten, dass er dies nicht zum ersten Mal durchlitt.

Als Dolch schon glaubte, dass es mit dem Krüppel zu Ende ging und sich die Sache daher von allein geregelt hatte, normalisierte sich die Gesichtsfarbe wieder. Der Atem hatte immer noch einen eigenartig rasselnden Klang, aber nach und nach erholte er sich.

»Ich ... will ...«, murmelte der Krüppel röchelnd, »... dir deine Frage beantworten, Assassine.«

»Sprich!«, forderte Dolch gereizt. Dass der Krüppel, ohne ihn zu sehen, erraten hatte, wer er war, beunruhigte ihn. Und da war noch etwas, was ihm nicht gefiel. Er fühlte eine seltsame Befangenheit dieser armseligen Kreatur gegenüber. Eine eigenartige Kraft schien den Krüppel zu umgeben. Der Klang seiner Stimme mochte leise und röchelnd sein, aber es ging eine Macht davon aus, die Dolch beunruhigte. *Stehe ich vielleicht schon unter einem magischen Bann?*, fragte sich der Assassine. *Dann sollte ich ihn vielleicht doch so schnell wie möglich töten, ohne weiter darüber nachzudenken.*

Aber das tat Dolch nicht. Er steckte den Sicheren Stich zurück in die Scheide.

»Mein Name ist Baladus«, sagte der Krüppel. »Und ich bin tatsächlich ein Mönch, ein vollwertiges, geweihtes Mitglied des Ordens der Wissenden Brüder. Sie nahmen mich einst als Kind auf und pflegten mich, denn meine Eltern wären dazu nicht in der Lage gewesen.«

»So bist du tatsächlich von Geburt an mit deinem Gebrechen geschlagen«, stellte Dolch fest.

Baladus' Gesicht blieb starr, sah man von der schwachen Bewegung seiner Lippen ab. »Ja, ich wurde so geboren. Die Natur hatte mir nicht viel Lebenszeit zugemessen, aber die Gnade des Namenlosen Gottes erhielt mich bisher. Bis heute. Tritt einen Schritt vor.«

Der letzte Satz war mit einer derartigen Bestimmtheit gesprochen worden, dass Dolch ihm fast nachgegeben hätte. Baladus' suggestive, eindringliche Art erinnerte Dolch an seinen Assassinenmeister und an die Aura der Macht, die den Gottkaiser umgab. Da schien eine unheimliche Kraft zu sein, die Dolch schaudern ließ.

Schaudern? Vor einem schwachen Krüppel, der nicht einmal den kleinen Finger gegen dich zu heben vermag?, ging es ihm zugleich durch den Sinn. *Mach dich nicht lächerlich! Ein ängstlicher Assassine sollte seine Profession aufgeben. Doch den Veteranenstatus hast du dir noch nicht verdient!*

»Nun mach schon, Assassine. Ich will sehen, wer mich tötet. Dieses Anliegen kannst du mir nicht ausschlagen. Zumal ich die Erinnerung an dein Gesicht so oder so in den Tod mitnehmen würde.«

»So oder so?«, echote Dolch verwirrt.

»Nun, es kann ein, dass du deinem Befehl folgst und mich tötest. Es kann auch sein, dass du dem Kodex einer Bruderschaft folgst und mich so zurücklässt, wie ich jetzt daliege. Heißt es nicht, ein Assassinenbruder soll nichts töten, was von allein stirbt?«

»Ja, so heißt es«, gab Dolch zu. *Er kennt sich gut aus*, dachte er. *Sollte es einem Wissenden Bruder nicht genügen, den Kodex seines eigenen Ordens zu kennen und zu befolgen, anstatt sich über die Regeln der Assassinen Gedanken zu machen?*

»Unglücklicherweise läuft es für mich auf dasselbe hinaus«, fuhr Baladus fort. »Wenn du mich tötest, ist mein an Qualen reiches Leben zu Ende. Tötest du mich nicht, wie dein Kodex es dir vorschreibt, werden sich meine Qualen noch ein oder zwei Stunden fortsetzen, ehe ich an dem Schleim in meiner Lunge ersticke. Um zu schreien, fehlt mir die Kraft, und weder im Tempel noch im benachbarten Lagerhaus des Dresois dürfte in den nächsten Stunden jemand sein, der auf das schwache Röcheln eines sterbenden Krüppels achtet. Also tu mir den Gefallen, tritt vor, damit ich denjenigen sehe, der mich getötet hat.«

»Noch habe ich dich nicht getötet.«

»Getötet hast du mich in jedem Fall, denn du hast – wie ich annehme – all diejenigen gemeuchelt, die mir hätten helfen können. Ohne Hilfe ist mein Ende besiegelt.«

Ein lauter Schrei drang von draußen herein. Dolch trat zum Fenster, um zu sehen, was los war – und damit auch in den Gesichtskreis des Krüppels.

Dolch warf einen Blick hinaus. Ein betrunkener Zecher, der die Nacht wohl in einem der zahlreichen Hurenhäuser von Arakand zugebracht hatte, torkelte durch einen kleinen Seitenweg, der zwischen ein paar anderen Nebengebäuden zur Rückfront des Lagerhauses führte. Der Mann hatte offenbar bemerkt, dass dieser Weg eine Sackgasse war, und seinem Ärger darüber lautstark Ausdruck verliehen, und nun wankte er zurück.

Dolch drehte sich zu Baladus um und begegnete dessen Blick.

»Dachte ich's mir doch«, sagte der Krüppel. »Ein Wechsler.«

Dolch lächelte. »An wen erinnert dich mein Gesicht?«

»Glaubst du, jemand wie ich hätte in seinem Leben viel Gelegenheit gehabt, unrecht zu tun?«, gab Baladus zurück. »Jemand, der nicht einmal aus eigener Kraft frei zu atmen vermag, neigt dazu, freundlich zu allen zu sein.«

»Weil er sonst stirbt.«

»So ist es.«

Dolch hatte eine Entscheidung getroffen. Der einzig vorstellbare Grund, aus dem diese Mönchsgemeinschaft den

Krüppel aufgenommen hatte, musste pure Barmherzigkeit sein. Barmherzigkeit, wie sie der Glaube an den Namenlosen Gott eigentlich von allen forderte und wie sie doch nur von den wenigsten Gläubigen umgesetzt wurde. Mochten die Wissenden Brüder auch noch so verwerfliche und umstürzlerische Ziele verfolgt haben, Baladus war ihnen dabei wohl eher eine Last als eine Hilfe gewesen. Und dass von einem sterbenden Krüppel irgendeine Gefahr für den Gottkaiser, die Erhaltung der Welt oder den rechten Glauben ausging, vermochte sich Dolch einfach nicht vorzustellen.

Der Kodex der Assassinenbrüder war klar, einfach und eindeutig. Und bisher war Dolch gut damit gefahren, sich genauestens daran zu halten.

»Darf ich deinen Namen erfahren, Wechsler?«

Dolchs Hand umklammerte den Griff des Sicheren Stichs im Futteral am Gürtel so heftig, dass die Knöchel weiß hervortraten. Eine gezackte Narbe wurde dabei deutlich sichtbar. Die Spur eines Kampfes, den er zu Beginn seines Dienstes in der Assassinengarde gegen einen abtrünnig gewordenen Offizier der Stadtwache hatte bestehen müssen. Es war die Spur unsauberer Arbeit, denn wenn das Opfer Gelegenheit hatte, sich zu wehren, lieferte der Assassine seinem Auftraggeber schlechtes Handwerk. Lautlos und schnell, so hatte es zu geschehen. Nur ein einziges Mal hatte sich Dolch eine derartige Unachtsamkeit geleistet und dafür den Schaden davongetragen. Ein zweites Mal, so hatte er sich geschworen, würde ihm das nicht passieren. Niemals.

Dolch erwiderte den Blick des Krüppels. Wie lange war es her, dass ihn jemand derart direkt angesehen hatte? Lag es nur an dem durch Lähmungen erstarrten Gesicht, dass sich der Eindruck von Furchtlosigkeit einstellte? Oder war Baladus tatsächlich einer der wenigen Menschen, die einen Wechsler ohne inneren Schauder anzusehen vermochten?

»Dein Name?«, forderte der Krüppel erneut.

»Dolch. Wie mein Werkzeug.«

»So wird man sagen, dass der Dolch des Gottkaisers mich erlöste?«

»Ich töte nichts, was von allein stirbt. Der Namenlose Gott mag deiner armen Seele gnädig sein und dich nach seinem Richterspruch nicht in den Höllenschlund im Inneren der Welt schleudern oder dich einem der beiden Sonnenlichter zum ewigen Brandfraß vorwerfen – was er mit deinen Mönchsbrüdern zweifellos tun wird. Aber mit einem armen Krüppel wird der Allmächtige hoffentlich barmherzig ein. Dennoch nutze die Augenblicke bis zu deinem Ersticken, um zu beten, um auch wirklich sicher zu sein.«

»Ich werde tun, was du sagst«, versprach Baladus.

»Leb wohl, Baladus-der-von-allein-stirbt.«

Dolch wandte sich zum Gehen, hatte mit ein paar weiten Schritten die Tür zum Flur schon fast erreicht, als der Krüppel nach einem kurzen, aber heftigen Hustenanfall noch einmal seine schwache Stimme erhob.

»Auf Wiedersehen, Dolch«, sagte er.

Dolch blieb stehen. »Auf Wiedersehen?«

»Wir werden uns alle irgendwann wiedersehen, Dolch. Wenn nicht im Leben, dann im Jenseits, wenn der Namenlose Gott über uns richtet.«

Dolch weigerte sich über die letzten Worte des Krüppels nachzudenken. Er ging so eilig aus dem Raum, dass er nicht einmal die Tür hinter sich schloss.

Er durchquerte das Erdgeschoss, trat über die toten Mönche hinweg und erreichte schließlich die Straße.

Kapitel 3

»Wer bist du?«

Der Hauptmann der Stadtwache hatte diese Frage nun schon zum zweiten Mal gestellt, aber der kräftige Barbar in den stinkenden, vor Dreck starrenden Gewändern hatte immer noch nicht geantwortet. Die meisten jener Überläufer, die aus den Heeren der Barbarenfürsten desertierten, um sich für gutes Silber in der Stadtwache von Arakand zu verdingen, stanken. Das lag einfach daran, dass die Schleichwege, auf denen die Schleuserbanden diese Männer in die Stadt führten, zumeist durch Erdtunnel und Abwasserkanäle führten. Und selbst wenn so ein Krieger, nachdem er den Schleuser bezahlt hatte, noch genug Münzgeld hatte, um sich ein Bad leisten zu können – was recht unwahrscheinlich war –, brauchte es meistens Tage, bis der Geruch abgewaschen war.

Der Hauptmann musterte den Barbaren. Kräftig gebaut war er. Größer und kräftiger als die meisten arakandischen Söldner. Die Haare waren dunkelblond, verfilzt und wirr und hingen ihm tief in der Stirn. Die Augen leuchteten meergrün. Sein Blick verriet Verwirrung.

»Verstehst du unsere Sprache nicht?«, fragte der Hauptmann.

Ein Ruck ging durch den Barbaren, dessen Blick über die Feldzeichen und Wappen geglitten war, mit denen die Wände des Raumes geschmückt waren.

»Mein Name ist Kellorn«, sagte der Barbar.

»So kannst du also doch sprechen.«

»Ja, Herr.«

Es hätte den Hauptmann auch sehr verwundert, auf einen Bewerber zu treffen, der der arakandischen Sprache nicht mächtig gewesen wäre, denn die wurde auf einem Großteil des Gürtels der Welt mehr oder weniger gut verstanden. Selbst in den Ländern des Nordens und den Südinseln diente sie als Verkehrssprache.

Das war ein Erbe des alten Imperiums, dessen Zentrum Arakand gewesen war. Mochte dieses Imperium auch längst zu Staub zerfallen sein, so waren die arakandische Verkehrssprache und der Glaube an den Namenlosen Gott inzwischen auch dort bekannt, wo die Söldner des Imperiums selbst zu dessen ruhmreichsten Zeiten niemals hingelangt waren.

»Woher kommst du?«

»Aus dem Reich an der Steinküste.«

»Und in wessen Heer hast du bisher gedient?«

»In vielen Heeren. Ich habe für jeden gekämpft, der mir genug Silber versprach.«

»Und zuletzt?«

»Zuletzt folgte ich Fürst Fengor.«

Der Hauptmann verzog den Mund zu einem Grinsen. »Einer dieser armen Narren, die glauben, sie könnten ein Lösegeld erpressen, wenn sie Arakand nur lange genug belagern. Ich sag dir was. Denen wird eher die Verpflegung ausgehen, als dass sie die Stadt tatsächlich erobern können.«

»Gut möglich. Ich gebe zu, dass ich schon besser gegessen habe als in Fengors Heerlager.«

»Sag ich doch.«

Kellorn nickte. »Fürst Fengor hat allen versprochen, dass sie reich werden, wenn sie ihm folgen. Aber die Belagerung zieht sich jetzt schon so lange hin, dass ich nicht mehr daran glaube, dass sie jemals erfolgreich sein wird.«

Das Grinsen des Hauptmanns wurde noch breiter. »Seit vielen Zeitaltern versucht immer wieder einer dieser Narrenfürsten, Arakand zu erobern, doch bekanntlich ist es noch keinem gelungen. Und die Erzählungen von hohen Lösegeldern entspringen zum Großteil Legenden.«

»Ich bin nur ein einfacher Krieger«, stellte Kellorn klar. »Alles, was ich will, ist ein voller Magen, ein gutes Leben, ein Bett zum Schlafen und genug Silber, um ab und zu eine Taverne aufsuchen zu können. Ich habe gehört, dass man all das bekommt, wenn man Söldner des Gottkaisers wird.«

»Da hast du richtig gehört«, bestätigte der Hauptmann. »Und abgesehen von den Dingen, die du aufgezählt hast, bekommst du sogar noch einiges obendrauf.«

»Was muss ich tun?«

»Kannst du schreiben?«

»Nein. Aber ich habe ein Zeichen.«

Der Hauptmann deutete auf das Pergament, das vor ihm auf dem fleckigen Tisch lag – einem Tisch, dessen Holz ganz sicher irgendwann vor langer Zeit einmal hell gewesen war und nun die graue Farbe eines Mäusefells oder eines Stück schimmeligen Brotes hatte. Neben dem Pergament stand ein Tintenfass, aus dem eine Gänsefeder ragte. »Mach dein Zeichen!«, forderte der Hauptmann den Bewerber auf.

Auch Kellorn grinste breit. Er nahm die Feder. Etwas von der Tinte tropfte dabei auf das Blatt und hinterließ einen sternförmigen Klecks. Kellorn zuckte zusammen. So unerschrocken und stark der Barbar auch gerade noch erschienen war, so verunsichert wirkte er auf einmal.

Wahrscheinlich ist es das erste Mal, dass er auf zivilisierte Art zu schreiben versucht, anstatt sein Zeichen in irgendeinen Baum oder Stein zu ritzen, dachte der Hauptmann.

»Nun mach schon!«, verlangte er.

Kellorn machte ein Zeichen. Einen Strichmann, eine Wellenlinie und eine gezackte Linie.

Der Hauptmann hob die Augenbrauen. »Der Strichmann steht für dich, die Wellenlinie für das Meer und die gezackte Linie für die Felsen im Reich an der Steinigen Küste?«

»Richtig«, bestätigte Kellorn.

»Ich habe Dutzende von Männern, die ihren Kontrakt mit einem ähnlichen Zeichen unterschrieben haben.«

»Viele Männer aus meiner Heimat haben denselben Traum von der goldenen Stadt in der Mitte der Welt.«

Der Hauptmann lachte heiser. »Dein Zeichen sollte sich von denen der anderen unterscheiden, Kellorn. Sonst wirst du vielleicht eines Tages bestreiten, dass du es warst, der diesen Kontrakt unterzeichnet hat.«

Der Barbar überlegte kurz. Dann umrundete er sein Zeichen noch mit einem Kreis. »So besser?«

»Besser.« Der Hauptmann ließ sich von Kellorn die Feder geben und schrieb hinter das Zeichen den Namen des Bewerbers in gut leserlichen arakandischen Lettern. Dann sagte er: »Merk dir meinen Namen. Ich bin Hauptmann Ogandus. In den ersten vier Wochen bekommst du ein Drittel deines Solds, danach die Hälfte und nach sechs Wochen den vollen Betrag. Hast du das verstanden?«

»Ja«, nickte Kellorn.

»Du bringst eigene Waffen mit?«

»Ein Schwert, ein Langmesser, einen Parierdolch und eine Streitaxt mit langem Stiel«, zählte Kellorn auf. Das Schwert trug er über dem Rücken, Langmesser und Axt am Gürtel, und den Griff des Parierdolchs sah der Hauptmann aus dem Stiefelschaft ragen.

»Hast du einen Schild?«, fragte Ogandus.

»Nur einen Buckler.« Kellorn drehte sich etwas. Der Buckler war aus Metall, ungefähr so groß wie ein Teller und hatte eine Wölbung für die Faust – einsetzbar, um Schläge abzuwehren oder auch welche auszuteilen. Der Buckler an Kellorns Gürtel war ziemlich verbeult.

Minderwertiges Metall oder viel benutzt?, fragte sich Ogandus. *Wahrscheinlich beides.*

»Dann leg deine Waffen mal auf den Tisch. Ich will sehen, ob sie zu gebrauchen sind.«

Kellorn zögerte. Misstrauen stand in seinen Zügen. Das Misstrauen eines Mannes, der nur das besaß, was er am Leib trug, der mit den allernötigsten Habseligkeiten aus seiner Heimat im Reich an der Steinigen Küste aufgebrochen war, um sein Glück zu machen. So jemand gab die wenigen Dinge, die er besaß, nicht gern aus der Hand.

»Na, mach schon. Du kriegst alles zurück. Aber ich will nicht, dass Söldner des Gottkaisers mit rostigen, brüchigen Waffen kämpfen. Wenn die Sachen zu gebrauchen sind, bekommst du für die Benutzung deiner eigenen Waffen einen Bonus ausgezahlt. Schließlich entlastet das die Stadtkasse von Arakand, wenn du nicht aus den Beständen unserer Waffenkammer ausgerüstet werden musst.«

So legte Kellorn schließlich der Reihe nach seine Waffen auf den Tisch.

Hauptmann Ogandus prüfte sie der Reihe nach. »Der Parierdolch taugt nicht mal zum Fingernägelsaubermachen, aber der Rest ist in Ordnung«, lautete sein Urteil. »Du bekommst zwei Drittel des Bonus.«

»Wieso nur zwei Drittel? Etwa nur wegen der Roststelle am Dolch?«

»Nur gute Bogenschützen und Armbrustschützen mit eigener Waffe bekommen den vollen Bonus. Mehr kann ich dir nicht zugestehen. Mit dem Dolch hat das nichts zu tun. Was den angeht, rate ich dir nur aufzupassen, dass du dich nicht selbst daran verletzt.«

»Ich kann mit dem Langbogen umgehen, allerdings konnte ich keine Waffe aus dem Feldlager von Fürst Fengor mitnehmen.«

»Für Bogenschützen ohne eigene Waffe gibt es auch einen

Bonus. Außerdem musst du erst mal beweisen, dass du nicht nur schießen, sondern auch *treffen* kannst.«

Der Barbar machte eine ausholende, ziemlich großspurig wirkende Geste. »Kein Problem! Das ist eine Kleinigkeit für mich!«

»Ich werde mir später deine Schießkünste ansehen. Du kannst deine Waffen wieder einpacken.«

»Danke.«

»Deine Kleidung ist in einem üblen Zustand. Du wirst neue bekommen, denn in den Schlafsälen deiner Garnison wird es bei dem Gestank niemand in deiner Nähe aushalten. Und ich fürchte, auch jedes Freudenmädchen wird dich aus Angst vor dem Erstickungstod zurückweisen.«

»Aber …«

»Du bekommst neue Sachen, aber die werden dir in fünf Monatsraten vom Sold abgezogen.« Während Kellorn seine Waffen wieder einsteckte, erhob sich der Hauptmann. »Ich lese dir jetzt noch einmal den Kontrakt mit deinen Pflichten vor, und du wirst anschließend schwören, dich daran zu halten und dem Gottkaiser treu ergeben zu sein.«

»Gut«, nickte Kellorn.

Ogandus las Kellorn daraufhin alle Paragrafen des Kontraktes vor und endete schließlich mit der Aufforderung: »Sprich jetzt folgende Worte, Kellorn aus dem Reich an der Steinigen Küste: Ich schwöre dem Gottkaiser von Arakand und meinen vorgesetzten Offizieren in der Stadtwache Gehorsam und Treue …«

»Ich schwöre dem Gottkaiser von Arakand und meinen vorgesetzten Offizieren in der Stadtwache Gehorsam und Treue …«, echote Kellorn.

»… so wahr mir der Namenlose Gott helfe oder mich zu ewiger Verdammnis verfluche, sollte ich diesen Schwur breche.«

»… so wahr mir der Namenlose Gott und Tarron, der

Herr des Seereichs, und Arron, der Herr des Felsreichs, helfen oder mich verfluchen.«

Ogandus' Augen wurden schmal. »Da war eine kleine Abweichung in deinem Schwur.«

»Ich denke, viele Götter helfen viel«, antwortete Kellorn.

»Und ich denke, du solltest die verbotenen Götter deiner Heimat nie wieder anrufen, wenn du hier in Arakand glücklich werden willst, Kellorn. Sonst landest du schneller in einer Kerkerzelle oder auf einem Scheiterhaufen, als du deinen rostigen Parierdolch aus dem Stiefel ziehen kannst!«

Kellorn schluckte. »Ich werde es mir merken«, versprach er.

Ogandus glaubte ihm kein Wort. *Wahrscheinlich wirst du jeden Tag zu allen möglichen Göttern beten, wie das in deiner Heimat üblich scheint,* wusste er aus Erfahrung. *Ich hoffe nur, dass du das still und schweigend tust – denn ich verliere ungern gute Krieger. Nicht aus diesem Grund jedenfalls!*

Die Garnison war in einem großen Sandsteinbau untergebracht. Der Innenhof war von einer hohen Mauer umgeben, und bis zur äußeren Stadtmauer, auf deren Wehrgängen die Söldner überwiegend eingesetzt wurden, war es nur ein kurzer Weg. Zwanzig solcher Garnisonen gab es allein entlang der äußersten Stadtmauer. An jedem weiteren Mauerring, der die Stadt zur Landseite hin verteidigte, befanden sich ebenfalls solche Garnisonen, ebenso innerhalb des Palastes, bei den verschiedenen Häfen und auf der Ostseite der Straße von Arakand in jenem Stadtteil, den man das Kettenende nannte.

Kellorn war natürlich klar gewesen, dass er es sich nicht aussuchen konnte, wo er eingesetzt wurde. Aber es kam ihm nun doch schon etwas seltsam vor, in Zukunft hinter einer Wehrmauer Posten zu beziehen, die unter anderem ausgerechnet von jenem Heer belagert wurde, dem er selbst einst angehört hatte.

Ein Söldner aus den Mannschaftsdienstgraden führte Kellorn zunächst zur Kleiderkammer. Dort wurde er komplett neu eingekleidet, und jedes Stück Stoff, das man ihm aushändigte, wurde peinlich genau in einer Liste eingetragen.

»Wie heißt du?«, fragte Kellorn den Söldner, der schätzungsweise Mitte dreißig war und offenbar bereits einige Kämpfe für seinen Herrn bestritten hatte. Jedenfalls fand sich auf seiner Stirn eine Narbe, von der Kellorn vermutete, dass sie von einem Schwertstreich oder zumindest durch den Hieb eines Langmessers herrührte. »Ich bin Tubal«, sagte der Söldner.

»Du sprichst wie einer aus Boranien«, stellte Kellorn fest.

»Daher komme ich auch. Aber wo, beim Namenlosen Gott, ist jemandem wie dir schon ein Boranier begegnet?«, wunderte sich Tubal.

»Das Schiff, mit dem ich aus dem Reich an der Steinigen Küste nach Süden gelangte, ankerte vor dem boranischen Hafen. Von dort bin ich dann weitergezogen. Darum weiß ich, wie die Leute dort reden.«

»Jetzt bist du in Arakand, und hier wird in jeder Straße anders geredet.«

Tubal führte Kellorn in den Schlafsaal und zeigte ihm seinen Platz. Die einfache Liege samt Decke, die ihm hier zur Verfügung stand, war besser als nahezu jeder andere Ort, an dem er in den letzten Jahren genächtigt hatte. In seinem Heimatdorf an der Steinigen Küste hatte er als Junge jene Männer bewundert, die in Arakand gewesen und nach vielen Jahren schließlich zurückgekehrt waren. Im Vergleich zu allen anderen im Dorf waren sie zumeist unvorstellbar reich. Ihr Besitz an Silber überstieg jedes Vorstellungsvermögen und hatte in Kellorn und anderen Jungen die Sehnsucht erweckt, in der fernen, genau unter dem Himmelsbogen in der Mitte der Welt gelegenen Stadt eines Tages ihr Glück zu machen.

Viele von jenen, die aufgebrochen waren, kehrten niemals zurück. Vielleicht, weil sie es tatsächlich zu Wohlstand gebracht, eine Familie gegründet und von ihrem Veteranensilber ein Geschäft gegründet hatten. Dass viele von ihnen es vielleicht niemals bis Arakand geschafft hatten und schon vorher auf die eine oder andere Art ums Leben gekommen waren, war Kellorn erst nach der stürmischen Überfahrt an die Küste des Gürtels der Welt klar geworden – und noch mehr, nachdem er im boranischen Hafen an Land gegangen war.

Tubal führte Kellorn zu einer großen Wandtafel, die mit Kreidezeichen übersät war.

»Sieh dir das gut an, Barbar«, sagte Tubal.

»Ich kann nicht lesen.«

»Dann solltest du es dir schleunigst beibringen – zumindest gut genug, um die Einsatzpläne für die Wachen lesen zu können.« Tubal grinste. »Die Stadt Arakand verzeiht ihren Söldnern vieles, aber keine Unpünktlichkeit. Die Zahlen bezeichnen die Stunden – die Tempelglocken zeigen dir in ganz Arakand an, die wievielte Stunde es gerade geschlagen hat –, und dahinter stehen die Namen der Zugführer und wo sie eingesetzt werden.« Tubal deutete auf eine bestimmte Zeichenfolge. »Da steht mein Name – Tubal. Und wann immer der hier irgendwo verzeichnet ist, bist du auch dabei, denn du gehörst zu meinem Zug. Die sechsundzwanzig Zahlen für die sechsundzwanzig Stunden des Tages wirst du dir merken müssen. Die Bezeichnungen der Mauerabschnitte sind nicht so wichtig; wenn du einfach nur immer pünktlich zur Stelle bist, kannst du mit den anderen zu deinem Posten gehen.«

»Ich werde mir Mühe geben«, versprach Kellorn.

»Tu einfach, was man von dir erwartet. Nicht mehr, aber auch nicht weniger. Dann wirst du eines Tages ein glückliches Veteranenleben führen.« Tubal lachte heiser und deutete in die Höhe. »Vorausgesetzt, das Zweite Sonnenlicht kocht uns nicht alle vorher bei lebendigem Leib.«

Kellorn sah Tubal etwas irritiert an, und eine tiefe Furche bildete sich auf seiner Stirn. Er hatte die Bemerkung des Zugführers offensichtlich nicht verstanden.

Tubal machte eine wegwerfende Handbewegung.

»Das sagt man hier in Arakand so«, erklärte er dann. »Aber niemand glaubt, dass es wirklich je geschieht. Davor schützt uns schließlich die Macht des Gottkaisers.«

»Ich habe von dieser Macht gehört«, sagte Kellorn. »Er ganz allein vermag angeblich das Zweite Sonnenlicht wieder fortzuschicken, wenn es sich der Welt zu sehr nähert.«

»Ich dachte, im Reich an der Steinküste glaubt man ebenfalls an den Namenlosen Gott ...«

»Das tut man.«

»Und an die Macht des Gottkaisers?«

»Auch das. Wenn allerdings auch ...« Kellorn brach ab. Nachdem ihn der Hauptmann bereits eindringlich davor gewarnt hatte, die alten Götter seiner Heimat anzurufen, dachte der Barbar, dass es wohl besser war, sich nicht auf eine Diskussion über Glaubensfragen einzulassen. Im Nachhinein verstand er nun auch die schiefen Blicke, die er hier und dort schon für seine Angewohnheit geerntet hatte, bei den Namen seiner Götter zu fluchen. Sowohl in Boranien als auch im Reich von Fürst Fengor schien man in dieser Hinsicht allerdings toleranter zu sein als in Arakand, dieser ach so heiligen Stadt des allerheiligsten Gottkaisers, wo in mehr oder minder regelmäßigen Zyklen von mehreren Jahren oder Jahrzehnten die Welt vor dem Zweiten Licht gerettet wurde.

Tubals Augen wurden schmal. Er musterte Kellorn. »Du wolltest noch etwas sagen, Barbar.«

»Es war wohl nicht so wichtig.«

»Wenn du das sagst ...«

»Möge der Namenlose Gott verhindern, dass diese wunderschöne Stadt jemals erobert wird«, sagte Kellorn.

Tubal lachte. »Und das sagt einer, der noch vor ein paar

Tagen in die Kampfschreie der Barbaren eingestimmt hat und genau das Gegenteil schwor!«

Kellorn zuckte mit den breiten Schultern. »Die Dinge ändern sich – manchmal.«

Tubal nickte langsam. Sein Blick fixierte Kellorn aufmerksam. »Und man sagt auch, dass deinesgleichen schwach im Glauben ist – manchmal.«

Kellorn erwiderte den Blick des Söldners und wirkte im ersten Augenblick etwas überrascht. Das mit dem Glauben schien ein empfindlicher Punkt in Arakand zu sein, und Kellorn nahm sich erneut vor, sich dazu nicht mehr zu äußern. Jede auch nur beiläufige Bemerkung mochte hier missverstanden werden. Dass man in Arakand, dieser sonst so toleranten Stadt in der Mitte der Welt, in der Menschen aus aller Herren Länder lebten, ausgerechnet in Fragen des Glaubens so intolerant und engstirnig war, begriff Kellorn nicht. Im Vergleich dazu erschien ihm die Versammlung der Ältesten seines Heimatdorfes an der Steinigen Küste geradezu großherzig.

Später musste Kellorn im Hof seine Schießkünste beweisen. Außer Tubal und jenen Söldnern, die gerade von ihren Wachdiensten auf den Wehrgängen und Türmen der Stadtmauern zurückgekehrt waren, fand sich auch Hauptmann Ogandus ein.

Kellorn bekam einen Bogen, der fast so lang war wie er selbst. Der Barbar prüfte die Waffe eingehend. »Keine schlechte Arbeit«, stellte er fest.

»Ein Kompositbogen, hergestellt von einem der besten Bogenmacher der Stadt«, sagte Tubal. »Und da Arakand in schöner Regelmäßigkeit angegriffen und belagert wird, kann man wohl davon ausgehen, dass dieses Gewerbe nie ausstirbt.«

Kellorn strich mit der Hand erst über die Bogensehne,

dann über das verleimte Holz, aus dem der Kompositbogen hergestellt war. Die Wundereigenschaften der zusammengeleimten Kompositbogen hatte Kellorn schon auf verschiedenen Schlachtfeldern miterlebt. In seiner Heimat im Reich an der Steinigen Küste bevorzugte man allerdings Bogen, die aus einem Stück gefertigt waren. Es regnete einfach zu häufig, als dass man sich darauf verlassen konnte, dass ein zusammengeleimter Bogen »nicht aus dem Leim ging«, wie man so schön sagte.

Die Pfeile in dem Köcher, den man Kellorn reichte, hatten Federn in den Farben der arakandischen Stadtflagge, Blau, Schwarz und Gelb. Blau stand für das Meer, Schwarz für den Himmelsbogen und Gelb für das Feuer des Zweiten Sonnenlichts, das vom arakandischen Gottkaiser fortgeschickt wurde, ehe es die Welt verbrennen konnte.

An der Ausschmückung dieser Details war für Kellorn sofort zu erkennen, dass die arakandischen Söldner offenbar nicht viele Kämpfe zu bestehen hatten. Ihre Pfeile wurden jedenfalls wohl ziemlich selten tatsächlich gebraucht, sonst hätte man sich nicht damit aufgehalten, sie so zu verzieren. *Gut so,* dachte der Barbar. Genau so hatte er sich das Leben in der bedeutendsten und reichsten Stadt der Welt vorgestellt. Kaum schmutzige Söldnerarbeit, dafür viel Silber und jederzeit eine Schänke oder ein Freudenhaus in der Nähe, wo man diese leicht verdienten Reichtümer gleich wieder ausgeben konnte.

Dies muss der Garten der Glückseligen sein, dachte Kellorn. In den Legenden, die man sich an der Steinigen Küste immer wieder erzählte, war stets von so einem Garten die Rede, in dem es den Menschen an nichts mangelte und wo sie sorglos in den Tag hinein leben konnten. Ein Garten, der vom Namenlosen Gott bewacht wurde und in den nach dem Tod nur diejenigen Eingang fanden, die im Leben gute Menschen, tapfere Helden oder geschickte Händler gewesen waren. Es gab allerdings auch eine Version, die nur hinter vorgehaltener Hand und wenn kein Priester der Kirche des Namenlosen Gottes in der Nähe war, erzählt wurde. Danach stritten die Götter Tarron und Arron ständig darum, wem von ihnen der Garten gehörte. Und jede Seele, die dort Eingang finden wollte, musste sich entscheiden, auf wessen Seite sie sich stellte. Nur diejenigen Seelen, die sich auf die Seite des Siegergottes gestellt hatten, durften anschließend in der Glückseligkeit des Gartens leben – und auch das nur, bis die beiden Götter erneut aneinandergerieten und miteinander kämpften. Ein Kampf, der sich ewig wiederholte, dessen Ausgang stets offen war und dazu führte, dass die Anhänger des Verlierergottes bis zum nächsten Götterkampf aus dem Garten der Glückseligen verbannt wurden. Insofern gefiel Kellorn die Version, die die Kirche des Namenlosen Gottes lehrte, durchaus besser. Wenigstens im Jenseits sollte man schließlich seine Ruhe haben und nicht andauernd befürchten müssen, aus dem paradiesischen Garten wieder vertrieben zu werden. Allerdings hatte ihn der alte Schamane seines Dorfes, zu dem man ging, wenn man irgendeine Krankheit hatte und dafür einen heilenden Trunk brauchte, gelehrt, dass man schließlich nicht sicher sein könnte, ob die Priester mit ihrer Ansicht tatsächlich recht hatten. Und so hatte der Schamane ihm das empfohlen, was insgeheim die meisten Bewohner des Reiches an der Steinigen Küste ohnehin schon taten: sicherheitshalber zu allen bekannten Göttern, Naturgeistern, Elementarmächten, Gestirnen, Ahnen und was es sonst noch an Verehrungswürdigem gab zu beten. Dann war das Risiko, dass eine dieser Mächte vielleicht beleidigt war, am geringsten.

Daran hatte sich Kellorn bisher gehalten.

Den Grund dafür, dass ein Gott oder seine Priester darauf bestanden, dass man nur ihn allein verehren dürfe, hatte er nie wirklich verstanden. Aber zumindest in Arakand, dem jahrtausendealten Zentrum der Welt und des Glaubens, musste er sich wohl oder übel daran halten, wenn er Ärger vermeiden wollte. Das hatte er inzwischen eingesehen.

»Jetzt zeig mal, was du kannst«, meinte Hauptmann Ogandus. »Die Steinküstenkrieger sind zwar für ihren Mut und ihre Tollkühnheit bekannt, aber auch dafür, dass sie ihre Fähigkeiten bisweilen arg überschätzen!« Ogandus lachte. »Wir wollen sehen, ob das bei dir auch der Fall ist, Barbar!« Er blickte an Kellorn herab und nickte anerkennend. Inzwischen trug Kellorn neue Kleider, und so nahm er an, dass es irgendwie damit zusammenhing. »Du bist kaum wiederzuerkennen, Barbar!«, sagte Hauptmann Ogandus. Er wandte sich anschließend an Tubal. »Sorg dafür, dass er sich die Haare schneiden lässt. Sonst erschrecken sich die Schankmädchen vor ihm, weil sie denken, dass er ein Tiermensch ist.«

Die anderen lachten.

Kellorn legte einen Pfeil ein.

Eine Strohpuppe war aufgestellt worden. Sie erinnerte Kellorn an die Vogelscheuchen auf den Feldern in Boranien.

Ogandus selbst korrigierte unterdessen noch einmal den Abstand, aus dem Kellorn schießen sollte.

»Lass dein Auge sich diese Entfernung merken«, sagte Ogandus. »Denn wenn die Feinde so nahe an die Mauern herangekommen sind, schießen wir!«

»Ich weiß«, sagte Kellorn. »Ich habe schon auf der anderen Seite gekämpft und mich gefragt, warum die Bogenschützen nicht früher schossen.« Kellorn zuckte mit den Schultern. »Vermutlich, weil es in ihren Reihen nicht so viele gute Schützen gibt.«

»Wenn du tatsächlich schon von der anderen Seite gegen unsere Mauern gestürmt bist, dann weißt du ja, dass es nur sehr wenige Angreifer überhaupt so weit schaffen, weil die anderen zuvor schon von den Katapulten niedergemacht werden. Es sind Einzelne, und die müssen sicher getötet werden.«

»Also etwa so!«, sagte Kellorn und schoss den Pfeil ab.

Er drang der Strohpuppe durch den Kopf.

Innerhalb eines Augenaufschlags hatte Kellorn einen zweiten Pfeil eingelegt und ebenfalls abgeschossen. Ein dritter, vierter und fünfter folgte in so unglaublich kurzer Zeit, dass selbst Ogandus der Mund offen stand, weil er vor lauter Staunen vergaß, ihn wieder zu schließen.

»Ich glaube, der Kerl wäre jetzt ganz sicher tot«, stellte Tubal fest, denn alle Pfeile hatten den Kopf der Strohpuppe getroffen. »Da hätte wohl nicht einmal ein Helm was retten können!«

»Ich würde ebenso gut aus doppelter Entfernung treffen«, erklärte Kellorn in der ihm eigenen Großspurigkeit.

»Ich glaube, es ist nicht nötig, dass du uns das noch vorführst, Barbar«, meinte Tubal.

Aber Hauptmann Ogandus hob die Hand. Er schien anderer Ansicht zu sein. »Ich will sehen, ob du die Wahrheit sprichst oder dich einfach nur zu wichtig nimmst!«

»Nichts leichter als das«, behauptete Kellorn. »Aber ich werde wohl erst die Pfeile aus dem Kopf des Strohmanns entfernen müssen, sonst gibt's da keine freie Fläche mehr, wo ich etwas treffen könnte!«

Während Kellorn die Pfeile der Reihe nach und möglichst vorsichtig aus dem Kopf der Strohpuppe herauszog, um dabei weder die Steuerfedern an den Schäften noch die Strohpuppe selbst allzu sehr in Mitleidenschaft zu ziehen, wurden unter den Söldnern bereits Wetten darüber abgeschlossen, ob Kellorn es wohl schaffen würde, seine Ankündigung in die Tat umzusetzen.

Die Meinungen darüber waren geteilt.

Aber die Mehrheit war davon überzeugt, dass Kellorn seinen großen Worten weitere große Taten folgen lassen würde.

Kellorn schritt diesmal selbst die Strecke ab. Er postierte

sich schließlich am anderen Ende des Innenhofs der Garnison. Weiter ging es nicht, sonst hätte Kellorn die Mauer überklettern müssen.

Wieder spannte er den Bogen und schoss die Pfeile kurz hintereinander ab. Die Bewegungen waren fließend. Wer ihm zusah, begriff, dass die Geschmeidigkeit und scheinbare Selbstverständlichkeit dieser Bewegungsabläufe ein Ergebnis sehr langer und sehr häufiger Übung war. Alle Pfeile trafen ihr Ziel mit einer nur unwesentlich geringeren Präzision, als es aus kürzerer Distanz der Fall gewesen war. Alle – bis auf einen. Als Kellorn den letzten Pfeil abschießen wollte, rutschte ihm der Finger an der Sehne entlang. Der Pfeil war weg, erreichte aber nicht sein Ziel, sondern flog in einem viel zu hohen Bogen über die gegenüberliegende Garnisonsmauer.

Hauptmann Ogandus winkte Kellorn mit einer Handbewegung herbei. Kellorn kam zuerst zögernd, dann mit immer zielstrebigeren und entschlosseneren Schritten auf den Hauptmann zu. In einem angemessenen Abstand blieb er stehen und stützte sich dabei auf den Langbogen, den man ihm gegeben hatte. »Nun, ich gebe zu, der letzte Schuss war nicht so, wie er hätte sein sollen …«

»Vergiss den letzten Schuss, Barbar«, unterbrach der Hauptmann Kellorns Entschuldigung. »Ich hoffe nur, dass der Pfeil niemanden auf der Straße getroffen hat, denn dann wäre deine Karriere in der Stadtwache von Arakand von kurzer Dauer gewesen, weil man dich als Mörder verurteilen wird.« Ogandus grinste. »Aber da man keinen Schrei hörte, gehe ich davon aus, dass du Glück gehabt hast.«

»Bekomme ich den Bonus eines Bogenschützen?«

»Du bekommst ihn. Und du bekommst auch einen Bogen. Dafür ziehen wir dir den zehnten Teil des Bonus jeden Monat ab, bis der Wert des Bogens abbezahlt ist.«

»Damit bin ich einverstanden«, sagte Kellorn.

Ogandus machte eine wegwerfende Handbewegung. »Als ob dich danach jemand gefragt hätte, Barbar!«

Als der Hauptmann gegangen und sich der Auflauf von Söldnern im Innenhof der Garnison wieder aufgelöst hatte, wandte sich Tubal noch einmal an Kellorn. »Du solltest deine Zunge etwas mehr im Zaun halten, Kellorn. Deine Zunge und dein Temperament. Sonst wirst du dich in größte Schwierigkeiten bringen.«

Kapitel 4

Baladus lag regungslos da. Gezwungenermaßen regungslos, denn es gab kaum einen Muskel seines Körpers, den er zu kontrollieren vermochte. Stunden waren vergangen, seitdem ihn der Assassine mit dem Wechslergesicht zurückgelassen hatte. Stunden, in denen Baladus hilflos dagelegen und in immer kürzeren Abständen mit dem Tod gerungen hatte, wenn ein weiterer Hustenanfall seinen Körper erfasste und der Schleim seine Atemwege blockierte. Er konnte weder richtig schlucken noch würgen oder auf irgendeine andere halbwegs Erfolg versprechende Weise dafür sorgen, dass er wieder Luft bekam. Zwischenzeitlich war er kurz davor gewesen, das Bewusstsein zu verlieren und in eine vermutlich tödliche Ohnmacht zu sinken. Dass er noch lebte, obwohl ihm niemand den Rücken abgeklopft und ihm ein in ätherische Öle getauchtes Tuch vor Rachen und Nase gehalten hatte, war reine Glückssache. Vielleicht auch die Gnade des Namenlosen Gottes, aber Baladus hatte früh gelernt, dass man besser nicht ausschließlich auf diese Gnade baute, wenn es ums Überleben ging.

Seit seiner Geburt war er auf die Hilfe anderer angewiesen. Früh war ihm klar gewesen, dass er nichts erreichen konnte, wenn er es nicht schaffte, andere für sich in den Dienst zu stellen und sie dazu zu bringen, das zu tun, was er wollte. Schon als Kind hatte er die Luft genau so lange anzuhalten vermocht, dass er ohnmächtig wurde, damit man sich augenblicklich um ihn kümmerte. Im Moment hätte Baladus so etwas ungern wiederholt. Dazu war die Verschleimung seiner Atemwege einfach zu weit fortgeschritten und der Ausgang eines solchen Experiments daher vollkommen unkalkulierbar. Den schmalen Grat zwischen Leben und Tod, zwischen Ohnmacht und ewiger Dunkelheit kannte Baladus sehr wohl.

Bisher hatte er diese Grenze nicht überschritten.

Keine Macht der Welt war stärker als sein Wille. Und letztlich, so sagte seine Erfahrung, kam es immer genau darauf an: Wer den stärkeren Willen hatte, konnte allein mit dieser Kraft sein Gegenüber zum Gehorsam zwingen. Manchmal sogar, ohne dass dem anderen dies wirklich bewusst wurde. Das, so fand Baladus, war sogar die beste und wirkungsvollste Art des Gehorsams. Wenn der andere nicht einmal merkte, dass er gar nicht aus eigenem Antrieb handelte, obwohl er sich auf einem Weg befand, den ein anderer vorgegeben hatte.

Er, der scheinbar immer hilflos gewesen war, war genau das jedoch in Wahrheit niemals.

Niemals – bis zu diesem Tag.

Denn auch das größte Geschick im Erzwingen fremden Gehorsams, die größte Raffinesse in der Beeinflussung anderer nützte nichts, wenn man allein war. Wenn es niemanden gab, den man für sich die Dinge tun lassen konnte, zu denen man aus eigener Kraft nicht fähig war.

Baladus hatte es stets vermieden, allein zu ein. Die elf anderen Mitglieder seiner Mönchsgemeinschaft waren stets um ihn gewesen. Selbst wenn die meisten in den benachbarten Tempel gegangen waren, um dort ihren Gebetspflichten nachzukommen, war einer von ihnen immer in Rufweite geblieben, um dem Krüppel notfalls helfen zu können.

Doch nun war Baladus allein.

Zum ersten Mal seit sehr langer Zeit. Wieder und wieder hatten die Tempelglocken überall in Arakand geschlagen, was bedeutete, dass wieder eine Stunde vergangen war.

Baladus fühlte sich elend und schwach. Nicht körperlich schwach, denn das war er ohnehin immer gewesen. Vollkommene Kraftlosigkeit ließ sich nicht mehr unterbieten. Was diesen Punkt anging, hatte er den Tiefpunkt schon bei seiner Geburt erreicht. Wenn eines Tages auch noch sein Atem versagte, war ohnehin keine Rettung mehr möglich. Sinnlos also, sich darüber Sorgen zu machen. Es geschah oder geschah nicht. Und wenn es so weit war, war es so unausweichlich wie die Bahnen der beiden Sonnenlichter.

Nein, in diesen Augenblick, da er allein in seinem Bett lag, fühlte er zum ersten Mal, seit er sich erinnern konnte, dass auch sein *Wille* erste Anzeichen von Schwäche zeigte. Eine Schwäche, die durch die vollkommene Aussichtslosigkeit seiner Lage bedingt war. Der Schleim rann ihm aus Nase und Mund und wurde vom Bettzeug aufgesogen. Genau wie dieser zähflüssige Schleim, der ihm jeden Atemzug zur Qual machte, schien auch sein Lebenswille langsam aus ihm herauszufließen.

Wie sehne ich mich nach der Rückkehr meines Mörders, dachte er in seiner Verzweiflung. *Dolch. Wer immer ihm diesen Namen gab, hatte entweder sehr viel oder überhaupt keinen Humor.* Wäre Baladus dazu imstande gewesen, die Muskulatur seines Gesichts zu bewegen, er hätte in diesem Moment gelächelt. Aber auch das konnte er nicht. *Sollte dieser Assassine sich seinen Namen selbst gegeben haben, ist sicherlich Letzteres der Fall,* setzte er in Gedanken hinzu. *Ich hätte Dolch nicht fortschicken dürfen,* dachte er. *Ich hätte nicht damit zufrieden sein dürfen, ihn davon abzuhalten, mich ebenso zu töten wie meine Mönchsbrüder … Nein, ich hätte ihn dazu bringen müssen, hier zu bleiben und …*

… mir zu helfen?

Der letzte Halbsatz dieses Gedankens schien wie ein fernes spöttisches Echo aus den Tiefen seiner Seele in seinem Kopf widerzuhallen.

Einen Assassinen dazu bringen, seinem Opfer zu helfen – das ist viel-

leicht selbst für dich etwas zu ehrgeizig, dachte Baladus dann halb ernüchtert und halb amüsiert. *Aber sollte man sich nicht eigentlich immer an den anspruchsvollsten Aufgaben messen? Wärst du noch am Leben, wärst du vor den Anforderungen deines komplizierten Lebens zurückgeschreckt?*

Doch es war wohl zu spät, dies zu bedauern.

Tatsache war, dass er zumindest eine Überlebenschance gehabt hatte, solange irgendjemand in seiner Nähe war, selbst wenn dieser Jemand ein Assassine mit dem Auftrag war, alle Mönche dieser Gemeinschaft ums Leben zu bringen.

Verloren war Baladus nur, wenn er allein war.

Und unglücklicherweise war genau das der Fall.

Es musste bereits später Nachmittag sein, denn das Zweite Sonnenlicht schien geradewegs durch das Fenster von Baladus' Zimmer. Normalerweise wäre längst einer seiner Mönchsbrüder zur Stelle gewesen, um den Alabastervorhang herunterzulassen und ihn so zu betten, dass ihm das Zweite Sonnenlicht nicht geradewegs ins Gesicht schien. Besonders unangenehm würde es gegen Abend werden, denn derzeit gingen beide Sonnen so unter, dass sie beide für ungefähr eine Stunde geradewegs in sein Zimmer strahlten. *Mal sehen, ob das Licht von zwei Sonnen ausreicht, um mich zu verbrennen,* dachte Baladus. *Vielleicht wird es mich lediglich blind machen …*

In anderen Phasen des jahrzehntelangen Zyklus, in dem sich die beiden Lichter am Himmel der Welt auf ihren vorgezeichneten Bahnen bewegten, mochte schon das Feuer des Zweiten Lichts ausreichen, um einen Menschen zu verbrennen, der sich ihm zu lange aussetzte.

Die Berechnung der Bahnen, das Studium der Kräfte, die diese Lichter durch die Unendlichkeit des Alls bewegten und die dafür sorgten, dass sich eines von ihnen in mehr oder minder regelmäßigen Abständen der Welt gefährlich näherte, hatte Baladus ein Leben lang beschäftigt. Die erste Erinnerung seines Lebens war der Blick aus einem Korb, in den man ihn gebettet und ausgesetzt hatte, in der Hoffnung, dass er sterben möge. Dass ein Mönch der Wissenden Brüder ihn gefunden und aufgenommen hatte, war nicht vorhersehbar gewesen.

Dieser erste bewusste Blick war geradewegs zum Himmel gegangen – und Baladus erinnerte sich so intensiv daran, als wäre es gerade erst geschehen. Der dunkle Himmelsbogen, der sich von Horizont zu Horizont erstreckte, der den Himmel in Nord und Süd teilte, und die beiden Sonnen, von denen sich in jenem lange zurückliegenden Moment gerade jeweils eine in jeder Himmelshälfte befunden hatte – diesen Anblick hatte Baladus niemals vergessen. Er trug ihn in sich, und die perfekte Symmetrie, in der die beiden Sonnen damals im Verhältnis zum Himmelsbogen gestanden hatten, war ihm seitdem nie wieder am Himmel aufgefallen.

Jener Augenblick hatte Baladus' Leben geprägt. Von da an hatte ihn nichts so interessiert wie die Dinge, die sich am Himmel abspielten, und die Kräfte, die dieses gewaltige Schauspiel noch gewaltigerer Körper inszenierten.

Ein Interesse, das er mit den Mönchen vom Orden der Wissenden Brüder teilte. Barmherzigkeit und Wissbegierde, das waren für sie die wichtigsten Gebote des Namenlosen Gottes, dessen Kraft sie in jedem Naturphänomen zu entdecken trachteten. Für sie war es keine Gotteslästerung, die Gesetze zu erschließen, nach denen sich die Himmelskörper bewegten und sich Naturgewalten entfalteten.

Gesetze, die sich in Zahlen ausdrücken ließen.

In der Kunst der Mathematik, die von manchen als eine schwarze, verbotene Kunst angesehen wurde. Für Baladus war sie nichts anderes als ein Ausdruck des reinen Gedankens. Diese Klarheit hatte ihn in ihren Bann geschlagen. Mochte er auch ein Krüppel sein, so gab ihm diese Kunst doch die Möglichkeit, Wahrheiten über die Bewegungen so ferner Dinge wie der beiden Sonnen oder des Mondes oder des Himmelsbogens zu erkennen. Und das, obwohl er sich selbst nicht einmal einen Faden weit zu bewegen vermochte. Es war eine gewisse Ironie, dass er die Kräfte, die die Welt bewegten, zu durchschauen vermochte, während er selbst so vollkommen kraftlos war. Ein Gefühl der Macht, das für jemanden, der eigentlich keine Macht haben konnte, wie eine belebende Droge wirkte. *Alles lässt sich durch Nichthandeln bewegen!* Dieser Satz stammte aus den Schriften des Ordensgründers Meister Zelados.

Bruder Estus hatte ihm viel daraus vorgelesen, und Baladus hatte die tiefe Wahrheit dieser Worte längst verinnerlicht.

Doch in diesem Augenblick erschien ihm der Satz von Meister Zelados wie blanker Hohn. Er hatte sein Leben auf dieser Erkenntnis gegründet, doch nun schien der Moment gekommen zu sein, in dem sie einfach nicht zutraf.

Mein letzter Moment, auch wenn er sich unendlich in die Länge zieht, überlegte Baladus.

Doch da war eine Stimme, ganz weit hinten in seinem Kopf, die noch nicht aufgeben wollte. Eine Stimme, die ihn noch einmal zum Widerstand gegen das unausweichlich erscheinende Ende aufstacheln wollte. Baladus war nahe daran, dieser Stimme kein Gehör mehr zu schenken. Hatte nicht alles irgendwann ein Ende? Lehrte nicht die Natur in jedem Detail genau dies? Einer seiner Mitbrüder hatte sogar den Verdacht geäußert, dass eines Tages die Feuer der beiden Sonnenlichter erlöschen müssten, da doch auch jedes andere Feuer irgendwann erlosch.

Ein Gedanke, der nicht öffentlich geäußert werden durfte. Schon gar nicht in Arakand, aber besser auch an keinem anderen Ort, an dem es Tempel und Priester des Namenlosen Gottes gab.

Baladus hatte oft überlegt, dass es eigentlich möglich sein musste, nicht nur den Verlauf der beiden Sonnenbahnen im

Verhältnis zur Bahn der Welt und des Mondes zu berechnen, es musste eigentlich auch möglich sein, mittels der mathematischen Künste vorauszusehen, wie lange der Brennstoff reichte, der die beiden Sonnenlichter am Lodern hielt, deren Feuer die Welt abwechselnd angenehm wärmte oder zu versengen drohte.

Es gab dabei allerdings einige Unbekannte, die eine solche Berechnung erheblich erschwerten oder mit so viel Ungenauigkeit behafteten, dass es noch unmöglich war, irgendeine sinnvolle Aussage daraus zu ziehen.

Über die Brennstoffe im Inneren der Sonnenlichter war zum Beispiel nichts bekannt und somit auch nichts über den Zeitfaktor, innerhalb dessen sich dieser Brennstoff verbrauchte.

Dass er jedoch irgendwann verbraucht sein würde, daran bestand für Baladus nicht der geringste Zweifel – und diese Gewissheit hatte er mit seinen ermordeten Brüdern geteilt.

Zumindest mit jenen, die mutig genug waren, die Konsequenzen ihrer freien Gedanken bis zum Ende hin zu denken. Selbst innerhalb eines Ordens, der sich wie kein anderer dem Erwerb und der Vermehrung des Wissens und der Erkenntnis der Natur verschrieben hatte, war das nur eine Minderheit.

Wie war eine solche Erkenntnis aber mit den Worten im Heiligen Buch des Namenlosen Gottes zu vereinbaren, wonach dieser die Welt auf immer erhalten würde?

Oft und lebhaft hatte Baladus mit seinen Mitbrüdern darüber diskutiert. Geistig anregende Dispute auf höchstem Niveau waren das gewesen, in denen um nicht weniger als den tiefsten Grund der Existenz gestritten wurde.

Auf all die Fragen werde ich nun keine Antworten mehr erhalten, ging es Baladus durch den Kopf. Er bedauerte den Tod seiner Brüder zwar, aber noch mehr bedauerte er, dass er dadurch keine angemessenen Gesprächspartner mehr hatte. Nie mehr. Die letzten Momente seines Lebens würden dahingehen, ohne dass er ein Gespräch führen konnte, das ihn bestenfalls herausgefordert und schlimmstenfalls wenigstens abgelenkt hätte.

Vor dem Gericht des Namenlosen Gottes fürchtete er sich nicht.

Seinen Glauben hatte Baladus nämlich schon vor langer Zeit verloren. Zumindest den Glauben an den Namenlosen Gott. Die meisten Dinge erklärten sich aus sich selbst heraus. Und da, wo diese Erklärung noch nicht bekannt war, hatte man nur noch nicht intensiv genug danach gesucht.

Den Namenlosen Gott brauchte man nicht, um diese Dinge zu erklären.

Eher schien es Baladus möglich, die Wirkung von Magie zu beweisen als die des Namenlosen Gottes. Weshalb also hätte er sich vor einem letzten Gericht fürchten sollen, das es ebenso wenig gab wie den Garten der Glückseligen oder die Hölle unter der Erde?

Baladus überlegte, ob er seine letzten Kräfte für einen Schrei aufbringen sollte. Einen Schrei, den man mit etwas Glück vielleicht doch auf der Straße oder in irgendeinem der benachbarten Gebäude hörte. Einen Schrei, auf den mit etwas Glück vielleicht auch ein zufälliger Besucher des Tempels aufmerksam wurde, der gerade ins Gebet versunken war. Es wäre ein letzter verzweifelter Versuch, sich gegen das unvermeidliche Ende seiner Existenz aufzulehnen. Ein Versuch, der eigentlich schon im Ansatz zum Scheitern verurteilt war, denn erstens hatte er gar nicht die Kraft für einen Schrei, wie er notwendig gewesen wäre, um tatsächlich jemanden auf sich aufmerksam zu machen, und zweitens mangelte es ihm inzwischen sogar ein wenig am nötigen Willen. War es nicht vielleicht ganz gut, wenn er hier und jetzt die Augen schloss? Hatte es irgendeinen Sinn, wenn er sein Leiden noch verlängerte?

Vielleicht sollte ich in diesen letzten Momenten die Dinge zum ersten Mal so hinnehmen, wie sie nun mal sind, dachte er, während ihn inzwischen das Zweite Sonnenlicht bereits ziemlich unangenehm blendete.

Alles ging irgendwann einmal vorüber.

Auch diese Qual.

Dann hörte er plötzlich einen Laut. Es war ein Pfiff, wie er ihn zuvor schon tausendmal gehört hatte, wenn er in seinem Bett lag und dem vielfältigen Chor unterschiedlichster Töne und Geräusche lauschte, wie sie nur eine so große Stadt wie Arakand in dieser Vielfalt hervorzubringen vermochte.

Wie oft hatte er genau solche Pfiffe gehört, während er seine Tage im Bett verbracht hatte?

Noch häufiger waren solche Pfiffe in der Nacht.

Sie waren besonders hoch und durchdringend. Man erzeugte sie, indem man wenig Luft auf eine ganz bestimmte Weise durch Zunge und Zähne blies. Und die Zunge war so ziemlich der einzige Körperteil, dessen Beweglichkeit bei Baladus keiner Einschränkung unterlag.

So hatte sich Baladus in langweiligen Nächten, in denen keiner seiner Mitbrüder bereit gewesen war, ihm auch nach Mitternacht noch aus irgendwelchen lehrreichen Schriften vorzulesen oder zumindest Seiten umzuschlagen oder die Schriftrolle weiterzurollen, einen Spaß daraus gemacht, diese Pfiffe zu imitieren.

Es waren die Pfiffe von Dieben, die auf diese Weise dressierten Ouroungours Befehle gaben – geflügelten Affen, die in Gefangenschaft zwar nie richtig fliegen lernten, aber von einem Dach zum anderen gleiten konnten und ansonsten hervorragende Kletterer waren. Kein Haus, kein Palast, keine Schatzkammer war vor ihnen sicher. Allerdings waren sie nicht besonders klug und in der Regel auf eindeutige Befehle angewiesen.

Wenn sie widersprüchliche Anweisungen von verschiedener Seite bekamen, brachte sie das regelmäßig in Schwierigkeiten …

In seinen nie endenden Nächten war es nur ein Zeitvertreib gewesen, Verwirrung unter den Dieben und ihren Dienerkreaturen zu stiften.

Ein Spaß.

Jetzt war es vielleicht eine Frage des Überlebens.

So früh am Abend habe ich eigentlich nicht mit euch gerechnet, dachte Baladus. *Was ist los? Gab es in letzter Zeit zu wenig Beute? Oder verstehen die Ouroungourdressierer ihr Handwerk nicht mehr, und sind deshalb zu viele dieser geflügelten Affen mit leeren Pranken zu ihren raffgierigen Herren zurückgekehrt?*

Wieder ertönte ein Pfiff. Und noch einer.

Nichts tötete den Geist so sehr wie Untätigkeit, und auch deshalb war es für Baladus eine willkommene Abwechslung gewesen, sich die Pfeifsprache beizubringen, in der sich die Diebe mit ihren geflügelten Affen unterhielten. Da die Ouroungours nicht besonders klug waren, gab es dabei besondere Pfiffe, die nur einem ganz bestimmten Ouroungour galten und ihm jeweils deutlich machten, dass nur er und keiner seiner Artgenossen gemeint war.

Unter den Dieben von Arakand gab es einen Ehrenkodex, der es unter anderem strengstens verbot, einen solchen individuellen Namenspfiff für einen fremden Ouroungour zu imitieren und ihn damit unter Umständen völlig darüber zu verunsichern, welchen Befehlen er nun Folge zu leisten hatte.

Arakand war eine Stadt der Ordnung – und das galt selbst für das Diebesgewerbe.

Aber Baladus war ja kein Dieb. Und so fühlte er sich an diesen Kodex nicht gebunden – so wie auch an kein anderes Gesetz. Selbst die Regeln des Ordens, dem er angehörte, hätte er, ohne zu zögern, missachtet, hätte er sich davon irgendeinen gewichtigen Vorteil versprochen. Letztlich akzeptierte Baladus nicht einmal jene Regeln, die er sich selbst auferlegt hatte. Alles war dem Wandel unterworfen, so lautete seine Erfahrung. Und die einzigen Gesetze, die ewige Gültigkeit zu haben schienen, waren jene der verbotenen mathematischen Künste.

Baladus stieß einen Pfiff aus und gleich darauf einen zweiten. Ob sie ihm gut genug gelungen waren, würde sich zeigen. Aber er war in dieser Hinsicht recht zuversichtlich.

Er lauschte. Dann wiederholte er die Pfiffe.

Auch der Dieb ließ seine Abfolge von Pfiffen erklingen. Baladus hatte ein gutes Gehör. Darauf war er immer angewiesen gewesen. Viel von der Welt oder auch nur von der Stadt, in der er lebte, bekam er nicht zu sehen. So war er davon abhängig, umso mehr davon zu hören. Die Pfiffe empfand Baladus als gereizt und unsicher. Offenbar gehorchte der Ouroungour dem Dieb nicht so, wie er es eigentlich hätte tun sollen.

Ich bin auf dem richtigen Weg, dachte Baladus.

Er wiederholte seine Pfiffe.

Es dauerte nur Augenblicke, bis plötzlich ein Schatten das grell durch das Fenster dringende Sonnenlicht verdunkelte. Ein geflügelter Affe, ungefähr so groß und schwer wie ein zehnjähriges Menschenkind, hatte sich von einem der Nachbargebäude aus herleiten lassen und war auf der Fensterbank sicher gelandet. Die lederhäutigen Flügel falteten sich zusammen. Der Ouroungour blickte sich mit seinen großen Augen aufmerksam um. Die meisten dieser Geschöpfe waren darauf gedrillt, Edelmetalle sicher zu erkennen. Und ihre Herren hatten ihnen zumeist auch beigebracht, wo aller Erfahrung nach die meisten Arakandier ihre Schätze versteckten. Beinahe vollkommen lautlos glitt der Ouroungour nun von der Fensterbank auf den Boden.

Zunächst sah er Baladus mit sichtlich verwirrtem Gesichtsausdruck prüfend an. Seine Verwirrung schien noch zuzunehmen, als er aus der Ferne einen weiteren Pfiff seines Herrn vernahm.

Ja, wem sollst du jetzt folgen?, dachte Baladus amüsiert. *Du magst es nicht einmal ahnen, aber diese Frage habe ich längst für dich entschieden, Ouroungour.*

Der Pfiff, der nun zwischen Baladus' Lippen hervordrang, ließ den Ouroungour regelrecht zusammenzucken.

»Bleib hier«, sagte Baladus dann laut. »Ich wette, dein Herr wird nicht lange auf sich warten lassen. Ein gut dressierter Ouroungour ist viel zu wertvoll, als dass man ihn einfach so zurücklassen würde.«

Der geflügelte Affe reagierte mit einem Gähnen.

Es schien sich um eine Geste der Verlegenheit zu handeln. Zumindest interpretierte Baladus dies so.

Das Geschöpf blickte zum Fenster, so als dächte es gerade daran, einfach hinauszuspringen und zu seinem Herrn zurückzukehren. Aber der Ouroungour traute sich anscheinend nicht, zu drängend war Baladus' Pfiff gewesen.

»Bleib hier und warte geduldig mit mir auf deinen Herrn«, sagte Baladus. »Denn du bist leider wohl etwas zu dumm, um mir zu helfen.«

Der Ouroungour gähnte abermals. Als dann erneut ein energischer Pfiff seines Herrn ertönte und Baladus den Affen sofort mit einem weiteren Pfiff davon abhielt, sich davonzumachen, stieß das Wesen einen klagenden Laut aus.

Der innere Zwiespalt darüber, wessen Befehlen er nun zu folgen hatte, machte der Kreatur sehr zu schaffen.

Nein, dich werde ich nicht aus der Herrschaft meines Willens entlassen, dachte Baladus, und er fühlte, wie ihn die alte unbeugsame Entschlossenheit wieder erfüllte. Jener starke Wille, der ihn gegen alle Wahrscheinlichkeit über all die Jahre am Leben erhalten und in die Lage versetzt hatte, trotz seiner unbezweifelbaren körperlichen Unzulänglichkeiten in der Mönchsgemeinschaft eine führende Rolle einzunehmen.

Die grimmige Entschlossenheit konnte man seinem schlaffen, von Lähmungen entstellten Gesicht nicht ansehen, aber

Baladus war daran gewohnt, unterschätzt zu werden. Und er hatte diesen Umstand oft genug zu seinem Vorteil genutzt.

Mach du nicht denselben Fehler wie so viele andere vor dir, geflügelter Affe, dachte Baladus. *Gegen meine pure Willenskraft kommst du nicht an. Nicht der Gottkaiser, der gegen die Wahrheit kein besseres Mittel als einen Assassinen weiß, und auch niemand aus dieser verrotteten Priesterschaft wird letztlich gegen die Macht meines Willens ankommen. Sie alle werden noch erfahren, was ein Krüppel vermag …*

Ohne den Befehl des Gottkaisers wurde kein Assassine auf eine Mission geschickt. Also lag es für Baladus auf der Hand, dass der Herrscher von Arakand persönlich hinter dem Mordanschlag auf die Gemeinschaft der Wissenden Brüder stand – entweder mehr oder weniger beeinflusst von Beratern oder zu hohen Würdenträgern der Priesterschaft, deren Einfluss variierte.

Dass jedoch die logischen Künste, die Baladus und seine Brüder angewandt hatten, zu den verbotenen Erscheinungsformen der Mathematik gehörten, darüber waren sie sich alle im Klaren gewesen.

Es war auch nicht zu verbergen gewesen, dass es innerhalb des Ordens der Wissenden Brüder Gemeinschaften gab, die sich mit der Berechnung der Sonnenbahnen befassten. Dazu waren die Ohren des Gottkaisers und der Priesterschaft zu zahlreich. Allerdings hatte weder Baladus noch einer seiner Mitbrüder *jetzt* mit einem derartigen Schlag gerechnet.

Vielleicht ist es auf gewisse Weise sogar eine gute Nachricht, dass sich der Gottkaiser dazu gedrängt sah, seine Mörder auszusenden, dachte Baladus. *Anscheinend haben sich die aus unseren Berechnungen ergebenden Erkenntnisse bereits weiter verbreitet, als wir ahnten.*

Die Erkenntnis, dass sich die Sonnenlichter von allein und voraussehbar bewegen und dass es nicht der Magie eines Gottkaisers bedarf, um uns immer wieder vor dem Feuer des Zweiten Lichts zu erretten, sondern dass es sich von selbst wieder entfernte …

Diese Erkenntnis war für die Herrschaft des Gottkaisers

wie das Gift eines Skorpions. Wenn der Herrscher von Arakand darauf so reagierte, wie er es getan hatte, konnte das eigentlich nur bedeuten, dass dieses Gift bereits zu wirken begann …

Wenn der Gottkaiser gar nicht die Macht hatte, das Zweite Licht zu bannen – welchen Grund gab es dann noch, seiner Herrschaft zu folgen? Und warum sollten all die Barbarenfürsten, die in schöner Regelmäßigkeit die Stadt belagerten und die alle selbst gläubige Anhänger der Kirche des Namenlosen Gottes waren, sich in Zukunft noch in Zurückhaltung üben und mit Lösegeldern zufriedengeben, anstatt die Stadt ganz zu erobern?

Und was konnte die Nachbarreiche Arakands in Zukunft davon abhalten, sich auch noch den letzten Rest des gottkaiserlichen Herrschaftsgebietes einzuverleiben, wenn man dadurch nicht mehr riskierte, bei der nächsten Annäherung des Zweiten Lichts ohne den erwählten Retter dazustehen?

Der Anfang deines Endes hat begonnen, Gottkaiser!, dachte Baladus. *Dein Weg ist beinahe so vorhersehbar geworden wie die Bahnen der Sonnenlichter. Nur wer die Gesetze der dabei waltenden Kräfte nicht versteht, kann jetzt noch wirklich überrascht werden.*

Die Hoffnung, die ihn zuvor bereits fast gänzlich verlassen hatte, war zurückgekehrt, und damit der Wille zu leben. Zu siegen. Vielleicht auch zu töten und Rache zu üben. Aber das waren Dinge, an die er auch später noch denken konnte. Dazu war es noch zu früh. Baladus wusste wie kaum ein Zweiter, wie wichtig es war, sich auf das Nächstliegende zu konzentrieren. Wer ohnehin schon wenig Kraft hatte, musste diese in einer Aktion und zu einem vorher genau geplanten Moment bündeln, um seine Schwäche auszugleichen, ja, vielleicht sogar in Stärke umzuwandeln.

Baladus wartete.

Er war gewohnt zu warten. Zwei Drittel seines Lebens hatten daraus bestanden. Er wartete darauf, dass man ihm den

Rücken abklopfte, dass man ihm in Flüssigkeit aufgelöste Nahrung einflößte, dass man ihn umbettete, um zu verhindern, dass er wunde Stellen bekam und ihm das Fleisch bei lebendigem Leib dort abfaulte. So hatte er sich zwangsweise in Geduld zu üben gelernt.

In diesem Augenblick aber, angesichts des unruhig vor dem Fenster kauernden Ouroungour, der immer klagendere Laute auszustoßen begann, spürte er eine nie gekannte Ungeduld. Er konnte es kaum erwarten, dass endlich der Herr dieses abgerichteten Affen auftauchte. Ihn musste Baladus für sich gewinnen, ihn unter seinen Willen zwingen, so gut er konnte.

Aber das stellte er sich nicht allzu schwierig vor. Mitglieder der Diebeszunft von Arakand waren außerordentlich berechenbar. Vor allem ihre Gier machte ihre Handlungen vorhersehbar. Sie dienten dem, der ihnen den größten Gewinn mit dem geringsten Aufwand versprach. Und man sagte den meisten von ihnen einen Hang zum Geiz nach, was sie noch leichter durchschaubar machte.

Baladus war noch nie einem Dieb begegnet. Aber er hatte seine Mönchsbrüder viel über sie reden gehört.

Der geflügelte Affe wurde noch unruhiger. Er stellte sich auf die Hinterbeine, entfaltete die lederhäutigen Flügel und stieß einen zischenden Laut aus.

Eine kleine Machtprobe, erkannte Baladus sofort. Der Pfiff, mit dem er dem Ouroungour darauf antwortete, war zwar ganz leise und für ein menschliches Ohr kaum wahrzunehmen. Aber er ließ den geflügelten Affen dermaßen zusammenzucken, dass Baladus sich sicher sein konnte, für die nächsten Stunden keinen Widerspruch mehr von diesem Geschöpf erwarten zu müssen.

Nachdem alle Versuche des unbekannten Diebes, seinen Ouroungour wieder zu sich zu rufen, gescheitert waren, geschah das, was Baladus erhofft und vorhergesehen hatte. Eine kleine zierliche Gestalt in Gewändern aus dunkler Seide kletterte lautlos zum Fenster hinein. Der Kopf war von einer Kapuze bedeckt, die untere Gesichtshälfte unter einem dunklen Tuch bis zum Nasenansatz verborgen. An einem breiten Gürtel und zwei Schulterriemen hingen zahlreiche Taschen, Werkzeuge, Messer und Kletterhaken. Außerdem hatte er ein Seil um den Oberkörper geschlungen.

Diebeskluft, dachte Baladus. Er hatte viel darüber gehört, hatte aber noch nie ein Mitglied der geheimen Diebeszunft tatsächlich zu sehen bekommen. Die meisten von ihnen waren hervorragende Kletterer. In diesem Fall vermutete Baladus, dass der Maskierte vom Dach des Tempels aus über die Fenstersimse balanciert war. Der Tempel selbst war für sie tabu. Schließlich waren alle Angehörigen ihrer Zunft gläubige Anhänger der Kirche des Namenlosen Gottes, da beraubte man nicht seine Priesterschaft.

Was das Eigentum von Mönchen anging, waren einige nicht ganz so pingelig. Schließlich waren Mönche im Gegensatz zu Priestern keine geweihten Kleriker.

Das Dach des Tempels aber war ein hervorragender Ort, um von dort aus das ganze Stadtviertel zu überblicken und die dressierten Ouroungours durch Pfiffe zu dirigieren.

Baladus hatte in all den Jahren nicht ein Mal erlebt, dass einer der Diebe, die in der Gegend ihr Unwesen trieben, sich am Eigentum der Wissenden Brüder vergriffen hatten, obwohl das nicht ausdrücklich ihrem Kodex widersprach. Sich am Tempelgut zu bereichern wäre allerdings Grund genug gewesen, den Betreffenden aus der Zunft auszuschließen. Und kein Dieb konnte in Arakand ohne den Schutz seiner Zunft auf Dauer sein Auskommen finden und der Verfolgung durch die Stadtwache entgehen.

Der Maskierte blickte zunächst auf seinen Ouroungour, der erneut ein verlegenes Gähnen zeigte. Dann wandte er sich

Baladus zu. Die Falte auf der Stirn war trotz der Maskierung deutlich zu erkennen.

»Du scheinst ein anständiger Dieb zu sein«, sagte Baladus. »Wenn ich deinen Ouroungour nicht gerufen hätte, wärst du vermutlich gar nicht hier.«

»Ich bestehle keine Diener Gottes«, sagte der Dieb. »Und es ist allgemein bekannt, dass hier Wissende Brüder leben.«

»Von den Brüdern dieses Hauses lebe nur noch ich. Die anderen sind tot. Und ich brauche deine Hilfe.«

Die Augen des maskierten Diebes wurden schmal. »Ich bin nur hier, um meinen Affen zu holen«, erklärte er.

»Du würdest einen Krüppel verrecken lassen? Einen Krüppel, der kaum selbstständig zu atmen vermag und der an seinem eigenen Schleim ersticken wird, wenn ihm niemand hilft?«

Der Dieb schwieg zunächst. Der Ouroungour kauerte still am Boden und sah zu ihm auf. Er wartete offenbar darauf, den Befehl zum Aufbruch zu erhalten, und Baladus wusste, dass er ihn diesmal nicht einfach mit einem Pfiff daran hindern konnte, sich davonzumachen. Nicht, wenn sein Herr neben ihm stand. *So* dumm waren die geflügelten Affen nun auch wieder nicht.

Der Dieb schien zumindest in diesem Punkt den sicheren Weg gehen zu wollen. Er pfiff ein paar Mal kurz hintereinander. Eine sehr einprägsame Folge von Befehlen, die äußerste Dringlichkeit vermittelte. Baladus kannte dieses Signal. Er hatte es schon mindestens hundert Mal gehört. Offenbar wurde es vor allem bei noch nicht so gut dressierten Jung-Ouroungours eingesetzt, wenn sie über die Stränge zu schlagen drohten oder sich mit – zumeist essbarer Diebesbeute – auf eigene Faust davonzumachen versuchten.

Der Ouroungour stieß einen gequälten Laut aus und hielt sich für einen Moment die Ohren zu. Dann sprang er zurück auf die Fensterbank und stürzte sich anschließend in die Tiefe. Baladus sah ihn nur einen kurzen Moment später wieder mit ausgebreiteten Flügeln auftauchen. Vermutlich würde er sich auf irgendeinem Dach in der Nähe niederlassen und auf seinen Herrn warten.

Der maskierte Dieb wandte sich ebenfalls in Richtung Fenster. Auch wenn er wohl kaum die Absicht hatte, sich einfach in die Tiefe zu stürzen, musste Baladus doch damit rechnen, in wenigen Augenblicken wieder allein zu sein.

Er hat Angst, das Falsche zu tun, ging es Baladus durch den Kopf. *Ich werde ihm diese Angst nehmen müssen. Oder besser noch, sie durch etwas ersetzen, was stärker ist. Durch Gier zum Beispiel.*

»Du tust so, als hättest du mich nicht gehört, Dieb. Du glaubst, dass du diesen Moment einfach vergessen kannst, aber ich sage dir, dass das nicht der Fall sein wird. Wenn du jetzt gehst, wirst dir das ewig leidtun. Damit meine ich nicht, dass du dich irgendwann vor dem Gericht des Namenlosen Gottes wiederfinden wirst, wo man dich als Dieb vielleicht sowieso verdammen wird. Was geht mich das Jenseits an, wirst du denken, wo ich doch zunächst im Diesseits zusehen muss, dass ich genug zusammenraffe, um zu überleben. Aber du lässt dir den größten Schatz entgehen, den du jemals hättest stehlen können, weil dir der Mut und die Kraft fehlen, einem Krüppel zu helfen und …«

Baladus sprach nicht weiter, denn ein schwerer Hustenanfall hinderte ihn daran. Sein Gesicht wurde dunkelrot, und er röchelte so erbärmlich, dass jeder, der es hörte, mit Baladus' baldigem Ende rechnen musste.

Der maskierte Dieb hatte bereits einen Fuß auf die Fensterbank gesetzt.

Aber jetzt nahm er ihn zurück. Er drehte sich um und bedachte Baladus erneut mit einem nachdenklichen, prüfenden Blick.

Baladus erholte sich von seinem Anfall.

»Ich sagte doch, ich bestehle die Männer Gottes nicht, gleichgültig, ob Priester oder Mönche. Mag sein, dass manche meiner Zunftbrüder das nicht so genau nehmen, wenn es um Mönche geht. Aber für mich gilt das nicht. Und davon abgesehen, sind Mönche meistens arm.«

Bestehlen würdest du mich also nicht – aber verrecken lassen, dachte Baladus. *Was für eine verachtenswerte Doppelmoral.* Aber im Moment war er einfach nicht in der Situation, sich seine Bundesgenossen aussuchen zu können.

»Ein Mönch ist arm, der Orden ist es nicht«, sagte er. »Geh zur Ecke neben dem Fenster, ertaste mit der Fingerspitze die dreizehnte Fuge von unten und … Du findest dort ein Goldstück, von dem du dir zehn dressierte Ouroungours kaufen kannst.«

Der Dieb war unschlüssig.

»Du denkst, dass du dich lieber nicht einmischen solltest. Vielleicht glaubst du auch, dass jemand, der Mönche tötet, dafür entweder einen sehr guten Grund haben muss oder sehr mächtig ist und man sich mit ihm besser nicht anlegt. Vielleicht glaubst du auch, dass du durch dieses Geldstück mehr Schwierigkeiten bekommst, als du dir leisten kannst. Aber um das zu beurteilen, solltest du es dir wenigstens einmal ansehen. Und falls du es dann doch nehmen solltest und dich dabei dein Gewissen plagt, kannst du dir ja immer sagen, dass es gar kein Diebstahl an Gottesmännern war, denn wie ich dir schon sagte, liegen alle meine Mitbrüder leblos im Haus herum. Und ich werde dich nicht verraten …« Baladus machte eine Pause und fuhr dann fort: »Wie kann ein so zögerlicher Dieb wie du jemals genug Beute machen, um seine Familie oder wenigstens sich selbst zu ernähren? Ist dein Ouroungour deshalb so ungehorsam, weil sein Magen knurrt? Dann ist es kein Wunder, dass er sich so leicht von einem fremden Pfiff irritieren lässt.«

Auf der Stirn des Diebes erschien eine Zornesfalte. *Na endlich!,* dachte Baladus. *Ich dachte schon, dass unter seinen Tüchern gar kein lebendiger Mensch steckt, sondern eine Mumie.*

In den letzten Jahrzehnten hatte sich die Unsitte der Mumifizierung in Arakand verbreitet. Mit einigen der zahllosen Schiffe, die von Arakand aus die Meere befuhren, waren auch die ersten Mumifizierer in die erhabene Stadt an der Meerenge gekommen und hatten sich dort mit ihrem Gewerbe angesiedelt. Inzwischen gehörte es unter den reichen Bürgern Arakands fast schon zum guten Ton, sich mumifiziert und für die Ewigkeit haltbar begraben zu lassen. Und obwohl das eigentlich der Lehre der Kirche widersprach, tolerierte die Priesterschaft dies.

Nur die Wissenden Brüder hatten sich dagegen gewandt und dazu aufgerufen, die Reichen sollten ihr Geld lieber für die Speisung der Armen spenden, statt damit ein seelenlos gewordenes Stück Fleisch zu erhalten.

Aber dieser Aufruf hatte kaum Resonanz gefunden.

Der Dieb bewegte sich, tastete die Ecke ab, und schließlich fand er die Stelle, die der Krüppel gemeint hatte.

»Da ist nichts«, behauptete er.

»Bist du wirklich ein Dieb oder nur ein Trottel?«, fragte Baladus. »Versuch es noch einmal und kratz etwas an der Fuge!«

Ein Stück Mörtel bröckelte zu Boden, und der Dieb hatte im nächsten Augenblick ein Goldstück in der Hand. Er hielt es ins Licht und trat dazu etwas näher ans Fenster, sodass er wieder in Baladus' Gesichtskreis trat.

Als Baladus das Glitzern in den Augen des Diebes sah, wusste er, dass er gewonnen hatte.

Jetzt hängt der Fisch am Haken, dachte er.

»Brauchen Mönche einen Notgroschen?«, fragte der Dieb. »Ich dachte, ihr vertraut auf die Hilfe des Namenlosen Gottes!«

»Es gibt noch mehr davon«, sagte Baladus, ohne auf die spöttische Bemerkung einzugehen. »Du würdest nicht ein einziges der Verstecke finden, aber wenn du tust, was ich sage, werde ich dir täglich eines davon verraten, und du kannst dann in der Nacht herkommen, um dir zu holen, was dein Lohn ist!«

»Was soll ich tun, Herr?«, fragte der Dieb nach einer kurzen Pause des Überlegens. Weder der aus der Ferne herüberklingende Klagelaut seines Ouroungour noch seine Diebesehre schienen ihn im Augenblick noch zu interessieren.

Kapitel 5

Dolch fasste das Schwert mit beiden Händen und wirbelte die Klinge durch die Luft. Klirrend traf sie auf den geschärften Stahl, mit dem sein Gegner diesen Schlag sicher parierte.

Eine schnelle Abfolge weiterer Schläge trieb Dolchs Gegner ein Stück zurück. Ganze fünf Schritte gewann Dolch an Boden.

Sein Gegner ließ die Klinge sinken.

»Mit dem Schwert bist du mir noch immer weit überlegen, Dolch«, stellte der Mann fest. Er war größer als Dolch, ungefähr zehn Jahre jünger und sehr kräftig. Mit bloßen Händen wäre er Dolch zweifellos weit überlegen gewesen. Aber beim Umgang mit Hieb- und Stichwaffen machte sich die größere Erfahrung des Älteren bemerkbar. Noch stärker kam dieser Faktor beim Einsatz von Fernwaffen zum Tragen. Das galt für Wurfringe, Schleuderdolche, Einhandarmbrüste oder einen ganz gewöhnlichen Langbogen gleichermaßen.

»Du hast große Fortschritte gemacht, Töteschnell«, stellte Dolch fest. »Und genau das werde ich auch Meister Balok berichten.«

»Danke, das ist sehr freundlich.«

Töteschnell verbeugte sich leicht. Wie Dolch hatte er sich seinen Namen selbst gegeben – allerdings erst, als er in die Assassinengarde eingetreten war.

Das war nichts Ungewöhnliches. Wie andere Assassinenbrüder auch hatte Töteschnell eine kriminelle Vergangenheit, die besser im Dunkeln blieb. Sein eigentliches Leben, so behauptete er, hatte in dem Augenblick begonnen, da er in die Bruderschaft aufgenommen worden war.

In diesem Punkt ging es Dolch ähnlich.

Und noch etwas hatten sie gemeinsam: Sie waren beide Wechsler, weswegen jeder von ihnen es tunlichst vermied, den anderen länger als unbedingt nötig anzusehen. Während eines Übungskampfes ließ sich das allerdings nicht immer vermeiden.

»Du solltest noch an einigen Dingen arbeiten«, sagte Dolch. Er hatte nur ganz kurz einen Blick auf Töteschnells Gesicht geworfen und dort für die Dauer eines Augenaufschlags Züge gesehen, die in erschreckender Weise denen eines Mannes glichen, den Dolch vor sehr langer Zeit in einem der Kanäle Arakands ertränkt hatte. Ganz zu Beginn seiner Tätigkeit als Assassine war das gewesen. Er hatte nie erfahren, weshalb der Gottkaiser diesen Mann aus dem Weg geschafft haben wollte. Das Wissen darüber stand ihm auch nicht zu, denn letztlich war Dolch nichts weiter als ein Werkzeug. Ein tödlicher Dolch in der Hand des Gottkaisers.

Doch obwohl Dolch keine Schuld verspürte, erschrak es ihn, die Züge dieses Mannes im Wechslergesicht von Töteschnell zu erblicken.

Dieser schien es bemerkt zu haben, aber er war höflich genug, darüber zu schweigen. Schließlich war Dolch wesentlich länger Mitglied der Assassinengarde und außerdem für einen Großteil von Töteschnells Ausbildung verantwortlich. Respekt gegenüber dem Lehrer gehörte zu den Grundsätzen der Bruderschaft. Und davon abgesehen, wusste Töteschnell als Wechsler nur zu gut, dass das, was andere in seinem Gesicht sahen, nichts mit ihm selbst zu tun hatte.

In diesem Moment hallten Schritte durch die weiträumige Halle, in der sich Dolch und Töteschnell zum Übungskampf getroffen hatten.

Es war Meister Balok.

»Ich möchte, dass du uns allein lässt, Töteschnell«, erklärte er.

Töteschnell verneigte sich. »Sehr wohl, Meister«, sagte er, steckte das Schwert ein und verließ dann mit schnellen Schritten die Halle.

Meister Balok wartete, bis die schwere Tür, die ins Freie führte, ins Schloss gefallen war.

»Ich unterbreche deine Übungen nur ungern, denn mir ist sehr wohl bewusst, dass sie höchste Konzentration und auch eine geistige Versenkung erfordern, die nicht so ohne Weiteres wiederherzustellen ist, wenn sie unterbrochen wurde.«

»Ihr werdet einen wichtigen Grund dafür haben«, war Dolch überzeugt.

»Ich kann dir über diesen Grund nichts Näheres sagen, Dolch, denn auch mir hat man kaum etwas mitgeteilt. Nur eines: Du sollst dich noch einmal auf dem Ostturm einfinden.«

»Wann?«

»Sofort.«

Dolch nickte. »Dann werde ich mich gleich auf den Weg machen.«

»Ich nehme dir deine Waffen ab, damit du keine Zeit verlierst«, bot Meister Balok an. Das Wechslergesicht des Assassinenmeisters wirkte beinahe weich, als er verhalten lächelte. Dolch nahm das nur mit einem Seitenblick wahr und vermied jeden Gedanke daran, an wen ihn diese Gesichtszüge erinnerten. »Ich selbst bin dem Gottkaiser nicht ein einziges Mal näher als hundert Schritt gekommen. Du dürftest einer der wenigen Assassinen sein, die ihm überhaupt je persönlich begegnet sind.«

»Dieser Ehre bin ich mir bewusst.«

»Und dann gleich zweimal innerhalb kurzer Zeit.«

»Ja, ich weiß.«

»Ich will dich warnen, Dolch. Was jetzt noch wie eine Gnade aussieht, kann sich als Fluch erweisen.«

»Was wollt Ihr damit sagen?«

Meister Balok zuckte mit den Schultern. »Nichts Bestimmtes. Es ist nur die Summe meiner Erfahrung. Assassinen und Wechsler sind dazu bestimmte im Verborgenen zu bleiben. Das Licht ist unser Feind, die dunkle Gasse unsere Heimat. Fast jeder strebt danach, bemerkt zu werden, aber für Wechsler und Assassinen ist das in der Regel nur von Übel.«

Dolch händigte ihm nacheinander seine verschiedenen Waffen aus, die er natürlich unmöglich mitnehmen konnte, wenn er sich auf den Ostturm begab. »Es steht nicht in meiner Macht, dies selbst zu bestimmen.«

»Nein, das ist wahr.«

»Ich füge mich nur den Mächtigen und tue meine Arbeit, wie man es von mir verlangt und so gut ich es kann.«

»Daran ist nichts auszusetzen, Dolch. Das Einzige, was ich dir raten möchte, ist – sei wachsam. Vieles ist womöglich nicht, was es zu sein scheint.«

Jetzt war es Dolch, der beinahe entspannt lächelte, wobei er sich Mühe gab, den Assassinenmeister dabei weder anzusehen noch die Regung in seinem Gesicht besonders auffällig erscheinen zu lassen. Schließlich wusste er ja nicht, was sein Gegenüber darin vielleicht erkannte …

»Für Letzteres bin ich selbst als Wechsler wohl das beste Beispiel«, sagte Dolch, während er seinem Assassinenmeister als letzte und ihm teuerste Waffe den Sicheren Stich übergab.

Als er den Gottkaiser auf dem Ostturm antraf, waren Wolken über Arakand aufgezogen. Sie hatten sich im Süden gebildet und zu gewaltigen dunklen Gebirgen aufgeschichtet. Arme aus grauschwarzer Dunkelheit ragten aus diesen wabernden Gebilden hervor wie die eines Riesenkraken. Manche dieser Arme streckten sich dem Himmelsbogen entgegen, so als wollten sie ihn packen. Hier und dort zuckten Blitze, und dumpfer Donner vermischte sich mit dem Rauschen des Meeres und dem Lärm der Stadt. Hunderte von Schiffen und Booten waren auf dem Weg zum arakandischen Hafen. Vor dem drohenden Unwetter wollten sie in Sicherheit sein.

Der heraufziehende Wind wirkte angenehm und kühl. So kühl, dass man meinen konnte, der Gottkaiser hätte das Zweite Sonnenlicht bereits wieder fortgeschickt, und es hätte sich sogar bereits wieder ein ganzes Stück von der Welt entfernt, sodass die Hitze seines todbringenden Feuers nicht mehr so stark zu spüren war.

Aber das wäre ein Trugschluss gewesen.

Das Gegenteil war der Fall.

Wenn sich das Zweite Sonnenlicht näherte und die Welt sich aufzuheizen begann, gab es weit draußen auf den Ozeanen furchtbare Unwetter. Wirbelstürme von ungewöhnlicher Stärke bildeten sich, Windhosen schlugen wahre Schneisen der Verwüstung durch die Länder auf dem Gürtel der Welt.

Arakand war aber auch in dieser Hinsicht besser geschützt als jeder andere Ort. Denn die Arakandier hatten schon vor langer Zeit Geheimnisse der Baukunst entdeckt, die Gebäude selbst gegen stärkste Stürme oder Erdbeben bestehen ließen. Andernorts nannte man das Zauberkunst, und die Kenntnis über diese Geheimnisse hatte sich auch unter den Baumeistern Arakands nahezu verflüchtigt. Gerade bei vielen der älteren Gebäude – und dazu gehörte der gesamte Bereich des gottkaiserlichen Palastes sowie alle Türme und Befestigungsanlagen – wusste niemand mehr zu sagen, weshalb sie so standfest waren. Nur *dass* sie es waren, das war offensichtlich, denn auch die letzte Sturmzeit war über sie hinweggetost, ohne bei ihnen größere Schäden zu verursachen.

Der Gottkaiser machte ein sorgenvolles Gesicht, während er zum Horizont sah und den dunklen Wolken entgegenblickte. »Die Windrichtung ist günstig«, sagte er, ohne sich zu Dolch umzudrehen. »Sie wird die meisten Stürme an Arakand vorbeiziehen lassen, sodass wir hier nicht allzu viel davon zu spüren bekommen.«

Dolch wusste nicht so recht, wie er auf die Worte des Gottkaisers reagieren sollte. Er war noch nicht einmal sicher, ob sie wirklich an ihn gerichtet waren oder er es sich vielmehr angewöhnt hatte, mit sich selbst zu reden, wenn er hier oben allein war. *Eine Konversation mit den inneren Geistern – empfiehlt nicht das Buch des Namenlosen Gottes genau das?*, ging es Dolch durch den Sinn. *Warum sollte also unser aller Gottkaiser nicht Ähnliches betreiben, zumal er wahrscheinlich niemanden aus seinem engeren Umkreis hat, mit dem er über gewisse Geheimnisse reden kann.*

Der Herrscher von Arakand drehte sich nun doch zu Dolch um. Der aufkommende Wind griff dabei in seine fließenden Kleider und riss daran.

Dolch verneigte sich tief.

»Der aufkommende Sturm im Süden sollte uns keine größeren Sorgen bereiten«, meinte der Gottkaiser. »Im Gegenteil. Die Belagerer vor der Stadt werden damit mehr Probleme haben als wir. Und wenn das eine oder andere Handelsschiff dabei versinkt, führt es im Endeffekt dazu, dass die Preise stabil und die gottkaiserlichen Zinsen hoch bleiben.«

Kreditzinsen waren ein Gewinn, der allein aus der verstreichenden Zeit resultierte. Die Zeit aber war etwas Göttliches, und es wäre den heiligen Schriften nach für jeden Sterblichen eine Anmaßung gewesen, aus etwas Gewinn zu schöpfen, über das nur der Namenlose Gott zu gebieten hatte.

Einzig dem Gottkaiser von Arakand, dem erwählten Stellvertreter des Namenlosen Gottes und Herrscher in seinem Namen, war es daher gestattet, Geld zu verleihen und eine Bank zu betreiben. Für das Kaiserhaus stellte dieses Monopol neben der Herrschaft über den Seehandel, den Pilgerströmen und der Kontrolle über die Meerenge durch den Gürtel der

Welt eine wichtige Einnahmequelle dar, auch wenn man dieses Monopol faktisch nur noch innerhalb der Stadtmauern durchzusetzen vermochte. Gerüchten zufolge war es durch einen Exilarakandier, der sich in Boranien niedergelassen hatte, bereits erfolgreich und ungestraft gebrochen worden. Das Imperium, das die Macht gehabt hatte, so etwas zu verhindern, existierte nun einmal nicht mehr …

Der Herrscher Arakands näherte sich Dolch. Die direkte Art und Weise, in der er den Wechslerassassinen ansah, verunsicherte Dolch auch dieses Mal, da er es einfach nicht gewohnt war, dass man ihm so begegnete.

Er hielt den Blick gesenkt.

»Ich erwarte Eure Befehle, Herr«, sagte Dolch.

»Mein Befehl lautet zu beenden, was du begonnen hast.«

»Ich verstehe nicht …«

»Ich gab dir den Auftrag, die zwölf Mitglieder einer Mönchsgemeinschaft aus dem Orden der Wissenden Brüder zu töten. Einer von ihnen hat offenbar überlebt. Ein Krüppel, kaum fähig, aus eigener Kraft Luft zu holen, ist entkommen.«

Dolch erbleichte. Hatte er einen Fehler gemacht? War es falsch gewesen, dem Assassinenkodex zu folgen und den Krüppel einem natürlichen Tod zu überantworten?

»Es heißt, man soll nichts töten, was von allein stirbt«, sagte Dolch. »Ich hatte keinen Zweifel daran, dass der Mann nur noch kurze Zeit zu leben hatte. Und davon abgesehen, war er wohl nur ein Objekt der sprichwörtlichen Barmherzigkeit, die bei den Wissenden Brüdern so hoch im Ansehen steht.«

»Der Krüppel war ihr Anführer!«, entfuhr es dem Gottkaiser. Er krampfte die Hände zu Fäusten zusammen, und sein Gesicht wurde dunkelrot vor Zorn.

Dolch hatte das Gefühl, als hätte man ihm den Boden unter den Füßen weggezogen. *Das kann nicht sein,* durchfuhr es ihn. *Bei der Gnade des Namenlosen Gottes, wie konnte ich so versagen?*

Dolch fiel auf die Knie. »Straft mich! Verstoßt mich aus der Garde der Assassinen. Ich bin es nicht wert, länger in Eurem Dienst zu stehen.«

»Steh auf, Assassine.«

»Ich habe schrecklich versagt.«

»Ich sagte, steh auf!«, wiederholte der Gottkaiser.

Dolch gehorchte. Er schüttelte den Kopf und vergaß für einen Moment sogar, den Blick gesenkt zu halten, um seinem Gegenüber die Verwirrung zu ersparen, die der Anblick eines Wechslergesichts auszulösen vermochte. »Ich habe es nicht gewusst!«, stieß er hervor. »Glaubt mir, ich hätte sonst niemals ...«

»Ich weiß«, schnitt ihm der Gottkaiser das Wort ab. »Nur die Unwissenheit schützt vor Magie, heißt es. Und genau deswegen habe ich dich nicht über den Krüppel aufgeklärt. Also ist es ebenso meine wie deine Schuld, dass du ihn nicht als das erkannt hast, was er ist.«

»Aber ...«

»Er ist ein Hexer, ein Magier. Jemand, der den Willen anderer beeinflusst. Oder könnte es eine andere Erklärung dafür geben, dass ein Krüppel, der nicht einen einzigen Körperteil aus eigener Kraft zu bewegen vermag, sich doch zum Anführer einer Mönchsgemeinschaft aufschwingen kann? Schon der Klang seiner Stimme bricht den Willen eines jeden – und wie man sieht, bist du trotz deiner Unwissenheit nicht dagegen gefeit gewesen.«

»Ich bin untröstlich«, gestand Dolch. »Glaubt mir, ich wollte meine Arbeit so gut vollenden, wie ich es immer tat. Und eigentlich habe ich geglaubt, ich hätte alles richtig gemacht ...«

»Ja, auch das ist eine besondere Magie, über die er gebietet, Dolch. Sie lässt einen glauben, aus eigener Entscheidung und aus freiem Willen das Richtige zu tun. So ergeht es jedem, der in seinen Bann gerät. Aber in Wahrheit erfüllt man nur seinen Willen. Dieser Krüppel hätte wohl die ersten Lebensjahre nicht überlebt, wenn er es nicht verstanden hätte, andere in seinen Dienst zu stellen.«

»Seid Ihr diesem Krüppel …« Dolch zögerte, eher er weitersprach, denn eigentlich stand es jemandem wie ihm nicht zu, so eine Frage zu stellen. Aber sie brannte in seinem Herzen. »Seid Ihr diesem Krüppel jemals begegnet?«

»Baladus begegnen?« Der Gottkaiser lachte heiser. »Nein, dieser Gefahr würde ich mich niemals aussetzen. Ich fürchte, auch ich wäre der Magie dieses Monstrums in der Gestalt eines Krüppels nicht gewachsen. Ich kenne nur die Berichte meiner Zuträger über ihn, und die sind sehr eindeutig.«

Dolch fuhr sich mit der Hand über das Gesicht. Der Wind blies heftiger, Blitze zuckten, auch wenn das Unwetter noch weit entfernt war. *Kann das wirklich sein? Habe ich Baladus gar nicht deswegen verschont, weil ich dem Kodex folgte, sondern weil ihn seine willensbrechende Magie geschützt hat und ich ihn gar nicht töten konnte?*

»Wie ich schon sagte, ich laste dir dein Versagen nicht in vollem Umfang an«, erklärte der Gottkaiser. »Und darüber hinaus gebe ich dir Gelegenheit, die Sache wieder in Ordnung zu bringen.«

»Ich verspreche Euch, diesen Baladus zu finden und zu töten«, stieß Dolch hervor.

Der Gottkaiser hob abwehrend die Hand. »Versprich es nicht. Du kannst dir nicht sicher sein, vielleicht eines Tages erneut vor diesem Krüppel zu stehen, mit dem Schwert in der Hand, unfähig zuzustoßen, weil diese Kreatur dich ein weiteres Mal verhext.«

»Nein, ein zweites Mal wird mir das nicht passieren«, sagte Dolch.

Der Gottkaiser verzog spöttisch das Gesicht. Es war das erste Mal, dass Dolch das Mienenspiel des Gottkaisers bewusst wahrnahm, da er ansonsten weitgehend vermied, ihn direkt anzusehen.

Er hat recht, dachte Dolch. *Du kannst nicht sicher ein, dass er deinen Willen nicht erneut bricht. Er hat es einmal geschafft – warum sollte es also nicht erneut geschehen?*

»Herr, ich hatte immer gedacht, dass mich der Glaube an den Namenlosen Gott und die Gewissheit, dem Erwählten zu dienen, vor jeder Art von Magie schützt, die den Willen zu lähmen vermag. Aber offensichtlich ist das nicht der Fall. Ich bin anscheinend zu schwach.«

»Mag sein, dass wir beide diesen Gegner unterschätzt haben – wenn auch aus unterschiedlichen Gründen«, sagte der Herrscher von Arakand. »Aber ich bin mir gewiss, dass du geeigneter als jeder andere dafür bist, gegen Baladus vorzugehen.«

»Obwohl ich versagt habe, Herr?«, entfuhr es Dolch, der kaum fassen konnte, was der Gottkaiser ihm gerade gesagt hatte.

»Gerade deshalb, Dolch. Gerade deshalb. Du wirst bei eurer nächsten Begegnung gewarnt sein. Und davon abgesehen, weiß ich, dass in dir jetzt ein heiliges Feuer brennt, das dies Versagen zu tilgen versucht. Du wirst alles daransetzen, Baladus zu finden und zur Strecke zu bringen.«

Dolch schluckte. Der Zweifel nagte an ihm. Ein Gift, dessen lähmende Wirkung auf ihn ähnlich verheerend war, wie es die verbotenen Gedanken dieses Krüppels auf die gesamte Gesellschaft Arakands waren.

Nie hatte Dolch während seiner bisherigen Laufbahn als Mörder des Gottkaisers auch nur den Hauch eines Zweifels daran gehabt, seinen nächsten Auftrag erfolgreich zu Ende führen zu können. Kaltblütige Präzision gepaart mit absoluter Hingabe an seine jeweilige Aufgabe – das hatte ihn stets ausgezeichnet. Für Zweifel war da kein Raum gewesen. Schließlich wusste er um seine Qualitäten als Kämpfer und Mörder. Ihm zu entkommen glich einem Bruch heiliger Naturgesetze. Es schien unmöglich zu sein.

Aber all das hatte im Hinblick auf den Krüppel keine Bedeutung. Dolch stellte sich vor, dem siechen Baladus erneut zu begegnen, sich über den zusammengekrümmt auf einem von Schleim und blutigem Auswurf befleckten Bett liegenden Krüppel zu beugen, den Sicheren Stich schon zum entscheidenden tödlichen Stoß angesetzt, und dann … nichts! Kein beherztes Zustechen, kein letztes Röcheln dieses ohnehin kaum atmungsfähigen Bündel Elends. Gar nichts. Er würde wie gelähmt dastehen und unfähig sein, dieses kleine Monstrum auf fachgerechte Weise vom Leben zum Tod zu befördern, wie Dolch es zuvor bei Hunderten anderer Opfer ohne zu zögern vermocht hatte.

Der Albtraum eines Assassinen, ging es ihm durch den Kopf. Der Schrecken, der ihn daraufhin erfasste, ließ ihn innerlich fast verzweifeln. Er war zum Erfolg verdammt. Nicht nur, weil der erneute Auftrag, Baladus zu finden und zu töten, von so großer Bedeutung für seinen Herrn, den Gottkaiser, war, sondern auch deshalb, weil Dolch das Gefühl hatte, nur dadurch den Glauben an sich selbst und die eigenen Fähigkeiten wiederfinden zu können.

»Bei der ersten Begegnung mit Baladus war es das Nichtwissen, das dich vor seiner Magie schützen sollte«, fuhr der Gottkaiser fort. »Aber das war ganz offensichtlich unzureichend. Ich werde dich mit einem Mann zusammenbringen, der dich auf andere Weise vor der Beeinflussung dieses bösen Geistes schützen wird. Es ist mein Hofalchemist. Er wird dir den Trunk der Wahrheit brauen, der dich vor allen Täuschungen des Verstandes schützen wird.«

»Der Trunk der Wahrheit?«, echote Dolch. »Nachdem ich den zu mir genommen habe, werde ich wohl kaum noch in der Lage sein, meinen Auftrag auszuführen.«

Der Trunk der Wahrheit war eine Droge, die aus den Wäldern am Oberlauf des Großen Stroms gewonnen wurde. Man konnte sie in unterschiedlicher Konzentration und Beimischung zubereiten. Aber sie hatte eine Eigenschaft, die in den Zeiten der Wechslerverfolgungen dazu benutzt worden war, einen Angehörigen dieses Volkes zweifelsfrei zu entlarven, so sehr er auch gelernt haben mochte, die Merkmale seines Wechslertums zu verbergen.

»Hab keine Sorge, Dolch.«

»Der Trunk der Wahrheit tötet einen Wechsler in der Regel – oder lässt ihn wahnsinnig werden.«

»Mein Alchemist ist sehr geschickt und weiß mehr über die richtige Zubereitung und Behandlung dieses Getränks als jeder andere. Und davon abgesehen, hat er lange im Oberen Stromland gelebt und kennt einige sehr wirkungsvolle Rituale, die eine unerwünschte Wirkung verhindern werden.«

»Dann kennt er auch die Besonderheiten von uns Wechslern?«

Der Gottkaiser lächelte. »Man sagt, auch in seinen Adern würde mindestens zu einem Viertel Wechslerblut fließen, auch wenn ich gestehen muss, nie etwas davon bemerkt zu haben. Offensichtlich weiß er die damit einhergehenden Eigenschaften hervorragend zu verbergen.« Der Gottkaiser trat etwas näher an Dolch, so nahe, dass sich der Assassine sehr unbehaglich fühlte. Und das Unangenehmste war, dass der Herrscher ihn geradewegs ansah – so direkt und unverhohlen, dass Dolch den Blick beinahe auf seiner Haut zu spüren glaubte. »Hast du dich niemals gefragt, weshalb ich ein Geschöpf wie dich so ansehen kann, ohne zu erschrecken?«

»Man sagt, dass jemand, der reinen Herzens und frei von Sünde ist, auch im Gesicht eines Wechslers niemanden wiedererkennt, dessen Anblick ihn erschrecken könnte, weil er nie jemanden unrecht getan hat.«

»So jemanden gibt es nicht, mein guter Dolch. Und die Kerker unter meinem Palast und die Gebeingruben für die Hingerichteten sind voll von Menschen, deren Ursache ihres

Verhängnisses ich bin. Nein, es ist die besondere Zubereitung des Trunks der Wahrheit meines Alchemisten, der mich vor jeglicher magischer Beeinflussung schützt. Die Magie, die vom Gesicht eines Wechslers ausgeht, ist dabei noch das kleinste Problem. Was glaubst du, wie viele Personen allein hier im Palast jeden Tag versuchen, meine Entscheidungen mittels eines verbotenen Zaubers zu beeinflussen?«

»Für Euch werde ich mich bereitwillig dem Ritual unterziehen«, erklärte Dolch. »Wenn Ihr wollt, sofort.«

»Nein, das geht nur in einer Nacht, in der der Mond ausschließlich auf der Südseite des Himmelsbogens scheint. Aber das ist in ein paar Tagen der Fall. Halte dich bereit. Bis dahin brauchst du keineswegs untätig zu sein. Versuche Baladus zu finden. Nimm seine Spur auf, sprich mit Mitgliedern von Schleuserbanden … In nächster Zeit werden viele Köpfe rollen in Arakand. Vor allem die Köpfe von Mitgliedern des Ordens der Wissenden Brüder, was mich viele Sympathien im Volk kosten wird, denn diese Bande vom Umstürzlern hat es sehr geschickt verstanden, sich durch die Unterhaltung von Krankenhäusern und Suppenküchen für viele Einwohner Arakands geradezu unentbehrlich zu machen. Doch durch dieses Meer von Blut werden wir waten müssen. Es muss unter allen Umständen verhindert werden, dass Baladus die Stadt verlässt. Gleichgültig auf welchem Weg, ob mit einem Schiff oder mithilfe einer Schleuserbande. Es ist schon schlimm genug, dass das Gift seiner Gedanken innerhalb unserer Stadtmauern seine Wirkung tut, aber sollte es dem Krüppel gelingen, zu den Barbarenfürsten oder nach Boranien zu fliehen, wäre das verheerend.«

»Ich werde alles tun, was notwendig ist, um das zu verhindern«, versprach Dolch.

»Ich will dir etwas über die Lehre erzählen, die dieser Baladus vertritt«, sagte der Gottkaiser. »Du musst das Gift kennen, weil es sonst auch dich krank machen könnte.«

»Mein Glaube ist unerschütterlich«, versicherte Dolch. »Es ist nicht möglich, dass irgendeine Irrlehre mich davon abbringen könnte.«

»Hättest du bis jetzt nicht auch mit derselben Inbrunst behauptet, es wäre unmöglich, einen ausgebildeten, treu ergebenen Assassinen davon abzuhalten, seine Arbeit zu tun, indem man ihm mit Magie im entscheidenden Moment den Willen bricht?«

Dolch schluckte. Ja, das hätte er tatsächlich bisher für vollkommen unmöglich gehalten. Zumindest, soweit es sich auf seine eigene Person bezog.

Und doch war es geschehen.

Mache ich den gleichen Fehler etwa schon wieder?, fragte er sich. *Unterschätze ich diesen Gegner vielleicht aufgrund seiner erbarmungswürdigen äußeren Erscheinung?*

Genau darauf schien es hinauszulaufen.

»Mit seiner verbotenen Mathematik – die nichts anderes als eine Form der schwarzen Magie ist – will dieser Krüppel angeblich bewiesen haben, dass es der Kraft des auserwählten Gottkaisers nicht bedarf, damit sich das Zweite Sonnenlicht wieder entfernt«, fuhr der Herrscher von Arakand in gedämpftem Tonfall fort.

»Welch ein absurder Gedanke«, entfuhr es Dolch.

Der Gottkaiser deutete mit der Hand nach Westen, wo die Belagerer kampierten.

»Wie verhängnisvoll, sollten diese dort das glauben. Sie würden jegliche Zurückhaltung aufgeben und Arakand dem Erdboden gleichmachen. Aber stell dir eine Welt vor, in der kein Gottkaiser mehr da ist, um das Zweite Sonnenlicht fortzuschicken …«

»Es wäre das Ende«, sagte Dolch. »Das Ende von allem, was ich mir vorstellen kann.«

Der Gottkaiser legte eine Hand auf Dolchs Schulter. Das Gewicht dieser Hand erschien dem Assassinen in diesem

Augenblick so schwer zu sein, als wäre die Hand des Gottkaisers mit Blei ausgegossen. »Du weißt also, worum es geht, Assassine.«

»Ja.«

Dolchs Antwort war nur ein leises Wispern, das sich mit dem Grollen des aufkommenden Donners vermischte. *Ich tue das, was ich geschworen habe,* dachte er. *Ich erhalte den, der die Welt erhält. Den Gottkaiser. Und diesmal werde ich es besser machen.*

»Nur wenige Stunden, nachdem du in dem Haus der Mönche gewesen bist, Assassine, war einer meiner geheimen Zugträger dort. Er fand elf Leichen. Nur der Krüppel war verschwunden. Und mit ihm die Bahre, auf der er getragen wird.«

»Es werden Wissende Brüder gewesen sein«, vermutete Dolch.

»Möglich. Der Orden ist mächtig. Und vor allem verfügt er über ein großes Vermögen. Aber da ist noch etwas. In der Nachbarschaft will jemand einen Ouroungour an der Wand des Hauses der Mönche gesehen haben.«

»Es halten sich nicht alle Diebe an den Kodex ihrer Zunft.«

»Ja, und nicht alle Ouroungours gehören Dieben.«

»Das ist wahr.«

»Und doch ist es seltsam, wie ich finde.«

»Ich danke Euch für Euren Hinweis.«

»Du wirst vollkommen auf dich gestellt agieren, Dolch. Mag es ansonsten auch alle möglichen Schläge gegen meine Feinde geben – Schläge, an denen vielleicht Hunderte von Söldnern, Assassinen, kaiserliche Zuträger und Geheimbeamte beteiligt sind –, keiner von ihnen weiß über deinen Auftrag Bescheid.«

»So kann auch nichts verraten werden«, nickte Dolch.

»So ist es.«

»Wem berichte ich?«

»Ausschließlich mir. Ich werde nach dir schicken.«

Regen setzte ein. Obwohl sich das Unwetter schon seit geraumer Zeit zusammenbraute, kam es doch überraschend und sehr heftig. Der Wind war plötzlich so stark, dass sowohl Dolch als auch der Gottkaiser für einen Moment schwankten und Mühe hatten, das Gleichgewicht zu halten.

Ehe sich beide versahen, hatte der Regen ihre Kleidung durchnässt. Es war ein kalter Regen, was selten genug in Arakand vorkam.

Ein Blitz zuckte aus dem Himmel. Greller als das Licht beider Sonnen zusammen war er, und der ohrenbetäubende Donner folgte unmittelbar darauf.

Der Gewittersturm fegte über Arakand. Dunkle Wolken verdeckten die beiden Lichter des Tages und machten es so dunkel wie bei fortgeschrittener Dämmerung. Aber die Stadt war so gebaut, dass sie sowohl den Winden als auch den plötzlich herabprasselnden Wasserfluten widerstand. Den alten Mauern wohnte ein Zauber inne, der sie gegen alle Gewalten der Natur schützte, selbst die extrem hoch gebauten Türme. Die Ströme von Regen, die den ausgedörrten Boden des Umlandes in eine Sumpflandschaft verwandelten, wurden innerhalb Arakands in das ausgedehnte Abwassersystem abgeleitet. Die Stadt war von miteinander durch Kanäle verbundenen Gewölben unterhöhlt, die als Wasserspeicher und Zisternen dienten. Auch diese Zisternen waren ein Grund dafür, dass man keine noch so lange Belagerung zu fürchten brauchte. Die Trinkwasservorräte waren nahezu unerschöpflich. Und selbst für den unwahrscheinlichen Fall, dass es irgendeiner Macht gelingen mochte, die arakandische Kriegsflotte zu vernichten und eine Versorgung der Stadt von See her zu unterbinden, hätte es zumindest daran niemals gemangelt.

Dolch stand vom Lager seiner Assassinenzelle auf. Die rasenden Gedanken in seinem Kopf ließen ihn einfach keine Ruhe finden.

Er verließ den Raum. Stimmen und Geräusche drangen durch die Gänge. Dolchs Schritte führten ihn zur Gemeinschaftshalle seiner Assassinenbrüder, während der Regen auf das Dach des Gebäudes prasselte. Es herrschte ein Halbdunkel. Die wenigen Fackeln flackerten stark, denn der heftige Sturm sorgte dafür, dass es überall zog. Die Fensterläden waren geschlossen, und nun wartete man einfach ab, dass der Sturm vorüberzog.

Einige Assassinenbrüder spielten ein Brettspiel. Töteschnell schien dabei besonders erfolgreich zu sein.

Immer wieder hatte Dolch in den letzten Jahren Assassinenschüler in den verschiedenen Techniken des schnellen Mordens und im Umgang mit Waffen unterrichtet. Töteschnell war einer der Begabtesten unter ihnen gewesen, und Dolch maß sich gern mit ihm im Übungskampf. Das hielt sein eigenes Reaktionsvermögen wach und sorgte dafür, dass er nicht einrostete. Denn dazu brauchte man einen ebenbürtigen Übungsgegner, und der war Töteschnell zweifellos.

Vielleicht ist er sogar besser als ich, überlegte Dolch, während er den weitaus jüngeren Assassinen beim Spiel beobachtete. *Möglicherweise habe ich den Zenit bereits überschritten.*

Assassinenmeister Balok schien das bei sich selbst schon lange festgestellt zu haben und strebte deswegen danach, sich in den Veteranenstatus zurückzuziehen.

Das absolute Vertrauen in die eigenen Fähigkeiten, das Dolch bis dahin geradezu durchdrungen hatte, war verschwunden, seit er von seinem Versagen im Haus der Mönche erfahren hatte. Von einem Augenblick zum anderen war diese innere Selbstgewissheit, jeden Auftrag, so schwierig er auch immer sein mochte, zuverlässig und mit tödlicher Präzision ausführen zu können, einfach nicht mehr vorhanden gewesen.

Dass die dunkle magische Begabung eines Krüppels, den Willen anderer zu beeinflussen, dafür als Entschuldigung dienen sollte, wollte Dolch nicht ganz einleuchten.

Natürlich gab es Magie. Dolch zweifelte nicht einen Augenaufschlag lang an ihrer Macht. Und gewiss war es Magiern und Hexern möglich, auf gewisse Art den Willen eines anderen gezielt zu lenken oder doch ihn so weit zu lähmen, dass der Betreffende zu einer bestimmten Handlung nicht mehr in der Lage war.

Aber Dolch hatte nicht das Gefühl gehabt, durch irgendeine finstere Macht beeinflusst worden zu sein, als er den Krüppel am Leben gelassen hatte. Es war sein eigener Entschluss gewesen, gegründet auf den Grundsätzen seiner Assassinenbrüder, an die er sich einfach gebunden fühlte. Alles andere hätte zu heillosem Chaos geführt. Regellosigkeit. Etwas, das Dolch zutiefst zuwider war.

Das Ritual, mit dem er gegen den Einfluss des magisch begabten Geistes des Krüppels immun gemacht werden sollte, sehnte Dolch geradezu herbei, auch wenn er sich der Tatsache sehr wohl bewusst war, dass es für ihn auch in der abgewandelten Form mit Sicherheit Lebensgefahr bedeutete. Aber vielleicht gab es ihm die alte Selbstgewissheit zurück, ohne die kein professioneller Mörder auf Dauer seinem Beruf nachgehen konnte.

Er hoffte es zumindest.

Denn sein Beruf war für Dolch eine Berufung, der er sein ganzes Leben gewidmet hatte. Sie war der Anker seiner Existenz, der seinem Leben Sinn verlieh. Damals, in den Jahren, da er als ruheloser, flüchtiger Schatten in den Gassen Arakands gelebt hatte, war ihm alles sinnlos, zufällig und beliebig erschienen. Ein Leben ohne Richtung, ein Dahintreiben bis zur nächsten Mahlzeit oder der nächsten Gelegenheit, etwas zu stehlen. Das hatte sich geändert. Und nun?

Seit dem letzten Zusammentreffen mit dem Gottkaiser hatte Dolch das Gefühl, auf schwankendem Boden zu stehen. Alles, was ihm bisher so gewiss erschienen war, schien aus den Fugen geraten zu sein. Wieder und wieder stellte er sich vor, erneut dem Krüppel zu begegnen, sich wahlweise mit dem Schwert oder dem Sicheren Stich in der Hand über ihn zu beugen – und dann den Krüppel nicht töten zu können, weil eine unheimliche Macht ihn daran hinderte, eine Macht, die man nicht spürte und die sich erst in dem entscheidenden Moment bemerkbar machte, wenn es darum ging, den Stahl einer Klinge in den gekrümmten Körper dieser ketzerischen Kreatur zu rammen.

Das Schlimmste war, dass er mit niemandem darüber sprechen konnte. Der Gottkaiser hatte ihm mehr als deutlich gemacht, dass alles, was mit Baladus zusammenhing, in höchstem Maß geheim war.

Das Warten bis zur nächsten geeigneteren Nacht, in der die Himmelszeichen eine Einnahme des Trunks der Wahrheit und die Durchführung des damit verbundenen Rituals erlaubten, kam für Dolch einer schier unerträglichen Folter gleich. Bis dahin würde er nur ein halber Assassine sein, jemand ohne den tödlichen Willen, seinen Auftrag zu Ende zu führen.

Der Namenlose Gott hat dir all dies auferlegt, um dich zu prüfen, dachte er. So musste es sein. Es blieb ihm nichts anderes übrig, als diese Prüfung anzunehmen und trotz aller Widrigkeiten das zu tun, wozu er bestimmt war: den zu erhalten, der die Welt erhielt. Unter allen Umständen. Mit allen Mitteln.

Stundenlang wütete der Sturm über der Stadt. Niemand hätte sich in dieser Zeit auf die Straßen gewagt. In der Nacht schlief Dolch kaum. Immer wieder musste er an sein Versagen denken. Daran, dass der schlimmste Ketzer und der größte Feind des Gottkaisers durch seine Schuld noch immer existierte.

In den frühen Morgenstunden versiegte der Sturm. Der Donner verhallte, der Wind verlor seine Kraft, und auch der Regen prasselte nicht mehr so heftig.

Dolch erwachte durch Geräusche, nachdem er schließlich doch in einen unruhigen, leichten Schlaf gefallen war. Es waren Stiefelschritte auf den Fluren.

Nach dem traditionellen Morgengebet, in dem der besondere Schutz des Namenlosen Gottes für seinen erwählten Gottkaiser erbeten wurde, begab er sich zur Einnahme der Morgenmahlzeit in die Gemeinschaftshalle.

Dort traf er Dutzende seiner Mitbrüder, die offenbar bereits früher aufgestanden waren. Sie waren angekleidet und vollständig bewaffnet. Es war offenkundig, dass sie sich zur Erfüllung eines Auftrags gerüstet hatten.

Ungewöhnlich, dass es so viele zur selben Zeit sind, dachte Dolch. Doch er erinnerte sich der Worte des Gottkaisers, der von konzentrierten Schlägen gegen die Wissenden Brüder und andere Ketzer gesprochen hatte. Solch ein Schlag stand wohl unmittelbar bevor. Doch einen anderen Assassinenbruder nach seinem Auftrag zu fragen war tabu. Schließlich war die Verschwiegenheit bei der Erfüllung ihrer Pflicht das höchste Gebot und es verstieß gegen den Kodex, ein anderes Mitglied der Assassinengarde durch unziemliche Fragen in Verlegenheit zu bringen.

Allerdings hätte Dolch in diesem Augenblick schon gern gewusst, worum es da genau ging, denn sein Instinkt sagte ihm, dass es sicherlich irgendetwas mit den Dingen zu tun hatte, die ihm der Gottkaiser auf dem Ostturm eröffnet hatte.

An einem der Tische saß Töteschnell. Allerdings hatte der keine Waffen angelegt, und soweit es Dolch beurteilen konnte, trug er auch keine verborgen am Körper. In all den Jahren, die Dolch schon in der Assassinengarde diente, hatte er gelernt, auf so etwas zu achten. Jede verdächtige Ausbeulung der Kleidung, der unnatürliche Fall eines Stoffes, leichte Veränderungen der Bewegungsabläufe – all das konnte auf verborgen getragene Waffen hinweisen. Dolch hatte wie kaum ein Zweiter gelernt, solche Zeichen richtig zu deuten. Mehr als einmal hatte ihm diese Fähigkeit das Leben gerettet. Ob es irgendein Mann auf der Straße oder ein Mitbruder aus der Assassinengarde war, der eine Waffe unter der Kleidung zu verbergen versuchte, machte keinen Unterschied.

»Die machen eine Menge Lärm«, stellte Dolch fest. »Konntest du auch nicht mehr schlafen?«

»So ist es«, bestätigte Töteschnell. »Anscheinend gibt es viel Arbeit zurzeit.«

»Aber offenbar nicht für uns.«

Töteschnell grinste. »Ich werde mich ganz sicher nicht darüber beschweren!«

Dolch sah einen Augenblick zu lange in das Wechslergesicht von Töteschnell. *Eigenartig – er hat die Züge des Ersten Priesters,* durchfuhr es ihn. Dolch musste seine gesamte Selbstbeherrschung zusammennehmen, um nicht nach außen dringen zu lassen, wie sehr ihn dieser Anblick irritierte. Erklären konnte er das plötzlich aufgekommene Unbehagen nicht, das er in Töteschnells Gegenwart auf einmal empfand. Aber es war da. Und Dolch ahnte, dass es von nun an auch nicht mehr verschwinden würde.

»Ich würde gern meine Kampfkünste vervollkommnen«, sagte Töteschnell. »Und da wir heute anscheinend beide nichts zu tun haben …«

»Es tut mir leid, aber ich habe bereits eine andere Verpflichtung für diesen Tag«, erklärte Dolch.

»Ich verstehe«, behauptete Töteschnell. Er hätte niemals genauer nachgefragt, denn dies war unter den Assassinenbrüdern verpönt.

Töteschnell erhob sich und verneigte sich kurz, wie es dem Jüngeren gegenüber dem Älteren und dem Schüler gegenüber dem Lehrer geziemte. »So kann ich sicher hoffen, dass wir unsere Übungen ein anderes Mal nachholen werden«, sagte er.

»Das werden wir«, versprach Dolch.

Dolch kehrte an diesem Tag zum Haus der Mönche zurück. Er spürte ein flaues Gefühl im Magen, als er sich dem Ort seiner größten Schande näherte.

Die Tür war wie üblich unverschlossen, so wie es der Tradition der Wissenden Brüder entsprach. Aber jemand hatte ein Siegel angebracht. Dolch sah es sich genau an. Er rechnete mit dem Siegel der Stadtwache, doch es war das des Hohen Gerichts von Arakand. Es war schon sehr verwunderlich, dass das Hohe Gericht so schnell einen Beschluss zur Versiegelung dieses Hauses herbeigeführt hatte. Versiegelungen wurden normalerweise bei ungeklärten und strittigen Eigentumsverhältnissen oder bei Seuchengefahr durchgeführt. Eine kaiserliche Anweisung genügte aber offenbar.

Dolch erbrach das bleierne Siegel und betrat das Haus. Die Fensterläden waren geschlossen, deshalb herrschte Halbdunkel. Nur ein wenig Licht drang durch die Ritzen und einen ins Mauerwerk eingefügten Glasstein, deren Herstellung noch zu Zeiten des Imperiums massenhaft betrieben worden war. Inzwischen waren solche Glassteine selten. Die Verfahren zu ihrer Herstellung waren nur unzureichend bekannt, sodass es allenfalls noch minderwertige Ware gab.

Dolch hatte schon davon gehört, dass Glassteine aus alten Gemäuern von Banden herausgebrochen worden waren, um sie weiterzuverkaufen und in neue Gebäude einzusetzen.

Von den Leichen war nirgends mehr etwas zu sehen. Der Innenraum wirkte aufgeräumt. Nur einige dunkle Flecken im Holz der Fußbodenbretter und der Möbel ließen noch etwas von dem Massaker erahnen, das hier stattgefunden hatte. Blutflecken waren es. Aber um das zu bemerken, musste man schon wissen, was sich hier zugetragen hatte.

Der Gottkaiser ließ hinter einem Assassinen aufräumen, ging es Dolch den Kopf. Allein dieser Umstand sprach dafür, wie wichtig diese Mission vom arakandischen Herrscher genommen wurde. *Umso schwerer wiegt mein Versagen, was den Krüppel betrifft,* dachte Dolch.

Er sah nacheinander in alle Zimmer. Sämtliche Habe der Mönche schien man fortgeschafft zu haben. Kein Buch fand sich noch in den Regalen. Nicht einmal ein Exemplar des Heiligen Buches des Namenlosen Gottes oder wenigstens die Ordensregeln der Wissenden Brüder. Kein Mönchsgewand, keine Sandale, nichts, was irgendwelche Rückschlüsse darauf zugelassen hätte, wer hier einst gewohnt hatte. Es war durchaus möglich, dass der Gottkaiser das Eigentum der Wissenden Brüder beschlagnahmen und auf sich selbst übertragen ließ. Das war bei gefährlichen Ketzern oder Feinden der Stadt durchaus ein übliches Verfahren, an dem nach Dolchs Rechtsempfinden auch nichts Anrüchiges zu finden war.

Dolch ging die Treppe hinauf ins Obergeschoss. Zielstrebig wandte er sich dem Zimmer zu, in dem Baladus dahinvegetiert hatte.

Das Erste, was ihm auffiel, war der Umstand, dass nur ein Flügel des Fensterladens geschlossen war. Der andere stand offen. Das Haus war offenbar noch vor dem Sturm versiegelt worden, und es war anzunehmen, dass diejenigen, die dafür verantwortlich waren, auch die Läden geschlossen hatten. *Aber als der Sturm kam, ist vorher noch jemand anderes hier gewesen,* stellte Dolch fest. *Jemand, der nicht durch die Tür kam und der einen Fensterladen zwar zu öffnen weiß, ihn aber nicht geschlossen hat.* Wind und Regen waren hereingefegt, überall waren Wasserflecken. Eine Pfütze befand sich direkt vor dem Bett, dessen Wäsche vollkommen durchnässt war.

Dolch ging zum Fenster, beugte sich hinaus und holte den offenen Laden zu sich heran. An der Kante waren charakteristische Kratzspuren.

Die krallenbewehrte Pranke eines Ouroungour, erkannte Dolch sofort. In seinen frühen Straßenjahren hatte er viele Diebe kennengelernt und gesehen, wie sie arbeiteten. Eine Zeit lang hatte er sich darum bemüht, in ihre Zunft aufgenommen zu werden, aber die nahm grundsätzlich keine Wechsler auf.

Dolch wusste, dass man die Krallen an den Pranken dressierter Ouroungours lang ließ. Diese schoben sie dann durch den Spalt zwischen den Fensterläden und hebelten damit jeden Riegel auf.

Dolch sah sich um. In einer Ecke des Raumes fiel ihm eine Fuge auf, an der der Mörtel herausgebröckelt war. *Ein Versteck für Münzen,* vermutete er. *Wer nicht weiß, wo er suchen muss, kann es eigentlich nicht finden, es sei denn durch Zufall.*

Dolch war sich sicher, dass dieses Versteck noch nicht geöffnet gewesen war, als er das erste Mal hier gewesen war. So etwas wäre ihm aufgefallen.

Dolch bemerkte eine weitere Stelle, die offenbar als Münzversteck gedient hatte. Sie lag nur einen Fingerbreit über der Fußleiste. Die Daumenkralle eines dressierten Ouroungour hatte den Mörtel herausgebröckelt und offenbar gefunden, was es dort an Wertvollem gegeben hatte.

Das war kein Zufall. Es war schon unwahrscheinlich, dass sich ein diebischer Ouroungour überhaupt in ein Haus begab, das als Heim von Mönchen oder Priestern bekannt war. Jeder ordentliche Dieb hätte seinen geflügelten Affen zurückgepfiffen.

Die Gedanken rasten nur so in Dolchs Kopf. Irgendetwas stimmte hier nicht.

Noch unwahrscheinlicher, als dass ein Mitglied der Diebeszunft einen Ouroungour in ein Mönchshaus schickte, war, dass eines dieser Geschöpfe zufällig gleich auf zwei der normalerweise vollkommen unsichtbaren Münzverstecke gestoßen war. Dolch wusste, dass gerade die Mönche des Ordens der Wissenden Brüder diese Art von Verstecken bevorzugten. Im Gegensatz zu den Dieben, die Dolch während seiner Straßenjahre kennengelernt hatte, waren ihm seinerzeit jegliche Skrupel gegenüber denen, die er beraubt hatte, völlig fremd gewesen. Ob es das Haus eines Priesters oder einer Mönchsgemeinschaft war, wo er nach verborgenen Schätzen suchte, hatte für ihn keine Rolle gespielt. Dolch erinnerte sich noch gut an seinen Versuch, in einen Tempel einzudringen, um ein paar heilige Gegenstände aus Edelmetallen mit einem nicht unbeträchtlichen Materialwert an sich zu bringen. Er war damals nur mit viel Glück entkommen. Ein Ereignis, das ihn dazu gebracht hatte, darüber nachzudenken, ob es wirklich seine Bestimmung war, sich als Dieb in den Gassen Arakands über Wasser zu halten.

Dolch ließ den Blick schweifen. Als Assassine war er es gewohnt, sich in seine Opfer hineinzuversetzen. Was mochte genau geschehen sein, nachdem er Baladus im Haus der Mönche in der Erwartung zurückgelassen hatte, dass er innerhalb der nächsten Stunden starb?

Wenn es so unwahrscheinlich ist, dass ein Dieb seinen Ouroungour hierherschickte – was ist dann mit der umgekehrten Möglichkeit?, fragte sich Dolch. *Was, wenn dieser magiebegabte Krüppel seine Kräfte dazu genutzt hat, den Ouroungour herzurufen? Zu einem Pfiff dürfte er ja wohl kaum imstande gewesen sein …*

Ein Zeuge hatte angeblich einen Ouroungour an der Hauswand des Mönchhauses gesehen. Es lag also nahe, dass das Verschwinden des Krüppels etwas mit dem Ouroungour zu tun hatte.

Und wenn er sich von Dieben helfen ließ?, ging es Dolch durch den Kopf. *Er kann sich ja an den zusammengekrampften Fingern einer seiner gelähmten Hände ausrechnen, dass man ihn zuerst bei seinen Mönchsbrüdern suchen würde. Dafür bedarf es nicht einmal seiner schändlichen Mathematik. Wie viel klüger ist es doch, bei Dieben unterzutauchen – Menschen, die es aus anderen Gründen gewöhnt sind, sich verborgen zu halten.*

Dolch betrachtete noch einmal die beiden Fugenlöcher, bei denen es für ihn nicht den Hauch eines Zweifels gab, dass es sich um Münzverstecke handelte.

Was Dolch nach wie vor verwirrte, war die Tatsache, dass es sich um zwei Löcher handelte.

Dann fiel ihm ein Fußabdruck auf, den er zuerst nicht gesehen hatte, weil das Licht so eingefallen war, dass Dolchs eigener Schatten ihn verdeckt hatte. Aber jetzt war er deutlich zu sehen. Der Fußabdruck eines Menschen, nicht eines Ouroungour. Er war in die Pfütze vor dem Bett getreten.

Die Münzen sind der Lohn gewesen, erkannte Dolch. *Der Lohn für den Dieb, der ihm geholfen hat, von hier fortzukommen.*

Um dessen Willen zu brechen, war noch nicht einmal eine Art von Magie erforderlich gewesen. Der Zauber von ein paar Münzen reichte dazu vollkommen aus.

Es ist nur ein Gedanke, keine Spur, wusste Dolch. Aber er hatte genug Erfahrung darin, die Feinde des Gottkaisers aufzuspüren, um zu ahnen, dass dies ein Anfang sein konnte. Er ballte die Hände zu Fäusten. Es war für ihn keine Frage, dass er herausbekommen würde, wo Baladus sich verborgen hielt. Der Augenblick, vor dem ihm graute, war jener, in dem er ihn gefunden hatte.

Es war früher Abend, als Dolch vor einem unscheinbaren Haus in der Gasse der streunenden Hunde anhielt. Warum auch immer diese Gasse ihren Namen hatte, im Augenblick gab es hier nicht mehr streunende Hunde als anderswo. Einfache Leute von bescheidenem Wohlstand lebten hier, nur wenige Straßen vom fünften Tor der äußeren Stadtmauer entfernt. Geschäftsleute, die mit der Versorgung der Stadtwachengarnisonen entlang der Mauer zu tun hatten, Bäckereibesitzer, Metzger, Handwerker, die sich um die Instandsetzung und Erhaltung der Befestigungsanlagen kümmerten, Katapultbauer, Bogenmacher … Es war ein buntes Gemisch an Berufen. Die Häuser waren für die Verhältnisse Arakands sehr niedrig. Zwischen einem und drei Stockwerke hatte das Gros von ihnen. Und es gab dazwischen kleine Gärten, in denen oft Gemüse angebaut wurde. Diese Gärten wurden von der Regierung des Gottkaisers gefördert, trugen sie doch dazu bei, dass sich Arakand notfalls zumindest für eine gewisse Zeit vollkommen selbst versorgen konnte.

Dolch klopfte, doch erst nach dem dritten Mal wurde geöffnet. Es war ein Kind. Nicht älter als zehn Jahre war das Mädchen. Es hatte gelocktes Haar, so dicht und fest, dass es von dem blauen Haarband kaum gebändigt werden konnte.

»Ihr wünscht, Herr?«

»Hier wohnt Geslaban, nicht wahr?«

»Das ist mein Vater.«

»Er soll zur Tür kommen.«

Aus dem hinteren Teil des Hauses kam ein Mann mit aschblondem Haar und kantigem Gesicht herbei. Er trug einen kleinen Jungen auf dem Arm, den er aber auf den Boden absetzte. Sein Blick fixierte Dolch.

»Kennen wir uns?«

»Ja, das tun wir …«

»Euer Gesicht kommt mir irgendwie bekannt vor. Aber ich kann jetzt beim besten Willen …« Er brach ab und murmelte dann: »Ein Wechsler! Ihr habt mich ganz schön erschreckt … Ich dachte schon, da steht …« Er sprach nicht weiter, und Dolch wollte auch gar nicht hören, an wen sich sein Gegenüber erinnert fühlte, wenn er ihn ansah.

Stattdessen fragte er: »Wie viele Wechsler kennst du denn?«

Der Mann machte die Augen schmal, dann sagte er zu dem Mädchen: »Nimm den Kleinen mit und geh in die Küche!«

Jetzt scheint er zu begreifen, wer ich bin, erkannte Dolch.

»Wer ist das?«, wollt das Mädchen wissen.

»Niemand«, sagte der Mann. »Nun geh schon!«

Er wartete, bis das Mädchen zusammen mit dem kleinen Jungen verschwunden war, dann wandte er sich wieder an Dolch. »Du hast dich seit damals ganz schön verändert. Bist größer geworden. Und man erkennt selbst deine Stimme kaum wieder.«

»Veränderlichkeit gehört zu meiner Natur, Geslaban.«

»Ich weiß.«

»Du hast dich auch verändert.«

»Ja, kann man wohl sagen.«

»Sind das deine Kinder?«

»Das will ich meinen.«

»Dann hoffe ich, dass du sie etwas anderes als das Handwerk ihres Vaters lernen lässt.«

»Nennst du dich immer noch Dolch?«

»Und du? Bist du immer noch der beste Dieb zwischen dem Tempel des Heiligen Feuers und dem fünften Tor der äußeren Stadtmauer?«

»Mein Handwerk gehört zu den geheimen Zünften, Dolch. Man spricht nicht darüber, und vor allem spricht man jemanden, der in diesem Gewerbe sein Silber verdient, nicht darauf an!«

»Wie viele Ouroungours gehören dir?«

»Fünf hören auf meine Pfiffe. Aber was soll das jetzt? Du tauchst hier einfach nach so vielen Jahren auf und …«

Er sprach nicht weiter. Stimmen waren aus dem hinteren Teil des Hauses zu hören. Eine Frauen- und mehrere Kinderstimmen.

Damals, in jener Zeit, als sich Dolch auf der Straße durchgeschlagen hatte, war Geslaban ein junger Dieb in seinem Alter gewesen, der ebenfalls versucht hatte, sich seinen Lebensunterhalt zu erstehlen. Eine Weile waren sie zusammen losgezogen, was das Überleben etwas erleichtert hatte.

Es hatte allerdings zwischen ihnen beiden einen entscheidenden Unterschied gegeben. Einen Unterschied, der bestimmend für das gesamte weitere Leben gewesen war.

Geslaban war in die Zunft der Diebe aufgenommen worden, Dolch hingegen nicht.

Damals hatte Dolch das sehr bedauert. Mehr noch. Er war wütend gewesen wegen dieser himmelschreienden Ungerechtigkeit. Er hatte zunächst nicht verstehen wollen, warum man ihn unter keinen Umständen aufnehmen wollte, bis er schließlich akzeptiert hatte, was es bedeutete, ein Wechsler zu sein. Nicht einmal ein Dieb konnte man werden, denn natürlich duldeten die Zunftangehörigen nicht solch eine Konkurrenz in ihren Bezirken. Wenn sie herausfanden, dass sich einer in derselben Gegend ebenfalls von dem Eigentum fremder Leute ernährte, konnten sie mitunter sehr kaltblütig sein …

Dolch und Geslaban gingen ins Freie, und Geslaban schloss die Tür seines Hauses hinter sich. Das Leben als Mitglied der Diebeszunft ermöglichte ihm ein Leben in bescheidenem Wohlstand. Natürlich hing sein weiterer Erfolg davon ab, dass ihn keiner seiner Nachbarn als das erkannte, was er war. Damit das so blieb, gehörte es zu den strengen Regeln der Diebeszunft, auf gar keinen Fall in der eigenen Nachbarschaft seiner Arbeit nachzugehen – einer Arbeit, die nur von den Zunftangehörigen selbst als ehrenhaft angesehen wurde, während die städtischen Gerichte, die Stadtwache, Kerker- und Henkermeister sowie nicht zuletzt die Bestohlenen in diesem Punkt natürlich vollkommen anderer Meinung waren.

Geslaban sah Dolch kurz an, vermied es aber, länger in dessen Gesicht zu blicken. »Es tut mir leid, dass man dich damals nicht in die Zunft aufgenommen hat«, sagte er. »Wir hätten dann weiterhin gemeinsam auf die Jagd gehen können.«

»Ich war noch sehr jung«, sagte Dolch. »So konnte noch etwas anderes aus mir werden.«

»Es waren nun einmal die Regeln der Zunft.«

»Ich weiß, Geslaban.«

»Und du weißt auch, dass es auf Dauer unmöglich ist, ohne die Duldung der Zunft als Dieb zu überleben.«

Ja, das habe ich selbst damals wenig später zu spüren bekommen, erinnerte sich Dolch. Es waren nicht die Vertreter des Gesetzes gewesen, die ihn gejagt und fast umgebracht hatten, sondern Abgesandte der Diebeszunft.

Eins hatte Dolch immerhin in dieser Zeit in aller Deutlichkeit begriffen: Entweder richtete man sich nach dem Gesetz der Stadt oder dem der Diebeszunft. Dazwischen gab es keinen Weg, und wer so unvorsichtig war, es dennoch zu versuchen, wurde nur allzu leicht das Opfer von beiden.

Mit seinem Eintritt in die Assassinengarde des Gottkaisers hatte Dolch sich sehr eindeutig entschieden.

»Du bist schwer bewaffnet«, stellte Geslaban fest. »Ich habe das auf den ersten Blick gar nicht so genau gesehen, aber das ist sicher nicht die Standardausrüstung der Stadtwache, und du trägst auch nicht deren Helm und Harnisch mit dem Zeichen der Stadt.«

»Scharf beobachtet«, stellte Doch fest.

»Ich weiß gar nicht, ob die überhaupt Wechsler aufnehmen würden. Bestimmt gibt es auch bei denen eine Menge Vorbehalte. Andererseits aber hört man ja auch, dass die in letzter Zeit jeden dahergelaufenen Barbaren aufnehmen und glauben, dass aus so einem unzivilisierten Tier gleich ein aufrechter Arakandier wird, wenn man ihm nur den richtigen Helm aufsetzt.«

»Die Zeiten ändern sich. Und wir uns auch.«

»Du bist bei einer dieser Schutzmannschaften, die Handelsschiffe begleiten, nicht wahr? Sag mir, dass ich recht habe! Mann, Mann, da lebt man jahrelang in derselben Stadt und begegnet sich nicht. Aber andererseits hat Arakand ja auch so viele Einwohner, dass man damit andernorts ganze Reiche bevölkert … Also sag schon, ich warte auf eine Antwort. Was machst du?«

»Es geht dich nichts an, für wen ich meine Waffen führe«, sagte Dolch und versuchte dabei, nicht allzu schroff zu klingen. »Ich brauche nur eine Auskunft von dir.«

Geslaban runzelte die Stirn und blieb stehen. »Warum so ungemütlich, Dolch?« Er sah unvorsichtigerweise einen Augenblick zu lang in Dolchs Gesicht und wurde blass. »Verdammt, du siehst aus, als wärst du mit dem Diener verwandt, den ich damals erschlagen musste. Du erinnerst dich sicher, als wir in dieses edle Haus im Nordhafen eingedrungen sind.«

»Ich erinnere mich, wenn auch ebenso ungern wie du, Geslaban«, sagte Dolch. »Hör zu, du kennst doch sicher jene Diebe, die im Viertel des Tempels vom Heiligen Feuer mit einem Ouroungour auf Beutefang gehen, richtig?«

»Natürlich. Immerhin bin ich inzwischen Zunftmeister und kenne *alle* ehrenhaften Diebe Arakands, und zwar jeden mit Namen. Es gibt ja leider immer mehr Konkurrenz von unehrenhafter Seite. Und ich nehme an, dass das noch schlimmer wird.«

»Ach ja?«

»Je größer das Zweite Sonnenlicht wird, je heißer es wird und je mehr die Felder verdorren und die Meere zu kochen beginnen, desto mehr schwellen die Pilgerströme an. Schon jetzt kommen täglich Schiffsladungen voller Menschen her, die in den Tempeln dafür beten, dass der Gottkaiser das Zweite Sonnenlicht bald fortschickt. Glücklicherweise werden wir ja zurzeit mal wieder belagert, da hält sich der Zustrom noch einigermaßen in Grenzen. Aber lass die Barbarenfürsten erst einmal abziehen, dann verstopfen bald so viele Pilger die Straßen, dass die Versuchung für unehrenhaftes Diebesgesindel einfach viel zu groß wird, uns ehrlichen Dieben unredliche Konkurrenz zu machen.«

»Neben dem Tempel des Heiligen Feuers gibt es ein Haus, das bislang von einer zum Orden der Wissenden Brüder gehörenden Mönchsgemeinschaft bewohnt wurde«, erklärte Dolch, ohne auf Geslabans Klagen einzugehen. »Dort ist ein Mitglied der Diebeszunft mit seinem Ouroungour eingedrungen.«

»Das wäre gegen die Regeln.«

»Was nicht heißt, dass es deshalb nicht passiert sein kann.«

»Nun, das ist leider wahr. Aber als Zunftmeister versuche ich darauf zu achten, dass solche Dinge nicht geschehen. Es bringt nur weite Kreise der Bevölkerung unnötig gegen uns auf und …«

»Der Dieb, von dem ich spreche, hat einen Krüppel aus dem Haus geschafft und vermutlich bei sich aufgenommen. Möglicherweise hilft er ihm auch, aus der Stadt zu kommen, und besorgt für ihn eine Schiffspassage oder die Dienste eines Schleusers.«

»Ein Krüppel?«, fragte Geslaban stirnrunzelnd. »Was willst du von ihm?«

Dolch gab darauf keine Antwort. Stattdessen tat er etwas, was er noch nie getan hatte. Er sah sein Gegenüber mit voller Absicht sehr eindringlich an. Mochte Geslaban der Schrecken ruhig in die Glieder fahren. Sollte er all diejenigen vor sich sehen, deren Gesichter ihn aus dem einen oder anderen Grund im Schlaf verfolgten. Dolch wollte, dass Geslaban ihn fürchtete, denn anders war der ehrbare Dieb nicht dazu zu bewegen, das zu tun, was Dolch ihm abverlangte. »Ich werde dich in ein paar Tagen erneut besuchen. Und ich bin überzeugt, dass ein guter Zunftmeister bis dahin wissen wird, welcher Dieb in Arakand etwas mit dem Verschwinden des Krüppels zu tun hat.«

»Du weißt, dass ich einen Zunftbruder nicht verraten würde, gleichgültig was er getan hat.«

»Dann wirst du diese Regel brechen müssen, Geslaban.«

»So? Warum sollte ich das tun?«

»Weil ich dich sonst töten werde, Geslaban. Dich und deine Kinder und die Mutter deiner Kinder. Ich werde keinen von ihnen am Leben lassen. Aber da du vernünftig bist, wirst du mir diese unangenehme Pflicht ersparen.«

Geslaban stand wie erstarrt da. Er stierte Dolch an, als

würde ihm ein leibhaftiger Teufel der Unterwelt gegenüberstehen oder als wäre er am Tag seines eigenen Jenseitsgerichts in die grausigen Gefilde jener Teufel verbannt worden. *Kann ein gemeiner Dieb, der zeit seines Lebens nichts anderes war und der auch nie nur die geringste Anstrengung unternahm, etwas anderes zu werden, nach seinem körperlichen Dasein überhaupt mit etwas anderem rechnen als mit dem Höllenfeuer?*, überlegte Dolch.

Geslabans Stimme klang tonlos, als er wieder zu sprechen begann. Er schien plötzlich zu begreifen, wen er wirklich vor sich hatte. Den alten Kameraden aus gemeinsamen Tagen als zunftloser Dieb gab es nicht mehr. Da war nur noch dieses kalte Monstrum, das ihm tatsächlich androhte, seine Familie zu ermorden, wenn er nicht tat, was er von ihm verlangte.

So konnte nur eine Sorte von Menschen sprechen.

Ein Assassine des Gottkaisers.

»So einer bist du also geworden«, murmelte Geslaban. »Herzlichen Glückwunsch, dass man dich in den Dienst dieser geheimen Mörder aufgenommen hat.«

»Im Gegensatz zu fast allen anderen Professionen und Gewerben, die man in Arakand ausüben kann, werden Wechsler in der Assassinengarde nicht benachteiligt«, sagte Dolch und gab damit zu, was sein ehemaliger Freund vermutete; es machte wenig Sinn, es noch abstreiten zu wollen.

»Ich verstehe nicht, wieso …«

»Das brauchst du auch nicht«, schnitt Dolch ihm das Wort ab. »Tu einfach, worum ich dich gebeten habe. Und vielleicht wirst du eines Tages von dir sagen können, dass du zur Rettung von uns allen beigetragen hast.«

»Jedenfalls hast du gelernt, so geschwollen daherzureden, wie man es wohl innerhalb der Palastmauern tut.«

»Ich muss gehen, Geslaban. Wir sehen uns. Und versuch nicht, mich zu hintergehen. Ich würde dich überall finden und dich dann zur Strecke bringen. Du solltest nicht einmal daran denken, denn du könntest mir niemals entkommen. Und deine Familie schon gar nicht.«

Mit diesen Worten ließ Dolch den Zunftmeister der Diebe stehen.

»Warte!«, rief dieser ihm hinterher.

Dolch ging weiter. Er drehte sich nicht um.

»Wieso ist dieser Krüppel so wichtig?«

Nun blieb Dolch doch stehen. Sehr langsam drehte er sich um.

»Sein Name ist Baladus. Das ist alles, was du vielleicht noch wissen solltest«, sagte er, ehe er sich wieder umwandte und endgültig davonging.

Kapitel 6

Am Abend suchte Dolch die Taverne unter dem Himmelsbogen auf. Genau genommen handelte sich nicht nur um eine Taverne, sondern um ein Hurenhaus, auch wenn das offiziell niemand sagen durfte. Felbosar, der Besitzer und Bezirkshenker in Personalunion, hatte offenbar in der gottkaiserlichen Stadtverwaltung nicht nur Freunde. Jedenfalls hatte er sich vergeblich um eine Lizenz zum Betrieb eines kommunalen Hurenhauses bemüht, sie aber nicht erhalten. Eigentlich war es üblich, dass ein Bezirkshenker eine solche Lizenz bekam. Die moralisch anrüchigen Gewerbe waren dann in einer Hand. Gerüchten zufolge ging es bei der Sache um eine unsauber durchgeführte Hinrichtung vor viele Jahren. Felbosar war damals noch Hilfshenker gewesen und hatte drei Mal mit dem Schwert zuschlagen müssen, ehe sich der Kopf des Verurteilten vom Rumpf gelöst hatte. Unglücklicherweise bekleidete inzwischen ein Angehöriger des damaligen Delinquenten ein hohes Amt in der gottkaiserlichen Verwaltung.

Felbosars Haus war also, formal gesehen, nur eine Taverne und ein Gasthaus, deren Betrieb keiner Erlaubnis bedurfte. Der Nachteil war, dass die Steuern für Tavernen viel höher waren als für den lizenzierten Betrieb eines Hurenhauses, was damit zu tun hatte, dass der Gottkaiser nicht übermäßig an einem anrüchigen Gewerbe verdienen durfte, wollte er sich nicht selbst in ein zweifelhaftes Licht setzen.

Dolch hatte den Schankraum gerade betreten, als ihm ein Mann vor die Füße taumelte. Ein Mann mit aschblonden Haaren, die so gerade geschnitten waren, dass sein Besuch bei einem Barbier noch nicht lange her sein konnte. Dafür sprachen auch das glatt rasierte Antlitz und die frische Schnittverletzung am Kinn, die gerade verschorft war. *Ein frisch eingestellter Barbarensöldner der Stadtwache,* erkannte Dolch. Er trug den Harnisch mit dem eingravierten Zeichen der Stadt Arakand, ein stilisiertes Schiff und eine Kette. Erstes symbolisierte die Seeherrschaft der Arakandier, Letzteres die Macht, jene Meerenge durch das Spannen der großen Kette zwischen Gottkaiserpalast und der Kettenende-Festung zu sperren, die als Einzige eine Schiffspassage durch den Gürtel der Welt ermöglichte. Sein Helm war vom Kopf gefallen und ein Stück über den Boden gerollt. Er blutete etwas an der Lippe. Offenbar hatte er einen Faustschlag einstecken müssen. Mit seinen meergrünen Augen starrte er auf einen riesigen Kerl, der jeden anderen Mann im Schankraum um mindestens zwei Köpfe überragte. Ein Riese mit ledergegerbtem Gesicht, wie man es bekam, wenn man regelmäßig lange Schiffsreisen zu den Südlichen Inseln mitmachte. Eine seiner riesigen Pranken hatte er einer vergleichsweise zierlichen Frau auf die Schulter gelegt. Eine besitzanzeigende Geste. Er bleckte die Zähne und knurrte ein paar Worte im harten Dialekt der Südlichen Inseln, den hier in Arakand niemand verstand. Aber freundlich waren diese Worte ganz sicher nicht gemeint.

»Lass es gut sein, Kellorn«, sagte ein anderer Stadtwachenmann.

»Was fällt diesem Tier ein?«

»Ihm hat nicht gefallen, dass du die Frau so lange angestarrt hast, die er für sich ausgesucht hat.«

»Er soll sehen, was er davon hat.«

»Kellorn!«

Der Barbar kam auf die Beine. Dabei wandte er kurz den Kopf und starrte in Dolchs Gesicht. Seine Hand war am Schwertgriff, aber dann verlor er fast erneut das Gleichgewicht. Zum Teil lag das vielleicht an der enormen Wucht des Schlages, den ihm der Riese von den Südlichen Inseln verpasst hatte. Aber da war noch etwas anderes. Bleich starrte er Dolchs Gesicht an und schüttelte den Kopf.

»Du bist noch nie einem Wechsler begegnet?«, fragte Dolch.

Kellorn schluckte. »Ich habe davon gehört, dass es euch geben soll«, sagte er. »Aber im Reich an der Steinigen Küste leben keine Wechsler … Bei Arron und Tarron! Du siehst aus wie … wie ein Straßenräuber, der mir an einer Ecke im boranischen Hafen auflauerte und den ich …«

»Du kannst ja wegsehen, wenn dir nicht gefällt, was du siehst«, sagte Dolch vollkommen ruhig.

»Geh Wechslern aus dem Weg«, sagte nun Kellorns Begleiter. »Und dasselbe gilt für Riesen von den Südlichen Inseln, die schlecht gelaunt sind. Alles andere gibt nur unnötigen Ärger.«

»Danke für die Ratschläge, Tubal«, knurrte Kellorn. »Aber trotzdem schlägt mich niemand so einfach ungestraft nieder!«

»Kellorn! Lass es gut sein! Es gibt hier mehr Frauen, als selbst du in einer Nacht schaffen kannst, wenn du am nächsten Tag noch aufrecht auf der Wehrmauer stehen willst. Da muss es ja nicht ausgerechnet die sein, auf die der Riese aus ist.«

»Ich habe nichts Falsches getan«, erklärte Kellorn grimmig. Tubal packte ihn an der Schulter. Kellorn riss sich los. »Lass mich!« Er griff erneut zum Schwert.

Der Riese von den Südlichen Inseln wartete gar nicht erst ab, bis Kellorn seine Klinge ganz gezogen hatte. Brüllend zog er sein eigenes Schwert und stürmte auf Kellorn zu.

Nur mühsam konnte dieser den ersten Hieb des Riesen parieren. Der zweite prellte Kellorn das Schwert aus der Hand, dem dritten konnte er nur um Haaresbreite ausweichen.

Als der Riese erneut zum Schwertstreich ausholte, griff Dolch in das Geschehen ein. Die Wucht des Schlages und die enorme Körperkraft des Südinselriesen nutzte der Assassine aus. Ein gut geübter Handgriff hebelte den Koloss einfach aus. Mit einem krachenden Laut landete er auf den Fußbodenbrettern und spürte im nächsten Moment etwas Kaltes, Spitzes an seinem Hals – den Sicheren Stich.

Dolch verharrte, sah den Riesen an, aus dessen Gesicht jegliche Farbe floh. Er wurde blass und murmelte ein paar Worte in der Sprache der Südlichen Inseln. Seine Hand umfasste immer noch den Griff des gewaltigen, seiner Körpergröße allerdings durchaus angemessenen Schwertes, dessen Klinge vorn gegabelt war.

Schließlich flüsterte er ein Wort auf Arakandisch.

»Dämon«, murmelte er. »Dämon! Fluch über dich!«

Anscheinend sind Wechsler auf den Südinseln auch nicht beliebter als anderswo, ging es Dolch durch den Kopf. Er schwieg. Jedes Wort war überflüssig, wie er fand. Der Riese hatte auch so begriffen, dass er besiegt war.

Dolch nahm den Sicheren Stich vom Hals seines Gegners und erhob sich.

»Mein Freund hat das gerade nicht so gemeint, Riese!«, meldete sich jetzt Tubal wieder zu Wort. »Er ist manchmal etwas hitzköpfig. Und ganz egal, wie lange und wie gierig er deine Hure angestarrt hat, das ist den Ärger nicht wert, den wir uns hier alle einhandeln können.«

Kellorn hatte inzwischen sein Schwert wieder aufgehoben. Er fasste es mit beiden Händen, atmete tief durch und senkte es dann.

Der Riese knurrte etwas Unverständliches vor sich hin.

Er würdigte Kellorn und Tubal nur eines kurzen Blickes. Ob er überhaupt verstanden hatte, was Tubal gesagt hatte, war nicht klar. Dann sah er in Dolchs Richtung und schluckte. Schließlich steckte er sein Schwert ein. »Dämon«, murmelte er noch einmal und ging dann zu der Frau zurück, auf deren schmaler Schulter gerade noch seine riesige Pranke gelegen hatte.

»Wo ist Felbosar?«, wandte sich Dolch an die Frau.

»Nicht da.«

»Er soll besser aufpassen.«

»Ich werde es ihm ausrichten, Dolch.«

»Wann kommt er zurück?«

»Heute Abend noch.«

»Dann richte ihm auch aus, dass ich ihn sprechen muss. Dringend.«

»Ja, Herr.«

Dolch steckte den Sicheren Stich ein.

»Du scheinst hier gut bekannt zu sein«, sagte Tubal an Dolch gerichtet.

Dolch deutete auf Kellorn. »Dein unbedachter Freund ist es jetzt auch.«

»Ich war im Recht«, behauptete Kellorn.

»Und beinahe tot«, sagte Dolch. »Für nichts.«

»So ist er nun mal«, meinte Tubal. »Ein Barbar, der nicht viel nachdenkt. Ich meine, diese ganze Narrenbande von Belagerern dort draußen denkt schließlich, sie könnte Arakands Mauern überwinden.«

»Ich hoffe für ihn, dass seine Dummheit ihn nicht eines Tages umbringen wird.«

»Das wird nicht geschehen«, erklärte Tubal, ehe Kellorn selbst antworten konnte. »Ich habe mir nämlich vorgenommen, auf diesen dummen Narren von der Steinigen Küste aufzupassen.«

»Welch ein Glück für ihn. Wenn du ihm noch abgewöhnst, bei verbotenen Göttern zu fluchen und den Streit mit Riesen von den Südlichen Inseln zu meiden, lebt er vielleicht nächstes Jahr noch.«

Der Riese hatte sich unterdessen jener Frau zugewandt, die Anlass des Streits gewesen war. Sie trug nur wenig Kleidung, und die war zudem noch knapp geschnitten. Außerdem war sie grell geschminkt. Offenbar schaffte sie es, den Mann von den Südlichen Inseln so abzulenken, dass sich seine Aufmerksamkeit vorerst auf sie konzentrierte.

Dolch wollte sich umdrehen, als Kellorn ihn ansprach. »Ich habe noch nie jemanden mit solcher Perfektion kämpfen sehen. Wechslerdämon oder nicht – ich muss sagen, das war … *vollkommen*!«

Bevor der Barbar zu Ende gesprochen hatte, war ein deutliches Zögern zu hören gewesen. So als hätte er nach dem richtigen Wort gesucht.

»Das macht die Übung.« Dolch hielt Kellorn seine zur Faust geballte Hand hin. »Ein einziges Mal war meine Kampfweise nicht vollkommen, und meine Unachtsamkeit wurde mir ins Fleisch geschrieben, wie du an der Narbe siehst.«

»Wie auch immer, ich bewundere das. Selbst bei einem … Dämon!«

Kellorn wandte den Blick ab und verzog das Gesicht, so als hätte er geradewegs in den Schein eines der beiden Sonnenlichter hineingesehen und müsste die Augen schützen.

»Kellorn …«, wiederholte Dolch murmelnd den Namen des Barbaren und fragte dann laut: »Wie lange bist du schon in Arakand?«

»Seit zwei Tagen.«

»Wer ist dein Offizier in der Stadtwache? Und in welcher Garnison schläfst du?«

Jetzt mischte sich Tubal ein. »Hör mal, Wechsler, es ist nicht unbedingt nötig, dass unser Hauptmann von der Sache hier erfährt. Schließlich ist niemand zu Schaden gekommen!«

»Wer sagt, dass ich mit seinem Hauptmann sprechen will?« Dolch trat auf Kellorn zu und fuhr fort: »Vielleicht will ich dich ja einfach mal besuchen.«

»Um mir zu zeigen, wie man *so* kämpft wie du?«

»Warum nicht?«

»Ich diene unter Hauptmann Ogandus in der Garnison am mittleren Tor der äußeren Mauer.«

Dolch lächelte. Ein unvorsichtiges Lächeln, denn es erschrak sein Gegenüber, wie er sofort bemerkte.

»Also – bis in ein paar Tagen, falls du dich vor dem Blick eines Wechslerdämons nicht fürchtest, Kellorn.«

»Ich fürchte mich vor gar nichts«, behauptete der Barbar.

Vielleicht solltest du das aber, dachte Dolch. *Und vielleicht sollte ich dir zuerst mal beibringen, keine Frau anzuglotzen, auf die ein anderer Mann Anspruch erhoben hat.*

Dolch ging an ihm vorbei.

Die zwischenzeitlich verstummten Zecher in der Taverne unter dem Himmelsbogen hatten zumindest teilweise ihre Gespräche wieder aufgenommen. Stimmengewirr erfüllte die stickige, mit Räucherdüften gesättigte Luft.

Dolch blickte hinauf zur Balustrade, die oberhalb des Schankraums verlief. Eine hellhaarige Frau in einem Gewand, das ihre Körperformen mehr betonte denn verbarg, lehnte sich gegen das mit zahllosen Schnitzereien versehene Geländer.

Sie sah Dolch geradewegs an und begegnete dem Blick des Wechslers mit einer offenen Unbefangenheit, wie es sonst niemand vermochte. Nicht einmal einer der anderen Wechsler, die Dolch im Laufe der Jahre kennengelernt hatte, oder der Gottkaiser, der behauptete, dass ein Zauber ihn vor den Schrecken eines Wechslerantlitzes zu schützen vermochte.

»Helvana«, murmelte Dolch kaum hörbar. Ihretwegen kam er schon seit Jahren in die Taverne unter dem Himmelsbogen. Denn sie war die einzige Frau, die sich eigenartigerweise noch nie erschrocken hatte, wenn sie ihm ins Gesicht sah. Dolch hatte es aufgegeben, über den Grund dafür nachzudenken. Die Hilfe von Magie, wie es beim Gottkaiser der Fall war, schien sie dafür nicht zu benötigen. Es schien einfach eine Eigenschaft zu sein, die ihr die Natur gegeben hatte. Eine Eigenschaft, die sie zu dem einzigen Menschen machte, in dessen Gegenwart er nicht ständig darüber nachdenken musste, was der Anblick seines Gesichts wohl bei seinem Gegenüber auslöste.

Sie lächelte zu ihm herab.

Es gab niemand sonst, der das so unbefangen zu tun vermochte. Und allein dieses Lächeln war jeden Besuch in der Taverne unter dem Himmelsbogen wert.

Dolch ging die Treppe hinauf.

»Du bist lange nicht hier gewesen, Dolch«, sagte Helvana.

»Immerhin erkennst du mich wieder.«

Sie lächelte immer noch. »Ich habe einen guten Blick für Menschen. Und den kann auch ein Wechsler nicht täuschen.«

»Ein Wechsler täuscht niemanden«, widersprach Dolch.

»Ach, nein?«

»Es ist derjenige, der ihn ansieht, der sich täuscht.«

Sie zuckte mit den Schultern und fasste ihn an der Hand, wobei sie mit dem Daumen sanft über die Narbe strich. »Es gibt so viele andere Merkmale, um jemanden zu erkennen. Merkmale, auf die kaum jemand achtet.«

Sie führte ihn fort. Eine schrill lachende Frau und ein bärtiger Mann kamen ihnen wankend entgegen. Sie beachteten weder Helvana noch Dolch weiter. Glücklicherweise, was Letzteren betraf. Sie hatten offenbar reichlich Wein genossen.

Helvana führte ihn durch einen Flur. An dessen Ende angekommen, öffnete sie die Tür zu ihrem Zimmer. Dolch folgte ihr. Helvana löste die Spange an ihrer Schulter und ließ das Gewand zu Boden gleiten.

»Ich denke, du bist deswegen gekommen«, sagte sie.

»Ja«, sagte Dolch, »deswegen auch.«

Später lag Dolch ermattet auf dem breiten Lager in der Mitte des Raumes. Helvana war aufgestanden. Nackt stand sie da, und Dolch sah ihr zu, wie sie ihre zerzauste Frisur wieder in Ordnung brachte.

Seine Gedanken waren allerdings woanders. Nicht einmal die wunderschöne Gestalt dieser Frau war im Moment in der Lage, seine Aufmerksamkeit vollkommen zu fesseln. Die Angelegenheit mit dem Krüppel ließ ihn einfach nicht los. Selbst jetzt nicht. Die Tatsache, dass die magische Kraft dieses Krüppels offenbar stärker gewesen war als die Kraft seines Glaubens, die er bisher für unerschütterlich gehalten hatte, beschäftigte ihn unablässig.

Er würde alles daransetzen, diesen Fehler wiedergutzumachen. Alles. Kein Preis konnte dafür hoch genug sein.

Wo auch immer du steckst, Magierkrüppel, ich werde dich aufspüren, sagte er sich. *Und das nächste Mal wirst du mich nicht beeinflussen können … Beim Namenlosen Gott und allen Gottkaisern und Heiligen aller Zeitalter!*

Unwillkürlich ballte er die Hände zu Fäusten. Seine Narbe trat dabei deutlich hervor. Wie ein Zeichen, das ihn mahnte, seine eigenen Fähigkeiten nicht zu überschätzen.

Das war ihm schließlich schon einmal passiert.

Und das Zeichen dafür war seitdem unauslöschbar in sein Fleisch gezeichnet.

Der Klang von Helvanas Stimme drang in seine Gedanken.

»Du siehst jemandem ähnlich, den ich mal sehr mochte«, sagte sie.

Dolch blickte erstaunt auf. Es war das erste Mal, seit er sie kannte, dass sie überhaupt darüber sprach, wen oder was sie sah, wenn sie in sein Gesicht blickte. Es wäre Dolch niemals eingefallen, danach zu fragen. Er war schon zufrieden, dass diese Frau nicht vor ihm erbleichte.

»So was höre ich zum ersten Mal«, bekannte er.

»Dann freu dich darüber!«

Sie hatte ihre Haare wieder aufgesteckt und senkte die Arme. Durch den Alabastervorhang des Fensters drangen die letzten Strahlen der Zweiten Sonne und tauchten ihren Körper in ein weiches Licht. Die Erste Sonne war bereits eine Stunde früher hinter den Horizont gesunken. Als sie einen Schritt nach vorn machte, umspielte ein Schattenmuster ihre Brüste.

»Was ist aus dem geworden, an den mein Gesicht dich erinnert?«, fragte Dolch.

Sie zuckte mit den Schultern. »Er war Steuermann auf einem Schiff des Handelshauses Dresois. Das letzte Mal sah ich ihn, als das Schiff auslief. Es sollte eine Woche später Galdabar erreichen, aber dort ist es nie angekommen.«

»Was ist geschehen?«

»Es war in dem Jahr der letzten Annäherung des Zweiten Lichts, und es gab einen furchtbaren Sturm, der die ganze Südküste des Gürtels bis Tarastan vollkommen verwüstete, wie man später erzählte.«

»Das ist ... zwanzig Jahre her!«

»Ich war vier, und der Steuermann war mein Vater. Wir haben nie wieder etwas von ihm gehört. Fast hundert Schiffe sind damals gesunken.«

Dolch atmete tief durch. »Ja, ich erinnere mich an dieses Jahr«, murmelte er.

Es war das letzte Jahr gewesen, das er auf der Straße verbracht hatte. Das Jahr, bevor er der Assassinengarde beigetreten war. Das Jahr, in dem er die Macht des Gottkaisers gesehen und in dem er beschlossen hatte, dieser Macht zu dienen. Die Bilder der Erinnerung stiegen in ihm auf. Der Gottkaiser hatte auf dem Mittelturm von Arakand gestanden. Der Mittelturm war zwar nicht so hoch wie der viel später gebaute Ostturm, der Teil der Palastanlage an der Ostspitze der Halbinsel war, auf der Arakand lag. Dennoch hatte er die größere Bedeutung, denn von dort aus schickte der Gottkaiser seit Jahrtausenden das Zweite Sonnenlicht fort.

Die Erinnerung daran hatte sich Dolch eingebrannt wie kaum ein anderes Erlebnis. Dolch war unter den unzähligen Zuschauern gewesen, die sich auf dem großen Platz von Arakand gedrängt hatten, dessen Zentrum der Mittelturm bildete. Während das Zweite Sonnenlicht zu monströser Größe angeschwollen war und fast die Hälfte des Himmels ausgefüllt hatte, stand der Gottkaiser auf dem Turm. Gut sichtbar für alle hob er die Hände und rief die uralten Worte in einer alten Form des Arakandischen, die seit vielen Jahrhunderten nur noch von einigen Priestern und Gelehrten verstanden wurden. Worte, deren Klang jeder auf dem Platz hatte hören können, dessen Architektur so beschaffen war, dass die Stimme des vom Namenlosen Gott erwählten Herrschers machtvoll widerhallte.

An mehreren Tagen hintereinander, immer dann, wenn das Erste Licht den höchsten Stand erreicht hatte und die zweiten dreizehn Stunden des Tages begannen, musste der Gottkaiser die Zeremonie wiederholen.

Die Menge hatte dann jedes Mal den Atem angehalten. Manche hatten vor sich hin gebetet und den Beistand des Namenlosen Gottes erfleht oder ihrem Herrscher die nötige Kraft gewünscht, die Welt vor dem Verglühen im Feuerofen des Zweiten Lichts zu erretten.

Für wie lange das Zweite Licht daraufhin in die Ferne des Kosmos geschickt wurde und wann es erneut nötig sein würde, dass der Gottkaiser seine Kräfte einsetzte, vermochte – zumindest unter den Menschen auf dem großen Platz von Arakand – niemand sagen. Jahre, Jahrzehnte, mit etwas Glück vielleicht sogar ein ganzes Menschenleben oder noch länger. Das mörderische Zweite Himmelslicht, diese feurige Macht aus der Ferne des Kosmos, schien sich an keine Regel zu halten. Völlig unberechenbar näherte sich diese Macht wieder und drohte dann erneut die Welt zu verbrennen.

Nur ein paar Wahnsinnige wie dieser Krüppel glauben, dass dieses Verhängnis nur den Regeln schwarzer Mathematik folgt und es nicht die Kräfte des Gottkaisers sind, die uns retten, ging es Dolch durch den Kopf. Sein Blick war in diesem Augenblick nach innen gerichtet.

Helvana stemmte die Arme in die Hüften. »Was ist los mit dir? Du wirkst, als würdest du auf deinen Schultern die Last der ganzen Welt tragen.«

Vielleicht tue ich das auch, ohne dass du es ahnst, dachte Dolch. *Aber das ist auch besser so …*

»Das Zweite Licht ist schon ziemlich groß geworden, und es hat bereits den ersten großen Sturm gegeben«, sagte er. »Alles wiederholt sich. Nicht mehr lange, und der Gottkaiser wird wieder auf dem Mittelturm stehen und das Zweite Licht fortschicken.«

»Daran erinnere ich mich auch«, murmelte sie, und ihre Stimme verlor dabei beinahe jeden Ton.

So hatte Dolch sie noch nie erlebt.

Er erhob sich, begann damit, sich anzukleiden. Sehr sorgfältig hatte er seine Kleider und Waffen auf einem Stuhl abgelegt. Alles, so fand er, sollte unter allen Umständen eine feste Ordnung haben. Das erleichterte vieles.

»Du kennst viele Leute, nehme ich an«, sagte Dolch nach einer etwas längeren Pause. Schweigen war zwischen ihnen nichts Ungewöhnliches. »Hast du von einem Dieb gehört, der einen Krüppel bei sich aufgenommen hat?«

»Meine Aufgabe ist es, den Gästen Vergnügen zu bereiten, nicht sie auszuhorchen.«

»Sag jetzt bitte nicht, dass du das niemals tust«, sagte er leichthin.

»Das kannst du dir nicht einmal vorstellen, nicht wahr?«, erwiderte sie verärgert.

Wieder herrschte Schweigen zwischen ihnen, bis er schließlich sagte: »Entschuldige bitte, du hast recht.«

Bevor Dolch die Taverne unter dem Himmelsbogen verließ, sprach er noch mit ihrem inzwischen zurückgekehrten Besitzer. Felbosars hochgewachsene, massige Gestalt ragte wie ein Berg hinter dem Schanktisch auf. An Kraft und Größe konnte er es zwar nicht ganz mit dem Riesen von den Südinseln aufnehmen, reichte aber schon sehr nahe an ihn heran.

Felbosar wusste zunächst nicht, mit wem er es zu tun hatte, obwohl es nicht das erste Mal war, dass er sich mit Dolch unterhielt. Aber von Menschen nicht erkannt zu werden, obwohl er mit ihnen des Öfteren zu tun hatte, gehörte zum Schicksal eines Wechslers. Damit hatte sich Dolch inzwischen abgefunden. Und es hatte ja durchaus seine Vorteile.

Felbosar runzelte die Stirn.

»Ich bin Dolch. Mag sein, dass ich eine Weile nicht hier war …«

Felbosar lächelte. Es war ein Lächeln der Erleichterung. »Ich dachte im ersten Augenblick schon, dass die Familie der Quacksalberin, der ich vor einer Stunde den Kopf abgehauen habe, mir einen ihrer fünf Brüder auf den Hals gehetzt hat, um sich zu rächen.«

»War sie schuldig?«

Felbosar zuckte mit den Schultern. »Ihre Medizin war gepanscht. Ein Dutzend Menschen sind daran gestorben. Aber ich bin kein Richter.«

»Sei froh, dass ich keiner ihrer Brüder bin. Dann wärst du schon nicht mehr am Leben.«

Felbosar lachte heiser. »Gut möglich. Ich habe gehört, du hast hier während meiner Abwesenheit einen Streit geschlichtet.«

»So kann man es ausdrücken.«

»Wer einen Riesen wie den reizbaren Ghawalltaar von den

Südinseln aufs Kreuz legt, hat einiges drauf. Wenn du kein Wechsler wärst, würde ich dir hier eine Stellung als Rausschmeißer anbieten, aber dann käme niemand mehr in meine Taverne.«

»Ich bin nicht auf der Suche nach einer Anstellung.« Dolch ließ den Blick schweifen. »Wo ist übrigens der reizbare Riese geblieben?«

Felbosar grinste breit. »Der wird zurzeit ein weiteres Mal aufs Kreuz gelegt, allerdings etwas anders, als du das gemacht hast. Und ich kann dir garantieren, er ist anschließend immer sehr viel friedlicher.«

»Wenn du das sagst …«

»Du kriegst einen Becher Wein auf Kosten des Hauses.«

»Danke, aber mein Kopf schmerzt heute schon genug.«

»Das sind die dampfenden Winde nach dem Sturm«, sagte Felbosar. »Darunter leiden viele Leute. Wird Zeit, dass unser Gottkaiser auf den Mittelturm steigt und das Zweite Licht dahin schickt, wo es hingehört.«

»Du könntest mir einen anderen Gefallen tun, Felbosar.«

»Jeden. Du hast es dir verdient. Schließlich hast du mich hier in der Taverne gewissermaßen würdig vertreten, während ich meiner anderen Pflicht nachgegangen bin.« Er seufzte. »Ein Henkerkollege hat sich den Arm verstaucht, und so musste ich seine Arbeit machen.«

»Ich suche einen Krüppel, der bisher bei den Mönchen vom Orden der Wissenden Brüder lebte.«

»Die in dem Gebäude zwischen dem Dresois-Lagerhaus und dem Tempel des Heiligen Feuers?«

»Ja.«

Felbosar beugte sich vor, vermied aber jeden direkten Blickkontakt mit Dolch, und sprach leise. »Ich habe gehört, die sind alle abgemurkst worden.«

»Wer sagt das?«

»Wird so erzählt.«

»Wer erzählt so was?«

»Er heißt Ulem. Ich würde ihm nicht zu nahe kommen.«

»Hat er die Krätze?«

»Schlimmer. Er ist ein Dieb. Keiner von der Sorte, die Affen losschickt, um sie für sich stehlen zu lassen, sondern einer, der deine Taschen lehrt, während er dich ansieht und sich mit dir unterhält. Man sollte nichts Wertvolles bei sich haben, wenn man ihm begegnet. Ich warte darauf, dass ich ihn eines Tages auf dem Richtblock vor mir liegen habe, aber er ist wohl zu gewitzt, um sich erwischen zu lassen.«

»Wo finde ich diesen Ulem?«

»Überall und nirgends. Er ist auf den Marktplätzen der Stadt zu Hause, überall dort, wo sich viele Menschen drängen. Man erkennt ihn daran, dass er nur ein Ohr hat. Angeblich soll er nicht schnell genug geflohen sein, nachdem er einem Angehörigen der Stadtwache den Sold stahl.« Felbosar lachte heiser. »Den Sold soll er behalten haben, nachdem der Söldner dafür sein Ohr nahm.«

»Wenn es nicht wenigstens der Sold eines Hauptmanns war, war das kein guter Tausch«, fand Dolch. »Du hast mich gefragt, was du für mich tun kannst. Hör dich um, was diesen Krüppel betrifft. Und ob vielleicht irgendein anderer Dieb damit zu tun hat. Einer, der mit abgerichteten Ouroungours arbeitet.«

»Gut, ich werde die Ohren offen halten. Darf ich wissen, was du mit alledem zu schaffen hast?«

»Das geht niemanden etwas an.«

»Auf meinem Weg hierher bin ich an einem Krankenhaus vorbeigekommen, das von den Wissenden Brüdern betrieben wird.«

»So.«

»Es wurde ausgeräuchert wie ein Pesthaus. Seltsam, oder?«

»Warum? Vielleicht hat es dort einen ansteckenden Krankheitsfall gegeben. Das wäre nicht das erste Mal!«

»Keiner der Wissenden Brüder war in der Nähe, dafür

mindestens dreißig Bewaffnete mit vermummten Gesichtern, die ganz sicher nicht der Stadtwache angehörten.«

»Vielleicht wird es bald noch mehr Arbeit für dich geben, Henker.«

»Wenn ja, dann hat das aber nichts mit diesem Vorfall zu tun.«

»Wieso nicht?«

»Söldner der Stadtwache haben den Bereich um das Krankenhaus der Wissenden Brüder weiträumig abgeriegelt und jeden fortgeschickt. Jeden außer diesen vermummten Männern.«

Wenigstens waren meine Assassinenbrüder maskiert, dachte Dolch, denn er war davon überzeugt, dass sie es waren, von denen Felbosar sprach. Nach sauberen Morden in Assassinenmanier hörte sich das allerdings nicht an. War die Bedrohung so groß, dass selbst die Assassinengarde ihre guten Sitten vergaß? Er konnte weder Meister Balok noch einen der anderen danach fragen, aber das musste einer der Schläge sein, von denen der Gottkaiser gesprochen hatte. Einer jener Schläge, die er gegen die Wissenden Brüder führen wollte, um deren Verschwörung wirksam begegnen zu können.

Kapitel 7

Man hatte Baladus in einem Kellerraum ein Lager bereitet. Es war feucht und stickig, und Schimmelpilze wucherten an den Wänden, was für Baladus' empfindliche Atemwege das reinste Gift war. Aber dafür war er hier zunächst in Sicherheit. Vorläufig zumindest.

Er lag da und starrte auf die brennende Fackel an der Wand. Der Keller gehörte zum Haus von Enbal dem Dieb, und den benutzte er normalerweise dazu, seine Ouroungours zu trainieren. Die Haltung von geflügelten Affen war keineswegs illegal, und nicht alle waren als Diebeshelfer abgerichtet, sondern dienten Gauklern zur Vorführung von Kunststücken. Manch reiche Bürger hielten sie sich auch als Spielgefährten für ihre Kinder.

Aber die besonderen Fertigkeiten, die ein Diebes-Ouroungour lernen musste, brachte man dem Geschöpf besser nicht in aller Öffentlichkeit bei.

Der geflügelte Affe hockte da und leistete Baladus Gesellschaft. Zumeist verhielt er sich ziemlich still, doch wenn Baladus wieder einen seiner gefürchteten Hustenanfälle bekam, rannte er die Treppe hinauf ins Haus, um jemanden von Enbals Familie zu alarmieren. Seine Frau oder eines seiner halbwüchsigen Kinder kam dann, um Baladus zu helfen. Sie kannten sich natürlich nicht so genau aus. Sie wussten nicht, welche Handgriffe notwendig waren, und einmal hätten sie Baladus sogar um ein Haar aus Versehen umgebracht.

Seitdem hatte er einen stechenden Schmerz in den Rippen. Vielleicht war etwas gebrochen. Baladus' Knochen waren sehr empfindlich. Er kannte das Problem seit frühster Jugend. Wenn seine Helfer nicht fest genug zufassten, erstickte er. Wenn sie auch nur eine Spur zu fest hinlangten, brach irgendetwas, und er hatte dann wochen-, mitunter auch monatelang höllische Schmerzen.

Baladus war daran gewöhnt, Schmerzen zu ertragen. Sein ganzes Leben hatte er Schmerzen ertragen müssen. Er stellte sich dann vor, seinen Körper zu verlassen. Ein freier Geist, der über der Materie schwebte, sich von ihr löste und all die Empfindungen des Körpers hinter sich ließ. Denn jegliche körperliche Empfindung war für ihn gleichbedeutend mit Schmerz.

In der ersten Zeit in diesem Keller hatte sich Baladus damit die Zeit vertrieben, den Ouroungour durch Pfiffe herumzuscheuchen. Manchmal so arg, dass das Geschöpf am Ende vollkommen außer Atem war und sogar einem Wutanfall nahe gewesen war. Er wurde von der Familie des Diebes Zorry genannt, obwohl er auf diesen Namen keineswegs hörte, sondern nur auf Pfiffe reagierte. Vermutlich hätte Baladus den Ouroungour zumindest so weit abrichten können, dass er ihm die Buchseiten umgeschlagen hätte, aber im Haus von Enbal dem Dieb gab es keine Bücher. Und aus dem Haus zwischen dem Dresois-Lager und dem Tempel des Heiligen Feuers hatte Baladus nichts mitnehmen können. Er hatte alles zurücklassen müssen, auch die Schriften über die Natur der Dinge und die Verfahren der Mathematik, die er so liebte. Selbst seine eigenen Berechnungen und Aufzeichnungen, die er Bruder Estus diktiert hatte, waren zurückgeblieben.

Aber das konnte Baladus verwinden, denn all das war in seinem Kopf. Da er selbst ohnehin keinen Stift, keinen Griffel, keine Feder oder sonst irgendein Schreibgerät führen konnte, war er schon immer darauf angewiesen gewesen, sich all das zu merken, von dem er glaubte, dass es für ihn einmal wichtig sein könnte. Sein Gedächtnis war phänomenal. Die anderen Wissenden Brüder hatten es oft vorgezogen, ihn nach einem bestimmten Zitat aus irgendeinem entlegenen Werk zu fragen, anstatt sich durch Dutzende dicker Folianten zu arbeiten und es selbst herauszusuchen.

Die eigene Haut zu retten war der erste Schritt, überlegte Baladus. Ihm war sehr wohl bewusst, dass er mit Enbals Hilfe nur so lange rechnen konnte, wie sich dieser weitere Münzen erhoffte, die er sich aus dem Haus der Wissenden Brüder holen konnte. Doch es waren noch genügend Münzen in den Mauern, im Fußboden und im Dachgebälk versteckt, um damit einen Mann wie Enbal ein Jahr lang entlohnen zu können oder sogar noch länger. Das Problem war nur, dass es für den Dieb mit der Zeit risikoreicher werden würde, sich diese Beute auch zu holen. *Sie werden das Haus beobachten, sie werden jemanden an seine Fersen heften,* war dem Krüppel von Anfang an klar. *Denn sie werden sich mit nur elf toten Wissenden Brüdern nicht zufriedengeben.* Und wenn Enbal in den Blick der Verfolger geriet, war Baladus verloren.

Er musste die Zeit also gut nutzen.

Und das tat er mit dem Schmieden von Plänen und mit Aufträgen, die er Enbal erteilte, der all die Dinge zu erledigen hatte, zu denen Baladus selbst nicht fähig war.

Ich muss tun, was meine Feinde am meisten fürchten, nahm sich Baladus vor. Und das, was der Gottkaiser ganz sicher am meisten fürchtete, war, dass dieser Krüppel und seine Ideen die Stadt Arakand verließen.

Ein Geräusch hätte Baladus zusammenzucken lassen, wäre er dazu fähig gewesen. Es waren schwere Schritte, die Schritte mehrerer Männer. Einer von ihnen murmelte etwas.

Der Ouroungour tat das, was Baladus nicht konnte: Er zuckte zusammen. Dann stieß er einen hohen Laut aus, der deutlich machte, dass auch er irritiert war. Die Schritte seines Herrn hätten ihn kaum verunsichert. Die kannte der geflügelte Affe, wie Baladus inzwischen oft genug mitbekommen hatte.

Wenn es Männer des Gottkaisers sind, dann ist mein Weg bereits hier zu Ende.

Und dabei war der Fluchtweg so nah. Von Enbals Keller aus gab es nämlich eine Verbindung zu dem unterirdischen System aus Kanälen und Zisternen, das sich unter der Stadt befand. Ein Dieb wie Enbal wusste die Vorzüge eines solchen Fluchtweges zu schätzen. Schließlich musste auch er immer damit rechnen, mal unliebsamen Besuch zu erhalten, und dann hatte er die Möglichkeit, in die Unterwelt Arakands zu entschwinden.

Aber Baladus nutzte dieser Fluchtweg natürlich nichts, sofern ihm niemand die Möglichkeit verschaffte, ihn auch zu benutzen.

Der geflügelte Affe breitete seine Schwingen aus. Ein überdeutliches Zeichen dafür, wie nervös er war.

Drei Männer betraten den Raum. Baladus konnte zunächst keinen von ihnen sehen, da er den Kopf nicht drehen konnte. Allerdings beruhigte sich der geflügelte Affe merklich. Die freundlichen Laute, die er nun ausstieß, deuteten darauf hin, dass er jemanden wiedererkannte.

»Ich habe zwei Männer deines Ordens mitgebracht«, hörte Baladus die Stimme von Enbal dem Dieb. Ein Mann trat in sein Blickfeld, allerdings so, dass Baladus nicht das Gesicht des Betreffenden sehen konnte, sondern nur die Stiefel und Beinkleider. Er erkannte Enbal den Dieb trotzdem, und zwar an den Flicken seiner Hose, die in Wahrheit getarnte Taschen waren, um schnell etwas einstecken und verbergen zu können. Enbal ging in die Hocke und blickte auf Baladus herab. »Dies sind Bruder Melvan und Bruder Kedalbo aus dem Konvent der Wissenden Brüder am Südhafen.«

Die beiden Männer traten ebenfalls in Baladus' Gesichtsfeld. Sie trugen nicht die bei den Wissenden Brüdern üblichen Kutten, sondern waren wie einfaches Volk gekleidet. Man hätte sie für Händler, Seeleute oder Lastenträger halten können. Allerdings saß die Kleidung schlecht. Und die Art, in der sie in ihren Stiefeln daherliefen, zeigte, dass sie es eher gewohnt waren, in Sandalen zu laufen, wie es bei den Angehörigen der Wissenden Brüder üblich war.

Mitbrüder, die sich durch Verkleidung verleugnen, dachte Baladus. *Das bedeutete, nicht nur unsere Gemeinschaft ist davon betroffen. Ich habe es geahnt.*

»Sei gegrüßt, Bruder Baladus«, sagte Bruder Melvan, während sich Kedalbo im Hintergrund hielt und sich stirnrunzelnd umsah. Baladus kannte die beiden. Der Konvent im Südhafen hatte ein größeres Versammlungsgebäude, und dort hatte Baladus an verschiedenen Zusammenkünften teilgenommen. Bruder Estus hatte dann immer die Mühe auf sich genommen, sich den Krüppel in einem Tragegurt auf den Rücken zu schnallen. Viele Gelegenheiten hatte es für Baladus ja nicht gegeben, das Haus zwischen Dresois-Lager und dem Tempel des Heiligen Feuers zu verlassen.

Mit Melvan und Kedalbo hatte sich Baladus später immer wieder getroffen, denn sie waren beide begabte Schüler der Mathematik. Begabt genug, um auch jene Art der Mathematik zu begreifen, die nach Lesart der Priesterschaft als dunkel und verboten galt.

»Eine interessante Kleidung, die ihr beide tragt«, sagte Baladus zu den zwei Wissenden Brüdern. »Habt ihr euch die eigene von diesem Dieb hier stehlen lassen? Wie vom Schneider angefertigt sehen diese jedenfalls nicht aus …« Der Krüppel bekam einen Hustenanfall, denn richtig lachen konnte er nicht. Sein Gesicht verfärbte sich dunkelrot.

Melvan kniete augenblicklich nieder und wollte sich um Baladus kümmern. Allerdings hatte er keine Ahnung, was er zu tun hatte.

»Das hört von selber auf«, beschied ihm Enbal der Dieb trocken. »Oder er stirbt. Was sehr bedauerlich wäre, denn ich habe gut an ihm verdient und werde an einer weiteren Flucht vielleicht noch besser verdienen …« Als Melvan zupacken wollten, fasste ihn Enbal an die Schulter, um ihn davon abzuhalten. »Du machst die Sache nur schlimmer!«

»Aber …«

»Normalerweise gibt der Krüppel genaue Anweisungen, was mit ihm zu tun ist, aber wie du siehst, kann er im Moment nicht reden.«

Als der geflügelte Ouroungour aufsprang, weil ihn die gesamte Situation beunruhigte, brachte ihn Enbal mit einem Pfiff dazu, sich wieder ruhig auf den Boden zu kauern.

Schließlich erholte sich Baladus.

Es dauerte allerdings eine Weile, bis er wieder einigermaßen normal zu atmen vermochte. Rasselnde Laute drangen dabei aus seiner Brust, und er erbrach mit Blut durchmischten Schleim.

Kedalbo wandte sich an Enbal den Dieb. »Lass uns mit unserem Bruder allein«, forderte er.

»Ganz, wie du meinst.« Enbal verneigte sich leicht.

»Und nimm deinen Affen mit.«

Enbal grinste. »Habt ihr Angst, dass er versteht, was ihr zu besprechen habt?«, er lachte rau.

»Nein«, sagte Kedalbo. »Er stinkt.«

Enbal pfiff den Ouroungour zu sich und verließ mit ihm den Kellerraum. Die beiden Wissenden Brüder warteten, bis die Kellertür ins Schloss gefallen war, ehe sie das Gespräch fortsetzten.

»Die Lage ist verzweifelt«, begann Melvan. »Überall werden unsere Brüder verfolgt und eingekerkert. Viele sind einfach ermordet worden, und diejenigen, die dazu noch in der Lage waren, sind auf der Flucht.«

»So wie wir«, ergänzte Kedalbo. »Man kann wirklich froh

sein, dass unser Orden über gewisse Mittel verfügt und ein gutes Netz an Vertrauensleuten und Unterstützern unterhält.«

»Ja, so zahlt sich all die Barmherzigkeit und die Pflege von Kranken und Verkrüppelten am Ende vielleicht doch für die Wissenden Brüder aus«, meinte Baladus.

Er wusste schließlich, wovon er redete. Immerhin verdankte er der Barmherzigkeit des Ordens letztlich seine Existenz.

»Das ist ein Schlag gegen uns, der von langer Hand vorbereitet wurde und von ganz oben geführt worden ist«, sagte Kedalbo sehr ernst.

»Haben wir denn keinen Rückhalt mehr in der Priesterschaft?«, fragte Baladus.

»Womöglich weniger, als wir dachten«, befürchtete Kedalbo.

»Und dabei hatte ich gedacht, dass unsere Gedanken dort bereits zu wirken begonnen haben ...« Baladus sprach stockend, so als drohte jeden Augenblick ein weiterer Hustenanfall. Seine Art zu sprechen klang immer etwas mechanisch und gequält, wie bei einem Menschen, dem jedes Wort, jeder Ton, jede noch so verhaltene Äußerung größte Mühen und sogar Schmerzen bereitete. Doch in diesem Augenblick war ein anderer Eindruck vorherrschend. Seine Enttäuschung war aus seinem Tonfall überdeutlich herauszuhören.

»Du musst so schnell wie möglich fort von hier«, sagte Melvan.

»Ja«, murmelte Baladus. »Wir brauchen einen Schleuser.«

»Wir haben bereits mit einem Mann Kontakt aufgenommen, der vertrauenswürdig erscheint«, fuhr Melvan fort. »Dieser Mann heißt Ondros und verfügt außerdem über Verbindungen zu Fürst Fengor. Ein Mitbruder knüpft derzeit die nötigen Verbindungen, aber wir werden auch einiges an Geldmitteln aufbieten müssen ...«

»Ich hoffe nur, dass es keine Falle ist«, sagte Baladus. »Ich möchte außerdem über jeden Schritt genau informiert werden. Nichts geschieht, ohne dass ich dem ausdrücklich zugestimmt habe.«

»Natürlich nicht, Bruder«, versicherte Melvan.

»Außerdem muss ich mehr über Fürst Fengor wissen.«

»Er ist einer der Barbarenfürsten, die vor der Stadt lagern. Sein Reich liegt östlich von Etamia an der Nordküste des Gürtels der Welt und soll früher eine blühende Provinz des Imperiums gewesen sein.«

»Tragt jede Einzelheit zusammen, die ihr erfahren könnt«, verlangte Baladus. *Und dann werden wir sehen, ob dieser Fürst Fengor ein geeigneter Mann ist, den ich in meine Dienste stellen kann …*

Kapitel 8

Kellorn stand zur Stunde des Aufgangs der Sonnenlichter auf der äußeren Stadtmauer und blickte über die Zinnen. Er unterdrückte ein Gähnen.

Vorschriftsmäßig hatte er volle Bewaffnung angelegt: das Schwert auf dem Rücken, Streitaxt und Langmesser am Gürtel und der Parierdolch im Stiefel, dazu noch der Langbogen. Sogar den Buckler hatte er am Gürtel. Eigentlich hätte er zumindest die Streitaxt lieber in der Garnison gelassen, aber Vorschrift war Vorschrift. Hauptmann Ogandus hatte ihn als Neuen in der Einheit natürlich besonders im Auge. Und nach seiner mehr als eindrucksvollen Vorstellung noch umso mehr. Aber die Zulage für Bogenschützen war das allemal wert.

In Arakand, genau unter dem Himmelsbogen, waren Tag und Nacht exakt gleich lang. Dreizehn Stunden war es hell, und dreizehn Stunden herrschte die Nacht. Die Hitze des Tages, die immer schlimmer wurde, seit sich das Zweite Sonnenlicht wieder so stark der Welt näherte, konnte in der Nacht wieder abkühlen. Noch! Denn auch das würde sich mit Sicherheit noch ändern, wenn die Annäherung weiter fortschritt.

In Kellorns Heimat, dem Reich an der Steinigen Küste auf der Großen Nordinsel, veränderte sich die Länge von Tag und Nacht im Verlauf der Jahreszeiten. Im Sommer gingen die Sonnen kaum unter, und im Winter krochen sie kaum über den Horizont. Wenn eine Annäherung des Zweiten Lichts im Sommer ihr Maximum erreichte, konnte es sein, dass es an der Steinigen Küste sogar heißer war als im viel weiter südlich gelegenen Arakand. Die alten Erzählungen, die man Kellorn am Feuer in langen, dunklen Winternächten erzählt hatte, berichteten davon, dass es so heiß geworden war, dass sich weit draußen auf dem Meer kochende Nebel bildeten, dass sich die Boote an den Anfurten von selbst entzündeten und sich die Bewohner der Steinigen Küste in Höhlen zurückgezogen hatten, um diese schlimme Zeit zu überstehen.

Diese Überlieferungen waren auch ein Grund dafür, dass man an der Steinigen Küste und den anderen Ländern der Großen Nordinsel die Verehrung der alten, inzwischen verbotenen Götter niemals ganz aufgegeben hatte, allen Verdammungen der Priester zum Trotz. Insbesondere galt dies für Arron, den Herrn des Felsenreichs, der die Steinküstenbewohner auch dann noch gerettet hatte, als sich der Meeresherr in dampfende Wolken aufgelöst hatte.

Einige dieser Geschichten, die man allerdings nie in Anwesenheit eines Priesters erzählen durfte und auch sonst nur hinter vorgehaltener Hand, berichteten davon, dass auch auf die Kräfte des Gottkaisers nicht immer Verlass war und es vorgekommen war, dass er das Zweite Licht nicht hatte zurückschicken können, was dann die alten Götter hatten bewerkstelligen müssen.

Das ausgedehnte System von Abwasserkanälen, verborgenen Gängen und Tunneln sowie unterirdischen Zisternen hatte Kellorn ja bereits kennengelernt, als er mithilfe eines Schleusers in die Stadt gelangt war. Er hatte nicht die geringste Neigung, in diese feuchte Unterwelt Arakands zurückzukehren. Und doch war er sehr froh, dass es sie gab. Das beruhigte ihn zutiefst, wusste er doch, dass es einen Ort gab, an den er im Fall der Fälle vor dem unbarmherzigen Zweiten Sonnenfeuer flüchten konnte. Ähnlich wie die Höhlen in den Felsen seiner Heimat waren diese Gänge eine Art Versprechen dafür, dass man selbst unter den widrigsten Bedingungen eine Möglichkeit hatte zu überleben.

»Du musst noch viel lernen, Barbar«, hörte er von der Seite die Stimme von Tubal.

Seit ihrer Rückkehr in die Garnison hatten sie nicht weiter über den Vorfall in der Taverne unter dem Himmelsbogen gesprochen. Eigentlich hatte Kellorn auch gehofft, dass Tubal darauf nicht mehr zurückkommen würde. Die ganze Sache war Kellorn nämlich ebenso peinlich wie Tubal, allerdings aus ganz anderen Gründen.

»Du hast recht«, sagte Kellorn und legte eine Hand an die Streitaxt an seinem Gürtel. »Ich hätte nicht einen Teil meiner Bewaffnung in der Garnison zurücklassen dürfen, als wir in die Taverne unter dem Himmelsbogen gingen.«

»Du hättest um ein Haar schon genug Unfug mit deinem Schwert angerichtet. Ich bin froh, dass du nicht noch was anderes dabeihattest!«

Kellorn hielt Tubal grimmig die Faust entgegen. »Hätte ich meine Axt dabeigehabt, hätte ich diesem verfluchten grunzenden Riesen den Schädel gespalten!«

»Damit hätte sich dein Traum von einem Leben als wohlhabender Veteran der Stadtwache in einem schmucken arakandischen Haus zerschlagen, du Narr«, erklärte ihm Tubal. Er hatte ebenfalls eine Hand zur Faust geballt und berührte damit zweimal leicht Kellorns Stirn. »Ist da oben eigentlich jemand zu Hause, Steinküstenmann? Ich kann Wechsler auf den Tod nicht ausstehen, aber du kannst froh sein, dass dieser Kerl eingegriffen und den Riesen aufs Kreuz gelegt hat. Sonst wärst du jetzt ein Fall für den Henker! Du läufst durch die Gegend, glotzt fremde Frauen an, gehst keinem Streit aus dem Weg und stolperst von einem Unglück ins andere.«

»Aber ...«

»Wundert mich, dass du überhaupt noch am Leben bist! Das, was dir hier passiert ist, hätte dir auch in einer Schänke im boranischen Hafen oder irgendwo sonst passieren können!«

»Nun, um ehrlich zu sein ...«

»Hast du das Heer von Fürst Fengor eigentlich freiwillig verlassen, oder gab es da auch solche Schwierigkeiten?«

»Ich hatte Streit mit jemandem«, gab Kellorn nach kurzem Zögern kleinlaut zu.

»Und wer war dieser Jemand?«

»Ein anderer Krieger.«

»Etwas genauer wüsste ich das schon gern.«

»Es war ein Bogenschütze aus Tarastan, und wir waren unterschiedlicher Meinung über den Ausgang eines boranischen Brettspiels, das sich unter den Männern von Fürst Fengor großer Beliebtheit erfreut.«

»Das wird ja wohl nicht alles gewesen sein, wie ich annehme!«

Kellorn zuckte mit den Schultern. »Wir gerieten in Streit, ich schlug dem Tarastanier den Kopf ab und musste dann schleunigst verschwinden. Aber das ist keineswegs der einzige Grund, aus dem ich Fürst Fengors Heer verlassen habe.«

»Was du nicht sagst ...«

»Alles, was ich dir ansonsten darüber erzählt habe, stimmt. Es war wirklich immer mein Traum, hier in Arakand ein neues Leben anzufangen. Früher oder später wäre ich auch so gegangen. Allerdings hätte ich nicht so schrecklich viel für den Schleuser bezahlen müssen, wenn ich nicht so in Bedrängnis gewesen wäre. Alles, was ich im Spiel diesem tarastanischen Bogenschützen abnahm, musste ich dem Schleuser geben.«

»Was für ein gieriger Hund«, spottete Tubal. »Im Ernst, wenn du nicht lernst, dein Temperament zu zügeln, wirst du nicht weit kommen.«

»Vielleicht waren die Worte des Wechslerdämons ja doch nicht nur Gerede, und er bringt mir tatsächlich irgendwann bei, so zu kämpfen wie er«, meinte Kellorn. »Zu lernen, einen Riesen mit dem kleinen Finger aufs Kreuz zu legen, wäre vielleicht gar nicht schlecht.«

»Es wird immer einen geben, der besser ist als du, Kellorn.«

Aber in diesem Punkt hatte Kellorn seine festen Ansichten. Und sein Selbstvertrauen schien geradezu unerschütterlich. Er schüttelte energisch den Kopf. »Der Mann, der mich besiegt, muss noch geboren werden. So leicht kann es keiner mit mir aufnehmen. Aber ansonsten werde ich mir deine Ratschläge gern zu Herzen nehmen und versuchen, mich dem sanftmütigen Temperament dieser Stadt anzupassen.« Kellorn grinste.

Ein Hornsignal ertönte.

Daraufhin richtete sich die Aufmerksamkeit der beiden Männer wieder auf die Belagerer, die irgendwo hinter den Hügelketten ihre Feldlager aufgeschlagen hatten.

Mehrere Tausende erschienen von ihnen auf dem Hügelkamm und rückten in breiter Front vor.

Ein Katapult wurde in Stellung gebracht. Es war ein Springald und glich einer gewaltigen Armbrust, die Bolzen von der Länge eines Balkens verschoss. Hunderte von Fußkriegern bildeten einen Schildwall um das Katapult, um die Bedienungsmannschaft zu schützen. Allerdings blieben die Angreifer in so großer Distanz zur äußeren Mauer von Arakand, dass die Pfeile der Verteidiger sie ohnehin nicht erreichen konnten.

Tubal seufzte. »Geht *das* wieder los«, murmelte er.

»Das sind die Truppen von Fürst Galiron«, stellte Kellorn fest. »Zumindest den Bannern nach!«

»Ja, und dieser Galiron scheint einfach nicht begreifen zu wollen, dass er mit seinen Katapulten zwar den Stadtwachen den Abend vermiesen, aber die Stadt niemals ernsthaft in Gefahr bringen kann!«

»Und was werden wir jetzt tun?«, fragte Kellorn.

»Gar nichts, wie ich annehme. Wir beobachten sie und warten ab, bis sie irgendwann damit anfangen, ihre Bolzen zu verschießen. Und dann wird der Kommandant der äußeren Mauer darüber befinden, ob die Sache es wert ist, mit unseren Katapulten zu antworten.«

Kellorn hob den Bogen an. »Das heißt, es gibt nichts zu tun.«

»Freu dich doch. Oder bist du so sehr darauf aus, auf deine ehemaligen Mitkämpfer zu schießen?«

»Galirons Männer sind nicht meine ehemaligen Mitkämpfer. Ich war in Fürst Fengors Heer«, erinnerte Kellorn.

Tubal machte eine wegwerfende Handbewegung. »Ein Barbarenfürst ist wie der andere.«

»Sie sind sich nur in einem einig«, erklärte Kellorn. »Sie wollen die Stadt erobern, oder zumindest tun sie so und hoffen in Wahrheit auf ein hohes Lösegeld. Und sie wissen, dass es mehr Eindruck auf die Arakandier macht, wenn ihre vereinten Heere vor der Stadt stehen. Aber ansonsten sind sie verfeindet. Keiner gönnt dem anderen das Schwarze unter den Fingernägeln, und spätestens in dem Augenblick, da sie die Stadt erobert hätten, würden sie übereinander herfallen!«

»Du musst es ja wissen«, meinte Tubal. »Schließlich hast du ja dazugehört.«

Kellorn grinste. »Ich war dabei, als sich die Barbarenfürsten zu Verhandlungen getroffen haben. Von denen traut keiner dem anderen. Da braucht man nicht einmal ihre Gespräche mitanzuhören, die Blicke und Gesten sagen schon genug. Soll ich dir sagen, welche Taktik ich dem Gottkaiser empfehlen würde?«

»Ich glaube kaum, dass sich der Gottkaiser mit so profanen Dingen wie militärischer Taktik beschäftigt«, entgegnete Tubal. »Die überlässt er dem Kommandanten der Stadtwache. Und selbst wenn er sich doch persönlich darum kümmern sollte, was ich, wie schon gesagt, für unwahrscheinlich halte, so denke ich nicht, dass er sich Ratschläge von einem Barbaren geben ließe.«

»Sollte er aber.« Kellorn schnippte mit dem Finger. »Er wäre die ganze Bande da draußen im Handumdrehen los, glaub mir.«

Tubal machte die Augen schmal. »Du hast mich neugierig gemacht. Sag schon, was glaubst du, sollte geschehen?«

»Ganz einfach: Der Gottkaiser sollte einem der Fürsten ein hohes Lösegeld versprechen und es ihm auch auszahlen. Die anderen Barbarenfürsten gehen leer aus. Na, was wird dann geschehen? Sie werden übereinander herfallen, das ist so sicher wie der Aufgang der Sonnenlichter!«

»Vielleicht erhältst du ja mal eine Audienz beim Gottkaiser – oder wenigstens beim Kommandanten der Stadtwache – und kannst deinen Vorschlag zum Besten geben, Kellorn. Ich sage dir eins, die streichen dir dann jeden Bonus und werfen dich gleich wieder aus dem Dienst der Stadtwache.«

»Wieso das denn?«

»Man könnte dich für einen Spion halten, der von Fürst Fengor hier eingeschleust wurde, um den Gottkaiser zur Zahlung eines Lösegelds zu überreden.«

Kellorn sah Tubal stirnrunzelnd an.

Tubal seufzte. »Das war ein Witz, Kellorn. Kennt man so was bei euch an der Steinigen Küste nicht? Beim Schatten des Himmelsbogens und der Gnade des Namenlosen Gottes, du musst wirklich noch eine Menge lernen.«

Es dauerte Stunden, bis das Katapult der Belagerer tatsächlich richtig in Stellung gebracht und ein Bolzen eingelegt worden war. Weitere Fußtruppen kamen über den Horizont und verteilten sich im umliegenden Hügelland. Darunter waren viele Armbrustschützen. Hoch zu Ross erschien auch eine verhältnismäßig kleine Schar von Kavalleristen.

Unterdessen wurden auch die Torsionsgeschütze und Schleuderkatapulte auf den Wehrgängen und Türmen der äußeren Mauern von Arakand mit entsprechender Munition beladen und einsatzbereit gemacht.

Auf einen Befehl an die Bogenschützen wartete Kellorn jedoch vergebens. Die entsprechenden Hornsignale hatte sich der Barbar aus dem Reich an der Steinküste schnell merken müssen. Vor allem natürlich die Signale, die ihn selbst betrafen.

Bis zum Nachmittag erfolgte noch immer kein Angriff, und solange nicht die Gefahr bestand, dass die Barbaren der äußeren Mauer zu nahe kamen, wurde auch vonseiten der Verteidiger nichts unternommen. Für Kellorn war es nahezu unfassbar, dass all die mit Felsbrocken oder balkendicken Bolzen geladenen Katapulte an diesem Tag vermutlich gar nicht zum Einsatz kommen würden. Hatte es eine so vergleichsweise reiche Stadt nötig, derart sparsam mit Katapultmunition umzugehen?

Während die beiden Himmelslichter emporstiegen und die Wachen auf den Mauern unter ihren Helmen und Harnischen zu schwitzen begannen, schallte von den Belagerern her ein martialischer Kampfgesang. Rhythmische Rufe wurden durch das Schlagen mit Waffen gegen die Schwerter begleitet. Weitere Truppen sammelten sich auf den Hügelkämmen. Schutzwände aus Holz, die auf Rädern vorangeschoben wurden, tauchten auf und bildeten auf einer Länge von einigen Hundert Schritt eine fahrbare Palisade mit Schießscharten für Armbrust- und Bogenschützen. Dennoch achteten die Belagerer darauf, außer Bogenschussweite zu bleiben.

Tubal blieb ziemlich entspannt – und denselben Eindruck hatte Kellorn auch von den meisten anderen Söldnern auf der Mauer, die mit ihm zusammen ihren Dienst versahen.

»Das haben wir schon oft erlebt«, sagte Tubal. »Sie rücken über die Hügel des Vorlands, um sich zu zeigen. Aber das ist auch schon alles. Sie wissen genau, dass sie in einem Kampf keine Chance hätten, und bleiben deshalb in sicherer Entfernung.«

»Ich hoffe, du hast unrecht«, meinte Kellorn.

»Wieso das?«, fragte Tubal irritiert.

»Ich habe mich nicht als Söldner anwerben lassen, um niemals zu kämpfen.«

»Irgendwie passt dieses dumme Gerede zu dir, Kellorn. Aber für dich ist ein Besuch in der Taverne anscheinend gefährlicher als ein gewöhnliches Schlachtfeld, wie ich inzwischen annehme.«

Kellorn deutete mit der Hand über die Zinnen. »Als ich noch auf der anderen Seite war, habe ich Ruinen von Dörfern und Höfen gesehen. Aber die waren so verfallen, dass sie nicht einmal als Unterkunft für die Heere taugten.«

Tubal nickte. »Das arakandische Vorland war mal sehr fruchtbar und die Bevölkerung dort wohlhabend. Aber das ist schon lange her. Zwischenzeitlich wurden durch längere Friedensphasen immer mal wieder Bauern dazu verleitet, sich dort anzusiedeln. Aber solange ich hier in Arakand bin, gab es so viele Belagerungen, dass niemand mehr auf die verrückte Idee gekommen wäre, außerhalb der Mauern zu siedeln.«

Wie sinnlos, dachte Kellorn. *Ein sinnloses Ringen um eine Stadt, die nie erobert werden wird, weil niemand den Gottkaiser stürzen will, um die Welt nicht zu gefährden.*

Trotz aller Anfangsschwierigkeiten hatte Kellorn jedoch das Gefühl, sich die richtige Seite in diesem Krieg ausgesucht zu haben. Zumindest war der Sold bei der Stadtwache etwas

Handfestes und Zählbares – im Unterschied zu den vagen Versprechen auf Reichtum und Beute, die man ihm in Fürst Fengors Heer gegeben hatte und die sich wohl nie erfüllt hätten.

Es war mitten in der Nacht als es an der Haustür von Zunftmeister Geslaban klopfte. Der Dieb öffnete mit einem Rapier in der Hand, dessen Spitze er dem nächtlichen Besucher entgegenhielt, der draußen stand. Mondlicht fiel auf die mehrfach perforierte und dadurch sehr leichte Klinge.

»Tu das nie wieder, Geslaban«, sagte eine Stimme.

»Was …?«

»Mich bedrohen. Wenn das Mondlicht anders fiele und ich dich nicht erkannt hätte, wärst du jetzt tot.«

»Das sagst du mir an meiner eigenen Haustür? Was fällt dir ein?« Geslaban senkte die Klinge.

»Was ist los?«, rief eine Frauenstimme.

Der nächtliche Besucher schlug die Kapuze nach hinten, doch sein Gesicht vermochte Geslaban dennoch kaum wiederzuerkennen. Aber an die Stimme erinnerte er sich nur zu gut.

»Es ist nichts!«, rief Geslaban zu seiner Frau. »Nur ein Bekannter mit einem Problem!« Dann wandte er sich wieder dem Besucher zu. »Was willst du um diese Zeit hier, Dolch?«

»Ich habe gehofft, du hättest schon ein paar Antworten auf meine Fragen.«

»Hör zu, Dolch. Diese Sache mit dem Krüppel ist wirklich eigenartig. Niemand, der mich sonst mit Informationen versorgt, will darüber reden. Meine eigenen Zunftbrüder sind plötzlich von Sprachlosigkeit befallen. Auf einmal will niemand mehr irgendetwas wissen. Und das Mönchshaus zwischen dem Dresois-Lager und dem Tempel des Heiligen Feuers will auch niemand kennen, geschweige denn, dass jemand bereit ist zuzugeben, mal seinen Ouroungour dort durchs Fenster geschickt zu haben.«

»Du willst mir doch nicht sagen, dass du nichts in Erfahrung bringen konntest?« In Dolchs Stimme klang eine verhaltene Drohung mit, die Geslaban nicht entging.

»Dein Besuch kommt etwas zu früh. Ich will erst sichergehen und kann dir deshalb noch nicht …«

»Sag, was du weißt. Sofort. Oder du wirst eine sehr, sehr unangenehme Seite von mir kennenlernen, das schwöre ich dir, so wahr ich hier vor dir stehe, Geslaban. Auch die gemeinsame Vergangenheit wird dich nicht vor meinem Zorn bewahren können …«

Geslaban schluckte. »Da scheint irgendeine groß angelegte Verschwörung im Gang zu sein. Und es hat etwas mit den Wissenden Brüdern zu tun, deren Besitz im Moment konfisziert wird und deren Krankenhäuser man ausräuchert wie Seuchenhäuser. Ich möchte eigentlich lieber nichts mit der Sache zu tun haben …«

»Wer will das schon, Geslaban? Wer will das schon?«

»Ein Dieb aus der niederen Taschendiebsektion unserer Zunft hat darüber geredet …«

»Heißt er zufällig Ulem?«

Geslaban stutzte. »Wenn es schon bis zu dir gedrungen ist, war er wirklich reichlich redselig.«

»Wo finde ich diesen Ulem?«

»Im Gebeinhaus, nehme ich an. Jemand hat ihm die Kehle durchgeschnitten. Sonst hätte ich dir heute Nacht sicherlich mehr sagen können … Verstehst du jetzt, warum ich nicht in die Angelegenheit hineingezogen werden möchte?«

Dolch erinnerte sich an das Gespräch mit Felbosar. Offenbar hatte Ulem bereits zu einem sehr frühen Zeitpunkt vom Tod der Mönche aus dem Haus zwischen dem Dresois-Lager und dem Tempel des Heiligen Feuers gewusst. Dass er selbst in jenem Haus gewesen war, nahm Dolch jedoch nicht an.

»Hältst du es für möglich, dass Ulem in das Haus der Mönche eingebrochen ist?«, fragte Dolch. »Ich frage dich als Zunftmeister.«

»Kein Taschendieb würde so etwas wagen«, meinte Geslaban.

»Weil Mönche Männer Gottes sind?

»Nicht nur deswegen. Ein Taschendieb ist kein Einbrecher. Da gibt es scharfe Grenzen. Er hätte erheblichen Ärger mit der gesamten Diebeszunft riskiert. In einer so dicht besiedelten Stadt wie Arakand kann nicht jeder einfach stehlen, wie es ihm passt, da muss schon ein Mindestmaß an Ordnung herrschen, wenn alle ihr Auskommen haben sollen.«

»Das bedeutet, falls er sich nicht an diese Regel gehalten hätte, hätte Ulem niemals darüber geredet.«

»So dumm ist nicht mal ein Taschendieb.«

»Es bedeutet auch, dass Ulem sein Wissen um den Tod der Mönche nur aus zweiter Hand haben konnte.«

»Ja.«

»Von jemandem, der einen Ouroungour hat. Schließlich wurde ein Ouroungour am Fenster des Hauses gesehen.«

»Wenn du das sagst ...«

»Wer kommt da infrage, Geslaban. Ich will einen Namen.«

Geslaban schluckte. »Eigentlich wollte ich denjenigen erst selbst zur Rede stellen, damit er die Gelegenheit hat, sich zu rechtfertigen«, gestand Geslaban nun.

»Wer?«, beharrte Dolch.

»Er heißt Enbal und ist Ulems älterer Bruder. Einer der besten Ouroungour-Dresseure unserer Zunft.«

Das ist sie – die Spur, die ich gesucht habe!, dachte Dolch und fragte: »Wo finde ich diesen Enbal? Ich muss alles über ihn wissen ... Vor allem, wie ich ihn erkenne!«

Der Himmelsbogen teilte den Mond in dieser Nacht im Verhältnis eins zu drei. Als Dolch das Haus des Enbal erreichte, glaubte er für einen kurzen Moment, einen Schatten hinter einer Ecke verschwinden zu sehen. Eine der streunenden Katzen, die in großer Zahl durch die Gassen von Arakand strichen und dafür sorgten, dass sich die Kanalratten kaum an die Oberfläche wagten.

Dolch überlegte, durch eines der hinteren Fenster in das Haus einzusteigen. Aber dann stellte er fest, dass die Tür nicht verriegelt, sondern nur angelehnt war.

Dolch trat ein. Auf einem groben Holztisch stand eine Öllampe. Ihr Licht flackerte durch den entstandenen Luftzug. Am Tisch saß ein Mann mit starren Augen, dem man die Kehle durchgeschnitten hatte. Selbst im schwachen Schein der Öllampe war er für Dolch anhand der Beschreibung, die Geslaban ihm gegeben hatte, sofort zu erkennen.

Enbal!, durchfuhr es ihn. *Bei allen Teufeln der jenseitigen Unterwelt, ich bin zu spät gekommen!*

An der Wand hing der Körper eines Ouroungour. Ein Armbrustbolzen war ihm durch den Leib gefahren und hatte ihn förmlich festgenagelt. Auf dem Boden lagen eine Frau und ein vielleicht dreijähriger Junge, beide vermutlich durch Schwertstreiche getötet. Ein abgetrennter Kinderarm war auf die andere Seite des Raumes geschleudert worden.

Dolch nahm die Lampe vom Tisch und leuchtete kurz über die Erschlagenen. *Es gibt nicht viele, die auf diese Weise töten*, erkannte er sofort. Der Mörder war vermutlich längst auf und davon.

Dolch ging in den Nachbarraum und fand dort ein weiteres gemeucheltes Kind, ein Mädchen von vielleicht zehn Jahren. Die schreckgeweiteten Augen unter der zertrümmerten Stirn kündeten von dem Grauen, das es in den letzten Minuten seines Lebens durchlitten hatte.

Niemand hier konnte Dolch noch Antworten auf seine Frage geben. Der Assassine sah sich um. Er fand die Kellertür. Eine Treppe führte hinab. Viele Häuser hatten eine direkte Verbindung zum Kanal- und Zisternensystem von Arakand. Ein idealer Fluchtweg für jemanden wie Baladus – vorausgesetzt, er hatte Helfer.

Aber daran bestand bei einem Mann, der über magische Kräfte verfügte wie Baladus, sicher kein Mangel. Mit Schaudern musste Dolch immer wieder daran denken, wie sein eigener Wille mit dieser Magie gebrochen worden war, ohne dass er davon überhaupt etwas bemerkt hatte. Aber das war ja gerade das Gefährliche daran.

Während er vollkommen lautlos die Treppe hinabschlich, rasten seine Gedanken nur so. Noch ergab sich kein schlüssiges Bild. Die tote Diebesfamilie samt ihrem mit einem Stahlbolzen an die Wand genagelten Ouroungour und die wundersame Flucht des Krüppels. Wie hing das zusammen?

Dolch erreichte einen dunklen Korridor. Die Tür zu einem anschließenden Raum stand offen. Etwas Licht schimmerte durch die Öffnung. Es roch nach dem brennenden Pech einer Fackel.

Dolch bemerkte, dass der Schein einer Öllampe stark flackerte. Es gab einen Luftzug ...

Lautlos betrat er den Raum. Die Fackel an der Wand war fast zur Gänze ausgebrannt. Sie glomm nur noch schwach. Auf dem Boden befand sich eine Lagerstatt, teilweise besudelt von blutigem Schleim. *Baladus ist hier gewesen,* erkannte Dolch.

Dieser Gedanke schien ihn für einen Moment fast völlig zu lähmen. Es war, als würde die Magie dieses Teufels sogar noch wirken, obwohl von ihm nichts als dieses Lager und die widerlichen Flecken zu sehen waren. Aber wer wusste schon, zu welchen bösen Zaubern er fähig war. Ganz tief in seinem Inneren war Dolch sogar ein wenig erleichtert darüber, ihm nicht hier und jetzt zu begegnen, weil er dann vielleicht erneut gescheitert wäre beim Versuch, diesen Feind des Gottkaisers zu töten.

Dolch sah sich genau um, in der Hoffnung, noch irgendwelche Spuren zu entdecken, die es ihm erlaubten, dem Krüppel zu folgen.

Das Lager und insbesondere sein Zustand sprachen dafür, dass Baladus diesen Ort offenbar sehr plötzlich verlassen hatte.

Der Luftzug, der den Schein von Dolchs Öllampe immer wieder flackern ließ, kam durch eine zweite Tür in diesem dunklen, stickigen und feuchtkalten Raum ohne Tageslicht. Diese Tür stand offen. Dolch ging hindurch.

Was er dahinter vorfand, überraschte ihn nicht sonderlich. Ein dunkler See lag vor ihm. Dies war eines der unterirdischen Wasserreservoire, die bisher erheblich dazu beigetragen hatten, dass Arakand auf sich allein gestellt zu überleben vermochte. Das Regenwasser von Jahren wurde hier gespeichert. Und das Netz von Kanälen, das die großen, wie unterirdische Seen wirkenden Reservoire miteinander verband, war gleichzeitig ein hervorragendes Verkehrsmittel, wenn man über ein Boot verfügte, wie gemacht für jemanden, der nicht über die Straßen von einem Ort zum anderen gelangen wollte. Es gab unterirdische Räume, in die man sich zurückziehen konnte, Bootsanleger und verborgene Kammern, in denen so manche Kreatur hauste, die aus dem einen oder anderen Grund das Licht scheute.

Ein steinerner Steg ragte etwa zwei Dutzend Schritt in den dunklen See hinein. In dem Gestein waren Eisenringe eingelassen, an denen Boote festgemacht werden konnten.

Allerdings war gegenwärtig kein Boot hier festgemacht.

Dolch schritt bis zum Ende des Steinstegs und hielt die Öllampe empor. Weit konnte er auf diese Weise nicht sehen. Nur sehr vage war die Decke des Gewölbes auszumachen.

Fürs Erste habe ich deine Spur wieder verloren, dachte er. *Aber ich werde dir auf den Fersen bleiben, so wahr ich hier stehe. Und irgendwo in einem dieser feuchten Rattenlöcher hier unten werde ich dich aufstöbern – und dann gnade dir der Namenlose Gott …*

Dolch hatte plötzlich das Gefühl, beobachtet zu werden. In all den Jahren als Assassine hatte er dafür eine Art Sinn entwickelt.

Dann vernahm er einen Laut, und dieses Geräusch war ihm sehr wohl bekannt. Es war das Spannen einer Einhandarmbrust, wie sie in Arakand einzig die gottkaiserliche Assassinengarde benutzte.

»Bleib stehen und rühr dich nicht«, wisperte eine Stimme. Dolch erkannte sie.

Töteschnell!, durchfuhr es ihn. *Er hat diese Familie umgebracht.*

»Dreh dich langsam um und halte die Öllampe etwas höher, damit ich dich gut sehen kann«, sagte Töteschnell.

Dolch gehorchte. Er wusste, wie gut Töteschnell mit der Einhandarmbrust war. Dolch selbst hatte ihm den Umgang mit dieser speziellen Assassinenwaffe beigebracht. Einer Waffe, die wie keine andere dazu geeignet war, schnell zu töten.

»Du willst einem Wechsler ins Gesicht sehen?«, fragte Dolch. »Die meisten vermeiden das.«

»Ich bin selbst einer und kenne die Gefahren«, sagte Töteschnell. So wie er sprach, hatte auch er Dolch längst erkannt. Mehr noch, er hatte auf Dolch gelauert.

Er näherte sich ein paar Schritte. Die Einhandarmbrust hielt er dabei die ganze Zeit über in Kopfhöhe auf Dolch gerichtet.

»Du hast den Dieb und seine Familie getötet«, stellte Dolch fest.

»Man spricht einen Assassinenbruder nicht auf seinen Auftrag an«, tadelte Töteschnell. »Ich glaube, du warst es, der mich zum ersten Mal darauf hingewiesen hat.«

»Was du nicht sagst.«

»Ich habe hier in den Schatten auf dich gewartet, Dolch. Ziemlich lange sogar. Und ich hatte gehofft, dass du nicht mehr auftauchen würdest, denn dann hätte ich dich nicht töten müssen.«

»Warum hast du es nicht schon getan? Du machst deinem Namen keine Ehre, Töteschnell.«

»Weil ich dir erst ein paar Fragen stellen muss. Die Tatsache, dass du hier aufgetaucht bist, bedeutet leider, dass du schon zu viel weißt.«

»Es ist sinnlos, mir Fragen zu stellen. Wie du gerade schon sagtest, ein Assassine spricht nicht über seinen Auftrag.«

»Vielleicht besagt mein Auftrag ja, dich unter bestimmten Bedingungen am Leben zu lassen.«

»Seltsam. In all den Jahren, die ich schon als Assassinenbruder diene, habe ich nie einen derart flexiblen Auftrag erhalten.«

Dolch konnte sich keinen Reim darauf machen, wer Töteschnells Auftraggeber war. Formal war es immer der Gottkaiser, der die Assassinen beauftragte. Aber in der Praxis konnte das natürlich auch ein ihm unterstellter Amtsträger sein. Oder Männer aus dem Umkreis des ersten Priesters, die großen Einfluss auf den Gottkaiser hatten. Vielleicht auch der erste Priester selbst.

Will jemand verhindern, dass ich meinen Auftrag ausführe und diesen Krüppel finde?, fragte sich Dolch. Die zweite Möglichkeit wagte Dolch kaum zu denken. Es war ja schließlich auch möglich, dass der Gottkaiser auch diesen Assassinen geschickt hatte. Vielleicht war Baladus inzwischen längst von einem parallel zu Dolch beauftragten Assassinen getötet worden.

Von Töteschnell.

Und jetzt sollten alle Mitwisser, die von dem Krüppel wussten, umgebracht werden. Dazu zählte neben der Diebesfamilie eben auch Dolch.

Nein, dachte dieser, *das ist zu absurd.* Alles, woran er sich in seinem bisherigen Leben hatte halten können, war sein Glaube gewesen. Der Glaube an den Namenlosen Gott und den von ihm erwählten Herrscher, der mit der Kraft ausgestattet war, das Zweite Licht fortschicken zu können. Vielleicht war es immer noch das schleichende Gift der Magie, mit dem Baladus ihn infiziert hatte, das seine Gedanken auf solche Abwege brachte, dass er für einen Moment sogar erwog, der Gottkaiser selbst könnte ihn töten wollen ...

Dabei lag doch eigentlich eine andere Erklärung viel näher, nämlich dass Töteschnell Teil einer Verschwörung gegen den Gottkaiser war. Er hatte dafür gesorgt, dass der Krüppel entkam, und durch die Auslöschung der Diebesfamilie hatte er verhindert, dass Dolch deren Mitglieder befragen konnte.

Aber vielleicht war der Gedanke, dass ein Assassine imstande war, Verrat zu üben, noch ungeheuerlicher als die mögliche Erklärung, die er zuerst erwogen hatte. Für seine eigene Person konnte sich Dolch so etwas schlicht und ergreifend nicht vorstellen. Gleichgültig, wie groß der Batzen Gold auch sein mochte, den man ihm dafür geboten hätte. Gold war ihm inzwischen völlig gleichgültig geworden. Er ließ sich nicht kaufen. Für kein Gold der Welt.

»Es ist sinnlos, mir eine Frage zu stellen oder mir ein Angebot zu machen, Töteschnell«, sagte er zu dem anderen Assassinen. »Unser Kodex ist für mich heilig, die Treue zum Gottkaiser unerschütterlich, und der Glaube an die Macht des Namenlosen Gottes erfüllt meine Seele.«

»Und wie kommt es dann, dass dich die Magie eines Gelähmten beeinflussen konnte, sodass du ihn nicht töten konntest?«

Woher weiß er von meiner größten Schande?, durchfuhr es Dolch. Es gab nur zwei Personen, die davon wissen konnten. Baladus und der Gottkaiser.

Töteschnell trat noch einen Schritt näher.

Ein unbestimmbares Geräusch klang aus der Dunkelheit des Zisternengewölbes. Vielleicht eine Ratte. Vielleicht irgendein anderes Geschöpf, das mit den zusätzlichen Wassermassen, die der letzte Sturm in die Kanäle und Zisternen gespült hatte, in die Gewölbe gelangt war. Was es genau war, spielte keine Rolle. Es war eine kurze Ablenkung, und Dolch war darauf geeicht, solche Momente zu erfassen und auszunutzen. Sofort. Ohne Zögern.

Er schleuderte die Öllampe nach rechts, warf sich selbst nach links. Der Schuss aus der Einhandarmbrust löste sich mit einem scharfen »Klack!«, doch der Bolzen verfehlte Dolch. Die Öllampe versank im dunklen Zisternenwasser, während Dolch bereits einen seiner Wurfringe schleuderte. Die messerscharfen Klingen, die aus dieser Waffe durch einen ausgeklügelten Mechanismus hervorklappten, sobald sie durch die Luft wirbelte, waren vergiftet. Wer davon auch nur geritzt wurde, war nicht zu retten.

Töteschnell ächzte. Es war fast stockdunkel. Nur die allmählich verlöschende Fackel in dem Kellerraum, der Baladus als Unterkunft gedient hatte, spendete noch etwas Licht, das durch die offen stehende Tür sickerte.

Dolch sah nur den taumelnden Schattenriss seines Gegners. Er rollte sich am Boden um die eigene Achse und riss das Kurzschwert aus der Scheide – die lange Klinge hätte er so schnell nicht aus dem Rückenfutteral herausbekommen – und parierte damit einen ungestümen, von oben kommenden, aber vergleichsweise schwachen Schwerthieb von Töteschnell. Dann kippte dieser wie ein gefällter Baum neben ihm auf Steg und rührte sich nicht mehr.

Dolch stand auf und sah auf Töteschnells Leiche hinab.

Das erste Mal, dass du einen Assassinenbruder umgebracht hast, ging es ihm durch den Kopf.

Dolch beugte sich nieder, um den Wurfring wieder an sich zu nehmen. Er stellte fest, dass sein Wurf Töteschnell am Hals getroffen hatte. Zwei der ausgefahrenen Klingen steckten in seinem Fleisch. Dolch musste sie lösen, ohne sich selbst dabei zu verletzen, denn das Gift war natürlich auch für ihn giftig. Doch trotz der schlechten Lichtverhältnisse war das für Dolch Routine, die er sogar blind hätte erledigen können.

Etwas ließ ihn stutzen.

Töteschnell trug ein Amulett, gut verborgen unter dem Gewand. Dolch holte es hervor. Die Art, wie es sich anfühlte, kam ihm bekannt vor, und ein Verdacht stieg in ihm auf.

Er ließ den Leichnam einfach liegen und kehrte in Enbals Keller zurück. Dort angekommen, hielt er das Amulett nahe an die fast verloschene Fackel.

Es glich einer arakandischen Münze, nur war die Beschriftung in der Geheimschrift der Priesterschaft gehalten.

Ein Erkennungszeichen für einen Wechsler, wie ich es auch vom Ersten Priester erhalten habe, erkannte Dolch.

Baladus zitterte. Er fror erbärmlich. Schlimmer noch als in jenem Jahr, als sich das Zweite Sonnenlicht weit von der Welt entfernt hatte und es selbst in Arakand und den Ländern unter dem Himmelsbogen Hagelschauer gegeben hatte. Etwas, das Baladus bis dahin nur aus Erzählungen eines Ordensbruders gekannt hatte, der lange in den Ländern der Großen Nordinsel gegen die Gottlosigkeit und die Verehrung verbotener Götzen anmissioniert hatte.

Baladus erinnerte sich sehr gut an jenes Jahr, das den meisten Bewohnern Arakands als das »Jahr des Schlechten Wetters« im Gedächtnis geblieben war. Für Baladus aber war es das Jahr gewesen, in dem sich seine Berechnungen über den Lauf der Gestirne bestätigt hatten. Ein Jahr, in dem er überdies dem Tod noch näher gewesen war als ohnehin schon. In der Kälte hatte er sich ein tückisches Lungenfieber geholt, das ihn beinahe umgebracht hatte. Er konnte sich an eine ganze Woche nicht mehr erinnern. Diese Zeit hatte er in einer Art Delirium verbracht, gequält von wirren Fieberträumen. Baladus hatte damals mit seinem Leben schon abgeschlossen. Dass er diese Zeit überlebt hatte, hatte allen Erwartungen widersprochen. Manche seiner Mitbrüder hatten darin ein Wunder erkannt. Für Baladus war es eher ein Beweis dafür gewesen, dass selbst in einem schwachen Körper enorme Stärke stecken konnte. Er hatte ein Fieber überlebt, an dem viele gesunde und körperlich kräftige Menschen verreckt wären. So einer wie er konnte alles erreichen. Für ihn gab es keine Grenzen, abgesehen von denen des eigenen Willens und der eigenen Geisteskraft.

Mehr als zwei Stunden lang lag Baladus schon allein in dem feuchtkalten Raum, einem der vielen verborgenen Keller, die es in Arakand gab. Ein Ort, der ein sehr gutes Versteck war, weil man ihn nur mit einem Boot über die Kanäle und Zisternen erreichen konnte. Baladus musste darauf vertrauen, dass seine beiden Ordensbrüder, die ihn hergebracht hatten, bald zurückkehrten, um die notwendigen Verrichtungen an ihm vorzunehmen, die ihn am Leben hielten. Außerdem brauchte er dringend einige Arzneien, die ihm eingeflößt werden mussten.

Aber alles in allem konnte er mit seiner gegenwärtigen Lage zufrieden sein, wenn man die Umstände betrachtete. Viele Wissende Brüder hatten weniger Glück gehabt als er, waren entweder schon tot oder in den Folterkellern der Schergen des Gottkaisers gelandet, wo man ihnen die Namen und die Aufenthaltsorte weiterer angeblicher Verschwörer zu entlocken versuchte, bevor man ihre Überreste den Hunden der Palastwachen vorwarf.

Was mag wohl aus dem Assassinen geworden sein, der mich verschonte?, ging es Baladus durch den Kopf, während er so dalag. *Ob der Gedanke daran, dass er mich nicht töten konnte, ihn zerfrisst? Ich nehme an, dass er seinen Irrtum längst erkannt hat und er die Jagd auf mich aufgenommen hat. Vorausgesetzt, man hat ihm die Möglichkeit überhaupt gegeben und ihn nicht für sein Versagen hart bestraft …*

Geräusche ließen Baladus aufhorchen.

Ein Boot, dachte er. Er hatte sich angewöhnt, in dieser Stille auf die kleinsten Laute zu achten. Insbesondere, weil er sich vor Ratten fürchtete und er wusste, dass hier unten viele dieser Tiere lebten. Nach dem letzten Sturm war der Wasserspiegel in den unterirdischen Gewölben von Arakand erheblich gestiegen, und das bedeutete, dass die Ratten aus ihren Löchern kamen und dorthin auswichen, wo das Wasser noch nicht hingelangt war.

Lieber am Fieber sterben, als von Ratten bei lebendigem Leib gefressen zu werden, dachte er. Baladus hatte keine Ahnung, woher diese Angst kam. Sie war einfach da, und zwar schon solange er denken konnte. Vielleicht hing sie mit einem Erlebnis zusammen, das sich zugetragen hatte, bevor seine Erinnerung einsetzte. Baladus vermutete dies. Tatsache war, dass ihm nie eine Ratte näher als zehn Schritte gekommen war und er daher eigentlich keinen fassbaren Grund hatte, sie zu fürchten, dies aber dennoch tat, und zwar mit einer Heftigkeit, die den üblichen Abscheu der Menschen gegen diese Tiere weit überstieg.

Baladus hatte nie mit jemandem über diese Furcht gesprochen. Weder mit seinen Ordensbrüdern und nicht einmal gegenüber dem Namenlosen Gott im Gebet. Furcht bedeutete Schwäche. Aber wirklich wurde diese Schwäche erst, wenn andere von ihr wussten. Das hätte Baladus niemals zugelassen.

Endlich näherten sich Bruder Melvan und Bruder Kedalbo seinem Lager. Baladus wollte sie begrüßen, aber als er den Mund öffnete, begannen seine Zähne zu klappern.

»Du frierst ja!«

»Nicht der Rede wert«, murmelte Baladus.

»Wir brauchen noch eine weitere Decke.«

»Er hat Schüttelfrost«, stellte Kedalbo fest. »Wir werden einen Arzt um Hilfe bitten müssen.«

»Nein«, widersprach Baladus. »Ich bin selbst mein Arzt. Nun redet schon! Was habt ihr erreicht?«

»Wir haben gute Nachrichten für dich«, sagte Melvan.

»Dann lass hören!«

»Ondros der Schleuser ist bereit, das Risiko auf sich zu nehmen, dich aus der Stadt zu bringen.«

»Ich nehme an, dass er sich das gut bezahlen lässt.«

»Sehr gut sogar«, bestätigte Melvan. »Er weiß, dass wir in einer Zwangslage sind. Aber genau für Zeiten wie diese hat der Orden ja vorgesorgt.«

»Ja, ich weiß …«

»Fürst Fengor soll sehr daran gelegen sein, dich in seinem Lager zu begrüßen. Er garantiert für deine Sicherheit.«

Baladus wollte etwas entgegnen, aber er vermochte es nicht. Der Schüttelfrost setzte ihm zu sehr zu.

»Er ist todkrank«, sagte Kedalbo. »Wir sollten uns erst mal um eine andere Unterkunft kümmern, damit er uns nicht wegstirbt.«

»Ich bin mein ganzes Leben lag todkrank gewesen«, sagte Baladus, nachdem er dazu wieder in der Lage war. Seine Stimme war nicht mehr als ein schwaches Wispern. »Das ist nichts Besonderes für mich. Ich will jetzt alles wissen. Alles, was es über Ondros und Fürst Fengor zu sagen gibt.«

»Ondros will dich persönlich kennenlernen, bevor er endgültig entscheidet, ob er uns hilft«, erklärte Melvan.

»Das könnte eine Falle sein«, stellte Baladus fest.

»Wir können es uns nicht aussuchen«, meinte Kedalbo. »Dieser Ondros ist immerhin bereit, selbst ein sehr hohes Risiko einzugehen. Denn genau das ist es derzeit, sich überhaupt mit einem Wissenden Bruder abzugeben. Insbesondere mit einem *gelähmten* Angehörigen unseres Ordens. Ich nehme an, es wird sich sehr schnell herumsprechen, dass du es bist, hinter dem der Gottkaiser eigentlich her ist, Baladus. Dich will er töten, und jeder, der sich in deine Nähe begibt, läuft ebenfalls Gefahr, sein Leben zu verlieren.«

»Er will mich eigentlich nicht töten«, sagte Baladus so

schwach und leise, dass Melvan und Kedalbo Mühe hatten, ihn zu verstehen. »Er will meine Gedanken töten. Meine Ideen. Er will die Mathematik töten und damit die Naturgesetze selbst. Aber das ist fast so vermessen, als wollte er den Namenlosen Gott töten. Es wird ihm nicht gelingen. Das Ende seiner Herrschaft hat längst begonnen. Und ich denke, genau das ahnt er bereits.«

Kapitel 9

Der Gottkaiser von Arakand saß auf seinem breiten, prachtvoll verzierten Stuhl. Die Schnitzereien an der Lehne stellten allegorische Szenen aus dem Heiligen Buch des Namenlosen Gottes dar. Ähnliche Szenen zeigten auch die Steinreliefs an den Wänden des Raumes, der sich tief unter dem Hauptgebäude des Palastes befand.

Hierher hatte er Dolch hinbestellt, und der Assassine hatte seinem Herrscher dann ausführlich berichtet. Zuletzt gab er seinem Herrn das Amulett, das er Töteschnell abgenommen hatte.

Ein Lächeln glitt über das Gesicht des Gottkaisers. Ein sehr kaltes Lächeln. »Sieh an«, murmelte er. »Ich hatte befürchtet, dass die Verschwörer bereits ihren Einfluss bis in höchste Kreise ausgedehnt haben. Und ich ahnte auch, dass die falschen Ideen, die von den Wissenden Brüdern verbreitet werden, auch in den Reihen der Priesterschaft auf fruchtbaren Boden fallen.«

»Jemand wollte verhindern, dass ich den Krüppel finde«, stellte Dolch fest. »Herr, ich frage mich, wer Töteschnell diesen Auftrag erteilt haben mag.«

»Was glaubst du, weshalb ich nicht will, dass du mit irgendwem über deine Jagd auf Baladus sprichst? Was glaubst du wohl, weshalb du allein auf dich gestellt bist und ich dich nicht mit einer Kompanie Söldner losschicke und Stadtviertel für Stadtviertel durchkämmen lasse? Es sind so wenige, denen ich noch trauen kann, Dolch. Und der Feind steht bereits in meiner unmittelbaren Umgebung.« Er hielt das Amulett ins Licht des Leuchters, der an einer langen Kette unter der Decke hing. »Dieses Stück Edelmetall erklärt mir einiges.« In seinen Augen blitzte es, als er wieder Dolch ansah. »Wofür hältst du das?«

»Es ist das Erkennungszeichen für einen Wechsler«, sagte Dolch. »Ich selbst erhielt ein gleiches Amulett.«

»Wer gab es dir?«

»Der Erste Priester rief mich unmittelbar nach meiner Weihe zum Assassinenbruder zu sich. Er sagte, es könnte eine Situation eintreten, in der er sicher sein müsste, wirklich mich vor sich zu haben, darum solle ich dieses Amulett stets bei mir tragen.« Dolch holte es hervor. »Ihr seid der Erste, dem ich es zeige, Herr.«

Der Gottkaiser warf einen Blick auf das Amulett in Dolchs Hand und lachte rau. »Ein Erkennungszeichen für einen Wechsler, damit der Erste Priester ihn zu erkennen vermag? Das hat er dir gesagt?«

»Ich nehme an, dass viele andere Assassinenbrüder ebenfalls solche Amulette erhalten haben.«

»Ich will dir sagen, was das hier wirklich ist«, sagte der Gottkaiser. »Es ist das Zeichen eines Geheimordens innerhalb der Priesterschaft, der bereits von meinem Vorvorgänger auf dem Thron des Gottkaisers verboten und verfolgt wurde. Es gab immer Spekulationen darüber, dass dieser alte Geheimorden vielleicht wieder aktiv geworden ist und sich womöglich sogar gegen den Gottkaiser verschworen hat.«

»Herr, Ihr solltet an meiner Treue zu Euch nicht zweifeln.«

»Würde ich das tun, wärst du nicht mehr am Leben, Dolch. Nein, an deiner Loyalität zweifle ich nicht. Aber an der eines anderen. Ist dir nicht klar, weshalb du in Wahrheit dieses Amulett erhalten hast?«

Dolch schluckte. »Damit man es bei mir findet – so wie ich es bei Töteschnell gefunden habe.«

Der Gottkaiser nickte. »Es dient der Ablenkung von den wahren Verschwörern, mit denen offenbar auch die Beamtenschaft des Palastes und die Priesterschaft bereits durchsetzt sind. Jederzeit hätte man dieses Amulett bei dir finden können, was dann wiederum dich als vermeintlichen Verschwörer gebrandmarkt hätte.«

»Wenn der Erste Priester mich jederzeit auf diese Weise hätte ausschalten können, warum ließ er dann Töteschnell in Enbals Haus auf mich warten?« Dolch schüttelte den Kopf. »Es steckt noch jemand anderes dahinter.«

»Da gebe ich dir recht, Assassine. Und doch werde ich dafür sorgen müssen, dass es beim Amt des Ersten Priesters zu einem Wechsel kommt.«

»Ich …«

»Es ist gegen deinen Assassinenkodex, ich weiß. Aber in dieser besonderen Zeit sollten wir tun, was notwendig ist. Es ist leider unvermeidbar.«

Dolch verneigte sich tief. »Wie Ihr meint, Herr. Ich bin Euer ergebener Diener.«

»Erledige das gleich morgen. Das Amulett garantiert dir leichten Zugang zu unserem Ersten Priester.«

»Wie Ihr befehlt, Herr.«

»Morgen Abend musst du dich hier bei mir einfinden. Mein Alchemist sagte mir, dass dann der Mond richtig steht für das Ritual, das die Einnahme des Trunks der Wahrheit begleiten muss.«

»Ich werde mich zur Verfügung halten, Herr.«

»Danach wirst du deine Jagd auf den verkrüppelten Teufel fortsetzen. Wir wollen hoffen, dass er die Stadt nicht längst verlassen hat.«

»Ich würde ihn bis ins Lager der Barbaren verfolgen, wenn es sein muss.«

Der Gottkaiser lächelte matt. »Beschwör so etwas nicht herauf, Dolch. Es könnte schneller nötig werden, als du dir jetzt vorzustellen vermagst.«

Dolch verneigte sich erneut. Er versuchte, den aufkeimenden Hass zu unterdrücken, den er auf Baladus zu empfinden begann. Starke Gefühle aller Art lähmten den Verstand. Das galt für den Hass ebenso wie für die Furcht, und so hielt der Kodex der Assassinenbrüder die geweihten Mörder des Gottkaisers dazu an, diese Regungen durch Kontrolle von Geist und Atmung auf einem Niveau zu halten, das die Einsatzfähigkeit nicht beeinträchtigte.

»Sobald du den Trunk der Wahrheit genommen hast und das Ritual abgeschlossen ist, wirst du mich jederzeit aufsuchen dürfen, um mir Neuigkeiten zu melden«, sagte der Gottkaiser. »Zögere nicht, von dieser Möglichkeit Gebrauch zu machen.«

»Ihr seid zu gütig, Herr.«

»Du hast dir mein Vertrauen verdient, Dolch. Und nach dem Ritual werde ich auch sicher sein können, dass du nicht durch fremde Magie gelenkt wirst.«

»Und doch würde ich Euch dringend raten, auch mir gegenüber misstrauisch und wachsam zu bleiben, Herr. An meiner Treue zu Euch will ich keinerlei Zweifel aufkommen lassen. Aber wie ich am eigenen Leib erfahren musste, ist es möglich, den Willen eines Menschen mit Magie zu brechen, ohne dass der davon auch nur etwas ahnt. Ich habe zwar keine Ahnung von den Künsten Eures Alchemisten, und ich mag nicht einzuschätzen, welche Zauberkraft in dem Ritual liegt, das er durchführen will – aber ich glaube nicht, dass man sich auf die Wirkung wirklich *vollkommen* verlassen kann.«

»Ich gebe dir recht, Dolch. Vollkommen verlassen sollte man sich auf nichts. Schon gar nicht auf Magie. Aber in dir ist die starke Kraft des unerschütterlichen Glaubens, die deinen Gedanken und deinem Handeln die Richtung vorgibt.«

Ja, dachte Dolch, *doch diese unerschütterliche Kraft des Glaubens hat im entscheidenden Moment nicht gereicht, um den Krüppel zu töten!*

Der Erste Priester war in den vergangenen Jahrzehnten ein grauhaariger Mann mit faltigem Gesicht geworden. Das Alter und die Last seines Amtes hatten ihn sichtlich gebeugt, seitdem Dolch ihm zum ersten Mal bei seiner Einschwörung als Assassinenbruder begegnet war.

Ein Erster Priester legte seinen Namen nicht ab, so wie es der Gottkaiser tat. Das hätte man als vermessen angesehen, weil sich der Amtsträger in den Augen der vorherrschenden theologischen Schule damit ungerechtfertigterweise dem Namenlosen Gott gleichgesetzt hätte. Dieses Privileg stand einzig und allein dem Gottkaiser zu, und auch das war unter den Gelehrten früher nicht ganz unumstritten gewesen.

Der Erste Priester saß hinter seinem mächtigen Schreibtisch, gefertigt aus dem Holz der Schwarzen Bäume des Oberen Stromlandes. In seinem Rücken befand sich ein ausgedehntes Wandfresko. Es zeigte die Weltkugel und die beiden Sonnenlichter, dazu die stilisierte Gestalt eines Gottkaisers, der mit energisch wirkender Geste das Zweite Licht fortschickte. Neben ihm stand ein betender Priester als Zeichen für die Unterstützung, die der Herrscher durch die Kirche des Namenlosen Gottes erfuhr.

Durch das hohe Fenster leuchtete Licht in den weitläufigen Raum, dessen gewölbte Decke von Säulen getragen wurde. Die Alabastervorhänge waren entfernt worden, sodass frische Luft ungehindert hereinwehen konnte. Zum ersten Mal seit Tagen blies ein frischer Wind vom Meer in die Stadt, der die stickige Schwüle aus den Gassen vertrieb.

Eine kleine, hinter einem Vorhang verborgene Seitentür öffnete sich lautlos, der Vorhang wurde zur Seite geschoben, und eine schattenhafte Gestalt in dunklen, fließenden Gewändern betrat den Raum.

Lautlos näherte sie sich dem Schreibtisch, ohne dass der Erste Priester zunächst etwas davon bemerkte. Zu vertieft war er in die Dokumente, die er zu lesen hatte. Erst als ihm der Schatten des Eindringlings das Licht nahm, wurde ihn der Erste Priester gewahr und schreckte hoch.

»Wache! Wie kommt dieser Mann hier herein! Dieser …« Er sah dem Eindringling ins Gesicht und erbleichte.

»Es ist sinnlos, die Wache zu rufen. Sie sind nicht auf ihrem Posten.«

»Aber …«

»Sie wurden fortgeschickt.«

»Wache!«, rief der Erste Priester noch einmal aus Leibeskräften.

»Ich sagte doch, es hört dich niemand.«

Der Erste Priester wurde blass. Ihm war bewusst, dass die Palastwache vom Gottkaiser persönlich befehligt wurde. Wenn die Männer nicht auf ihrem Posten waren, konnte das nur auf seinen Befehl hin geschehen sein.

»Was willst du von mir – Wechsler?«, fragte der Erste Priester.

»Ich glaube, du kennst den Grund.«

»Gib dich zu erkennen, Wechsler.«

»Gern.«

Der Eindringling griff zur Gürteltasche, und im nächsten Moment rollte ein münzenähnliches Amulett über den Schreibtisch und kam unmittelbar vor dem Ersten Priester zum Liegen.

Dieser warf einen Blick auf die eingravierten Zeichen. »Warum hast du dich nicht gleich zu erkennen gegeben, Töteschnell?«, fragte der Erste Priester. »Und was soll dieses Spiel? Willst du mich in Angst versetzen?«

Der Eindringling trat näher. »Ich habe meinen Auftrag

erfüllt«, sagte er. »Niemand wird darüber reden können, dass sich Baladus der Krüppel im Haus von Enbal dem Dieb verbarg.«

Der Erste Priester kniff die Augen zusammen und starrte angestrengt in das Gesicht des Eindringlings. »Du bist nicht Töteschnell!«

»Ist es nicht das richtige Amulett?«, fragte der Eindringling. »Wie viele hast du denn im Laufe der Jahre davon verteilt, Priester? Alle mit dem Hinweis, dass sie einem Türen öffnen und einst der Tag käme, an dem es wichtig sei, dass du den Träger des Amuletts zweifelsfrei erkennst.«

»Was fällt dir ein, so mit mir zu reden!«

Der Eindringling holte ein zweites Amulett hervor und warf es auf den Schreibtisch. Es rutschte bis kurz vor die Tischkante an den Ersten Priester heran.

»Dolch!«, flüsterte dieser tonlos.

»Der Moment, von dem du in der Nacht meiner Einschwörung gesprochen hast, ist gekommen – wenn auch vielleicht anders, als du es dir vorgestellt hast.«

Der Erste Priester sprang von seinem Platz und wich zurück. Er versuchte zu fliehen, aber das war von vornherein zum Scheitern verurteilt.

Dolch schwang sich über den Schreibtisch, stürzte sich auf den Ersten Priester und drückte ihn brutal gegen die Wand. Er zog den Sicheren Stich und ließ die Klinge in den Leib seines Gegenübers gleiten. Aber nicht tief genug, um ihn umzubringen.

Der Erste Priester stöhnte auf.

»Wo ist Baladus jetzt? Und wer hilft ihm?«, fragte Dolch.

Der Erste Priester verzog das Gesicht. Blut tränkte bereits sein blütenweißes Gewand.

»Du glaubst wirklich, dass ich dir darauf antworte? Töten wirst du mich auf jeden Fall ...«

»Fragt sich nur, wie schnell oder langsam du stirbst.«

»Ist … das nicht … gegen den Kodex, was du tust?«

»Es scheint sich niemand mehr an irgendwelche Regeln zu halten. Das haben wir gemeinsam – Ketzer!«

»Er hat recht … der Krüppel! Hast du mal … darüber nachgedacht, was das bedeutet?«

Dolch drehte die Klinge im Fleisch des Ersten Priesters und ließ diesen aufschreien. Ein schwacher Schrei. *Ich werde vorsichtig sein müssen, ihn nicht zu früh zu töten,* erkannte der Assassine. Er hatte kaum Erfahrung im Foltern. Seine Profession war das Töten, nicht das Quälen.

Aber die außergewöhnliche Gefahr für den Gottkaiser, für Arakand und für die ganze Welt rechtfertigte es, den Kodex seiner Bruderschaft zu brechen, die einen schnellen Tod für die auserkorenen Opfer forderte.

Der Erste Priester umfasste plötzlich Dolchs Handgelenk und rammte sich mit aller Kraft den Sicheren Stich selbst in den Leib, ohne dass Dolch es noch verhindern konnte. Mit einem ächzenden Stöhnen rutschte er an der Wand hinab zu Boden.

Es gibt Tage, an denen alles danebengeht, dachte Dolch, der seinen Ärger nur mit Mühe im Zaum halten konnte.

In der Nacht fand sich Dolch im Palast ein, um während des Rituals den Trunk der Wahrheit einzunehmen. Bei dem, was ihm bevorstand, hatte er jedoch ein ungutes Gefühl. Er hatte von Wechslern gehört, denen der Trunk der Wahrheit unter Zwang eingeflößt worden war, von einem wütenden Mob, der den entsprechenden Wechsler für alle möglichen Missstände verantwortlich machte und der den angeblichen Dämonen zweifelsfrei identifizieren wollte, um ihn sodann totzuschlagen.

Er konnte nur darauf bauen, dass die Gefahr durch die Künste des gottkaiserlichen Hofalchemisten tatsächlich nicht so groß war. Allerdings vermochte er nicht im Geringsten einzuschätzen, ob der Alchemist sein Handwerk verstand und den Trunk der Wahrheit wirklich so dosieren konnte, dass Dolch weder starb noch wahnsinnig wurde.

Noch zweifelhafter war für Dolch allerdings die Wirkung des begleitenden Rituals, denn er misstraute instinktiv jeder Form von Magie. Er bezweifelte nicht ihre Wirksamkeit, aber er hielt Magie grundsätzlich für eine üble Macht, da sie überwiegend zum Bösen eingesetzt wurde und überdies den Namenlosen Gott lästerte. So jedenfalls lehrte es die Priesterschaft, so stand es im Buch des Namenlosen Gottes, und so hatte es Dolch verinnerlicht.

Dass nun ausgerechnet der Gottkaiser ihm ein magisches Ritual nahegelegt hatte, erschien ihm fast grotesk. Andererseits wusste Dolch jedoch auch, dass er keine Wahl hatte, wollte er nicht erneut der – eindeutig bösen – Magie des Krüppels unterliegen. Es ging darum, Feuer mit Feuer zu bekämpfen, Magie mit Magie. Darauf lief es hinaus.

Besser, ein Assassine stirbt jetzt, als dass er den verkrüppelten Teufel ein zweites Mal nicht zu erschlagen vermag, weil dessen Zauberkraft ihn verhext, ohne dass er es merkt, sagte er sich im Stillen.

»Bist du bereit?«, fragte der Gottkaiser.

Seine Stimme hallte in dem dunklen, tief unter dem Hauptgebäude des Palastes gelegenen Gewölbe wider.

»Ja«, sagte Dolch.

Dass der Gottkaiser persönlich an dem Ritual teilnahm, machte deutlich, für wie wichtig er die Angelegenheit nahm.

Der Hofalchemist war ein kleiner, hagerer Mann mit großen Ohren und langer Nase. Sein Rücken war krumm, und er hatte den Ansatz eines Buckels.

Seine Haut war so bleich, dass man meinen konnte, dass er schon seit Jahren kein Tageslicht mehr gesehen hatte. Gut möglich, dass das sogar der Fall war und er sich überwiegend in den unterirdischen und streng geheimen Laboratorien aufhielt, die der Gottkaiser seinem Hofalchemisten großzügiger-, aber nicht ganz uneigennützigerweise zur Verfügung stellte.

»Ich bin Ssapuul«, sagte der Alchemist. Sein Name begann mit einem so scharfen Zischlaut, wie er nur in der Sprache der Bewohner des Oberen Stromlandes vorkam. Auf dem Kettenende von Arakand lebte eine recht große Kolonie von Menschen aus dem Oberen Stromland. Viele von ihnen handelten mit Heilpflanzen und Drogen. Dass die dunkle Kunst der Alchemie unter den Stromländern eine besondere Wertschätzung genoss, war allgemein bekannt.

Dolch war Ssapuul noch nie begegnet, obwohl der vermutlich schon seit Jahren im Palast des Gottkaisers lebte. Da aber schon der Palastbereich von Arakand größer war als so manche Hauptstadt eines Reiches, war das nicht weiter verwunderlich, zumal sich die Assassinen ohnehin traditionell abseits hielten und mit den anderen Bewohnern des Palastbereichs wenig zu tun hatten. Das hing natürlich mit ihrer Profession zusammen. Schließlich agierten sie im Geheimen, und je weniger Verbindung sie zu Außenstehenden hatten, desto besser war dies.

Dolch trug in dieser Nacht einfache dunkle Gewänder, aber keinerlei Waffen – so wie man es von ihm erwartete, wenn er sich in die Nähe des Gottkaisers begab.

Ssapuul trat auf Dolch zu. Seine dürre Hand berührte sein Gesicht, so als wollte er es abtasten. »Interessant«, murmelte er. »Das Gesicht eines Wechslers. Es scheint tatsächlich so zu sein, wie ich vermute …«

»Und was vermutest du?«, fragte Dolch.

»Dass das Gesicht eines Wechslers in Wahrheit so unveränderbar ist wie das einer Steinskulptur – und dass es in Wahrheit die Gedanken des Betrachters sind, in denen die Veränderung stattfindet.«

»Das ist schlicht die Wahrheit«, sagte Dolch. »Nicht mehr und nicht weniger.«

»Was ist schon Wahrheit?«, fragte der Alchemist und kicherte. »Es gibt so viele Wahrheiten. Und die wiederum können durch so viele Dinge beeinflusst werden. Sei es nun die Magie eines Wechslers oder auch jene von scheinbar ganz unscheinbaren Geschöpfen, die normalerweise niemandem auffallen würden.«

»Ich will hoffen, dass mich deine Magie davor in Zukunft schützt«, murrte Dolch, dem das Geschwätz von Ssapuul nicht gefiel.

»Es ist alles vorbereitet«, erklärte Ssapuul. »Folge mir.« Er wandte sich dem Gottkaiser zu und verbeugte sich tief. »Und Ihr, mein Herrscher, seid natürlich eingeladen, dem Ritual beizuwohnen.«

»Ich bestehe darauf«, sagte der Gottkaiser unmissverständlich.

Sie folgten Ssapuul durch eine schwere eisenbeschlagene Tür in ein weiteres Gewölbe. Ein scharfer Geruch schlug Dolch entgegen, den er nicht zuzuordnen vermochte. Vermutlich wurde er durch den Inhalt der zahlreichen Tiegel, Töpfchen und Glaskolben verursacht, die sich in den grob gezimmerten Regalen und auf den zahlreichen Tischen befanden. Unter der Decke hingen mehrere schwere Leuchter, die das Gewölbe erhellten. Dazu gab es noch unzählige Kerzen.

Eine leuchtende Glaskugel erregte Dolchs Aufmerksamkeit. Er konnte nicht erkennen, woher das Licht darin eigentlich kam. Es flackerte nicht, war weder eine Öllampe noch eine Kerze. Es war überhaupt kein Feuer hinter dem Glas zu erkennen. Zudem war die Kugel durch Drähte mit einigen Glaskolben verbunden, die mit Flüssigkeit und offenbar magischen Gegenständen gefüllt waren. Diese Drähte waren so fein gezogen, wie es selbst die Drahtzieher, die für die Kettenhemdmacher arbeiteten, nicht vermochten. Aus dem Kolben stiegen Dämpfe, die Nase und Augen reizten.

Immerhin scheint dieser Ssapuul sein alchemistisches Handwerk zu verstehen, dachte Dolch. *Wer Licht ohne Feuer zu erzeugen vermag, kennt sich mit der Natur der Magie doch wohl gut genug aus, um mich vor ihr zu schützen!*

Dolchs Blick fiel auf einen breiten Tisch in der Mitte des Raumes. Es war eine Folterbank, wie Dolch sie schon in einem Kerker gesehen hatte. An den vier Ecken befanden sich große Eisenbeschläge mit Ketten und Hand- beziehungsweise Fußschellen, sodass man auf der harten Pritsche einen Menschen fixieren konnte.

Oder auch andere Kreaturen, wie Dolch bei einem Blick nach rechts feststellte, wo er zwischen zwei hüfthohen Truhen den leblosen Körper eines Ouroungour entdeckte, dessen Körper auf grausame Weise verstümmelt war und in dessen leeren Augenhöhlen sich Maden wanden. Offenbar hatte Ssapuul an diesem Geschöpf alchemistische Experimente durchgeführt.

»Sieh her!«, wurde Dolch von Ssapuul aufgefordert.

Auf einem der anderen Tische, der vorwiegend mit beschrifteten Glaszylindern vollgestellt war, stand auch ein Bronzekelch, in dem sich eine dampfende Flüssigkeit befand. Der Geruch war süßlich und doch unangenehm.

»Was soll ich tun?«, fragte Dolch.

»Trink den Inhalt dieses Kelchs. Trink ihn schnell und in einem Zug, auch wenn du glaubst, dass es dir die Kehle verätzt oder dich sonst irgendwelche unvorhergesehenen Missempfindungen plagen. Der Trunk der Wahrheit muss in einem Zug genommen werden, denn ich habe die Dosis genau bemessen.«

»Das ist schon alles?«

»Danach legst du dich so schnell wie möglich dort hin!« Ssapuul deutete auf die Folterbank.

»Du willst mich anketten?«

»Das ist nicht zu vermeiden. Du wirst schreien, unter Wahnvorstellungen leiden, vielleicht sogar mich angreifen wollen – oder gar den Gottkaiser. Eine Weile wirst du keinerlei Gewalt über dich haben und eine Gefahr für dich selbst und andere sein.«

»Oder sterben.«

»Das würde bedeuten, dass mir ein Fehler unterlaufen ist. Solltest du also sterben, kannst du mich dafür gern später zur Rechenschaft ziehen.«

Dolch fand die Bemerkung nicht witzig, ging aber nicht darauf ein, sondern fragte sicherheitshalber: »Und die Wirkung besteht darin, dass kein fremder Wille mich mithilfe von Magie zu beeinflussen vermag?«

»Ja.«

»Das kannst du mir sicher versprechen, Alchemist?«

»Sicherheit gibt es nicht. Nirgends. Schon gar nicht, wenn es um Magie geht. Aber ich kann dir sagen, dass dies der beste Schutz gegen magische Beeinflussungen aller Art ist, den ich kenne. Und ich habe lange und intensiv auf diesem Gebiet nach Erkenntnis geforscht, wie du mir glauben darfst.«

»Also gut«, sagte Dolch.

Der Alchemist gab Dolch den Kelch. Der hatte eigentlich erwartet, dass er heiß oder zumindest warm wäre, da die darin enthaltene Flüssigkeit doch dampfte. Aber das war nicht der Fall. Ganz im Gegenteil. Der Kelch war eiskalt – und sein Inhalt wohl auch.

Dolch tat, was Ssapuul ihm gesagt hatte. Mit einem einzigen mutigen Schluck schüttete er den Trunk der Wahrheit hinunter.

Ein Gefühl der inneren Kälte durchströmte ihn, so stark, dass er glaubte, innerlich zu vereisen. Doch während die Flüssigkeit durch seinen Hals rann, brannte sie gleichzeitig wie Feuer. Ein Feuer, das sich wenig später auch in seinem Magen bemerkbar machte. Dolch war übel. Schwindel erfasste ihn. Alles begann sich vor seinen Augen zu drehen. Er glaubte, sich augenblicklich übergeben zu müssen.

Unwillkürlich öffnete er den Mund, was er eigentlich nicht zulassen wollte. Es war keineswegs in seiner Absicht, den Trunk wieder hervorzuwürgen und auszuspeien. Schließlich sollte er ja seine volle Wirkung entfalten. Doch aus seinem aufgerissenen Mund drang stattdessen dunkelgrauer Dampf, dessen Geruch ihn an Fäulnis und Tod erinnerte.

Er schleppte sich zur Folterbank. Der Alchemist half ihm dabei, damit er sie auch erreichte und nicht vorher zusammenbrach. Schreckliche Schmerzen begannen Dolchs Körper zu durchfluten. Er konnte nichts anderes mehr fühlen als diese grausame Schmerzwelle.

Schließlich lag er auf dem Tisch, auf dem einige dunkle, eingetrocknete Blutflecke davon zeugten, welch grausame Dinge hier bisher stattgefunden hatten. Dolch spürte kaum, wie er angekettet wurde.

Ssapuul malte mit dunkler Farbe ein Zeichen auf Dolchs Stirn.

»Der richtige Zeitpunkt, der richtige Mond, die richtigen Gestirne«, murmelte er. »Das Wahre kommt hinter dem Wechselhaften zum Vorschein …«

Die letzten Worte hallten schmerzhaft in Dolchs Kopf wider. Er bemerkte nicht mehr, wie Ssapuul Prisen eines feinen staubartiges Pulvers in die Luft warf, die als feine Staubwolken über ihm schwebten und sich langsam absetzten. Dazu stimmte der Alchemist einen Singsang in der alten Sprache des Oberen Stromlandes an, eine magische Formel, die die Wirkung des Trunks der Wahrheit unterstützen sollte.

»Wie lange wird es dauern?«, fragte der Gottkaiser. Stunden waren seit Beginn des Rituals vergangen. Der Gottkaiser und sein Hofalchemist hatten das düstere Laboratorium verlassen und waren in den Vorraum zurückgekehrt. Die Tür war geschlossen, und doch hallten die schauerlichen, eher an ein Tier erinnernden Schreie an ihre Ohren.

Ssapuul verneigte sich tief. »Ich kann es Euch nicht sagen, Herr. Es kann im Morgengrauen vorbei sein oder ein paar Tage anhalten. Es kann sein, dass er so lange an seinen Ketten reißt, bis er vor Erschöpfung stirbt, oder dass er in einen Schlaf fällt, der so tief ist, dass seine Atmung und sein Herzschlag aussetzen.«

»Du wirst alles tun, damit mir dieser Assassine bald wieder dienen kann, oder du wirst es bereuen, Ssapuul«, sagte der Gottkaiser.

»Wenn er diese Nacht überlebt, stehen seine Chancen gut. Und er wird Euch dann besser zu dienen vermögen als je zuvor, denn Magie wird ihn dann ebenso wenig beeinflussen können wie Euch, Herr.«

»Ich will es hoffen«, murmelte der Gottkaiser.

Kapitel 10

Vorn im Bug des flachen Bootes steckte eine lodernde Fackel. Sie war die einzige Lichtquelle, während das Boot langsam durch den unterirdischen Kanal glitt. Schatten tanzten auf der gerundeten Decke des Kanals. Mit großer Regelmäßigkeit tauchten die Ruder in das dunkle Wasser ein und trieben das Boot an.

Bruder Melvan hatte vorn im Boot Platz genommen. Sein Blick wirkte angestrengt. Es waren auf den Märkten von Arakand immer wieder alte Pläne und Karten des unterirdischen Kanalsystems der Stadt im Umlauf. Man wusste allerdings nie, ob diese Pläne überhaupt noch aktuell waren. Das unterirdische Arakand der Zisternen, Gewölbe und Kanäle hatte sich im Laufe der Zeitalter mindestens genauso stark verändert wie die Stadt an der Oberfläche. Auch wenn schon seit Jahrhunderten kaum noch neue Kanalverbindungen gebaut worden waren, so kam es immer wieder vor, dass einsturzgefährdete Gewölbeteile zugeschüttet werden mussten. Nicht immer geschah das rechtzeitig. Erst im letzten Jahr war ein ganzer Straßenzug in der Nähe des Südhafens plötzlich im Boden versunken. Es hatte unzählige Tote und Verletzte gegeben, und viele Menschen, die der Boden verschlungen hatte, waren für immer verschwunden geblieben. Bruder Melvan erinnerte sich noch sehr gut daran, denn die öffentlichen und für jedermann in Anspruch zu nehmenden Krankenhäuser der Wissenden Brüder waren in jenen Tagen völlig überfüllt gewesen. Selbst Ordensangehörige, die eigentlich anderen Tätigkeiten nachgingen, hatten für einige Zeit in den Hospitälern der Wissenden Brüder aushelfen müssen.

Einstürze und Verschüttungen waren mit ein Grund dafür, dass die Karten nicht mehr zuverlässig waren, und neue Karten wurden kam noch gefertigt, und wenn, dann basierten sie auf älteren Exemplaren und nicht auf eigener Anschauung des Zeichners. Die Einzigen, die über aktuelle Pläne der arakandischen Unterwelt verfügten, waren die Schleuser. Und die hüteten ihr Wissen wie einen Schatz, denn es war die Grundlage ihres Geschäfts. Immerhin erstreckte sich das System aus Tunneln und Kanälen noch weit über die Stadtgrenze hinaus, und die Schleichwege, über die man aus der Stadt gelangen konnte, waren alle auf die eine oder andere Weise damit verbunden.

Bruder Melvan hielt den Plan, der ihm zur Verfügung stand – eine verwischte Bleistiftzeichnung mit ungenauer Beschriftung – etwas mehr ins Licht der Fackel. Ihm war bewusst, dass sich jeder Kanal plötzlich als Sackgasse herausstellen konnte. Zudem hatte schon so mancher hier unten die Orientierung verloren und war jämmerlich zugrunde gegangen.

Hinzu kamen in Zeiten der Annäherung des Zweiten Lichts die Stürme, die unter anderem bewirkten, dass sich der Wasserstand sehr plötzlich dramatisch verändern konnte und bisher trockene Bereiche überschwemmt wurden. Auch das war schon so manchem zum Verhängnis geworden, der vor der Stadtwache in dieses Labyrinth geflohen war und geglaubt hatte, sich dem Gesetz auf diese Weise entziehen zu können.

»Bist du sicher, dass wir hier nicht schon waren?«, fragte Bruder Kedalbo. Während Bruder Melvan schon vor einigen Augenblicken sein breites Holzpaddel nicht mehr ins dunkle Wasser tauchen ließ, sondern quer über das Boot gelegt hatte, sorgte Kedalbo immer noch mit kräftigen Bewegungen dafür, dass sie vorankamen.

»Was heißt hier schon sicher. Aber wir fahren nach der Skizze, die Ondros uns gegeben hat.«

»Nach allem, was wir über diesen Ondros wissen, war er aber niemals ein ausgebildeter Zeichner.«

»Warum sollte er uns in die Irre führen?«

»Weil er vielleicht gar kein Schleuser ist. Weil er uns in eine Falle locken will und ein paar miese Halunken angeheuert hat, die uns ausrauben sollen. Schließlich haben wir einiges Silber für die Anzahlung bei uns ...«

»... die der Kerl doch sowieso bekommen würde. Wieso sollte er also ein paar miese Halunken anheuern, um uns auszurauben?«

»Natürlich würde er das Silber sowieso bekommen – aber dann würde er auch eine Gegenleistung bieten müssen, und wer weiß, ob er die überhaupt erbringen kann! All die Dinge, die er behauptet, klingen doch ziemlich übertrieben ...«

Melvan wusste, was Kedalbo meinte. Dass ein Schleuser gute Verbindungen zu den Barbarenfürsten hatte, gehörte zu seinem Geschäft, das wohl kaum anders zu betreiben war, solange die Stadt belagert wurde. Und das war innerhalb der letzten Jahrhunderte in neun von zehn Jahren der Fall gewesen.

Dass ein Schleuser allerdings behauptete, mit Fürst Fengor verhandelt zu haben – genau dem Fürsten, dessen Männer doch reihenweise desertierten, um in der Stadtwache Arakands anzuheuern –, erschien auch Melvan inzwischen eigenartig. *Könnte Ondros nicht viel mehr Geld verlangen, würde er stattdessen anbieten, heimlich Truppen des Fürsten in die Stadt zu bringen?* So lautete die Frage, die Melvan sich immer wieder stellte.

Vielleicht war der Grund dafür, dass Ondros das nicht tat, einfach der, dass er trotz seiner Schleusertätigkeit ein arakandischer Patriot war, der niemals etwas tun würde, das zur

Eroberung seiner Stadt führen konnte. Oder Fürst Fengor fürchtete, dass seine Männer sofort desertierten, sobald sie sich innerhalb der Stadtmauern befanden.

Eine andere Möglichkeit war, dass Fengor aus den Fehlern vorhergehender Belagerungen gelernt hatte. Solche Einfälle durch die Tunnel und Kanäle hatte es in der Vergangenheit durchaus schon gegeben. Allerdings hatte die Stadtwache immer sehr schnell reagiert und Schlimmeres verhindert.

Jedenfalls hatte Melvan das Gefühl, dass man Ondros nur bis zu einem gewissen Grad trauen konnte. Schon das unbedingte Verlangen, den gesuchten Baladus persönlich treffen zu wollen, hatte Melvan missfallen. Es war nicht ausgeschlossen, dass der Schleuser ein doppeltes Spiel trieb und vielleicht sogar mit Offizieren der Stadtwache kooperierte. Die Tatsache, dass Ondros' Geschäfte offenbar seit vielen Jahren ungestört abliefen und die Stadtwache durch diese Art der Nachwuchsgewinnung davon profitierte, nährte diesen Verdacht.

Es ist also möglich, dass wir uns geradewegs in eine Falle begeben, ging es Melvan nicht zum ersten Mal durch den Kopf. Schließlich war ja auch nicht ausgeschlossen, dass es Ondros' Plan war, den gesuchten Baladus einfach an den Meistbietenden zu verkaufen. Und die Schergen des Gottkaisers konnten ganz sicher einen höheren Betrag versprechen, als es momentan dem Orden der Wissenden Brüder möglich war.

Aber Baladus' Flucht musste so schnell wie möglich über die Bühne gehen. Und da gab es zu Ondros' Diensten wohl derzeit keine Alternative.

Baladus lag in der Mitte des Bootes, zwischen den beiden anderen Mönchen. Sein Zustand hatte sich etwas gebessert. Die fiebersenkende Arznei, die Bruder Melvan besorgt hatte, war dem Gelähmten nicht so ohne Weiteres einzuflößen gewesen. Nur in stark verdünnter Form war das schließlich möglich gewesen, und dennoch war Baladus dabei fast erstickt.

Seitdem sie mit dem Boot zum Treffpunkt aufgebrochen waren, lag Baladus einfach nur schweigend da. Die meiste Zeit über hatte er die Augen geschlossen und schien zu schlafen. Ab und zu war sein rasselnder Atem oder ein schwaches Husten zu hören, das in den Gewölben aber einen starken Widerhall fand.

Der Kanal mündete in ein großes Zisternengewölbe. In der Ferne war ein Licht zu sehen. Der flackernde Schein einer Fackel.

»Wir sind richtig«, stellte Bruder Melvan erleichtert fest. Anstatt weiter auf den Plan zu starren, griff er wieder zum Holzpaddel.

Sie erreichten schließlich die Stelle mit der Fackel, die von einem kräftigen, kahlköpfigen Mann gehalten wurde. Er war so groß wie die Riesen von den Südlichen Inseln, und vielleicht stammte er sogar von dort. Auf seinem Rücken trug er eine schwere Doppelklingenstreitaxt, am Gürtel zwei kleinere Wurfäxte. Der kahle Schädel war von Tätowierungen übersät.

Melvan hatte diesen Mann schon einmal gesehen. Es handelte sich um Ondros' Diener und Leibwächter, der bereits bei dem ersten Treffen mit dem Schleuser dabei gewesen war.

Der Leibwächter fing mit der freien, prankenähnlichen Hand das Tau auf, das Melvan ihm zuwarf, und schlang es um einen der Pfähle am Rand des Stegs. Das Wasser schwappte bereits über den Steg. Es war gut möglich, dass er nach einem weiteren Sturm komplett unter Wasser stehen würde.

Der Leibwächter stieß nur ein paar grunzende Laute aus, über deren Bedeutung man nur rätseln konnte.

Während Melvan und Kedalbo den gelähmten Baladus auf einer kleinen Bahre auf den Steg brachten und auf dem Boden ablegten, trat aus der Dunkelheit eine Gestalt aus dem Schatten.

»Sei gegrüßt, Ondros«, sagte Melvan.

»Sei ebenfalls gegrüßt, Wissender Bruder«, gab der Schleuser zurück. »Oder sollte man inzwischen vielleicht sagen *Gejagter Bruder*? Ich habe gehört, dass euer Orden inzwischen in großen Schwierigkeiten ist.«

»Das ist einer der Gründe, weshalb wir uns an dich gewandt haben.«

»Wir werden sehen, wie sich die Umstände in den nächsten Tagen noch verändern werden«, erklärte Ondros nüchtern. »Das wird dann auch nicht ohne Auswirkungen auf den Preis bleiben, für den ich euren Schützling ins Lager von Fürst Fengor bringen lassen kann.«

»Das versteht sich«, gab Melvan zurück. »Aber du solltest den Bogen nicht überspannen.«

»Jedenfalls freut sich Fürst Fengor, diesen wichtigen Mann in seinem Lager begrüßen zu dürfen ...«

Ondros war hager und grauhaarig. Abschätzend blickte er auf den Gelähmten. Sein Lächeln hielt nur einen kurzen Moment an und gefror dann.

»Darf ich fragen, welchen Preis du *mir* dafür zu zahlen bereit bist, mich in Fürst Fengors Lager bringen zu dürfen?«, fragte auf einmal Baladus mit dünner Stimme.

Ondros runzelte die Stirn, während ihn der Gelähmte mit klarem Blick ansah. Einem Blick, der so durchdringend und kraftvoll war, dass der Schleuser unwillkürlich davor zurückschreckte. Zumindest für einen kurzen Augenblick, in dem er sich wohl auch fragte, ob er sich nicht vielleicht verhört hatte.

Dann entspannte sich das Gesicht des Schleusers wieder, und er lachte kurz und heiser auf.

»Habe ich mich da gerade verhört?«, fragte er. »Oder verlangst du allen Ernstes, dass ich dich auch noch dafür bezahle, dass ich dir einen Dienst erweise?«

»Habe ich mich nicht klar ausgedrückt?«, fragte Baladus. »Darüber, wer hier wem einen Dienst erweist, unterliegst du vielleicht einem Irrtum.«

»Ich mag es, dass du als Krüppel noch Humor hat«, sagte Ondros, »schließlich taugt auch die hässlichste Kreatur meistens noch zum Spaßmacher.«

»Ich bin kein Spaßmacher«, entgegnete Baladus ungerührt. Dass Melvan und Kedalbo schier entsetzt über die unverschämten Worte des Gelähmten waren, schien dieser gar nicht zur Kenntnis zu nehmen.

Einen quälend langen Augenblick herrschte ein unangenehmes Schweigen. Ondros drehte sich etwas, so als wollte er sich abwenden und diesen eigenartigen Handel vorzeitig beenden, der jegliches Geschäftsgebaren auf den Kopf stellte, an das er bisher gewohnt war. Aber irgendetwas sorgte dafür, dass er den Blick nicht von dem Gelähmten lösen konnte. Er schien wie gebannt.

Obwohl Baladus dazu gezwungen war, zu Ondros aufzublicken, vermittelte der Gelähmte trotzdem eine absolute Selbstgewissheit. Er verhielt sich, als ob er nicht den geringsten Zweifel daran hatte, dass sein Wille sich letztlich als der Stärkere erweisen würde.

»Ich bin kein Spaßmacher«, sagte Baladus schließlich erneut. »Und du kannst dich auf eines gewiss verlassen: dass ich jedes meiner Worte sehr ernst nehme. Das Sprechen fällt mir schließlich schwer genug. Warum sollte ich meine Qualen durch das Reden von purem Unsinn vergrößern?«

»Er hat in den letzten Tagen schweres Fieber gehabt«, mischte sich Bruder Melvan eilfertig ein. »Es bleibt natürlich bei den Abmachungen, die wir im Vorhinein schon getroffen haben. Und du wirst mit der Entlohnung sehr zufrieden sein.«

Melvan fürchtete wohl, dass sich Baladus in diesem Moment um Kopf und Kragen redete und ein beinahe schon abgeschlossener Handel nachträglich noch in Gefahr geriet. Und das in dieser aussichtslosen Lage, in der sie niemand anderen als Ondros hatten, der vielleicht in der

Lage war, jemanden wie Baladus tatsächlich aus der Stadt zu schaffen.

Ondros' Blick war jedoch noch immer wie erstarrt auf Baladus gerichtet. Der Schleuser schien Melvans Worte gar nicht gehört zu haben.

In Baladus' Augen blitzte es.

»Wie viel wirst du mir geben, Ondros?«, fragte der Gelähmte noch einmal.

»Es ist wirklich ein schweres Schicksal, wenn nicht nur der gesamte Körper, sondern auch der Verstand gelähmt ist, Baladus« , entgegnete Ondros. »Und noch schlimmer scheint es mir, wenn sich die Lippen dann von allein bewegen.«

»Dieses Schicksal lässt sich ertragen«, gab Baladus zurück. »Es ist sicher nicht so beschwerlich wie das eines Schleusers, der nicht rechnen kann.«

»Da sprichst du jetzt aber nicht zufällig von mir?«

»Ganz recht, von dir ist die Rede!«

Ondros' Gesicht wurde dunkelrot. »Was fällt dir unverschämtem Krüppelzwerg ein! Ich bringe meine eigene Existenz, mein Leben in Gefahr, nur um dir die Flucht zu den Barbaren zu ermöglichen! Was glaubst du, geschieht mit mir, wenn jemand erfährt, dass ich dem größten Feind des rechten Glaubens zur Flucht verhalf ? Wenn dann noch herauskommt, dass ich diesen derzeit meistgesuchten Feind des Gottkaisers geradewegs ins Lager eines Barbarenfürsten bringen ließ …«

»… der dich sicherlich fürstlich entlohnen wird, da er dann ein höheres Lösegeld für den Abzug seiner Truppen fordern kann, wenn er mich in den Händen hat und dem Gottkaiser ausliefern kann«, vollendete Baladus den Satz des Schleusers. Diesem fiel die Kinnlade nach unten. »So ist es doch, wenn ich die Situation richtig sehe«, fuhr Baladus fort. »Und da wollt ihr mir allen Ernstes meinen Anteil an meinem eigenen Lösegeld vorenthalten und glaubt, dass ich auf diesen Handel eingehen sollte?«

Ondros schwieg. Er schien zu begreifen, dass er den Gelähmten weit unterschätzt hatte.

»Was habt ihr mir da für einen Teufel mitgebracht?«, murmelte er an Melvan und Kedalbo gerichtet, wobei er allerdings den Blick nicht von Baladus zu wenden vermochte. »Sagt dieser Missgeburt, dass ich nicht so angestarrt werden will!«

»Hast du Angst vor meinem Blick?«, fragte Baladus. »Fürchtest du dich vor der Magie meiner Argumente oder tatsächlich vor meinem starren Antlitz, das ich selbst leider nicht in eine andere Richtung zu bewegen vermag?«

»Was willst du?«, murmelte Ondros.

»Ich bekomme einen großen arakandischen Goldtaler. Eines der Exemplare, auf denen der Gottkaiser zu sehen ist, wie er auf dem Mittelturm steht und das Zweite Licht fortschickt. Du wirst von Fürst Fengor ein Vielfaches von dem bekommen, was du mir geben sollst, daher wirst du als guter Händler auf meinen Vorschlag eingehen.«

»Da bist du dir sicher, ja?«

»Du wirst in deinem ganzen Leben nie wieder jemanden wie mich aus der Stadt bringen. Das ist eine einmalige Möglichkeit.«

»Ich war mir mit deinen Begleitern bereits einig. Und sie vermittelten mir den Eindruck, für dich zu sprechen, Baladus. Wie käme ich dazu, das Risiko einzugehen, überhaupt jemanden aus der Stadt zu bringen, der offenbar sein Wort nicht hält und Vereinbarungen einfach nach Belieben über den Haufen wirft.«

»Die Dinge ändern sich«, sagte Baladus. »Ich war vor ein paar Tagen noch etwas anderes. Jetzt bin ich der meistgesuchte Feind des Gottkaisers von Arakand. Und auch du wirst vielleicht etwas anderes sein, wenn du diesen Handel erfolgreich erfüllt hast. Mein Preis steht fest. Für heute. Wenn du mich morgen noch einmal fragen solltest, könnte es sein, dass er sich bereits erhöht hat.«

Ondros überlegte. Vielleicht stimmte es ja, was der Gelähmte sagte, und Ondros war es, der am meisten zu verlieren hatte, wenn es nicht zu diesem Handel kam. Doch welche unheimliche, dämonische Kraft musste diesem scheinbar so schwachen Wesen innewohnen, dass es ihm gelang, einem an schnelle Entscheidungen gewöhnten Mann wie Ondros den Willen zu brechen? Und das allein mit der Kraft von Worten?

»Also gut«, sagte Ondros. »Du bekommst dein Goldstück.«

»Aber eines, das im Jahr der letzten Annäherung geprägt wurde.«

»Ja, auch das werde ich erfüllen können.«

»Meine beiden Mitbrüder Melvan und Kedalbo werden mich begleiten.«

»Das gefällt mir schon weniger.« Ondros wandte sich an die beiden Wissenden Brüder. »Nichts für ungut, aber euer Orden ist im Moment bei den Schergen des Gottkaisers nicht sehr beliebt. Wenn ich euch ebenfalls zu Fürst Fengor bringe, erhöht sich mein Risiko erheblich.«

»Dieser Punkt ist nicht verhandelbar«, erklärte Baladus. »Wer sonst könnte sich um die täglichen Prozeduren kümmern, die mir das Leben erhalten? Und wenn am Ende nur mein Leichnam den Fürsten Fengor erreicht, wird er für mich kein Lösegeld mehr von Arakand verlangen können und wäre gewiss alles andere als erfreut.«

»Also gut. So bekommst du auch in diesem Punkt deinen Willen.«

»Ich nehme nicht an, dass du mich persönlich ins Lager der Barbaren zu bringen gedenkst.«

»Ich werde euch bis zum Ausgang eines letzten Tunnels hinter der alleräußersten Mauer bringen«, kündigte Ondros an. »Nur ich kenne das Labyrinth gut genug. Auf dem Weg bis zu Fengors Lager wirst du von drei Männern begleitet, die in meinen Diensten stehen.«

Die alleräußerste Mauer, echote es in Baladus' Gedanken. *Ein Mythos … niemand weiß, wo genau sie einst verlief, als die Stadt noch erheblich größer war als heute.* Baladus hatte einmal anhand von aktuellen Stadtplänen errechnet, wo ungefähr die alleräußerste Mauer in den goldenen Zeiten des Imperiums verlaufen sein musste und dabei die allgemeinen architektonischen Gesetzmäßigkeiten berücksichtigt, nach denen die Stadt angelegt war. Vermutlich war sie größtenteils parallel zur äußeren Stadtmauer, der heutigen Befestigungslinie verlaufen. *Es wäre sicher interessant zu erfahren, ob ich damals recht hatte …*

»Wann werden wir aufbrechen?«, fragte Bruder Melvan, der sich zum ersten Mal seit längerer Zeit wieder traute, das Wort zu ergreifen.

»Wir treffen uns übermorgen, kurz nach Aufgang des Zweiten Sonnenlichts, genau hier«, bestimmte Ondros. »Bis dahin habe ich den arakandischen Goldtaler in der Prägung besorgt, die euer Herr«, dabei deutete er mit einer knappen Geste auf Baladus, »bevorzugt. Alles wird vorbereitet sein.«

»Es sei alles, wie du gesagt hast«, sagte Baladus daraufhin.

Und obgleich seine Gesichtszüge immer sehr starr wirkten, konnte man in diesem Augenblick fast den Eindruck gewinnen, als würde ein entspanntes Lächeln um seine Lippen spielen.

Aus Hunderten von kleinen Torsionskatapulten wurden von der äußeren Stadtmauer aus Bolzen abgeschossen. Der Schildwall der Barbaren wurde innerhalb kurzer Zeit zerfetzt. Schreie gellten über das Schlachtfeld.

Kellorn stand zusammen mit Hunderten anderer Bogenschützen hinter der Brustwehr, hatte bereits einen Pfeil eingelegt und wartete auf den Befehl zum Schuss, während sich in der Ferne die Reihen der Feinde allmählich auflösten.

Nach den Bolzen der Torsionsgeschütze folgten die größeren Katapultgeschosse. Große Steinbrocken flogen durch die Luft, und wo sie niedergingen, brachten sie Tod und Zerstörung.

Die Barbaren waren im Verlauf der letzten Tage immer weiter vorgerückt. Offenbar hatten sie sich hinter ihrem Schildwall sicher gefühlt. Davon abgesehen, hatten sie sich weiträumig verteilt und die Erhebungen des Geländes als Deckung genutzt.

Die Grenze zur Reichweite des Katapultschusses hatten sie schon vor einem Tag überschritten. Aber da von den arakandischen Mauern aus nur vereinzelt auf sie geschossen worden war, schienen sie nicht mehr ausreichend bedacht zu haben, wozu die Verteidiger imstande waren.

Die zeigten das jetzt.

Und selbst Kellorn, der auf so manchem blutigen Schlachtfeld gekämpft hatte, schauderte es, als er sah, was eine so große Anzahl von Katapulten, wie sie der Stadtwache von Arakand zur Verfügung stand, ausrichten konnte. Die Schussfolge war atemberaubend dicht. Die Mannschaften an den Katapulten waren hervorragend ausgebildet, jeder Handgriff saß, jede Bewegung war tausendfach geübt, und so dauerte es zumeist nur ein paar Augenblicke, bis ein Katapult erneut schussbereit war.

Aufseiten der Barbaren waren die Bedienungsmannschaften der großen Springalds inzwischen völlig ungeschützt, da sich der Schildwall gänzlich aufgelöst hatte. Die rollbaren Palisaden boten kaum Schutz, denn die Katapultgeschosse durchschlugen das viel zu weiche Holz, aus dem man sie in aller Eile und mit nicht allzu viel Fachkenntnis gezimmert hatte. Sie splitterten auseinander.

Die Angreifer setzten zu einer ungeordneten Flucht an. Einige wenige Springalds aufseiten der Belagerer schickten noch ihre gewaltigen balkenlangen Bolzengeschosse auf den Weg, doch die Schüsse waren schlecht gezielt, die meisten dieser Geschosse wurden von den Mauern abgehalten. Zwei flogen über die Brustwehren hinweg. Einer dieser balkenlangen Pfeile blieb mit seiner Stahlspitze im Gemäuer eines Turms stecken.

Dann, als der Rückzug der Angreifer schon in vollem Gang war, kam für die Bogenschützen der Befehl, auf den sie so lange gewartet hatten. Als das entsprechende Hornsignal über die Zinnen schallte und entlang der äußeren Mauer von weiteren Hornbläsern wiederholt wurde, hob auch Kellorn seinen Bogen.

Ein Pfeilhagel ging auf das in heller Auflösung befindliche Barbarenheer nieder.

Kellorn zögerte etwas länger, als dies üblicherweise bei ihm vor einem Schuss der Fall war. Dann legte auch er Pfeil um Pfeil ein, bis sein Köcher leer war.

Tubal – selbst kein Bogenschütze – hatte ihn die ganze Zeit beobachtet. Kellorn fiel der grimmige Unmut in Tubals Gesicht auf.

Kellorn lehnte den Bogen gegen die Mauer und blickte durch die Zinnen auf das Schlachtgeschehen – wenn man es zu diesem Zeitpunkt denn überhaupt noch so bezeichnen wollte.

»Wahrscheinlich hast du noch nie so schlecht geschossen wie heute«, stellte Tubal fest.

Kellorn drehte sich zu dem Boranier um. *Er hat es gesehen,* dachte er. *Aber das spielt keine Rolle.*

»Wir haben alle schlechtere und bessere Tage.«

»Aber nicht *so* schlechte, Kellorn. Nicht, wenn man ein Schütze von deinen Fähigkeiten ist!«

Kellorn entschied, dass es keinen Sinn machte, um die Wahrheit herumzureden.

»Du hast recht«, gestand er ein.

»Ich kann dich verstehen. Wenn ich vor so kurzer Zeit die Seiten gewechselt hätte …«

»Daran liegt es nicht«, unterbrach ihn Kellorn.

»Sondern?«

»Ich schieße nicht auf Männer, die fliehen.«

»Ist das so eine Art Grundsatz von dir?«

Kellorn nickte entschieden. »Ein paar Grundsätze habe ich, und das ist einer.«

Tubal lachte und schlug ihm gegen die Schulter. »Na, das macht dich doch sympathisch! Nach unserem Besuch in der Taverne unter dem Himmelsbogen dachte ich nämlich schon, ihr Steinküstenleute seid wilde Tiere. Aber jetzt erscheinst du mir schon fast wie ein Mensch!«

Kellorns Miene blieb unbeweglich. Die sarkastische Heiterkeit seines Gegenübers konnte er nicht nachvollziehen.

»Was ich sagte, habe ich ernst gemeint«, erklärte er.

Tubal seufzte. »Ja, das hatte ich schon befürchtet, Kellorn. Aber andererseits: Es gibt Schlimmeres als ein paar Grundsätze.«

Am Abend, nachdem Kellorn und sein Zug zur Garnison zurückgekehrt waren und ihre Mahlzeit eingenommen hatten, rief Hauptmann Ogandus Kellorn zu sich.

Anscheinend hat nicht nur Tubal mich beobachtet, war Kellorns erster Gedanke. Aber er sollte sich täuschen.

Hauptmann Ogandus nahm Kellorn zur Seite. Offenbar wollte er nicht, dass irgendjemand hörte, was er mit dem Krieger aus dem Reich an der Steinküste zu besprechen hatte.

»Draußen vor dem Garnisonstor wartet jemand auf dich«, erklärte der Hauptmann.

»Wer?«

»Er sagt, dass er dich kennt.«

Wenig später passierte Kellorn das Garnisonstor. Das Erste Licht war gerade hinter dem Horizont versunken, und das Zweite würde bald folgen. Der Himmelsbogen bildete einen schwarzen Strich über einem dunkelblauen Himmel, an dem bereits die ersten Sterne funkelten. Kellorn sah sich um und entdeckte dann einen Mann im Schatten der Mauer, die die Garnison umgab.

Und er erkannte ihn. Es war niemand anderes als Ondros der Schleuser, dessen Dienste es überhaupt erst möglich gemacht hatten, dass Kellorn der Stadtwache von Arakand hatte beitreten können.

»Man erkennt dich kaum wieder, Barbar aus dem Reich an der Steinküste«, sagte Ondros. Sein Lächeln wirkte geschäftsmäßig und kalt. Es erinnerte Kellorn stets an die Art, wie die Höhlenwölfe in seiner Heimat die Zähne bleckten.

»Sei gegrüßt, Ondros«, sagte Kellorn höflich.

Dass der Schleuser hier und heute auftauchte, hielt Kellorn für kein gutes Zeichen. Eigentlich hatte er sein altes Leben hinter sich lassen und von vorn beginnen wollen. Und zu seinem alten Leben gehörte nicht zuletzt auch der Mann, der ihm geholfen hatte, diesem Dasein den Rücken zu kehren.

Hatte der Schleuser vielleicht noch irgendwelche Nachforderungen an ihn? Erwartete er, dass er ihm weiterhin für diverse Dienste zur Verfügung stand?

Dass Ondros exzellente Beziehungen zur Stadtwache hatte, war bekannt. Kellorn hatte selbst in der kurzen Zeit, die er dort diente, wiederholt den Namen des Schleusers gehört.

Ondros winkte Kellorn näher und sah ihn sich von oben bis unten an. »Was etwas Körperpflege, ein anständiges Gewand und die Künste eines Barbiers doch aus einem Mann machen können«, sagte er staunend. »Man könnte denken, dass du schon seit Jahren nichts anderes tust, als der Stadtwache zu dienen.«

»Hat es einen bestimmten Grund, dass du mich sprechen willst?«, fragte Kellorn. Seine Reserviertheit konnte er kaum verbergen.

»Mir fehlt ein Mann wie du. Es geht um eine Arbeit von höchstens ein oder zwei Tagen, die gut entlohnt wird.«

»Ich bin erst seit Kurzem ein Krieger der Stadtwache«, erklärte Kellorn. »Und der Dienst gefällt mir. Ich werde das nicht aufgeben.«

»Das ist auch nicht notwendig. Du bekommst Urlaub.«

»Urlaub? Nach so kurzer Zeit?«

»Ich kenne deinen Hauptmann. Glaub mir, es ist nicht das erste Mal, dass ich um so etwas bitte. Du bekommst von mir dafür mehr, als du in einem ganzen Monat hier bei der Stadtwache als Sold ausgezahlt bekommst. Und das zusätzlich!«

Kellorn verschränkte die Arme vor der Brust. Irgendwie hatte er das Gefühl, dass Ondros ihm noch einige wichtige Dinge vorenthalten hatte. Dinge, die er vielleicht besser wissen sollte, bevor er eine Entscheidung traf.

»Worum geht es bei dieser … Aufgabe genau?«, fragte er schließlich.

Über Ondros' Gesicht glitt ein flüchtiges, kaltes Lächeln. *Er hat angebissen,* schien er zu denken.

»Ein Mann muss ins Lager von Fürst Fengor gebracht werden. Und das so schnell wie möglich.«

»Ich würde ungern dorthin zurückkehren«, sagte Kellorn.

»Wegen des lächerlichen Ärgers, den du dort hattest?«

»So lächerlich war das nicht. Und außerdem bin ich aus dem Heer von Fürst Fengor desertiert.«

»Du hast dir nur das Recht genommen, dich anzuschließen, wem du willst. Fengor wird dir das nicht übel nehmen – vor allem dann nicht, wenn du ihm diesen Mann bringst, von dem ich sprach. Er erwartet ihn nämlich bereits, und ich habe mit Fengor abgemacht, dass meine Gesandten von ihm eine zusätzliche Bezahlung erhalten, wenn dieser Mann tatsächlich bei ihm abgeliefert wird.«

Kellorn kam die Angelegenheit immer eigenartiger vor. »Was ist das für ein Mann? Es klingt fast nach einem Gefangenen.«

»Keine Sorge, er kann dir nicht davonlaufen, denn er ist

gelähmt. Es ist leicht verdientes Silber – aber wenn du nicht willst, werde ich jemand anderen fragen.«

»Dann frag jemand anderen, Ondros.«

Der Schleuser schüttelte den Kopf. »Hätte ich mir denken können, dass jemand wie du etwas gegen das Reichwerden hat. Immer wenn es etwas besser für dich läuft, fängst du entweder einen sinnlosen Streit an, triffst auf die falsche Frau oder entscheidest dich falsch, so wie in diesem Moment.« Ondros zuckte mit den Schultern. »Jeder ist seines Glückes Schmied!«

»Ich bin nicht unter großen Mühen auf diese Seite der Mauer gelangt, um so schnell wieder zurückzugehen, Ondros. Mein Platz ist hier, in meiner Garnison.«

»Ganz wie du meinst«, murmelte Ondros ziemlich schmallippig. »Ich wünsche dir viel Glück, Steinküstenmann.«

Kapitel 11

Dolch hatte keine Ahnung, wie viel Zeit vergangen war, seit er den Trunk der Wahrheit zu sich genommen hatte.

Jedenfalls erwachte er nicht in dem obskuren Laboratorium des Alchemisten, sondern in seinem Bett in seiner Zelle im Haus der Assassinenbrüder. Wie er dorthin gelangt war, wusste er nicht zu sagen, und auch an die Geschehnisse seit Beginn des Rituals konnte er sich nicht mehr erinnern. Für einen Moment zweifelte Dolch sogar daran, überhaupt je in Ssapuuls Laboratorium gewesen zu sein, aber dann hob Dolch seine Hände und sah die Abschürfungen an seinen Handgelenken, die von den gusseisernen Manschetten herrührten, die ihn für die Dauer des Rituals fixiert hatten.

Auf einmal war da doch etwas, an das er sich erinnern konnte. Es waren Erinnerungen an ein wildes Tier, das sich verzweifelt aus seiner Fesselung zu befreien versuchte. *Ein Tier, zu dem ich geworden bin,* ging es Dolch durch den Kopf. Schauder erfasste ihn. Er wusste noch, dass er schreckliche Schmerzen durchlitten hatte. Jetzt war davon nicht das Geringste zu spüren, sah man von den wunden Stellen an den Hand- und Fußgelenken ab.

Dolch bemerkte, dass er nicht allein war. Ein Novize der Assassinenbruderschaft war im Raum. Dolch kannte ihn gut. Er hieß Thrral und war ein etamitischer Straßenjunge, der die ersten siebzehn Jahre seines Lebens in den Gassen des Kettenendes verbracht hatte. Von denen sagte man, dass sie so eng und verwinkelt waren, dass einem die schmalen Straßen der arakandischen Altstadt dagegen wie weite Felder vorkamen.

Dolch sah in Thrrals Lebenslauf einige Gemeinsamkeiten zu seinem eigenen. Der wesentliche Unterschied war, dass Thrral kein Wechsler war. Trotzdem wirkte er sehr unscheinbar, sodass man seine Anwesenheit manchmal gar nicht bemerkte. Auch das konnte eine gute Voraussetzung für den Dienst in der Assassinengarde des Gottkaisers sein.

Dolch öffnete den Mund, um etwas zu sagen. Kein Laut drang über seine Lippen, stattdessen aber eine dunkle Gaswolke, ein schwarzer Dunst, der sich im nächsten Moment verflüchtigte.

Die verfluchte Magie dieses Trunks ist noch immer in mir, durchfuhr es Dolch, der im nächsten Moment vernehmlich rülpste.

Thrral zuckte zusammen.

»D-du bist wach«, stellte er fest.

Dolch ließ den Mund jetzt geschlossen, obwohl ihm eine Erwiderung auf der Zunge lag. Aber er wollte nicht, dass erneut irgendwelche Gase aus seinem Inneren austraten. Gase, die zweifellos der teuflische Trunk dieses Alchemisten in seinem Körper gebildet hatte.

Ich kann nur hoffen, dass mich das Zeug wirklich schützt, dachte Dolch. Sein Vertrauen zu magischen Mitteln im Allgemeinen und diesem im Besonderen war nach wie vor nicht sehr hoch.

Thrral öffnete die Tür der Zelle und verschwand. Dolch hörte ihn laut nach Meister Balok rufen, der ihm wohl den Auftrag gegeben hatte, über Dolch zu wachen.

Dieser atmete tief durch. Dabei drang ihm noch etwas von den seltsamen, zweifellos magischen Dämpfen aus Mund und Nase. Die schwarze Wolke schwebte für einige Augenblicke in der Luft, ehe sie sich auflöste. Dann schien es vorbei zu ein. *Ich hoffe nur, dass das die einzigen unerwünsch-*

ten Nebenwirkungen dieses Rituals sind, überlegte Dolch. Dann waren seine Gedanke bereits wieder bei Baladus. Wo mochte der Gelähmte sein? An welchem Punkt konnte er die Suche erneut ansetzen?

Vielleicht hatte der Gottkaiser inzwischen noch einige Mitverschwörer entlarven können. Ketzer wie den Ersten Priester, der offenbar einer Verschwörung angehangen hatte. Und wenn diese Gefangenen von fachkundigen Folterknechten behandelt worden waren, hatte man ihnen vielleicht ein paar weiterführende Informationen entreißen können.

Dolch klammerte sich geradezu an diese Möglichkeit, denn der Gedanke, dass Baladus vielleicht schon dabei war, die Stadt zu verlassen, ohne dass man ihn noch aufhalten konnte, war für den Assassinen ein Schreckensszenario.

Wenig später kehrte Thrral zusammen mit Meister Balok zurück, so wie Dolch es erwartet hatte.

»Er ist wach. Aber aus seinem Mund kam ein seltsamer Dunst.«

»Lass mich mit ihm allein, Thrral.«

»Wie Ihr wünscht, Meister.«

Thrral bedachte Dolch noch mit einem kurzen nachdenklichen Blick, ehe er hinausging.

»Ich scheine ihm noch unheimlicher geworden zu sein, als ich es wohl ohnehin schon als Wechsler war«, sagte Dolch, nachdem Meister Balok die Tür geschlossen hatte.

»Ich bin überzeugt davon, dass er sich an uns Wechsler in der Zeit, die er schon bei uns ist, gut gewöhnt hat«, entgegnete Balok. »Was nicht heißt, dass es da nicht ein paar andere Dinge an dir gibt, die schon sehr befremdlich wirken.«

»Wie bin ich hierhergekommen?«

»Vor drei Tagen brachte man deinen leblos erscheinenden Körper hierher. Dein Atem war nicht einmal mit einem Spiegel sichtbar zu machen, und dein Herzschlag war nicht zu spüren.«

»Drei Tage!«, entfuhr es Dolch. Er war für einen Moment fassungslos. »Das ist wirklich schon drei Tage her?«

»Was ist los mit dir? Wir waren alle froh darüber, dass die Lebensgeister in deinen Körper zurückgekehrt sind. Das schien mir am Anfang nicht unbedingt sicher zu sein. Übrigens ließ der Gottkaiser einen Befehl überbringen, dem zufolge ständig jemand an deinem Lager zu wachen habe, bis du wieder erwacht und ins Leben zurückgekehrt seist.«

»Ich danke Thrral dafür.«

»Das war nicht nur Thrral. Ich musste an allen sechsundzwanzig Stunden des Tages dafür jemanden einteilen. Meistens traf es natürlich die Novizen, wie du dir denken kannst.«

»Natürlich.«

Dolch hatte sich aufgesetzt. Und eigentlich wollte er sich sogar erheben, doch er spürte plötzlich Schwindel und Übelkeit. Der Trunk der Wahrheit schien es tatsächlich in sich zu haben.

»Sobald du erwachst, sollen wir dies dem Gottkaiser melden, und du sollst dich dann umgehend im Palasthauptgebäude einfinden.«

»Drei Tage …«, murmelte Dolch noch einmal.

»Ich werde dich nicht danach fragen, was das alles zu bedeuten hat..«

»Es hängt mit dem Auftrag zusammen, der mir erteilt wurde.«

»Das dachte ich mir schon.«

»Und da sollte ich nicht einmal Euch gegenüber ein Wort zu viel fallen lassen – obwohl Ihr mein Assassinenmeister seid.«

»Ich bin froh, dass du wieder zu den Lebenden zurückgekehrt bist, Dolch. Wenn du auch nicht über deinen Auftrag reden darfst, so könntest du mir über eine andere Sache vielleicht Auskunft geben. Eine Sache, die auch mich betrifft.«

Dolch fühlte sich noch immer schwach und elend. Und in seinem Magen war ein unangenehmer Druck zu spüren. »Was meint Ihr damit, Meister?«

»Es betrifft meine Nachfolge. Hat der Gottkaiser dir gegenüber durchblicken lassen, ob er dich als Assassinenmeister akzeptieren wird und wann er den Wechsel im Amt zu vollziehen gedenkt?«

»Nein«, sagte Dolch. *Weshalb ist ihm das so wichtig?*, fragte er sich zugleich. Bisher hatte Balok bei ihm nicht den Eindruck erweckt, dass es bei dessen Rückzug in den Veteranenstatus auf ein paar Wochen oder Monate ankam, sondern eher, dass er geduldig abzuwarten bereit war, bis ihm diese Gnade erwiesen wurde.

Aber jetzt schien es ihm auf einmal sehr wichtig, dass die Leitung der Assassinengarde baldigst in die Hand eines neuen Meisters gelegt wurde.

»Nun, wenn du in dieser Hinsicht irgendetwas erfahren solltest …«

»… werdet Ihr darüber von mir sofort informiert werden«, versprach Dolch. »Aber vielleicht ist es gut, wenn die Assassinengarde gerade jetzt unter erfahrener Führung steht.«

Meister Balok nickte langsam. »Es kündigen sich fürwahr unruhige Zeiten an«, murmelte er. »Zeiten, in denen ich nicht mehr an herausgehobener Stelle dienen sollte … Erfahrung ist manchmal auch eine Bürde, Dolch.«

Mehr brauchte er nicht zu sagen. Dolch verstand recht gut, was der Assassinenmeister meinte. Balok war ein gut informierter Mann, der sicherlich in der Lage war zu erahnen, welche Entwicklungen sich hinter den Kulissen abspielten. Und vielleicht wollte er einfach nicht mehr Teil des Spiels sein, das gerade begonnen hatte. »Morgen wird ein neuer Erster Priester eingeschworen und mit der höchsten Weihe versehen«, fuhr der Assassinenmeister unvermittelt fort. »Es wird von allen erwartet, sich im Haupttempel einzufinden.«

»Wer ist als Nachfolger auserkoren?«

»Sein Name ist Kempon. Er leitete bisher die Kirche von Etamia als Bischof und trifft erst heute in Arakand ein.«

»Ein Erster Priester, der zuvor nicht im Palast gedient hat?«, wunderte sich Dolch.

»Es wird viel geredet innerhalb der Mauern unseres Kaiserpalastes, aber auch in den Straßen von Arakand. Unter anderem von einer Verschwörung innerhalb der Priesterschaft. Es könnte sein, dass der Gottkaiser mit dieser Berufung ein Zeichen setzen will.«

»Ja, das scheint mir auch so.«

»Glaubst du, du kannst die Mahlzeit schon im Gemeinschaftssaal einnehmen? Du hast dir schon ein halbes Dutzend Mal an den Bauch gefasst, während wir miteinander geredet haben, als hättest du Schmerzen, sodass ich annehme, dass du im Moment keinen Appetit hast.«

»Es wird schon gehen«, meinte Dolch. *Hauptsache, die Wirkung des Trunks der Wahrheit hält auch noch an, wenn ich mich erbrechen muss.*

Dolch hob den Blick.

Unvorsichtigerweise.

Meister Baloks Züge hatten für ihn in diesem Moment eine frappierende Ähnlichkeit mit dem Antlitz des gelähmten Krüppels, den zu finden wohl immer schwieriger für ihn werden würde.

So erinnert mich das Wechslergesicht meines Assassinenmeisters auf seine ganz eigene Weise an die Aufgabe, deren Erfüllung ich noch schuldig bin. Und das, obwohl er selbst davon kaum etwas wissen dürfte …

Als er dann wenig später Meister Balok durch die hohen Flure zum Gemeinschaftssaal der Assassinenbrüder folgte, fiel Dolch noch etwas anderes auf. *Er hat nicht erwähnt, was mit dem Ersten Priester geschehen ist, und ich habe nicht danach gefragt. Man könnte daraus den Schluss ziehen, dass er Bescheid weiß – aus welchen Quellen auch immer.*

Dolch wurde nach dem Essen von zwei Wächtern der Palastwache abgeholt und zum Osthaus gebracht. Es gehörte nicht zu den großen, imposanten Gebäuden der Palaststadt von Arakand, sondern lag im Schatten des Ostturms, auf dem sich Dolch bisher immer mit dem Gottkaiser getroffen hatte. Angesichts des sich nähernden und zu bedrohlicher Größe angewachsenen Zweiten Sonnenlichts war der Schatten des Ostturms allerdings recht angenehm. Und die Tatsache, dass das Gebäude unmittelbar am Meer gelegen war, sorgte zudem für eine leichte frische Brise.

Dolch fiel auf, wie stark das Gebäude bewacht war. Am Eingangsportal wurde er nach verborgenen Waffen durchsucht. Die Palastwachen waren eine Elitetruppe, die der Gottkaiser persönlich für diesen Dienst ausgesucht hatte. Offenbar glaubte er, ihnen mehr vertrauen zu können als den Söldnern der Stadtwache. Dolch wusste, dass es insgesamt fünf verschiedene Einheiten von Palastwächtern gab, die keine gemeinsame militärische Hierarchie teilten und dem Gottkaiser direkt unterstellt waren. Die Furcht vor Verschwörungen schien die Herrscher Arakands offenbar schon seit vielen Generationen umzutreiben.

Die Assassinengarde war ein weiterer Schwertarm, der dem Gottkaiser direkt zur Verfügung stand – aber letztlich schien er keiner dieser unabhängig voneinander agierenden Einheiten vollkommen zu vertrauen.

Ein Diener führte Dolch in einen lichtdurchfluteten Raum. Zwischen hohen Säulen hatte man einen Blick auf das Meer bis hinüber zum Kettenende am Ostufer der Straße von Arakand. Das Licht der beiden Sonnen glitzerte auf dem leicht gekräuselten Wasser, und Schiffe befuhren diese wichtigste Meeresstraße der Welt in beiderlei Richtung.

Der Gottkaiser stand auf der Terrasse hinter den Säulen. Sein Blick war hinauf zum Himmelsbogen und den Sonnenlichtern gerichtet. Die Hände hatte er dabei zum Gebet gefaltet. Er murmelte etwas vor sich hin. War das bereits eine erste innere Sammlung auf die bevorstehenden Rituale, die er auf dem Mittelturm ausführen musste?

Angesichts der monströsen Größe, zu der das Zweite Licht inzwischen angeschwollen war, war jederzeit damit zu rechnen, dass die Fanfarenhörner auf dem Mittelturm den Beginn der Zeremonien ankündigten. Diese Hörner waren dann – ebenso wie die Gebete des Gottkaisers – weit über die Stadt hinaus zu hören, denn der Mittelturm mit dem ihn umgebenden Platz und den daran angrenzenden Gebäuden war so gebaut, dass er wie ein gewaltiger Schalltrichter wirkte. Bis zum Kettenende und der Küste von Etamia am Ostufer der Meeresstraße durch den Gürtel der Welt waren dann die entscheidenden Augenblicke der Zeremonie zu hören und in westlicher Richtung nahezu im gesamten arakandischen Vorland. In den nahe gelegenen Lagern der Barbarenfürsten erfuhr man also ebenso vom Fortgang der Rituale wie auf dem Mittelplatz von Arakand. In der Vergangenheit war es angeblich schon mehrfach vorgekommen, dass sich Belagerer schaudernd zurückgezogen hatten, wenn sie auf diese Weise Zeuge der Macht des Gottkaisers wurden.

Den genauen Zeitpunkt, zu dem die Zweite Sonne fortgeschickt werden musste, kannte nur der Gottkaiser. Der Überlieferung nach war es der Namenlose Gott selbst, der ihm eingab, wann genau die Rituale durchzuführen waren und die größte Wirkung entfalten konnten.

Dolch bemerkte, dass sich sämtliche Diener und Wachen zurückzogen. Schließlich war er allein mit seinem Herrscher und wartete geduldig ab, bis dieser seine Andacht beendet hatte.

Dolch wagte es weder, sich zu nähern, noch etwas zu sagen. In seinem Kopf rasten die Gedanken nur so. Er dachte darüber nach, wie er die Spur des Gelähmten wieder aufnehmen konnte. *Wenn es sein muss, werde ich ihm selbst bis ins Barbarenlager folgen!*

Der Gottkaiser erwachte aus seiner andächtigen Erstarrung. Er blickte zu Dolch hinüber und winkte ihn mit einer herrschaftsgebietenden Geste zu sich.

Dolch näherte sich und verneigte sich tief. Das Schwindelgefühl, das ihn seit der Einnahme des Trunks der Wahrheit gepeinigt hatte, kehrte daraufhin zurück, aber glücklicherweise in deutlich abgeschwächter Form.

»Wie ich sehe, bist du wieder auf den Beinen.«

»Und bereit, Euch zu dienen, Herr.«

»Du bist jetzt jedenfalls gewappnet, um der Magie des Gelähmten widerstehen zu können. Du wirst seine Spur wiederfinden und ihn der gerechten Strafe zuführen.«

»Ja, Herr.«

»Die ketzerischen Gedanken dieses Baladus haben sich bereits in die Köpfe hoher Priester eingenistet. Einen davon hast du dankenswerter Weise beseitigt.«

»Man muss der Schlange den Kopf abschlagen, heißt es im Buch des Namenlosen Gottes.«

»Fürwahr. Aber der Erste Priester war nicht der Kopf der Schlange. Das ist Baladus. Und darum ist es so wichtig, dass er unschädlich gemacht wird.« Der Gottkaiser ging ein paar Schritte auf und ab. »Ich werde übrigens fürs Erste hier, in diesem Haus residieren. Komm also direkt hierher, wenn es Neuigkeiten gibt.«

»Ja, Herr.«

Dass der Gottkaiser schon nicht mehr im Hauptgebäude des Palastes zu nächtigen wagte und sich nur hier, in diesem Nebenhaus sicher fühlte, war für Dolch ein weiteres Indiz dafür, wie sehr der Herrscher von Arakand die Verschwörer fürchtete. Er schien so gut wie niemandem mehr zu trauen. Die unmittelbare Nähe des Meeres sorgte für eine optimale Fluchtmöglichkeit. Dolch hatte inzwischen die königliche

Barkasse bemerkt, die den Gottkaiser jederzeit ans Kettenende-Ufer bringen konnte, wenn er glaubte, dass Gefahr drohe.

Andererseits erschien es Dolch vollkommen unmöglich, dass es irgendwelche Kräfte – ob nun innerhalb des Palastes oder außerhalb – geben konnte, die tatsächlich ernsthaft einen Sturz des Herrschers erwogen. Allein der Gedanke war für Dolch kaum fassbar. Denn wer immer dies tat, nahm den eigenen Untergang in Kauf. Jeder konnte doch die Zeichen des Himmels überdeutlich sehen. Das Zweite Licht war zu einem so großen Feuerball am Himmel geworden, dass man die Gefahr einfach nicht ignorieren konnte. Jeder Arakandier auf der Straße bekam zu spüren, wie schnell einem die Haut verbrannte, wenn man zu lange im Freien blieb. Der Weltuntergang stand kurz bevor, und es gab nur einen, der ihn abzuwenden vermochte …

Aber diese Sichtweise gilt nur für einen wahren Gläubigen, überlegte Dolch. *Wer daran glaubt, dass die Mächte des Himmels den Gesetzen irgendeiner verbotenen Form der Mathematik folgen, fürchtet sich nicht vor dem Zweiten Licht. Diese Narren! Diese gefährlichen Narren in Priestergewändern – verhext von einem Krüppel!*

Doch Dolch empfand in diesem Augenblick ein tiefes Mitgefühl für diese Verblendeten, allen voran für den Ersten Priester, der durch den Sicheren Stich sein Leben verloren hatte. Dieses Mitgefühl rührte daher, dass er selbst ja auch Baladus' Magie erlegen war und daher wusste, dass auch der Rechtgläubigste und Gotteskaisertreueste offenbar nicht vor dieser Hexenmacht gefeit war.

»Gestern wurde ein Mann namens Kedalbo verhaftet«, berichtete der Gottkaiser. »Es handelt sich um ein Ordensmitglied der Wissenden Brüder, und er wurde aufgegriffen, als er versuchte, größere Mengen einer Arznei zu kaufen, von der wir wissen, dass Baladus sie regelmäßig braucht.«

»Ist dieser Kedalbo befragt worden?«, wollte Dolch sofort

wissen und fügte hinzu: »Verzeiht meine Ungeduld, ich vergaß, was sich für mich geziemt, und außerdem …«

Der Gottkaiser brachte Dolch mit einer Handbewegung zum Schweigen. »Du zeigst mir mit deiner Reaktion nur, wie stark in dir das Feuer des Glaubens brennt, Dolch«, erklärte der Herrscher von Arakand. Ein hintergründiges Lächeln legte sich auf seine Züge. »Des *wahren* Glaubens, wohlgemerkt.«

»Ihr seid zu gütig, Herr.«

»Um deine Frage zu beantworten: Ja, Kedalbo wurde verhört. Leider wurde er sehr ungeschickt gefoltert, sodass er daran verstarb. Er hat aber noch einen Namen erwähnt: Ondros.«

»Ein ziemlich häufiger Name in Arakand«, stellte Dolch fest. »Wer soll das sein? Ein Mitbruder aus dem Orden der Wissenden Brüder? Ein Schleuser, der ihn zu den Barbaren bringt? Ein Wirt, der ihn beherbergt, oder ein Kapitän, der ihn an Bord nehmen will, um mit ihm geradewegs nach Boranien zu segeln?«

»Diese Frage kann ich dir leider nicht beantworten.«

»In welchem Zusammenhang hat er diesen Namen genau erwähnt?«

»Er redete zum Schluss nur noch wirres Zeug, das zum größten Teil unverständlich war«, erklärte der Gottkaiser. »Ich war bei der Befragung selbst zugegen. Wenn Ondros nicht so ein geläufiger Name wäre, hätte ich ihn vielleicht nicht aus dem irren Gebrabbel dieses Mannes herausgehört.«

»Kann ich mit dem Folterknecht sprechen?«

»Unglücklicherweise ist das nicht möglich, Dolch.«

»Warum nicht?«

Der Gottkaiser schwieg einige Augenblicke. Er wirkte nachdenklich und sagte dann: »Eigenartig, aber wenn ich jetzt dein Gesicht betrachte, erinnerst du mich an den Folterknecht, als ob du sein jüngerer Bruder wärst. Anscheinend bin ich doch nicht vollkommen gefeit vor dem Zauber eines Wechslergesichts.«

»Der Folterknecht ist älter als ich?«

»Ja, er war mir ein langjähriger treuer Diener, den ich gerne behalten hätte. Leider hat sich herausgestellt, dass er Verbindung zu den Verschwörern hatte, zu denen auch der Erste Priester gehörte. Bevor man ihn ergreifen konnte, tötete er sich selbst. Ich nehme an, dass er sich bei der Befragung dieses Kedalbo absichtlich so ungeschickt angestellt hat, um zu verhindern, dass der sein Wissen preisgibt.«

Dolchs Hände ballten sich unwillkürlich zu Fäusten. *Jede Spur verläuft im Sand,* dachte er. *Und all das nur, weil ein hilflos erscheinender Krüppel die Magie beherrscht, den Willen anderer nach Belieben zu brechen.*

Der Herrscher von Arakand trat ungewöhnlich nahe an Dolch heran und sah ihn auf so eindringliche Weise an, dass es Dolch schauderte. »Versprich mir, dass du diesen Gelähmten notfalls bis ans Ende der Welt verfolgst, Dolch. Ich könnte ein ganzes Heer von Söldnern ausschicken, aber inzwischen bin ich überzeugt davon, dass das sinnlos wäre. Im entscheidenden Moment könnte keiner von ihnen den Todesstoß ausführen. Seit Jahrhunderten ist kein bekannt gewordener Magier mehr so mächtig gewesen wie diese Kreatur – und ich kann nur hoffen, dass dieser Missgeburt auch so schnell kein weiteres Dämonenwesen folgen wird.«

Dämonenwesen, echote es in Dolchs Gedanken. *Eigentlich ein Wort, das in Arakand für meinesgleichen reserviert ist.*

An der Einsetzung des neuen Ersten Priesters teilzunehmen war für alle Angehörigen der Assassinengarde eine Verpflichtung. So wie kein Assassine ohne die Anwesenheit des Ersten Priesters eingeschworen werden konnte, so hatten umgekehrt die Berufsmörder des Gottkaisers bei dieser Feierlichkeit anwesend zu sein. Allerdings fand die Einsetzung des Ersten Priesters im Haupttempel des Palastes statt, einer gewaltigen Kathedrale, deren Dach aus einer Doppelkuppel bestand. Kein anderer Tempel in Arakand wies diese charakteristische Bauweise auf. Die beiden Kuppeln symbolisierten die Himmelslichter, weswegen er allgemein auch als der Zweisonnentempel bezeichnet wurde. Despektierliche Stimmen hatten ihn jedoch »Die Goldbrüste des Palastes« genannt, und diese Bezeichnung war aus dem Volksmund nicht mehr zu tilgen.

Im Zweisonnentempel wurde der neue Gottkaiser gekrönt, legte feierlich seinen Namen ab, der daraufhin nie wieder ausgesprochen werden durfte. Hier setzte er den Ersten Priester ein und hatte in den glorreichen Zeiten des Imperiums die Provinzregenten versammelt, um sich ihrer Gefolgschaft zu versichern und ihre Huldigungen entgegenzunehmen. Seit langer Zeit huldigten ihm allerdings hier nur noch die Kommandanten der Kriegsflotte, der Stadtwache, der verschiedenen Palastwächtereinheiten und Vertreter des Stadtrates von Arakand. Provinzregenten gab es nicht mehr. Einzig der im Kettenende stationierte Stadtwachesöldner trug formal noch den Titel eines Provinzregenten von Etamia, womit die Tatsache, dass Etamia schon seit fast dreihundert Jahren unabhängig war, geflissentlich ignoriert wurde.

Die Einsetzung des Ersten Priesters war überdies eine der wenigen Gelegenheiten, bei denen die Angehörigen der Assassinengarde als geschlossene Einheit und in aller Öffentlichkeit in Erscheinung traten. Sie trugen dann Kapuzen, die nur die Augen frei ließen. Niemand sollte ihre Gesichter sehen. Zudem wollte man wohl auch den anderen Anwesenden nicht zumuten, dass sich ihre Blicke womöglich verirrten und sie während der Zeremonie in ein Wechslergesicht sahen und erschraken, weil es sie an eine ihrer Sünden der Vergangenheit erinnerte.

Gesänge hallten durch den Raum und bildeten mit ihrem

vielfachen Echo ein Meer aus Tönen und Klängen. Es sollte an den Chor der Seelen erinnern, die nach dem jenseitigen Gericht Eingang in die ewige Herrlichkeit gefunden hatten.

Über dem quaderförmigen Altar schwebte ein Mobile an hauchdünnen Fäden aus boranischer Spinnenseide. Die so gut wie unsichtbaren Fäden waren so fest, dass ein Mensch sie kaum zerreißen konnte. Bei den Assassinen waren Fäden aus diesem Material eine beliebte Waffe: Fast unsichtbar und doch ein tödliches Würgeinstrument, das schnell und bei richtiger Anwendung auch lautlos tötete.

An den Fäden hingen vier Kristallkugeln, die sich unablässig bewegten. Zwei dieser Kugeln leuchteten stark von innen heraus. Niemand wusste, wie dieses Leuchten zustande kam. Sie symbolisierten die zwei Sonnenlichter. Eine kleinere, sehr viel schwächere Kugel stand für den Mond.

Die vierte Kugel hatte in der Höhe ihres Äquators einen Ring und stand für die Welt. Diese Kugel leuchtete nicht und war stattdessen bunt bemalt, sodass man die Umrisse des Gürtels der Welt und die blauen Flächen des nördlichen und des südlichen Ozeans erkennen konnte.

Hinter dem quaderförmigen Altar stand ein erhabener Thron, auf dem der Gottkaiser Platz genommen hatte. »Erwählt, um das verheerende Feuer zu bannen«, stand über ihm in großen, verschnörkelten arakandischen Lettern. Vor jedem zeremoniellen Großereignis im Zweisonnentempel, an dem der Gottkaiser teilnahm, wurden diese Schriftzeichen mit einer Substanz eingestrichen, die sie noch Tage danach leuchten ließ.

Kempon, der designierte Nachfolger des Ersten Priesters, wurde mit großem Gefolge hereingeführt, einem Zug, der sich schleppend unter den Gesängen der verborgenen Chöre schließlich bis zum Altar bewegte. Noch war Kempon nur Bischof von Etamia. Dessen Insignien – eine Kette mit einem großen Amulett und eine mit Juwelen besetzte rote Kappe –

reichte er einem Priester aus seinem Gefolge, als er den Altar erreicht hatte.

Dann warf er sich nieder. Er legte sich auf den Boden, breitete die Arme aus und verharrte so eine ganze Weile.

Ein anderer Priester sprach dazu Worte in alt-arakandischer Sprache, die niemand unter den Anwesenden noch verstand. Es waren uralte Gebete, Beschwörungen und Bitten um den Beistand des Namenlosen Gottes.

Die Worte vermischten sich mit dem Klang der Chöre, die erst verstummten, als sich der Gottkaiser von seinem Thron erhob.

Für Augenblicke herrschte fast vollkommene Stille unter der Doppelkuppel des Zweisonnentempels.

»Steh auf, Kempon, Bischof von Etamia«, sagte nun der Gottkaiser. Er sprach langsam, und das Echo verwischte die einzelnen Wörter miteinander. »Denn so spricht der Namenlose Gott: Steh auf und diene mir hinfort nach deinen Fähigkeiten. Erhebe dich und werde zum Ersten Priester meiner Kirche in der Stadt Arakand und in der Welt.«

Kempon erhob sich. Er faltete dabei die Hände.

Der Gottkaiser trat an den Altar, auf dem ein aufgeschlagener, in Leder gebundener Foliant lag. Es war eine reichhaltig verzierte Abschrift vom Buch des Namenlosen Gottes. Aufgeschlagen war das Kapitel der Treueschwüre zum Gottkaiser, und Kempon, der von der anderen Seite an den Altar herantrat, begann damit, sie alle vorzulesen. Siebenundneunzig dieser in poetische Sprache gekleideten Schwüre waren es, und während es bei der Einsetzung eines Palastwachenkommandanten oder eines hohen Offiziers der Stadtwache vielleicht ausreichte, ein gutes Dutzend davon öffentlich vorzutragen, mussten bei der Weihe eines Ersten Priesters alle rezitiert werden. Dass die Einsetzung des Ersten Priesters schon nach dem ersten Treueschwur eigentlich rechtsgültig war, spielte dabei keine Rolle.

Kaum hatte der neue höchste priesterliche Würdenträger den dritten dieser Schwüre abgelegt, da stürmte aus den Reihen des priesterlichen Gefolges ein Mann hervor. In der Faust funkelte eine breite Messerklinge. Irgendwie musste er es geschafft haben, die Waffe unter der Kleidung zu verbergen und die Kontrollen der Wächter zu passieren. Bei einem zeremoniellen Ereignis wie diesem war es niemandem gestattet, Waffen zu tragen, außer den persönlichen Leibwächtern des Gottkaisers.

Das galt auch für die Angehörigen der Assassinengarde.

Dolch sprang augenblicklich von seinem Platz in der ersten Bank zur Rechten des Assassinenmeisters auf.

»Die Macht gehört Gott! Er bewegt das Zweite Licht – und nicht der Gottkaiser!«, rief der Attentäter. Seine Worte hallten wie ein böser Fluch durch die Doppelkuppel, der letzte Teil war aufgrund des Echos kaum noch zu verstehen.

Er umrundete den Altar und stürzte sich, mit dem Messer in der Hand, auf den zurückweichenden Gottkaiser. Beide sanken zu Boden.

Sowohl der frisch eingesetzte Erste Priester als auch sein zahlreiches priesterliches Gefolge standen wie erstarrt da. Und auch aus den Reihen der Palastwachen und den anwesenden Offizieren der Stadtwache erhoben sich nur zögernd ein paar Männer. Zu unfassbar war es, was sich vor ihren Augen abgespielt hatte. Wer hatte schon damit rechnen können, dass jemand es wagte, den Erhalter der Welt zu attackieren, und das gerade zu einer Zeit, da das Zweite Sonnenlicht so bedrohlich nahe gekommen war?

Nur die Leibwächter rührten sich. Aber bevor sie eingreifen konnten, hatte Dolch längst mit einem schnellen Spurt den Ort des Geschehens erreicht. Als der Angreifer das Messer zum entscheidenden Stoß hob, fasste Dolch dessen Handgelenk, drehte es herum und lenkte den Stich in die Brust des Attentäters.

Er war sofort tot und sank über seinem Herrscher in sich zusammen.

Nur Augenblicke später hatten die Leibwächter ihren Herrn erreicht. Sie zerrten den Leichnam des Attentäters fort, dessen weiße Priesterkutte sich im Brustbereich blutrot gefärbt hatte.

Der Gottkaiser starrte Dolch an. Aufgrund der Kapuze, die Dolch trug, konnte er sein Gesicht nicht sehen, aber sein Blick streifte die Hand mit der Narbe, und ein flüchtiges Lächeln flog über seine Züge. »Du warst im rechten Augenblick zur Stelle«, sagte er. »Unter anderen Umständen würde ich dich bitten, nicht mehr von meiner Seite zu weichen … Dolch!«

»Ich hoffe, Herr, Ihr habt keinen Schaden bei diesem Angriff davongetragen.«

»Mir geht es gut. Zumindest den Umständen entsprechend.«

Er versuchte, sich zu erheben. Einer der herbeigeeilten Leibwächter half ihm. Dolch sah, dass sich das Gewand des Gottkaisers an der Schulter dunkel zu verfärben begann.

Blut.

Offenbar war er doch nicht so unversehrt aus der Begegnung mit dem Attentäter hervorgegangen, wie er behauptet hatte.

Dolch riss einem der Leibwächter den Umhang fort und warf ihn dem Gottkaiser über. Dieser sah Dolch nur kurz an und verstand sofort. Niemand sollte die Verwundbarkeit des Gottkaisers sehen.

Schwankend stand er da, verbat sich aber jede weitere Hilfe durch die Leibwächter.

»Der Erste Priester hat dem von Gott erwählten Erhalter der Welt die Treue geschworen und ist rechtmäßig eingesetzt«, erklärte der Herrscher von Arakand, woraufhin unter der Doppelkuppel des Zweisonnentempels auch das letzte Gemurmel erstarb. Dass die Tradition eigentlich die Rezitation der restlichen fünfundneunzig Treueschwüre verlangte, ignorierte der Gottkaiser einfach. Und ihm war auch die Macht gegeben, dies zu tun. Er wandte sich dem frisch eingesetzten Ersten Priester zu und fuhr fort: »So sei er nun der Meister der Zeremonie, wie es die Überlieferung sagt.«

»So sei es, Erwählter«, antwortete Kempon.

Er verneigte sich tief, während der Gottkaiser zu seinem Thron zurückging, wobei es ihm gelang, seine Schritte sicher wirken zu lassen. Den Umhang, den Dolch ihm übergeworfen hatte, trug er dabei weiterhin über der verletzten Schulter. Mit regungsloser, wie gefroren wirkender Miene saß er wenig später auf dem Thron des Gottkaisers. Das Mobile über dem Altar war unterdessen in eine verhältnismäßig heftige Bewegung geraten, sodass das Zweite Licht beinahe den äquatorialen Ring streifte, der die Welt umgab und den Himmelsbogen bildete.

Dolch war es aufgefallen, und er dachte: *Kein gutes Omen. Alles scheint aus der Bahn zu geraten.*

Und dann ertappte sich der Assassine bei einem ketzerischen Gedanken: *Müsste man es sich nicht vielleicht sogar wünschen, dass der Gelähmte mit seiner Häresie recht hat und es gar nicht erst der Zauberkraft eines Gottkaisers bedarf, um uns alle vor dem Feuertod zu bewahren?*

»Du hast dich heute um Arakand verdient gemacht«, stellte Meister Balok später fest, als sie bereits ins Assassinenhaus zurückgekehrt waren und bei der Spätmahlzeit in der Gemeinschaftshalle saßen.

»Ich habe nur getan, was meine Pflicht war«, erklärte Dolch.

»Genau das ist es, was ich meine. Der Gottkaiser wird dir das nicht vergessen.«

»Meine Absicht war es nicht, mich dadurch für Eure Nachfolge in Erinnerung zu bringen«, stellte Dolch klar.

»Du bist wahrscheinlich der Einzige, dem ich das sofort und ohne Vorbehalte glauben würde«, erwiderte Balok. Seine Gesichtszüge wirkten auf einmal sorgenvoll. Bei dem flüchtigen Blick, mit dem Dolch das Antlitz seines Assassinenmeisters streifte, schien es auf groteske Weise Ähnlichkeit mit den Zügen des Krüppels zu haben. *Er ist zwar ein Wechsler, aber im Moment könnte ich wahrscheinlich eine graue Wand ansehen und würde dieses Gesicht meiner Schande noch erblicken,* ging es Dolch durch den Sinn. Er sah Balok offen an. Warum dem Schrecken nicht ins Gesicht sehen? Vielleicht war das die beste Methode, sich für die nächste Begegnung mit Baladus innerlich zu wappnen.

»Was heute geschehen ist, wird in der Stadt die Runde machen. Auch wenn die Wächter, Offiziere, Priester und wer noch alles an der Einsetzung des neuen Ersten Priesters zugegen war, zum Schweigen verpflichtet sind. Sie werden sich nicht daran halten. Und erst recht gilt das für all die Hofschranzen und hohen Herrschaften, die geladen waren. Ein Attentat auf den Gottkaiser! Wann hat es das zuletzt gegeben? Ich kann mich nicht daran erinnern, dass von so einem Ereignis überhaupt auch nur erzählt wurde.«

»Arakand scheint gefährlichere Feinde in seinem Inneren zu beherbergen, als draußen vor den Mauern lagern«, sagte Dolch vage. Er dachte nicht im Traum daran, irgendetwas von den Dingen zu erwähnen, die der Gottkaiser ihm unter vier Augen anvertraut hatte. Und Meister Balok erwartete das auch gar nicht.

»Wenn es schon Priester gibt, die an der Macht des Gottkaisers zweifeln, dann steht alles infrage, Dolch. Alles.«

»Es ist bisher noch immer gelungen, die Welt zu erhalten«, entgegnete dieser. »Wenn es jemals eine Zeit ohne Gottkaiser gegeben hätte, dann würden wir alle nicht existieren, denn das Zweite Licht hätte die Welt verbrannt. Ist das nicht Grund genug, Vertrauen in die Zukunft zu haben?«

»Dein Glaube ist wirklich unerschütterlich.«

»So wie der Eure, Meister.«

Darauf antwortete Balok nicht. Stattdessen steckte er sich einen Bissen in den Mund und kaute darauf herum. Und gleichgültig, was immer unterschiedliche Betrachter an vertrauten Zügen in diesem Gesicht zu entdecken meinten, es wirkte auf jeden Fall sehr, sehr nachdenklich.

Kapitel 12

»Bis hierher habe ich euch gebracht«, sagte Ondros, während er stehen blieb. Er deutete zu den Ruinen eines Dorfes, von dem kaum mehr als die Grundmauern geblieben waren. Es war seit Langem unbewohnt, und Dutzende von Armeen hatten sich schon an den Ruinen bedient, um die Katapulte für die Belagerung mit neuer Munition zu bestücken.

Bruder Melvan trug den gelähmten Baladus in einem Tragetuch auf dem Rücken, wie es mancherorts Mütter mit ihren Kindern machten.

Ondros hatte sie im Boot durch das Labyrinth der Kanäle gefahren, bis sie schließlich in einem unterirdischen Gewölbe ein schlammiges Ufer erreicht hatten. Von dort aus war es nur zu Fuß weitergegangen. Bis zu den Knien waren sie dabei in den übel riechenden Schlamm eingesunken, dessen Geruch so ekelerregend war, dass man vermutlich noch tagelang daran erkennen konnte, wo sie gewesen waren. Ein gefährlicher Weg war es obendrein. Schon in den labyrinthischen Kanälen konnte man sich hoffnungslos verfahren, aber in den Sumpftunneln, die sie zu durchwaten hatten, lauerten für den Unkundigen noch ganz andere Widrigkeiten.

Allerlei Getier war hier heimisch geworden. Giftige Schlangen und Frösche, so groß wie ein Menschenkopf, die ätzenden Schleim ausspien, der einen tödlichen Brand verursachte. Man munkelte sogar von gewaltigen Krokodilen, die sich in der feuchten Unterwelt von Arakand eingenistet hatten. Krokodile, die sogar die größten Exemplare des Unteren Stromlandes noch übertrafen und vom Kopf bis zur Schwanzspitze bis zu zwanzig Schritt maßen.

Es war nicht sicher, ob diese Kreaturen wirklich existierten oder nur die Ausgeburt unbegründeter Furcht waren, von der die Arakandier gerade in Zeiten der Annäherung des Zweiten Lichts immer wieder heimgesucht wurden. Ondros jedenfalls behauptete, diese Riesenkrokodile schon mit eigenen Augen gesehen und ihrer Gefräßigkeit mehrmals nur knapp entgangen zu sein. Aber es war fraglich, ob er diese Geschichten nicht nur deshalb erzählte, weil sie seinem Schleusergeschäft nützten. Wer sollte es angesichts so schrecklicher Gefahren schon wagen, sich auf eigene Faust in das unterirdische Labyrinth von Arakand zu begeben, was im Besonderen natürlich für diese sumpfige Unterwelt galt, die weit in das arakandische Vorland hineinreichte.

Die Stelle, an der sie aus dem Stollen gestiegen waren, lag meilenweit im Rücken der Belagerer, an einer geschützten Stelle, zwischen zwei Anhöhen, verdeckt von Bäumen, Sträuchern und Büschen. Selbst wer die Stelle fand, hätte nicht ohne Weiteres darauf schließen können, dass es sich dabei um einen der Ausgänge aus dem Stollensystem handelte, über das man in die Stadt gelangen konnte. Wer den Weg durch dieses Labyrinth nicht kannte, hatte auch nicht die geringste Chance, dort tatsächlich anzukommen, zu viele tote Enden gab es inzwischen. Damals, in der alten glorreichen Zeit des arakandischen Imperiums, war das Stollen- und Kanalsystem noch viel ausgedehnter und verzweigter gewesen. Aber auch in den äußeren Sektoren waren immer wieder Teile des Systems eingestürzt. Morsche Stützbalken und Verschalungen, die nicht ausgewechselt und stabilisiert wurden, konnten irgendwann die Last nicht mehr tragen und brachen darunter zusammen. So gab es auch hier so viele tote Enden und ins Nichts führende Abzweigungen, dass man dringend einen kundigen Führer benötigte.

Drei Bewaffnete begleiteten die Gruppe. Da war der kahlköpfige Axtkrieger, der Ondros schon beim ersten Treffen mit Baladus begleitet hatte. Ondros sprach ihn mit Horuq an, ein Name, der Baladus' Kenntnissen nach aus der Sprache der Südlichen Inseln stammte. Horuqs immense Körpergröße sprach ebenfalls dafür, dass er von dort kam. Da Horuq allerdings kaum redete, war es für Baladus bisher nicht möglich gewesen, mehr über ihn zu erfahren, außer dass er Ondros offenbar absolut gehorchte.

Die beiden anderen Männer waren Yskal der Etamiter und Jharrn aus Olbadorea. Sie hatten sich Bruder Melvan gegenüber vorgestellt und sich während des Weges durch das Labyrinth immer wieder mit ihm unterhalten. Baladus hingegen hatten die beiden vollkommen ignoriert. *Fast so, als ob ich ein Wechsler wäre, den man einfach nicht gern ansieht,* ging es Baladus durch den Kopf, während seine dürre, verkrümmte Gestalt reglos und fixiert in dem Tragetuch hing, das Bruder Melvan aufopferungsvoll auf seinem Rücken trug.

Aus den Gesprächen hatte Baladus inzwischen einiges über die beiden Männer in Erfahrung bringen können. Offenbar waren sie Söldner bei der Seewache gewesen, einer Einheit aus besonders fähigen Männern der Stadtwache, deren Aufgabe es war, arakandische Handelsschiffe zu schützen. Yskal und Jharrn waren allerdings aus der Seewache ausgeschlossen worden, was dazu führte, dass sie auch in keiner anderen militärischen Einheit Arakands dienen durften. Einst waren auch sie auf gefahrvolle Weise nach Arakand gelangt, um dort ihr Glück zu machen. Aber dieser Traum war bei beiden vorerst geplatzt. Der Grund für den Ausschluss der beiden Männer war ein handfester Streit gewesen, zu dem sie sich hatten hinreißen lassen. Zumindest reimte sich Baladus dies aus ihren Gesprächen zusammen, und darin hatte er Übung.

Es war für ihn von jeher überlebenswichtig gewesen, möglichst viel über die Menschen zu wissen, denen er begegnete. Dieses Wissen half ihm, sie zu lenken und von ihnen das zu bekommen, was er wollte.

»Warum begleitest du uns nicht zu Fürst Fengors Lager?«, fragte Bruder Melvan den Anführer der Schleuser. »Ich dachte, du hast so gute Beziehungen zu ihm.«

»Das habe ich auch. Und wenn ihr dort ankommt, das kann ich dir versichern, werdet ihr dort bereits freudig erwartet.«

»Das beantwortet nicht meine Frage«, beharrte Bruder Melvan.

Ondros reagierte gereizt. »Ich habe anderes zu tun«, erklärte er. »Im Übrigen habe ich von Anfang an nie einen Zweifel daran gelassen, dass ich euch nicht den ganzen Weg begleiten werde. Drei Mann sorgen für eure Sicherheit. Was erwartet ihr mehr?«

»Es ist in Ordnung«, erklärte Baladus, der lange geschwiegen hatte. Während des gesamten Weges durch das unterirdische Labyrinth hatte er nicht gesprochen. Er musste seine Kräfte gut einteilen. Es ging ihm inzwischen zwar wieder etwas besser, aber das konnte sich schnell ändern, zumal der Vorrat an fiebersenkenden Arzneien, den Bruder Melvan in seiner Gürteltasche mit sich trug, sehr begrenzt war.

Dass Bruder Kedalbo bei dem Versuch, diesen Vorrat zu vergrößern, von den Schergen des Gottkaisers aufgegriffen worden war, war für Baladus allein deswegen schon ein schwerer Schlag gewesen.

Es lohnt nicht, über vergossene Milch zu klagen, dachte der Gelähmte. *Man muss nach vorn blicken. Nur nach vorn!*

Ondros wandte sich an die drei Männer, die er engagiert hatte, um Baladus sicher zu Fürst Fengors Lager zu geleiten. »Achtet mir auf die Krieger von Fürst Galiron und geht ihnen nach Möglichkeit aus dem Weg!«, verlangte er.

»Ja, Herr«, antwortete Horuq.

Yskal der Etamiter nickte nur, und Jharrn aus Olbadorea knurrte etwas Unverständliches.

»Wann sehen wir uns wieder?«, fragte Yskal.

»Sobald es mir möglich ist, werde ich euch in Fürst Fengors Lager treffen. Und dann werdet ihr auch den zweiten Teil eures Lohns erhalten, den ich euch versprochen habe.«

Yskal stützte sich auf seinen Langbogen und wirkte sehr nachdenklich. Aus irgendeinem Grund schien er Zweifel an den Worten seines Auftraggebers zu haben.

Jharrn zog sein Schwert und hielt Ondros die Spitze der langen, schmalen Klinge unters Kinn. »Du sollst verdammt sein, wenn du dich nicht an dein Wort hältst!«, erklärte er.

Ein gefrorenes Lächeln erschien in Ondros' Gesicht. »Und *du* sollst verdammt sein, wenn du dich nicht genau an meine Anweisungen hältst oder wenn ihr Fürst Galirons Leuten in die Arme lauft!« Er deutete auf Bruder Melvan. »Außerdem könntest du diesem schmächtigen Mönch zwischenzeitlich dabei helfen, die eigensinnige Missgeburt zu tragen. Das müsste in dem Preis, den ich euch zahle, eigentlich noch mit drin sein.«

Jharrn und Yskal wissen genau, dass sie niemals ohne Ondros' Hilfe zurück in die Stadt kämen, erkannte Baladus. Das war wohl auch der Grund, warum der Schleuser glaubte, die Gruppe ziehen lassen zu können. Für Ondros hatte das den Vorteil, dass er jegliches Risiko vermied. Ein einziger schwatzhafter Deserteur aus den Reihen der Barbarenheere reichte, um ihn später mit der Flucht des größten Staatsfeindes von Arakand in Verbindung zu bringen. Insofern verstand Baladus sehr gut, warum Ondros auf gar keinen Fall zur gleichen Zeit wie er im Lager von Fengor auftauchen wollte. Natürlich war es auch möglich, dass ihn tatsächlich dringende Geschäfte nach Arakand zurückriefen …

Bevor sich Ondros auf den Rückweg zum Stollenausgang machte, wandte er sich noch einmal an Baladus und sah den

Gelähmten geradewegs an. In Ondros' Augen blitzte es triumphierend. »Es war mir ein Vergnügen, mit dir ein Geschäft zu machen!«

»Das Vergnügen war ganz meinerseits«, gab Baladus leise und schwach zurück. Dennoch vermittelte der Klang seiner Stimme den Eindruck, dass er seine Worte wirklich ernst meinte.

»Du kannst ja doch noch sprechen.« Ondros spielte damit wohl darauf an, dass Baladus so lange geschwiegen hatte.

Du hast ja keine Ahnung, wie sehr ich dich durchschaue, du feiger Hund, setzte der Gelähmte in Gedanken hinzu.

Horuq führte die Gruppe an. Offenbar war er zusammen mit Ondros schon mehrmals im Lager von Fürst Fengor gewesen und wusste auch, wo es sich im Augenblick befand – denn die Heerlager der verschiedenen Armeen wurden je nach strategischen Überlegungen verlegt, manchmal auch sehr kurzfristig.

»Wie weit ist der Weg, den wir vor uns haben?«, erkundigte sich Bruder Melvan bei Horuq.

»Wenn angekommen, Weg zu Ende«, sagte der Mann von den Südlichen Inseln. Er blieb abrupt stehen, ließ den Blick über ein kleines Waldstück und eine Kette von Hügeln schweifen. »Aber vielleicht brauchen länger, wenn Galirons Leute in der Nähe sind.«

»Wir werden bald eine Rast einplanen müssen«, sagte Bruder Melvan.

Horuq blickte den Wissenden Bruder stirnrunzelnd an. »Du – zu schwach zum Tragen?«

»Nein, ich ...«

Horuq wartete Bruder Melvans Antwort gar nicht erst ab. Er deutete auf Jharrn. »Jharrn! Du bist dran!«

»Nein, lasst ihn mich weitertragen«, widersprach Bruder Melvan. »Das ist nämlich nicht so es einfach, wie es aussieht.

Wenn Jharrn dabei etwas falsch macht, erreicht Bruder Baladus nicht lebend das Lager von Fürst Fengor.«

»Ich will nicht schuld sein, wenn der Auftrag aus diesem Grund vermasselt wird und wir unseren Lohn nicht bekommen«, stellte Jharrn klar. »Wenn wir etwas langsamer vorankommen, weil dieser Mönch schwache Beine hat, ist das nicht ganz so schlimm.«

Horuq knurrte dumpf etwas vor sich hin. Die Worte, die er dabei benutzte, entstammten ganz sicher nicht der arakandischen Sprache. Seine prankenartige Hand ballte sich grimmig zur Faust. Wenig später legte er sie wieder an eine der beiden Wurfäxte, die er seitlich im Gürtel stecken hatte.

»Ich sprach dich aus einem anderen Grund wegen einer Rast an«, sagte Bruder Melvan nun, während Horuq den Mönch mit einem finster-misstrauischen Blick bedachte.

»Welchem?«, knurrte er.

»Bruder Baladus braucht regelmäßige Pflege. Ich muss bestimmte Verrichtungen an ihm vornehmen, damit seine Atemwege frei bleiben und er nicht womöglich noch erstickt. Und da mein Mitbruder Kedalbo unsere Vorräte an Medizin nicht mehr aufzustocken vermochte, muss ich umso mehr auf diese Dinge achten, da sonst Lebensgefahr für Bruder Baladus besteht.«

»Kann der Krüppel eigentlich nicht für sich selbst sprechen?«, fragte Yskal, während er nervös an der Sehne seines Langbogens herumzupfte.

»Kann er«, bestätigte Horuq. »Habe selber gehört, wie er redet. Hat viel geredet.« Er grinste. »Selbst unser Herr Ondros hat geschwiegen, weil zu viele Worte wie scharfe Messer.«

Horuq umrundete Bruder Melvan, um das Gesicht des Gelähmten sehen zu können. Der mächtige Krieger von den Südinseln starrte ihn auf eine Weise an, die die Abscheu nicht verbarg, die er für Baladus empfand. »Auf den Südinseln würde niemand eine so schwache Kreatur am Leben lassen«, stellte er schließlich fest.

»Was ist Stärke?«, murmelte Baladus leise. »Ist das nur die Stärke von Muskeln und Sehnen? Oder ist die eigentliche Stärke nicht eher die des Willens?«

»Solange meine Arme stark, mir gleichgültig«, gab Horuq zurück.

»Dann werde ich dir zeigen, dass es mein Wille sein wird, der die Bewegung deiner starken Arme und Beine bestimmt.«

»Du?«

»Es ist immer der Wille, der entscheidet. Die Kraft des Geistes, die alles andere lenkt. Ich werde deine Arme zu meinen machen. So einfach ist das.«

»Du hast – Hexenkraft?« Horuq lachte dröhnend. »Ondros hat mich gewarnt.«

»Ondros ist bereits mein Sklave«, sagte Baladus. »Er hat getan, was ich wollte, und mich sogar dafür bezahlt, dass er mir einen Dienst erweist. Du erinnerst dich doch, Horuq. Schließlich warst du dabei.«

Horuqs Gesichtsfarbe veränderte sich. Sie wurde dunkelrot. Es war ganz offensichtlich, dass er sich im Augenblick ziemlich unbehaglich fühlte – aus welchem Grund auch immer. *Vielleicht weil er ahnt, dass ich recht habe,* dachte Baladus. *Ein erster Schritt. Er wird ein gelehriger Schüler sein und für mich Dinge vollbringen, an die er im Moment noch nicht einmal zu denken wagt ...*

»Wie lange bis zur Rast?«, fragte Horuq dann. »Wie lange kannst du aushalten?«

»Wir machen Rast, wenn es irgendwo Wasser gibt«, entschied Baladus. »Bruder Melvan wird mich auch waschen müssen.«

»Der verkrüppelte Zwerg soll uns die Einzelheiten sagen«, mischte sich Jharrn ein.

Horuq blickte ihn an. »Schweig!«, knurrte er den Söldner an. »Besser nach Galirons Kriegern Ausschau halten, als reden!«

Wenn Baladus dazu in der Lage gewesen wäre, so hätte er in diesem Augenblick zweifellos zufrieden gelächelt. So verzog sich nur ganz leicht sein Mund, und in seine Augen trat ein Glanz, der ganz gewiss nicht vom Fieber herrührte.

Es geht doch, dachte er. *Horuq ist auf meiner Seite … Und es wird ihn schließlich kaum noch verwundern, wenn ich ihm noch ganz andere Dinge abverlange als nur eine Rast …*

Das Gelände, durch das sie sich bewegten, war unwegsam. Hier und dort fanden sich Reste von arakandischen Straßen, ehedem breit genug, dass zwei Gespanne aneinander vorbeifahren konnten. Aber inzwischen waren sie zumeist zugewuchert und die Steine zweckentfremdet worden. Wenn man Glück hatte, war noch genug von ihnen vorhanden, um sehen zu können, in welche Richtung sie einst geführt hatten. Daran konnte man sich einigermaßen orientieren.

Seit Arakand die Kontrolle über das Vorland verloren und sich hinter die heutigen Mauern zurückgezogen hatte, wurden die meisten Güter, die die Stadt erreichten, ohnehin über den Seeweg geliefert. Das Risiko, auf dem Landweg marodierenden Barbarenheeren oder einfachem Räubergesindel zu begegnen, war viel zu groß.

Einmal sahen sie in der Ferne ein paar Reiter daherziehen.

Horuq befahl ihnen, sich im hohen Gras zu verbergen. Die Reiter waren noch eine ganze Weile zu sehen. Sie folgten einem lang gezogenen Hügelkamm. Das zu monströser Größe angewachsene und rötlich verfärbte Zweite Sonnenlicht füllte fast den ganzen Himmel hinter ihnen aus und ließ sie wie Schattenrisse erscheinen. Es war unmöglich zu sagen, ob es sich um Fürst Fengors Männer handelte oder um Krieger aus einem der anderen Barbarenheere, die gegenwärtig die Stadt belagerten.

Fürst Galiron war der Mächtigste unter ihnen. Vor ihrem Aufbruch hatte sich Baladus so genau wie möglich darüber in Kenntnis setzen lassen, wie die Situation im arakandischen Vorland aussah. Und Bruder Melvan hatte zusammen mit Kedalbo versucht, die Wünsche des Gelähmten so weit es irgend möglich zu erfüllen. Das Problem war allerdings, dass man sich in der Stadt selbst kaum dafür interessierte, welcher Barbarenfürst sich gerade mit wie vielen Bewaffneten an der Belagerung beteiligte und welche Feindschaften und Rivalitäten vielleicht zwischen ihnen herrschten. Das war für die Verteidiger Arakands nicht wichtig. Man vertraute auf die machtvollen Stadtmauern und die Katapulte, die alles in den Schatten stellten, was andere Reiche auf dem Gürtel der Welt in dieser Hinsicht aufzubieten vermochten, und nicht zuletzt auf den Faktor Zeit. Die Wahrscheinlichkeit war groß, dass sich die Barbarenheere von ganz allein zurückgezogen. Baladus hatte sich in all den Jahren, die er gezwungenermaßen liegend und regungslos verbracht hatte, nicht nur mit Mathematik und dem Verlauf von Gestirnen und Himmelskörpern befasst, er hatte alles an Wissen in sich aufgesogen, was ihm zugänglich war. So hatte sich Baladus auch intensiv mit der Geschichte der Stadt befasst, von der die Mythen behaupteten, sie sei fast so alt wie die Welt selbst.

Vor gut einem Jahrhundert hatte ein Gottkaiser tatsächlich ein hohes Lösegeld an die damaligen Belagerer gezahlt. Säckeweise Silber war auf große Wagen geladen und einem der Barbarenfürsten übergeben worden.

Nur einem von ihnen wohlgemerkt, denn genau das war der Plan des damaligen Gottkaisers gewesen. Baladus hatte eine Abhandlung über ihn gelesen, deren Verbreitung nicht mehr legal war, da sie Passagen enthielt, die inzwischen als Ketzerei galten.

Die Zahlung eines übergroßen Lösegeldes an nur einen

der Heerführer, die Arakand damals belagert hatten, führte seinerzeit dazu, dass die feindlichen Armeen in ihrer Gier übereinander herfielen, um sich gegenseitig die Beute abzujagen. Die Strategie des damaligen Herrschers von Arakand war damit aufgegangen, und er hatte die Belagerung beenden können, ohne auch nur einen einzigen Söldner außerhalb der äußeren Stadtmauer agieren lassen zu müssen oder wertvolle Katapultmunition zu verschwenden.

Für Baladus war dies ein Musterbeispiel dafür, wie man die Kräfte seiner Gegner am wirkungsvollsten für die eigenen Zwecke einsetzen konnte.

»Ich habe fast den Eindruck, dass wir die Gefangenen dieser Söldner sind, anstatt dass sie uns beschützen«, murmelte Bruder Melvan dem Gelähmten auf seinem Rücken zu, als er kurzzeitig etwas hinter den anderen zurückblieb.

»Natürlich sind wir Gefangene«, bestätigte Baladus. »Wie konntest du je etwas anderes annehmen?«

»Die werden uns bei Fürst Fengor abliefern wie Schlachtvieh.«

»Nur dass sie uns nicht schlachten werden, weil sie dann kein Lösegeld mehr für uns kriegen.« Baladus atmete schwer und stieß einen röchelnden Laut aus. Es dauerte eine Weile, ehe er weitersprechen konnte. »Geschlachtet werden wir wohl erst, wenn wir zulassen, dass man uns zurück in die Stadt bringt. Dann allerdings stünden unsere Chancen außerordentlich schlecht, dem Tod doch noch zu entgehen.«

»Es freut mich, dass du das so ruhig betrachten kannst, Bruder Baladus.«

»Dir fehlt vielleicht das rechte Gottvertrauen«, kommentierte Baladus die Ängste seines Trägers.

»Du scheinst dir deiner Sache ja sehr sicher zu sein.«

»Unser Ziel ist Boranien. Aber wir wissen beide, dass ich auf deinem Rücken nie dorthin gelangen werde, mein guter

Bruder Melvan. Allerdings sind ja genügend starke Männer in der Nähe, die uns gewiss gern behilflich sein werden.«

»Um wirklich bis Boranien zu kommen, wird das nicht reichen«, war Bruder Melvan überzeugt.

»Das ist richtig«, bestätigte Baladus zögernd. Einige Augenblicke später fuhr er fort: »Die Mithilfe des einen oder anderen Barbarenfürsten wird sicher notwendig sein.«

»Also, du magst ja unter vielen Gebrechen leiden, Baladus. Aber mangelnder Ehrgeiz scheint mir nicht dazuzugehören.«

»Ich finde, wer Unmögliches erreichen will, muss auch willens sein, das Unmögliche zu wagen. Bei mir bedeutet das allerdings oft genug nicht mehr, als dass ich mir einfach nur Mühe gebe, den nächsten Tag zu überleben, wie du weißt.«

Sie machten an einem Bach Rast. Bruder Melvan nahm den Gelähmten vorsichtig vom Rücken und bettete ihn am Ufer, um dort all die unappetitlichen Verrichtungen vorzunehmen, die zu dessen Pflege notwendig waren. Melvan war inzwischen einigermaßen geübt darin, auch wenn er die Handgriffe noch lange nicht so gut beherrschte wie Bruder Estus und die anderen Brüder, mit denen er zusammen in dem Mönchshaus zwischen Dresois-Lager und dem Tempel des Heiligen Feuers gelebt hatte.

Yskal und Jharrn vermieden jeden Blick auf das Geschehen. Und auch Horuq sah nur kurz zu Melvan und Baladus hinüber. Sein sonst eher unbewegtes Gesicht ließ keinen Zweifel daran, was in seinem Inneren vor sich ging. Der Anblick eines gelähmten Krüppels, der von seinen Exkrementen gereinigt werden musste, schien für den Krieger von den Südlichen Inseln schlimmer als der Anblick des blutigsten Schlachtfeldes.

Bruder Melvan war mit den notwendigen Verrichtungen annähernd fertig, als die drei Krieger, die Baladus ins Lager von Fürst Fengor bringen sollten, beinahe im selben Moment aufsprangen und zu ihren Waffen griffen.

Eine Gruppe von zwölf Reitern preschte über den Kamm der nächsten Hügelkette. Ihre Harnische und Helme spiegelten das Licht der beiden Sonnen. Sie passierten den schnurgerade in Ost-West-Richtung verlaufenden Schatten des Himmelsbogens und erreichten schließlich die Gruppe um Baladus. In aller Eile versuchte Bruder Melvan, die letzten notwendigen Handgriffe zu tun, um den Gelähmten wieder auf den Rücken nehmen zu können.

Die fremden Reiter kreisten die Gruppe ein. Horuq hatte die Hände an den beiden Wurfäxten an seinem Gürtel. Yskal nahm bereits einen Pfeil aus dem gut gefüllten Köcher, legte ihn aber noch nicht ein. Und Jharrn hatte die Hand am Schwert, bereit dazu, die Klinge sofort zu ziehen, falls sich die Situation entsprechend zuspitzte.

Der Anführer der Reiter war ein Mann mit dunklem Bart, der ihm fast bis unter die Augen wuchs. Sein Helm hatte einen langen Nasenschutz. Aus dem Futteral am Sattel zog er ein monströses, stark gebogenes Sichelschwert, dessen Klingenform an die Sensen erinnerte, die in den zahlreichen, vor allem der Versorgung mit Lebensmitteln dienenden Stadtgärten ein häufig benutztes Werkzeug waren.

Er ließ sein Pferd noch etwas nach vorn tänzeln und zügelte es dann. Das Tier war offenbar hervorragend dressiert. Der Krieger deutete mit dem Sichelschwert auf Baladus.

»Wir sind hier, um den Krüppel zu holen«, erklärte er. Sein Arakandisch hatte einen barbarischen Akzent.

Horuq und die beiden Söldner hatten sich so positioniert, dass sie Baladus und Bruder Melvan abschirmten, und Jharrn zog sein Schwert, während seine linke Hand gleichzeitig zum Griff eines Wurfdolchs wanderte, den er an der Hüfte trug.

»Besser Abstand halten«, knurrte Horuq den Reitern zu.

»Ihr habt die Wahl«, sagte der Krieger mit dem Sichelschwert. »Wir sind zwölf, ihr seid nur drei. Entweder ihr lasst uns mit dem Krüppel ziehen, oder wir schlachten euch wie überzählige Lämmer. Ihr könnt es euch aussuchen.«

»Euren Bannern und der Schildbemalung nach ist es Fürst Galiron, der euch schickt«, meldete sich Baladus zu Wort. Melvan hatte den Gelähmten zwar inzwischen komplett wieder reisefertig gemacht, es aber noch nicht geschafft, ihn sich auch wieder auf den Rücken zu binden, was ohne Hilfe auch nicht ganz einfach war. Baladus lag also noch im Gras am Bachufer.

Der Krieger mit dem Sichelschwert runzelte die Stirn. »Die Missgeburt kann ja reden.«

»Die Missgeburt fragt sich, warum du dich nicht mit ihr selbst unterhältst statt mit ihren Dienern.«

Der Sichelschwertkrieger lachte heiser.

»Vorsicht!«, raunte einer der anderen Reiter. »Der Krüppel soll über dunkle Hexenkraft gebieten.«

»Es erstaunt mich, wie viel man selbst im Lager von Fürst Galiron schon von mir gehört hat«, stellte Baladus fest. »Anscheinend verfügt der Fürst über gute Zuträger.«

»Ich fürchte keine Hexenmacht oder Magie!«, rief der Sichelschwertkrieger so aufbrausend, als wollte er sich damit selbst Mut machen. »Gib mir das Bündel, Mönch!«, wandte er sich an Bruder Melvan.

Der Sichelschwertkrieger stieg von seinem Pferd. Zwei Schritte machte er noch in Richtung von Melvan und Baladus, da trat Horuq ihm in den Weg.

»Geh zurück«, knurrte Horuq. »Bestell deinem Fürsten, soll mehr Krieger schicken, wenn anlegen mit Horuq Schädelspalter!«

»Du hast es nicht anders gewollt!«, knurrte der Anführer der Reiter und wirbelte das Sichelschwert durch die Luft. Eine wuchtige, kontrollierte und sehr schnelle Bewegung.

Horuq wich dem Hieb aus, und haarscharf senste die Klinge an seinem Hals vorbei. Horuq riss eine seiner Wurfäxte aus dem Gürtel und schleuderte sie aus dem Handgelenk. Die Axt traf den Halsansatz des Sichelschwertkriegers. Blut spritzte hervor. Einen Moment lang hielt sich der Sichelschwertkrieger noch auf den Beinen, dann brach er zusammen.

Horuq zögerte nicht einen Augenblick. Er schleuderte sofort die zweite Wurfaxt. Die Klinge traf einen der Reiter im Gesicht. Yskal schoss gleichzeitig mehrere Pfeile kurz hintereinander ab. Der Langbogen gab ihnen so viel Kraft, dass sie auf diese kurze Entfernung einen Harnisch leicht durchdringen konnten. Innerhalb von kurzer Zeit sanken mehrere von Galirons Männern aus den Sätteln. Zwei von ihnen hatten Armbrüste, aber ehe sie die einzusetzen vermochten, hatten Yskals schnelle Pfeile sie längst getroffen.

Jharrn stürzte vorwärts, schlug einem der Angreifer mit einem wuchtigen Schwertstreich den Waffenarm von der Schulter. Die Hand krallte sich noch um den Lanzenschaft, als der abgetrennte Körperteil ins Gras fiel. Blut spritzte in einer Fontäne aus dem kurzen Stumpf und sprenkelte Jharrns Gewand. Das Pferd des verstümmelten Kriegers stellte sich wiehernd auf die Hinterhand und warf seinen Reiter aus dem Sattel. Ein Fuß verfing sich im Steigbügel. Bevor der Gaul vollkommen durchging und seinen Reiter hinter sich her schleifte, schlug Jharrn diesem den Kopf ab.

Horuq griff unterdessen einen der Reiter mit seiner Streitaxt an. Sein Hieb war so wuchtig, dass er glatt den Schild spaltete, der ihm entgegengehalten wurde. Dem Lanzenstoß wich er aus und traf dann seinen Gegner so schwer mit dem nächsten Axthieb, dass der ächzend aus dem Sattel rutschte und im Gras liegen blieb. Ein weiterer Axthieb drang durch den Lederhelm und spaltete den Schädel.

Ein Pferd ging wiehernd zu Boden. Yskals Pfeil hatte

es getroffen – einer der wenigen Fehlschüsse, die sich der Bogenschütze geleistet hatte. Der Krieger rollte sich über dem Boden ab und verlor seinen Schild. Er fasste sein Schwert mit beiden Händen und parierte den ersten Axthieb, mit dem Horuq ihn attackierte. Der nächste Hieb riss ihm die Klinge aus der Hand. Horuq tötete ihn, ehe er ausweichen oder seinen Wurfdolch ziehen konnte.

Der Kampf war schnell entschieden. Drei von Galirons Männern, darunter der Bannerträger, preschten auf ihren Pferden davon. »Keiner soll entkommen!«, rief Horuq Yskal zu. »Gibt nur Ärger.«

Zwei Pfeile hatte Yskal noch in seinem Köcher.

Zwei Pfeile für drei Männer. Er traf beide Male. Die Pferde preschten ohne ihren Reiter davon, als ob alle Teufel der Unterwelt hinter ihnen her wären.

Einer würde also entkommen. Horuq stieß einen lauten Schrei aus. Er setzte zu einem Spurt an, schwang sich auf eines der Pferde, deren Reiter Yskal aus dem Sattel geholt hatte, und hetzte hinter dem Flüchtenden her. Es dauerte nicht lange, bis Horuq zu ihm aufgeschlossen war. Offenbar war er im Umgang mit Pferden ebenso sehr geübt wie in dem mit Äxten unterschiedlichster Größe.

Er ritt nahe an den Flüchtenden heran und holte dabei zu einem schwungvollen Schlag mit der Streitaxt aus. Die Doppelklinge erwischte den flüchtenden Mann aus Fürst Galirons Heer im Rücken und durchtrennte seine Wirbelsäule. Laut kreischend rutschte er aus dem Sattel. Sein Pferd preschte einfach weiter.

»Wir sollten hier schleunigst verschwinden«, meinte Yskal der Bogenschütze. Sein Blick suchte stirnrunzelnd den Horizont ab. Schließlich war es nicht ausgeschlossen, dass sich weitere Truppen von Fürst Galiron zeigten. Er begann damit, seine Pfeile wieder einzusammeln. Er reinigte sie kurz, indem er das Blut an der Kleidung der Toten abwischte. Für mehr war keine Zeit.

»Hey, der hier lebt ja noch!«, meldete Jharrn. Er stieß einen der am Boden liegenden Körper mit einem Fußtritt grob an. Ein leises Aufstöhnen ertönte.

»Du hast doch gehört, was Horuq Schädelspalter gesagt hat«, sagte Yskal.

»Töten?«

»Töten.«

»Erst befragen!«, rief Baladus mit überraschender Kraft und Klarheit. Bruder Melvan trug ihn auf seinem Rücken und näherte sich der Stelle, wo der Mann lag. Jharrn drehte ihn herum. Ein abgebrochener Pfeil ragte ihm aus dem Bauch. Blut ergoss sich in Strömen ins Gras.

Jharrn schien unschlüssig zu sein, was er tun sollte. Er blickte in die Ferne, wo sich Horuq gerade darum bemühte, einige der Pferde einzufangen, die von ihren ursprünglichen Besitzern nicht mehr gebraucht wurden.

»Na schön, stell ihm eine Frage, Krüppel«, sagte Jharrn.

»Wo ist Galirons Lager?«, fragte Baladus.

Der schwer verletzte Krieger blickte zu seinem Schwert, das einige Schritt von ihm entfernt lag. Unmöglich, es zu erreichen. Vor allem in seinem Zustand und da jemand vor ihm stand, der die Klinge zum tödlichen Schlag schon in der Hand hatte.

»Ich spreche nicht mit dämonischen Missgeburten«, knurrte der Verletzte.

»Antworte ihm!«, sagte Jharrn scharf und stieß dem Verletzten die Schwertspitze schmerzhaft in den blutenden Bauch.

»Das Feuer … des Zweiten Lichts soll euch verschmoren!«, ächzte der Barbar daraufhin.

Eigenartigerweise brauchte Baladus Bruder Melvan nicht zu sagen, dass er noch ein paar Schritte vorangehen und sich etwas seitwärts drehen sollte, damit der Gelähmte sich besser mit dem am Boden liegenden Krieger unterhalten konnte; Melvan schien das von ganz allein zu wissen, so gut hatte er sich bereits auf die Bedürfnisse des Gelähmten eingestellt.

Oder war es ein Zeichen der unheimlichen Magie, mit der Baladus den Willen anderer beeinflusste? Jharrn schien genau das zu denken, daran ließ sein Blick keinen Zweifel.

»Hör zu, Krieger des Galiron«, wandte sich Baladus an den Verletzten. »Mein Träger und ich gehören zum Orden der Wissenden Brüder, und Bruder Melvan hat bereits zeitweilig in einem Krankenhaus seinen Dienst verrichtet, wie er mir verraten hat. Vielleicht kann er dir also helfen. Kann sein, dass dir nicht mehr zu helfen ist. Aber es könnte genauso gut sein, dass er dich retten kann. Da ich selbst an einer fiebrigen Entzündung leide, haben wir ausreichend Vorräte an verschiedenen Arzneien bei uns, die bei dir den Ausbruch eines Wundfiebers verhindern könnten …«

»Schweig!«, fiel ihm der Verletzte ins Wort. »Schweig! Wenn ich schon sterbe, dann mit freiem Willen und unverhext … Geh von mir, damit ich nicht als Dämonensklave vor das Gericht im Jenseits trete, du Missgeburt!«

»Für mich wird man ein hohes Lösegeld zahlen. Ich nehme an, dein Fürst Galiron hat Spione im Lager von Fürst Fengor und erfahren, dass meine Ankunft dort angekündigt wurde. Aber vielleicht wäre es für uns sogar besser, wenn du uns in Galirons Lager führen würdest. Vorausgesetzt, es bekommen alle ihren Anteil. Du verstehst mich?«

Der Verletzte blinzelte ungläubig. »Ein Gefangener, der sich selbst als Geisel anbietet? Du bist …«

»… vielleicht ein dämonischer Hexer. Vielleicht auch nur eine Missgeburt. Aber wenn ich auch sonst kaum etwas über deinen Fürsten Galiron weiß, dann doch dies: Er wird dich vielleicht reich belohnen, wenn du deinen Auftrag doch noch erfüllst und mich in sein Lager führst. Somit hätte er die

Möglichkeit, mich gegen das Kopfgeld einzutauschen, das der Gottkaiser zweifellos bezahlen würde, bekäme er dafür den größten Staatsfeind von Arakand in die Finger.«

»Ich … ich versehe kein Wort …«

»Dein Fürst wird es dafür umso besser verstehen.«

»Du willst dich selbst ans Messer liefern? Du bist nicht nur ein Dämon. Du bist ein wahnsinniger Dämon!«

»Wie weit ist Galirons Lager von hier entfernt?«

»Zu weit für uns beide, Krüppel. Viel zu weit …«

Hufschlag war zu hören. Horuq kehrte zurück. Er führte mehrere Pferde am Zügel mit sich.

»He! Ich gesagt, alle töten!«, rief er Jharrn zu, nachdem er bemerkt hatte, dass der Verletzte zu dessen Füßen noch lebte.

Jharrn hatte nichts Eiligeres zu tun, als dem Krieger das Schwert in den Leib zu rammen. Mit einem Ächzen und einem nur halb gemurmelten Fluch auf den Lippen starb er.

Narren!, dachte Baladus ärgerlich. *Ich bin ein Gefangener von Narren!*

Die erbeuteten Pferde erleichterten ihnen das nächste Stück des Weges. Zumindest für die meisten von ihnen. In erster Linie galt das für Bruder Melvan, der Baladus nicht mehr auf dem Rücken zu tragen brauchte. Er band den Gelähmten sorgfältig auf den Sattel eines der Tiere.

Baladus hing also an dem Pferdeleib, was ihm überhaupt nicht zusagte, denn ein Mensch war für ihn leichter zu lenken als ein Pferd, und er fühlte sich ausgesprochen unwohl bei dem Gedanken, auf diese Weise reisen zu müssen.

Melvan ritt auf einem anderen Beutegaul und führte Baladus' Pferd am Zügel.

Die drei Krieger, die Ondros beauftragt hatte, die beiden Mönche in Fürst Fengors Lager zu bringen, hatten offensichtlich sehr unterschiedliche Erfahrungen im Umgang mit

Pferden. Während sowohl Horuq als auch Yskal den Eindruck vermittelten, auf dem Rücken von Pferden geboren zu sein, stellte sich der sonst so ungestüme Jharrn ausgesprochen ungeschickt an. Es war ihm schon schwergefallen, sich in den Sattel zu hieven. Anschließend saß er ziemlich verkrampft da und klammerte sich am Sattelknauf fest.

»Das sind Schlachtrösser«, sagte Yskal aufmunternd zu ihm. »Die sind meistens gut erzogen, gehorchen aufs Wort und wissen sehr häufig sogar von allein, was der Reiter von ihnen will.«

»Na, hoffen wir, dass das auch auf dieses Exemplar zutrifft«, meinte Jharrn. »Bei allen Teufeln, ich bevorzuge es, auf meinen eigenen Beinen zu stehen, selbst wenn der Untergrund nur aus den schwankenden Planken eines Schiffes besteht.«

Kapitel 13

Kellorn durchschritt das Tor der Garnison. Ihm war gesagt worden, dass draußen jemand auf ihn wartete, und er hatte schon befürchtet, es könnte erneut Ondros sein. Ondros, der Schleuser, der einfach nicht einsehen wollte, dass Kellorn keine Lust hatte, ihn bei seinen dubiosen Geschäften zu unterstützen. Dass andere Söldner der Stadtwache da ein etwas großzügigeres Verständnis ihrer Dienstpflichten hatten, spielte für Kellorn keine Rolle.

Zu seiner Erleichterung war von Ondros allerdings nirgends etwas zu sehen. Stattdessen wartete da ein Mann, den er nicht gleich erkannte, auch wenn er ihm auf eine unheimliche Art und Weise bekannt vorkam. Er trug dunkle Gewänder. Der Kopf war mit einer Kapuze aus anschmiegsamem und offenbar nur hauchdünnem Stoff bedeckt, das Gesicht aber war frei, und die tief stehenden Sonnen tauchten es in ein warmes Licht.

Kellorn runzelte die Stirn. »Kennen wir uns?«

Das Gesicht hat Ähnlichkeit mit dem des Riesen in der Taverne unter dem Himmelsbogen, fiel dem Barbaren schlagartig auf.

Als er dann die Stimme des Mannes hörte, wusste er, wen er vor sich hatte.

»Mein Name ist Dolch. Und du wolltest von mir unbedingt das Kämpfen lernen, nachdem ich dir bei einem Streit den Hals gerettet hatte.«

»Ich erinnere mich! Der Wechsler! Freut mich trotzdem,

dich zu sehen.« Kellorn blickte an Dolch herab. »Bei unserem letzten Zusammentreffen warst du bis auf die Zähne bewaffnet, dass man fast denken konnte, du ziehst in den Krieg und nicht in ein Freudenhaus.«

»Mag sein.«

»Waffen kann ich mir gut merken, an denen hätte ich dich sofort erkannt. Aber im Moment kann ich keine Waffe an dir entdecken.«

»Man sollte nie dem ersten Anschein trauen. Und davon abgesehen, kann ich mit bloßen Händen töten, falls es sein muss.«

»Was du mir hoffentlich genauso beibringen wirst wie die Kunst, Riesen mit einer Hand aufs Kreuz zu legen.« Kellorn atmete tief durch und strich sich über die Stirn. Es war ziemlich warm, und die große Feuerkugel des Zweiten Sonnenlichts am Himmel versprach, dass es in nächster Zeit noch viel schlimmer werden würde.

»Ich will dir bei Gelegenheit gern alles beibringen – wenn ich dich besser kenne und weiß, dass du dessen auch würdig bist.«

»Wie bitte? Was soll das denn? Bei den Göttern – ich meine natürlich beim Namenlosen Gott! –, was willst du eigentlich von mir?«

»Ich brauche deine Hilfe. Und du wirst alles tun, was ich von dir verlange, denn sonst gerätst du in größte Schwierigkeiten.«

Kellorn schien nicht so recht glauben zu können, was er da gerade gehört hatte. Er starrte Dolch ungläubig an, öffnete den Mund und vergaß zunächst, ihn wieder zu schließen. Seit der Sache in der Taverne hatte er sich größte Mühe gegeben, nirgends mehr anzuecken. Das Leben in Arakand unterschied sich in vielem von dem, was er bisher in seinem barbarischen Leben kennengelernt hatte. Und selbst sein kurzer Aufenthalt in Boranien hatte ihn keineswegs auf das vorbereiten können, was ihn hinter den gewaltigen Mauern dieser Stadt erwartet hatte.

Er gab sich alle Mühe, und trotzdem schien er einfach ein Talent für Schwierigkeiten zu haben. Allerdings hatte Kellorn nicht die geringste Ahnung, womit er sich offenbar so unbeliebt gemacht haben sollte. Schließlich hatte er in den letzten Tagen nichts anderes getan, als seine Pflichten zu erfüllen. Zu etwas anderem war – schon wegen der Angriffe der Barbaren auf die äußere Stadtmauer und den damit verbundenen Zusatzpflichten – gar keine Zeit gewesen.

»Folge mir«, verlangte Dolch.

»Wohin?«

»An einen Ort, an dem uns ganz gewiss niemand zuhören wird.«

»Dann werde ich mich zuerst bei meinem Hauptmann abmelden müssen.«

»Dann tu das. Ich werde später auch noch mit deinem Hauptmann zu sprechen haben.«

»Wieso das denn?«

»Weil ich deine Dienste brauchen werde – früher oder später.«

Nachdem sich Kellorn bei seinem Hauptmann abgemeldet hatte, folgte er Dolch durch die verwinkelten Straßen, die sich an das Viertel um die Garnison anschlossen. Dolch drehte sich zwischenzeitlich immer wieder um, so als befürchtete er, dass jemand ihnen folgen könnte.

»Willst du mir eine neue Taverne zeigen? Dann hätte ich vielleicht meine Waffen mitnehmen sollen«, meinte Kellorn, der außer einem Langmesser nichts bei sich trug.

»Ich bin froh, dass du deine Waffen in der Garnison gelassen hast. Das wäre viel zu auffällig, und außerdem würdest du dich vermutlich selbst am meisten dadurch in Schwierigkeiten bringen.«

»Wo gehen wir hin?«

»Warte es ab.«

»Ich kann es nicht fassen, was ich hier gerade tue. Eigentlich dachte ich, dass ich nur bei Frauen etwas leichtsinnig bin. Aber jetzt laufe ich mit einem Wechsler durch die Stadt und weiß noch nicht einmal, was das Ganze soll!«

»Hier ist es.« Dolch deutete auf ein ziemlich unscheinbares Gebäude, eingepfercht zwischen zwei mehrstöckigen Häusern, in deren Erdgeschossen Händler ihre Waren verkauften.

Kellorn sah sich den Bau an und entdeckte an der Wand zwei ineinandergreifende Kreise. Das war das Zeichen der Kirche des Namenlosen Gottes. Die Kreise standen für die beiden Sonnenlichter, von denen eins den Gott selbst und das andere den von ihm erwählten und in seinem Namen handelnden Gottkaiser symbolisierte.

»Ein Tempel!«, sagte Kellorn erstaunt.

»Ein Schweigetempel. Aber um diese Zeit besucht ihn niemand, weil jetzt so gut wie jeder in Arakand am Tisch zur Lichteruntergangsmahlzeit sitzt. Wir können uns also ungestört unterhalten.«

Kellorn folgte Dolch in den Tempel. Der Innenraum war mit Ornamenten und Fresken verziert, die alle nur ein einziges Thema kannten: Der Gottkaiser wies dem Zweiten Licht den Weg, sodass es wieder mehr Abstand von der Welt gewann. Ein Mobile – ähnlich dem im Zweisonnentempel des Palastes – hing über dem Altar, nur befand sich dieses Mobile in ständiger Bewegung. Die aufsteigende Warmluft, die sich über einer mit Öl gefüllten Feuerschale erhob, sorgte dafür, dass die Erde und die Gestirne nicht zur Ruhe kamen.

»Magie«, murmelte Kellorn ergriffen, der so etwas bisher noch nie gesehen hatte. Dieser Tempel war zwar nicht besonders groß und erinnerte ihn daher an die eher bescheiden gehaltenen Gotteshäuser seiner Heimat im Reich an der

Steinküste. Aber offenbar verfügte man hier über Kräfte, die man anderswo nicht so gut beherrschte. Die Entscheidung, das Heer des Fürsten Fengor zu verlassen, alles hinter sich zu lassen und den Sprung auf die andere Seite der Mauern von Arakand zu wagen, war richtig gewesen. Der Anblick des Mobiles bestätigte ihm dies noch einmal. Um die Wunder von Arakand zu sehen, war er hierhergekommen. Genau das widerfuhr ihm hier, und Kellorn erfüllte mit einem Mal ein tiefes Gefühl der Dankbarkeit für das gütige Schicksal, das es offenbar so gut mit ihm meinte.

»Das, was du über dem Altar siehst, ist das Zusammenspiel der Welt, der Zwei Sonnenlichter und des Mondes«, erklärte Dolch, nachdem er sein Gebet beendet hatte. »Ich möchte, dass du hier und jetzt schwörst, alles dafür zu tun, dass dieses Zusammenspiel weiterhin Bestand hat. Dass jeden Morgen ein Erstes und ein Zweites Licht aufgeht und das Zweite der Welt nicht zu nahe kommt.«

»Wieso soll ich darauf schwören? Diese Dinge geschehen, ohne dass ich dazu etwas beitragen kann. Oder eben auch nicht. Es geschieht, was geschieht.«

»Aber nur, wenn es einen Gottkaiser gibt, der auf den Mittelturm von Arakand steigen und das Zweite Licht zurückweisen kann, damit es den gebührenden Abstand zur Welt hält. Und all das ist in größerer Gefahr, als du ahnst. Wir alle sind in großer Gefahr.«

Kellorn zuckte mit den Schultern und hob die Hand. »Also gut, ich will das gern schwören!« Um ein Haar hätte er noch die Namen seiner Götter hinzugefügt, wie man es bei sehr ernsten Schwüren und selbst nach Gebeten zum Namenlosen Gott in seiner Heimat tat. Aber das konnte er sich gerade noch verkneifen. Schließlich hatte Kellorn inzwischen gelernt, dass das in Arakand nicht gut ankam.

»Gut«, sagte Dolch. »Ein Mann ist auf der Flucht, der all das zerstören kann«, erklärte er dann. »Ein Mann, dessen

Ideen so furchtbar zerstörerisch sind, dass ich sie am liebsten nicht erwähnen würde. Wer von diesen Gedanken befallen wird, ist unrettbar verloren. Dieser Mann versucht, die Stadt zu verlassen, und benötigt dafür vielleicht einen Schleuser.«

»Was ist das für ein Mann?«, fragte Kellorn.

»Ein Krüppel. Er kann nicht laufen, nicht einmal stehen oder sitzen. Genau genommen kann er kaum selbstständig atmen, so schwach ist er, und wenn ihm keine regelmäßige Pflege zuteilwürde, hätte er nur ein paar Stunden zu leben. Zumindest behauptet er das. Aber er verfügt über die Zauberkraft, eines jeden Menschen Willen zu brechen«

Kellorn musste sofort an den Auftrag denken, den Ondros ihm hatte geben wollen. Die Beschreibungen stimmten so exakt überein, dass da kaum ein Zweifel bestand.

Dolch wiederum hatte die Gesichtszüge seines Gegenübers sehr genau beobachtet. Die Veränderung, die darin stattgefunden hatte, war nicht zu übersehen, zumal Kellorn sich ohnehin nie besonders große Mühe gab, seine Gedanken zu verbergen.

»Du kommst doch aus einem der Barbarenheere«, stellte Dolch fest.

»Fürst Fengor war mein Herr – aber jetzt gehört meine ganze Loyalität der Stadt Arakand und meinem Hauptmann!«, versicherte Kellorn.

»Das freut mich zu hören. Es dürfte nicht bei jedem so sein, der erst vor so kurzer Zeit die Seiten gewechselt hat.«

»Was willst du eigentlich von mir? Bei aller Dankbarkeit dafür, dass du mich vor diesem Riesen gerettet hast, du kommst mir immer merkwürdiger vor. Ein Wechsler, der so redet, als wäre er der persönliche Büttel des Gottkaisers und auserkoren, die Stadt vor einer gefährlichen Idee zu retten, wo doch zur gleichen Zeit Kriegerhorden aus Fleisch und Blut gegen die äußere Stadtmauer anrennen. Mit denen habe ich es nämlich zu tun, da weiß ich, wovon ich rede.«

»Es ist genau so, wie du sagst«, erklärte Dolch.

»Wie?«

»Ich kann es dir sagen, da du mich ohnehin kaum wiederzuerkennen vermagst, wenn ich dir nicht gerade meine Narbe an der Hand zeige oder dir Details meiner Bewaffnung auffallen: Ich wohne in der Palaststadt im Assassinenhaus.«

»Davon … habe ich noch nie gehört«

»Du bist auch noch nicht lange hier. Ich bin ein Angehöriger der Assassinengarde. Und was ich tue, geschieht im direkten Auftrag des Gottkaisers. Ich bin befugt, jeden zu töten, der sich der Erfüllung dieses Auftrags entgegenstellt oder der eine Gefahr für die Stadt Arakand und ihren Herrscher darstellt, denn ich erhalte den, der die Welt erhält.«

»Oh …«, entfuhr es Kellorn. »Wahrscheinlich brauchst du tatsächlich nicht einmal eine Waffe für dein Handwerk, wenn du mit jedem so fertig wirst wie mit dem Riesen in der Taverne. Nebenbei bemerkt: Den hätte ich noch selbst geschafft, wenn du dich nicht eingemischt hättest.«

»Natürlich. Und wahrscheinlich würdest du dann jetzt ohne Kopf herumlaufen«, gab Dolch zurück. Aber Sarkasmus schien nicht Kellorns Sache zu sein. Jedenfalls sah er Dolch ziemlich verständnislos an, so hätte er keine Ahnung, wie die Bemerkung des Assassinen gemeint war. *Macht keinen besonderen Unterschied bei ihm, ob er mit oder ohne Kopf herumläuft*, dachte Dolch. *Aber dafür hat er Muskeln.*

»Wie ich schon sagte, was ich brauche, ist deine Hilfe«, sagte Dolch. »Der Magierkrüppel, den ich suche, will vermutlich zu den Barbarenfürsten fliehen, und du kommst von dort. Es könnte sein, dass ich dich bitten werde, mir dorthin zu folgen, falls der Gesuchte schon die Stadt verlassen hat …«

»Was?«

»Du kennst dich bei den Belagerern aus, ich nicht.«

»Aber …«

»Willst du, dass die Welt erhalten bleibt? Dass Arakand nicht fällt? Ich habe dir gerade erklärt, wie alles zusammenhängt. Wenn die Ideen dieses Krüppels die Barbarenfürsten vergiften und ihre faulige Magie in deren Gedanken entfalten, werden sie nicht mehr zögern, diese Stadt zu erobern und den Gottkaiser zu töten. Vielleicht sind ihre Heere nicht stark genug dafür, doch wenn sich diese Gedanken weiterverbreiten und die Herrscher mächtigerer Reiche beeinflussen, wird Arakand fallen, noch bevor du Narr dir deinen Veteranenstatus erarbeitet hast, Kellorn!«

»Ich bin nur ein einfacher Krieger«, sagte Kellorn. »Ich habe keine Bildung genossen, außer der des Schwertes und der Schlachtfelder. Aber ich habe einiges gesehen, weil ich wie ein Vagabund gelebt habe, und deshalb weiß ich, dass man nicht alles glauben sollte, was einem erzählt wird.«

»Mir solltest du glauben, Kellorn.«

»Weil du für den Gottkaiser sprichst?«

»Weil ich für ihn töte.«

Einige Augenblicke herrschte Schweigen zwischen den beiden Männern.

»Es hört sich so an, als hätte ich gar keine Wahl«, meinte Kellorn schließlich. »Und dabei heißt es immer, in Arakand sei man frei.«

»Ich will, dass du mich mit einem Schleuser zusammenbringst. Mit dem, der dich in die Stadt gebracht hat. Es könnte sein, dass er von der Flucht des Magierkrüppels gehört hat. Und vielleicht ist er sogar selbst in dieser Sache angesprochen worden.«

»Ich kann dir nicht sagen, wie du ihn finden kannst«, entgegnete Kellorn. »Allerdings wollte mich Ondros für irgendwelche nicht ganz gesetzlichen Nebentätigkeiten anheuern.«

Ein Ruck ging durch Dolch. »Sagtest du Ondros?«

»Du kennst ihn?«

Der Name, den der unter der Folter gestorbene Wissende Bruder er-

wähnte, durchfuhr es Dolch. »Ich muss diesen Ondros noch heute treffen.«

»Ich kann dich zu der Taverne bringen, in die er mich geführt hat, nachdem wir den Weg durch die stinkenden Kanäle hinter uns hatten. Dort haben wir den Rest des Geschäfts abgewickelt, und ich habe ihm meine letzten Ersparnisse geben müssen. Keine einzige Silbermünze hatte ich noch.«

»Was ist das für eine Taverne?«

»Sie liegt beim Nordhafen, in der Nähe der Stadtmauer. Dort hat mich Ondros dann auch mit einem Offizier der Stadtwache bekannt gemacht, der mich gleich an die Garnison vermittelt hat, in der ich jetzt diene. Ich glaube, die Taverne hieß ›Betrunkener Ouroungour‹. Und als ich dann zur Garnison geführt wurde, habe ich gemerkt, dass die Stadt jenseits der Stadtmauer einfach weiterging …«

»Dann war es die mittlere Stadtmauer – nicht die äußere. Die Taverne finde ich. Wie heißt der Offizier?«

»Prenzos. Mein Hauptmann scheint ihn gut zu kennen.«

»Halte dich zu meiner Verfügung, Kellorn. Wie ich schon sagte, ich werde deine Hilfe vielleicht noch brauchen – und du wirst sie mir als getreuer Söldner der Stadtwache nicht verweigern können!«

Eigentlich wollte sich Dolch so schnell wie möglich aufmachen, auch wenn er glaubte, dass Baladus die Stadt längst verlassen hatte. Jedoch wollte er nichts unversucht lassen. Er spürte allerdings, dass da noch irgendetwas war, was Kellorn mit sich herumtrug und ihm noch nicht gesagt hatte. Schon in seinen jungen Jahren auf der Straße hatte Dolch gelernt, auf solche Zeichen genau zu achten. Das konnten Feinheiten der Mimik oder im Klang der Stimme sein. Dolch hatte gelernt, dass es einem manchmal das Leben retten konnte, auch kleinste Veränderungen wahrzunehmen.

»Du willst mir noch etwas sagen«, stellte er fest.

»Ich möchte Ondros nicht schaden«, sagte Kellorn zögerlich. »Schließlich schulde ich ihm einiges.«

»Ich dachte, du hast ihn bezahlt.«

»Das habe ich.«

»Also schuldest du ihm gar nichts. Jetzt dienst du dem Gottkaiser von Arakand, und *dem* schuldest du etwas, nämlich Treue und Gehorsam.«

Kellorn nickte. Der Assassine hatte recht. »Ondros hat mich gefragt, ob ich ihm helfe, einen Mann zum Lager von Fürst Fengor zu bringen, auf den deine Beschreibung passt«, rückte er mit der ganzen Wahrheit heraus. »Einen Krüppel mit offenbar magischen Fähigkeiten, der irgendeiner Gemeinschaft von Mönchen anzugehören scheint und im Moment überall in Arakand gesucht wird.«

»Das ist interessant. Sprich weiter!«

»Ich habe abgelehnt. Ondros war nicht sehr glücklich darüber, aber ich nehme an, dass er jemand anderen gefunden hat, der den Krüppel ins Lager von Fürst Fengor bringen wird – obwohl ich schon den Eindruck hatte, dass ich ihm lieber gewesen wäre.« Kellorn zuckte mit den Schultern. »Sein Grund, gerade mich zu fragen, dürfte genau derselbe sein, aus dem auch du mich angesprochen hast: Ich kenne mich dort drüben aus, und ganz besonders natürlich in Fürst Fengors Lager.«

Dolch atmete tief durch. »Die Lage ist noch viel ernster, als ich zunächst befürchtet habe«, meinte er. Wahrscheinlich war Baladus längst nicht mehr in der Stadt.

Notfalls hole ich ihn aus Fürst Fengors Lager, nahm sich Dolch trotzig vor. Dann dachte er: *Der Gottkaiser wird nicht begeistert sein.*

Prenzos war Versorgungshauptmann der Stadtwachengarnison am Nordhafen. Als solcher hatte er sich vor allem darum zu kümmern, dass die Söldner der Garnison immer gut zu essen und zu trinken hatten und dass außerdem die Ausrüstungskammer immer zumindest so gut gefüllt war, um Bewerber ohne eigene Waffen bestücken zu können. Durch seine Tätigkeit für die Garnison hatte er exzellente Verbindungen zu Geschäftsleuten und Geschäftemachern aller Art. Schließlich musste er darauf achten, dass das Geld der Stadtkasse nicht sinnlos verschwendet wurde. Nebenbei ließen sich diese Kontakte natürlich auch noch anderweitig nutzen. So betrieb Prenzos nebenher noch diverse andere einträgliche Geschäfte. Manche waren vollkommen legal, andere bewegten sich in einer Grauzone, und wieder andere waren eindeutig ungesetzlich, wurden aber geduldet. Zu letzterer Kategorie gehörten auch jene Verbindungen, die er mit Männern wie dem Schleuser Ondros unterhielt. Die zahlten sich für ihn gerade in den langen Perioden aus, in denen Arakand belagert wurde und es keine andere Möglichkeit gab, die Stadt auf dem Landweg zu betreten.

Prenzos hatte es durch seinen Offiziersposten und die recht einträglichen Nebengeschäfte zu einigem Wohlstand und einem schmucken zweistöckigen Haus gebracht, das zum Teil auch zur Zwischenlagerung von Waren diente, die er an seine Garnison verkaufte. Üblicherweise gingen solche Geschäfte über einen Mittelsmann, damit sein Name nicht damit in Verbindung gebracht wurde. Solange in der Garnison keine Meuterei wegen schlechten Essens ausbrach oder es an Armbrustbolzen und Harnischen fehlte, konnte Prenzos unbekümmert in die Zukunft schauen.

Als er an diesem Abend nach dem Spätmahl in der Garnison nach Hause kam, nahm ihm sein Diener wie gewöhnlich Harnisch und Bewaffnung ab, dann wurde er von seiner Frau begrüßt und von ihr ermahnt, die Kinder nicht zu wecken. Daraufhin begab er sich in sein Arbeitszimmer im Obergeschoss, wo er noch einige Nachträge in seinen Geschäftsbüchern und Listen durchzuführen hatte.

Dolch erwartete ihn dort. Der Assassine saß in voller Bewaffnung auf dem Diwan, auf dem Prenzos üblicherweise seinen etamitischen Tee zu sich zu nehmen pflegte. Es war nicht schwer gewesen, unbemerkt vom Dach eines Nachbarhauses aus durch das Fenster einzusteigen, und eigentlich war es verwunderlich, dass noch kein Dieb auf die Idee gekommen war, Prenzos' geschönte Buchführung zu stehlen und ihn damit zu erpressen. Die Steuerbeamten des Gottkaisers zahlten Denunzianten hohe Summen.

Prenzos erstarrte, als er die Einhandarmbrust in Dolchs rechter Hand sah.

»Keine Bewegung und keinen Schrei«, sagte Dolch. »Ich würde es bedauern, wenn unsere Unterhaltung vorzeitig enden würde.«

Prenzos griff unwillkürlich an die Stelle, wo normalerweise sein Schwert am Gürtel hing. Aber seine Waffen hatte er ja dem Diener übergeben, und so stand er völlig wehrlos da. »Wer bist du? Was willst du von mir? Zahle ich nicht schon genug Schutzgeld an die Diebeszunft?«

»Sehe ich aus wie ein Ouroungour-Dressierer?«

Prenzos verengte die Augen zu Schlitzen und musterte Dolch. »Eigentlich nicht … Du kommst mir irgendwie bekannt vor. Dein Gesicht …«

»… kennst du nicht, ganz gleich, wen oder was du darin zu sehen glaubst.«

Im ersten Moment hatte Prenzos gedacht, einen Verwandten des gottkaiserlichen Rechnungsprüfers vor sich zu haben – was gar nicht so unwahrscheinlich gewesen wäre, denn dieser beschäftigte durchaus mitunter Verwandte, die seinen Forderungen Nachdruck verliehen, wenn dies geboten war. »Irgendwoher …«

»… glaubst du mich zu kennen?«

»Ah, ich verstehe. Du bist ein Wechsler.«

»Wir kennen uns tatsächlich. Auch, wenn es lange her

ist. Du warst noch kein Offizier und weit davon entfernt, in einem so schönen Haus zu wohnen wie diesem hier.«

»Tut mir leid, ich habe keine Ahnung, wovon du sprichst.«

»Wirklich nicht? Ja, unsereins übersieht man schnell, und man erinnert sich kaum an uns. Aber ich erinnere mich dafür umso besser an dich. Dich und das Rudel von betrunkenen Söldnern, die meinten, ein zehnjähriges Wechslerkind unbedingt durch die Gassen jagen zu müssen!«

Prenzos erbleichte. »Nun, nach all der Zeit …«

»Die Zeit ist bedeutungslos, so spricht der Herr«, zitierte Dolch aus dem Buch des Namenlosen Gottes. »Unrecht vergeht auch nicht nach einer Ewigkeit, und der Herr behält sie im Gedächtnis für das Gericht im Jenseits.«

»Du bist der Junge … Du hast damals einen meiner Freunde mit dem Messer getötet!«

»Nachdem ihr betrunkenen Narren mich fast totgeprügelt habt, weil ihr glaubtet, das mit einem Wechsler und Straßenkind machen zu dürfen. Viele Jahre sind vergangen, und ich habe ab und zu deinen Namen gehört, Prenzos. Du hast es zu was gebracht. Und doch liegt nichts in der Waagschale des Jenseitsgerichts, das deine Schuld auch nur annähernd ausgleichen könnte.«

»Was hast du vor?«, fragte Prenzos und bewegte sich dabei ganz leicht in Richtung des Schreibtischs.

»Den Mechanismus für die Klingel, die einen Diener ruft, habe ich außer Kraft gesetzt«, sagte Dolch. »Und im Übrigen kannst du unbesorgt ein. Ich töte nicht mehr aus eigenem Interesse oder für ein paar Taler, die ich stehlen kann. Ich morde schon lange nur noch im treuen Dienst für unseren Gottkaiser.«

»Ein Assassine«, murmelte Prenzos. »Ich hätte es wissen müssen. Einhandarmbrüste sind sehr kostbare Waffen … Und selten …«

»Und ich bin damit so treffsicher, dass ich dich vor jedem

unbedachten Atemzug und jeder unvorsichtigen Bewegung nur warnen kann.«

Prenzos breitete die Arme aus. »Bitte, dann drück ab. Du hast dir den besten Zeitpunkt ausgesucht, um mich umzubringen. Niemand kann mir rechtzeitig zu Hilfe kommen, und du kanntest meine Gewohnheiten offenbar gut genug, um mich in einem Moment anzutreffen, da ich unbewaffnet bin – was bei mir aufgrund meines Berufes ziemlich selten vorkommt. Worauf wartest du als noch?«

»Ich brauche deine Hilfe. Bekomme ich, was ich von dir verlange, lass ich dich am Leben. Solltest du mir deine Hilfe verweigern, wirst du sterben. Und solltest du versuchen, mich hereinzulegen oder auszutricksen, wird es für dich *und* deine Familie kein Entkommen vor dem gerechten Zorn des Gottkaisers geben.«

»Es geht um meine Geschäfte?«, fragte Prenzos.

»Es geht um Ondros den Schleuser.«

»Was ist mit ihm?«

»Bring mich mit ihm zusammen. So schnell du kannst.«

Prenzos atmete tief durch. »In Ordnung«, sagte er schließlich. »So wie es scheint, habe ich keine Wahl.«

In dieser Nacht konnte Ondros nicht schlafen. Er lag ausgestreckt auf dem Bett, das zu der kargen, rein zweckmäßigen Ausstattung des Hinterzimmers des »Betrunkenen Ouroungour« gehörte und dachte über das Geschäft mit Fürst Fengor nach.

Dieser zaubermächtige Krüppel, um den es dabei ging, war angeblich gefährlicher für die Mauern von Arakand als jedes Katapult, das von den ungezählten Belagererheeren im Laufe der letzten Jahrhunderte vor der Stadt in Stellung gebracht worden war. Inzwischen suchte die ganze Stadt nach dem Gelähmten. Überall wurden Einrichtungen der Wissenden Brüder durchsucht und ausgeräuchert. Die Henker hatten

Hochkonjunktur, und so gab es derzeit keine Richtstätte in ganz Arakand, auf deren Blöcken nicht frisch getrocknetes Blut klebte. *Du wirst nie wieder durch die schlammigen Endkanäle unter dem arakandischen Vorland zu waten brauchen, sobald dieser Handel abgeschlossen ist,* versuchte sich Ondros selbst zu beruhigen.

Dass Fürst Fengor ihm seinen Teil des Lösegelds auszahlen würde, daran zweifelte Ondros nicht. Denn Fürst Fengor brauchte ihn. Schließlich gab es nur wenige Männer, die sich so gut wie er in dem unterirdischen Labyrinth von Arakand auskannten, und auf so einen Verbündeten wollte kein Belagerer verzichten, und sei es auch nur, um regelmäßig darüber informiert zu werden, was in der Stadt vor sich ging. Man hätte auch ein Heer von Kriegern durch die Kanäle in die Stadt bringen können, doch den Belagerern fehlte schlichtweg der Wille, Arakand wirklich zu erobern. Dennoch war für Fürst Fengor so eine geheime Verbindung in die Stadt von großem Vorteil, denn unter den Deserteuren, die in schöner Regelmäßigkeit die Seiten wechselten, ließen sich vorzüglich Spione und Saboteure einschleusen.

Nein, über Fengors Vertragstreue machte sich Ondros wenig Sorgen. Mehr beunruhigte ihn das, was sich derzeit in der Stadt abspielte. Das, was offensichtlich war, wenn man die rauchenden Hospitäler der Wissenden Brüder sah, und das, was man hinter vorgehaltener Hand munkelte. Von Verschwörern war die Rede, die den Gottkaiser zu stürzen versuchten, von Anhängern einer Irrlehre, von der schon die höchsten Ämter der Priesterschaft infiziert waren, und von einer gnadenlosen Hatz auf diese Feinde des wahren Glaubens, der zweifellos auch viele Unschuldige zum Opfer fallen würden.

Ondros überlegte, ob der Einsatz, um den er diesmal spielte, nicht doch zu hoch war. Womöglich hatte er sich diesmal auf ein Geschäft eingelassen, das er einfach nicht beherrschen konnte. Andererseits war da aber die Verlockung von enormem Reichtum – zumindest enorm nach seinen Verhältnissen. Sein Leben würde sich vollkommen verändern. Sollten andere in Zukunft Deserteure durch schlammige Kanäle voller giftiger Fröschen und anderem Getier führen. Das Einzige, was er noch führen würde, war ein geruhsames Veteranendasein, sobald der Gottkaiser das Lösegeld bezahlt hatte und der gefährliche Krüppel in irgendeinem finsteren Loch verreckte.

Dass Baladus von den Wissenden Brüdern tatsächlich gefährlich war, daran hatte Ondros keine Zweifel mehr. Anfangs hatte er nicht verstehen können, wie offenbar sogar ein Gottkaiser vor der Macht dieser Missgeburt zitterte. Aber seine Meinung hatte sich nach und nach gewandelt und schließlich drastisch ins Gegenteil verkehrt. Dass Baladus ihn dazu gebracht hatte, für seinen eigenen Dienst auch noch zu bezahlen, darüber kam er einfach nicht hinweg. Und dabei hatte es eine ganze Weile gedauert, bis ihm dieser Umstand erst in seiner ganzen Absurdität klar geworden war. Über welche Zauberkraft musste dieses auf den ersten Blick so bemitleidenswerte Wesen doch verfügen, dass es dazu in der Lage war, andere dermaßen zu beeinflussen.

Viel Vergnügen mit ihm, mein guter Fürst Fengor, dachte Ondros.

Immerhin hatte Ondros seinen eigenen Willen zumindest so weit behaupten können, dass er noch nicht in Fürst Fengors Lager aufgetaucht war, was sein persönliches Risiko extrem verringerte. Es war besser, zuerst einmal den weiteren Gang der Ereignisse abzuwarten. Und die jüngsten Entwicklungen gaben ihm in dieser Sichtweise recht. Wer konnte schon dafür garantieren, dass der Gottkaiser überhaupt bereit sein würde, ein Lösegeld für den Krüppel zu bezahlen? Wenn man sich ansah, wie massiv in der Stadt gegen die Ketzer vorgegangen wurde, dann war auch denkbar, dass er einen Entschluss fasste, den seit Jahrhunderten kein Gottkaiser mehr gewagt hatte: die Tore der Stadt zu öffnen und die arakandischen

Söldner die Belagerer angreifen zu lassen. Die Mittel dazu hatte der Gottkaiser, und wahrscheinlich überstieg die Zahl der Stadtwachensöldner sogar die der Krieger aller Belagerer. Bisher hatte man stets die Mühen, Kosten und Opfer selbst eines begrenzten Feldzuges im Vorland gescheut, zumal man hinter seinen Mauern absolut sicher war und über den Wasserweg mit der gesamten Welt in Verbindung stand.

Aber angesichts der derzeitigen Lage erschien Ondros diese Möglichkeit durchaus gegeben. Falls es dazu kam, würde das Geschäft seines Lebens natürlich platzen.

Es gab aber noch einen anderen Grund, aus dem Ondros keinen Schlaf fand, so erschöpft er auch sein mochte. Eine Sorge, die alle Arakandier sowie die Bewohner der auf dem Gürtel der Welt gelegenen Länder mit ihm teilten. Bläulich und grünlich schimmernde Himmelslichter, die sonst nur in den Ländern auf der Großen Nordinsel oder über dem landlosen Meer jenseits der Südlichen Inseln zu sehen waren. In den Zeiten der Annäherung des Zweiten Sonnenlichts drangen diese Lichter bis zum Gürtel der Welt vor. Ein Zeichen des drohenden Unheils – so wie auch die Stürme, von denen sich der nächste wahrscheinlich gerade irgendwo in der Weite der beiden Ozeane zusammenbraute.

Es war eine ungewohnt warme Nacht, selbst für Arakand. Der Seewind brachte kaum Linderung. Durch das offene Fenster konnte Ondros von seinem Bett aus die gespenstischen Schlieren aus Licht sehen, die über den Nachthimmel waberten. Es schien, als würden feengleiche durchscheinende Wesen über den Himmelsbogen balancieren und dämonisch leuchtende Drachen Feuerlanzen aus ihren Mäulern züngeln lassen. Doch was immer man darin zu erkennen meinte, es blieben Zeichen der Mahnung, dass die Welt vergänglich war und alles davon abhing, dass ein Gottkaiser auf den Mittelturm von Arakand stieg und der drohenden Gefahr Einhalt gebot.

Ondros kannte so etwas wie Skrupel normalerweise nicht. Aber diese mächtigen Zeichen am Himmel ließen ihn für einen kurzen Moment darüber nachdenken, ob er das Richtige getan hatte, als er einem Mann die Flucht aus Arakand ermöglichte, bei dem es sich offenbar um den mächtigsten Feind des Gottkaisers handelte.

Auf dem Flur waren auf einmal Schritte zu hören. Nichts Ungewöhnliches. Schließlich herrschte im »Betrunkenen Ouroungour« ein ständiges Kommen und Gehen. Zudem ging es sicher vielen Bewohnern Arakands wie Ondros, und sie fanden in dieser Nacht der Himmelslichter keinen Schlaf.

Doch im nächsten Moment klopfte es an Ondros' Tür.

Er schreckte auf. Wer konnte zu so später Stunde noch etwas von ihm wollen? Misstrauen gehörte bei jemandem wie ihm zu den wichtigsten Überlebensinstinkten. Er griff neben das Bett, wo sein Langmesser lag. Es gab nur sehr wenige Personen, die von seinem gegenwärtigen Aufenthaltsort wussten, denn er wechselte aus Sicherheitsgründen seine Wohnstatt mehr oder minder regelmäßig.

Es klopfte noch einmal.

»Wer ist da?«, fragte er. Gleichzeitig stand er auf, warf sich seinen Umhang über die Schulter, sodass der Arm mit dem Messer darunter verborgen war.

»Ich bin es – Prenzos!«

»Was willst du?«

»Soll ich das wirklich vom Flur her mit dir besprechen?«

Es handelte sich tatsächlich um Prenzos. Ondros machte oft genug mit ihm Geschäfte, um die Stimme zweifelsfrei zu erkennen. Er schob den Riegel zur Seite und öffnete die Tür. Das Messer hielt er nach wie vor unter dem Umhang verborgen, als er die Tür öffnete.

Im Halbdunkeln des Flurs war die hoch aufragende Gestalt von Prenzos zu sehen. Er trat in den Raum, doch an ihm vorbei drängte sich eine schattenhafte Gestalt, die eine Einhandarmbrust auf Ondros' Kopf richtete.

»Lass den Umhang fallen – und das, was du darunter verbirgst!«

Der Umhang fiel zu Boden. Das Langmesser auch. Mit dem Fuß schloss der Schattenkrieger die Tür. Dann schwenkte die Einhandarmbrust herum, und der Bolzen fuhr Prenzos in den Kopf, drang durch die Schläfe und trat mit der Spitze auf der anderen Seite wieder aus. Prenzos fiel wie ein gefällter Baum.

Die Einhandarmbrust senkte sich.

»Mein Name ist Dolch. Ich gehöre zur Assassinengarde des Gottkaisers von Arakand. Und ich habe etwas mit dir zu besprechen.«

Ondros schluckte.

Er blickte kurz auf den toten Prenzos, um dessen Kopf sich eine Blutlache bildete, die im Licht des Mondes und der Himmelserscheinungen deutlich zu sehen war und immer größer wurde.

»Warum …?«

»Er war so freundlich, mich zu dir zu führen. Aber jetzt brauche ich ihn nicht mehr, und es ist besser, wenn ich sicher sein kann, dass er schweigt.«

Dolch warf einen kurzen Blick auf Prenzos. *Davon abgesehen, war es etwas Persönliches!*

Kapitel 14

Zur selben Zeit trat der Gottkaiser an die Zinne des Mittelturms. Man konnte ihn vom Palast aus durch einen unterirdischen Geheimgang erreichen. Ein Gefolge aus Leibwächtern hatte den Gottkaiser begleitet, außerdem der neu eingesetzte Erste Priester.

Allerdings war er der einzige Vertreter der Priesterschaft, der den Gottkaiser diesmal begleitete. Nach dem Attentat war das Misstrauen einfach zu groß, deshalb wollte der Gottkaiser keinen weiteren Mann aus der priesterschaftlichen Hierarchie des Palastes bei sich haben.

Der Gottkaiser blickte hinaus auf den Mittelplatz, der sich im Verlauf der Nacht mit Menschen gefüllt hatte. Sie alle hatten die Zeichen am Himmel gesehen. Zeichen, die ihnen den Schlaf geraubt und nachdrücklich daran erinnert hatten, wie nahe das Zweite Licht schon war.

Der Gottkaiser würde nun in Gebeten den Namenlosen Gott darum bitten, dass der ihm die nötige Kraft gab, das Zweite Licht zu bannen. *Sieh die Zeichen am Himmel und rufe nach dem Beistand des Herrn,* so hieß es im Buch des Namenlosen Gottes.

Der Gottkaiser hob die Hände und sah zu den wabernden Himmelslichtern auf. Dann begann er mit lauter Stimme Gebete zu sprechen. Seine Worte hallten von den hohen Mauern der Gebäude wider, die den Mittelplatz von Arakand umgaben und dessen besondere Architektur den Klang der gottkaiserlichen Stimme um ein Vielfaches verstärkte. Da die traditionell bei diesem Anlass gesprochenen Gebete in alt-arakandischer Sprache gehalten wurden, verstanden dennoch nur die wenigsten den genauen Wortlaut.

Wie ein Singsang aus magischen Formeln wirkten die Worte des Gottkaisers, und die Menge auf dem Platz sank mit gefalteten Händen auf die Knie. Die Menschen hofften in diesem Augenblick nur eins: dass ihrem Herrscher vom Namenlosen Gott die nötige Kraft geschenkt wurde, dem glühenden Unheil, das jeden Tag größer wurde, Einhalt zu gebieten. In Augenblicken wie diesen schienen der Herrscher und sein Volk tatsächlich eins zu sein, verbunden in der Hoffnung, dass der Untergang der Welt wieder einmal abgewendet werden könnte.

Irgendwo im arakandischen Vorland, viele Meilen hinter den Frontlinien der Belagerer, machten die Männer Rast inmitten der Ruine eines Bauernhauses, von dem kaum mehr als die Grundmauern geblieben waren. Alles andere war im Laufe der Zeit abgetragen worden. Es gab nichts, was die ungezählten Belagerer Arakands nicht hätten gebrauchen können. Von den Dachbalken, die vermutlich als Brennholz gedient hatten, bis zu den Steinen des Gemäuers, das nicht einmal mehr kniehoch war.

Für Baladus und seine Begleiter – oder Bewacher – war dies ein idealer Lagerplatz. Es war sogar möglich, im Blickschatten der Grundmauern ein kleines Feuer zu entfachen, das nicht gleich meilenweit gesehen werden konnte. Yskal der Etamiter hatte mit einem Bogen zielsicher irgendein hasenähnliches Nagetier geschossen, und er wusste auch, wie man es einigermaßen schmackhaft zubereitete. Für Baladus war es natürlich nicht genießbar. Er wäre daran innerhalb kürzester Zeit erstickt. Bruder Melvan rührte für den Gelähmten einen fast flüssigen Brei an, aus einem sandfarbenen Pulver und

Wasser. Was die genauen Zutaten des Pulvers betraf, darüber wusste nicht einmal Bruder Melvan Bescheid. Es handelte sich um die letzten Reste, die noch von Bruder Estus zubereitet worden waren, der lange an einem für Baladus verträglichen Rezept gefeilt hatte. Wie sich der Gelähmte ernähren sollte, wenn diese kargen Vorräte erst einmal aufgebraucht waren, daran wagte Melvan gar nicht zu denken. Die Nahrung, die Baladus zugeführt wurde, musste nämlich nicht nur aufwendig zerkleinert und am besten in Wasser gelöst zugeführt werden, sondern es gab auch unzählige Zutaten, auf die der schwache Organismus sehr empfindlich reagierte.

Am Himmel standen die wabernden Zeichen der Annäherung des Zweiten Sonnenlichts. Sie erinnerten manchmal an fluoreszierende Vorhänge aus hauchdünner boranischer Spinnenseide, veränderten sich ständig, und man konnte in ihnen die eigenartigsten Formen erkennen.

Niemand in der Gruppe blieb davon unbeeindruckt. Der Einzige, der diesen Erscheinungen etwas weniger Bedeutung zumaß, schien Horuq zu sein.

»In meiner Heimat alle daran gewöhnt und nicht mehr bekommen Nackenschmerzen vom In-den-Himmel-Sehen«, erklärte er kauend und schmatzend.

»Mag ja sein, aber hier in Arakand sieht man diese Lichter nur dann, wenn das Unheil des Zweiten Sonnenlichts schon sehr nahe ist«, sagte Yskal.

»Welt bisher nicht untergegangen. Diesmal auch nicht«, war Horuq der Schädelspalter zuversichtlich und schlang einen besonders großen Bissen hinunter. Dann wischte er sich erst mit dem nackten Unterarm den Mund und anschließend den Unterarm an seinem Gewand ab.

Jharrn hatte seine Mahlzeit schon beendet. Er stand auf und ließ den Blick in der Umgebung schweifen, die Hand umfasste dabei den Schwertgriff. Abgesehen von dem Leuchten am Himmel, dem dahinter hervorschimmernden Mond und den Sternen gab es in dieser Nacht noch andere Lichter zu sehen. Überall am Horizont brannten Feuer. Wie eine breite Kette zogen sie sich in gerader Linie dahin. Das waren die Belagerer. Die Pferde waren unruhig. Sie schienen ebenfalls zu spüren, dass dies keine Nacht wie viele andere war.

»Wir sollten morgen früh einen anderen Weg einschlagen«, meldete sich plötzlich eine Stimme, mit der offenbar niemand gerechnet hatte. Zunächst antwortete auch keiner der Männer, denn niemand von ihnen fühlte sich angesprochen. Baladus wusste allerdings sehr genau, wie man es verhinderte, dass man ignoriert wurde. Er war es gewohnt, dass man in ihm nicht viel mehr als ein Kind sah, einen Säugling, dem man nichts zu erklären und den man auch sonst nicht weiter zu beachten brauchte. Aber das hatte Baladus schon in der Vergangenheit seinen jeweiligen Gesprächspartnern abgewöhnen können. So leicht ließ er sich nicht unterkriegen. Einer wie er war es gewohnt, ständig ums Überleben zu kämpfen. Und überleben war für ihn fast gleichbedeutend damit, nicht übersehen zu werden.

»Ich spreche mit dir, Schädelspalter«, wandte er sich nun ausdrücklich an Horuq. »Du bist doch hier der Anführer, wenn ich das richtig begreife.«

»Hast du begriffen richtig«, bestätigte Horuq daraufhin. Das Feuer tauchte seine Gesichtszüge in ein weiches Licht, doch er machte eine skeptische und irritierte Miene. Dass dieser Krüppel mit ihm sprach, verwirrte ihn anscheinend. Und vielleicht fürchtete er sich sogar ein bisschen, auch wenn er sich das nie eingestanden hätte. Aber er war Zeuge der ersten Begegnung zwischen Ondros und Baladus geworden, und das war nicht ohne Eindruck auf ihn geblieben. Wer es schaffte, sich dafür, dass einem ein Dienst erwiesen wurde, auch noch bezahlen zu lassen, musste zweifellos ein Magier sein.

»Wir werden morgen zu Fürst Galirons Lager aufbrechen«, erklärte Baladus auf so bestimmende Art und Weise, als würde er die Befehle geben.

»Ach, du neuerdings hast das Sagen?«, höhnte Horuq. Er grinste breit. »Wohl nicht ganz bei Verstand.«

»Ihr werdet tun, was ich gerade vorgeschlagen habe, weil ihr aus dieser Sache doch möglichst lebendig – und noch besser: reich und wohlhabend – herauskommen wollt.«

»Du besser schweigen. Deine Hexenstimme bei mir nicht wirkt.«

»Du willst lieber betrogen werden und ohne eine Münze in der Tasche in Arakand als Hochverräter dastehen?«

»Schweig!«

»Ich hatte dich für klüger gehalten, Horuq. Aber anscheinend kannst du nur die Schädel anderer spalten, statt dir selbst mal den Kopf zu zerbrechen.«

»Du faselst sinnloses Zeug!«

»Lass ihn doch mal ausreden«, mischte sich Yskal der Etamiter ein. Er hatte seine Pfeile sorgfältig gereinigt und sie anschließend in der Hand gewichtet, die Steuerfedern glattgestrichen und sie einzeln in den Köcher zurückgleiten lassen. Wer immer ihnen in nächster Zeit auch in die Quere kommen mochte, Yskal war gewappnet.

»Du schon verhext, Etamiter?«, fragte ihn Horuq mit misstrauischem Blick.

»Ich will einfach nur hören, was er zu sagen hat.«

»Soll er reden!«, knurrte Jharrn, der von den Pferden zurückkehrte und sich wieder setzte. Horuq murmelte irgendeine Verwünschung in der Sprache der Südlichen Inseln.

Baladus' Gesicht zeigte keinerlei Regung. Nur in seinen Augen blitzte es. Ein kaum merkliches Zeichen des Triumphs. *Der erste Schritt ist getan. Der zweite wird folgen …*

»Warum glaubt ihr wohl, hat Ondros euch auf dem Weg in Fürst Fengors Lager nicht begleitet?«, fragte Baladus. »Er geht dort sonst ein und aus, habe ich gehört. Und ausgerechnet jetzt, da er mich dort abliefern soll, tut er das nicht und hält sich schön im Hintergrund? Wieso hat er euch allein losgeschickt?« Der Gelähmte ließ den drei Kriegern einige Augenblicke, darüber nachzudenken. Ihre Gesichter waren offene Bücher. Es war unschwer zu erkennen, dass sie tatsächlich zu grübeln begonnen hatten. Und das galt selbst für Horuq. »Ondros ist fein raus«, fuhr Baladus fort. »Er hat mit Fürst Fengor das Geschäft abgemacht. Ich werde in Fengors Lager abgeliefert. Dann schickt Fengor einen Emissär zur äußeren Stadtmauer, und man wird einen Preis dafür verlangen, dass ich in die Hände des Gottkaisers gegeben werde. Das ist der Plan.«

»Kann ja sein, dass dir der letzte Teil davon nicht so wirklich gut gefällt, Krüppel«, meinte Jharrn, »aber es gibt auch nichts, was du dagegen tun könntest. Wir kriegen unseren Lohn. Wo soll der Haken sein?«

»Der Haken?« Baladus machte eine kurze Pause, ehe er weitersprach. »Wenigstens ziehst du schon mal in Erwägung, dass es einen Haken gibt, Etamiter.«

»So hab ich das eigentlich nicht gemeint.«

»Ach nein? Fühlst du nicht längst auch dieses Unbehagen in deinem Bauch, dass da irgendwas faul ist? Das unbestimmte Gefühl, dass man euch vielleicht übers Ohr hauen will, und du weißt nur noch nicht genau, wie dieser Betrug ablaufen soll? Was soll ich sagen: Du hast recht, Jharrn.«

»Nichts einreden lassen, Etamiter!«, fuhr Horuq dazwischen.

»Sei still! Ich will wissen, was er meint!«, beharrte Jharrn.

Baladus schwieg jedoch. Quälend lange ließ er sich Zeit. Unwissenheit schützt vor Magie, so hieß es im Buch des Namenlosen Gottes. Und Wissen ist Macht. Aber die dosierte Weitergabe von Wissen war ein schleichendes Gift für den Geist. Ein Gift, das ihn gefügiger machen konnte als jeder Hexenzauber.

»Was glaubst du wird geschehen, wenn ich von Fürst Fengor an die Stadtwache von Arakand ausgeliefert werde? Man wird auch die Auslieferung derjenigen fordern, die mich zu den Barbaren geführt haben, um sie als Hochverräter hinzurichten.«

»Kein Grund, das anzunehmen«, behauptete Horuq. »Geschichtenerzähler!«

»Ondros rechnet offenbar durchaus mit dieser Möglichkeit«, hielt Baladus dagegen. »Und weil er das Risiko für sich selbst ausschließen will, wird er erst im Lager von Fürst Fengor eintreffen, wenn der ganze Handel über die Bühne gebracht wurde. Dass Fengor ihn betrügt, braucht er nicht zu fürchten. Schließlich ist der Barbarenfürst auf ihn angewiesen. So viele zuverlässige Schleuser, die ihm eine ständige Verbindung in die Stadt sichern können, gibt es nicht. Fengor hat Ondros bisher sogar verziehen, dass er regelmäßig ein paar Deserteure durch die Kanäle bringt. Wer weiß, vielleicht sind darunter auch ein paar Spione von Fengor. Horuq müsste das eigentlich wissen. Schließlich arbeitest du doch öfter mit Ondros zusammen, wenn ich das richtig begriffen habe.«

Horuq verengte die Augen, schwieg aber.

»Ist das wahr, was er sagt?«, fragte Jharrn.

»Hör ihm nicht zu«, knurrte der Angesprochene und spielte dabei nervös mit einer seiner Wurfäxte.

»Wie auch immer die Sache ausgeht, Ondros wird fein raus sein«, fuhr Baladus fort. »Euch hingegen wird es schlecht ergehen. So wie ich ihn einschätze, wird er Fürst Fengor eventuell sogar auf die Idee bringen, euch festzunehmen, um auch für euch – die Hochverräter! – ein Kopfgeld zu kassieren. Es ist das Geschäft seines Lebens, würde ich sagen. Du hast dich doch gewundert, warum er bereit war, *mich* zu bezahlen, obwohl er ursprünglich das Gegenteil vorgeschlagen hatte!«

Horuq merkte auf. »Ja, und?«

»In dem, was ich dir gerade gesagt habe, liegt der Grund verborgen. Ondros wird durch diesen Handel ein reicher Mann werden – auf unser aller Kosten! Und glaubt mir, er wird nichts davon mit euch teilen! Ihr bekommt am Ende nur die Klinge des Henkerschwerts in den Nacken, aber keinen einzigen arakandischen Taler – ganz gleich, was auch immer er euch vielleicht in blumigen Worten versprochen haben mag.«

Horuq schwieg. *Ein gutes Zeichen,* dachte Baladus. *Er denkt nach. Und wenn er nachdenkt, heißt das, er ist leichter beeinflussbar. Wie heißt es doch – zumindest so ähnlich – in den heiligen Schriften? Nur unwissende Gedankenlosigkeit schützt vor Magie …*

Jharrn ergriff das Wort. »Und wenn wir zu Fürst Galiron gingen, wäre das besser?«

»Ihr könntet dem Fürst ein Angebot machen«, sagte Baladus. »Offenbar ist er doch sowieso schon auf der Jagd nach mir. Wenn ihr also schlau seid, dann übergebt ihr mich für einen entsprechenden Preis an Fürst Galiron anstatt an Fürst Fengor. Nur, dass ihr in diesem Fall sehr viel günstiger davonkommt und euch auch nicht nur mit den paar Brosamen zufriedengeben müsst, die Ondros euch – nur vielleicht – zukommen ließe.«

»Wir haben Fürst Galirons Männer erschlagen«, gab Jharrn zu bedenken.

»Ich denke nicht, dass er so sehr an jedem einzelnen seiner Krieger hängt«, entgegnete Baladus. »Zumal es niemand glauben wird, dass drei Krieger zwölf von Galirons Männern umbringen konnten.«

»Und die Pferde? Sie tragen Brandzeichen.«

»Ihr sagt, dass ihr sie gefunden hättet – ebenso wie die toten Reiter. Und dass ihr am Kampfplatz auch ein paar von Fengors Männern habt liegen sehen.«

»Nicht schlecht!«, meinte Yskal. »Dann hätten wir den Tod der Reiter Fengors Heer in die Schuhe geschoben. Was meinst du, Horuq?«

Horuq knurrte etwas Unverständliches. »Redet viel der Krüppel«, meinte er dann.

»Ja, aber er scheint es wirklich faustdick hinter den Ohren zu haben.«

»Besser nicht auf ihn hören.«

»Und warum? Wegen seiner angeblichen Zauberkraft, von der du immer sprichst.« Jharrn machte eine wegwerfende Handbewegung. »Alles Aberglaube. Der Namenlose Gott wird dich beim Jenseitsgericht dafür strafen, dass dein Glaube so schwach und du so leicht zu beeindrucken warst.«

»Du sprechen viel Unsinn, Jharrn«, gab Horuq gereizt zurück.

»Ich überlege einfach nur, ob wir alles richtig machen«, verteidigte sich Jharrn. »Vielleicht hat dieser Krüppel ja recht, und wir sind geradewegs auf dem Weg in eine arakandische Kerkerzelle – und verpassen auch noch, ohne es zu ahnen, das Geschäft unseres Lebens!«

»Gierig geworden?«, knurrte Horuq.

»Ich bin kein Wissender Bruder, der die Armen speist und Kranke und Lahme pflegt. Und du ja wohl auch nicht. Gegen ein wirklich gutes Geschäft hätte ich nichts einzuwenden.«

»Als Mönch bei den Wissenden Brüdern muss man lesen lernen, und ich fürchte, das würde Horuq wohl etwas überfordern«, sagte Yskal und lachte.

Der riesige Mann von den Südinseln knurrte drohend. »Aufpassen, was sagen!«

»Immerhin käme Horuq auch nicht in die Gefahr, die Künste der verbotenen Mathematik anzuwenden, was man uns ja als Ketzerei auslegt«, mischte sich Baladus wieder ein. »Denn Voraussetzung dafür wäre, dass unser Freund Horuq wenigstens zählen könnte.«

Horuq sprang auf. Die Zähne waren wie bei einem Raubtier gefletscht, und in jeder seiner beiden prankenartigen Hände hielt er den Stiel einer Wurfaxt. Beide Waffen hatte er erhoben, so als sei er bereit, damit augenblicklich zuzuschlagen. Ein böser, funkelnder Blick traf Baladus. Aber genau das hatte der Gelähmte provozieren wollen. »Bitte! Erschlag mich! Schleudere eine deiner Äxte nach mir und spalte mir die Stirn. Alles, was ich noch in meinem qualvollen Leben zu erdulden hätte, bliebe mir erspart. Und du, Horuq, kannst dich glücklich schätzen, dass sich in die Reihe deiner Feinde neben zwei mächtigen Barbarenfürsten auch noch dein Herr und Auftraggeber Ondros einfügen wird. Denn für all die Genannten bin ich nur lebendig etwas wert. Nur solange ich lebe, kann man dem Gottkaiser von Arakand damit drohen, mich möglicherweise nach Boranien oder Olbadorea entkommen zu lassen, was für ihn einem Albtraum gleichkäme. Aber nur zu! Wer so viel Vertrauen in sein Schicksal hat, dass er das Geschäft seines Lebens einfach ausschlagen kann, weil er darauf vertraut, dass sich ihm so eine Chance jeden Tag wieder bieten kann, der hat sicherlich auch keine Furcht vor einem gelähmten Krüppel, der selbst seine Zunge und seine Lippen nur mit einiger Mühe bewegen kann.« Baladus brach ab. Seine Atmung schien auszusetzen. Der Kopf wurde dunkelrot. Er begann zu würgen, konnte aber offensichtlich nicht einmal husten.

Bruder Melvan war sofort zur Stelle. Die richtigen Handgriffe waren ihm inzwischen schon ziemlich geläufig.

Horuq stieß die beiden Wurfäxte zurück in den Gürtel und setzte sich wieder.

»Vielleicht sollten wir tatsächlich noch mal über alles nachdenken«, sagte Yskal. »Ich meine natürlich vorausgesetzt, der verkrüppelte Bastard stirbt uns nicht einfach von allein weg, weil du ihn so erschreckt hast, Schädelspalter. Dann hat es sich nämlich ohnehin mit dem besten Geschäft unseres Lebens erledigt, und wir können zusehen, dass wir so schnell wie möglich aus der Gegend verschwinden …«

Drei Männer befanden sich auf dem schmalen Boot. Am Bug und am Heck loderte jeweils eine Fackel, die das Labyrinth der unterirdischen Kanäle von Arakand nur wenig erhellten. Schatten tanzten auf den uralten Kanalwänden und dem Deckengewölbe. Hier und dort waren Buchstaben, magische Symbole und laienhaft in den Stein gekritzelte Bilder zu sehen. Begnadete Freskenmaler waren es nicht gewesen, die sich hier verewigt hatten. Eher schon Verzweifelte, die sich in den Weiten dieses Labyrinths verfahren hatten. Flüchtlinge vor dem Gesetz, die im Untergrund Arakands den Söldnern der Stadtwache hatten entkommen wollen. Verurteilte Straftäter, deren Verwandte irgendeinen Kerkermeister bestochen hatten, der den Betreffenden dann die Flucht ermöglicht hatte. Aber für nicht wenige war das eine Flucht in den Tod gewesen – gerade jetzt, in der Zeit der Stürme während der Annäherung des Zweiten Sonnenlichts. Wie stark der Wasserstand in den Kanälen schwanken konnte, zeigten die deutlich erkennbaren Linien an den Wänden. Die Zeichnungen unter der Decke waren offenbar zu Zeiten entstanden, da der Wasserstand sogar noch sehr viel höher gewesen war. Wer sich hier unten nicht sehr gut auskannte und mit dem Labyrinth vertraut war, der war verloren.

Es gab wohl nur wenige, auf die das so sehr zutraf wie auf Ondros den Schleuser. Denn er kannte auch den Teil des Labyrinths, der weit in das Vorland hineinreichte.

Ondros wirkte angespannt. Das größte Geschäft seines Lebens schien nicht mehr zu retten zu sein. Aber vielleicht sein Leben und seine Existenz als Schleuser. Denn sein größtes Kapital war das Wissen um die Unterwelt von Arakand. Ein Wissen, das ihm bis ans Ende seiner Tage ein Auskommen sichern konnte, denn es würden sich wohl auch in Zukunft Belagerer finden, die dafür sorgten, dass die Stadt in neun von zehn Jahren auf dem Landweg nur über jene Schleichwege zu erreichen war, die Ondros am allerbesten kannte.

Insofern wäre es für Ondros keine Alternative gewesen, einfach zu fliehen, um der Rache des gottkaiserlichen Assassinen zu entgehen. Nein, ihm blieb nur eine Wahl: gute Miene zu diesem Spiel machen, zu dem man ihn zwang. Und das hieß, dass er die beiden Männer, die mit ihm im Boot saßen, schnellstmöglich jenseits der Linien der Belagerer bringen musste: den Assassinen Dolch und den Söldner Kellorn, der ihm ja nur allzu bekannt war. *Du hättest mein Angebot annehmen sollen, Barbar,* ging es Ondros durch den Kopf. *Aber es wird sicher gute Gründe dafür geben, dass du stattdessen auf das des Assassinen eingegangen bist …*

Einer dieser Gründe war vermutlich, dass dies ein mehr oder minder offizieller Auftrag des Gottkaisers von Arakand sein musste. Kellorn blieb also seinem neuen Herrn treu, auch wenn er ihm damit in anderer Funktion diente als einfach nur durch Patrouillengänge auf den Wehrgängen der äußeren Stadtmauer. *Wer hätte das gedacht! Ein Barbar, in dem doch letztlich nur eine feige Söldnerseele steckt. Er denkt schon an die Veteranenpension, kaum dass der Dienst in der Stadtwache begonnen hat,* dachte Ondros.

Die Hoffnung, dass aus dem Geschäft seines Lebens doch noch etwas werden konnte, hatte Ondros noch nicht ganz aufgegeben. Er konnte sich jedenfalls nicht vorstellen, dass Dolch und Kellorn ernsthaft vorhatten, einfach in das Lager der Barbaren zu spazieren und den Krüppel zu erschlagen. Es war gut möglich, dass Verhandlungen geführt werden mussten. Und wer hätte sich dazu besser geeignet als Ondros der Schleuser, dessen Beziehungen zu Fürst Fengor exzellent waren?

Vielleicht, so hoffte er, würde dann sogar doch noch so etwas wie eine Provision für ihn abfallen. Dolch hatte auf eine entsprechende Andeutung hin nur gesagt: »Dass dir dein Leben gelassen wird, ist Provision genug für einen Hochverräter wie dich.« Doch das ignorierte Ondros mehr oder minder.

In seinem bisherigen Leben hatte er gelernt, dass man geduldig auf seine Chance warten musste und sich nicht zu früh von seinen Zielen abbringen lassen durfte. Er war in diesem Kanallabyrinth groß geworden. Sein Vater hatte zu den Freien Kanalreinigern gehört, die damals noch sehr zahlreich gewesen waren. Familien, die auf Booten die Unterwelt Arakands durchstreiften und nach Wertvollem suchten, was in die Zisternen und Kanäle hineingespült worden war. Insbesondere bei niedrigem Wasserstand ließ sich alles Mögliche finden. In vielen Häusern, deren Keller einen direkten Zugang zu den Kanälen hatten, wurden diese auch dazu missbraucht, um Abfälle schnell zu entsorgen. Natürlich war es immer der Traum jedes Kanalreinigers gewesen, mal die Goldschatulle eines reichen Bürgers zu finden, der sie im letzten Moment vor den Steuereintreibern des Gottkaisers hatte verbergen wollen. Es gab Geschichten über solche Funde. Für die meisten Kanalreinigerfamilien blieb es bei etwas Metall, Lumpen, hin und wieder ein paar Münzen, die versehentlich in die Abflüsse geraten waren. Ansonsten hatten sie die Fische und Krebse ernährt, die so zahlreich waren, dass es im Stadtrat schon Beschwerden der Seefischergilde gegeben hatte. Daraufhin war ein Gesetz verabschiedet worden, das den Verkauf der Süßwasserfische allgemein und jenen aus den arakandischen Zisternen im Besonderen unter Strafe stellte. Allerdings war das Gesetz des Stadtrats nie in Kraft getreten, da der Gottkaiser es nie bestätigt hatte. Und inzwischen gab es auch nur noch sehr wenige Kanalreinigerfamilien. Die meisten waren durch die Kanalflut während der schweren Regenfälle und Stürme, die der letzten Annäherung vorangegangen waren, ums Leben gekommen. Auch Ondros' gesamte Familie war diesem Ereignis zum Opfer gefallen. Er hatte nur mit Glück überlebt.

Das Wissen selbst über die kleinste Verzweigung in diesem unterirdischen Reich und seine Fähigkeit, sich dort ebenso gut orientieren zu können, wie es den meisten Arakandiern allenfalls in der Oberflächenstadt möglich war, stellte bis zu diesem Tag sein größtes Kapital da.

Dass sein Leben einem Tanz auf der Rasierklinge glich, dass sein Schleusergewerbe trotz guter Zusammenarbeit mit Offizieren der Stadtwache und anderen teils illegal, teils halb legal war und ihn jederzeit in eine Kerkerzelle bringen konnte, daran hatte er sich gewöhnt. Diese Art von Ungewissheit war nichts im Vergleich zu den Unwägbarkeiten, mit denen er als Kind einer Kanalreinigerfamilie hatte zurechtkommen müssen. Er würde geduldig abwarten, und – ganz gleich, wie sich die Dinge auch entwickeln mochten – versuchen, daraus seinen größtmöglichen Vorteil zu ziehen. So oder so …

»Ich hätte nicht gedacht, so schnell wieder in dieser Unterwelt zu landen«, sagte Kellorn nach längerem Schweigen. Seine Worte waren offensichtlich an Dolch und nicht an Ondros gerichtet. Also antwortete dieser auch nicht darauf. Kellorn fuhr unterdessen fort: »Mein Hauptmann wird sich bedanken, wenn ich mit genauso stinkender Kleidung wieder bei ihm erscheine wie an dem Tag, als ich Söldner wurde.«

»Dafür wird dir die Anerkennung des Gottkaisers gewiss sein«, gab Dolch zurück.

Kellorn ließ das Paddel immer wieder kräftig in das dunkle Wasser tauchen. Er zog kräftig durch. Kräftiger als die anderen beiden Männer im Boot, weswegen dessen Richtung immer einen gewissen Linksdrall hatte und korrigiert werden musste. Aber Kellorn war offenbar wenig geübt darin, seine Kraft zu dosieren.

»Was mich am meisten verwirrt, ist die Tatsache, dass wir einen gelähmten Krüppel jagen. Bei allen … Ich meine, beim Namenlosen Gott, ich hatte noch nie so einen Gegner!«

»Er ist nicht dein Gegner, sondern meiner«, sagte Dolch. »Ich werde es sein, der ihm die Klinge in den Leib stößt, ihm den Kopf abschlägt, den blutigen Schädel in einen Sack steckt und ihn zurück nach Arakand bringt.« Es klang energisch und entschlossen. Und doch dienten diese Worte eher dazu, sich selbst Mut zu machen, statt dass sie Ausdruck von tatsächlicher Zuversicht gewesen wären. »Die Magie des Gelähmten vermag mir nichts anzuhaben. Ich bin durch die Hölle gegangen, um diese Unverwundbarkeit des Geistes zu erlangen. Das Ritual des Hofalchimisten hätte mich fast umgebracht.«

Da alle drei Männer nach vorn blickten und Kellorn hinter Dolch saß, brauchte der Barbar nicht in das Gesicht des Wechslers zu sehen. Für Kellorn war das durchaus angenehm. Es irritierte ihn immer wieder, wenn er plötzlich Ähnlichkeiten zu irgendwelchen Gesichtern in den Zügen des Assassinen zu entdecken vermeinte. Er hatte sich schon dabei ertappt, Dolchs Blick bewusst auszuweichen – etwas, was er eigentlich sonst nie tat und was auch seinem Selbstverständnis als stolzer Krieger aus dem Reich an der Steinküste völlig widersprach und Kellorn daher ebenso viel Unbehagen bereitete wie die Veränderungen in Dolchs Gesicht.

»Man darf diesen Gelähmten nicht unterschätzen«, sagte Dolch nicht zum ersten Mal. »Die Magie dieser Kreatur kann den Willen eines jeden brechen wie einen getrockneten Grashalm. Und ich wage gar nicht erst daran zu denken, was geschieht, wenn er erst mal den Willen von Männern wie Fürst Fengor beeinflusst hat.«

Ondros schwieg dazu. Dass er selbst anscheinend in erheblicher Weise von dieser Kreatur magisch beeinflusst worden war, ließ er unerwähnt. Das brauchte niemand zu wissen. Ondros selbst empfand das im Nachhinein als eher peinlich. Nie hatte er geglaubt, dass er so leicht zu manipulieren war. Und doch musste er im Nachhinein erkennen, dass offensichtlich genau das mit ihm geschehen war. Ein Trost war ihm allerdings, dass er offenkundig nicht der Einzige war, der die geistigen Kräfte des Krüppels zu spüren bekommen hatte.

Ich hoffe nur, dass wir ihn auch tatsächlich in Fürst Fengors Lager antreffen, ging es dem Schleuser durch den Kopf. *Andernfalls könnte ich in eine sehr schwierige Situation geraten.*

Die Stunden zogen sich dahin. Irgendwann erreichten sie in einem der Kanalgewölbe einen schlammigen Strand, auf den sie das Boot zogen. Bis fast zu den Knien sanken die Männer in den Schlamm ein, der so übel stank, dass Dolch sich kaum vorstellen konnte, wie der Krüppel auf diesem Weg die Stadt hatte verlassen können, ohne an einem seiner Hustenanfälle zu ersticken. Aber diese Anfälle schienen ja die Eigenschaft zu haben, immer nur *beinahe* tödlich zu sein. Er empfand es plötzlich als äußerst eigenartig, dass sie anscheinend immer genau im passenden Moment auftraten und sich seine Situation offenbar immer wieder sehr plötzlich verbesserte.

»Ich hoffe, dass man mir noch mal neue Kleider gibt, wenn ich zurückkehre«, sagte Kellorn. »Und vor allem, dass man sie mir nicht von meinem Sold abzieht!«

»Deine Sorgen möchte ich haben, Barbar«, knurrte Dolch. »Kann ja sein, dass es dich nicht weiter kümmert, wenn du bei deiner Rückkehr so stinkst, als würdest du geradewegs aus einer fauligen Kloake steigen.«

»Ich habe nicht geahnt, dass ihr Barbaren aus dem Steinküstenreich so empfindlich seid«, gab Dolch zurück. »Schon die kurze Zeit innerhalb der Mauern von Arakand scheint bei dir für eine beträchtliche Verweichlichung gesorgt zu haben.«

Sie erreichten schließlich einen Ausgang, der an einer geschützten Stelle lag. Der durch Gestrüpp verborgene Eingang einer natürlichen Erdhöhle, so schien es. Vermutlich gab es nicht nur diesen einen Zugang zum unterirdischen Labyrinth, das Ondros für seine Zwecke nutzte.

Die Nacht war fast vorbei. Der grünblaue Schimmer der Himmelslichter vermischte sich bereits mit den ersten Strahlen der beiden Sonnen, die hinter dem Horizont aufstiegen, während der Mond noch in der Nordhälfte des Himmels stand.

»Weißt du, wo wir sind?«, fragte Dolch an Kellorn gewandt.

Der Barbar rückte sich den Riemen vom Rückenfutteral zurecht, in dem ein Schwert steckte, und schob die Streitaxt in seinem Gürtel etwas weiter nach hinten. Den Buckler trug er auf der anderen Seite am Gürtel. Er wirkte im Moment fast wie ein Hüftschutz. »Das ist nicht der Ort, an dem ich eingestiegen bin, um in die Stadt zu gelangen.«

Dolchs Hand hatte den Griff der Einhandarmbrust an einer Seite umfasst und ließ ihn wieder los. Er spürte, dass Ondros ihn beobachtete und dieses Detail zweifellos bemerkt hatte. *Der Schleuser ist klüger, als ich dachte,* überlegte Dolch. *Er weiß genau, wie er sich unentbehrlich macht.*

Eigentlich hatte Dolch vorgehabt, sich des Schleusers hier und jetzt zu entledigen. Als Straßenjunge hatte er gelernt, einen Weg, den er einmal gegangen war, sicher wiederzufinden. Durch das Labyrinth zurückzukehren traute er sich ebenfalls allein zu. Ondros brauchte er dazu nicht. Und es sprach noch etwas anderes dafür, den Schleuser für immer loszuwerden. Dolch traute ihm nicht und rechnete damit, dass er doch versuchte, auf irgendeine Weise Kapital aus der Sache zu schlagen. Auf jeden Fall würde es ihm nicht gefallen, dass Dolch gar nicht vorhatte, für den Krüppel ein Lösegeld anzubieten …

»Ich habe einen Ausgang gewählt, der möglichst nahe am Ziel liegt«, erklärte Ondros nun. »Aber es liegt trotzdem ein ziemlich anstrengender Fußmarsch vor uns. Und wir müssen außerdem damit rechnen, dass wir auf Patrouillen treffen.«

»Bring uns einfach möglichst nahe an das Feldlager heran«, sagte Dolch.

Gegen Mittag zogen von Süden her Wolken auf. Sie türmten sich zu gewaltigen dunklen Gebirgen auf. Allerdings war das Zweite Sonnenlicht inzwischen zu groß und sein Feuer zu nah, als dass es von den Wolken völlig hätte verdeckt werden können. Es war stattdessen von einem flammengelben, wabernden Kranz umgeben, der wie ein feuriger Nebel wirkte und es noch größer erscheinen ließ.

»Wir müssen schnellstens irgendwo Schutz suchen«, erklärte Ondros. »Ein neuer Sturm kündigt sich an.«

»Ich frage mich, wann der Gottkaiser endlich das Zweite Licht fortschickt«, knurrte Kellorn. »Ist es nicht groß genug geworden?«

»Unser erhabener Gottkaiser kennt den Zeitpunkt, an dem er das Ritual durchführen muss. Der Namenlose Gott hat ihm den Tag offenbart, da er die Worte sprechen muss, damit sie ihre Wirkung entfalten.«

»Na, dann hoffe ich, dass er diesen Tag nicht einfach verschläft«, brummte Kellorn.

»Du bist sein Soldat und solltest nicht so frevelhaft reden.«

»Ich habe aber auch Augen im Kopf und sehe, dass das Zweite Licht heute sehr viel größer ist als noch in den letzten Tagen. Beim Namenlosen Gott, so schnell habe ich es noch nicht anschwellen sehen …«

Es begann bereits zu regnen. Wind kam auf.

»Wie viele Annäherungen hast du denn erlebt?«, fragte Dolch. »Deinem Alter nach kann das nicht mehr als eine gewesen sein.«

»Wie gesagt, ich sehe, was ich sehe!«

»Vermutlich warst du damals noch sehr jung, da beeindruckt einen manches mehr als später.«

Kellorn blieb stehen und starrte Dolch plötzlich an. Der Schrecken war in seinen Zügen abzulesen. »Ich dachte gerade …«

»Sieh mich einfach nicht an, wenn du an niemanden unangenehm erinnert werden willst.«

»Worauf wartet ihr?«, rief Ondros. »Es wird sehr bald ziemlich ungemütlich, fürchte ich!«

Sie suchten Schutz in einer muldenähnlichen Bodensenke und pressten sich dort auf den Boden, während der Sturm über sie hinwegbrauste. Es regnete so heftig, dass sie innerhalb weniger Augenblicke bis auf die Haut durchnässt waren. Donner und Blitz folgten unmittelbar aufeinander. Die Schläge waren so ohrenbetäubend laut, dass Dolch schon fürchtete, sein Gehör würde Schaden nehmen. Der Boden verwandelte sich in Schlamm. Aber ebenso plötzlich, wie das Unwetter begonnen hatte, war es auch schon vorbei. Der Regen ließ nach, die Blitze ebenfalls, und aus der Ferne war das dumpfe Grollen des abziehenden Gewitters zu hören.

Nur zögernd erhoben sie sich. Kellorn war der Erste, der schließlich wieder auf den Beinen stand. Das Land schien zu dampfen. Überall wallten Nebel, während die Hitze der beiden Sonnenlichter am Himmel die letzten Wolken rasend schnell auflöste.

Kellorn, Dolch und Ondros blickten zum Himmel empor, wo das Zweite Licht noch einmal erheblich angewachsen war, so schien es. So gewaltig hatte auch Dolch es nie zuvor gesehen. Fast den halben Himmel machte es aus, und das Erste Licht wirkte fast wie ein unscheinbares Gestirn dagegen. Dort, wo der Himmelsbogen das Zweite Licht schnitt, verschwand er. Das Feuer dieses gewaltigen Glutballs schien den Ring um die Welt einfach zu fressen, überstrahlte ihn, sodass dieses Zeichen der göttlichen Ordnung und der allgegenwärtigen Trennung von Gut und Böse, Leben und Tod, Nord und Süd, Chaos und Ordnung oder auch Unglaube und Glaube einfach davon verschlungen wurde.

Für einen kurzen Moment überkam selbst Dolch ein Schauder. Was, wenn die Tage der Welt doch gezählt waren und sich das Zweite Licht bereits zu sehr genähert hatte, als dass der Gottkaiser sein drohendes Feuer noch hätte bändigen können?

Ein Gedanke, den Dolch mit einem stillen Stoßgebet zu

unterdrücken versuchte. Es waren die Zeiten der Annäherung, in denen der Glaube auf die Probe gestellt wurde, immer wieder aufs Neue. Und Dolch hatte sich fest vorgenommen, all die Proben, die ihm in dieser Hinsicht zugemutet wurden, zu überstehen und unbeirrbar an dem festzuhalten, was ihm in den Tagen, da er als Straßenjunge durch die Gassen von Arakand geirrt war, Halt und Lebensmut gegeben hatte.

»Gehen wir«, sagte Ondros.

Kapitel 15

Das Zweite Licht war milchig geworden und sank hinter den Horizont. Die Reitergruppe um Baladus, Bruder Melvan und die drei Söldner hatte während des Sturms zwei von fünf Pferden verloren. Sie waren einfach nicht mehr zu halten gewesen. Völlig von Blitz und Donner verschreckt, waren sie davongeprescht und nicht mehr einzufangen gewesen. Bruder Melvan und Baladus teilten sich seitdem ein Pferd, ebenso wie Yskal und Jharrn. Der Regen hatte ihre Sachen zwar vollkommen durchnässt, doch die flirrende Hitze des Zweiten Lichts war stark genug gewesen, um sie bald wieder trocknen zu lassen. Selbst die mit Wasser vollgesogenen Stiefel der Söldner und die Satteldecken der Pferde waren wieder trocken. Den ganzen Nachmittag über hatte dieses gewaltige, sich von Horizont zu Horizont erstreckende Himmelsfeuer jedes bisschen Feuchtigkeit aus dem Boden herausgebrannt. Nun, am frühen Abend, hätte man denken können, ein Land vor sich zu haben, das eine wochenlange Dürre hinter sich hatte.

Die einzige Feuchtigkeit, die die Reiter noch an ihrem Körper spürten, war ihr eigener Schweiß.

»Das muss es sein«, sagte Horuq und deutete in die Ferne. »Fürst Galirons Lager!« Er drehte sich im Sattel herum. »So wie du es gewollt hast, Krüppel!«

Die Banner von Fürst Galiron knatterten im Wind. Seine Männer kämpften im Zeichen eines Drachen, aus dessen

Maul eine Feuerzunge loderte. Flammendes Gelb auf dunklem Rot – überall. Auch die Zelte waren in diesen Farben gehalten. Etliche von ihnen waren wohl während des Sturms umgeweht worden, und man war noch immer nicht mit den Aufräumarbeiten fertig. Außerdem waren die Trümmer von Belagerungsmaschinen und Katapulten zu sehen. Einige davon mochten vom Beschuss der Verteidiger beschädigt worden sein, aber mindestens ein großer Belagerungsturm und ein Springald machten eher den Eindruck, als sei der Blitz hineingefahren. Das galt auch für eines der Zelte, das offensichtlich gebrannt hatte.

Die Blitze in der Sturmzeit vor der Annäherung konnten sehr tückisch ein. Die *Schläge des Schicksals* nannte man sie in Arakand. In der Vergangenheit waren sowohl Wachen auf den Mauern und Türmen davon getroffen worden als auch das eine oder andere Fachwerkhaus, das nach einem solchen Einschlag in Flammen aufgegangen war.

Baladus hing vor Bruder Melvan im Sattel. Das Tragetuch hielt ihn aufrecht. Sein Gesicht zeigte schon eine ganze Weile in Richtung der untergehenden Sonnen. Das Zweite Licht war an diesem Tag erheblich stärker angewachsen, als es der vorausberechneten Annäherung entsprochen hätte. Baladus hatte Jahre seines Lebens mit der Lektüre alter Aufzeichnungen verbracht, die die Wissenden Brüder im Verlaufe vieler Jahrhunderte über alle Erscheinungen des Himmels angefertigt hatten. Schon einige von Baladus' Vorgängern, Gelehrte, die der Mönchsorden hervorgebracht hatte, waren darauf gekommen, dass die starke Aufblähung des Zweiten Lichts zu Sturmtagen vielleicht nichts weiter als eine optische Täuschung war, verursacht durch die großen Mengen an Wasserdampf, die zum Himmel stiegen und eine ähnlich vergrößernde Wirkung haben konnten wie ein Glas, das auf bestimmte Weise geschliffen war. Dementsprechend war auch einleuchtend, dass sich das riesige Sonnenfeuer dann in den darauffolgenden Tagen zunächst wieder zu verkleinern schien, ehe es erneut anschwoll.

Aber all diese Erkenntnisse gehörten zu den Dingen, die man am Hof des Gottkaisers als ketzerische Lehren ansah und über die man besser in der Öffentlichkeit schwieg.

Das Feldlager von Fürst Galiron konnte Baladus nicht sehen, obwohl es mittlerweile in Sichtweite lag und man dort offenbar auch bereits auf die Ankömmlinge aufmerksam geworden war. Aber das machte nichts, und Baladus dachte auch keineswegs daran, Bruder Melvan darum zu bitten, das Pferd etwas zur Seite zu lenken, sodass er einen Blick darauf werfen konnte.

Baladus war zufrieden. In Anbetracht der gesamten Umstände seiner Flucht hatte er das Bestmögliche erreicht. *In Fürst Fengors Lager wäre ich nur ein Stück Verhandlungsmasse gewesen,* dachte er. Vielleicht war er in Fürst Galirons Lager auch nicht viel mehr. Aber es gab da einen Faktor, von dem er sich einen entscheidenden Vorteil versprach. *Bruder Rentik, der wichtigste Berater Galirons – er ist einer von uns,* wusste Baladus, *ein Wissender Bruder.*

Schon vor langer Zeit war es dem Orden gelungen, Einfluss auf Fürst Galiron zu gewinnen. Das war noch vor Beginn der gegenwärtigen Belagerung gewesen, als Galiron noch in seinem Reich im Südosten damit beschäftigt gewesen war, ein Heer auszurüsten. Einfluss auf wichtige Herrscher auszuüben, indem man in ihrer Nähe Berater unterbrachte, gehörte zur lang angelegten, über Generationen hinwegreichenden Strategie der Wissenden Brüder. Und da viele der Mönche Ärzte waren oder durch ihren Dienst in den Hospitälern ein erhebliches Heilwissen erlangt hatten, hatten sie leichten Zugang zu Höfen, Feldlagern oder wo sonst auch immer die Anführer sich schnell bildender und ebenso schnell wieder zerfallender Reiche residierten. Pestilenzen und Gebrechen waren schließlich ein Übel, das auch Könige und Fürsten traf – und wer immer dagegen wirksame Mittel offerierte, wurde willkommen geheißen. Wer heilte, hatte recht – und oft genug das Ohr des Fürsten. Und das mitunter in Momenten größter Schwäche, wenn die Möglichkeiten einer Einflussnahme besonders nachhaltig waren.

Wir werden sehen, wie groß der Einfluss von Bruder Rentik auf Fürst Galiron ist, überlegte Baladus. *Hoffentlich groß genug, um mich am Leben zu lassen und nicht umgehend an den Gottkaiser ausgeliefert zu werden …*

Alles, was Baladus brauchte, war genug Zeit. Zeit, um selbst seinen Einfluss zu entfalten. Dass seine Mönchsbrüder und mit ihnen die Gedanken und Ideen, die er vertrat, ihm vielleicht schon vorausgeeilt waren, machte es überhaupt erst möglich, dass seine Bestrebungen nicht schon von Anfang an zum Scheitern verurteilt waren.

Im Lager wurde es unruhig. Zwanzig Reiter stiegen auf ihre Pferde, mehr als hundert Fußsoldaten griffen zu den Waffen und machten sich auf den Weg. Sie bildeten einen sich immer enger schließenden Halbkreis.

»Jetzt sich zeigen, ob dir folgen war richtig, Krüppel«, sagte Horuq. Er führte die Zügel seines Pferdes locker mit der Linken, während der Daumen der rechten hinter den Gürtel gehakt war – genau dort, wo er seine Wurfäxte stecken hatte.

»Lass mich für uns sprechen«, forderte Baladus in einem Tonfall, der keinen Widerspruch duldete.

Horuqs Gesicht verzog sich. Ihm gefiel es nicht, von dem Krüppel Befehle zu erhalten.

»Viel Glück, wenn sprechen«, knurrte er schließlich.

Es dauerte nicht lange, und die fünf Männer auf drei Pferden waren eingekreist. Dutzende von Bogen, Armbrüsten und Lanzen waren auf sie gerichtet.

Eine Gasse bildete sich für einen Reiter in Harnisch und

Livree in den Wappenfarben von Fürst Galiron. Der Federbusch seines Helms war ebenfalls gelb und rot.

Inzwischen hatten einige der Barbaren festgestellt, dass die Pferde Galirons Brandzeichen trugen.

Jharrn wurde gepackt und vom Pferd gerissen, und Yskal erging es ebenso, auch er wurde von einem halben Dutzend Händen aus dem Sattel gezogen, ehe er seinen Bogen auch nur mit einem einzigen Pfeil bestücken konnte.

Eine Lanzenspitze drang ihm in die Seite. Er kam zu Boden, rollte sich um die eigene Achse und wich einem weiteren Lanzenstich aus. Wiehernd stellte sich das Pferd, auf dem Jharrn und Yskal gesessen hatten, auf die Hinterhand.

Bruder Melvan versuchte unterdessen verzweifelt, Baladus zu schützen und sein Pferd ruhig zu halten. Horuq hatte es da besser. Da er allein auf einem Pferd saß, war er beweglicher und konnte sich besser wehren. Mit einem Fußtritt ließ er einen Angreifer zurücktaumeln. Er riss die große Streitaxt hervor, ließ die Doppelklinge kreisen. Einen Kopf verfehlte er nur knapp. Die Angreifer wichen zurück und blieben auf Distanz.

Horuqs Pferd bäumte sich wiehernd auf, als eine Lanzenspitze das Tier an der Seite ritzte. Ein Armbrustbolzen verfehlte Horuq knapp und traf stattdessen einen der Barbarenkrieger in die Schulter, der schreiend aus dem Sattel kippte.

Jharrn kam wieder auf die Beine und hieb mit seiner wuchtigen Klinge um sich. Eine Lanzenspitze und eine Schwerthand wurden abgeschlagen, und Blut spritzte Jharrn ins Gesicht. Er führte einen tiefen Schlag, der einem Gegner das Knie zertrümmerte und zu Boden gehen ließ. Dann sah er aus dem Augenwinkel, wie ein Armbrustbolzen Yskal durch den Kopf drang, ihn regelrecht aufplatzen und das Hirn herausspritzen ließ, als wäre es das zuckerfarbene Innere einer olbadoreanischen Melone. Der Bolzen war am Hinterkopf wieder ausgetreten und bohrte sich in die Flanke des

Pferdes, auf dem Jharrn und Yskal geritten waren. Es wieherte in einer Tonlage, die an eine schreiende Frau erinnerte, schlug mit den Hufen um sich, als müsste es sich gegen einen unsichtbaren Feind wehren, und brach dann zusammen.

Einige Armbrüste und Bogen waren auf Jharrn gerichtet, aber die Gefahr war viel zu groß, in dem unüberschaubaren Handgemenge die eigenen Leute zu treffen.

Eine befehlsgewohnte, durchdringende Stimme erklang. Es war die des Hauptmanns mit dem rot-gelben Federbuschhelm. »Waffen runter und zurück!«

Ein Ruf, der sich mit Horuqs Schrei vermischte, denn er hatte gerade einen Pfeil in den Oberschenkel bekommen. Horuq ließ die Zügel seines Pferdes fahren und riss sich den Pfeil mit der Linken heraus, während die Rechte die gewaltige Doppelklingenstreitaxt mit einer Leichtigkeit schwang, mit der andere Männer nicht einmal ein gewöhnliches Langmesser zu führen vermochten.

Der Hauptmann näherte sich Baladus und Melvan. Er deutete auf den Gelähmten, der einen Hustenanfall bekommen hatte und blutigen Schleim auswarf. Seine Gesichtsfarbe hatte von dunkelrot zu violett gewechselt. »Stirbt er?«

»Ich hoffe nicht«, sagte Bruder Melvan.

»Das ist der Krüppelmagier der Wissenden Brüder, nicht wahr?«

»Ja. Ich bin Bruder Melvan.«

»Ein Wissender Bruder?«

»Ja.«

»Du trägst keine Kutte.«

»Weil wir derzeit in Arakand einer schlimmen Verfolgung ausgesetzt sind.«

Baladus erholte sich erstaunlich schnell. Und wieder einmal genau zum richtigen Zeitpunkt. Die Gesichtsfarbe normalisierte sich. Er bekam wieder Luft, und ohne dass er etwas hätte sagen müssen, lenkte Bruder Melvan sein Pferd etwas zur Seite, sodass es dem Gelähmten möglich war, den Hauptmann anzusehen.

Dieser runzelte die Stirn, als er dem Blick des Gelähmten begegnete.

»Ich bin Baladus von den Wissenden Brüdern. Und am Hof des Gottkaisers nennt man mich inzwischen wohl sicher auch Baladus den Ketzer, obwohl das nicht zutrifft, denn alles, was ich tue, ist, die Herrlichkeit der göttlichen Ordnung zu ergründen und der mathematischen Wahrheit Ausdruck zu verleihen.«

»Du redest so geschwollen und gedrechselt daher, dass man wohl nicht daran zweifeln kann, dass du ein Wissender Bruder bist«, sagte der Hauptmann kopfschüttelnd. »Eigenartig, wenn man dich so sieht ...« Er sprach nicht weiter.

Seine Aussprache des Arakandischen war akzentbeladen und barbarisch – so wie bei den anderen Männern, die Fürst Galiron folgten.

»Bruder Rentik wird bestätigen, wer ich bin – und wer Bruder Melvan ist«, sagte Baladus. »Ich nehme doch an, dass er immer noch deinen Fürsten berät und euch bei der Heilung so mancher Krankheiten zu helfen vermag. Und auch wenn weder Bruder Melvan noch ich irgendwelche Zeichen bei uns tragen, die uns als Mitglieder des Ordens ausweisen, so kann Bruder Rentik durch das Stellen der Geheimen Fragen doch zweifelsfrei erkennen, ob wir zum Orden gehören oder nicht.«

Der Hauptmann nickte. »Wer sind die Männer, die euch begleiten?«

»Söldner, die mich in Fürst Fengors Lager bringen sollten. Aber ich habe mich entschieden, mich stattdessen Fürst Galiron anzubieten.«

Der Hauptmann überlegte kurz. Dann entschied er: »Sie werden vor Fürst Galiron geführt!«

»Wenn du willst Waffen von mir, du bekommst Klinge in

Schädel«, knurrte Horuq einen der Krieger an, der es gewagt hatte, sich ihm zu nähern. Wie angewurzelt blieb dieser stehen. Horuq verzog das Gesicht. Die Wunde am Oberschenkel blutete stark.

»Lasst ihnen die Waffen!«, befahl der Hauptmann. Er deutete auf Horuq und fuhr fort: »Aber du steigst von dem Gaul, denn der gehört dir nicht!«

Baladus und seine Begleiter wurden ins Feldlager des Fürsten Galiron geführt. Das Hauptzelt war so stabil errichtet, dass es sogar den letzten Stürmen widerstanden hatte. Unzählige Seile aus boranischer Spinnenseide hielten die Stangen aufrecht.

Baladus und Melvan gestattete man, auf ihrem Pferd zu bleiben. Horuq und Jharrn gingen hinter ihnen her. Horuq humpelte etwas, da ihm die Verwundung am Oberschenkel zu schaffen machte. Bevor sie den Kampfplatz verließen, hatte er einen kurzen Blick zurückgeworfen – dorthin, wo Yskal lag, von dessen Kopf so gut wie nichts übrig geblieben war. »Rache folgt. Ganz bestimmt.«

»Du kanntest Yskal doch gar nicht«, hatte Jharrn eingewandt.

»Was du reden?«

»Wieso willst du jemanden rächen, der dir gar nicht nahestand? Yskal war ein dahergelaufener Söldner, und für ein paar Silberstücke hätte er uns beiden im Schlaf die Kehlen durchgeschnitten.«

Horuq wandte sich mit einem verkniffenen Gesicht an Jharrn. Seine Wut konnte der riesenhafte Axtkrieger von den Südlichen Inseln kaum verbergen. Aber Jharrn irrte sich offenbar in einer Annahme, auf wen diese Wut gerichtet war.

»Yskal? Wer von Yskal sprechen? Ich sprechen vom Magierkrüppel. Hat uns reingelegt. Könnte ihm umdrehen Hals und halte Nase zu, wenn Gelegenheit.«

Im Inneren des Zeltes thronte Fürst Galiron auf einem groben Holzthron, dessen einzige Verzierungen die Drachenköpfe an den Armlehnen waren. Galiron war grauhaarig und kräftig. Seinen Bart hatte er in mehrere Zöpfe geflochten, sein Helm war mit Edelsteinen besetzt und reich an feinen Gravuren. Ein umgearbeitetes Beutestück, das Galiron auf seinem Zug nach Olbadorea in die Hände gefallen war. Olbadoreanische Schiffe hatten sein Heer dann über die Meeresstraße von Arakand gesetzt und im Vorland landen lassen, wo sie auf die Truppen von Fürst Fengor stießen, die bereits ein paar Monate früher aufgebrochen waren.

Ein illustrer Hofstaat an Günstlingen, Konkubinen, Dienern und Haustieren umgab den Fürsten. Ein olbadoreanischer Löwe lag zu seinen Füßen, leicht an dem weißen Fell und der tiefschwarzen Mähne sowie seiner enormen Größe zu erkennen. Das Tier wirkte müde und faul, was angesichts der stickigen Luft im Zelt auch kein Wunder war.

Fast allen stand der Schweiß auf der Stirn. Fürst Galiron perlte er unter dem Helm hervor. Er wirkte ziemlich angestrengt. Aber dafür gab es auch andere mögliche Gründe. Die Schäden des letzten Sturms zum Beispiel oder die Tatsache, dass die Belagerung bisher alles andere als erfolgreich verlaufen war.

Es ist immer dasselbe, ging es Baladus durch den Kopf. *Nicht die Verteidiger von Arakand werden irgendwann von Hunger und Durst geplagt, sondern den Belagerern geht der Nachschub aus.*

Das arakandische Vorland war schließlich schon so häufig und so gründlich ausgeplündert worden, dass es kaum noch eine Armee zu ernähren vermochte. Nachschub musste von weit her herangeschafft werden. Irgendwann war der Aufwand dafür so groß, dass er einfach nicht mehr im Verhältnis zum möglichen Lösegeld stand. Daran, Arakand tatsächlich zu erobern, dachte dieser Fürst wohl ohnehin nicht. Zumindest schätzte Baladus ihn so ein.

»Seid gegrüßt, mein Fürst«, sagte Baladus. Melvan trug ihn nun auf dem Rücken. Während Bruder Melvan sich etwas drehte, sah der Gelähmte für einen kurzen Moment über den versammelten Hofstaat des Fürsten. Aber die Kutte eines Wissenden Bruders konnte er dort nirgends entdecken. *Wo ist Bruder Rentik?*, fragte er sich. Die Gnade der Fürsten konnte sehr wechselhaft sein. Baladus hoffte, dass sich Rentiks Position am Hof von Fürst Galiron nicht urplötzlich geändert hatte.

Aber Baladus' Befürchtungen wurden schon im nächsten Moment ausgeräumt. Ein Mann im Gewand der Wissenden Brüder trat in das Zelt, verneigte sich tief, ging dann an Baladus vorbei, durchschritt dessen Gesichtsfeld und sah ihn einige Augenblicke lang an, ehe er seinen Platz neben dem Thron des Fürsten einnahm. Der olbadoreanische Löwe öffnete sogar die Augen, als der Mönch sehr nahe an ihm vorbeistieg.

»Ist er das?«, fragte Fürst Galiron an Bruder Rentik gewandt.

»Baladus und ich sind uns nie persönlich begegnet, aber …« Rentik zögerte kurz, ehe er weitersprach. Sein Blick traf sich für einige Augenblicke mit dem von Bruder Melvan. »Ich kenne Bruder Melvan. Wir dienten als Novizen im selben Krankenhaus. Geht davon aus, dass Ihr tatsächlich Baladus vor Euch habt. Er ist immerhin in mehrfacher Hinsicht sehr … einzigartig.«

Galiron wirkte zufrieden.

»Ich bin der Baladus, der es Fürst Fengor ermöglichen sollte, ein hohes Lösegeld vom Gottkaiser zu erzielen, denn ich werde als Ketzer und Staatsfeind gesucht«, sagte Baladus. »Aber das wisst Ihr ja, mein Fürst. Schließlich habt Ihr versucht, mich abzufangen. Doch erwiesen sich Eure Männer als unfähig, mich zu befreien.«

»Befreien?«, fragte Galiron irritiert.

»Die Männer in meiner Begleitung sind Fengors Männer. Bruder Melvan und ich waren ihre Gefangenen. Und nachdem sie Eure Leute erschlagen haben, nahmen sie sich die Pferde. Allerdings konnte ich meine Bewacher dazu überreden, mich nicht an Fürst Fengor auszuliefern, sondern hierherzubringen.«

»Zunge abschneiden sollte man dir«, knurrte Horuq und riss eine seiner Wurfäxte aus dem Gürtel …

Doch ehe er sie schleudern konnte, hatten ihn drei Speere von Leibwächtern durchbohrt.

Der Axtkrieger stand noch einen Augenblick aufrecht da, während sein Blick starr wurde und Blut aus mehreren Wunden und seinem Mund rann. Dann fiel er wie ein gefällter Baum zu Boden. Einer der Speere wurde dadurch so tief in sein Fleisch getrieben, dass er aus dem Rücken wieder hervorkam.

»Ihr seid meine letzte Hoffnung, Fürst Galiron. Aber ich fühle mich nicht sicher, solange noch einer von Fürst Fengors Knechten in meiner Nähe ist«, sagte Baladus.

Jharrn wusste nur zu gut, dass sich diese Worte auf ihn bezogen. Der Griff zum Schwert nützte ihm nichts mehr, denn einer der Leibwächter des Fürsten hatte ihm bereits einen Speer in den Rücken getrieben. Röchelnd sackte er zu Boden und meinte, er würde an einem glühenden Pfahl aufgespießt. Dann … spürte er gar nichts mehr.

Fürst Galiron erhob sich. Seine Hand umfasste dabei den rubinbesetzten Griff seines Schwerts. Von einem Diener ließ er sich Luft zufächeln, aber angesichts der schwülen Hitze im Zelt fiel ihm das Atmen dennoch schwer.

»Ihr habt mir einen großen Dienst erwiesen, indem Ihr mich von diesen Schergen befreit habt«, sagte Baladus.

»Ich habe in erster Linie *mir* einen Dienst erwiesen«, widersprach Galiron. »Denn erstens tötet niemand ungestraft meine Männer und bemächtigt sich irgendeines Pferdes, das mein Brandzeichen trägt, und zweitens gibt es vermutlich schon genug von Fengors Spionen in meinem Lager, da ist es sicher sinnvoll, ihre Zahl etwas zu reduzieren.« Fürst Galiron machte ein Zeichen. Daraufhin eilten ein paar Diener herbei. »Schafft die Leichen hinaus, bevor ihr Blut die Teppiche in meinem Zelt ruiniert!«

»Ja, Herr«, kam es von den Dienern. Sie trugen Jharrn und Horuq aus dem Zelt. »Und jetzt zu dir, Baladus – oder sollte ich Magierkrüppel sagen?«

»Nennt mich, wie immer Ihr beliebt, Herr!«

»Wer sagt dir, dass ich mit dir nicht genauso verfahre, wie es Fürst Fengor getan hätte?«, fragte Galiron. »Dass man dich und deinesgleichen verfolgt und der Gottkaiser von Arakand dich als seinen größten Feind ansieht, hat sich inzwischen bis zu mir herumgesprochen. Was hindert mich daran, mir das Lösegeld zu verdienen?«

»Niemand«, sagte Baladus. »Aber Ihr solltet Euch vor Fengor in Acht nehmen. Soweit ich gehört habe, sind die anderen Barbarenfürsten, die im arakandischen Vorland ihre Lager aufgeschlagen haben, weitaus weniger mächtig, aber Fengor könnte Euren Plan in Gefahr bringen.«

»Dich scheint es nicht besonders zu beunruhigen, dass du bald schon in einem der Kerker des Gottkaisers schmachtest.«

»Ich glaube aus verschiedenen Gründen nicht, dass das geschieht, Herr.«

»Und warum sollte das nicht geschehen?«

»Der wichtigste Grund ist, dass der Gottkaiser mich sofort töten würde, geriete ich in die Hände seiner Schergen. Bis in einen Kerker würde ich es gar nicht schaffen. Und abgesehen davon, fühle ich mich in Eurer Obhut absolut sicher, solange Ihr die Hoffnung hegt, ein Lösegeld für mich zu erhalten.«

»Für eine Kreatur, die so schwach und hilflos ist wie du,

hast du einen sehr durchtriebenen Verstand«, meinte Fürst Galiron. »Man spricht darüber, du hättest magische Fähigkeiten … Und man soll vor dir auf der Hut sein.«

»Wo spricht man so etwas?«

»Im Lager von Fürst Fengor beispielsweise.«

»Das sind Gerüchte, die sicher von einem Schleuser verbreitet wurden und die der in der Stadt aufgeschnappt hat. In Wahrheit ist es nur die Angst vor der Wahrheit, die solche Gerüchte gebiert.«

»Die Angst vor welcher Wahrheit?«, fragte Fürst Galiron stirnrunzelnd. Er begriff nicht so recht, worauf der Gelähmte hinauswollte.

»Die Wahrheit, vor der man sich am Hof des Gottkaisers fürchtet, ist diese: Das Zweite Sonnenlicht zieht seine Bahn am Himmel nach den Gesetzen der Mathematik. Es nähert und entfernt sich nach diesen Gesetzen, und der Herrscher von Arakand hat in Wahrheit keine Macht darüber. Jeder, der seine Kräfte anzweifelt, wird als Ketzer und Magier verunglimpft. In Wahrheit ist er es, dessen Macht sich auf einen Aberglauben stützt und zusammenbrechen wird wie ein Kartenhaus, wenn dies genug Menschen offenbar wird. Nicht einmal die Bürger Arakands würden ihn dann noch auf Dauer respektieren.«

Galiron schwieg. Er stand so, dass er geradewegs von dem Blick des Gelähmten getroffen wurde.

»Herr, ich würde gern zu Euch sprechen«, meldete sich Bruder Rentik zu Wort, der sich bisher vollkommen im Hintergrund gehalten hatte.

»Nicht jetzt«, wehrte Fürst Galiron ab.

Er löste seinen Blick dabei nicht von Baladus. Auf der Stirn des Fürsten bildete sich eine Falte, was ihm ein halb nachdenkliches, halb skeptisches Aussehen verlieh. »Ich kann nicht behaupten, dass du mich mit deinen Worten überzeugen konntest«, sagte er nach einer längeren Pause. »Ja, ich kann noch nicht einmal behaupten, dass ich alles verstanden habe, was du gesagt hast. Aber ich verfüge, dass du hier in meinem Lager gepflegt und gut bewirtet wirst. Es soll dir und deinem Mönchsbruder ohne Kutte an nichts mangeln. Vor allem soll nichts geschehen, was deine schwache Gesundheit schädigen könnte.«

»Wir danken Euch, Herr«, sagte Bruder Melvan, nachdem Baladus auf die Worte des Fürsten auch einige Augenblicke später nicht geantwortet hatte. »Ihr seid zu gütig.«

»Überschätzt meine Güte nicht«, sagte Galiron. »Ich sage das vor allem an dich gerichtet, Mönch ohne Kutte, weil du Beine hast, die sich bewegen können: Eine Flucht ist sinnlos, meine Reiter würden dich innerhalb kurzer Zeit wieder einfangen.«

»Warum sollten sie fliehen wollen, da sie doch gerade erst hier Zuflucht gefunden haben?«, mischte sich Bruder Rentik ein.

»Ich wollte nur eine Warnung ausgesprochen haben«, beharrte Fürst Galiron. »Eine Warnung, bei der ich sicher sein kann, dass sie auch verstanden wurde.«

Man wies Bruder Melvan und Baladus ein Zelt zu, vor dem allerdings Wachen postiert wurden. Baladus fand das amüsant. *Anscheinend fürchtet Fürst Galiron, dass ich ihm doch noch davonlaufe, ehe er für mich ein Lösegeld erhalten hat,* ging es ihm durch den Kopf. *Es muss mir ein wahrhaft schrecklicher Ruf vorauseilen …*

Außerdem wurden noch zwei Diener abgestellt, die Bruder Melvan bei der Pflege und Versorgung des Gelähmten helfen und ihm alles bringen sollten, was benötigt wurde.

Es sollte Baladus an nichts fehlen. Vor allem sollte wohl sichergestellt werden, dass nicht der geringste Mangel seine schwache Gesundheit gefährdete.

»Wie mir scheint, werden wir hier eine schöne Zeit verleben«, sagte Baladus zu Bruder Melvan, nachdem dieser ihn auf einem weichen Felllager fachgerecht gebettet hatte. »Ich hoffe, dass sie nicht zu schnell vorbei ist.«

»Sie wird schneller vorbei sein, als uns lieb sein kann. Der Gottkaiser wird jedes Lösegeld zahlen, um dich in seine Finger zu bekommen. Wir werden uns etwas überlegen müssen.«

»Das habe ich längst getan, mein guter Melvan«, sagte Baladus. »Aber so weit wie du denke ich noch gar nicht im Voraus.«

»Nein?«

»Ich habe eher näherliegende Gefahren im Auge.«

»Und die wären?«

»Ich vermute, dass es sich Fürst Fengor nicht gefallen lässt, dass man ihm den sich anbahnenden guten Handel verdorben hat. Wir werden bald von ihm hören.«

»Du glaubst, dass ...«

»... es zum Kampf kommt? Der ist fast unausweichlich – und gar nicht einmal so sehr gegen unsere Interessen, wie es zunächst den Anschein hat.« Baladus machte eine Pause. Er konnte den Kopf nicht bewegen, stattdessen verdrehte er die Augäpfel, so weit er konnte.

»Was suchst du?«, fragte Bruder Melvan.

»Die beiden Diener sind noch im Zelt?«

»Gewiss.«

»Ich nehme an, ihr versteht mein Arakandisch so einigermaßen«, wandte sich der Gelähmte direkt an die beiden.

»Natürlich«, sagte der Ältere von ihnen. »Wie könnten wir dir sonst dienen, Herr?«

»Dann werdet ihr sicher alles, was ihr von unserer Unterhaltung aufschnappt, an euren Herrscher weitererzählen.«

»Falls er uns fragt und uns sein Ohr schenkt ...«

»Tut das ruhig. Merkt euch möglichst jedes Wort und erstattet ihm Bericht. So erreichen meine Gedanken über euch auch ihn – und es heißt ja, ich besäße Hexenmacht über den Willen anderer.«

Der ältere Diener schluckte, blickte kurz und etwas ratlos den jüngeren an. Beide schienen sich von nun an in Gegenwart von Baladus nicht mehr so recht wohlzufühlen und waren alles andere als unbefangen.

Baladus wiederum wusste nun, dass er vollkommen offen gegenüber Bruder Melvan sprechen konnte. Sollten die Diener tatsächlich etwas davon weitertragen, so würde sich Fürst Galiron wünschen, es nie gehört zu haben.

Die Nacht war bereits hereingebrochen, als Bruder Rentik das Zelt von Baladus und Melvan betrat. Baladus war in einen leichten, unruhigen Schlaf gefallen. Die Ereignisse der letzten Zeit hatten ihn stark mitgenommen und seine Kräfte bis auf das Äußerste beansprucht.

Bruder Rentik schickte die Diener hinaus, die bis dahin ununterbrochen zugegen gewesen waren und vermutlich auch in der Nacht bei dem Gelähmten bleiben sollten. Aber Bruder Rentik wollte ungestört mit Bruder Melvan reden können.

»Wir hatten noch keine Zeit, um uns richtig zu begrüßen, Bruder Melvan«, sagte er.

»Du scheinst bei Galiron immer noch wohlgelitten zu sein«, bemerkte Melvan.

»Und du bist inzwischen ganz sicher kein Novize mehr.«

»Bist du gekommen, um mir die Geheimen Fragen zu stellen, anhand derer du überprüfen kannst, ob ich die Weihe unseres Ordens tatsächlich empfangen habe?«

»Nein. Dessen bin ich mir auch so sicher. Davon abgesehen, habe ich immer wieder Nachricht darüber erhalten, was in der Stadt vor sich geht und wie es um das Zentrum unseres Ordens bestellt ist.«

»Hospitäler wurden ausgeräuchert, Arme bekommen weder Suppenspeisung noch werden irgendwo ihre Gebrechen ausreichend behandelt. Und ungezählte Brüder sind grausamer Verfolgung ausgesetzt.«

»Es gibt nichts, was die Macht eines Gedanken aufzuhalten vermag«, sagte Rentik. »Keine Mauer, keine Kerkerzelle – gar nichts. Der Gottkaiser wird das irgendwann auch erkennen.«

»Gottkaiser regieren seit ungezählten Zeitaltern«, gab Bruder Melvan zu bedenken. »Es ist für die meisten Gläubigen schlicht nicht vorstellbar, dass es einmal anders sein könnte.«

»Dann werden vielleicht die Umstände dazu führen, dass sich die Vorstellungskraft der Gläubigen erhöht. Irgendwann ist dieser Zeitpunkt gekommen. Ob das bereits jetzt oder überhaupt zu unseren Tagen sein wird, vermag ich nicht zu sagen. Aber es wäre möglich. Manche Dinge sprechen dafür.« Bruder Rentik deutete auf das Lager des Gelähmten. »Ich habe nicht viel Zeit und muss einige Dinge mit Baladus besprechen.«

»Er schläft gerade und ist sehr erschöpft.«

»Weck ihn trotzdem auf. Es gibt Neuigkeiten, die ihr beide wissen solltet.«

Bruder Melvan zögerte einen Moment, dann nickte er. Zusammen mit Bruder Rentik näherte er sich dem Lager, aber noch ehe die zwei Wissenden Brüder es erreicht hatten, öffnete Baladus die Augen. »Die beständigen Schmerzen schenken mir einen leichten Schlaf«, sagte er. »Auch wenn ich nichts gegen einen Angreifer tun könnte, der mich im Schlaf überfiele, überraschen könnte er mich kaum.«

»Es freut mich, dich persönlich kennenzulernen, Baladus«, sagte Bruder Rentik.

»Das Vergnügen ist ganz meinerseits. Die gastliche Aufnahme in diesem Fürstenlager haben wir wohl mitunter zu verdanken, dass Fürst Galiron auf den Rat eines Wissenden Bruders hört.«

»Er wird dich bei der erstbesten Gelegenheit ausliefern, Baladus. Das ist nämlich die Neuigkeit, die ich dir mitteilen muss: Kaum, dass du dein Zelt bezogen hattest, hat er eine

Abordnung zur äußeren Mauer von Arakand geschickt, die eine Botschaft überbringen soll.«

»Eine Botschaft?«, wiederholte Baladus. »Ich nehme an, die Botschaft ähnelt eher einem Verkaufsangebot.«

»So ist es. Ich muss dich also warnen.«

»Das weiß ich sehr zu schätzen. Aber es ist dein Herr, der gewarnt werden muss. Und zwar vor einem Angriff Fürst Fengors, der es sich kaum gefallen lassen wird, dass man ihm sein Eigentum stiehlt. Und als solches hat er mich gewiss schon betrachtet.«

Bruder Rentik setzte sich an Baladus' Lager. Der Berater von Fürst Galiron sprach wesentlich leiser als zuvor, als er sagte: »Du kannst hier nicht bleiben, wenn du nicht ein schnelles Ende finden willst.«

»Du hast einen Vorschlag?«

»Meiner Ansicht nach bist du allenfalls in Boranien sicher. Der dortige König ist meinen Informationen nach schon lange ein Zweifler hinsichtlich der Macht des Gottkaisers.«

»Ich nehme an, er hat ebenfalls Berater aus unserem Orden.«

»Er wurde von ihnen erzogen. Das hat sich in den zwei Jahren, seit er den Thron von seinem Vater geerbt hat, noch nicht sonderlich ausgewirkt, aber das kann sich in Zukunft ändern.«

»Es ist weit bis Boranien«, gab Bruder Melvan zu bedenken. »Zu weit, um jemandem wie Baladus eine Reise dorthin zuzumuten.«

»Es wird vielleicht schwierig«, widersprach Bruder Rentik. »Aber es ist nicht unmöglich.«

»Ich weiß deine Sorge um mich zu schätzen«, erklärte Baladus. »Und was die grundsätzliche Richtung meiner weiteren Reise angeht, teile ich deine Einschätzung. Im Moment allerdings fühle ich mich ausgesprochen gut und sehr sicher. So sicher, wie schon lange nicht mehr.«

Man muss die schönen Tage genießen, dachte Baladus. *Denn das, was kommt, ist auf jeden Fall schrecklich. Aber an schlechte Aussichten bin ich ja gewöhnt …*

In dieser Nacht ging das Zweite Licht zum ersten Mal nicht mehr richtig unter. Immer blieb am Horizont ein breiter Streifen aus flirrender Helligkeit. Es war zu nahe herangekommen, und seine Größe war zu sehr angeschwollen, als dass ein wirklicher Sonnenuntergang noch möglich gewesen wäre. Das Licht dieses feurigen Monstrums strahlte einfach unablässig über den Horizont hinweg, so wie man es sonst nur in der Zeit kurz nach und vor Sonnenaufgang kannte.

Der in den Geheimen Kalendern des Gottkaisers errechnete Zeitpunkt war gekommen, um das Zweite Licht zurückzuschicken.

Der Gottkaiser fuhr mit der Hand über die mit Kettengliedern zu einem Kodex gebundenen Seiten aus einer Metalllegierung, deren genaue Zusammensetzung und Fertigung kein Schmied und kein Alchemist mehr kannte. Der Raum, in dem sich der Gottkaiser aufhielt, gehörte zu den Gewölben unterhalb des Osthauses, in dem er zurzeit aus Furcht vor all den Verschwörungen am Hof residierte. Nur eine winzige Öllampe spendete etwas Licht, denn die Buchstaben und Zahlen in den Kalendarien des Gottkaisers waren nur bei fast vollkommener Dunkelheit richtig zu lesen. Die in das Metall eingravierten verschnörkelten Symbole ähnelten der Geheimschrift der Priesterschaft, doch in Wahrheit handelte es sich um Alt-Arakandisch. Der Gottkaiser erinnerte sich der langen Stunden, die er in seiner Jugend damit zugebracht hatte, diese Zeichen zu lernen. Der gravierte Text war allerdings nicht vollständig. Nur bei fast vollkommener Dunkelheit leuchteten die entscheidenden Ergänzungen in grünlich schimmernder Farbe auf und gaben den eingravierten Angaben erst ihren eigentlichen Sinn.

Diese Kalendarien des Gottkaisers enthielten die Offenbarungen des Namenlosen Gottes an den jeweiligen Herrscher. Das war lange Zeit theologischer Konsens unter Gelehrten und Priestern gewesen. Seit einiger Zeit waren dem Gottkaiser jedoch immer öfter Berichte über Gelehrte – auch aus den Reihen der Priesterschaft! – zugetragen worden, die behaupteten, auch die Kalendarien des Gottkaisers seien nur mittels jener verbotenen mathematischen Künste entstanden, deren Anwendung doch eigentlich einer Gotteslästerung gleichkam …

Gut, dass es die Assassinengarde gibt, ging es dem Herrscher durch den Kopf. *Man muss ein Feuer austreten, solange es noch klein ist.*

Kleine Brände, die rasch gelöscht werden mussten, damit sie sich nicht ausbreiteten, hatte es zu allen Zeiten gegeben. Jeder der unzähligen Amtsvorgänger des Gottkaisers hatte sich damit auf die eine oder andere Weise herumschlagen müssen. *Der größte Feind des Ketzertums ist das Wunder des wahren Glaubens,* wusste er. Und jetzt war wieder die Zeit gekommen, da man nicht weniger von ihm erwartete, als genau dies zu wirken: ein Wunder. Denn nichts anderes war es, wenn der Gottkaiser das Zweite Licht fortschickte.

Er schlug das Buch mit den Metallseiten zu.

Die Zeichen waren eindeutig. An diesem Tag, im Morgengrauen, würde es geschehen. Und jedermann konnte dann die Kräfte erleben, die von dem Gottkaiser ausgingen. Die Freude darüber, dass die Welt nicht verbrennen würde, würde so manchen Unmut vergessen machen, der sich in letzter Zeit in der Bevölkerung Arakands über den Herrscher angesammelt hatte. Der Gottkaiser wusste sehr wohl, dass die Schließung der von den Wissenden Brüdern betriebenen Hospitäler alles andere als populär gewesen war, und viele, die nicht einmal wussten, wozu verbotene Mathematik diente, worum es sich dabei handelte und weshalb ihre Lehre und

Anwendung Ketzerei war, hatten das harte Vorgehen gegen die Mönche nicht verstehen können.

In dieser Nacht schlief der Gottkaiser nicht. Er wandelte durch die Hallen des Osthauses und bereitete sich im Gebet auf den Augenblick vor, da er seine Erwähltheit und seine gottgegebene Macht unter Beweis stellen musste.

Eine Gestalt in einem fließenden Gewand aus Seide begegnete ihm. Fast lautlos hatte sie sich ihm genähert. Langes dunkles Haar fiel bis zu den Hüften herab. Das fein geschnittene Gesicht wirkte sorgenvoll.

»Felabayi«, murmelte der Gottkaiser ihren Namen. Felabayi war kaum halb so alt wie der Gottkaiser. Eine junge Prinzessin aus dem Unteren Stromland. Auch wenn Arakand sein Imperium längst und lange verloren hatte, so war es in den Herrscherhäusern der Nachfolgereiche noch immer sehr begehrt, in die Familie des Gottkaisers einzuheiraten. Es galt als die Erhebung zu allerhöchstem Adel. Dementsprechend war eine Hochzeit des Gottkaisers ein hochpolitisches Ereignis. Felabayi, die gottkaiserliche Gemahlin, hatte dem derzeitigen Herrscher vor gut zwei Jahren den langersehnten Sohn und Thronfolger geschenkt. Dass jemand von gottkaiserlichem Blut eines Tages diese hochheilige Aufgabe erfüllen würde, war für alle Gläubigen ein beruhigendes Zeichen. Die unendliche Reihe der Gottkaiser von Arakand würde nicht abreißen, und so konnte man hoffen, dass auch in Zukunft jemand das Zweite Licht fortweisen konnte, wenn es sich zu sehr annäherte.

Nicht zuletzt hatte die Geburt eines Sohnes beruhigend auf den Gottkaiser selbst gewirkt, wusste er doch, dass dies seine Herrschaft ungemein stärkte. Ein drohender Dynastiewechsel war damit abgewendet. Das war nicht nur für alle Mitglieder des Herrscherhauses eine gute Nachricht gewesen, denn ein Dynastiewechsel hatte in der Vergangenheit immer zu Unruhen und Wirren geführt. Die Folge waren Kriege und Bürgerkriege gewesen, in denen stets auch noch die Gefahr drohte, dass sich das Zweite Licht plötzlich näherte und niemand rechtzeitig bereitstand, ihm Einhalt zu gebieten. Es lag in der Verantwortung eines jeden Gottkaisers, eine derartige Situation unter allen Umständen zu vermeiden.

»Ich befinde mich im Vorgebet, Felabayi«, sagte der Gottkaiser. Der flackernde Schein der Fackeln, die die Hallen des Osthauses die ganze Nacht über erhellten, ließen Schatten auf dem kahlen Kopf des Herrschers tanzen. Schatten, die zu den eintätowierten Zeichen seiner Erwähltheit groteske Ergänzungen hinzufügten und sie lebendig wirken ließen. »Auch wenn du bei der letzten maximalen Annäherung des Zweiten Lichts noch nicht meine gottkaiserliche Gemahlin warst, so solltest du doch wissen, wie wichtig die innere Versenkung im Gebet vor diesem Augenblick der Wahrheit ist, da ich meine Macht unter Beweis stellen muss.«

»Ich hätte dich nicht in deiner inneren Versenkung gestört, mein Gemahl, ginge es nicht um unseren Sohn!«

Sogleich war der Gottkaiser alarmiert. »Was ist mit ihm?«

»Er blutet wieder aus Nase und Mund, und unser Arzt weiß keinen Rat.«

»Ich kann ihn ein wenig in den Kerker sperren und foltern lassen, wenn du der Auffassung bist, dass er sich nicht genug Mühe gibt!«

»Er gibt sich genug Mühe. Er weiß einfach nicht, was er tun soll. Die Krankheit war verschwunden, und jetzt tritt sie wieder auf. Die Mittel, die er verabreicht hat, haben das Leiden nicht dauerhaft verschwinden lassen. Daher möchte ich dich um etwas bitten.«

»Um was?«

»Ich möchte einen anderen Arzt um Rat fragen.«

»Einen Arzt des Hofes?«

»Nein.«

»Doch nicht etwa einen Wissenden Bruder?«

»Es ist der Arzt, den ich um Rat fragte, als sich zu Beginn unserer Ehe keine Schwangerschaft einstellen wollte. Sein Name ist Selbaron, und er wohnt im Viertel am Südhafen.«

Der Gottkaiser sah seine Gemahlin fassungslos an. Dass sie einen Arzt konsultiert hatte, um schwanger zu werden, hatte er nicht gewusst. »Welche Geheimnisse hast du noch vor deinem Gemahl und Gottkaiser?«, fragte er eisig.

»Es geht jetzt nur darum, dass unserem Sohn geholfen wird. Und ich weiß, dass Selbaron es könnte. Ich vertraue ihm.« Sie trat näher an ihn heran, berührte ihn leicht am Arm.

»Ich muss erst mehr über diesen Selbaron wissen«, sagte der Gottkaiser.

»Er war nie ein Mönch, das kann ich dir versichern – denn er hat Frau und Kinder, wie ich mit eigenen Augen gesehen habe. Also kann er auch kein Wissender Bruder sein.«

»Aber er könnte von ihren Gedanken beeinflusst sein. Vielleicht hat er in ihren Krankenhäusern geheilt, vielleicht …«

»Es geht um unseren Sohn!«, wiederholte Felabayi. Wahrscheinlich war sie die einzige Person in ganz Arakand, die es sich erlauben konnte, den Gottkaiser in seiner Rede zu unterbrechen. »Wir müssen ihn zu Hilfe rufen. Noch heute Nacht. Sonst weiß ich nicht, was noch geschieht …«

Der Gottkaiser überlegte. Das Misstrauen saß tief in ihm. Schließlich hatte er erkennen müssen, dass selbst höchste Würdenträger am Hof in die Verschwörung verstrickt gewesen waren, die gegen ihn im Gang war. Der Kampf zur Erhaltung seines Gottkaiserreichs wurde hier, innerhalb der Mauern Arakands ausgefochten, und zurzeit traute er sich nicht einmal, im Hauptgebäude seines Palastes zu nächtigen. Jeder Bedienstete, jeder Heiler, jeder Arzt, jeder Dieb, jeder Wächter, jeder Priester konnte jemand sein, den die Verschwörer geschickt hatten, um ihm zu schaden. Es gab niemanden, dem er restlos zu trauen gewillt war. Niemandem. Nicht einmal seiner Gemahlin, geschweige denn einem Arzt, der sich irgendwann mal als fähiger Vertreter seines Fachs erwiesen hatte.

Dass sich Felabayi offenbar hinter seinem Rücken gegen ihre anfängliche Kinderlosigkeit hatte behandeln lassen, stimmte ihn ebenfalls misstrauisch.

Aber sie hat recht, es geht um unseren Sohn. Und mit ihm um die Zukunft des Gottkaisertums.

Irgendwo aus den Tiefen seiner Seele meldete sich diese Stimme der Vernunft. Eine Stimme des Geistes, die wohl den Teil seines Selbst repräsentierte, der noch nicht furchtsam vor der scheinbar allgegenwärtigen Verschwörung erstarrt war. Und vielleicht hatte diese Stimme recht. Die Zukunft des Gottkaisertums durfte nicht gefährdet werden.

»Dann lass diesen Arzt rufen«, sagte der Gottkaiser schließlich.

»Du wirst es nicht bereuen, mein Gemahl.«

»Er darf keinen einzigen Augenblick allein mit meinem Sohn sein. Nicht einmal einen Herzschlag lang. Und ich will, dass er genau durchsucht wird. Über jeden Gegenstand, jedes medizinische Hilfsmittel, jede Arznei und jeden Gegenstand, den er noch bei sich tragen mag, muss genau Buch geführt werden.«

»Das wird sich machen lassen.«

»Und außerdem will ich, dass alles über ihn in Erfahrung gebracht wird, was man in Erfahrung bringen kann. Wo wurde er geboren, wer gehört zu seiner Familie, wo hat er sein Arzthandwerk gelernt und so weiter und so fort …«

»Es soll alles so geschehen, wie du es bestimmst, mein Gemahl«, versicherte Felabayi.

In der Stunde der Morgendämmerung trat der Gottkaiser auf den Mittelturm. Schon die ganze zweite Nachthälfte über hatten Hörner den Beginn der Zeremonie am frühen Morgen angekündigt. So war der Mittelplatz von Arakand bis zum Rand mit einer gewaltigen Menschenmenge gefüllt. Manche waren ins Gebet versunken. Andere bildeten Chöre, die die traditionellen Bitt- und Danklieder vortrugen, die zur Fortweisungszeremonie des Zweiten Lichts gesungen wurden. Kaum jemand in Arakand hatte in der zweiten Nachthälfte noch geschlafen. Nicht nur auf dem Mittelplatz hatten sich unzählige Menschen versammelt, auch überall sonst auf den Plätzen der Stadt, in den Gassen und Straßen, am Hafen und natürlich in den zahlreichen Tempeln.

Die besonderen Klangeigenschaften des Mittelplatzes sorgten dafür, dass die Kunde von dem bevorstehenden Ritual noch sehr viel weiter verbreitet wurde. Meilenweit wurde sie in das Vorland hineingetragen, und sowohl die Hörner als auch die Chöre waren am Ostufer der Straße von Arakand – im Kettenende und in Etamia – noch gut zu hören.

Dann ertönte der dumpfe Klang einer Glocke. Es war die Glocke des Mittelturms, die größte Glocke der Welt. Kein Tempel, keine Kathedrale, kein anderer Ort hatte einen Klangkörper wie diesen. Nur zur Fortweisungszeremonie während der maximalen Annäherung wurde diese Glocke geschlagen, zu keinem Anlass sonst. Nicht einmal zur Probe der Zeremonie war das statthaft, es wäre einem schweren Frevel gleichgekommen. Ein gelungener Glockenschlag des Mittelturms galt seit jeher als gutes Omen. Ein Zeichen dafür, dass der Gottkaiser die Kraft haben würde, das Zweite Licht fortzuweisen und es sich in den Tagen nach der Zeremonie sichtbar entfernen würde.

Nachdem der Glockenschlag verklungen war, herrschte Totenstille auf dem Mittelplatz von Arakand, obwohl durch seine besondere Architektur eigentlich jedes noch so unscheinbare Geräusch um ein Vielfaches verstärkt wurde.

Das Erste Licht ging bereits auf. Aber gegen die gewaltige, sich von Horizont zu Horizont erstreckende und bereits die ganze Nacht hervorschimmernde Glut des Zweiten Lichts wirkte das Erste nur wie ein kleines, schwaches Gestirn, kaum stärker als der zur gleichen Zeit untergehende Mond.

Der Gottkaiser von Arakand begann mit der Rezitation jener Gebete und Beschwörungen in alt-arakandischer Sprache, die dem Zweiten Licht Einhalt gebieten sollten. Den ersten Erfolg konnte man vielleicht schon sehen, wenn das Zweite Licht vollständig aufgegangen war und dann möglicherweise deutlich kleiner wirkte. Bei Fortweisungszeremonien in der Vergangenheit war das häufig der Fall gewesen. Ein erstes Zeichen der Hoffnung, dass die Welt nicht im Feuer vergehen würde.

Dem Gottkaiser stand der Schweiß auf der Stirn, während er sprach. Obwohl die frühen Morgenstunden eigentlich die kühlsten des Tages waren, herrschte bereits eine schier unerträgliche Hitze. Flirrende, stickige Luft hing über der Stadt, und es wehte keinerlei Wind vom Meer her. Fast konnte man meinen, die Welt selbst hätte angesichts der Bedeutung dieses Augenblicks den Atem angehalten.

Ob das ein gutes Zeichen war oder nicht, musste sich noch erweisen.

Tausendmal hatte der Gottkaiser die heiligen Worte vor sich hingesprochen, denn nur ein einziger winziger Fehler konnte seiner Magie die Kraft rauben, die nötig war, das Zweite Licht zu beeinflussen. So hieß es zumindest, und der Gottkaiser hatte keinen Grund, am Wahrheitsgehalt dieser Aussage zu zweifeln, wie es vielleicht die Ketzer taten.

Zwar würde es keinem Einzigen der zahllosen Menschen auf dem Mittelplatz und auf den Straßen und anderen Plätzen von Arakand auffallen, falls ihm tatsächlich ein Fehler unterlief. Aber der Gottkaiser selbst würde es merken und vielleicht auch der eine oder andere Priester in seiner Umgebung. Falls alles so lief, wie man es erwartete, spielte das keine Rolle, doch wenn sich das Zweite Licht nicht gleich fortweisen ließ, würde man nach Gründen für das Scheitern der Zeremonie suchen. In der Vergangenheit war es immer wieder vorgekommen, dass die Zeremonie mehrfach wiederholt werden musste, bis sich schließlich ein Erfolg eingestellt hatte. Der Gottkaiser hoffte, dass ihm dies erspart blieb, denn jede gescheiterte Fortweisung war eine Erschütterung des Vertrauens, das die Rechtgläubigen ihrem Gottkaiser entgegenbrachten, und spielte damit letztlich den Verschwörern und Ketzern in die Hände.

Schließlich hob der Gottkaiser die Arme zur heiligen Fortweisung dem Himmel entgegen. »Geh fort, Zweites Licht!«, rief er. »Bei der Macht des Namenlosen Gottes, geh fort und weiche von uns! Entferne dich von der Welt, auf dass wir nicht verbrannt werden!«

Es waren die einzigen Worte, die nicht in alt-arakandischer Sprache gesprochen wurden. Die einzigen Worte, deren Sinn jedem, der sie in diesem Augenblick hörte, unmittelbar verständlich war.

Nachdem er geendet hatte, wurden von allen Türmen Arakands Feuerwerkskörper emporgeschossen. Ein Meer aus schnell verblassenden feurigen Formen erschien am noch relativ dunklen Himmel. Feuer bekämpfte man mit Feuer, und diese geweihten Sprengkörper waren angefertigt worden von Alchemisten aus den Reihen der Priesterschaft, die als Einzige das Geheimnis der Zusammensetzung jener Stoffe kannten, die diesen knallenden Zauber bewirkten. Sie sollten den Worten des Gottkaisers Nachdruck verleihen und das Zweite Licht erschrecken. So lächerlich dies auch zunächst erscheinen mochte, es hatte in der Vergangenheit Erfolg gezeitigt. Und es versinnbildlichte, dass man mit dem Beistand des Namenlosen Gottes auch den stärksten, verheerendsten Flammenmächten zu widerstehen vermochte.

Das Feuerwerk löste einen Jubelsturm unter der Bevölkerung Arakands aus. Dieser Jubel war so laut, dass für eine ganze Weile ein so ohrenbetäubender Lärm in der Stadt herrschte, dass es unmöglich war, sein eigenes Wort zu verstehen. Selbst die gewaltige Glocke des Mittelturms hätte nicht die klangliche Kraft gehabt, den Lärm der Abertausenden zu übertönen.

Jetzt liegt es nicht mehr in meiner Hand, dachte der Gottkaiser.

Das Feuerwerk, der Klang der Hörner, der Gesänge … all das drang auch bis zum Feldlager des Fürsten Galiron. Seine Krieger standen im Morgengrauen wie gebannt da, beinahe so, als würde die Fortweisungszeremonie mitten unter ihnen stattfinden und nicht im meilenweit entfernten Arakand. Langsam ging das Zweite Licht auf, und mit ihm stieg eine Wolke aus weißem Rauch in den Himmel. Sie erhob sich aus dem Rauchturm von Arakand, der inmitten des Kaiserpalastes lag, gleich hinter dem Hauptgebäude. Es war der einzige Turm von Arakand, der nicht bestiegen werden konnte. Ein riesiger Schlot, der nur dem einen Zweck diente, nach Abschluss der Fortweisungszeremonie ein Zeichen in den Himmel zu senden.

»Lass mich sehen«, verlangte Baladus von seinem Lager aus. »Lass mich sehen, was da geschieht. Auch wenn ich nicht an die Macht der Fortweisungszeremonie glaube. Ich will doch sehen, was sich am Himmel tut.«

Melvan hatte etwas geschlafen, ohne danach wirklich ausgeruht zu sein. Zu anstrengend waren die letzten Tage gewesen, in denen er den Gelähmten über eine lange Zeitspanne hinweg auf dem Rücken hatte tragen müssen.

»Wenn es sein muss«, murmelte er und gähnte. Nicht einmal ein derartiges Ereignis, wie es in Jahrzehnten nur ein Mal vorkam, hätte ihn unter normalen Umständen von seinem Lager aufstehen lassen.

Doch er nahm Baladus in gewohnter Weise auf den Rücken. Die beiden Diener, die bei ihnen im Zelt nächtigten und abwechselnd wachten, boten sich zwar an, ihm die Last abzunehmen, aber das wollte Baladus nicht. Aus welchen Gründen auch immer. Melvan hinterfragte das nicht.

Er brachte Baladus ins Freie, und die Diener folgten ihnen, im Moment mehr Bewacher als Helfer. Denn auch wenn eine Flucht von Melvan und Baladus eigentlich nahezu ausgeschlossen schien, misstraute man ihnen. Auch die Wachen vor dem Zeltausgang, die bis dahin mehr auf die Geschehnisse am Himmel konzentriert gewesen waren, wirkten leicht angespannt.

»Stell dich so hin, dass ich es sehen kann«, forderte Baladus. Da war ein unduldsamer Unterton in seiner Stimme, der Melvan bisher noch nie bei Baladus aufgefallen war.

»Den Rauch müsstest du doch zumindest sehen können«, meinte Melvan.

»Wen interessiert der Rauch? Ich will das Zweite Licht sehen.«

Das Zweite Licht erhob sich über den Horizont, und durch die Reihen der Krieger in Fürst Galirons Heerlager ging ein Raunen. Für jeden, der in diesem Augenblick zum Himmel sah, war es offensichtlich: Der Feuerball war kleiner geworden. Er hatte nicht mehr die geradezu erschreckenden Ausmaße wie in den letzten Tagen, vor allem nach dem Unwetter, als er so gewaltig erschienen war.

»Was hat das zu bedeuten?«, fragte Bruder Melvan.

»Nichts«, sagte Baladus. »Die Feuchtigkeit ist aus der Luft gebrannt, die Wolken sind fort. Ich bin nicht der Erste, der den Verdacht hat, dass es kein Zufall ist, dass die Fortweisungszeremonien sehr häufig nach einem Unwetter stattfinden, denn es sieht dann so aus, als würde die Macht des Gottkaisers sehr schnell Erfolg zeitigen.«

»Und wenn du dich irrst, Baladus?«

»Irren? Ich?«

»Wenn der Gottkaiser doch die Macht hat, das Zweite Licht fortzuschicken?«

»Nein, Melvan. Das kann nicht sein. So sehr verrechne ich mich nicht.«

»Aber du siehst es doch auch!«

»Ja, ich sehe es«, gestand Baladus. »Und wäre dies eine normale Annäherung, wie es die letzte war und nach den Aufzeichnungen unserer Brüder auch die vorletzte und die vorvorletzte, dann würde die Zweite Sonne tatsächlich von nun an immer kleiner werden und sich wieder entfernen. Aber diesmal nicht, Melvan. Diesmal nicht, auch wenn es jetzt noch so aussehen mag. Doch das ist eine Täuschung.«

Kapitel 16

Auch Dolch, Kellorn und Ondros beobachteten den Sonnenaufgang. Sie hatten nur eine kurze Rast im Morgengrauen eingelegt, bei der Ondros sofort eingeschlafen war. Dem Schleuser schien der bisherige Fußmarsch ziemlich zugesetzt zu haben. Dolch hatte schon erwogen, ihn jetzt zu töten, denn Kellorn hatte die Gegend wiedererkannt, in der sie sich inzwischen befanden. Also waren sie nicht mehr auf Ondros' Hilfe angewiesen.

Aber dann waren die Gesänge und Hornklänge aus Arakand herübergeklungen. Und als dann zuerst das Feuerwerk und zum Schluss der weiße Rauch zum Himmel emporgestiegen war, wusste jeder, was die Stunde geschlagen hatte. Der heilige Tag der Fortweisung war angebrochen. Und an so einem Tag tötete man nur, wenn es wirklich unumgänglich war. So entsprach es jedenfalls dem Kodex der Assassinen. Dolch hätte kein Problem darin gesehen, seinen Auftrag zu vollbringen, wäre er ausgerechnet an einem Fortweisungstag auf Baladus getroffen. Ein solcher Auftrag war schließlich heilig und durfte darum an jedem Tag ausgeführt werden, auch an einem der höchsten Feiertage.

Aber Ondros war nicht wirklich ein Teil seines Auftrags. Und abgesehen davon, war er bisher als Führer sehr nützlich gewesen. Mehrfach hatten sie Patrouillen aus dem Lager von Fürst Galiron ausweichen müssen, und Ondros hatte immer wieder Wege gewusst, auf denen sie ihnen entgehen konnten.

Falls es notwendig sein sollte, kann ich ihn immer noch töten, wenn wir näher am Lager sind, dachte Dolch.

»Seht nur, die Zweite Sonne ist kleiner geworden!«, stieß er geradezu ergriffen hervor, als dieses Wunder schließlich am Himmel offenbar wurde. »Gelobt sei der Gottkaiser! Er hat das Zweite Licht fortgewiesen!« Es war Dolch in diesem Augenblick einfach ein tiefes inneres Bedürfnis, die Hände zu falten und zu beten.

Bei Kellorn reichte die Ergriffenheit gerade für ein kurzes Stoßgebet, während er ansonsten mit offenem Mund dastand und den Aufgang der zweiten, scheinbar verkleinerten Sonne beobachtete. Er hatte auf jeden Fall im Augenblick das Gefühl, dem richtigen Herrn zu dienen, einem Herrn, der zwar nur über eine einzige Stadt gebot, dafür aber eben auch die Macht hatte, die Welt vor dem Feuer des Zweiten Lichts zu retten. »Ich schwöre, dass ich die Namen der verbotenen alten Götter nie wieder aussprechen werde«, murmelte er.

»Leiste keinen Schwur, den du nicht wirklich bereit bist zu halten«, riet ihm Ondros.

»Wie kommst du darauf, dass ich einen Schwur nicht ernst meinen könnte?«, fragte Kellorn empört.

»Weil er deine alten Götter betrifft.«

»Du redest von Dingen, von denen du nichts verstehst, Schleuser!«

»Und du wärst der erste Barbar von der Steinküste, der die alten Götter seiner Heimat tatsächlich vergessen konnte. Glaub mir, ich habe viele von euch kennengelernt, und sie alle beten insgeheim mindestens so häufig zu den Kreaturen, deren Namen ich als Rechtgläubiger niemals aussprechen würde, wie zum Namenlosen Gott.«

Kellorn deutete zum Horizont. »Ich habe gesehen, welche Macht dieser Namenlose Gott dem Gottkaiser verliehen hat. Zuallererst traue ich meinen Augen und Ohren, dann erst den Göttern.«

Doch der Eindruck, dass sich das Zweite Licht tatsächlich verkleinert hatte, hielt sich nicht lange. Schon am Mittag schien es sich zu noch gewaltigerer Größe aufgebläht zu haben als je zuvor. Dazu wurde es so heiß, dass es kaum auszuhalten war. Die Haut wurde rot und brannte an den Stellen, die dem feurigen Licht ungeschützt ausgesetzt waren. Und in den Mittagsstunden war es so hell, dass der Himmelsbogen zu großen Teilen gar nicht mehr zu sehen war.

Dolch und seine beiden Begleiter erreichten schließlich einen Bach, in dessen Nähe es auch ein paar Schatten spendende Bäume gab.

Der Bach war nur noch ein schwaches Rinnsal. In einige der Bäume hatten Blitze eingeschlagen. Ein Laufhuhn, das gerade trinken wollte, erledigte Dolch mit einem seiner Wurfringe.

»Wir müssen etwas essen«, sagte er.

»Du wolltest mir beibringen, wie du kämpfst«, sagte Kellorn.

»Du hast doch Augen. Sieh einfach zu.«

Kellorn musterte Dolch stirnrunzelnd. »Ich glaube nicht, dass ich mich daran gewöhnen kann, jemanden in meiner Nähe zu haben, dessen Gesicht sich andauernd verändert.«

»Es verändert sich nicht. Es sind deine Gedanken, die sich verändern und etwas sehen, was sie sehen wollen. Das ist alles.« Dolch nahm das Laufhuhn und fing an, es zu rupfen. »Manchmal kann man den eigenen Augen eben doch nicht so einfach trauen, Kellorn.«

»Und worauf soll man sich dann verlassen?«

»Auf den Glauben.«

»Dann sieh mal zum Himmel! Die Magie des Gottkaisers scheint nicht gewirkt zu haben. Das Zweite Licht ist größer und feuriger als zuvor, und mein Gesicht und meine Hände sind so rot, als hätte ich mich verbrannt!«

»Es ist nicht das erste Mal, dass die Fortweisungszeremonie wiederholt werden muss.«

»Ach ja?«

»Ja. Du wirst sehen, das Feuer wird sich wieder zurückziehen. Vielleicht nicht heute, vielleicht nicht morgen, aber in einiger Zeit.«

»Hoffentlich nicht erst, wenn wir schon alle verbrannt sind.«

»Siehst du, ich sagte dir ja: Du wirst deinen Schwur brechen und früher oder später wieder zu deinen alten Göttern beten«, mischte sich Ondros ein.

Kellorn machte nur eine ärgerliche Handbewegung.

Sie brieten das Fleisch des Laufhuhns über einem kleinen Feuer. Kellorn malte eine Karte in die staubige Erde, um zu veranschaulichen, wo sie sich ungefähr befanden und wie weit es noch bis zu Fürst Fengors Lager war. »Wir müssten einen Bogen schlagen und von Südwesten her auf das Lager zukommen«, schlug er vor.

»Warum?«, verlangte Dolch zu wissen.

»Weil dort bewaldete Anhöhen sind. Das Gelände ist unübersichtlich, und es waren in dieser Richtung nie viele Wachen postiert.« Kellorn zuckte mit den Schultern. »Warum auch? Wer sollte von dort schon kommen?«

»Ihr wollt euch also einfach so in Fengors Lager schleichen?«, fragte Ondros. »Und dann? Der Krüppel muss dort längst angekommen sein. Und er wird dort so gut bewacht wie ein Goldschatz, davon könnt ihr Narren ruhig ausgehen. Selbst ein Assassine kommt nicht an diesen Wachen vorbei.«

»Bislang hat mich noch nie etwas aufhalten können.«

»Warum hat dich dein Gottkaiser dann nicht gleich ausgeschickt, all die Belagerer zu vertreiben? Nein, Dolch, das übersteigt auch deine Möglichkeiten.«

»Und was wäre dein Vorschlag?«

»Ich führe euch einfach ins Lager. Schließlich kennt man mich dort. Und man vertraut mir. Fürst Fengor hört auf meinen Rat – und das, obwohl viele seiner Männer ihren Sold sparen, um sich von mir nach Arakand bringen zu lassen. Aber ich glaube, das ist ihm ganz recht so. Es reinigt sein Heer von denen, die unzufrieden und wankelmütig sind, und im Verlauf einer längeren Belagerung sammelt sich da einiges an, kann ich dir sagen.«

»Und wenn wir im Lager sind, wie geht es dann weiter?«, fragte Dolch.

»Von da an ist es ein Spiel mit offenem Ausgang. Du willst den Krüppel töten, ich möchte, dass ein Lösegeld für ihn bezahlt wird und er so lange am Leben bleibt. Da ist schon ein gewisser Interessengegensatz.«

»Und warum willst du uns dann überhaupt helfen?«, fragte Kellorn.

»Weil ich ihn sonst töte«, antwortete Dolch anstelle des Schleusers. »Das weiß er. Und er ahnt wohl auch, dass er sich nicht darauf verlassen kann, dass wir ihn für unsere Rückkehr brauchen.«

»Ich bringe euch ins Lager«, versprach Ondros, »so nahe an den Krüppel heran, wie es mir möglich ist …«

»Also ich …«, begann Kellorn, aber Dolch fuhr ihm über den Mund, weil er sah, dass Ondros noch nicht fertig war.

»Sei still und lass ihn reden!«

»Fürst Fengor will ein Lösegeld«, sagte Ondros. »Wie wär's, wenn du dich als Unterhändler zur Verfügung stellst und dem Gottkaiser sein Angebot unterbreitest?«

»Das würde nicht ganz dem Auftrag entsprechen, den ich habe«, sagte Dolch.

»Ihr habt keine Chance, lebend aus dem Lager rauszukommen, wenn ihr den Krüppel dort tötet. Und für deinen Gottkaiser dürfte es wichtig sein, dass ihm jemand den Beweis für den Tod des Krüppels bringt. Fürst Fengor würde nämlich seinen Tod verheimlichen und trotzdem ein Lösegeld für ihn fordern. Und deinem Gottkaiser könnte das Gerücht von Baladus' Überleben am Ende teurer zu stehen kommen als ein Lösegeld.«

Dolch verstand durchaus, was Ondros meinte. Baladus' ketzerische Ideen würden weiterhin ihre Wirkung entfalten, und solange nicht sein Kopf präsentiert werden konnte, lebte seine Legende weiter und würde möglicherweise noch mehr Schaden anrichten, als es der Gelähmte zu Lebzeiten je vermocht hatte.

»Ich nehme an, du hoffst darauf, auf diese Weise doch noch einen Anteil vom Lösegeld zu erhalten«, stellte Dolch fest.

»Das wäre ein angenehmer Nebeneffekt. Wie gesagt, wenn ich dich Fengor vorstelle, wird er sicherlich bereit ein, dich als Verhandlungspartner zu akzeptieren.«

»Also für mich klingt das nach einem besseren Plan, als einfach ins Lager zu schleichen, den Krüppel umzubringen und darauf zu hoffen, dass man irgendwie auch wieder herauskommt«, äußerte sich Kellorn.

»Ja, vielleicht ist Ondros' Vorschlag eine Option«, gestand Dolch ein.

»Das freut mich zu hören«, gab Ondros zurück.

Am Ende werde ich die Angelegenheit auf meine Art erledigen, dachte Dolch. *So oder so.*

Sie warteten die Mittagshitze ab, bevor sie aufbrachen. Doch auch danach war der Himmelsbogen, der überall auf der Welt für jeden Wanderer und Seefahrer ein absolut sicherer Wegweiser war, aufgrund der gleißenden Helligkeit kaum auszumachen. Davon abgesehen, schmerzte es in den Augen, wenn man den Blick hob. Dabei brannten die Augenlider ohnehin schon. Als am Abend beide Sonnenlichter wieder dem Horizont entgegensanken, kühlte es sich ab, und der Himmelsbogen trat wieder deutlicher hervor.

Das Krächzen von Raben durchdrang die Stille. Ein großer Schwarm kreiste über einer Senke. Als die Wanderer dort ankamen, bot sich ihnen ein Schlachtfeld. Krieger und Pferde lagen in ihrem Blut, und die Rabenvögel fraßen sich an den Kadavern satt.

»Das sind Fengors Männer – und Krieger des Fürsten Galiron!«, stieß Kellorn grimmig hervor. »Das sieht man an den Wappen und Feldzeichen!«

»Wir sollten uns hier nicht weiter aufhalten«, meinte Ondros.

»Doch, ich will mehr darüber wissen«, beharrte Dolch.

Ondros zuckte mit den Schultern. »Ganz wie du meinst, Assassine.«

Sie stiefelten über das Schlachtfeld. Gut hundert Mann waren hier gefallen. Schwärme von Fliegen umschwirrten die Leichen und vor allem den Kadaver eines Pferdes, dessen Bauch aufgerissen worden war, sodass dem toten Tier die Eingeweide aus dem Leib gequollen waren.

»Die Barbaren bekämpfen sich jetzt schon gegenseitig«, stellte Dolch fest. Er wandte sich an Kellorn. »Kannst du dir einen Grund dafür vorstellen?«

»Gewisse Streitigkeiten und Rivalitäten hat es immer schon gegeben, doch jeder von diesen Barbarenfürsten weiß, dass er allein die Belagerung gar nicht aufrechterhalten könnte. Also sind sie eigentlich aufeinander angewiesen, obwohl sie sich gegenseitig nicht unbedingt besonders mögen.«

»Letzteres kann ich nur bestätigen«, meinte Ondros. »Fürst Fengor hätte mich umgebracht, hätte er herausbekommen, dass ich auch Geschäfte mit seinen Verbündeten mache ...«

Dolch ließ den Blick schweifen. Eigentlich hätte es ihm kein Kopfzerbrechen bereiten sollen, wenn die Barbaren anfingen, sich gegenseitig abzuschlachten. Aber Dolch fragte sich, was das für seinen Auftrag bedeuten konnte.

Durch das Gekrächze der Raben drang ein Geräusch, das wie ein schwaches Stöhnen klang. Einer der Krieger schien noch zu leben. Wenig später fanden sie ihn. Er lag im hohen, inzwischen durch die Sonne verbrannten Gras. Ihm fehlte der rechte Unterarm. Der lag ganz in der Nähe, und die Hand umfasste noch den Parierdolch. Ein Wunder, dass der Mann nicht längst verblutet war. Er trug eine Livree in Rot und Weiß, und auf seinem Harnisch war das Wappen mit dem feuerspeienden Drachen zu sehen.

»Einer von Fürst Galirons Kämpfern«, stellte Kellorn fest.

Der hilflose Mann ächzte. Kellorn beugte sich nieder und gab ihm etwas Wasser aus einem mit Kork verschlossenen Ziegenlederbeutel, den er bei einem der anderen Gefallenen fand. Der Barbar hatte erst selbst einen Schluck genommen, um sicherzugehen, dass der Inhalt genießbar war, und flößte nun dem Verletzten etwas davon ein.

»Du ...«, murmelte dieser, konnte aber nicht weitersprechen.

Dolch kniete sich ebenfalls neben ihn. »Wieso kämpfen Galirons Krieger gegen die Männer von Fürst Fengor?«, fragte er.

Der Verletzte versuchte erneut zu sprechen. Blut rann aus seinem Mund. Er hatte offenbar in der Brust eine furchtbare Wunde davongetragen. Vermutlich hatte ihm jemand ein Schwert genau dort in die Seite gerammt, wo Brust- und Rückenteil seines Harnischs durch Lederriemen miteinander verbunden waren. Das war die Schwachstelle seiner Panzerung gewesen.

Der Krieger wandte den Kopf und sah Dolch an.

»Töte ...«, murmelte er, und nach einer ganzen Weile folgte das zweite Wort: »... mich!«

»Das wäre ein Akt der Menschlichkeit«, fand Ondros. »Der Mann hat keinerlei Überlebenschance. Jeder Augenblick, in dem er noch hier liegen muss, verlängert nur seine Qual.«

»Ich töte nichts, was von allein stirbt«, sagte Dolch.

Es war schon einmal nicht besonders weise, sich an diese Regel zu halten, meldete sich eine mahnende Stimme in seinem Hinterkopf. *Vielleicht wiederhole ich jetzt einen Fehler. Oder ich begehe einen neuen in dem Bestreben, einen zuvor begangenen zu vermeiden.*

»Bitte …«, murmelte der verletzte Söldner aus Galirons Heer.

»Sag mir, weshalb ihr gegen Fengors Söldner kämpft.«

»Ich weiß …«

»Ja?«

»… es nicht … weiß es … nicht … bitte!«

»Das ist nicht möglich!«, behauptete Dolch. »Du musst doch wissen, aus welchem Grund ihr gegen Fengor kämpft!«

Doch der Verletzte beharrte darauf, dass er den Grund nicht kannte. »Plötzlich … waren da … so viele …«

»Und was hattet ihr hier zu suchen? So nah an Fengors Lager?«

»… bitte …«

Er versuchte zu sprechen, aber von dem, was noch über seine Lippen kam, ergab nichts mehr einen Sinn.

Dolch erhob sich. »Wir gehen weiter«, entschied er. »Und wie ich schon einmal sagte: Ich töte nichts, was von allein stirbt.«

Ein Satz, den du das letzte Mal besser nicht befolgt hättest, ging es ihm durch den Kopf.

Dolch ging. Ondros folgte ihm.

Nur Kellorn blieb noch einen Augenblick zurück.

Als sich Dolch nach ihm umdrehte, sah er, dass der Barbar sein blutiges Schwert im Gras abwischte.

Es dauerte nicht lange, da kam ihnen ein riesiger Heerzug entgegen, bestehend aus Tausenden von Männern. Die Reiter waren eine Minderheit, der Großteil der Truppen bestand aus Fußsoldaten, Bogenschützen und Armbrustträgern.

Diese Armee marschierte in breiter Front, so als würde man das Gebiet nach etwas absuchen. *Oder nach jemandem,* dachte Dolch. Die Front erstreckte sich meilenweit über die Hügel, und es schien vollkommen unmöglich, diesem Heer auszuweichen. Signalhörner ertönten. Die Hornbläser dienten der Koordinierung und Aufrechterhaltung der Ordnung.

»Das ist Fürst Fengors Heer!«, rief Kellorn. »Oder jedenfalls ein großer Teil davon. Man sieht es an den Bannern. Und darunter befinden sich zudem Truppen von Fürst Helban und Kelmarik, dem Anführer der Stromländischen Horde, die beide mit Fürst Fengor aufs Engste verbündet sind.«

»Genau genommen, kann man die beiden als Vasallen bezeichnen.« Ondros streckte die Hand aus und formte dabei mit der anderen einen Schirm über den Augen, um besser gegen die tief stehenden Sonnenlichter sehen zu können. »Dort hinten! Seht ihr den Reiter mit dem besonders großen Federbusch und dem purpurroten Umhang? Ohne diesen Fetzen aus boranischer Seide zieht Fengor nicht in den Krieg. Niemals.«

»Es war einst der Mantel des Hochkönigs von Olbadorea«, wusste Kellorn. »Den hat Fengor in der Schlacht erschlagen, und seitdem glaubt er, dass dieser Mantel ihm Glück bringt.«

»Er sollte auf die Macht des Namenlosen Herrn im Himmel vertrauen, nicht auf ein Stück Stoff«, fand Dolch. Er wandte sich an Ondros. »Deine Stunde schlägt früher, als du vielleicht gedacht hast.«

»Wie?«

»Deine große Stunde als Diplomat. Wir gehen dem Fürsten entgegen.«

»Etwas anderes hätte auch wenig Sinn«, fand Ondros. »Wenn wir versuchen würden zu flüchten, wäre es für Fürst Fengors Reiterei ein Leichtes, uns einzuholen und zu stellen.«

Fürst Fengor hatte die drei Wanderer offenbar auch schon entdeckt – und zumindest einen von ihnen auch erkannt. Zusammen mit mehreren Dutzend Reitern aus seinem engsten Gefolge preschte er voran. Der purpurrote Umhang wehte dabei fast wie ein Banner hinter ihm her. Die Reiter umringten Dolch und seine beiden Begleiter.

»Seid gegrüßt, edler Fürst Fengor«, gab sich Ondros unterwürfig und verneigte sich tief. »Ich bin hocherfreut, Euch wiederzusehen!«

Fürst Fengors Miene wirkte finster. Die Augen hatte er zu schmalen Schlitzen verkniffen, und das lag keinesfalls an den inzwischen sehr tief stehenden Sonnen. »Ich kann diese Freude leider nicht teilen, Ondros.«

»Herr, was habe ich getan, dass ich mir Euren Unmut zuziehe?«

Fengor ließ die Frage des Schleusers zunächst unbeantwortet. Kellorn hatte inzwischen erleichtert festgestellt, dass unter den Reitern niemand war, der ihn kannte oder gar während seiner Zeit in Fengors Heer sein Vorgesetzter war. Dass er aus Fengors Heer desertiert war, konnte die Situation durchaus verkomplizieren, und darum war es wohl das Beste, wenn dies vorerst unerwähnt blieb. Fengor kannte schließlich nicht jeden seiner Abertausenden Söldner.

Der Fürst glitt mit bemerkenswerter Behändigkeit aus dem Sattel. Er schlug den seidenen Purpurumhang zurück und schritt auf Ondros zu. »Du wagst es tatsächlich noch, mich zu fragen, was du getan hast, um dir meinen Unmut zuzuziehen?«

»Herr, ich …«

»Ich will deine jämmerlichen Entschuldigungen für deinen Betrug gar nicht erst hören.«

»Betrug? Aber, mein Fürst, ich würde es nie wagen …«

»Warum nur, Ondros? Warum nur? Hat dir Galiron einen höheren Anteil geboten? Hast du deswegen den Krüppel in sein Lager bringen lassen statt in meins?«

»Was?«, brach es aus Ondros hervor. Es klang wie ein entsetztes Keuchen, und sein Gesicht wurde vollkommen fahl.

Fengor packte Ondros am Kragen und warf ihn zu Boden. »Du hast mit zugesagt, dass der Krüppel in mein Lager gebracht wird. Und ich warte vergeblich, während meine Männer wenig später eine Gruppe von Gesandten des Fürsten Galiron abfangen, kurz bevor sie eines der Stadttore von Arakand erreichen können. Und was glaubst du wohl, haben diese Männer uns verraten, bevor wir sie getötet haben?«

»Herr …«

»Dass dieser Krüppel, der dem Gottkaiser ein Vermögen wert ist, jetzt in Galirons Lager weilt, dorthin gebracht von Männern, die offenbar in deinem Dienst standen.«

»Das kann nicht sein. Das ist unmöglich«, zeterte Ondros. »Wenn man Baladus tatsächlich ins Lager von Galiron gebracht hat, dann geschah das nicht auf mein Geheiß. Ich selbst wurde auch betrogen!«

»Ja, natürlich!«

»Von meinen eigenen Männern!«

»Dann hättest du vielleicht besser darauf achtgeben sollen, wen du für dich arbeiten lässt, Schleuser!«

»Vergebung, mein Fürst.«

»Ich habe geahnt, dass du eine Ratte bist, Ondros. Eine stinkende Ratte aus den Kanälen, durch die du in die Stadt und wieder hinausgelangst. Aber dass du mich dermaßen hintergehen würdest, habe ich nicht geahnt.«

Fengor zog sein Schwert, eine breite Klinge aus bestem etamitischen Stahl, und …

Ein kurzer, kraftvoll ausgeführter Schlag trennte Ondros den Kopf vom Rumpf. Der Schrecken stand dem Schleuser noch ins Gesicht geschrieben, als sein Haupt über den Boden rollte und gerade einmal einen Fußbreit vor Dolchs Stiefelspitzen liegen blieb.

Ondros' kopfloser Körper stand noch einen Augenblick schwankend da, und Fengors Wut war offenbar so unermesslich groß, dass er gleich zu einem zweiten Schlag ausholte, der senkrecht geführt Ondros' Rumpf vom Hals bis zum Bauchnabel spaltete. Dort blieb die Klinge im Fleisch stecken. Mit einem Fußtritt befreite Fengor sein Schwert vom Körper des Schleusers, der nach hinten kippte.

Fengors Gesicht war vor Hass verzerrt, als er herumwirbelte und schrie: »Und nun zu den Helfershelfern dieses Betrügers!«

Er riss das Schwert hoch, dass das Blut von der Klinge sprühte … und erstarrte mitten in der Bewegung.

Er blickte geradewegs auf die Einhandarmbrust, die Dolch gezogen und auf den Kopf des Fürsten gerichtet hatte.

»Keine unbedachte Bewegung und kein unbedachtes Wort, Fürst Fengor«, sagte Dolch in ruhigem, aber bestimmtem Tonfall. »Ich bin ein Assassine des Gottkaisers und würde deinen Kopf noch auf hundert Schritt sicher treffen, ehe irgendeiner deiner Männer einzugreifen vermag. Also sollte das niemand versuchen, sonst platzt dein fürstlicher Barbarenschädel wie eine olbadoreanische Melone, und dein Hirn mischt sich mit dem Blut des Schleusers.«

Fengor sah Dolch zum ersten Mal direkt ins Gesicht. Er wurde blass und schluckte. »Was willst du?«, murmelte er und ließ die blutige Klinge sinken.

»Dein Gehör, Fürst.«

»Dann sprich – aber sieh mich dabei nicht so an …«

»Ich habe den Auftrag, den Kopf des Krüppels nach Arakand zu bringen und ihn dem Gottkaiser zu Füßen zu legen.

Dass er nicht in deinem Lager angekommen ist, ist bedauerlich. Und zwar nicht nur für dich, denn es verkompliziert die Durchführung meines Auftrags. So wie ich das sehe, haben wir im Moment ein gemeinsames Interesse, nämlich Galiron den Krüppel aus seinen Händen zu reißen. Und so wie die Dinge nun mal stehen, würde keiner von uns das allein schaffen.«

»Du vielleicht nicht, Assassine«, sagte Fengor. »Aber sieh meine Armee. Ich habe genug Krieger, um Galirons dahergelaufene Horde abzuschlachten, Mann für Mann. Du bist nur ein einziger Meuchelmörder, dessen Armbrust einen einzigen Bolzen verschießt ...« Er wich dem durchdringenden Blick seines Gegenübers aus.

Dass er einen Wechsler vor sich hatte, schien er noch nicht begriffen zu haben. Allerdings bereitete ihm dessen Anblick großes Unbehagen. *Es gibt sicher mehr als genug Menschen, denen er Unrecht getan hat und die er in meinem Gesicht wiederzuerkennen glaubt,* dachte Dolch. *Ich hoffe nur, dass das seinen Verstand nicht zu sehr verwirrt ...*

»Kann sein, dass du es schaffst, Galirons Heer zu besiegen«, gestand Dolch ein. »Kann auch sein, dass du es schaffst, den Krüppel in deine Gewalt zu bekommen. Aber hast du dir auch mal überlegt, was danach geschieht?«

»Ich weiß nicht, was du meinst, Assassine.«

»Der Krüppel ist ein Magier. Auch wenn er vollkommen hilflos erscheint, bricht er den Willen jeden Mannes und weiß andere als seine Werkzeuge zu nutzen.«

»Ich fürchte mich nicht vor Magie.«

»Das solltest du aber. Ich stand vor ihm und habe es nicht geschafft, ihm die Klinge in seinen schwächlichen Leib zu rammen. Ich gestehe das ungern ein, denn es ist die größte Schande meines Lebens, denn ich war nicht in der Lage, meinen Auftrag auszuführen. Auch die Männer, die Baladus in dein Lager bringen sollten und die ihn offensichtlich ganz woanders hinbrachten, sie handelten nicht aus eigenem Antrieb, davon bin ich überzeugt. Baladus hat ihren Willen beeinflusst, so wie er es zuvor bei seinen Ordensbrüdern tat und wahrscheinlich auch mit dem Schleuser, den du enthauptet hast. Ich prophezeie dir, in dem Moment, da du ihn in deiner Gewalt zu haben glaubst, hat in Wahrheit er *dich* in *seiner* Gewalt. Deshalb solltest du ihn fürchten. Und deshalb solltest du auch Fürst Galiron fürchten, denn wenn sich der Magierkrüppel wirklich in dessen Lager befindet, kannst du getrost davon ausgehen, dass Galiron nichts weiter als der Sklave von Baladus' perfider Magie ist.«

»Wenn das wirklich stimmt, was du sagst, dann wüsste ich allerdings nicht, wie du mir helfen könntest, Assassine«, entgegnete Fengor. »Denn hast du nicht selbst zugegeben, dass dieser missgestaltete Bastard auch deinen Willen schon gebrochen hat?«

»Ja, das ist wahr. Aber das wird er kein zweites Mal tun können. Ein Ritual bewahrt mich davor. Der Alchemist des Gottkaisers verabreichte mit den Trunk der Wahrheit, der vor jeglicher Beeinflussung durch einen fremden Geist schützt und mit dem sich auch der Gottkaiser selbst vor einer solchen Einflussnahme zu schützen pflegt. Ich habe Baladus gejagt, ich war ihm auf der Spur, war ihm dicht auf den Fersen, und um ein Haar hätte ich ihn erwischt, bevor es ihm gelang, die Stadt zu verlassen … Niemand kennt ihn besser als ich, niemand kann seine Absichten besser erraten als ich, und niemand vermag der Magie seines Willens so gut zu widerstehen wie ich. Wahrscheinlich bin ich der Einzige, der ihn gefangen nehmen kann, ohne selbst sein Gefangener zu werden.«

»Du willst ihn töten!«

»Das ist richtig.«

»Mir nützt er nur lebendig.«

»Nein, da bist du im Irrtum. Dir nützt er, solange du

genug Silber für ihn bekommst. Der Gottkaiser braucht einen fassbaren Beweis seines Todes. Seinen Kopf. Und dafür wird er genauso viel zahlen wie für den lebenden Baladus. Denn wenn sich das Gerücht hält, dass er vielleicht noch am Leben geblieben ist, dann erhält der Gottkaiser dadurch einen noch gefährlicheren Feind. Einen, den er nicht einmal mehr töten lassen könnte: eine Legende!«

Fengor runzelte die Stirn. Er rieb sich mit der freien Hand die Augen, deren Lieder so rot waren wie bei fast allen seinen Männern. Das Zweite Sonnenlicht hatte seine unübersehbaren Spuren hinterlassen. »Wer garantiert mir, dass es stimmt, was du sagst?«

»Ich spreche für den Gottkaiser und habe sein Ohr. Aber ob du mir wirklich trauen willst, kannst du immer noch entscheiden, wenn wir zusammen Galiron besiegt und den Krüppel in unsere Gewalt gebracht haben. Denn eins kann ich dir tatsächlich garantieren: Ohne mich wird dir das nicht gelingen.«

»Du bist dir so sicher?«

»Ondros, dieser Narr, hat geglaubt, es reicht aus, den Krüppel von ein paar Söldnern bewachen zu lassen, damit er sicher in deinem Lager ankommt. Sieh ins Gras, was ihm dieser Leichtsinn eingebracht hat.«

»Hört nicht auf diesen Teufel!«, rief einer der Reiter aus Fürst Fengors Gefolge. »Das ist ein Wechsler! Ein Dämon!«

»Und ich habe ihn schon für Ondros' Bruder gehalten, so ähnlich sieht er ihm«, stieß Fengor hervor. Dann wandte er sich an Dolch. »Kannst du wirklich auf hundert Schritt einen Kopf treffen?«

»Ich treffe auf hundert Schritt dein rechtes Auge.«

»Dann spar dir einen Bolzen für Galiron auf!«

»Mein Fürst …!«, ereiferte sich der Gefolgsmann.

»Wir brauchen jeden Kämpfer, Ertys«, wandte sich Fengor an den Reiter. »Wir werden sehen, ob dieser Wechsler wirklich so unempfänglich für die Magie des Krüppels ist, wie er behauptet.« Mit der blutigen Klinge deutete er auf Ondros' zerstückelten Körper, während er Dolch wieder ansah. »Was ich mit Betrügern mache, hast du ja gesehen.«

Dolch senkte die Einhandarmbrust. »Und da du glaubtest, seine Züge in meinem Gesicht zu sehen, scheint dir auch tief in deiner Seele klar zu ein, dass du ihm unrecht getan hast.«

»Was hier recht und was unrecht ist, bestimme ganz allein ich!«, tobte Fengor. »Ich hoffe, das hast du verstanden.«

»Es war deutlich genug.«

Der Fürst wischte sein Schwert an der Kleidung des toten Ondros und im Gras ab. Dann schwang er sich wieder in den Sattel. »Ich hoffe, ihr beide seid gut zu Fuß.«

So zogen Kellorn und Dolch mit dem Heer von Fürst Fengor. Kellorn war zunächst etwas unwohl bei dem Gedanken, dass ihn seine alten Kameraden, mit denen er zusammen in Fengors Armee gedient hatte, womöglich erkannten. Ab und zu bemerkte er, dass man ihn auch misstrauisch – oder missmutig? – musterte.

»Ich nehme an, der ein oder andere erkennt dich«, raunte ihm Dolch zu.

»Früher oder später wird das sicherlich der Fall sein«, war Kellorn überzeugt.

»Normalerweise werden die Barbaren, die bei der Stadtwache anheuern, einer gewissen Körperpflege unterzogen und neu eingekleidet. Ich nehme an, das war bei dir auch so.«

»Allerdings.«

»Schließlich sollen die Bürger Arakands ja glauben, die Söldner der Stadtwache wären zu ihrem Schutz da und nicht, um sie zu erschrecken. Manche dieser Krieger hier sehen allerdings aus, wie man sich die Tiermenschen im Land der Fernen Ebenen vorstellt. Ich wette, du hast auch so ausgesehen, Kellorn.«

Im nächsten Moment wurde Kellorn von einem der Fußsöldner, einem rotbärtigen Hünen, angesprochen. »Du bist doch Kellorn von der Steinigen Küste? Erinnerst du dich nicht? Jetzt tu nicht so, als würdest du mich nicht kennen! Ich bin Thrud aus Galdabar!«

»Schön, dass du noch lebst, Thrud«, sagt Kellorn.

»Wieso nicht? Viel gekämpft wurde ja nicht. Bei so einer Belagerung stirbt man am ehesten an Langeweile. Ich habe gehört, du wolltest nach Arakand, zur Stadtwache. Und jetzt bist du wieder hier?«

»Da hast du was Falsches gehört.«

»Glaub ich nicht. Solche Sachen, wie du sie trägst, tragen hier sonst nur die, die zurückgekommen sind. Du brauchst dich nicht zu schämen, wenn's mit der Karriere in der Stadtwache nicht geklappt hat. Es kommen mehr zurück, als du so glaubst.« In gedämpftem Tonfall fügte Thrud dann hinzu: »Echte Kerle wollen die da drüben gar nicht. Und die Offiziere sollen alle schwul sein!«

»Ach, wirklich?«

»Für mich wäre das nichts. Aber diese verdammten Schleuser verdienen zweimal an euch Narren. Erst bringen sie euch in die Stadt und später wieder zurück, und ich wette, jedes Mal wird kassiert.«

Kellorns Gesicht wurde dunkelrot. Und das lag nicht an der starken Einstrahlung der beiden Sonnen, die ihm den ganzen Tag über die Haut verbrannt hatten, sondern weil sich in ihm etwas aufstaute. Thrud war ihm schon auf die Nerven gegangen, als er noch regulärer Söldner in Fürst Fengors Armee gewesen war. Schon da war er dem Galdabarianer möglichst aus dem Weg gegangen. Zumal, wenn der getrunken hatte, denn dann konnte Thrud erst recht unangenehm werden. Er verdächtigte dann seine Kameraden regelmäßig, entweder schwul zu sein oder aus Tarastan zu stammen. Beides war für ihn gleich schlimm und ein ausreichender Anlass, einen handfesten Streit anzufangen. In seinem Jähzorn war er Kellorn im Grunde ziemlich ähnlich, insofern war es ein Wunder, dass sie früher nicht schon aneinandergeraten waren.

Kellorn spürte auf einmal eine Hand auf seiner Schulter. Sie gehörte Dolch, der ihm zuraunte: »Denk an das, was in der Taverne unter dem Himmelsbogen geschehen ist.«

Kellorn knurrte etwas vor sich hin und unterdrückte dabei die Namen der alten Götter, ehe ihm wieder einfiel, dass er hier, unter Barbaren, bei allem fluchen konnte, was ihm in den Sinn kam. Aber Kellorn hatte verstanden. »Ich gebe mir Mühe«, versprach er.

»Was mich noch interessieren würde«, wandte sich der geschwätzige Thrud nun noch einmal an Kellorn, »hast du mitbekommen, warum Fürst Fengor diesen Kerl zerstückelt hat?«

»Ich glaube, er war zu redselig«, brummte Dolch. »Das ist schon so manchem nicht gut bekommen.«

Auch nach dem Untergang der beiden Sonnen blieb es hell. Das Zweite Licht schimmerte noch lange hinter dem Horizont hervor, und es war Vollmond. Außerdem waberten wieder Himmelslichter in Grün und Blau über den Himmel und führten einen gespenstischen Tanz zu beiden Seiten des dunklen Bogens auf, der das Sternenmeer in Ost-West-Richtung durchschnitt.

Dolch hörte nur flüchtig den Gesprächen unter den Männern zu. Dass man nicht mehr nur gegen die Mauern von Arakand, sondern auch gegen die eigenen Verbündeten zog, beschäftigte die Söldner ebenso wie die Dinge, die am Himmel geschahen. Um wie viel würde das Zweite Licht angewachsen sein, wenn es am nächsten Morgen aufging? Dass der Gottkaiser diesen Glutball nicht hatte fortweisen können, war mittlerweile offensichtlich. Nachdem das Gestirn den ganzen Tag über seine verheerende Kraft demonstriert hatte, konnten nur noch unverbesserliche Optimisten daran glauben, dass es sich in absehbarer Zeit wieder zurückzog. Das Gegenteil war wahrscheinlicher.

Der Gottkaiser musste sehr bald eine zweite Zeremonie abhalten. Vielleicht schon am kommenden Morgen. Doch was, wenn auch diesmal die Kräfte des Erwählten nicht ausreichten?

Dolch versuchte, diese Gedanken nicht an sich heranzulassen. *Vertrauen und Glaube, darauf kommt es an,* dachte er. Und hieß es nicht in den heiligen Schriften, dass Zeiten der maximalen Annäherung immer auch Zeiten der Prüfung waren? Erst dann erwies sich die Stärke des Glaubens. Dolch war es immer unverständlich gewesen, dass man ausgerechnet angesichts dessen, was sich derzeit im Himmel abspielte, vom Glauben abfallen konnte. Schließlich wiederholte sich die Annäherung im Abstand einiger Jahre oder Jahrzehnte, und das seit Aberjahrtausenden, solange sich Menschen erinnern konnten. Und die Welt existierte immer noch. Sie war trotz der immensen Bedrohung durch diesen Feuerball ein bewohnbarer Ort geblieben. Warum sollte es also diesmal nicht genauso sein?

In einer anderen Angelegenheit war Dolchs Glaube weit mehr angekratzt. Aber das betraf weder den Glauben an den Namenlosen Gott noch den an die Macht seines erwählten Gottkaisers, sondern den Glauben an sich selbst und seine eigenen Fähigkeiten. Gegenüber Fürst Fengor war er sehr vollmundig aufgetreten. Aber ob er wirklich so unempfindlich gegenüber der Magie des Krüppels sein würde, wenn er ihm zum zweiten Mal gegenüberstand, war für ihn gar nicht so sicher. Gewissheit würde Dolch erst haben, wenn er dem Krüppel erneut begegnete und seine Klinge gegen ihn führte.

Der Gedanke daran beunruhigte ihn. Jedem anderen Feind fühlte er sich gewachsen. Es gab niemanden, den er zu fürchten brauchte. Dazu war seine Ausbildung in der Kunst des Tötens einfach zu gut, sein Umgang mit verschiedenartigsten Waffen zu perfekt. Und davon abgesehen, nahm ihm sein fester Glaube jede Furcht vor dem Tod – denn er hatte keine Zweifel daran, dass ein Rechtgläubiger, der sein Leben dem Dienst für den erwählten Gottkaiser gewidmet und seine Aufträge immer gut erfüllt hatte, auch vor dem Jenseitsgericht Gnade finden würde.

Wovor er sich wirklich fürchtete, war, dass er noch einmal so jämmerlich scheiterte wie in jenem Augenblick, da er vor dem Lager des Krüppels gestanden und ihn nicht weisungsgemäß getötet hatte, und er sehnte nichts so sehr herbei wie den Moment, da er diese schlimmste Schande seines bisherigen Lebens tilgen konnte.

Das beschäftigte seine Gedanken viel mehr als der drohende Untergang der Welt. Denn dass der abgewendet wurde, stand für ihn, den Rechtgläubigen, außer Frage. Er würde den Teufel tun, daran auch nur einen Wimpernschlag lang zu zweifeln.

Es war um die dreizehnte Stunde, gerechnet vom Mittagszenit des Ersten Sonnenlichts – also Mitternacht – an, als sie auf Truppen von Fürst Galiron stießen. Diese transportierten mehrere Katapulte, und zwar fort von der Belagerungsfront in Richtung von Galirons Heerlager. Offenbar sah Galiron den Feind mittlerweile anderswo, sodass die Belagerung Arakands keine Priorität mehr hatte. Man wollte die Katapulte weder in die Hände der – ehemals – Verbündeten fallen lassen, und sah sich wohl außerdem gezwungen, Truppen von der Belagerungsfront abzuziehen.

Sie wollen ihren Schatz bewachen, ging es Dolch durch den Kopf. *Einen Schatz, der aus einem kleinen Häufchen Haut und Knochen besteht, das allerdings von einem mächtigen Geist beseelt und mit magischen Kräften ausgestattet ist.*

Dass Galiron seine Truppen zusammenzog, um seine vermeintliche Beute besser bewachen zu können, war für Dolch ein weiteres Zeichen für die immensen Hexenkräfte, die in dem kleinen gelähmten Männlein schlummerten. *Es ist so, wie ich prophezeit habe,* dachte er. *Baladus hat Galiron längst in seinen Bann geschlagen.*

Fürst Fengor ließ sofort die Hornsignale zum Angriff blasen. »Jeder Galiron-Söldner, den wir hier erschlagen, steht uns nicht mehr im Weg, wenn wir ihr Heerlager überfallen!«, rief er, während er sein Schwert hob, doch das konnten ohnehin nur die Gefolgsleute in seiner engsten Umgebung verstehen, denn seine Worte gingen im aufbrausenden Kampfgeschrei seiner Männer unter.

»Du hättest mir vorher ein paar deiner Tricks beibringen sollen, Dolch!«, beschwerte sich Kellorn, der seine Streitaxt gezogen hatte. Den Langbogen hatte er nicht mitgenommen, da er nicht sein Eigentum war, sondern der Stadtwache von Arakand gehörte. Vielleicht war das ein Fehler gewesen. *Aber wer hätte auch ahnen können, dass ich während dieser Mission an einer offenen Feldschlacht mit formierten Schlachtreihen teilnehme,* dachte er grimmig. *Damit war wirklich nicht zu rechnen gewesen.*

»Du bist doch auch so ganz gut durch die Schlachten gekommen«, gab Dolch zu bedenken.

»Na ja, um ganz ehrlich zu ein, so viele Schlachten waren es nicht.«

»Ach nein?«

»Seit ich in Fengors Heer angemustert habe, haben wir die meiste Zeit damit zugebracht, zu warten und darauf zu achten, dass niemand aus Arakand raus- oder hineinkommt.«

Er grinste. »Mittlerweile habe ich das Gefühl, dass außer ein paar von uns sowieso niemand dorthin will.«

»Ich werde beobachten, wie du kämpfst. Und falls ich bei dir ein gewisses Talent entdecke und wir beide lebend nach Arakand zurückkehren, könnte ich dich vielleicht für den Dienst in der Assassinengarde empfehlen, zumal ich gute Aussichten habe, Nachfolger meines Meisters zu werden.«

»Ich weiß nicht, ob das wirklich das Richtige für mich wäre«, murmelte Kellorn, während Fürst Fengors Bogenschützen bereits den ersten Pfeilregen über Galirons Krieger herabregnen ließen. Todesschreie gellten.

Dolch zog sein Langschwert. »Du würdest auf jeden Fall während deiner Ausbildung all die Dinge lernen, die zu meiner Kunst gehören, Barbar.«

Salven von Pfeilen und Armbrustgeschossen summten durch die Luft. Männer und Pferde schrien auf. Dolch sah, wie links und rechts von ihm Krieger getroffen wurden und Armbrustbolzen Schilde und Rüstungen durchschlugen.

Das Kräftemessen mit Fernwaffen dauerte nicht lange. Beide Seiten waren damit nur bedingt gut ausgerüstet, und vor allem wollte Fürst Fengor auch nicht zu viele Bolzen und Pfeile verschwenden, die man noch dringend beim Angriff auf Galirons Lager brauchte. Zudem begannen sich Galirons Krieger bereits zurückzuziehen, denn dort hatte man schnell begriffen, dass die Armee von Fengor und seinen Verbündeten zahlenmäßig überlegen war. Galirons Männer ließen die Katapulte einfach im Stich. Sie waren ohnehin nicht so schnell einsetzbar zu machen. Dazu hätten sie erst aufwendig in Stellung gebracht und mit passender Munition bestückt werden müssen.

Die Hornsignale koordinierten den Angriff von Fengors Heer. In einer großen Zangenbewegung schnitten Reiter den Flüchtenden den Weg ab und hetzten sie zurück. Dann begann das tödliche Handgemenge. Galirons Kriegern blieb gar nichts anderes übrig, als um ihr Leben zu kämpfen, denn Gefangene wurden nicht gemacht.

Dolch schwang zielsicher sein Schwert. Einem angreifenden Krieger trennte er den Kopf vom Rumpf. Mit der Linken schleuderte er einen seiner Wurfringe, der einen mit Helm und Harnisch gepanzerten Barbaren genau dort traf, wo ihn seine Rüstung nicht schützte – am Hals. Die im Flug durch einen ausgeklügelten Mechanismus ausgefahrenen Klingen zerfetzten ihm die Kehle. Blut spritzte in einer Fontäne aus der geöffneten Schlagader, während der Krieger röchelnd zu Boden sank. Einem Speer wich Dolch behände aus. Er nahm das Schwert in die Linke, stieß es einem riesenhaften Kämpfer in den Leib, der sich mit einer gewaltigen Doppelklingenstreitaxt durch das Kampfgewühl gearbeitet hatte. Mit der Rechten griff er zur Einhandarmbrust, zielte auf einen herannahenden Reiter, der seine lange Sichelklinge schwang. Der Bolzen durchschlug den Brustharnisch und hatte eine dermaßen große Wucht, dass der angreifende Reiter aus dem Sattel gerissen wurde. Ein Fuß verfing sich im Steigbügel, und das Pferd zog den Sterbenden hinter sich her, ehe es von einem halben Dutzend Pfeile getroffen wurde, die sowohl von Galirons Leuten als auch von Fengors Schützen stammten.

Dolch ließ die Einhandarmbrust zurück in die Halterung an seinem Bein gleiten. Er riss einen weiteren Wurfdolch aus dem Gürtel und traf damit einem Gegner direkt ins Gesicht, sodass dieser mit zerschmettertem Schädelknochen zu Boden stürzte. Dann zog er das Breitschwert. Mit zwei Klingen, unterschiedlich in Länge und Beschaffenheit, mähte sich Dolch durch die Reihen der Feinde. Blut spritzte ihm ins Gesicht. Ein Waffenarm mitsamt einer Wurfaxt im Krallengriff der Finger fiel ihm vor die Füße, einen Schädel spaltete er horizontal in Schläfenhöhe wie eine überreife Kokosfrucht von den Südlichen Inseln, die die Händler auf den arakandischen Märkten oft noch anboten, wenn der Inhalt unter der harten Schale schon nicht mehr weiß und süßlich, sondern nur noch matschig, übel riechend und grau war. *Ein schlechter, unpräziser Schlag,* dachte Dolch, der eigentlich den Hals hatte treffen wollen, um seinen Gegner zu köpfen. Ein Schlag, der eines Assassinen unwürdig war und für den Meister Balok ihn früher getadelt hätte, wäre ihm etwas Vergleichbares bei der Erfüllung eines Auftrags unterlaufen. Aber auf einem Schlachtfeld wie diesem war das Töten keine Kunst. Es ging nur darum, möglichst viele Gegner zur Strecke zu bringen und selbst lebend davonzukommen.

Kellorn hatte sich mit seiner Streitaxt ins Getümmel gestürzt. Mit enormer Kraft schlug er um sich, spaltete einem Krieger Helm und Schädel und musste dann das Schwert nehmen, als er die Axt nicht schnell genug aus dem Kopf des Erschlagenen herausbekam. Gleich zwei von Galirons Kriegern griffen ihn an. Kellorn parierte die Hiebe ihrer Schwerter – mal mit der eigenen Klinge, mal mit dem Buckler. Dann setzte er zu einer Finte an, täuschte vor, einen Schlag ausführen zu wollen, stieß aber stattdessen zu. Mit durchbohrten Gedärmen sank einer der Krieger zu Boden, während Kellorn mit großer Sicherheit den Hieb des anderen mit dem Buckler ablenkte. Ein schepperndes metallisches Geräusch entstand dadurch. Er hieb mit dem noch bluttriefenden Schwert seitwärts und traf seinen Gegner schwer. Mit einer Hand versuchte dieser, die Ströme von Blut aufzuhalten, die sich aus seiner Wunde ergossen. Mit einem senkrecht geführten Hieb, der am Halsansatz vorbei in die Schulter und die Brust schnitt, gab Kellorn ihm den Rest.

Fast zwei Stunden dauerte das Gemetzel. Und schließlich war kaum noch einer der Galiron-Söldner am Leben.

Fengors Männer gingen über das Schlachtfeld, um die Verletzten zu töten, die Waffen der Gefallenen an sich zu nehmen oder ihre eigenen Wurfdolche, Armbrustbolzen oder was immer man sonst auch während des Kampfes eingebüßt hatte, wieder an sich zu nehmen. Die Schreie, das Jammern und Winseln der Verletzten erstarben nach und nach.

Fürst Fengor gab den Befehl, die Katapulte anzuzünden. Bald brannten sie lichterloh. Flammende Fanale, deren Rauch zu den Himmelslichtern aufstieg.

»Soll Galiron, dieser Hund, ruhig ahnen, was hier geschehen ist!«, rief Fengor grimmig. »Soll er sich fürchten, denn dazu hat dieser verfluchte Bastard allen Grund!«

Kapitel 17

Die gottkaiserliche Gemahlin hatte Tränen in den Augen. Sie wischte sie fort und trat in den Schatten der Säule und verharrte dort. Der Geruch des Fackelpechs mischte sich mit dem von Räucherwerk und Schweiß. Es hatte in dieser Nacht noch weniger abgekühlt als in den vorangegangenen, und es blies nicht einmal ein winziger Hauch vom Meer her. Die federleichten Vorhänge, die die Mücken fernhalten sollten, bewegten sich nicht einmal ein wenig.

Felabayi beobachtete ihren Mann, der tief in sich versunken durch die große Halle des Osthauses schritt, um sich auf die Wiederholung der Fortweisungszeremonie vorzubereiten. Er hatte die Augen dabei die meiste Zeit über geschlossen. Sein Gesicht drückte eine Anspannung aus, wie Felabayi sie selten bei ihm erlebt hatte. Aber der Grund dafür lag auf der Hand. Diesmal musste es gelingen. Gewiss, es war in der Vergangenheit schon vorgekommen, dass die Zeremonie mehrfach hatte wiederholt werden müssen. Aber unter der momentanen Situation in der Stadt konnte das unabsehbare Auswirkungen haben.

Felabayi schluckte. *Nein, ich kann es ihm jetzt nicht sagen,* wurde ihr klar. *Wenn er jetzt erfährt, dass sein Sohn und Thronfolger gerade gestorben ist, wird er seine Kräfte womöglich nicht mit der nötigen Konzentration sammeln können.*

So groß Felabayis Schmerz auch war und sosehr sie sich wünschte, ihn in diesem grausamen Augenblick mit ihrem

Gemahl teilen zu können, sosehr war ihr auch bewusst, dass sie darauf zunächst verzichten musste. So lange, bis der Gottkaiser seine Pflicht erfüllt und die Welt vor dem Zweiten Licht bewahrt hatte. Das war schließlich bedeutsamer als alles andere. Gegen die Gefahr, dass es keine Zukunft gab und die Welt im Feuer eines Glutballs verging, verblassten alle anderen Sorgen und Nöte. *Mein Gemahl trägt eine große Last,* dachte sie. *Das Schicksal der Welt. Er ist nicht darum zu beneiden.*

Die Worte von Kaeraetys, dem Kommandanten der Leibwache und Berater in allen Dingen, die die Innenpolitik der Stadt Arakand betrafen, waren der gottkaiserlichen Gemahlin noch gegenwärtig: *»Ihr müsst es ihm sofort sagen, Herrin! Es bedarf jetzt schneller Entscheidungen. Der Tod Eures Sohnes liegt im Interesse der Verschwörer, die überall aus ihren Löchern kriechen – und man wird im Körper des Jungen bestimmt irgendein Gift oder die sicheren Zeichen eines bösen Fluchs finden.«*

Felabayi fühlte sich wie gelähmt. Als ob auch ein Gift in ihre Adern gelangt war, das ihr jegliche Kraft nahm. Ihr Sohn, dieses Symbol der Hoffnung und des Fortbestandes von allem, was sie kannte und was ihr wertvoll war, war nicht mehr am Leben.

Schließlich wandte sie sich ab und ging. Ihre zierlichen Füße verursachten dabei keinen Laut. In diesen warmen Nächten, in denen es kaum noch abkühlte, war die Kühle des Marmors unter ihren Fußsohlen sehr angenehm. *Viel Glück, mein Gemahl,* dachte sie. *Die Kraft und die Gnade des Namenlosen Gottes seien mit dir und mit uns allen.*

Der Gottkaiser trat an die Zinne des Mittelturms, sodass die Menge auf dem Mittelplatz von Arakand ihn sehen konnte. Dem äußeren Anschein nach glich alles dem Morgen, an dem die erste Fortweisungszeremonie durchgeführt worden war. Vielleicht drängten sich sogar noch mehr Menschen auf dem Mittelplatz und in den Straßen Arakands.

Aber der Gottkaiser selbst spürte trotz dieser ähnlichen Kulisse instinktiv, dass sich etwas verändert hatte. Die Hoffnung war geschrumpft, dafür war die Angst viel stärker unter all den Gläubigen dort unten verbreitet. Pure Angst um das eigene Überleben, das doch ausschließlich davon abhing, dass es dem Gottkaiser gelang, das Zweite Licht fortzuschicken.

Manchmal, im Abstand von mehreren Jahrhunderten, kam es vor, dass sich die Zweite Sonne der Welt weiter näherte, als es der Gottkaiser erlaubte. Und dann musste das Ritual unter Umständen wiederholt werden. Mitunter sogar mehrmals. Vielleicht war eine solche Zeit wieder einmal gekommen. Eine gefährliche Zeit, wusste der Herrscher von Arakand. Eine Zeit, in der es Umstürzler und radikale Prediger leicht hatten, zumindest Teile der Bewohner Arakands auf ihre Seite zu ziehen. Nicht alle Gottkaiser waren eines natürlichen Todes gestorben. Das war dem derzeitigen Inhaber des wichtigsten Herrscheramtes der Welt durchaus bewusst. Darum war Wachsamkeit das Allerwichtigste. Und eine harte Hand, die jede Ketzerei sogleich zermalmte. Das Feuer musste ausgetreten werden, solange es noch klein und beherrschbar war. Man durfte ihm nicht erst den Raum geben zu wachsen. Auch wenn es lange her war und es bei Todesstrafe verboten war, diese Ereignisse zu erwähnen, darüber zu schreiben oder überhaupt nur an die Existenz dieser Geschehnisse zu glauben, so hatte das Versagen des Gottkaisers im Angesicht einer Annäherung des Zweiten Lichts durchaus schon für Umstürze und Dynastiewechsel gesorgt. Dem neu inthronisierten Gottkaiser war es dann im letzten Moment gelungen, das Unheil doch noch abzuwenden.

Der derzeitige Erwählte Gottes wollte so etwas natürlich um jeden Preis vermeiden. Aber die ketzerischen Ideen des Hexenkrüppels Baladus waren in dieser Situation ein allzu gefährliches Gift.

Der Gottkaiser erinnerte sich gut daran, wie ihn sein Vater und Vorgänger in die Geheimnisse der Herrschaft eingeführt hatte. Dreizehn Jahre war er damals gewesen. Und er hatte noch einen Namen getragen. *Hegom. Ein alt-arakandisches Wort für Hoffnung. Ein inzwischen selten gewordener Name ...*

Damals waren Hegom erstmalig die Geheimen Schriften gezeigt worden. Schriften, von deren Existenz allenfalls der hohe Klerus der Priesterschaft wusste, doch auch der hatte keinen Zugang zu ihnen. Das galt sogar für den Ersten Priester.

Zu diesen Geheimen Schriften zählten vor allem die Kalendarien, die dem Gottkaiser Auskunft über die Annäherungszyklen des Zweiten Lichts gaben. Kalendarien, deren Eintragungen der Namenlose Gott seinem ersten erwählten Gottkaiser offenbart hatte. *Der Kalendarist* nannte man daher diesen Herrscher auch – namenlos wie alle seine Nachfolger zwar, aber herausgehoben durch die Gnade der ersten Offenbarung. So zumindest war es überliefert worden. Doch wie immer hatte es im Lauf der Zeitalter viele Ketzer gegeben, die anderes behaupteten.

Diesmal muss es gelingen, dachte der Gottkaiser, als er die Arme hob und begann, die Worte zu sprechen, die magischen Einfluss auf das Zweite Licht hatten. Wie viele Versuche man ihm noch zugestehen würde, war ungewiss. Das wusste niemand so gut wie der Herrscher selbst. Die Hoffnung der ganzen Welt lastete auf seinen Schultern. Wenn er scheiterte, würde ihn vielleicht schon bald die ganze Welt verfluchen.

Tubal hatte in diesen Morgenstunden Dienst an der äußeren Stadtmauer von Arakand. Doch auch wenn es im Moment seine Aufgabe war, die Hügel des Vorlandes im Auge zu behalten, konnte er nicht umhin, den Gesängen der Zeremonie zu lauschen, und er fühlte sich innerlich ergriffen.

Von den Belagerern ging im Moment ohnehin kaum eine Gefahr aus. Sie hatten sich auf breiter Front hinter die Hügel zurückgezogen, und in den vergangenen Tagen war von den Türmen an der äußeren Stadtmauer aus beobachtet worden, dass es unter den Barbaren zu Auseinandersetzungen gekommen war.

Eines dieser Gefechte – man musste wohl von einem Gemetzel sprechen – hatte Tubal sogar gesehen. Eine Gruppe von Reitern war mit einer weißen Parlamentärflagge auf das Haupttor der Stadtmauer zugeprescht. Ihren Bannern nach waren es Krieger des Fürsten Galiron gewesen. Kaum diesseits der ersten Hügelkette waren sie jedoch von einer zahlenmäßig weit überlegenen Verfolgergruppe aus Kriegern des Fürsten Fengor abgefangen, eingekreist und bis auf den letzten Mann niedergemacht worden. Ihre Leichen lagen immer noch auf dem Feld, und das Krächzen der Krähen mischte sich in die Gesänge der Gläubigen.

Natürlich hatte man von den Brustwehren der Stadtmauer aus nicht in das Geschehen eingegriffen. Sollten sich die Barbaren nur gegenseitig zerfleischen. Erfahrene Söldner wie Tubal sahen das nicht zum ersten Mal. Meistens war das ein Zeichen dafür, dass die Belagerung in ihre Schlussphase getreten war und ein Abzug innerhalb der nächsten Wochen bevorstand. Die Anlässe für einen Streit unter den Belagerern waren vielfältig. Vielleicht waren die Vorräte knapp geworden, oder einer der beteiligten Fürsten meinte, mit dem Gottkaiser ein separates Lösegeld aushandeln zu können.

Die Barbaren sind in der nächsten Zeit nicht unser Problem, dachte Tubal und blickte empor zur Feuerscheibe des Zweiten Lichts, die gerade in ihrer vollen Glut über den Horizont kroch. *Nein, unser Schicksal entscheidet sich dort am Himmel. Vielleicht sogar für uns alle zum letzten Mal …*

Er war eigentlich kein besonders religiöser Mensch. Aber selbst ihm war in diesem Moment danach, die Hände zu falten. Und wahrscheinlich hätte er das auch getan, hätte er dafür nicht seine Lanze aus der Hand legen müssen, mit der er angreifende Feinde davon abhalten sollte, über die Zinnen der Mauern zu klettern. Angesichts der Stärke dieser Mauern wirkte schon allein dieser Gedanke wie ein schlechter Scherz. Wie lange mochte es her sein, dass ein Lanzenträger auf dem Posten, den Tubal gerade innehatte, seine Waffe auf die dafür vorgesehene Weise hatte einsetzen müssen?

Die Bogenschützen, Armbrustträger und Katapultbesatzungen kamen natürlich des Öfteren zum Einsatz. Aber bei jenen Söldnern Arakands, deren Spezialität der Nahkampf war, bestand der Großteil ihrer Kampferfahrung nur aus Übungen.

»He, Tubal!«

Tubal schreckte aus seinen Gedanken. Hauptmann Ogandus kam auf ihn zu. Seine Stimme schnitt durch die zurzeit gerade abgeebbten Gesänge hindurch, dass sich auch einige der anderen Söldner an den Mauerzinnen umdrehten.

Der Hauptmann blieb bei Tubal stehen. »Ich habe mal eine Frage an dich, Tubal. Du kennst doch diesen neuen Steinküstenmann ganz gut ...«

»Kellorn?«

»Genau.«

»Ich wünschte, ich wäre ein so guter Bogenschütze wie er, dann würde ich auch eine Zulage bekommen.«

»Hast du eine Ahnung, welchen besonderen Auftrag man ihm derzeit erteilt hat?«

»Ich wusste überhaupt nicht, dass er einen besonderen Auftrag hat«, meinte Tubal.

Hauptmann Ogandus zuckte mit den Schultern. »Ich dachte nur, ihr hättet vielleicht mal darüber gesprochen.«

»Solange er zurückkehrt, soll es mir egal sein. Er ist nämlich ein guter Mann – wenn ihn sein Temperament nicht gerade in Schwierigkeiten bringt.«

Ogandus deutete zum aufsteigenden Zweiten Licht. Das bereits deutlich über dem Horizont stehende Erste Licht wirkte geradezu winzig dagegen, ein mondgroßes, leicht rötlich schimmerndes Gestirn gegenüber einem Feuerball, dessen auftauchender Bogen sich über den ganzen Horizont erstreckte und der bereits jetzt eine furchtbare Ahnung jener Größe vermittelte, die er an diesem Tag noch erreichen würde. Damit war eigentlich bereits jede Hoffnung für diesen Tag gestorben. Für diesen und vielleicht für jeden weiteren von den wenige Tagen, die vor dem Ende der Welt noch bleiben würden. Niemand, der Augen im Kopf hatte, konnte noch glauben, dass das Ritual des Gottkaisers auch nur den geringsten Erfolg gezeitigt hatte.

»Ich glaube, es kommen schwere Zeiten auf uns zu«, sagte Ogandus seufzend und mit einer auf einmal sehr finsteren Miene.

Der furchtbare Eindruck, der sich schon sehr bald nach Beginn des Zweiten Sonnenaufgangs eingestellt hatte, verstärkte sich sehr schnell. Das Zweite Licht erhob sich so machtvoll, dass einem angesichts der ansteigenden Hitze nur schaudern konnte. Es war gerade bis zur Hälfte emporgestiegen, da sah man schon kaum noch etwas vom Himmelsbogen, der von dem gleißenden Licht überstrahlt wurde. Die Söldner der Stadtwache entledigten sich ihrer Helme und Harnische, und trotzdem war die Hitze kaum zu ertragen. Die Luft flimmerte und war kaum zu atmen.

Gegen Mittag war Tubals Schicht beendet. Allerdings war es gar nicht so einfach, sich durch die überfüllten Straßen bis zur Garnison durchzuschlagen. Überall verstopften betende Gläubige die Gehwege. Sie knieten sich nieder, erhoben flehend die Hände zum Himmel und riefen den Namenlosen Gott an. Der möge sie doch erhören und dem Gottkaiser die nötige Kraft geben, um ihr aller Ende abzuwenden.

Das angsterfüllte Geschrei von Männern, Frauen und Kindern ließ Tubal an die eine oder andere Strafexpedition denken, die er als Söldner der Stadtwache mitgemacht hatte. Diese Strafexpeditionen in benachbarte Reiche oder unabhängige Küstenstädte, die ihre Häfen den arakandischen Handelsschiffen verweigerten, dienten dazu, Furcht und Schrecken zu verbreiten, um dem einstmals mächtigen Zentrum des Imperiums einen letzten Rest an Vorherrschaft zu sichern.

Aber die Verzweiflung, die in diesen Schreien mitklang, war viel grundlegender, als es bei den Überlebenden einer geplünderten Stadt oder eines durch Söldner der Stadtwache verheerten Landstrichs war. Die Menschen hier sahen einem Verhängnis entgegen, nach dem es keinen Neuanfang mehr geben konnte.

In den Chor der verzweifelten Seelen mischten sich hier und da heisere, durchdringende Stimmen, die selbst im Angesicht des Schreckens, der die Form eines übermächtigen himmlischen Feuerballs angenommen hatte, noch Worte fanden. Prediger, die mit Inbrunst und Wortgewalt das Wehklagen zum Verstummen brachten und die Hörer in Bann zogen.

Wie zerlumpte Bettler sahen sie zumeist aus. Mönche ohne Orden, Heilige ohne den Segen der Priesterschaft und Ketzer, deren Ideen nur in Zeiten wie diesen auf offene Ohren trafen. »Jetzt trauen sich diese Ratten aus ihren Löchern«, knurrte Hauptmann Ogandus, der sich in Tubals Hörweite befand.

»Hört mich an! Ich sage euch, das Ende ist nah, und das allgewaltige Feuer des Zweiten Lichts wird die Sünder verbrennen!«, rief eine dieser zerlumpten Gestalten, ein Mann in einer vor Dreck starrenden Kutte. »Der Gottkaiser hat die Gnade des Herrn verloren! Seid ihr denn blind? Seht ihr die Zeichen am Himmel nicht? Wir werden von einem tyrannischen Sünder regiert, der den wahren Glauben leugnet und euch betrügt. Der Tag des Gerichts ist gekommen. Wahrlich, das Gericht wird über euch alle kommen!«

»So ein dummer Schwätzer!«, knurrte Tubal.

»Er ist kein Schwätzer«, meinte dagegen einer der anderen Söldner, mit denen zusammen Tubal seine Garnison zu erreichen versuchte.

Tubal sah sich zu seinem Kameraden um. »Du wirst sehen«, sagte er. »Schon morgen oder übermorgen wird das Zweite Licht zusammenschrumpfen.«

Aber Tubal war angesichts der unübersehbaren Tatsachen, die ein Blick zum Himmel offenbarte, längst nicht mehr so unerschütterlich davon überzeugt, dass sich noch alles zum Guten wandte. Zumindest war er nicht mehr so sehr davon überzeugt, wie es der reine Glaube an die Allmacht des Namenlosen Gottes und seines erwählten Gottkaisers eigentlich verlangte.

Fürst Galiron kam in Begleitung von Bruder Rentik in das Zelt, in dem Baladus und Bruder Melvan untergebracht waren.

Baladus lag auf einem weichen Lager, das Bruder Melvan genau nach den sehr speziellen Wünschen des Gelähmten hergerichtet hatte. Insgeheim konnte Melvan Bruder Estus und die anderen Mönche aus der Gemeinschaft, die in dem Haus zwischen dem Dresois-Lager und dem Tempel des Heiligen Feuers gelebt hatte, nur bewundern. Eine ganze Weile kümmerte sich der Wissende Bruder nun schon um Baladus und hatte inzwischen auch einiges an Routine bei der Verrichtung der alltäglichen Notwendigkeiten gewonnen. Dennoch gab es immer wieder Dinge, die er neu lernen oder besser beachten musste. Der Körper des Gelähmten war überaus empfindlich. Und wenn er falsch gelagert wurde, konnten schon nach kurzer Zeit Druckstellen entstehen, die dann wund wurden, nicht mehr heilten und schließlich dazu führten, dass das Fleisch schwarz wurde und verfaulte. Auch bei seinen Atemwegen war höchste Vorsicht geboten. Ein Klumpen in der Breinahrung, die Melvan dem Gelähmten zubereitete, konnte schon einen Erstickungsanfall zur Folge haben.

Melvan registrierte, wie Baladus' Augen zu glänzen begannen, als Fürst Galiron das Zelt betrat. Zu einem richtigen Lächeln war Baladus nicht fähig, aber dieser Glanz in den Augen schien die Entsprechung dafür zu sein. *Er weiß, wer zu ihm kommt, obwohl er ihn aus seiner Position kaum sehen dürfte,* ging es Melvan erstaunt durch den Kopf. *Besondere Kräfte eines besonderen Geistes.*

»Ich grüße Euch, mein Fürst, und wünsche Euch einen wunderschönen Morgen, der – wie ich annehmen möchte – recht sonnig sein wird«, sagte Baladus, noch ehe der Fürst und sein Begleiter in den Gesichtskreis des Gelähmten traten. Baladus hatte sich nicht einmal die Mühe gemacht, seine Augäpfel nach dem Besucher zu verdrehen.

»Ich wollte nach meinem Gefangenen sehen«, sagte Galiron.

»Ich dachte, ich sei Euer Gast, mein Fürst.«

»Gefangener – Gast – Geisel! Was wird das am Ende für einen Unterschied machen?«

»Das Ende heißt das Ende, weil es am Schluss steht, werter Fürst. Und auch, wenn es viele geben mag, die daran glauben, dass alles vorherbestimmt ist, so konnte ich mich dieser Ansicht nie anschließen.«

»Ich bin kein Gelehrter wie du oder dein Ordensbruder hier!« Dabei nahm Fürst Galiron kurz die linke Hand vom Griff seines Schwertes und deutete auf den neben ihm stehenden Bruder Rentik, dessen Körperhaltung eine gewisse Anspannung verriet.

»Wir sind alle selbst unseres Schicksals Schmied, mein

Fürst«, sagte Baladus. »Auch wenn wir scheinbar nichts haben, was wir einsetzen können, um die Dinge zu lenken, müssen wir dieses Nichts trotzdem noch in die Waagschale werfen. Mir schien es vorherbestimmt zu sein, früh zu sterben, doch ich lebe immer noch. Euch schien es vorherbestimmt, mit einer Horde Barbaren, deren gesammelter Verstand kaum über den eines Ouroungour hinausgeht, erfolglos eine Stadt zu belagern und am Ende mit einem minimalen Lösegeld davonzuziehen, das nicht einmal den Bruchteil jener Reichtümer ausmacht, die Ihr Euch in der Stadt selbst holen könntet.«

»Die Mauern Arakands sind unüberwindbar.«

»Ich habe sie überwunden, mein Fürst. Warum solltet Ihr das nicht auch schaffen?«

»So einfach sind die Dinge nicht, Baladus!«

»Für den, der nichts vermag und keinerlei Macht hat, sind die Dinge sehr einfach, das kann ich Euch aus eigener Erfahrung versichern. Aber bei Euch liegt die Sache natürlich anders, denn Ihr seid ja ein Fürst …«

»Ich war eigentlich gekommen, um etwas anderes mit dir zu besprechen, Krüppel.«

»Ich weiß. Und ich habe mich bereits gewundert, wo Ihr bleibt.«

»Wenn du dich über mich lustig machen willst, wird es dir schlecht ergehen«, knurrte Galiron ärgerlich und mit einer tiefen Furche der Wut auf der Stirn. Schweiß lief ihm übers Gesicht. Die Hitze machte allen zu schaffen.

»Das ist, mit Verlaub, eine leere Drohung, mein Fürst«, behauptete Baladus. »Im Gegenteil, Ihr werdet mich so vorsichtig behandeln wie ein rohes Ei, denn ich bin Eure einzige Möglichkeit, diese Belagerung vielleicht noch zu einem für Euch erträglichen Ende zu bringen. Ist es nicht so, dass die Versorgung Eurer Söldner bereits schwierig wird? Ist es nicht so, dass Nachschub aus immer größerer Entfernung herangeschafft werden muss, weil die Umgebung längst ausgeplündert ist? Und ist es nicht so, dass Eure Leute bereits zu murren angefangen haben? Ihr braucht mir darauf nicht zu antworten. Aber es würde mich sehr wundern, wäre es anders.«

»Der Fürst hat eine Frage an dich, Bruder Baladus«, mischte sich Rentik schnell ein.

»Oh, ich vergaß. Die Frage, derentwegen Ihr hier seid, mein Fürst«, sagte Baladus. »Ich will sie Euch gerne beantworten.«

»Ich habe noch gar keine Frage gestellt!«, entfuhr es Galiron. Sein Mund stand einige Augenblicke länger offen, als das unter anderen Umständen der Fall gewesen wäre. Mit einer Mischung aus Abscheu und Erstaunen starrte er den Gelähmten an.

»Ich nehme an, dass Ihr gekommen seid, um mich nach den Zeichen des Himmels zu fragen«, sagte Baladus, »und wie ich die Aussichten einschätze, dass wir alle vielleicht doch nicht bei lebendigem Leib in der Feuersbrunst des Zweiten Lichts gar gekocht werden.«

Fürst Galiron schluckte. »Ja, das stimmt«, gab er zu.

»Hat Euch Bruder Rentik nicht gesagt, dass kein Anlass zur Sorge besteht? Selbst dann nicht, wenn es dem Gottkaiser auch mit der dritten oder vierten Zeremonie nicht gelingen sollte, das Feuer am Himmel zu bannen?«

»Bruder Rentiks Rat höre ich mir bei allen möglichen Angelegenheiten gern an. Unter anderem riet er mir, dich zu diesem Thema zu befragen, denn es gäbe selbst in seinem Orden derzeit niemanden, der über diese Angelegenheit mehr Wissen besäße als du.«

Baladus atmete auf eine Weise ein, dass man es fast für ein Seufzen halten konnte. Bei dem Gelähmten allerdings war man sich nie sicher, ob es nicht der Anfang einer schlimmen Atemnot mit Blut- und Schleimauswurf war. Entsprechend angespannt war Bruder Melvan, der sofort zu einem Tuch gegriffen hatte.

Die Gesichtsfarbe des Gelähmten veränderte sich zunächst auch in bedenklicher Weise, dann aber besserte sich sein Zustand, und er bekam wieder Luft.

»Ihr habt nichts zu befürchten, werter Fürst und Gastgeber«, sagte er. »Wir alle werden diese heißen Tage überleben, sofern wir uns möglichst nicht zu lange im Freien aufhalten und anstrengende Arbeiten in die Nachtstunden verlegen.«

»Dann ist es wahr, und das Zweite Licht bewegt sich auf vorherbestimmten Bahnen?«, fragte Galiron.

»So ist es. Bahnen, die sich errechnen lassen.«

»Und der Gottkaiser?«

»Er verfügt in Wahrheit über keine Macht, mein Fürst.«

»Aber …«

»Seine Macht ist die Macht des Wissens, nicht der begnadeten Auserwähltheit. Der Gottkaiser kennt den Zeitpunkt, da das Zweite Licht ohnehin zurückkehrt, und er behauptet nur, dies würde aufgrund seiner gottgegebenen Kräfte geschehen.«

Galiron atmete tief durch. Er wirkte nachdenklich, warf Bruder Rentik einen skeptischen Blick zu und ging dann ein paar Schritte auf und ab. »Ich habe davon gehört«, sagte er. »Allerdings muss ich gestehen, dass ich bisher die Möglichkeit, dass es wahr sein könnte, nicht einmal in Betracht gezogen habe.«

Doch, das hast du, ging es Baladus durch den Kopf. *Bruder Rentik wird dir diese geistige Medizin in kleinen Dosen und über lange Zeit hinweg verabreicht haben, und nun ist der Zeitpunkt gekommen, da sie ihre Wirkung entfaltet. Jetzt werden wir sehen, ob du wirklich ein Fürst bist … Ein Anführer, der diese Bezeichnung verdient.*

Galiron wischte sich den Schweiß von der Stirn und deutete zum Ausgang des Zeltes. »Dort draußen knien meine Krieger zu Dutzenden auf dem Boden, die Hände gefaltet, und beten für meinen Feind, den Gottkaiser! Sie beten dafür, dass der Namenlose Gott ihm Kraft verleiht statt ihrem eigenen Anführer!«, platzte es aus Galiron hervor. »Und es werden immer mehr! Männer, die ich in Blut habe waten sehen und die sich jetzt einnässen angesichts des so furchtbar angeschwollenen Zweiten Lichts, das wie ein riesiges Eitergeschwür den ganzen Himmel verseucht.«

»Dann wird es Zeit, dass Ihr etwas dagegen unternehmt, Fürst Galiron«, sagte Baladus. »Allerdings dürfte die frisch erwachte Feindschaft zwischen Euch und Euren ehemaligen Verbündeten kurzfristig ein noch gravierenderes Problem darstellen, und ich bedaure wirklich sehr, dass meine Person dafür die Ursache ist.«

Galiron schluckte. Er wandte sich an Rentik. »Was ist das für ein Teufel, der so mit mir redet?«

In Wahrheit ärgert er sich darüber, wie er mit mir redet und wie viel mehr er mir anvertraut, als es ein Fürst gegenüber einem Gefangenen eigentlich tun sollte, erkannte Baladus mit klarem Verstand. Der Gelähmte sah darin ein gutes Zeichen. *Nicht mehr lange, und er wird selbst in meinen kraftlosen Händen weich wie Wachs sein und zugleich ein machtvolles Werkzeug. Aber das ahnt er nicht einmal ...*

»Ihr müsst alle Kräfte sammeln, um einen Angriff von Fürst Fengors Kriegern abzuwehren«, sagte Baladus. »Dieser Angriff wird früher oder später erfolgen. Denn Fengor wird um jeden Preis versuchen, mich in seine Hände zu bekommen. Dafür wird er den unbedeutenderen Bündnispartnern alles Mögliche versprechen, sodass Ihr sie alle gegen Euch habt. Aber die Zeichen des Himmels, die Euch im Augenblick so erschrecken, stehen in Wahrheit günstig für Euch. Ihr müsst sie nur für Euch auszunutzen wissen und jetzt handeln.«

Der Gelähmte verstummte, und für einige Augenblicke war es so vollkommen still im Zelt, dass man draußen einige besonders emphatisch betende Söldner hören konnte.

Ich werde nichts sagen, solange du mich nicht fragst, nahm sich Baladus vor. *Das wird mir zeigen, wie groß meine Macht über dich inzwischen bereits ist …*

Augenblicke vergingen, dann endlich sagte Galiron: »Wenn du so klug bist und all das durchschaust, dann kannst du mir ja auch sagen, was deiner Meinung nach jetzt geschehen sollte.« Er machte eine Geste, die gleichzeitig großspurig und unbeholfen wirkte, und das verriet nur allzu deutlich, was wirklich in ihm vorging. »Ich höre mir immer gern verschiedene Meinungen an und schätze klugen Rat«, fügte er noch hinzu. »Selbst von einem Gefangenen.«

Nein, in Wahrheit bist du völlig verzweifelt und wirst von nun an tun, was ich dir sage, wusste Baladus. Wäre er zu einem Lächeln imstande gewesen, hätte er dies jetzt unterdrücken müssen. So war da nur dieses kaum merkliche Blitzen in seinen Augen, das nur von jenen bemerkt wurde, die ihn wirklich gut kannten. Der Triumph schien ihm nahe.

»In den nächsten Tagen wird sich das Zweite Licht zusehends vergrößern«, prophezeite er. »Jede Wasserpfütze wird austrocknen, jeder Bach, jeder Fluss, das Meer wird zu kochen beginnen, und es wird am Tag kaum noch möglich sein, sich im Freien aufzuhalten. Und wer es doch tut, dem wird die Haut bald in Fetzen herunterhängen. Die Zeit arbeitet für Euch, denn je länger diese Entwicklung andauert, desto offenbarer wird es, dass der Gottkaiser keinen Einfluss auf das Geschehen nehmen kann. Ihr werdet noch an so manchem Morgen die Hörner und Gesänge vom Mittelplatz herüberschallen hören. Aber das, was eigentlich ein Beweis für die Macht des Herrschers von Arakand sein soll, wird sich schon im Verlauf des Tages als dessen Gegenteil herausstellen.«

»Ich verstehe nicht ganz, worauf du hinauswillst, Krüppel.«

»Doch, ein so kluger Fürst wie Ihr hat das längst verstanden«, behauptete Baladus. »Ihr wagt nur nicht, es auszusprechen, weil Euch von klein auf eingebläut wurde, dass Ihr nicht einmal daran denken dürftet.«

»Dann sprich du es aus, Krüppel«, forderte Galiron. »Denn deine Seele scheint mir ohnehin verdammt, sodass es vor dem Jenseitsgericht keinen Unterschied mehr machen wird.«

»Es ist der Punkt, den ich schon einmal ansprach: Wollt Ihr Euch mit einem kleinen Lösegeld zufriedengeben oder Euch die ganze Stadt holen? Jetzt wäre der Zeitpunkt dazu. Vorausgesetzt, Ihr überlebt die Auseinandersetzung mit Fengor und …«

»Ja, aber …«

»… und gewinnt neue Verbündete«, fuhr Baladus unbeirrt fort. »Denn allein habt Ihr nicht die Mittel, um Arakand zu besiegen. Schickt Bruder Rentik zum Hof des Königs von Boranien …«

»Was glaubst du, wie oft wir schon versucht haben, den boranischen König als Verbündeten gegen Arakand zu gewinnen«, schnaubte Galiron. »Er hat Angst, dass die arakandischen Schiffe in Zukunft an seinem Hafen vorbeisegeln und ihre Waren anderswo ausladen. Das riskiert dieser Feigling nicht.«

»Diesmal wird er sich Euch anschließen«, versprach Baladus. »Dass er sich um den Handel mit Arakand gesorgt hat, war immer ein Vorwand, mein Fürst. In Wahrheit fürchtete er, gegen den Mann zu kämpfen, der mit seiner Macht die Welt erhält oder sie untergehen lassen könnte. Denn was nützte es selbst dem König von Boranien, die größte und reichste Stadt der Welt zu erobern, wenn es danach keine Zukunft mehr gibt, in der man seinen Reichtum genießen könnte?«

»Wohl wahr!«

»Aber auch der König von Boranien hat Augen im Kopf und

wird gelegentlich zum Himmel sehen so wie Ihr. Und wenn Bruder Rentik ihm auf diplomatische Weise diesen Blick noch etwas schärft, dann habt Ihr vielleicht schon in wenigen Tagen einen Verbündeten, der Euch nicht nur helfen könnte, Arakand zu erobern, sondern Euch auch vor Fengor schützt.«

»Vielleicht sollte ich dich zu meinem Berater machen, anstatt dich an die Arakandier für ein Lösegeld zu verkaufen«, knurrte Galiron zwischen den Zähnen hindurch, während sein Blick den Gelähmten fixierte, dessen Argumente ihm vollkommen schlüssig erschienen.

»Ihr könnt mir einen anderen Gefallen tun, mein Fürst«, entgegnete Baladus. »Und ich denke, es ist nicht unziemlich, darum zu bitten, zumal Ihr mich – so oder so – noch brauchen werdet.«

»Ach ja?«

»Nun, noch ist das Bündnis mit dem boranischen König nicht geschlossen, noch seid Ihr auf dieser Seite der arakandischen Stadtmauer, noch hat nicht ein einziger Eurer Männer seinen Fuß in die Stadt gesetzt.«

»Und bei alledem wirst du mir entscheidend helfen?« Der spöttische Unterton in der Stimme des Fürsten war nicht zu überhören.

Der tiefe, unerschütterliche Ernst, mit dem Baladus seine nächsten Worte vortrug, war allerdings ebenso deutlich. »Ohne mich werdet Ihr all das nicht schaffen. Denn wie ich schon sagte: *Ich* habe die arakandische Stadtmauer bereits einmal überwunden. Von allen anderen, die sich an diesem Unternehmen beteiligen wollen oder noch darüber nachdenken oder vielleicht erst dafür gewonnen werden müssen, gilt das nicht.«

Der Fürst näherte sich dem Lager des Gelähmten und blickte auf ihn herab. Dann beugte er sich nieder, kniete schließlich neben dem Lager und fragte: »Was ist das für ein Gefallen?«

»Die Truppen des Fürsten Fengor werden rasch bis hierher vorstoßen«, sagte Baladus. »Ihr werdet alle Kräfte aufbieten müssen, um sie abzuwehren. Es gibt da einen Assassinen des Gottkaisers, der mir auf den Fersen ist.«

»Mit dem Auftrag, dich umzubringen?«

»Er stand vor meinem Lager und hat es nicht geschafft«, sagte Baladus. »Nein, ich mache mir keine übertriebenen Sorgen, dass es ihm bei einem zweiten Versuch gelingen könnte.«

»Wie hast du … das geschafft?«

»Die Stärke des Willens entscheidet, mein Fürst. Und zwar immer und über alles.«

»Und was ist mit diesem Assassinen?«, wollte Galiron wissen.

»Wenn er meiner Spur gefolgt ist – und das ist er, da er sein Handwerk versteht –, wird ihn das zu Fengor führen. Es könnte also sein, dass er zusammen mit dessen Truppen hier eintrifft. Falls er Euch lebend in die Hände fallen sollte, so führt ihn zu mir.«

»Du willst dich an ihm rächen?«

»Wofür denn? Er tut nur seine Pflicht. Auf seine Weise.« *Und genau so einen brauche ich,* fügte Baladus in Gedanken hinzu. Laut sagte er: »Ich will ihn befragen. Er muss ein direkter Vertrauter des Gottkaisers sein. Zumindest ist er ihm so nahe wie sonst niemand, den wir beide jemals kennengelernt haben. Eine Informationsquelle, die auch für Euch interessant sein könnte.«

»Das klingt vernünftig.«

»Er heißt übrigens wie sein Werkzeug – Dolch.«

»Sag mir, woran man ihn erkennen kann.«

»Genau das ist das Problem. Er ist ein Wechsler, und sein Gesicht sieht aus wie das Gesicht von irgendwem. Es ist unmöglich, es wiederzuerkennen. Aber seine Bewaffnung ist sehr exquisit und sehr speziell.«

»Ich werde sehen, was ich für dich tun kann – *Krüppel.*«

Kapitel 18

»Kannst du mir sagen, wann das endlich vorbei ist?«, fragte Kellorn missmutig. »In der Nacht kämpfen und am Tag schlafen – oder es zumindest versuchen, was aber noch nicht einmal dann wirklich eine Erholung ist, wenn man tatsächlich einen schattigen Platz gefunden hat. Aber bei den Gött… Ich meine, beim Namenlosen Gott und seiner unendlichen Weisheit und Macht!«

Sie hatten den Großteil des Tages in der Nähe einer Baumgruppe zugebracht, die aber längst nicht allen Kriegern aus Fürst Fengors Heer genügend Schatten hatte bieten können. Viele der Männer hatten sich Kopf und Gesicht mit Tüchern umwickelt, um sich vor dem Sonnenfeuer zu schützen. Dolch hatte die Kapuze tief ins Gesicht gezogen und sich außerdem ein Stück Seide um den unteren Teil des Gesichts geschlungen, das einem erschlagenen Kämpfer aus Fürst Galirons Heer gehört hatte. Dass es rot und gelb war – also in Galirons Farben –, würde vielleicht bei der nächsten Begegnung mit dessen Söldnerhaufen für etwas Verwirrung sorgen.

»Spar dir den Atem und setz dich«, sagte er zu Kellorn. »Deine Kräfte mögen enorm sein, aber du wirst jedes bisschen davon noch dringend brauchen.«

Kellorn knurrte etwas Unverständliches vor sich hin. Auch seinen Kopf schützte inzwischen ein Tuch, das er auf dem Schlachtfeld aufgelesen hatte. Kaum einer der Krieger trug noch einen Helm. Bei der Hitze hätte es ihnen das Hirn gebraten.

Kellorn blickte auf Dolch herab und setzte sich schließlich.

»Einen Vorteil hat diese unmenschliche Hitze, Dolch.«

»So?«

»Jemand wie du kann jetzt maskiert herumlaufen, ohne dass man dich gleich für einen Strauchdieb hält und es weiter auffallen würde. Und für deine Mitmenschen ergibt sich der angenehme Nebeneffekt, dir nicht ins Gesicht sehen zu müssen.«

»Darüber habe ich noch nicht nachgedacht.«

Kellorn seufzte. Der Geruch von gebratenem Pferdefleisch stieg ihm in die Nase. Ein paar Dutzend Tiere hatte das Heer von Fürst Fengor inzwischen schon verloren. Die Hitze hatte sie hingestreckt. Unter der Panzerung für die Schlacht war es den Gäulen einfach zu heiß geworden. Es war nichts anderes übrig geblieben, als sie zu schlachten und schnell zu verzehren. Denn das Fleisch verdarb unter diesen Bedingungen viel schneller.

Normalerweise sorgte viel Essen in einem Heer schnell für gute Laune. Aber in diesem Fall traf das nur sehr eingeschränkt zu. Viele der Krieger, die Fürst Fengor folgten, machten sich Sorgen über die Vorgänge am Himmel. Noch viel mehr durfte sich das Zweite Licht nicht nähern, sollte es überhaupt noch eine Zukunft geben.

Alles, was es sonst noch an Ambitionen, Zielen oder Ängsten geben mochte, verblasste gegen diese Tatsache. Und nicht jeder hatte einen so unerschütterlichen Glauben wie Dolch, der über Zweifel vollkommen erhaben schien.

»Es war nicht so gemeint, wie du es vielleicht aufgefasst hast, Dolch«, stellte der Barbar nach einigen Momenten des Schweigens klar, denn er hatte offenbar den Eindruck, dass der Assassine ihn vielleicht missverstanden hatte.

»Du bist im Grunde in Ordnung, auch wenn du einen sehr merkwürdigen Beruf hast. Es ist nur so, dass dein Gesicht …«

»Es hat dich nie jemand gezwungen, dort hinzusehen«, grummelte Dolch. »Und wenn du es doch tust, dann stell dich dem, was du dort siehst, anstatt feige herumzujammern.«

»Ich werde das Thema nie wieder anschneiden, Dolch.«

»Diese Rücksichtnahme ist vollkommen unangebracht.«

»Verdammt, ich möchte nicht in deiner Wechslerhaut stecken. Ich meine, du willst sicherlich irgendwann mal dein Leben als Veteran in einem eigenen Haus mit eigenem Geschäft und einer eigenen Familie beschließen? Oder liegt dir dieser Wunsch vollkommen fern? Sag jetzt nicht, dass du für den Gottkaiser töten willst, bis du ein Greis bist.«

»Darüber …«

»… hast du noch nicht nachgedacht?«

»Mein Dienst erfüllt mein ganzes Leben«, erklärte Dolch. »Und mein Glaube weist mir die Richtung, in die ich zu gehen habe.«

»So schicksalsergeben? Also ich würde da schon etwas mehr mitbestimmen und mein Schicksal in die eigenen Hände nehmen wollen.«

»Wir sind alle nur Spielbälle höherer Mächte, Kellorn.«

»Nein, Dolch. Das sind wir nicht. Zumindest ich nicht.«

Dolch deutete zum Himmel. »Und wie willst du das dort beeinflussen, Kellorn? Du bist ein Narr!«

Kellorn blinzelte kurz hinauf. »Weißt du, ich wünschte, ich könnte so zuversichtlich an die Kraft des Gottkaisers glauben wie du, Dolch. Aber mein einfacher Barbarenverstand sagt mir, dass man sich darauf zurzeit nicht verlassen kann.«

»Hab Vertrauen, Kellorn!«

»Vertrauen? Niemand, den ich kenne, hat jemals erlebt,

dass sich das Zweite Licht so sehr näherte. Ich selbst sowieso nicht, dazu bin ich zu jung. Aber auch keiner der Alten in unserem Dorf hat je von so etwas erzählt oder seine Eltern von so etwas erzählen hören. Das ist keine gewöhnliche Annäherung, Dolch. Das ist etwas anderes. Und ich wette, der Gottkaiser ist im Moment mindestens genauso ratlos wie ich.«

Ein leiser Singsang drang an die Ohren der beiden Männer. Es waren Gebete in akzentschwerem Arakandisch, wie man es vielleicht östlich von Etamia sprach.

Ein Zeichen wahren Glaubens war das nach Dolchs Auffassung keineswegs. Sosehr er Frömmigkeit schätzte, sosehr beunruhigte ihn das, was er sah und hörte jetzt.

Die Furcht beherrscht sie und lähmt inzwischen den Verstand dieser Männer, dachte Dolch. *Keine gute Voraussetzung für die Kämpfe, die vor uns liegen.*

»Um deinen Glauben beneide ich dich, Dolch«, sagte Kellorn. »Aber ansonsten möchte ich nicht in deiner Haut stecken.« Er zuckte mit den Schultern. »Ich meine, du kannst ja nichts dafür, dass du ein Wechsler bist, und ich bin auch weit davon entfernt, dich für einen Dämon zu halten, den man möglichst schnell loswerden sollte …«

»Das beruhigt mich ja ungemein«, spottete Dolch, doch der Sarkasmus, der im Tonfall des Assassinen mitschwang, entging Kellorn vollkommen.

»Ich stelle mir nur vor, wie das sein wird, wenn du mal als Veteran dein Leben genießen willst und dich deine Frau und deine Kinder nicht wiedererkennen, weil dein Gesicht … Du weißt schon.«

»Du erkennst mich ja auch wieder«, gab Dolch zurück.

»Jedenfalls habe ich dich in der Schlacht nicht aus Versehen erschlagen.«

»Dazu wärst du auch kam imstande.«

In der frühen Dämmerung setzte Fürst Fengors Heer seinen Weg fort. Sie trafen auf keinen Widerstand. Die Truppen von Fürst Galiron schienen sich zurückgezogen zu haben. Dabei hatten sie sogar einen Teil ihrer Belagerungsmaschinen zurückgelassen. Es war offenbar zu zeitaufwendig gewesen, sie mitzunehmen, und dann wären Galirons Krieger in der Gefahr gewesen, von Fengors Übermacht überrollt zu werden.

Fengor ritt an der Spitze seines Zuges. Auch er trug keinen Helm mehr, und den Harnisch hatte er sich abgeschnallt; er hing hinten am Sattel herunter und bedeckte die linke Flanke seines Pferdes.

Rauchsäulen stiegen in der Ferne aus einer Reihe von bewaldeten Hügeln auf. Während des Tages hatte man diese schwarzen Himmelszeichen kaum sehen können, da das Licht der Zweiten Sonne einfach zu grell und gleißend gewesen war. Jetzt, in der beginnenden Dämmerung (die noch immer heller war als manch bewölkter Tag in gewöhnlichen Zeiten), zeichneten sie sich deutlich gegen den hellblau schimmernden Himmel ab.

Die Wälder entzünden sich selbst, ging es Dolch durch den Kopf, und selbst den tiefgläubigen Assassinen erfasste dabei ein Schauder. Lange war es her, dass bei einer Annäherung des Zweiten Lichts die Wälder zu brennen angefangen hatten. Niemand, der noch lebte, hatte das schon mit eigenen Augen gesehen.

Ganz schwach regte sich auch in Dolch der Verdacht, dass dies vielleicht doch keine gewöhnliche Annäherung war. Aber war das schon ein Grund, an den Fähigkeiten des Gottkaisers zu zweifeln? In der Vergangenheit waren die Zweifler immer Lügen gestraft worden, denn am Ende war es stets gelungen, das Zweite Licht zu bannen, und wenn es ab und zu etwas näher gekommen war, dann war dies letztlich nichts anderes als eine Prüfung des Glaubens gewesen, wie sich herausgestellt hatte.

Herr, mach mich stark genug, um diese zu bestehen, dachte Dolch.

Etwas später ließ Fürst Fengor Dolch und Kellorn zu sich rufen. Fengor hatte sich inzwischen den Harnisch wieder anlegen lassen, was wohl damit zusammenhing, dass sich der Zug Galirons Lager näherte und man damit rechnen musste, dass es bald zu Kämpfen kam.

»Ihr habt mich rufen lassen, Herr«, sagte Dolch.

»Bevor wir Galirons Lager angreifen, wollte ich dir noch etwas sagen, gottkaiserlicher Assassine. Du solltest nicht einmal im Traum daran denken, den Krüppel zu töten, falls es dir gelingen sollte, in seine Nähe zu gelangen. Hast du mich verstanden?«

»Ich habe Eure Worte gehört, Herr.«

»Sollte der Krüppel ums Leben kommen und ich auch nur den leisesten Verdacht haben, dass du etwas damit zu tun hast, wirst du es bereuen. Das schwöre ich dir.«

Bevor Fengors Heer Galirons Lager erreichen konnte, musste noch eine Hügelkette überwunden werden. Und genau von dieser Hügelkette aus griffen Galirons Truppen an.

Sie hatten dort auf ihre Gegner gelauert und sie nah herankommen lassen. Auch wenn der Schimmer des untergegangenen Zweiten Lichts noch immer die Nacht erhellte und so viele wabernde Himmelslichter zu sehen waren wie in keiner der vorangegangenen Nächte, so hatten sich Galirons Krieger trotzdem lange im Verborgenen gehalten. Im Schatten hatten sie ausgeharrt, während sich Fengors Armee genähert hatte

Der Pfeilhagel kam wie aus dem Nichts. Die ersten Todesschreie gellten. Manche der Krieger waren völlig verwirrt und dem Wahnsinn nahe, denn sie glaubten, der Tag des Letzten Gerichts wäre gekommen, wie er im Buch des Namenlosen Gottes für eine sehr ferne Zukunft vorausgesagt wurde.

Davon abgesehen, konnte man auf den ersten Blick durchaus glauben, die Pfeile würden geradewegs aus dem Himmel heranschießen, von jenen wabernden Irrlichtern aus, die den Himmelsbogen umtanzten. Erst das martialische Geschrei von Galirons Kriegern sorgte dafür, dass dieser Irrtum auch bei dem Letzten von Fengors Männern ausgeräumt wurde.

Weitere Pfeile und Armbrustbolzen schossen durch die Nacht, nahezu ungezielt, aber durch die schiere Anzahl hochgefährlich. Einer dieser Bolzen schnellte haarscharf an Dolchs Kopf vorbei und traf den Mann hinter ihm ins Gesicht. Sein Schädel zerplatzte, und Dolch spürte, wie ihn eine breiige Masse traf. *Hirn.*

»Runter, du Narr!«, knurrte er Kellorn zu. Sie gingen beide in die Hocke. Dolch griff sich den Schild eines Getroffenen. Zwei Bolzen und mehrere Pfeile steckten bereits darin, und die Bolzen hatten den Schild fast zur Hälfte durchschlagen, ehe sie stecken geblieben waren.

Weitere Salven folgten. Und es wurden auch schwere Steinbrocken geschleudert.

Offenbar hatten es Galirons Leute trotz aller Widrigkeiten ihres überstürzten Rückzugs doch geschafft, zumindest eine gewisse Anzahl von Katapulten in die Nähe des Lagers zu verbringen.

Fengors Heer hatte dem, abgesehen von ein paar tragbaren Ballisten, nichts Gleichwertiges entgegenzusetzen. Fengor war es darum gegangen, den Krüppel schnellstmöglich in die Hände zu bekommen, um zu verhindern, dass Galiron ihn vielleicht an einen weiter entfernten und besser zu verteidigenden Ort brachte. Und offenbar hatte er zudem unterschätzt, wie viele seiner Truppen Galiron doch in relativ kurzer Zeit zusammenziehen konnte.

Er hat uns erwartet, ging es Dolch grimmig durch den Kopf. Aber an diesen Gedanken schloss sich unwillkürlich eine erschreckende Frage an. *Ist es wirklich Galiron, der uns erwartet hat? Oder … Baladus?*

Dass der Gelähmte mit seiner Magie auch einen Barbarenfürsten wie Galiron unter seine Kontrolle bringen konnte, daran zweifelte Dolch inzwischen nicht mehr. Wenn jemand dazu imstande war, dann Baladus. Dolch selbst hatte ja schließlich Baladus' unheimliche Magie zu spüren bekommen. Nein, was hier geschah, trug eindeutig die Handschrift des Gelähmten, das stand für Dolch fest. Und noch etwas anderes stand für ihn fest, sein Entschluss nämlich, Baladus in jedem Fall bei der ersten sich bietenden Gelegenheit zu töten. Mit allen Mitteln und ohne Rücksicht auf die Konsequenzen. Immerhin war Dolch ein eingeschworener Assassine des Gottkaisers. Mitglied einer Garde, die berufen war, jeden zu töten, der eine Gefahr für denjenigen darstellte, den der Namenlose Gott erwählt hatte, um die Welt zu erhalten.

Was mit mir geschieht, ist gleichgültig, dachte Dolch. *Wichtig ist nur der Auftrag. Nichts sonst!*

Fürst Fengor ließ Signalhörner blasen.

»Das bedeutet ausschwärmen und angreifen!«, rief Kellorn Dolch zu.

»Die einzig sinnvolle Taktik!«, kommentierte der Assassine. Die Angreifer mussten sich so weit wie möglich verteilen, um den Fernwaffen der Gegenseite einen Teil ihrer verheerenden Wirkung zu nehmen.

Gleichzeitig ließ Fengor die Reiterei einen umfassenden Angriff über den linken Flügel ausführen. Dass sich die Anzahl der Pferde durch die Strapazen dezimiert hatte, sorgte natürlich dafür, dass die Schlagkraft der Reiterei deutlich eingeschränkt war. Der schlechte Zustand vieler Tiere tat ein Übriges dazu.

In geduckter Haltung und jede noch so kleine Bodenerhebung als Deckung nutzend, griffen Fengors Krieger an.

Die Verluste waren hoch. Wäre es heller Tag gewesen und die Sicht besser, als es die flirrenden Irrlichter am Himmel gestatteten, hätte kein einziger Mann die gegnerischen Linien erreicht. Doch Fengor suchte die Entscheidung. Hier und jetzt sollte es sich erweisen, wessen Heer das stärkere war und wer anschließend mit dem Ketzerkrüppel als Faustpfand dem Gottkaiser seine Forderungen diktieren konnte.

Die vorstoßenden Reiter verwickelten die ersten Schützen und Katapultmannschaften in Nahkämpfe. Die Schussfrequenz von Galirons Schützen ließ merklich nach, und so erreichten bald auch Fengors Fußsoldaten den Hügelkamm. Kellorn und Dolch waren mitten unter ihnen.

Dolch ließ die Klingen von Kurz- und Langschwert durch die Luft wirbeln, nachdem er bereits einen der Offiziere durch einen seiner Wurfringe außer Gefecht gesetzt hatte. *Der Schlange die Köpfe abschlagen!*, dachte Dolch. *Darauf kommt es an!*

Mit ungeheuer präzisen Bewegungen wühlte sich der Assassine förmlich durch Massen seiner Gegner. Von Schlachtreihen konnte man nicht mehr sprechen. Die Formation der Schützen und ihre mit Lanzen und Schwertern ausgerüsteten Verteidiger waren längst in Auflösung begriffen. Dolch stieß zur Seite, traf dabei einen von Galirons Männern, der schreiend zurücktaumelte. Gleichzeitig senste sein Langschwert durch die Luft und schlug einem anderen Feind den Kopf von den Schultern.

Kellorn versuchte, ihm auf den Fersen zu bleiben. Der Buckler schützte seine Linke, in der Rechten schwang er die Streitaxt. Kraftvoll und wuchtig schlug er um sich und tötete einen Gegner nach dem anderen. Einen Schwertstreich wehrte er mit dem Buckler ab und spaltete dem Angreifer unmittelbar danach den Schädel mit der Doppelklinge seiner Streitaxt.

Aus dem Augenwinkel heraus bemerkte Dolch einen Bogenschützen aus Galirons Heer, der gerade auf Kellorn anlegte. Im nächsten Moment fuhr dem Krieger einer der Bolzen aus Dolchs Einhandarmbrust in den Kopf und riss ihn von den Füßen.

Dolch wirbelte herum, steckte die Einhandarmbrust zurück in die Halterung an seinem Bein. Sein Langschwert hatte er vor seinem Schuss in den Boden gerammt, um die rechte Hand frei zu haben. Bevor er es wieder an sich nahm, schleuderte er noch einen Wurfring und ein Messer auf zwei Galironkrieger, die offenbar den Augenblick für günstig gehalten hatten, Dolch erneut anzugreifen. Mit einer fast beiläufigen Bewegung wich der gottkaiserliche Assassine zugleich einer Wurfaxt aus, deren Schneide ihn ansonsten im Gesicht getroffen hätte. Dann riss er die Klinge aus der Erde, um den Schwerthieb eines weiteren Angreifers von links abzuwehren. Mit einem Fußtritt zertrümmerte ihm Dolch das Knie, und noch während der Feind gellend aufschrie, hieb ihm Dolch mit dem Langschwert den Kopf ab.

Jede einzelne seine Bewegungen geschah mit einer schier traumwandlerischen Sicherheit und Bestimmtheit. Eine tödliche Präzision, verbunden mit Schnelligkeit.

Kellorn kam sich dagegen wie ein plumper Schlachter vor. Er konnte Dolch nur staunend zusehen, der das Töten zu einer Kunstform entwickelt hatte. *Wahrscheinlich muss man sehr früh damit anfangen, um das zu erlernen,* dachte der Barbar. Zunächst hatte er gehofft, seine eigenen Fähigkeiten in der Schlacht mit Dolchs Hilfe verbessern zu können, doch inzwischen erkannte er mehr und mehr, dass er für diese Art zu kämpfen einfach nicht geboren war.

Dolch stürmte unterdessen immer weiter voran. Vom Hügelkamm aus war das Feldlager von Fürst Galiron zu sehen. Die rot-gelben Drachenbanner wurden vom Schein der Irrlichter am Himmel eigenartig verfärbt.

Dieses Lager war Dolchs Ziel. Dorthin musste er gelangen, um seinen Auftrag auszuführen und damit auch sich selbst zu beweisen, dass der Glaube stärker war als die Magie eines Krüppels, der sein nutzloses Leben dazu verwendete, ketzerische Ideen in Umlauf zu bringen, um die Ordnung der Welt ins Wanken zu bringen.

An etwas anderes konnte Dolch nicht mehr denken. Kaum eine halbe Meile trennte ihn vom gegenwärtigen Aufenthaltsort des Gelähmten. So kurz vor dem Ziel gab es keine Rechtfertigung, sich noch zurückzuhalten oder sich selbst zu schonen.

Mit wuchtigen Schlägen fräste er eine Schneise in die Reihen der Gegner, doch schon bald war er vollkommen von ihnen umringt und von seinen eigenen Leuten abgeschnitten. Weder Kellorn noch irgendeiner von Fengors Söldnern waren noch in seiner Nähe.

Eigentlich hatte Dolch gehofft, im unübersichtlichen Gewühl der Schlacht zum Lager gelangen zu können. Einem einzelnen Mann musste das eigentlich möglich sein. Schon deshalb, weil vermutlich niemand damit rechnete, dass jemand so wahnsinnig sein konnte, sich so weit von den eigenen Leuten zu entfernen.

Aber Dolch spürte nach und nach, dass sich immer mehr Krieger aus Galirons Armee auf ihn konzentrierten.

»Das ist er!«, hörte er einen von ihnen rufen. »Ich bin mir sicher!«

Seine Wurfringe und Messer hatte Dolch mittlerweile alle todbringend eingesetzt. Die Einhandarmbrust ließ sich in diesem Schlachtgetümmel nicht nachladen. Aber mit seinen beiden Schwertern tötete der Assassine nach wie vor reihenweise Gegner. Nichts schien ihn aufhalten zu können. Mit einer grausamen Genauigkeit, wie sie den Assassinen des Gottkaisers eigen war, schlug er um sich. Abgetrennte Waffenarme und -hände fielen zu Boden. Blut spritzte von

Dolchs wirbelnden Klingen. Ein präziser Schlag spaltete den Schädel eines Gegners längs in Augenhöhe, exakt unterhalb des mit Metallplatten besetzten Lederhelms.

Dann spürte er plötzlich ein Seil, das sich um seine Brust schlang und sich mit einem Ruck zuzog. Dolch wurde zu Boden gerissen, verlor dabei das Langschwert. Ein Reiter hatte die Seilschlinge geworfen. Das Seil war am Sattelknauf befestigt, das Pferd preschte einige Pferdelängen weit voran, und Dolch wurde über den Boden geschleift.

Ehe er sich aufrappeln konnte, hatte ein halbes Dutzend Männer ihn überwältigt. Irgendetwas Hartes traf ihn am Kopf. Danach war es dunkel um ihn herum. Sehr dunkel.

Kellorn versuchte, sich weiter durch die Reihen der Galironkrieger zu kämpfen. Aber die Übermacht war zu groß. Die Anfangsverluste in Fengors Heer waren zu hoch gewesen, um diesen Angriff erfolgreich abschließen zu können. Es gab kein Durchkommen. Darüber hinaus strömten inzwischen frische Einheiten aus dem feindlichen Heerlager zum Ort des Kampfgeschehens. Kellorn sah noch, wie ein Reiter Dolch eine Seilschlinge um den Leib warf und ihn anschließend hinter sich her schleifte. Und er sah auch, wie der Assassine danach in einer Traube von Männern verschwand.

Mit ohnmächtiger Wut versuchte sich Kellorn gegen die Söldner von Fürst Galiron zu behaupten. Die Kette eines Morgensterns schlang sich um seine Streitaxt, und mit einem Ruck wurde sie ihm aus der Hand gerissen. Gleichzeitig musste er den Schwerthieb eines zweiten Gegners mit dem Buckler abwehren. Dem erneuten Schlag mit dem Morgenstern konnte Kellorn um Haaresbreite ausweichen, indem er sich duckte. Er zog dabei den rostigen Parierdolch aus dem Stiefel, schleuderte ihn und traf seinen Gegner in den Bauch. Dann riss er das Schwert heraus und köpfte den Krieger mit dem Morgenstern.

Hornsignale erschollen.

Kellorn hatte lange genug in Fengors Armee gedient, um zu wissen, was sie bedeuteten. Rückzug! *Dieser Feigling!*, dachte Kellorn grimmig.

Dolch konnte er nicht mehr helfen.

Den Assassinen als einen Freund zu bezeichnen wäre vielleicht etwas übertrieben gewesen. Aber er fühlte sich ihm verpflichtet. Immerhin waren sie Kampfgefährten und mit einem gemeinsamen Auftrag unterwegs. Und davon abgesehen, war es vermutlich nicht ganz einfach, ohne Dolchs Hilfe nach Arakand zurückzukehren.

Kellorn täuschte mit dem Schwert einen Schlag an, traf einen Gegner dann mit dem Buckler im Gesicht. Blut schoss aus dessen zertrümmerter Nase. Aber ehe der taumelnde Galiron-Söldner so richtig begriff, wie ihm geschah, hatte Kellorn ihm den blanken Stahl durch die Gedärme getrieben. Er drehte das Schwert in der Wunde herum, während er es seitlich aus dem Leib des Söldners riss. Dadurch vergrößerte er die Verletzung so sehr, dass der Gegner innerhalb weniger Augenblicke verbluten würde.

Überall wichen Fengors Kämpfer zurück. Kellorn wusste, dass er sehr bald völlig auf sich gestellt und von Feinden umringt sein würde, wenn er ihnen nicht folgte.

Auch wenn sich alles in ihm dagegen sträubte, es war ein Gebot der Vernunft.

»Los, worauf wartest du, du Narr?«, rief ihm einer von Fengors Männern zu.

Kellorn erkannte erst auf den zweiten Blick, dass es Thrud aus Galdabar war. Er war so mit Blut besudelt, dass Kellorn ihn zunächst kaum wiedererkannt hatte.

Im Kampf hatte Thrud seinem Jähzorn offenbar freien Lauf gelassen. Er schien in einen regelrechten Blutrausch verfallen zu sein.

Er erschlug einen verletzten Galironkrieger, der zusammengekrümmt am Boden lag, und starrte dann in Kellorns Richtung. Der Barbar aus dem Reich an der Steinigen Küste wehrte indessen zwei Angreifer ab. Einen erledigte er, indem er ihm den Bauch aufschlitzte, der andere wich heulend zurück, nachdem Kellorn ihm mit dem Buckler die Vorderzähne eingeschlagen und vermutlich auch den Kiefer gebrochen hatte.

»Los, weg hier! Rückzug, Barbar! Oder bist du so taub, dass du nicht mal die Hörner vernimmst?«

Kellorn starrte in jene Richtung, in der er Dolch zuletzt gesehen hatte. Was er dort erblickte, erstaunte ihn sehr. Man hatte den Körper des Assassinen auf ein Pferd gebunden, das nun von einem Reiter davongeführt wurde, geradewegs auf Galirons Lager zu.

Wieso nehmen die ihn mit?, fragte sich Kellorn. *Es liegen so viele Erschlagene auf diesem Schlachtfeld – und diesen einen nehmen sie mit?*

Er lief zu Thrud aus Galdabar.

»Na, endlich! Ich dachte schon, dir liegt nichts an deinem Leben, Kellorn! Ich sag dir eins …«

Kellorn hörte gar nicht zu. Er konnte den Blick nicht von dem Pferd wenden, auf das man Dolch gebunden hatte.

»Er muss noch leben«, murmelte er grimmig vor sich hin.

»Wer lebt noch?«, drang die Stimme von Thrud aus Galdabar an sein Ohr.

Dolch. Wenn er nicht mehr am Leben wäre, würde sich niemand die Mühe machen, ihn mitzunehmen, ging es Kellorn durch den Sinn. *Aber warum?* Welches Interesse konnte Fürst Galiron an einem gottkaiserlichen Assassinen haben? Denn es musste ein Befehl des Fürsten selbst sein, diesen Mann – ob nun lebend, halb tot oder bereits entseelt – ins Feldlager zu schaffen. Aber woher konnte Galiron oder irgendjemand in seiner Umgebung von Dolchs Existenz und seinem Auftrag wissen?

Da fiel es Kellorn wie Schuppen von den Augen.

Es gab nur eine Verbindung.

Baladus.

Kapitel 19

Als Dolch erwachte, fühlte er einen dröhnenden Kopfschmerz. Er wusste nicht, wie viel Zeit vergangen war. Stunden? Tage? Oder war er bereits im Jenseits und wartete auf das Gericht des Herrn? Letzterem sah er mit Gelassenheit entgegen. Jemand, der so rechtgläubig war wie Dolch, brauchte ein solches Gericht nicht zu fürchten, das war schon immer seine Überzeugung gewesen. Und es war auch eine der Quellen seines todesverachtenden Mutes. Er fühlte die innerliche Gewissheit, dass ihm nichts geschehen konnte. Ganz gleich, wie die Dinge auch liefen und welches Schicksal ihn ereilen mochte, am Ende wartete die jenseitige Herrlichkeit auf ihn. Dass man ihn vielleicht den verdammten Seelen zurechnen würde, um in der unterirdischen Hölle in Ewigkeit zu leiden, erschien ihm vollkommen abwegig.

Aber dann kam ihm der Gedanke, dass der unangenehm hämmernde Kopfschmerz wohl ein sicheres Zeichen dafür war, dass er noch lebte. Dolch blinzelte. Ein flackerndes Licht war dort irgendwo vor ihm. Es war eine Öllampe. Allerdings stellte er das zuerst am Geruch fest, dann erst vermochte er sie deutlich zu sehen.

Dolch lag auf dem Boden. Der Untergrund war verhältnismäßig weich. Ein dicht gewebter Teppich, wie der Assassine feststellte. Er vermochte sich kaum zu bewegen. Man hatte ihn offenbar gefesselt.

»Er ist wach«, sagte eine Stimme.

»Dann richte ihn auf. Ich will, dass er mich ansieht, wenn ich mit ihm rede.«

Das blanke Entsetzen fuhr Dolch in die Glieder. *Diese Stimme! Das ist doch …* Er wagte es kaum, den Gedanken zu Ende zu bringen. Er wurde an den Schultern gepackt und hingesetzt. Ihm war schwindelig, und für ein paar Augenblicke wurde das Hämmern in seinem Kopf geradezu unerträglich. Vage erinnerte er sich daran, einen Schlag mit einem harten Gegenstand abbekommen zu haben. Danach hatte er offenbar das Bewusstsein verloren.

Seine Hände hatte man ihm auf dem Rücken zusammengebunden. Die Fußgelenke waren ebenfalls zusammengeschnürt.

Dolchs Blick fiel auf das niedrige Lager – und die kleine zusammengekrümmte Gestalt, die dort fachgerecht gebettet worden war.

»Baladus«, flüsterte der Assassine, und entgegen seiner Absicht schwang im Tonfall seiner Worte die ganze namenlose Furcht mit, die allein der Klang dieser Stimme in ihm ausgelöst hatte. Und das bei ihm, der doch sonst keine Furcht kannte, da er in der Gewissheit lebte, die Gnade des Namenlosen Gottes zu genießen. Es war die Furcht vor magischer Beeinflussung. Davor, dass sich das, was sich im Haus zwischen Dresois-Lager und dem Tempel des Heiligen Feuers zugetragen hatte, wiederholte und er dem machtvollen Willen dieses kleinen Monstrums ein weiteres Mal hilflos ausgeliefert war. Das Vertrauen in die Wirkung des Trunks der Wahrheit war bei Dolch von Anfang an nicht besonders stark gewesen. Nun würde sich erweisen, ob an diesem Zauber überhaupt etwas dran war …

Es waren mehrere Personen in dem Raum, der sich als Zelt entpuppte. Diener, Wächter – und ein Mann, der sich um den Gelähmten kümmerte und den Dolch für einen Wissenden Bruder hielt, auch wenn er nicht so gekleidet war.

Auf dem Boden vor Dolch lagen einige der Waffen, die er bei sich getragen hatte. Die Einhandarmbrust, einige Wurfringe, der Sichere Stich, das Langschwert, das Kurzschwert und eine Gürteltasche mit Armbrustbolzen. Alles ausgebreitet wie auf einem der Markttische in Arakand.

Nichts geschieht hier zufällig oder willkürlich, erkannte Dolch plötzlich. *Alles ist Teil einer sorgfältigen Inszenierung. Oder eines Rituals … Und vielleicht werde ich es nicht einmal merken, wie das Gift seiner Magie zu wirken beginnt!*

»Lasst mich allein mit ihm!«, verlangte Baladus und erntete dafür von allen anderen im Raum verstörende Blicke.

Einige Augenblicke lang herrschte Schweigen. Die Wächter sahen einander unschlüssig an, die Diener ebenfalls.

»Fürst Galiron hat Baladus das Recht zugestanden, den Gefangenen so zu verhören, wie er es für richtig hält«, mischte sich der Wissende Bruder ein, der neben Baladus' Lager saß. »Ihm wurde völlig freie Hand gelassen, und ihr selbst wart dabei und habt die Worte des Fürsten gehört!«

Daraufhin verließen sowohl Wächter als auch Diener das Zelt. Als sich der Eingang etwas öffnete, war deutlich zu sehen, dass es Nacht war. *Aber wohl kaum dieselbe Nacht, in welcher der Kampf um das Lager des Galiron stattfand,* war Dolch überzeugt. Er lauschte. Nirgends war Kampfeslärm zu hören, und der hätte eigentlich bis hier durchdringen müssen. Davon abgesehen, schienen die grünblauen Irrlichter am Himmel noch heller und zahlreicher geworden zu sein, als sie es in jener Nacht gewesen waren, da man ihn überwältigt hatte. Offenbar hatte sich am Tag das Zweite Licht noch weiter genähert …

»Du auch, Bruder Melvan«, sagte der Gelähmte sehr bestimmt zu dem Wissenden Bruder, der ihn betreute.

Der war erstaunt. »Was?«

»Ich wiederhole mich ungern, denn meine Kräfte sind begrenzt, und das Reden strengt mich an, wie du ja weißt. Ich möchte mit dem Assassinen allein sein.«

Melvan zögerte. Dann erhob er sich schließlich und ging hinaus.

Dolch bemerkte, dass ihm etwas aus den Haaren rieselte. Er erkannte den Geruch. *Getrocknete Heilerde, wie sie die Wissenden Brüder in ihren Krankenhäusern verwenden, um Verletzungen zu kurieren,* wusste er. Warum hatte man sich mit ihm so viel Mühe gegeben? Wieso war er überhaupt hierhergeschafft worden? Warum hatte man ihn überhaupt am Leben gelassen?

»Sei gegrüßt, Assassine«, sagte Baladus. »Ich denke immer wieder gern an unsere erste Begegnung zurück.«

»Diese Begeisterung vermag ich nicht zu teilen, Ketzer«, entgegnete Dolch.

»Als du an meinem Bett standst, hätte eine Bewegung von dir genügt, mich zu töten. Ein einziger Hieb oder ein Stoß, und es wäre vorbei mit mir gewesen. Jetzt ist die Situation genau umgekehrt. Ein einziges Wort von mir würde deinen Tod bedeuten.«

»Das ist mir sehr wohl bewusst.«

»Die Unbequemlichkeit bitte ich zu entschuldigen. Fürst Galiron ist der Ansicht, dass man dich fesseln muss, um zu verhindern, dass du mich zu töten versuchst, wie es deinem Auftrag entspricht – Dolch!«

»Diese Sorge ist berechtigt. Ich würde dich mit dem kleinen Finger töten, könnte ich ihn gegen dich richten.«

»Nein, Dolch, das würdest du nicht. Du würdest mich nicht einmal dann zu töten vermögen, wenn du in voller Bewaffnung vor mir stündest, die Hände frei und dieses exquisite Waffenarsenal, das du in Gebrauch hattest, zur freien Verfügung. Es wäre wieder so wie in unserem Mönchshaus neben dem Tempel des Heiligen Feuers. Du könntest eine Klinge in der Hand halten und wärst doch nicht imstande, mir die Kehle durchzuschneiden. Genau wie bei unserer ersten Begegnung …«

Diese Worte erinnerten Dolch unangenehm an den tiefsten Schmerz seiner Seele. *Er hat mich mit seiner Magie dazu gebracht zu versagen, und er glaubt, dass er meinen Willen erneut brechen kann, weil er es bereits einmal geschafft hat,* dachte Dolch bitter. *Und wahrscheinlich hat er sogar recht damit.*

»Warum bin ich hier?«, fragte Dolch.

Und warum lebe ich noch?, war die zweite Frage, die unausgesprochen in seinen Worten mitklang.

»Du bist hier, weil ich es wollte, Dolch.«

»Ist deine Magie so stark, dass du sogar das Schicksal selbst beeinflussen kannst?«

»Wäre das so überraschend für dich?«

»Ich kann es nur einfach nicht glauben. Es gibt nur einen, der das vermag – und das ist der Namenlose Gott selbst. Sonst gibt es niemanden, der Macht über mein Schicksal hätte. Niemanden!«

»Ich ahnte, dass du mir folgen würdest. Und ich bat Fürst Galiron, seine Männer anzuweisen, nach dir Ausschau zu halten. An deinen Waffen bist du besser zu erkennen als an deinem Gesicht, dessen Anblick ja für manch einen eine Qual ist ... Ach, es wird dich interessieren, dass Fürst Fengor und seine Männer zurückgeschlagen wurden. Sie sollen viele Krieger verloren haben. Allerdings zweifle ich nicht daran, dass er es erneut versuchen wird. Ich halte es sogar für möglich, dass er sich zusätzliche Verbündete sucht und schon bald mit großer Übermacht über dieses Lager herfallen wird. Aber wir werden sehen, welchen Weg die Zukunft nimmt.«

»Wieso hat man mich nicht erschlagen und auf dem Schlachtfeld zurückgelassen?«, fragte Dolch.

»Weil ich das nicht wollte, Dolch.«

Dolch schauderte. Die Art und Weise, in der der Gelähmte dies sagte, klang beängstigend, ohne dass Dolch dafür den genauen Grund hätte angeben können.

Von draußen drangen Laute an ihre Ohren. Gesänge von

betenden Kriegern, wie er sie auch unter Fengors Truppen schon vernommen hatte.

»Du gehörst mir, Dolch. Du bist mein Geschöpf, meinem Willen unterworfen, und in der Zukunft wird uns sehr viel mehr miteinander verbinden.«

»Ach, wirklich?«

»Versuch dich nicht dagegen zu wehren, Dolch. Es ist sinnlos. Der stärkere Wille entscheidet, immer! Und es gibt unter dem Himmelsbogen keinen stärkeren Willen als den eines Mannes, der sich nicht bewegen kann, der kaum genug Kraft hat, um allein Luft zu holen, und der ständig darauf angewiesen ist, dass andere für ihn die Dinge erledigen, die er selbst nicht tun kann.«

Was will er?, ging es Dolch durch den Kopf. *Zu welch perfidem Spiel hat er mich als willenlose Marionette vorgesehen? Denn nur darum kann es ihm doch letztlich gehen …*

»Wir haben nicht viel Zeit, Dolch. Ich will dir zu Anfang eine Frage stellen: Willst du zulassen, dass die Ordnung zerbricht? Willst du zulassen, dass Arakand untergeht und das Gottkaisertum, das über so lange Zeit das Leben der Menschen geordnet hat, schmählich untergeht? Willst du zulassen, dass das Chaos die Herrschaft übernimmt?«

»Ich bin ein Assassinenbruder – dazu ausgebildet, für den Gottkaiser zu töten und alles zu tun, um die Ordnung aufrechtzuerhalten.«

»Dann wird dir mein Vorschlag vielleicht besser gefallen, als ich annahm.«

»Welcher Vorschlag?«

»Dazu kommen wir später.«

»Und wieso sollte die Ordnung zerbrechen? Arakand ist uneinnehmbar.«

»Du weißt so gut wie ich, dass es nicht die Barbaren sind, die Arakand gefährden. Gefährdet wird die Stadt durch die Ohnmacht ihres Gottkaisers. Das Zweite Licht bläht sich jeden Tag mehr auf. Es kommt näher und näher, und die Kräfte des Gottkaisers haben nun schon zum zweiten Mal versagt. Weder in dieser noch in der vorherigen Nacht hat der Herrscher es gewagt, das Ritual ein drittes Mal durchzuführen, denn er weiß ganz genau, dass es womöglich das Ende seiner Herrschaft bedeutet, wenn er noch einmal versagt. Und er *wird* versagen, das steht fest.«

»Der Gottkaiser ist gesegnet durch die Offenbarung des Herrn. Er verfügt ...«

»Hör auf, die heiligen Schriften zu zitieren, Assassine! Der Gottkaiser hat keine Macht über das Zweite Licht. Niemand hat das. Es folgt einer natürlichen Bahn durch die Unendlichkeit des Alls und kommt dabei in voraussehbaren Abständen der Welt sehr nahe, um sich danach wieder zu entfernen und ...«

»Das ist nicht wahr!«, unterbrach ihn Dolch.

Aber Baladus ließ sich nicht beirren und sprach einfach weiter. Und Dolch spürte den eigentümlichen Sog, der vom Klang dieser Stimme und diesen wohlgesetzten Worten ausging. *Er tut es wieder, er bricht meinen Willen! Aber diesmal merke ich es, und er wird nicht so leichtes Spiel mit mir haben wie beim letzten Mal*, durchfuhr es Dolch. Er nahm sich vor, die Worte seines Gegenübers einfach zu ignorieren. Aber das schien unmöglich. Was für eine dämonische Zaubermacht doch von diesem Krüppel ausging. Und es war für Dolch keineswegs ein Trost, dass auch schon der Gottkaiser selbst zugegeben hatte, dieses kleine Häufchen Haut und verschobener Knochen unterschätzt zu haben.

»Der Gottkaiser besitzt geheime Kalendarien, in denen diese Zeitpunkte verzeichnet sind«, hörte er Baladus sagen. »Die Priester wissen von ihrer Existenz, aber es ist ihnen bei Androhung ewiger Verdammnis in der unterirdischen Hölle verboten hineinzusehen, denn dann würden sie sich der Offenbarung des Gottkaisers bemächtigen. Und das wiederum wäre ein schlimmer Frevel.«

»Wenn es diese Kalendarien gibt, hat der Namenlose Gott sie nicht ohne Grund unserem Herrscher gegeben«, behauptete Dolch und versuchte, eine Gelassenheit vorzugaukeln, die er angesichts dieser Situation nicht empfand. Denn so abwegig ihm die Ideen der Ketzer bisher auch erschienen waren, so klangen Baladus' Worte doch erschreckend plausibel.

Es ist seine Magie, dachte Dolch. *Du musst versuchen, dich dagegen abzuschirmen. Denk gar nicht über das nach, was er von sich gibt. Es ist geistiges Gift, das dich verderben soll.*

»Der Gottkaiser schaut in seine Kalendarien, in denen steht, wann sich das Zweite Licht wieder zurückzieht. Dann braucht er sich nur noch kurz vorher auf den Mittelturm von Arakand zu stellen und seine Rituale durchzuführen, mein lieber Dolch. Wenn dann wenig später das Zweite Licht wieder kleiner wird und sich zurückzieht, sieht es aus, als wären es seine gottgegebenen Kräfte gewesen, die das bewirkt hätten. In Wahrheit ist es nur die mehr oder minder präzise Mathematik jener weisen Gelehrten, die einst die Kalendarien berechnet haben.«

Geistiges Gift! Hör nicht zu!, sagte sich Dolch immer wieder. *Einem, der rechten Glaubens ist, kann dieses Gift nichts anhaben …*

»Du meinst vielleicht, dass alles Unsinn ist, was ich sage, Dolch«, fuhr Baladus fort. »Das Geschwätz eines Ketzers, der sein Leben der verbotenen Kunst der Mathematik gewidmet hat und nun so größenwahnsinnig ist zu glauben, die geheimen Gesetze der Welt erkannt zu haben und deshalb vorausberechnen zu können, was geschehen wird. Aber ich werde dir beweisen, dass es wirklich so ist. Und du wirst es glauben, Assassine. Du wirst es glauben und erkennen, dass alles, was dir etwas bedeutet, zerbrechen wird, wenn du meinem Plan nicht folgst.«

»Was soll das für ein Plan sein?« Dolch versuchte, seiner Stimme einen spöttischen Unterton zu verleihen. Aber irgendwie klangen seine Worte in den eigenen Ohren einfach nur … *schwach!*

»Immer der Reihe nach, Dolch. Du wirst den Plan noch kennenlernen, aber vorher musst du verstehen, worum es eigentlich geht. Ich sprach von den Kalendarien des Gottkaisers. Sie sind die Grundlage seiner Macht. Und sie fußen auf derselben Art von Mathematik, deren Anwendung man den Wissenden Brüdern verbietet, weil sie angeblich eine dunkle Kunst ist, die der Allmacht Gottes Hohn spräche. Dabei wäre kein Gottkaiser der Geschichte Arakands ohne diese Kunst jemals an der Macht geblieben oder hätte sie überhaupt erringen können. Keiner! Und so …« Baladus verstummte plötzlich, seine Gesichtsfarbe veränderte sich, und auf einmal begann er zu würgen und zu röcheln und bekam offensichtlich keine Luft mehr.

Stirb jetzt von allein, dann entbindest du mich der Verpflichtung, dich töten zu müssen, dachte Dolch.

Aber Baladus erholte sich erstaunlich rasch wieder. Die Gesichtsfarbe normalisierte sich. Ein Schwall blutigen Schleims drang ihm aus Nase und Mund. »Du solltest dich dafür schämen, Dolch.«

»Wofür?«

»Dafür, dass du demjenigen den Tod gewünscht hast, der als Einziger die Macht hat, all das zu erhalten, was dir so wichtig ist. Aber ich bin nicht nachtragend. Und zweitens …« Noch einmal rang er heftig nach Atem, ehe er schließlich weitersprach. »Und zweitens … ist es genau so, wie ich gerade schon gesagt habe. Ich fühle mich in deiner Gegenwart so sicher wie bei niemandem sonst. Und da schließe ich sogar Bruder Melvan ein.«

»Bruder Melvan?«

»Er kümmert sich rührend um mich und ist mit den Verrichtungen inzwischen auch einigermaßen vertraut, auch wenn er darin wohl nie den Grad an Perfektion erlangen wird, der Bruder Estus ausgezeichnet hat, den du ja leider getötet hast … Aber Bruder Melvan ist manchmal sogar etwas ungeschickt, und um ganz ehrlich zu sein, es ist wahrscheinlicher, dass er mich versehentlich umbringt, als dass du dies zustande brächtest.«

Es gefällt ihm, das Messer in dieser Wunde zu drehen, wurde es Dolch klar. *Vielleicht sollte ich weniger deutlich erkennen lassen, wie sehr es mich getroffen hat, dass ich diesen Krüppel nicht töten konnte.*

»Zurück zu den Kalendarien des Gottkaisers, Dolch. Diese Kalendarien haben einen ganz entscheidenden Mangel. In ihnen sind nämlich nur die gewöhnlichen Annäherungen des Zweiten Lichts verzeichnet. Die konnten die Verfasser der Kalendarien berechnen. Aber ab und zu weicht dieser Feuerball am Himmel von seinem üblichen Schema ab und nähert sich viel weiter unserer Welt, als er es sonst tut. Immer wenn das geschieht, droht eine Katastrophe. Nein, nein, nicht das Ende der Welt. Aber eine Staatskrise in Arakand und Religionskriege überall dort, wo die Kirche des Namenlosen Gottes ihren Glauben an die Macht des Gottkaisers verbreitet hat. Denn diese vom üblichen Schema abweichenden Annäherungen machen den Gottkaiser ohnmächtig. Es geschieht genau das, was wir jetzt auch erleben. Er steht auf dem Mittelturm, führt seine Zeremonie durch, doch der Glutball am Himmel ist an den folgenden Tagen größer als je zuvor. Die ersten Gläubigen zweifeln an seinen Kräften, Prediger treten auf und schüren die Angst der Menschen, und Verschwörer sehen ihre Chance, die Macht zu übernehmen. Ich bin mir sicher, dass dies bereits jetzt in Arakand im Gange ist.«

»Verschwörer?«, fragte Dolch. »Ketzer! Ketzer, wie du einer bist!«, entfuhr es ihm. »Natürlich versuchen die, jede Möglichkeit zu nutzen!«

»Aber sie werden scheitern«, fuhr Baladus unbeeindruckt fort. »Sie können nicht die Macht übernehmen und dabei die Ordnung aufrechterhalten. Sie können alles zerstören und dafür sorgen, dass Arakand dieses Mal endgültig untergeht. Aber einen Dynastiewechsel werden sie nicht zuwege bringen. Jedenfalls keinen, der von Dauer ist. Denn ihnen fehlt etwas Entscheidendes. Das Wissen darüber, *wann* das Zweite Licht wieder fortwandert.«

»Was du nicht sagst, Ketzer!«

»Wer das weiß, kann sich im richtigen Moment auf den Mittelturm von Arakand stellen, die Hände heben und die uralten Worte sprechen. Das Volk der Gläubigen wird den Atem anhalten, und dann wird der Morgen heraufdämmern. Und wenn dann das Zweite Licht jeden Tag etwas kleiner wird, ist das in den Augen der Gläubigen der Beweis: Dies muss der rechtmäßige und von Gott gesegnete Herrscher sein.«

»Warum erzählst du mir das alles?«, fragte Dolch.

»Ich vermag diese Abweichungen im Schema der Annäherung des Zweiten Lichts zu errechnen, Dolch!«, eröffnete ihm Baladus. »Sie geschehen nämlich keineswegs regellos oder willkürlich. Es ist keine Laune des Namenlosen Gottes oder des Schicksals, das dieses Sonnenfeuer mal so nahe an die Welt heranbringt, dass diese beinahe versengt wird und man glauben könnte, der letzte Tag wäre gekommen. Es ist einfach nur ein Rhythmus, der sehr schwer zu erkennen ist. Ein Muster, das sich nur dem offenbart, der die verbotene Kunst der Mathematik in ihrer höchsten Vollendung zu beherrschen weiß. Und all das trifft auf mich zu, Assassine! Ja, ich mag einen schwachen Leib haben, aber das gleiche ich mit der Stärke meines Geistes aus.«

»Dann kennst du den Zeitpunkt, da sich das Zweite Licht zurückziehen wird?«, fragte Dolch zweifelnd.

»Ich habe ihn errechnet. Und ich vermag jede weitere, nicht dem Hauptschema entsprechende Annäherung vorherzusagen.«

»Das ist Gotteslästerung!«

»Es gibt keinen Gott, Dolch. Keinen, der namenlos ist, und auch nicht diese wilden Schreckgestalten, zu denen manche Barbaren immer noch insgeheim beten, auch wenn man nach Kräften versucht hat, es ihnen auszutreiben. Wenn du zum Himmel emporsiehst – gleichgültig, ob am Tag oder in der Nacht –, dann siehst du dort nur Dinge, die sich vollkommen von allein bewegen. Aus der Kraft ewiger Gesetze heraus, bestimmt durch die Regeln der Mathematik. Sonst gibt es dort oben nichts, Dolch. Nichts Lebendiges. Nichts, was Geist genug hätte, unser Schicksal zu formen oder um eine Sonne fortzuschicken. Und ich habe den starken Verdacht, dass auch das Jenseitsgericht nur erfunden wurde, um den Gläubigen Furcht einzujagen. Denn nur mittels der Furcht kann der Glaube aufrechterhalten werden. Nur die Furcht vor der kalten Wahrheit ist es, der der Glaube seine Existenz verdankt. Denn wäre diese Furcht nicht, würde die Kraft des menschlichen Geistes in jedem Fall ausreichen, um die Fassade aus wirkungslosen Ritualen und frommen Lügen zu erkennen.«

»Deine Worte … Ich bin für deine Magie nicht mehr empfänglich, Baladus«, keuchte Dolch entsetzt. »Du brauchst dir keine Mühe mehr zu geben.«

»Du verstehst mich falsch, Dolch. Ich bin nicht dafür, das Gottkaisertum abzuschaffen. Und auch nicht den Glauben. Denn wir brauchen beides, um die Ordnung zu erhalten. Du willst doch auch nicht, dass alles in Chaos und Gewalt versinkt …«

»Wenn es wahr ist, was du sagst, dann … Dann stell *du* dich doch auf den Mittelturm von Arakand und sieh zu, ob du die Zweite Sonne fortschicken vermagst«, platzte es voll bitterem Spott aus Dolch heraus.

»Das würde ich tun, wenn es möglich wäre, Dolch. Glaub mir. Aber niemand würde einen Krüppel als Gottkaiser akzeptieren. Eine so hinfällige Gestalt wie ich kann nach Ansicht der meisten Gläubigen nicht von Gott gesegnet sein. Das überstiege das Vorstellungsvermögen der meisten Menschen. Und zudem hätte ich auch nicht die Möglichkeit, aus eigener Kraft nach Arakand zurückzukehren und überdies dem gegenwärtigen Gottkaiser nahe genug zu kommen, um ihn … unschädlich zu machen.«

»Dafür sollten wir dem Herrn dankbar sein.«

»Du, Dolch! Du bist dafür perfekt geeignet!«

»Wenn du glaubst, dass ich dein Meuchelmörder werde, dann irrst du dich!«

»Doch, Dolch. Genau so wird es kommen. Du wirst nach Arakand zurückkehren, den Gottkaiser töten, den Mittelturm besteigen und das Ritual durchführen. Danach wird niemand mehr deine Autorität anzweifeln, denn schon am Tag darauf wird das Zweite Licht deutlich kleiner sein, vorausgesetzt, es herrscht nicht gerade feuchtes, regnerisches Wetter, wonach es aber auf längere Sicht nicht aussieht. Natürlich musst du dich exakt an meine zeitlichen Vorgaben halten. Die Auswahl des richtigen Tages wird entscheidend sein – aber den werde ich vorausberechnet haben.«

»Du musst wahnsinnig sein, Ketzer!«, stieß Dolch angewidert hervor. »Und davon abgesehen, würde man einen Wechsler ebenso wenig als Gottkaiser akzeptieren wie einen Krüppel.«

»Sag das nicht! Abgesehen davon, kann ein Wechsler seine Natur weitgehend verbergen. Zudem ist das Gesicht eines Wechslers doch nichts anderes als ein Spiegelbild. Man sieht darin, was man will oder wovor man sich fürchtet. Warum nicht einen Gottkaiser? Natürlich würdest du von meinen Gnaden herrschen, denn nur ich vermag zu sagen, wann die nächste Annäherung des Zweiten Lichts dem Schema widerspricht. Es könnte sein, dass das erst in einem Jahrhundert der Fall ist, vielleicht aber auch schon übernächstes Jahr. Nur wer die Gesetze der verbotenen Mathematik begreift, vermag das vorherzusagen. Also wirst du auf mich angewiesen sein. Und falls ich aufgrund gewisser Umstände noch hier im

Lager bleiben müsste, könnte ich wohl damit rechnen, dass du mich mit einem angemessenen Lösegeld freikaufst.«

Dolch schüttelte entschieden den Kopf. »Sollten sich diese Fesseln lösen, dann wäre das Erste, was ich täte, dich zu töten!«

»Es hat keinen Sinn, Dolch. Dein Widerstand ist zwecklos. Alles wird auf die eine oder andere Weise so eintreten, wie ich es dir gesagt habe. Dabei spielt es keine entscheidende Rolle, ob Galiron oder Fengor diesen Kleinkrieg unter den Barbaren gewinnt. Der wird sich gewiss noch einige Tage hinziehen. Vielleicht auch länger, denn die Kräfteverhältnisse sind in etwa ausgeglichen. Aber sobald sich das ändert, wird es eine Entscheidung geben ...«

»Sollen sich die Barbaren gegenseitig erschlagen. Niemand in Arakand wird das bedauern.«

»Das ist kurzsichtig gedacht, Dolch. Es wird nicht lange dauern, und eine Macht, mit der niemand gerechnet hat, wird auf den Plan treten und ihr Gewicht in die Waagschale werfen.«

»Von was für einer Macht sprichst du?«

»Ich denke in erster Linie an den König von Boranien. Bisher haben weder er noch seine Vorgänger sich an Belagerungen Arakands beteiligt, weil ihm nämlich sehr wohl bewusst ist, dass er die Stadt nie wirklich erobern und den Gottkaiser nie entmachten könnte. Nicht, solange auch die Boranier davon überzeugt sind, dass der Gottkaiser die Welt rettet. Aber es scheint, als wäre der Herrscher Arakands dazu nicht mehr imstande. Und das ändert die Situation. Verstehst du mich jetzt, Dolch? Die Ordnung zerbricht bereits! Was glaubst du, was geschieht, wenn der Gottkaiser ein drittes Mal auf dem Mittelturm versagt?«

»Alles nur Ketzerpropaganda!«

»Ich persönlich glaube nicht, dass man ihm einen vierten Versuch für die Fortweisungszeremonie zugestehen wird.

Verschwörer aller Art werden aus ihren Löchern kommen – und wenn du glaubst, dass dies alles auf die Wissenden Brüder zurückgeht, dann irrst du dich gewaltig! Der Palast ist voller Verschwörer, die unterschiedlichsten Gruppen spinnen ihre Intrigen, und ich wette, der Gottkaiser betritt kaum noch sein eigenes Schlafgemach, sondern nächtigt inzwischen irgendwo, an einem verborgenen und vermeintlich sicheren Ort.«

Dolch dachte daran, wie nahe Baladus der Wahrheit war. Schließlich war der Gottkaiser tatsächlich ins Osthaus umgezogen und traute sich kaum noch, seine eigentlich ihm zustehenden Räumlichkeiten im Hauptgebäude zu benutzen.

»Es ist rührend, wie viele Sorgen du dir um unseren erwählten Herrscher machst, Baladus.«

»Die mache ich mir in der Tat. Denn er wird eine grausame letzte Zeit vor sich haben. Schließlich weiß er, dass er scheitern muss. Er hat doch längst begriffen, dass die Angaben in seinen Kalendarien dieses Mal nicht zutreffen, sodass er nur noch wie ein Blinder handeln kann. Ich nehme an, man wird versuchen, ihn zu töten, oder hat es bereits getan. Und ganz sicher wird man auch versuchen, seinen Sohn zu töten. Zumindest würde ich das tun, würde ich zu den Verschwörern gehören, denn ein Dynastiewechsel ist nur möglich, wenn es keinen Thronfolger gibt.«

Dolch dachte an das Attentat eines irregeleiteten Fanatikers während der Einsetzung des neuen Ersten Priesters, das durch sein Eingreifen vereitelt worden war. *Was für ein scharfer Verstand, der sich all das zusammenzureimen vermag, obwohl er nicht dabei war,* dachte Dolch. *Eine Magie, die unter dem Deckmantel der Vernunft und einer zwingenden Logik daherkommt, sodass man am Ende geneigt ist, alles zu glauben, was dieser plappernde Krüppel so daherredet!*

»Die Tage, die uns bleiben, werde ich dafür nutzen, dich vorzubereiten, Dolch. Du solltest zumindest die Worte in alt-arakandischer Sprache aufsagen können, die der Gottkaiser auf dem Mittelturm spricht. Das, was in dem alles entscheidenden Moment aus deinem Mund kommt, sollte ungefähr richtig klingen. Und du musst den Zeitpunkt kennen, von dem an das Zweite Licht sich wieder entfernen wird. Du darfst nicht zu früh und nicht zu spät auf dem Mittelturm stehen. Es muss der Augenblick sein, in dem der Eindruck einer maximalen Wirkung entsteht. So wie ich es sehe, wird dieses Mal das Ritual an einem vermutlich glutheißen Tag, den ich dir noch nennen werde, stattfinden – nicht vor Morgengrauen, sondern genau zur dreizehnten Stunde mittags. Aber zu den Einzelheiten kommen wir noch. Zuerst wirst du lernen müssen. Die Worte, die der Gottkaiser zu sprechen hat, werde ich dir immer wieder vorsprechen. Und wenn du klug bist und willst, dass Arakand und die Welt, die du kennst, erhalten bleiben, dann wirst du mir nachsprechen.«

»Du kannst mich ja mit deiner Willensmagie dazu zwingen«, höhnte Dolch.

»Falls du dich aus falscher Treue zu einem falschen Glauben weigerst, die Worte nachzusprechen«, sagte Baladus, »setze ich darauf, dass jemand wie du über ein gutes Gedächtnis verfügt.«

Ich werde alles tun, was du von mir verlangst, Ketzer, nahm sich Dolch vor. *Und den ersten Augenblick ohne Fesseln werde ich dazu nutzen, meinen Auftrag zu erfüllen.*

Kapitel 20

Der Gottkaiser empfing Meister Balok im Osthaus. Der Herrscher saß in sich zusammengesunken auf einem Diwan. Seine Miene wirkte wie erstarrt.

Die Wachen hatte er fortgeschickt. Offenbar wollte der Gottkaiser allein mit dem Meister der Assassinengarde sein.

»Ich weiß, dass du dir einen Rückzug in den Veteranenstatus wünschst, Balok«, sagte der Gottkaiser mit erschreckend schwach und kraftlos klingender Stimme. »Aber zuvor werde ich noch einmal deine Dienste benötigen.«

»Herr, ich stehe immer zu Eurer Verfügung«, stellte Balok klar und wandte den Blick rücksichtsvoll ab, so wie er es gewohnt war. Auch wenn es hieß, der Gottkaiser sei durch die Magie seines Hofalchemisten vor dem dunklen Zauber von Wechslergesichtern geschützt, wollte er alles vermeiden, was den von Gott erwählten Herrn der Gläubigen in irgendeiner Form belasten könnte. Schließlich hatte der Gottkaiser in diesen Tagen schon genug zu ertragen. Das Schicksal der gesamten Welt hin von ihm ab. Das musste furchtbar sein, davon war Balok überzeugt.

»Ich kann dich leider auf absehbare Zeit nicht aus dem Dienst entlassen, Balok«, erklärte der Gottkaiser. »Zumindest nicht so lange, bis die Krise überstanden ist, in der wir uns befinden.«

»Herr, meine Bedürfnisse habe ich stets denen Arakands untergeordnet.«

»Dein Zögling Dolch … Ich hätte ihn gefragt, wenn er zurzeit zur Verfügung stünde, Balok. So wirst du noch einmal die ganze Spanne deines Könnens unter Beweis stellen müssen. Ich habe eine Liste von Namen. Diese Menschen müssen so schnell wie möglich getötet werden.«

»Herr, es wird geschehen, was Ihr sagt.«

»Aber diese Liste ist nicht vollständig. Ich werde dir ausnahmsweise gestatten, sie nach deinem Gutdünken zu ergänzen.«

»Nach welchen Kriterien?«, fragte Balok.

Der Gottkaiser hatte sich erhoben und trat nahe an Balok heran. Schatten tanzten auf seinem Schädel, Schweißperlen glänzten und ließen das eintätowierte Zeichen der Erwähltheit eher wie eine eiternde Wunde erscheinen und nicht wie die Zier eines Gottkaisers.

In den Augen des Herrschers sah Balok ebenfalls etwas glitzern, doch er vermochte nicht zu sagen, ob es Schweiß oder Tränen waren.

»Mein Sohn ist tot«, brachte der Herrscher dann mit fast erstickter Stimme hervor. »Niemand darf davon erfahren. Und jeder, der es weiß, muss sterben. Denn wenn sich in Arakand verbreitet, dass es zurzeit keinen Thronfolger mehr gibt, wird das all den Verschwörern und Umstürzlern in die Hände spielen.«

»Herr, ich …«

»Nur meine Frau, Hauptmann Kaeraetys und ich dürfen von dieser Sache wissen. Du kommst jetzt zu diesem exklusiven Kreis hinzu. Keiner deiner Assassinenbrüder wird eingeweiht. Ich vertraue dir und weiß, dass du die Liste gewissenhaft abarbeiten und ergänzen wirst.«

»Ich werde tun, was Ihr verlangt.«

»Und noch etwas. In den nächsten Tagen werde ich eine große Bittprozession durchführen müssen. Das Zweite Licht will einfach nicht weichen …«

»Die Gebete der Gläubigen werden Euch sicherlich die nötige Kraft verleihen«, gab sich Balok überzeugt.

Der Gottkaiser hob die Augenbrauen. »Ich möchte, dass du in meiner Nähe bist. Und ich möchte auch, dass du einige zuverlässige Männer aussuchst, die mich beschützen.«

»Unter den Mitgliedern der Assassinengarde …«

»Nein, keinen Assassinenbruder!«, widersprach der Gottkaiser vehement. »Der Einfluss der Priesterschaft auf die geweihten Assassinen ist zu groß. Daran ändert auch nichts, dass ich einen neuen Ersten Priester eingesetzt habe, der mit dem Klerus hier im Palast nicht so stark verbandelt ist.«

»Aber wen soll ich dann für so eine verantwortungsvolle Aufgabe rekrutieren? Ich könnte natürlich unter den Söldnern der Stadtwache oder den Palastwächtern …«

»Auch von denen möchte ich nicht bewacht werden! Zumindest nicht ausschließlich«, unterbrach der Gottkaiser seinen Assassinenmeister. »Ich hatte mir überlegt, dass es vielleicht das Beste wäre, ein paar der jungen Novizen zu nehmen, die in ihrer Assassinenausbildung schon sehr weit fortgeschritten sind und kurz vor der Weihe stehen.«

»Mir soll es recht sein, Herr.«

»Der Einfluss der Priesterschaft beginnt meistens erst mit der Weihe«, meinte der Gottkaiser zu wissen. »Der Amtsvorgänger des Ersten Priesters hat münzgroße Amulette vergeben, die in der geheimen Priesterschrift graviert waren und als Erkennungszeichen dienen sollten.«

»Ja, ich habe davon gehört«, sagte Balok.

Der Gottkaiser lächelte. »Sag bloß, du hast nie so ein Amulett erhalten, Balok?«, wunderte er sich.

Der Assassinenmeister griff unter sein Gewand, holte ein solches Amulett hervor und hielt es dem Gottkaiser in der offenen Hand hin. Dieser nahm es und hielt es ins Licht.

»Anscheinend hast du allerdings nie vergessen, wem deine eigentliche Verpflichtung gilt«, stellte er fest.

»In diesem Punkt könnt Ihr Euch vollkommen auf mich verlassen«, sagte Balok.

Der Gottkaiser nickte. Und dann sah er dem Assassinenmeister geradewegs ins Gesicht. Es war sehr lange her, dass jemand Balok so lange und intensiv angesehen hatte. Ohnehin war dazu nur jemand imstande, dem eine gewisse Unempfindlichkeit gegenüber der Magie eines Wechslergesichts eigen war.

Schließlich gab der Gottkaiser Balok ein zusammengerolltes und versiegeltes Dokument.

»Die Liste.«

Noch am selben Tag teilte Balok die Assassinen für die Morde auf der Liste ein. Es waren zu viele, um sie in der Kürze selbst erledigen zu können. Darunter befanden sich einfache Küchenhilfen und Ammen, Diener und Palastwachen … Sie mussten nur aus einem einzigen Grund sterben: Sie hatten entweder durch Zufall oder aufgrund ihrer Pflichten im Palast vom Tod des Thronfolgers erfahren. Oder es handelte sich um enge Familienangehörige dieser Personen, bei denen davon auszugehen war, dass auch sie nun davon wussten. Dass Menschen dem Tod überantwortet wurden, von denen die meisten sicherlich nie die Absicht verfolgt hatten, dem Gottkaiser zu schaden oder eine ketzerische Verschwörung unterstützt hatten, bereitete Balok keinerlei Gewissensbisse. Ein Auftrag war ein Auftrag, und ein Auftrag des Gottkaisers war zudem eine heilige Pflicht. Dies war nun einmal das übliche Verfahren. Im Laufe der Jahre im Dienst der Assassinengarde hatte Meister Balok schon aus weit nichtigeren Anlässen getötet oder töten lassen. *Du tötest für das große Ganze, das höher ist alle Zweifel,* stand im Kodex der Assassinenbrüder. Und daran hatte sich Meister Balok immer gehalten.

Unmittelbar nachdem er die Mordaufträge an die fähigsten seiner Assassinenbrüder vergeben hatte (ohne dass er auch nur einen von ihnen über die Hintergründe informiert hätte), ließ er die besten der Novizen zu sich kommen, um sie für die Bewachung des Gottkaisers während der Prozession einzuteilen.

Meister Balok empfing sie einzeln in einem abgelegenen, nur spartanisch eingerichteten Raum innerhalb des Assassinenhauses. Er wollte mit jedem über die bevorstehende Aufgabe sprechen.

So rief er auch Thrral zu sich, den Novizen, der im Kettenende aufgewachsen war.

»Bist du dir der Bedeutung dieser Aufgabe bewusst?«, fragte Balok ihn eindringlich.

Thrral schluckte und nickte dann. »Das bin ich. Wann wird die Prozession sein?«

»In ein paar Tagen. Es muss vorher noch einiges organisiert werden. Die Straßen Arakands gleichen im Augenblick einem mit schwarzem Feuerwerkspulver gefüllten Fass, das der kleinste Funke zur Explosion bringen könnte. Da will alles gut vorbereitet sein.«

»Ich verstehe.«

»Hast du noch Fragen?«

»Nein.«

Aber Meister Balok spürte, dass da noch irgendetwas war. Eine Sache, die der Novize der Assassinenbruderschaft bisher nicht ausgesprochen hatte.

Als er noch einmal nachhakte, rückte Thrral damit heraus: »Ich habe eine Bitte an Euch, Meister Balok.«

»Und die wäre?«

»Ich würde gern noch einmal mit der Fähre zum Kettenende hinüberfahren, solange …«

»Ja?«, fragte Balok, als Thrral verstummte.

Der Novize schluckte, ehe er weitersprach. »Solange das noch möglich ist.«

»Warum sollte das irgendwann nicht mehr möglich sein?«,

fragte Balok, und seine Stimme hatte dabei einen ausgesprochen kalten Klang.

»Das Zweite Licht ist so groß geworden, dass es uns vielleicht alle verbrennen wird. Der Namenlose Gott möge unserem Herrscher die nötige Kraft geben, um es doch noch fortzuweisen, aber falls nicht … Haltet mich jetzt nicht für kleingläubig, Meister!«

»Was willst du im Kettenende?«

»In den Jahren, die ich dort in den Gassen lebte, wurde ich einmal schwer verletzt, als ich von einem Dach stürzte. Ich war auf der Flucht vor den Mitgliedern der Diebeszunft und ihren Ouroungours, da ich ohne Erlaubnis eines Zunftmeisters in ein Haus eingedrungen war, um zu stehlen.«

»Bevor wir der Bruderschaft beitraten, haben wir alle Dinge getan, derer wir uns schämen müssten.«

»Darum geht es nicht. Ich wurde von einem Arzt gerettet. Gelldan war sein Name. Er hat mich gesund gepflegt, und ohne ihn wäre ich jetzt nicht hier.«

»Und diesen Gelldan willst du nun noch einmal aufsuchen«, schlussfolgerte Balok, »bevor die Welt vielleicht verglüht und Arakand und das Kettenende in Flammen aufgehen.«

»Ja, Meister. Aber um mich zu verstehen, solltet Ihr die ganze Geschichte kennen, denn es geht nicht einfach nur darum, Gelldan meine Dankbarkeit zu bezeugen.«

»Sondern?«

Abermals zögerte Thrral, dann druckste er herum und brauchte mehrere Anläufe, ehe er die richtigen Worte fand. »Ich … habe ihn ausgeraubt, als ich wieder bei Kräften war. Das, was ich an Münzen finden konnte, habe ich mitgenommen, bevor ich mich davonmachte. Ich will Gelldan um Vergebung bitten. Wenn ich Euch ansehe, Meister Balok …«

»… dann erkennst du in meinem Gesicht eine große Ähnlichkeit zu diesem Arzt«, vermutete er.

»Ja.«

Balok nickte. »Ich verstehe. Geh ruhig. Aber bleib nicht zu lange im Kettenende. Spätestens übermorgen musst du wieder hier sein.«

»Danke, Meister.«

»Noch etwas, Thrral ...«

»Ja, Meister?«

»Wenn du zurückkehrst, werde ich dich vielleicht auch um etwas bitten ...«

Noch am selben Tag nahm Thrral eine der Fähren, die regelmäßig zwischen der Altstadt von Arakand und dem Kettenende verkehrten. Es blies kein Wind. Die Luft flimmerte, und die Hitze war schier unerträglich. Aber schlimmer war das Gleißen. Es tat in den Augen weh. Thrral konnte sich nicht erinnern, in seinem Leben schon einmal einen so hellen Tag erlebt zu haben. Das Zweite Licht war so groß, dass man meinen konnte, die Welt müsste jeden Augenblick in Flammen aufgehen. *Vielleicht tut sie das auch längst,* dachte der Novize. Von der Barkasse aus konnte er in den Bergen von Etamia lodernde Feuer sehen. Die Wälder entzündeten sich in der Hitze.

»Nicht mehr lange, und selbst die Boote und Schiffe werden zu brennen anfangen«, hörte Thrral einen der Seeleute sagen.

Die Barkasse musste gerudert werden. Das Segel war trotzdem hochgezogen worden. Als Sonnenschutz. Aber die Strahlen des Zweiten Lichts drangen machtvoll durch den weißen Leinenstoff.

Im Hafen des Kettenendes waren die Geschäfte fast zum Erliegen gekommen. Die Fischerboote waren an Land gezogen worden, und viele Handelsschiffe lagen vertäut an ihren Liegeplätzen. Die Gesänge von gleichermaßen verzweifelten wie frommen Gläubigen drangen durch die schmalen Straßen und Gassen. Angesichts des feurigen Schreckens am Himmel schien es nichts anderes zu geben, was man tun konnte, als zu beten. Und zu hoffen. Hoffen, dass der Gottkaiser es doch noch schaffte, die Welt vor einem feurigen Ende zu bewahren. Aber die Zweifel daran, dass er dazu noch in der Lage war, konnte man überall spüren.

In den Gassen des Kettenendes kannte sich Thrral so gut aus wie sonst nirgendwo. Selbst das Innere des Assassinenhauses war ihm nicht so vertraut. Allein der Palastbereich von Arakand war größer als das gesamte Kettenende. Dieser Stadtteil wiederum stellte angeblich selbst die Hauptstadt des boranischen Königs an Größe und Befestigung bei Weitem in den Schatten.

In den Gassen herrschte zwar angenehmer Schatten, aber die Luft war so heiß und stickig, dass Thrral das Gefühl hatte, kaum atmen zu können. An den Ecken riefen Prediger zur Buße auf. Das Feuer am Himmel würde die Menschen nur deshalb heimsuchen, weil sie sich nicht mehr an die Gebote Gottes hielten. An anderer Stelle wurde ungeniert daran gezweifelt, dass der amtierende Gottkaiser überhaupt noch über die Kraft verfügte, das Zweite Licht zu beeinflussen. Und diese Sprecher schienen sich nicht einmal zu fürchten, die Menschen hörten ihnen zu, und man sah unter ihnen häufiges Nicken und vernahm zustimmende Äußerungen. Das Kettenende war immer eine Gegend mit zweifelhaftem Ruf gewesen. Aber nun schien dieses Viertel ein Zentrum des Ketzertums geworden zu sein.

Kein Söldner der Stadtwache griff ein. Im Gegenteil waren unter den Zuhörern auch Angehörige der Stadtwache auszumachen.

Thrral erreichte schließlich das Haus des Arztes Gelldan. Es lag in unmittelbarer Nachbarschaft zu dem einzigen öffentlichen Krankenhaus, das es im Kettenende gab und das geschlossen war. Die Türen waren mit Brettern vernagelt.

Wissende Brüder hatten es vor vielen Jahren ins Leben gerufen und all die Zeit mit aufopferungsvollem Einsatz geführt. Aber wie alle anderen mildtätigen Einrichtungen des Ordens war auch das Krankenhaus geschlossen worden, als die Wissenden Brüder in Ungnade fielen.

Thrral klopfte an die Tür des Hauses. Eine Frau in mittleren Jahren öffnete ihm und musterte Thrral von oben bis unten.

»Ist dein Mann zu Hause?«, fragte er.

»Willst du uns ein zweites Mal ausrauben?« Sie hatte ihn wiedererkannt.

»Im Gegenteil. Ich will deinem Mann zurückgeben, was ich ihm schulde.«

Während Thrral das sagte, legte er die Hand an einen Beutel mit Münzen, den er am Gürtel trug. Angespart während der Zeit, die er nun schon Novize bei der gottkaiserlichen Assassinengarde war. Es war viel Kupfer- und nur wenig Silbergeld dabei. Und Thrral wusste sehr wohl, dass das längst nicht dem entsprach, was er einst im Haus des Arztes an sich genommen hatte. Aber mehr besaß er nicht. Und bevor er diese Schuld vielleicht gar nicht mehr tilgen konnte, wollte er zumindest einen Teil davon ausgleichen.

»Ich werde Gelldan fragen, ob er dich überhaupt sehen will«, sagte sie, nachdem sie den Münzbeutel entgegengenommen hatte.

Etwas später empfing Gelldan den Novizen in dem Zimmer, in dem er eigentlich Kranke behandelte. Ein großer Tisch stand in der Mitte. Die Wände waren mit Regalen gefüllt. Wertvolle medizinische Fachliteratur der großen Meister der ärztlichen Kunst standen dort aufgereiht, aber auch unzählige Gläser, Tiegel, Kolben, Flaschen und andere Behältnisse, in denen Arzneien aufbewahrt wurden. Gelldan humpelte, als er den Raum betrat, um Thrral zu begrüßen.

»Was ist mit Euch geschehen? Ihr scheint im Moment selbst eines Arztes zu bedürfen«, meinte Thrral, denn er stellte auch fest, dass das Gesicht seines Gegenübers dunkle Flecken und Schwellungen aufwies sowie eine Platzwunde an der Stirn.

»Hast du gesehen, was mit dem Hospital geschehen ist?«

»Man hat es geschlossen.«

»Geschlossen und ausgeräuchert. Ich war dort, als das geschah. Vom Operationstisch hat man mich weggerissen und übel zugerichtet. Anscheinend glaubt man seit Neustem, dass die Wissenden Brüder Ketzer wären.«

»Es tut mir leid, das zu hören.«

»Mach dir keine Sorgen, ich komme schon wieder auf die Beine.« Gelldan musterte Thrral.

»Ich bin gekommen, um Euch um Verzeihung zu bitten, Gelldan«, sagte dieser. »Das Zweite Licht wird uns vielleicht alle verbrennen, und da ich drüben in der Altstadt von Arakand ein geordnetes Leben gefunden habe, wollte ich auch diese Angelegenheit in Ordnung bringen, ehe es zu spät sein mag.«

»Das ist nobel«, meinte Gelldan. »Damals, als du mir mein Geld nahmst, hätte ich es dringend gebraucht. Und nun, da du mir etwas davon zurückgibst, werde ich es vielleicht gar nicht mehr ausgeben können, jedenfalls dann nicht, wenn die Zeichen des Himmels sich erfüllen.«

»Vertrauen wir auf die Kraft des Gottkaisers.«

»Weißt du, was die Prediger in den Straßen sagen? In der Altstadt ist es wahrscheinlich dasselbe wie hier im Kettenende.«

»Ich bin nicht mehr viel in den Straßen unterwegs.«

»Sie sagen, dass der Gottkaiser die Gnade des Namenlosen Gottes verloren hat. Zweimal hat sein Zauber nicht gewirkt. Angeblich hält er sich nicht an die Gebote des Namenlosen Gottes.«

»So etwas will ich nicht glauben, Gelldan.«

»Ich hingegen glaube inzwischen, dass diese Prediger recht haben! Es müsste sich jemand finden, der sich in der Nähe des Gottkaisers aufhält. Jemand, der ihn in einem günstigen Augenblick tötet, damit anschließend ein gottgefälliger, die Gebote einhaltender Herrscher an seine Stelle treten kann.« Gelldan zuckte mit den Schultern. »Ein Priester vielleicht. Das wäre ein Zeichen, und vielleicht würde der Namenlose Gott dieses Zeichen erkennen und Arakand wieder beistehen – Arakand und der Welt!«

»Ihr redet wie ein Aufrührer!«, sagte Thrral verwundert.

»Nein. Ich wiederhole nur das, was man in den Straßen sagt. Die Wissenden Brüder, die so viel Gutes taten, hat man noch als Ketzer verfolgt, aber für die, die jetzt in den Straßen das Wort führen, ist niemand mehr da, der sie verfolgen könnte! Im Gegenteil, die Schergen des Gottkaisers stehen daneben und hören ihren Reden wie gebannt zu. Sie widersprechen nicht, geschweige denn, dass sie die Prediger verhaften würden! Es muss etwas geschehen. Jemand, der den Mut dazu hat zu tun, was notwendig ist, und der sich vor nichts fürchtet. Aber ist nicht auch jede Furcht sinnlos geworden angesichts dessen, was uns vom Himmel droht? Eine oder zwei Wochen noch, und die Straßen werden wie ausgestorben sein. Die Bewohner werden sich in den Kanälen und Zisternen unter der Erde drängen, und die ersten Häuser werden genauso Feuer fangen, wie es jetzt schon bei den ausgetrockneten Wäldern in Etamia und anderswo geschieht.« Gelldan machte eine Pause. Dann vollführte er eine wegwerfende Handbewegung. »Ich rede einfach nur so vor mich hin. Aber das, was wir am Himmel sehen, hat ein Gutes: Angesichts dieses vollkommenen Entsetzens verblassen alle anderen Ängste, selbst die vor der Armee aus geheimen Mördern im Auftrag des von Gott verlassenen Gottkaisers. Das geht nicht nur mir so!«

Thrral schluckte. Er musste sich gegenüber gestehen, dass ihm die Gedanken, die Gelldan geäußert hatte, auch schon gekommen waren. Gegen seinen Willen und obwohl er tatsächlich kaum noch in den Straßen gewesen war und so kaum Gelegenheit gehabt hatte, um irgendetwas von den aufrührerischen Worten der Prediger aufzuschnappen. Es lag einfach eine zwingende Logik darin …

Aber Thrral hütete sich, dazu auch nur ein einziges verräterisches Wort zu sagen. Im Assassinenhaus hatte man ihm Disziplin, Gehorsam und bedingungslose Loyalität beigebracht, und diese Tugenden waren zur Grundlage seines neuen Lebens geworden. Davon mochte sich Thrral nicht so ohne Weiteres verabschieden. Nicht einmal für den Augenblick eines einzigen unbedachten Gedankens, denn der konnte einen geradewegs in die Ketzerei führen, wenn man nicht auf der Hut war.

»Wenn alles bald zu Ende ist, so mag das der Wille des Namenlosen Gottes sein«, sagte Thrral schließlich. »Und wir haben uns diesem Willen zu fügen.«

»Ein Herumtreiber, der so zahm geworden ist? Was ist mit dir geschehen, Thrral? Was ist das für ein geordnetes Leben in der Altstadt, von dem du gesprochen hast?«

»Ich …« Thrral schluckte. »Ich lerne ein Handwerk. Ein Handwerk, dem ich mich ganz widme und das der Erhaltung des Glaubens dient.«

»Darunter kann ich mir nichts vorstellen, wenn ich ehrlich bin.«

Und das ist gut so, dachte Thrral.

Die Prozession begann mittags, zur dreizehnten Stunde, zu der das Erste Licht seinen höchsten Stand erreichte. Doch das Erste Licht wurde dermaßen von seinem feurigen Zwillingsbruder überstrahlt, dass man es kaum noch sehen konnte. Zeitweilig wurde es sogar von der gewaltigen Feuerscheibe, die das Zweite Licht am Himmel bildete, verdeckt. Die Luft flimmerte, es war so unerträglich heiß, dass man sich eigentlich zu dieser Zeit des Tages kaum im Freien aufhalten konnte. Aber die Arakandier strömten trotzdem zu Abertausenden auf die Straßen. Es gab kaum einen Bewohner der Stadt, der bei diesem Ereignis nicht auf den Beinen war. Die Verzweiflung war inzwischen so groß, dass es angeblich schon die ersten Selbstmorde aus Furcht vor dem drohenden Untergang der Welt gegeben hatte.

Gerüchten zufolge waren bereits die ersten Familienverbände in die Katakomben unter der Stadt umgezogen, in der Hoffnung, dort vielleicht doch die weitere Annäherung des Zweiten Lichts zu überstehen.

Der Gottkaiser wurde auf einem von zwölf Pferden gezogenen Wagen durch die Stadt gefahren. Der Wagen war so hoch wie ein zweistöckiges Haus. Die Brustwehr, hinter der er sich dem Volk der Gläubigen zeigte, war durch Eisen verstärkt. Zu keiner anderen Gelegenheit war der Gottkaiser dem Volk so nah. Bei den eigentlichen Fortweisungsritualen stand er ja hoch erhaben auf dem Mittelturm, entrückt von den gewöhnlichen Menschen und dem Himmelsbogen näher als irgendjemand sonst. Aber da er dieses Ritual zweimal durchgeführt hatte, ohne dass sich eine erkennbare Wirkung zeigte, brauchte er jetzt die Unterstützung der Gläubigen. Im Gebet sollten sie ihren Herrscher stärken, nur dann konnte er es wagen, ein drittes Mal auf den Mittelturm zu steigen und zu versuchen, das Zweite Licht in seine Schranken zu weisen.

Gegebenenfalls sogar ein viertes oder fünftes Mal.

Aber daran mochte der Herrscher in diesem Moment gar nicht denken.

Selbst die Notwendigkeit eines dritten Versuchs hatte in der Vergangenheit schon Staatskrisen und Dynastiewechsel ausgelöst. Der Gottkaiser erinnerte sich daran, dass sein Vater ihm einst einen Rat gegeben hatte. »Sorge dafür, dass sich im Volk Geschichten darüber verbreiten, dass einzelne unserer Amtsvorgänger auch schon fünf oder sechs Versuche brauchten, um das Zweite Licht bei einer ungewöhnlich lange andauernden Annäherung fortzuschicken. Dann wird man dir bei Bedarf vielleicht auch einen zusätzlichen Versuch zugestehen.«

»Aber das ist doch nicht die Wahrheit!«, hatte der damalige Thronfolger seinem Vater empört geantwortet.

»Die Wahrheit ist nur eine Dienerin der Ordnung, mein Sohn. Mehr nicht.«

»Dann ist es anscheinend die Lüge auch, Vater!«

»Wahrheit ist das, was nützlich ist, mein Sohn. Und alles andere ist Ketzerei.«

An dieses Gespräch musste der Gottkaiser denken, während er durch die Straßen Arakands fuhr. Straßen, die von Menschenmassen gesäumt waren. Die Gebete hallten zu ihm herauf. Glaubenstiefe und verzweifelte Hoffnungslosigkeit schienen sich im Chor dieser Stimmen die Waage zu halten.

Meister Balok war in seiner Nähe, oben auf dem Wagen – und einige seiner Novizen. Unter ihnen Thrral, der ehemalige Straßenjunge vom Kettenende. Sowohl Balok als auch die Novizen waren bei diesem Einsatz je mit zwei Einhandarmbrüsten bewaffnet, da angenommen wurde, dass eine wie auch immer geartete Gefahr nur aus der Ferne drohen konnte. Durch einen Bogenschützen zum Beispiel, der sich auf einem Hausdach postiert hatte und die Ankunft des Wagens erwartete …

Auch Kaeraetys, der Kommandant seiner Leibwächter, befand sich oben auf dem Wagen, und ebenso der Erste Priester. Kempon winkte huldvoll den Menschen am Straßenrand zu. Der ehemalige Bischof aus Etamia hatte sich inzwischen einigermaßen an sein neues Leben im Palast gewöhnt, auch wenn er mit dem Palastklerus noch ziemlich fremdelte. Aber das war gut so, fand der Gottkaiser. Den Priestern im Palast traute er nicht mehr. Und so war Kempon auch der einzige Angehörige des Klerus, den der Gottkaiser bei dieser Prozession neben sich auf dem Wagen duldete.

Ich bin umgeben von Feinden, dachte der Herrscher. *Man erwartet von mir, ein Gestirn zu bewegen, doch in Wahrheit bin ich nicht einmal mehr Herr im eigenen Haus!*

Diese Umstände wirkten auf ihn wie ein höhnischer Kommentar des Schicksals. Aber die Vorstellung, dass ein Gottkaiser irgendetwas aus eigener Machtvollkommenheit zu tun imstande war, hatte er schon vor langer Zeit aufgegeben. Es widersprach zu sehr seiner täglichen Erfahrung. Er empfand sich mehr als ein Getriebener der Umstände. Und selbst die Namen auf den Todeslisten, die er seinen Assassinen zu übergeben pflegte, ergaben sich aus zwingender Notwendigkeit.

Doch der Gottkaiser wusste sehr gut, dass es keine Möglichkeit für ihn gab, aus diesem Laufrad zu entkommen. Der Preis wäre einfach zu hoch gewesen. Alles hing von ihm ab. Von dem Gelingen eines Rituals, das ein feuriges, hungriges Gestirn daran hindern musste, die Welt zu brennen. »Ohne dich wird alles zerbrechen. Alles.« Diese Worte hatte ihm sein Vater einst eingeschärft. Und nie zuvor hatte er die Wahrheit, die in ihnen lag, als so belastend empfunden wie in diesem Moment. Das Schicksal der ganzen Welt lastete auf seinen Schultern. Und unglücklicherweise schien ausgerechnet er die besondere Gunst des Namenlosen Gottes, die ihm und seinen Vorgängern doch eigentlich so sicher war, verloren zu haben.

Die jüngsten Ereignisse konnte man durchaus so interpretieren. Das betraf nicht nur das Zweite Licht, das sich anscheinend weigerte, auf seine Weisung zu reagieren. Genauso schwer wog der Tod seines einzigen Sohnes.

Es war schwer, darin nicht die schlimmsten Zeichen für die Zukunft zu erkennen.

Nicht zweifeln!, sagte sich der Herrscher Arakands immer

wieder im Stillen. *Gleichgültig, was auch geschehen mag. Zweifel ist der Tod für jemanden wie mich …*

Die Stunden zogen sich dahin, ohne dass es zu größeren Zwischenfällen kam. Es war sogar gelungen, die ketzerischen Prediger, die in letzter Zeit überall so plötzlich auftauchten, zu entfernen. Offenbar gab es unter den Söldnern der Stadtwache doch noch loyale Hauptleute.

Dem Wagen des Gottkaisers ging ein langer Zug von Priestern voraus. Heilige Reliquien waren aus den Tempeln der Stadt geholt worden, darunter Knochen eines Gottkaisers, den man trotz aller Verpflichtung zur Namenlosigkeit als den »Großen Gottkaiser« bezeichnete, da das Imperium unter seiner Herrschaft nahezu den gesamten Gürtel der Welt umfasst hatte. Nie zuvor und nie wieder danach hatte das Reich von Arakand eine größere Ausdehnung erreicht als in jener Epoche.

Flankiert wurden die Priester von Angehörigen der Palastwache, die an diesem Tag ihre Festlivree angelegt hatten. Wegen der außergewöhnlichen Hitze hatte man ihnen allerdings gestattet, die Harnische wegzulassen.

Dem Wagen des Gottkaisers folgten zunächst wieder Angehörige der Priesterschaft. Danach kamen Mitglieder einiger Ordensgemeinschaften, die bislang nicht in dem Verdacht standen, vom Ketzertum befallen zu sein. Insbesondere Mönche und Nonnen jener Ordensgemeinschaften, die sich der Pflege der geistlichen Musik gewidmet hatten, waren vertreten. Chorgesang erfüllte die Straßen, und es war fast nicht zu bestimmen, ob es ein Echo war, das antwortete, oder die Kanonstimme eines anderen Chores.

Der Zug mit dem Wagen des Gottkaisers erreichte schließlich den Mittelplatz. Ausgangs- und Endpunkt der Prozession durch Arakand waren jeweils verschiedene Tore des Palastbereichs.

Der Mittelplatz war so voller Menschen, dass es zunächst eine Verzögerung gab, weil der Wagen des Gottkaisers in der Menschenmasse förmlich stecken blieb. Es war den Söldnern der Palastwache einfach nicht möglich, eine genügend breite Gasse für den Gottkaiser zu bilden. Der Zug kam nicht mehr vorwärts, die Zahl der Menschen, die sich auf dem Mittelplatz drängten, war einfach zu groß.

Da machte Balok plötzlich eine Bewegung – so schnell, dass man sie kaum sehen konnte. Die Klinge eines Messers blitzte kurz in seiner Hand auf, das er im nächsten Moment dem Gottkaiser bis zum Heft in die Seite stieß, und zwar genau dort, wo dieser ungeschützt war. Der Gottkaiser trug nämlich verborgen unter seinem Festornat, das er für dieses Ereignis angelegt hatte, einen Harnisch. Eigentlich sollte ihn der gegen Angriffe mit Fernwaffen schützen, die vielleicht von Hausdächern oder aus den Fenstern der höheren Stockwerke ausgeführt wurden. Hauptmann Kaeraetys hatte das Risiko einer solchen Attacke als hoch genug eingeschätzt, um seinem Gottkaiser die Tortur zuzumuten, den ganzen Tag in einem Harnisch auf einem Wagen zu stehen und dabei der Hitze des mörderischen Sonnenfeuers ausgeliefert zu sein. Baloks Klinge war dem Herrscher gezielt dort in den Leib gedrungen, wo der Harnisch an der Seite zusammengeschnallt war.

Thrral reagierte als Erster. Er riss die Einhandarmbrust hervor und drückte ab. Der Bolzen drang dem Assassinenmeister von hinten durch den Rücken, sodass die blutige Spitze aus dem Brustkorb ragte.

Balok drehte sich noch halb herum. Blut rann ihm aus dem Mund. Aber auf seinem Gesicht stand ein Lächeln. Seine Lippen formten Worte. Und da es zur Ausbildung der Novizen gehörte, neben vielen anderen Fertigkeiten auch die Lippen zu lesen, verstand Thrral die letzten Worte des Assassinenmeisters.

»Gut gemacht, Novize!«

Kapitel 21

Die Tage vergingen. Dolch verbrachte die meiste Zeit in jenem Zelt, das man Baladus zur Verfügung gestellt hatte. Phasenweise ließ man sie allein, wie Baladus es forderte. Zu anderen Zeiten waren Diener und Wächter anwesend. Stets aber lagen Dolchs Waffen in der Mitte des Zeltes auf dem Boden. »Sie sollen an das erinnern, wozu du nie imstande sein wirst«, hatte Baladus ihm dazu gesagt. »Und daran, wessen Diener du von nun an bist.«

Dolch fühlte kalten Grimm in sich aufsteigen, wann immer der Blick auf seine eigenen, vor ihm ausgebreiteten Waffen fiel. Sie waren zum Greifen nahe und doch unerreichbar – denn trotz all des großspurigen Geredes, das Baladus von sich gab, traute man sich offenbar doch nicht, ihm die Fesseln abzunehmen. Und auch, wenn Baladus behauptete, dass dies nur aufgrund von Fürst Galirons Ängstlichkeit geschah, so hatte Dolch mittlerweile keinen Zweifel mehr daran, dass der Magierkrüppel ohne Weiteres hätte durchsetzen können, dass man ihm die Fesseln abnahm, wenn Baladus es wirklich gewollt hätte.

Einmal wurde Dolch in dieser Zeit vor den Fürsten geführt.

»Was kannst du mir über die Kriegspläne von Fengor sagen?«, fragte er den Assassinen.

»Ich kann Euch nur sagen, dass er vermutlich nach wie vor beabsichtigt, Euer Lager anzugreifen, um den Krüppel in seine Gewalt zu bringen«, antwortete Dolch. »Wie genau sein Plan dazu aussieht, weiß ich nicht.«

»Hat Fürst Fengor in deiner Gegenwart irgendwann einmal den König von Boranien erwähnt?«

»Nein. Davon abgesehen, habe ich nicht viel mit ihm gesprochen. Uns verband nichts weiter als ein gemeinsames Ziel.«

»Und was war das für ein Ziel?«

»Dir den Krüppel zu entreißen. Ich hätte ihn sofort getötet, Fengor hingegen strebt wohl genau das an, was auch Euch vorschwebt: ein Lösegeld.«

»Stimmt es, dass dein Auftrag vom Gottkaiser persönlich stammt?«

»Das trifft zu.«

»Glaubst du, du könntest mit dem Gottkaiser über ein Lösegeld verhandeln?«

»Ich würde es vorziehen, meinen Auftrag zu erfüllen. Das Lösegeld würdest du auch im Austausch für den Beweis erhalten, dass der Krüppel tot ist.«

»Seine Leiche?«

»Sein Kopf reicht aus.«

Der Fürst atmete tief durch und strich sich übers Kinn. »Ich werde mir diesen Vorschlag durch den Kopf gehen lassen«, versprach er.

Nein, dachte Dolch. *Das wirst du nicht. Denn du stehst längst viel zu sehr unter dem Einfluss seiner Magie.*

In den langen Zeitspannen, die Dolch im Zelt von Baladus verbrachte, sagte der Gelähmte immer wieder die Ritualworte auf, die der Gottkaiser auf dem Mittelturm zu sprechen hatte. »Mach dir keine Sorgen darüber, dass man dich nicht verstehen könnte. Die besondere Architektur dieses Ortes lässt deine Stimme laut und kraftvoll klingen«, sagte er zwischendurch.

»Du scheinst dich ja sehr intensiv mit dieser Sache auseinandergesetzt zu haben«, höhnte Dolch.

»Ja, ich gebe zu, dass mich der Gedanke immer gereizt hat, die Geschicke der Welt zu lenken. Schon als ich noch ein Kind war. Allerdings wurde mir ziemlich bald klar, dass sich niemand einen Herrscher wünscht, der nicht einmal auf seinen eigenen Beinen zu stehen vermag. Und abgesehen davon, mein Name stand nie auf der Liste derer, die für diesen Posten infrage kommen.«

»Du musst wirklich verrückt sein, Krüppel. Vollkommen wahnsinnig!«

»Dieser Wahn hat mich am Leben gehalten, Dolch. Ein gutes Argument dafür, ihn möglichst nicht aufzugeben, auch wenn ich inzwischen ja in einigen Punkten durchaus kompromissfähig geworden bin. Andernfalls würde ich ja nicht die Absicht verfolgen, dich in dieses höchste Amt zu befördern, das es unter Menschen zu vergeben gibt.« Baladus machte eine Pause und fuhr dann fort: »Ich glaube zu spüren, dass die Gedankensaat, die ich in dir ausgebracht habe, allmählich aufgeht. Und tatsächlich rückt der Zeitpunkt, da du dein neues Wissen anwenden musst, näher.«

»Wie schön muss es sein, genau zu wissen, was geschehen wird«, entgegnete Dolch, und Spott klang in seinem Tonfall mit. Er sah keine Veranlassung, ihn zu verbergen.

»Es ist keine so große Kunst zu wissen, was geschehen wird, Dolch. Nicht für den, der aufmerksam ist und die Augen und Ohren offen hält. Wenn es einen dritten Versuch des Gottkaisers inzwischen gegeben hätte, den Feuerball fortzuschicken, hätten wir das bis hierher gehört, wie du weißt. Aber er hat es nicht noch einmal gewagt. Warum wohl, Dolch? Weil er inzwischen weiß, dass er sich weder auf sein Kalendarium noch auf die Gnade des Namenlosen Gottes verlassen kann. Er muss den richtigen Zeitpunkt *erraten*. Wenn der dritte Versuch zu früh kommt, dann wird jeder einen Beweis seiner Machtlosigkeit darin sehen, und es kommt wahrscheinlich zu einem Umsturz. Wenn er das Ritual aber zu spät durchführt und sich das Zweite Licht von allein auf den Rückweg in die Weiten des Alls macht, beweist auch das seine Unfähigkeit. Ich nehme an, dass er es vorzieht, erst einmal eine Prozession durchzuführen, um die Gebete der Gläubigen auf sich zu lenken. Aber unter den gegenwärtigen Umständen ist das nicht ungefährlich. Es ist fast so risikoreich wie ein weiterer gescheiterter Versuch auf dem Mittelturm …«

»Was du nicht sagst.«

»Ich werde dir jetzt Tag und Stunde nennen, zu der du dich auf dem Mittelturm einfinden musst. Hör mir gut zu und merke dir jedes Wort, das ich dir sage. Denn sonst wird unser Plan scheitern ….«

»*Unser* Plan?«, echote Dolch.

»Ich bin höflich, Dolch. Und ich hatte das Gefühl, dass es dir vielleicht unangenehm ein könnte, nur mein Werkzeug zu sein. Daher wollte ich es nicht noch einmal betonen.«

»Ich war nie etwas anderes als das«, entgegnete Dolch. »Ein Werkzeug. Selbst mein Name sagt genau das aus.«

»Ja, das vergaß ich für einen Moment. Du wirst mir das nachsehen. Und nun hör genau zu …«

Weitere Tage gingen dahin. Wenn Dolch von den Wachen zum Abort des Feldlagers gebracht wurde, um seine Notdurft zu verrichten, konnte er sehen, wie sehr das Zweite Licht inzwischen angeschwollen war. Es war ein Anblick, der selbst ihn, den glaubensfesten Assassinen des Gottkaisers, inzwischen schaudern ließ. Hatten am Ende doch diejenigen recht, die der Überzeugung waren, dass der Gottkaiser die Gunst des Gnadenlosen Gottes verloren hatte? Nur für einen einzigen kurzen Moment gestattete sich Dolch diesen Gedanke des Zweifels. Der furchtbare Gestank, der inzwischen aus der Abortgrube aufstieg, sorgte dafür, dass er abgelenkt wurde.

Bei einer dieser Gelegenheiten hörte Dolch, wie sich zwei der Hauptleute des Fürsten Galiron unterhielten. Offenbar waren Kundschafter zurückgekehrt, die gemeldet hatten, dass sich der König von Boranien mit einem gewaltigen Heer dem arakandischen Vorland näherte.

Dolch entging nicht, wie sich daraufhin die Stimmung im Lager aufhellte. Schließlich bestand nun die realistische Aussicht auf einen schlagkräftigen Verbündeten.

Nur einen Tag später kehrte Bruder Rentik in Galirons Lager zurück. Nachdem er seinem Fürsten berichtet hatte, führte ihn sein nächster Weg geradewegs in Baladus' Zelt.

Der Gelähmte war dort mit Dolch allein gewesen und hatte mit ihm die Aussprache der alt-arakandischen Begriffe in der Liturgie des Fortweisungsrituals geübt.

Rentik platzte einfach herein und sprach Baladus an. »Der König von Boranien rückt immer näher«, entfuhr es ihm. »Und er führt ein riesiges Heer mit sich!«

»Wenn er in Zeiten wie diesen, da doch alle Welt Angst vor dem Ende der Welt hat, noch so viele Männer hinter sich zu sammeln vermag, spricht das für ihn als König«, stellte Baladus fest. »Aber König Ylban sagt man ja auch einen gewissen Ehrgeiz nach …«

Rentik blickte irritiert zu Dolch hinüber.

Baladus erkannte sofort den Grund für Rentiks Irritation, dessen Blick auch auf die auf dem Boden ausgebreiteten Waffen fiel. »Er kann ruhig hören, was es an Neuigkeiten gibt. Unser unfreiwilliger Gast lernt gerade, seinen Wunsch, mich zu töten, zu beherrschen. Und diese Waffen erinnern ihn schmerzhaft daran, dass er dies ohnehin niemals könnte, so wie er es schon beim ersten Mal nicht vermocht hat. Aber ich glaube, der Schmerz wird langsam geringer, nicht wahr, Dolch? Er scheint mir wahrhaftig zu einem brauchbaren Werkzeug zu werden.«

»Baladus!«, rief Rentik erregt. »Der König von Boranien wird sich nicht mit Galiron zusammentun!«

»Ach, nein?«

»Er vereint sein Heer mit Fengors Kriegern! Jetzt, in diesem Augenblick, treffen sie sich womöglich, irgendwo auf halbem Weg zwischen dem Vorland und Boranien.«

»Oh«, entfuhr es Baladus.

»So gibt es tatsächlich noch Dinge, die dich überraschen können«, stellte Dolch amüsiert fest. »Hat dich vielleicht deine mathematische Magie verlassen?«

»Die Zukunft nimmt manchmal einen anderen Weg, der dann aber doch zum Ziel führt«, entgegnete Baladus. »So wie ein Fluss unaufhaltsam zum Meer strömt und nicht zurück. Irgendwie wird er sich ein Bett bahnen, auch wenn sich vielleicht nicht immer vorhersehen lässt, ob er rechts oder links an einem Hindernis vorbeifließt.«

»Aber …«

»Die Tatsache, dass sich der König von Boranien anders entschieden hat, als manche erwartet haben, ändert nichts an dem, was geschehen wird«, behauptete Baladus. »Wichtig ist nur, dass er überhaupt aufgebrochen ist.«

Nun verstand Dolch auch, weshalb Fürst Fengor zunächst von weiteren Angriffen auf Galirons Lager abgesehen hatte. Das Risiko einer weiteren Niederlage war ihm offenbar zu hoch gewesen, und so hatte er sich zunächst darum gekümmert, einen mächtigen Verbündeten zu gewinnen. *Jetzt wird er mit dieser Übermacht einen zweiten Versuch wagen,* war Dolch überzeugt.

»Wir haben nicht mehr viel Zeit, Dolch«, sagte Baladus. »Die Dinge entwickeln sich schneller, als es den Anschein hatte.«

Dolch schlief in dieser Nacht wie üblich im Zelt von Baladus, zusammen mit dem Gelähmten, mehreren Wachen, die sich jeweils ablösten, zwei Dienern und Bruder Melvan. Bruder Rentik hingegen zog es vor, nicht in dem Zelt zu nächtigen. Als Berater von Fürst Galiron stand ihm eine eigene Unterkunft zu, und die unappetitlichen Verrichtungen, die zur Pflege des Gelähmten unweigerlich nötig waren, stießen ihn ab. Das Gelübde der Wissenden Brüder zur Hilfsbereitschaft gegenüber Kranken änderte daran nichts.

Die ganze Nacht über brannten mehrere Öllampen im Zelt. Es durfte nie ganz dunkel sein, was in erster Linie damit zusammenhing, dass Baladus' Anfälle von Atemnot jederzeit auftreten konnten und Bruder Melvan dann sofort eingreifen musste. Auch andere Verrichtungen waren während der Nacht notwendig. Kaum zwei Stunden herrschte Ruhe. Und wenn tatsächlich mit Baladus alles in Ordnung war und der Gelähmte weder hustete noch röchelte und auch sonst keine wie auch immer gearteten Geräusche zu hören waren, die mit seiner Körperpflege einhergingen, drangen von außen die Gesänge von betenden Kriegern an Dolchs Ohr. Diese Männer, die jedem Feind furchtlos gegenübertraten, hatten angesichts der himmlischen Zeichen auf einmal erkannt, dass sie eher schlecht auf das Jenseitsgericht vorbereitet waren, und daher waren sie nun bestrebt, schnell noch ein paar Dinge ins Reine zu bringen.

Dolch verachtete so etwas. Entweder man hatte ein Leben im Geist des Glaubens verbracht oder nicht. Das war eine Entscheidung, die man beizeiten treffen musste. Eine Umkehr im Angesicht einer vollkommen ausweglosen Lage erschien ihm als würdelos. Und doch schien es so, dass die meisten Menschen nur in solch einer Situation zur Ehrfurcht fanden.

Sein Gefühl sagte Dolch, dass bald etwas geschehen würde. Aber vielleicht war ja auch das nur ein Gedanke, den Baladus ihm eingegeben hatte. Es war fast unerträglich für ihn, den verfluchten Magier so nah und immer noch lebendig zu wissen. Zudem hatte Dolch das Gefühl, dass eine lähmende Kraft nach und nach von ihm Besitz ergriff. Die Kraft jener Magie, mit der Baladus selbst den Willen starker Fürsten nach Belieben zu manipulieren vermochte. Mehr als je zuvor versuchte Dolch innerlich dagegen anzukämpfen. Sollte er denn den Trunk der Wahrheit völlig umsonst genommen und dabei sein Leben aufs Spiel gesetzt haben? Irgendeine Wirkung musste doch davon spürbar sein!

Irgendwann nach der Nachtmitte zur sechsundzwanzigsten Stunde weckte der Klang von Signalhörnern Dolch aus seinem leichten Schlaf. Es waren Hörner, wie sie von Fürst Fengors Kriegern benutzt wurden.

Die Wachen hatten sie ebenfalls vernommen.

»Jetzt wird es bald losgehen«, meinte einer von ihnen.

Es dauerte nicht lange, und Kampfeslärm war zu hören. Kampfgebrüll, Todesschreie, das Geklirr von Klingen, die aufeinandertrafen, das Wiehern von Pferden … All das vermischte sich.

Dolch sah auf die Waffen, die vor ihm ausgebreitet im Schein der Öllampen auf dem Boden lagen. Aber ihm waren die Hände gebunden, und sosehr er sich schon bemüht hatte, die Fesseln zu lösen, es hatte nichts genutzt.

»Jetzt steht alles auf dem Spiel«, sagte Baladus, der ebenfalls erwacht und sich von einem mittelschweren Hustenanfall erholt hatte. »Nur für mich nicht. Denn ich bin der Einzige, dessen Tod alle um jeden Preis vermeiden wollen.«

Da sei dir nur nicht zu sicher, dachte Dolch grimmig.

Kellorn war mit der erdrückenden Übermacht der Angreifer ins Lager von Galiron gestürmt. Mit dem Schwert in der Rechten und dem Buckler in der Linken kämpfte er sich vorwärts. Dass ihm seine Streitaxt bei der letzten Schlacht zwischen den Truppen von Fengor und Galiron verloren gegangen war, bedauerte er. Er konnte nur hoffen, dass man sie ihm ersetzte, falls es ihm gelang, nach Arakand zurückzukehren. Schließlich hatte er diesen Verlust ja gewissermaßen im Dienst der Stadt Arakand erlitten. Mit dem Buckler wehrte er einen Schwertstreich ab und stieß dann mit der eigenen Klinge zu. Ein ächzender Laut war alles, wozu sein Gegner noch imstande war, nachdem sich Kellorns Schwert tief in seine Brust gegraben hatte. Blut spritzte von der Klinge, als Kellorn sie wieder zwischen den Rippen des Feindes hervorzog.

Er wirbelte herum und schlug einem weiteren Krieger den Kopf ab. Mitsamt Helm rollte er über den Boden, während die massige, breitschultrige Gestalt noch für einen Augenblick dastand, den Speer erhoben, den Schild gesenkt. Dann brach der enthauptete Leib in sich zusammen, sackte auf die Knie und hielt sich noch einen Moment länger in einer eigenartigen Haltung, weil sich die Speerspitze in den Boden gerammt hatte.

Kellorn drängte an dem knienden Toten vorbei.

Im Lager des Galiron herrschte das blanke Chaos. Diesmal war man auf den Angriff sehr viel schlechter vorbereitet als beim letzten Aufeinandertreffen der beiden Heere. Zudem waren die Angreifer in erdrückender Übermacht. Überall sanken Galirons Krieger blutüberströmt zu Boden. Todesschreie gellten.

Fürst Galiron hatte es zwar geschafft, sein Schlachtross zu besteigen, aber er wurde von einem Dutzend bis in die Mitte des Lagers vorgestoßenen Reitern des Königs von Boranien bereits umringt. Die meisten seiner Gefolgsleute, die an seiner Seite kämpften, waren gefallen.

Kellorn nahm das nur am Rande wahr. Ihn interessierte nur eins: Wo konnte nur Dolch stecken? Denn um ihn zu befreien, war er in erster Linie hier. Worum es in dieser Schlacht sonst noch gehen mochte, kümmerte ihn kaum. In wessen Hände ein gewisser Krüppel geriet, der eine starke

Neigung zu ketzerischen Gedanken hatte, war ihm im Grunde gleichgültig. Gemessen an den strengen Maßstäben, die in Arakand galten, war er selbst ebenfalls ein Ketzer, auch wenn er sich inzwischen einigermaßen Mühe gab, dies so gut es ging zu verbergen. Im Kampf allerdings fluchte er hin und wieder bei den alten Göttern seiner Heimat.

Fürst Fengor und König Ylban von Boranien hatten ihren Kriegern verboten, Brandpfeile einzusetzen oder Feuer zu legen. Der Krüppel sollte ihnen lebend in die Hände fallen und ihrer gerade erst geschlossenen Koalition die Möglichkeit geben, ein möglichst hohes Lösegeld auszuhandeln.

Der gesunde Menschenverstand eines einfachen Barbaren sagte Kellorn jedoch, dass König Ylban weit höhere Ziele verfolgte. Es war für Kellorn schwer vorstellbar, dass der boranische Herrscher dieses große Heer zusammengetrommelt hatte, nur um ein bisschen Gold und Silber einzusacken, wovon er eigentlich selbst mehr als genug hatte, wie man sich erzählte. Denn Boranien war ein reiches Land, und allein die Zölle, die er für den Handel im boranischen Hafen einnahm, mussten ihn zu einem wohlhabenden König machen.

Nein, der gelähmte Ketzerkrüppel mochte ein willkommenes Faustpfand sein. Aber Kellorn war instinktiv überzeugt davon, dass Ylbans Ambitionen sich auf die Stadt Arakand selbst bezogen.

Der Gottkaiser hatte zweimal versagt und seitdem keinen weiteren Versuch gewagt, das Zweite Licht zu vertreiben. Warum sollte man ihn also länger schonen? Kellorn hatte in genug Heeren gedient, um beurteilen zu können, dass Ylbans Armee weitaus größer war als alles, was die Stadtwache von Arakand an Söldnern aufzubieten hatte. Und einen Gegenangriff der überlegenen arakandischen Flotte brauchte man in Boranien zurzeit nicht zu fürchten. Niemand wäre so wahnsinnig gewesen, in diesen Zeiten seine Kriegsschiffe auslaufen zu lassen. Die See begann zu kochen, und entweder tobten heftige Stürme oder es herrschte völlige Windstille. Zudem musste man befürchten, dass sich Masten und Segel am Tag von allein entzündeten, so schutzlos, wie sie dem Feuer des Himmels ausgesetzt gewesen wären.

König Ylban setzte darauf, dass die Welt nicht unterging und das Zweite Licht irgendwann wieder schrumpfte, auch wenn es davor womöglich zu einer verheerenden Katastrophe kam, über die zukünftige Generationen nur mit Schaudern sprechen würden. Und falls er sich irrte und die letzten Tage gekommen waren, spielte es keine Rolle mehr, wer kurz zuvor welche Schlacht für sich entschieden hatte.

Kellorn fiel ein Zelt auf, vor dem mehrere Wachen ausharrten, statt sich an den Kampfhandlungen zu beteiligen.

Das muss es sein!, dachte er.

Der Krüppel war das Kostbarste, was Galiron zurzeit hatte. Also musste Baladus in jenem Zelt sein. Kellorn dachte sich, dass er dort auch am ehesten etwas über Dolch erfahren würde. Entweder wo er sich befand oder was mit ihm geschehen war. Denn dass Baladus etwas damit zu tun hatte, dass man Dolch nicht einfach in der Schlacht erschlagen hatte, davon war Kellorn mittlerweile überzeugt.

Er stürmte vorwärts. Ein Reiter versuchte, ihn mit einer Armbrust zu töten. Der Schuss verfehlte den Barbaren nur um Haaresbreite. Kellorn schlug mit dem Schwert zu, durchtrennte das Bein des Reiters und schnitt in den Pferdeleib. Der Reiter schrie. Das Pferd strauchelte. Noch ehe der Körper des Reiters zu Boden gekommen war, hatte ihn Kellorns Klinge mit einem wuchtigen Hieb in zwei Hälften getrennt. Zu einem Schrei hatte der Söldner keine Gelegenheit mehr. Das Pferd wieherte laut auf.

Die Wachen vor dem Zelt waren natürlich auf Kellorn aufmerksam geworden. Einem nach ihm geworfenen Speer konnte er gerade noch ausweichen; er streifte ihn zwar an der Schulter, ohne ihn dabei allerdings zu verletzen. »Bei Arron und Tarron!«, schrie der Barbar, dessen Kleidung und Haare vollkommen mit Blut besudelt waren.

Dolch sah, wie eine der Wachen, die vor dem Zelt postiert gewesen waren, durch den Eingang taumelte. Sein Waffenarm war an der Schulter abgetrennt, und er schrie, während Blut in einer Fontäne aus dem Stumpf schoss.

Von draußen war der Todesschrei eines weiteren Mannes zu hören. Stahl klirrte auf Stahl. Weitere Schreie folgten. Und dann drang eine blutüberströmte Gestalt in das Zelt. Ein Schwert sauste durch die Luft und tötete den verstümmelten Krieger, indem die Klinge horizontal in den Schädel fuhr und ihn spaltete.

»Kellorn!«

Erst da erkannte Dolch seinen Befreier, so verwegen wirkte der blutüberströmte Barbar.

Die Wachen, die sich im Zelt aufgehalten hatten, stürzten sich auf ihn. Aber Kellorn war wie im Blutrausch. Dem Ersten schlug er das Schwert zur Seite und trieb ihm die Klinge in die Gedärme. Den Schlag des anderen wehrte er mit dem Buckler ab und zertrat dem Gegner das Knie. Der Wächter kreischte auf vor Schmerz und stürzte auf die vor Baladus' Lager ausgebreiteten Waffen. Bei zwei Wurfringen wurde dabei der ausgeklügelte Mechanismus ausgelöst, der die dornenartigen und überdies vergifteten Klingen ausfahren ließ. Der Söldner röchelte, dann blubberte blutiger Schleim aus seinem Mund, sein Blick wurde starr, und sein Körper erschlaffte.

Blut troff von Kellorns Klinge. Bruder Melvan wirkte wie erstarrt. Die beiden Diener ebenfalls. Da sie unbewaffnet waren, erschien es ihnen ratsam, sich nicht zu rühren.

»Mach mich los, Barbar!«, rief Dolch. »Oder muss ich dir erst die Narbe an meiner Hand zeigen, um dir zu beweisen, wer ich bin!«

»Der Klang deiner Stimme reicht vollkommen«, knurrte Kellorn.

Er ging zu Dolch und schnitt ihm die Fesseln mit dem Schwert durch. Dolch sprang auf, griff nach seinem Kurzschwert, das vor Baladus' Lager auf dem Boden lag. Auf dem Langschwert lag noch der erschlagene Wächter. Mit einem Kampfschrei, als wollte er sich ins Schlachtgetümmel stürzen, riss Dolch die breite, kurze Klinge empor. *Die ganze Kraft des Willens in einen einzigen Moment konzentriert, um zu töten!*

Er sprang auf den Gelähmten zu, als hätte er einen gefährlichen, schwer bewaffneten Gegner vor sich. Ein Tritt beförderte Bruder Melvan zur Seite, während sich fast gleichzeitig die vom Blut des Wächters besudelte Klinge niedersenkte.

Es war ein Hieb von grausamer Präzision, die eines künftigen Assassinenmeisters würdig war. Sauber trennte er den Kopf des Krüppels von seinem wie zusammengeschrumpft wirkenden Körper.

Baladus' Augen verloren ihren Glanz. Und wenn das starre Gesicht des abgeschlagenen, blutigen Schädels überhaupt irgendetwas auszudrücken vermochte, dann war es Verwunderung.

Damit hast du nicht gerechnet, dachte Dolch, doch auch er selbst konnte kaum fassen, was geschehen war. *Wer hätte gedacht, dass es so leicht sein würde, deine Magie zu überwinden. Der Hofalchemist des Gottkaisers versteht sein Handwerk offenbar doch besser, als ich befürchtet habe.*

Aus den Augenwinkeln heraus nahm Dolch eine Bewegung war. Blitzschnell hob er die Klinge und wirbelte herum. Es war Bruder Melvan, der zitternd am anderen Ende des Zeltes kauerte, gut fünf Schritte von den beiden Dienern entfernt. »Wagt es nicht einmal, laut zu atmen, sonst seid ihr tot«, warnte Dolch. Dann begann er seine Waffen vom Boden aufzusammeln. Den toten Wächter rollte er mit dem Fuß zur Seite.

»Bist du wahnsinnig geworden, Dolch?«, schnauzte Kellorn. »Man wird uns dafür töten!«

»Nein, denn bevor das passieren kann, werden wir uns längst davongemacht haben«, bestimmte Dolch. »Ich nehme an, dass sich die Schlächterei dort draußen noch eine Weile hinziehen wird. Mögen sich so viele von ihnen wie möglich gegenseitig erschlagen, das erspart der Stadtwache die Arbeit.«

Dolch zog mit einem Ruck das Laken unter dem schmächtigen Körper des geköpften Krüppels hervor. Mit dem Schwert teilte er es. Dann wickelte er in die eine Hälfte Baladus' Kopf ein und verschnürte das Bündel gut. »Eine Gabe, die ich dem Gottkaiser zu Füßen legen werde«, sagte er.

Kellorn und Dolch machten sich auf den Weg. Überall wurde noch erbittert gekämpft. Die Lage war vollkommen unübersichtlich. Krieger aus Fengors Heer hatten bereits damit begonnen, die Zelte zu durchsuchen.

Dolch hielt das blutige Bündel mit dem abgetrennten Schädel in der Linken, während er in der Rechten sein Langschwert hielt.

Kellorn wehrte einen Angreifer ab, parierte dessen Schwerthieb und tötete ihn dann mit einem schnellen Stich.

»Du bist besser geworden, Barbar«, stellte Dolch fest.

»Und das, obwohl du dich bisher standhaft geweigert hast, mir deine Tricks zu zeigen«, beschwerte sich Kellorn.

»Es bot sich bisher einfach keine Gelegenheit dazu.«

»Ausreden!«

»Und davon abgesehen, brauchst du meine Tricks auch gar nicht. Du hast deine eigene Art zu töten.«

Sie setzten sich vom Lager ab. Überall trafen sie auf kämpfende Söldner, und nicht immer war gleich erkennbar, wer eigentlich zu wem gehörte. Einige der Angreifer hatten bereits damit begonnen, die Toten und Verletzten auszuplündern. Die Schlacht war entschieden. Galiron hatte sie verloren. Vielleicht war er auch gar nicht mehr am Leben. Jedenfalls waren seine Truppen mehr oder minder in Auflösung begriffen.

Über ihnen tanzten die grünlich schimmernden Irrlichter um den dunklen Himmelsbogen, der das Firmament teilte.

Kellorn und Dolch hetzten vorwärts, verbargen sich vor einer Gruppe boranischer Reiter im hohen Gras und eilten dann weiter. *Die Nacht könnte dunkler sein,* dachte Dolch. Aber in den Zeiten einer maximalen Annäherung waren die Nächte nun einmal so wie diese. Und für Dolch und Kellorn hatte das immerhin den Vorteil, dass sie leichter ihren Weg fanden.

»Ich hoffe, du hast dir gemerkt, wo wir hinmüssen«, knurrte Kellorn.

»Natürlich habe ich das«, gab Dolch unwirsch zurück. »Ich hätte als Junge niemals in den Straßen Arakands überleben können, wenn ich mich nicht gut und schnell hätte orientieren können.«

»Wenn du das sagst …«

»Mach dir keine Sorgen, ich werde dich wieder dorthin zurückbringen, woher wir gekommen sind.« Dolch hob das Bündel mit dem Schädel an, und ein Lächeln erschien auf seinem Gesicht, das im Schimmern der Irrlichter und im fahlen Schein des Mondes wie die Grimasse eines Dämons wirkte. *Ich habe es geschafft!,* durchfuhr es ihn. *Ich habe es wirklich geschafft und der perfiden Magie dieses kleinen Monstrums widerstanden!*

Stolz erfüllte ihn.

Der Stolz eines Mannes, der sein Handwerk trotz widrigster Umstände auf eine Weise ausgeübt hatte, die man in jedem Fall als fachgerecht bezeichnen konnte.

Kapitel 22

»Ich kann immer noch nicht fassen, was geschehen ist«, sagte Thrral. »Zu Meister Balok hatte ich absolutes Vertrauen. Ich hätte mir nie vorstellen können, dass er …« Der junge Novize der Assassinengarde verstummte, konnte das Entsetzliche nicht aussprechen.

Er saß Hauptmann Kaeraetys gegenüber. Der Kommandant der Leibwache des Gottkaisers hatte ihn eingehend zu allen Umständen des Attentats befragt.

»Ich kann deine Verwirrung verstehen«, sagt Kaeraetys. »Der Gottkaiser teilte dein Vertrauen zu Assassinenmeister Balok. Aber offenbar war dieser anderen Mächten stärker verpflichtet.« Dass er damit jene Verschwörer meinte, zu denen auch Kempons aus Amt und Leben entfernter Vorgänger gehört hatte, ließ Kaeraetys unerwähnt. Es ging ihm darum, Wissen zu erhalten, nicht darum, seines preiszugeben.

»Ich komme noch immer nicht über seine letzten Worte hinweg«, sagte Thrral.

»Welche letzten Worte?« Kaeraetys runzelte die Stirn. Hatte er in dem Tumult überhört, was der Assassinenmeister noch gesagt hatte? Er hatte jedenfalls nichts davon mitbekommen, dass der verräterische Meuchelmörder noch etwas verlautbart hatte, obwohl er doch unmittelbar Zeuge der Ereignisse gewesen war.

»Nur seine Lippen haben sich bewegt, aber wir Assassinen lernen daraus zu lesen«, erklärte Thrral. »Oh, verzeiht, ich habe meine Einschwörung und Weihe ja noch nicht empfangen, und es ist deshalb vermessen, von einem *Wir* zu sprechen.«

»Nein, angesichts der Verdienste, die du dir heute erworben hast, ist das keineswegs vermessen«, sagte Kaeraetys. »Zweifellos wäre unser Herrscher nicht mehr am Leben, hättest du nicht umgehend eingegriffen. Balok hätte gewiss ein zweites Mal zugestoßen, um sicherzugehen.«

Nein, dachte Thrral, *das hätte er nicht.* Ein Assassine stieß nicht zweimal zu, das wäre schlechte, unpräzise Arbeit gewesen.

»Was hat Balok zu dir gesagt?«, wollte Kaeraetys wissen.

»Gut gemacht, Novize«, sagte Thrral. »Das waren seine letzten, wenn auch lautlosen Worte. Doch sie ergeben für mich keinen Sinn.«

»Sie ergeben durchaus Sinn«, sagte Kaeraetys. »Die Feinde des Gottkaisers bestehen aus Fanatikern, die jederzeit ihr eigenes Ende in ihre Planungen miteinbeziehen.«

»Ihr meint, Balok wollte es so?«

»Er hat dich doch instruiert, was du zu tun hast.«

»Das trifft zu.«

»Und du hast dich genau daran gehalten.«

»Wie es meinem Auftrag entsprach.«

»Dadurch, dass du ihn getötet hast, können wir ihn nicht mehr befragen, und so ist es uns unmöglich, an die Hintermänner dieser abscheulichen Tat heranzukommen. Insofern ergeben seine letzten *Worte* durchaus Sinn, Thrral.«

Der Novize schluckte. *Es war alles geplant,* wurde ihm klar. *Wie habe ich nur Teil eines Mordplans werden können?*

»Wie geht es dem Gottkaiser?«, fragte Thrral schließlich.

»Die Ärzte bemühen sich um seine Heilung«, antwortete Kaeraetys.

Das war eine sehr freundliche Umschreibung der Wahrheit. Aber diese Wahrheit musste vorerst geheim bleiben. Der

Gottkaiser lag im Sterben. Die Klinge seines Assassinenmeisters hatte ihn so getroffen, dass er langsam innerlich verblutete. Ein paar Tage noch gaben ihm die Ärzte.

Kaeraetys wusste nichts Näheres über den Kodex der Assassinen und die Besonderheiten ihres Handwerks. So wusste er auch nicht, dass es die Absicht des Attentäters gewesen sein musste, den Gottkaiser nicht gleich zu töten. Ein schwacher Amtsinhaber, der noch einige Zeit dahinsiechte, war den Verrätern von Vorteil. Wenn der Gottkaiser nicht in der Lage war, auf den Mittelturm zu steigen, um das Ritual noch einmal zu sprechen, sondern das Zweite Licht irgendwann von allein wich, war das der Beweis, dass es der Macht des Herrschers nicht bedurfte, damit die Welt erhalten blieb.

Doch das waren die Gedanken von Ketzern, und Kaeraetys fiel es schwer, deren Ansichten überhaupt zu verstehen. Das Einzige, was für ihn zählte, waren der Gottkaiser und die Aufrechterhaltung der Ordnung. Aber wenn nicht ein Wunder geschah, würde Ersterer sterben und Letztere zerbrechen.

Armer Junge, dachte Kaeraetys mit Blick auf den Novizen Thrral. *Du hast dir den falschen Augenblick ausgesucht, um in den Dienst des Gottkaisers zu treten. Es ist nicht einmal sicher, dass man dir lohnen wird, was du für ihn getan hast.*

Dolch und Kellorn kehrten auf demselben Weg nach Arakand zurück, den sie zusammen mit dem Schleuser Ondros benutzt hatten, um hinter die Fronten der Belagerer zu gelangen. Kellorn staunte darüber, wie gut sich Dolch einen so komplizierten, verworrenen und vollkommen unübersichtlichen Weg merken konnte.

Sie fanden Ondros Boot, mit dem sie durch die Kanäle gefahren waren. Sie entzündeten die Fackeln, die im Boot bereitlagen, und hörten Stimmen, die durch das Zisternengewölbe hallten. In manchen der mit Wasser gefüllten Hallen befanden sich Dutzende oder sogar Hunderte von Booten, erleuchtet von Fackeln und zumeist völlig überladen. Immer mehr Arakandier schienen der Ansicht zu sein, dass sie nur noch die Katakomben und Kanäle davor schützen konnten, vom Feuer des Zweiten Lichts verbrannt zu werden. Fromme Gesänge geisterten wie ein Chor verzweifelter Seelen über das nachtschwarze Wasser und vereinigten sich zu einem sonoren Klangteppich aus unzähligen Stimmen. Dennoch waren noch einzelne Liedpassagen hier und da zu erahnen.

Kellorn schauderte bei diesem Klang. So ähnlich stellte er sich die unterirdische Hölle jener Verdammten vor, die vom Jenseitsgericht verurteilt worden waren. Überall flehten die Verzweifelten zum Namenlosen Gott nach Rettung und beteten für das Erstarken der Kräfte des Gottkaisers.

Mit ruhigem Schlag ihrer Paddel fuhren Dolch und Kellorn zwischen all diesen Verzweifelten hindurch. Sie wurden kaum beachtet.

Dolchs größte Sorge galt dem Bündel mit dem Schädel des Baladus. Um ihn zu holen, war er schließlich ausgezogen. Ein tiefes Gefühl der Zufriedenheit erfüllte den Assassinen. Er hatte bewiesen, dass er Herr seines Willens war und dass keine andere Macht ihn beherrschen konnte als die des Glaubens. All die Zweifel, die ihn in letzter Zeit geplagt hatten, waren wie fortgewischt. Seit jenem verhängnisvollen Tag, da er im Mönchshaus zwischen Dresois-Lager und dem Tempel des Heiligen Feuers vor Baladus' Lager gestanden hatte und nicht imstande gewesen war, ihn zu töten, wie man es ihm aufgetragen hatte, war Dolch nicht mehr so sehr mit sich, seinem Glauben, seinem Leben und seinem Handwerk im Reinen gewesen wie in diesem Moment.

Ein Zustand des fast vollkommenen Glücks.

Er sollte nicht lange anhalten.

»Ich werde jetzt versuchen, mich zu meiner Garnison durchzuschlagen«, erklärte Kellorn, als sie wieder in der Stadt waren. »Wird nicht ganz einfach werden. Es sind zu viele Menschen in den Straßen. Und um ehrlich zu sein, mein Orientierungsvermögen ist nicht mal halb so gut wie deins.«

»Du wirst es schon schaffen«, meinte Dolch. Mit der Rechten trug er das Bündel mit dem Kopf des Baladus. Er würde es niemand anderem übergeben als dem Gottkaiser persönlich, auch wenn mittlerweile ein beißender Geruch davon ausging, schließlich waren seit dem Aufbruch aus Galirons Lager mehrere Tage vergangen, und den ersten Teil des Weges war der abgetrennte Kopf des Krüppels immer wieder über lange Zeit der mörderischen Hitze des Zweiten Sonnenlichts ausgesetzt gewesen. Daher war auch ein Schwarm Fliegen Dolchs ständiger Begleiter.

Aber auch das konnte ihm die Freude nicht verderben.

»Werden wir uns wiedersehen, Dolch?«, fragte Kellorn noch, bevor er sich endgültig zum Gehen wandte und sich ihre Wege trennten.

»Wer weiß«, gab Dolch zur Antwort. »Es wäre gut möglich.«

»Vielleicht in der Taverne unter dem Himmelsbogen, die du ja offenbar hin und wieder besuchst.«

»Zum Beispiel.«

Kellorn zuckte mit den Schultern. »Voraussetzung wäre natürlich, dass die Welt nicht doch in ein paar Tagen verbrannt ist und es eine Zukunft gibt.«

»Du bist und bleibst ein Kleingläubiger, Kellorn. Ein Götzenanbeter, der niemals zum wahren Glauben finden wird.«

»Nein, ich bin nur jemand, der alle Möglichkeiten in Betracht zieht.«

»Wie auch immer.«

»Ich nehme an, dein Weg wird dich geradewegs in den Palast führen.«

»Das ist richtig. Und ich werde die Unterstützung und Hilfe, die ich von dir erfahren habe, gebührend herausstellen. Allerdings wirst du wohl damit leben müssen, dass du dich deiner Heldentaten nicht öffentlich wirst rühmen dürfen.«

Kellorn machte eine wegwerfende Handbewegung. »Du bist das gewohnt, nicht wahr?«

»Richtig.«

»Halb so schlimm.« Kellorn deutete zum Himmel, ohne den Blick zu heben, dafür blendete das Gleißen des Zweiten Lichts zu sehr. »Ich bin schon froh, wenn es überhaupt weitergeht. Alles andere erscheint mir nicht ganz so wesentlich.«

»Hab Vertrauen, Kellorn. Es wird weitergehen. Alles wird bleiben, wie es ist, und in Kürze wird es dir so ergehen wie Unzähligen anderen in den Straßen dieser Stadt. Sie alle werden sich über sich selbst wundern, wie sie am Gottkaiser zweifeln konnten, wie sie es durch ihre Kleinmütigkeit zulassen konnten, dass eine solche Hysterie ausbrach, die ganz Arakand in Gefahr brachte.«

»Ich will hoffen, dass du recht hast, Dolch. Ach, und noch eine Sache. Es wäre schön, wenn mir jemand die Streitaxt ersetzen würde, die ich während der Mission verloren habe. Ich fürchte, dass mir sonst sogar mein Bonus reduziert wird, den ich dafür bekomme, dass ich meine eigene Bewaffnung für den Dienst in der Stadtwache mitbringe.«

Schon auf dem Weg zum Palast hörte Dolch die Leute über ein Ereignis reden, das sich während einer Prozession auf dem Mittelplatz zugetragen hatte. Etwas, das oben auf dem Wagen des Gottkaisers geschehen sein sollte. Man munkelte von einem Attentat auf den Herrscher, bei dem er verletzt worden war. Angeblich konnte es schon allein deswegen gar keinen weiteren Versuch geben, das Zweite Licht fortzuschicken, weil der Zustand des Kaisers einfach zu schlecht war.

Andere behaupteten sogar, dass er gar nicht mehr am Leben sei.

Dolch wusste nicht so recht, was er davon zu halten hatte.

Es war Hauptmann Kaeraetys persönlich, der Dolch in die Gemächer des Kaisers im Osthaus des Palastes geleitete.

»Lass uns allein«, sagte die erschreckend schwach klingende Stimme des Herrschers, der ausgestreckt auf seinem Bett lag. Der Oberkörper war nackt und glänzte vor Schweiß, der Verband war blutdurchtränkt. *Ein Mann im Wundfieber*, dachte Dolch im ersten Augenblick. Und gleich darauf sollte er erfahren, wie nahe er damit der Wahrheit war.

»Seid Ihr sicher?«, fragte Hauptmann Kaeraetys den Herrscher.

»Ganz sicher.«

»Ich bin vor der Tür und stehe Euch zur Verfügung, falls Ihr mich braucht.« Kaeraetys musterte Dolch von oben bis unten und verließ dann den Raum.

»Ich bringe Euch den Kopf des Ketzerkrüppels, Herr«, sagte Dolch und verneigte sich. »So, wie ich es versprochen habe.« Er hob das Bündel an. »Soll ich ihn auspacken?«

»Nicht nötig, Assassine. Ich vertraue dir. Und davon abgesehen, meide ich im Moment den Anblick von totem Fleisch, da ich fürchte, in Kürze selbst nichts weiter zu sein.«

»Was sagt Ihr da?«, sagte Dolch entsetzt.

»Leg das Bündel einfach auf den Boden. Es wird mir eine Genugtuung sein zu wissen, dass mein Widersacher mich nicht überleben wird.«

»Ja, Herr.«

Dolch tat es und verneigte sich erneut.

»Es hat sich viel ereignet während deiner Abwesenheit«, sagte der Herrscher von Arakand. »Wie du siehst, bin ich schwer verwundet worden. Ich werde sterben, vielleicht etwas früher, vielleicht etwas später.«

»Aber …«

»So uneins Ärzte ansonsten in ihren Prognosen und Diagnosen sind, diesmal sind sie sich alle erschreckend einig. Alles neigt sich dem Ende, Dolch. Auch mein Sohn fiel den Verschwörern zum Opfer. Er wurde von ihnen vergiftet. Also kann die Dynastie nicht fortgesetzt werden. Und ich selbst werde auch nicht mehr in der Lage sein, den Mittelturm zu besteigen, um ein letztes Mal zu versuchen, das Zweite Licht fortzuschicken.« Der Gottkaiser atmete schwer. Blut rann ihm aus dem Mundwinkel. »Meine königliche Gemahlin Felabayi hat ein Schiff bestiegen, um in ihre Heimat zurückzukehren. Sie weiß genau, dass die Verschwörer sie nicht am Leben lassen, wenn ich die Augen schließe. Allerdings ist es ungewiss, ob dieses Schiff sein Ziel jemals erreichen wird.«

»Und das Zweite Licht?«, fragte Dolch. Seine Stimme klang tonlos. »Es muss fortgeschickt werden.«

»Es geschieht, was geschieht, Dolch. So sehr ich auch wünschte, dass es anders wäre, ich werde darauf … keinen … Einfluss mehr … haben …«

Der Gottkaiser sprach nur noch schleppend. Sein Blick glitt ins Nichts und wurde dann starr.

Dolch hatte in Ausübung seiner Pflichten als Angehöriger der Assassinengarde schon ungezählte Tote gesehen. Aber dass der Mann auf dem Lager nicht mehr lebte, wollte er zunächst nicht wahrhaben. Sein Verstand weigerte sich einfach anzuerkennen, was doch so offensichtlich war.

Er hat recht behalten, durchfuhr es ihn dann. *Baladus hat in allem recht behalten. Und am Ende wird es sogar noch so kommen, dass ich seinen Plan ausführen muss.*

»Der Tod des Gottkaisers muss unter allen Umständen geheim bleiben«, sagte Kaeraetys später zu Dolch. »Sobald bekannt wird, dass er nicht mehr lebt, wird die Ordnung zusammenbrechen. Es wird sich Hoffnungslosigkeit verbreiten, niemand wird noch glauben, dass es eine Rettung vor dem Zweiten Licht geben könnte, die Söldner der Stadtwache werden ihre Posten auf den Mauern verlassen …«

»… und der König von Boranien die Stadt erobern«, vollendete Dolch. »König Ylban ist nämlich mit seinem Heer vorgerückt. Zunächst hat er zusammen mit der Armee von Fürst Fengor den ehemaligen Verbündeten Galiron zur Strecke gebracht, aber jetzt werden sich beide gegen Arakand wenden.«

Kaeraetys nickte langsam. »Wenn es stimmt, was du sagst, ist das sehr wahrscheinlich. Und es gäbe wohl nur eins, was sie aufhalten könnte: ein Gottkaiser, der beweist, dass er die Gnade des Namenlosen Gottes hat. Einer, der beweist, dass er erwählt ist, das Zweite Licht zu bannen, und das vor aller Augen, sodass jeder es sehen kann.«

»Wie will man jemanden finden, der das auf sich nimmt?«, fragte Dolch.

»Er ist bereits gefunden.«

»Wer ist es?«

»Muss ich dir das wirklich sagen, Assassine?«

»Ich würde ihn mit meinem Leben verteidigen!«, sagte Dolch voller Inbrunst.

»Das hat auch der Assassine behauptet, der das feige Attentat auf den Gottkaiser verübte!«

Dolch riss die Augen auf. »Aber …«

»Du wusstest es nicht? Du hast keine Ahnung, dass es Meister Balok war, der den Gottkaiser so schwer verletzte?«

Dolch schluckte. *Alles, woran ich je geglaubt und woran ich mich gehalten habe, fällt in Trümmer,* ging es ihm durch den Kopf. *Wenn es schon keinen Gottkaiser mehr gibt, der uns retten könnte, muss dann auch noch ein Mann wie Balok ein Verräter sein?*

Nichts, was Dolch für wahr gehalten hatte, schien noch zu gelten. Wie konnte der Namenlose Gott zulassen, dass im entscheidenden Augenblick niemand zur Stelle war, der das Zweite Licht fortschickte? Und wie hatte Dolch nur Männern wie Balok vertrauen können, die doch offenbar Verschwörer und Verräter waren? Was mochte noch an Lug und Trug ans Tageslicht kommen?

Dolch hatte in diesem Augenblick das Gefühl, wieder jener Straßenjunge zu sein, der als Schatten durch die Gassen schlich und sich von dem ernährte, was er anderen wegnehmen konnte. Der Wechsler, der von allen gehasst wurde, weil sein Gesicht ihnen einen Spiegel ihres schlechten Gewissens vorhielt. Einer, der sich nicht darum scherte, was richtig oder falsch war oder was er glauben sollte und ob der Namenlose Gott ihm den rechten oder den linken Weg vorschrieb. Einer, der nur zu überleben versuchte und sich tiefschürfende Gedanken ersparte, weil sie ihn nur in Verwirrung stürzten.

Dolch fühlte sich wie gelähmt. *Wie kann es sein, dass alles zerbricht, was vorher so festgefügt schien?*, fragte er sich. Er spürte einen Kloß im Hals. Und in seinem Kopf glaubte er eine Stimme zu hören. Eine Stimme, die ihm sagte: *»Du gehörst mir, Dolch! Du bist mein Geschöpf!«*

Kaeraetys trat dicht an Dolch heran. »Also gut, Dolch. Ich werde dir verraten, was geschehen wird. Kempon bereitet sich auf die Aufgabe vor …«

»Kempon? Der Erste Priester?«

»Er wird das Zweite Licht zurückschicken.«

»Wann?«

»Wenn der richtige Zeitpunkt dafür gekommen ist.«

»Er ist … nur ein einfacher Bischof aus Etamia.«

»Den der Gottkaiser zum Ersten Priester gemacht hat!«

»Aber wie kann er wissen, dass der Namenlose Gott ihn erwählt hat?«

»Wie kann überhaupt jemand das wissen? Kempon glaubt, es zu spüren. Und du wirst ihn beschützen. Indem du den Kopf des Krüppels herbrachtest, hast du bewiesen, dass man auf deine Loyalität zählen kann. Darum vertraue ich dir mehr als jedem anderen, den ich ...« Kaeraetys verstummte plötzlich und wich Dolchs Blick aus.

Wessen Züge hast du jetzt gesehen?, ging es Dolch durch den Kopf. *Ich würde eine Menge dafür geben, das zu wissen.*

»Ich bin ein Assassine des Gottkaisers. Und ich diene der Ordnung des Glaubens und der Stadt Arakand«, sagte Dolch. »Ihr könnt auf mich zählen.«

»Ich habe nichts anderes erwartet, Dolch. Du kannst jetzt gehen. Aber halte dich zur Verfügung.«

»Wie Ihr wünscht – Herr.«

Dolch war bereits an der Tür angelangt, als er sich noch einmal umdrehte. Er konnte einfach nicht anders. Er musste diese Frage stellen. »Liest Kempon zurzeit in den Kalendarien, die den Gottkaiser inspirierten und ihm sagten, wann er das Zweite Licht zurückschicken muss?«

Die Frage verklang. Und Kaeraetys stand da, als wäre er zu Stein geworden. Nie zuvor hatte Dolch ein Schweigen wie dieses erlebt. Ein Schweigen, das so viel sagte. *Sie existieren also, die Kalendarien,* wusste er nun.

»Woher weißt du davon?«, fragte Kaeraetys.

»Der verstorbene Gottkaiser hat mir davon erzählt, dass ihm die Kalendarien geholfen haben zu tun, wozu der Namenlose Gott ihn ausersehen hat.«

»Dann scheint das Vertrauen des Gottkaisers zu dir wirklich sehr groß gewesen zu sein.«

»Er wusste, dass ich über alles zu schweigen weiß, was ich erfahre.«

»Eine gute Eigenschaft, Dolch. Erhalte sie dir. Dann erhält sie dir dein Leben.«

»Schön, dass du wieder da bist, Kellorn«, sagte Tubal, als sie in einer der nächsten Nächte gemeinsam an den Zinnen der äußeren Stadtmauer standen. Sie hatten Glück, für die Nacht eingeteilt zu sein, denn am Tag war es dort nahezu unerträglich. Tubal deutete hinauf in die von Irrlichtern und Mond erhellte Nacht. »Du willst mir nicht erzählen, was du dort draußen gemacht hast?«

»Ich muss darüber schweigen«, antwortete Kellorn. »Dass ich dir gegenüber zugebe, dort drüben auf der anderen Seite gewesen zu sein, ist schon mehr, als ich eigentlich sagen sollte. Aber ich finde, jeder hier muss wissen, dass wir bald eine große Angriffswelle erleben werden.«

»Die Boranier.« Tubal nickte.

Kellorn sah ihn kurz an, bevor sein Blick wieder in die Ferne schweifte, hin zu den Kämmen der ersten Hügelkette des arakandischen Vorlandes. »Es wundert mich, dass sie nicht schon da sind.«

»Mich wundert etwas ganz anderes«, bekannte Tubal.

»Und was?«

»Jeden Tag wird der Feuerball am Himmel größer und größer, aber unser Gottkaiser scheint es nicht für nötig zu erachten, das Zweite Licht fortzuschicken. Jedenfalls wagt er keinen dritten Versuch. Wir werden vielleicht bald alle verbrennen, und ich frage mich, was es da für eine Rolle spielt, ob diese Stadt vorher erobert wird oder nicht.«

»Ja, was du sagst, hat etwas für sich ...«

»So denken auch immer mehr Männer der Stadtwache«, fuhr Tubal in gedämpftem Tonfall fort. »Und mal ganz ehrlich, wir sind doch Narren, dass wir unsere letzten Tage oder gar Stunden hier auf dieser Mauer verbringen.«

»So habe ich dich noch nie reden hören, Tubal«, wunderte sich Kellorn.

Tubal zuckte mit den Schultern. »Wie gesagt, es denken immer mehr von uns so. Und vielleicht ist dir aufgefallen, dass wir heute Nacht mit viel weniger Männern hier oben auf der Mauer stehen.«

»Doch, aufgefallen ist mir das schon«, gab Kellorn zu.

»Die anderen kamen einfach nicht mehr zum Dienst. Und

es gibt zurzeit auch niemanden, der dazu bereit wäre, sie zu suchen. Die Ordnung zerfällt, Kellorn. Es zerfällt alles, und was dann noch übrig ist, wird das Zweite Licht zu Asche verbrennen.«

Kellorns Blick, den er in die Ferne gerichtet hatte, wirkt mit einem Mal angestrengt. »Sie kommen«, sagte er. »Ich glaube, es wird hier bald ungemütlich werden.«

Tubal verengte die Augen zu Schlitzen und sah ebenfalls zu den Hügeln. Dort bewegte sich tatsächlich etwas. Dann wanderten auf einmal Lichter über die Hügelkämme. Sie wirkten aus der Entfernung wie Glühwürmchen, aber in Wahrheit waren es Fackeln. Zuerst Dutzende, dann bald Hunderte und schließlich Abertausende. Auf breiter Front kamen die Angreifer näher.

Schon wurden in Arakand die ersten Signalhörner geblasen und Katapulte in Stellung gebracht.

Aber Kellorn hatte das Gefühl, dass dieser Angriff anders ausgehen würde als das letzte Mal. Denn die Streitmacht, die sich anschickte, die Tore von Arakand zu erstürmen, war gewaltig.

Die erste Angriffswelle brandete die Hügel herab auf die Mauer zu, eine Woge aus Menschen, Pferden und Kriegsgerät. Katapulte wurden bei diesem Angriff kaum eingesetzt. Die Boranier hatten auf dem Weg aus ihrer Heimat bis ins Vorland gar keine schweren Belagerungsmaschinen mitnehmen können. Deren Transport hätte viel zu viel Zeit in Anspruch genommen.

Wilde, entsetzliche Kampfschreie gellten den Verteidigern entgegen. Und dann hagelte es Armbrustbolzen und Pfeile auf die Mauern von Arakand, darunter Brandpfeile, getränkt in einer Substanz, die Boranisches Öl genannt wurde und das mit Wasser nicht zu löschen war. Wenn es verbrannte, entstand außerdem ein Gas, von dem bereits ein paar Atemzüge Bewusstlosigkeit, Erblindung oder Tod zur Folge haben konnten. Zu erkennen war es an den grünlichen, an die Irrlichter über dem Himmelsbogen erinnernden Flammen.

»Grünes Feuer!«, hörte man die ersten Rufe in der Nacht, als hier und dort die Flammen aus angrenzenden Dachstühlen schlugen.

Allein dieser Ruf war schon geeignet, Panik zu verbreiten. Jeder wusste, was er bedeutete. Seit hundert Jahren waren die Boranier im Besitz dieses Feuers und hatten sein Geheimnis wohlgehütet. Zum Einsatz gekommen war es nur ein einziges Mal, als eine überlegene arakandische Flotte versucht hatte, den Zugang zum boranischen Hafen nicht nur für Handels-, sondern auch für Kriegsschiffe zu erzwingen. Die Arakandier waren geschlagen worden, und die Erzählungen davon hatten sich auf dem ganzen Gürtel der Welt und darüber hinaus verbreitet. Auch Kellorn hatte diese Geschichten als Kind gehört. Die Geschichten davon, wie das Grüne Feuer auf den Schiffen der Arakandier getanzt hatte und die Seeleute reihenweise erblindet und röchelnd zu Boden gesunken waren. Wie sich viele durch einen Sprung ins Wasser zu retten versucht hatten, wo sie dann jämmerlich ertrunken waren, weil die meisten von ihnen nicht hatten schwimmen können. Und wie das Feuer dann seine Farbe in ein sattes Gelb verändert hatte und von selbst nach und nach erloschen war – so schnell, dass der Legende nach manche der Schiffe später noch verwendbar gewesen waren, hätte es in Boranien genug fähige Seeleute gegeben, um sie zu segeln.

Jedenfalls hatte es seitdem niemand mehr gewagt, irgendeinen Ort an der Küste Boraniens anzugreifen, auch wenn dieses Öl so kostbar und so aufwendig in seiner Herstellung war, dass es sicher völlig unmöglich war, auch nur jeden größeren Ort in Boranien mit Grünem Feuer zu verteidigen. Zudem mussten die Bogenschützen sicherlich sehr geschickt sein, um nicht selbst das giftige Gas einzuatmen.

Die ersten Salven von Katapultgeschossen gingen auf die

Angreifer nieder. Die Sicht war schlecht und die Wirkung des Beschusses daher kaum abzuschätzen. Zudem rückten die Angreifer ohne fahrbare Palisaden, eigene Katapulte und andere Belagerungsmaschinen an, gegen die die balkenlangen Bolzen der großen Springalds ein geeignetes Mittel gewesen wären.

Als das erste Katapult aufseiten der Arakandier von grünen Flammen erfasst wurde, brach endgültig Panik aus. Söldner sanken benommen nieder. Andere verließen fluchtartig ihre Posten. Ganze Bedienungsmannschaften ließen ihre Katapulte im Stich.

Kellorn hatte Pfeil um Pfeil auf die Angreifer abgeschossen. Tubal legte ihm eine Hand auf die Schulter. »Lass uns verschwinden!«, rief er und versuchte, den Tumult zu übertönen. »Solange wir noch atmen können!«

Kapitel 23

Kempon nippte an seinem Wein. Er saß in einem der luxuriös eingerichteten Räume des Südhauses. In diesem Bereich des Palastes von Arakand pflegte traditionell der Erste Priester zu residieren. Und mit ihm ein ganzer Stab aus hohen Klerikern, Beratern, Schreibern, Wachen und Boten. Oft genug war schon die ganze Familie des jeweiligen Amtsträgers dort einquartiert gewesen und häufig auch weitläufigere Verwandtschaft und Mätressen.

Kempon war ohne solchen Anhang in den Gottkaiserpalast von Arakand gezogen. Seit er das Amt angetreten hatte, überlegte er, ob das wirklich eine gute Entscheidung gewesen war. Allerdings hatte er wohl kaum die Wahl gehabt. Ein Angebot des Gottkaisers lehnte man nicht ab. Jedenfalls nicht, wenn man Bischof in Etamia war, der ohne die Unterstützung des Gottkaisers niemals in sein Amt gelangt wäre.

Kempon legte den Schenkel des knusprig gebratenen tarastanischen Laufhuhns zurück auf den Teller und wischte sich die Finger an seinem Gewand ab. Der Appetit war ihm vergangen. Zu schwer lasteten die jüngsten Ereignisse auf seiner Seele.

»Erschreckt Euch nicht, Erster Priester«, wisperte plötzlich eine Stimme hinter ihm. Kempon zuckte zusammen, wandte den Kopf.

Ein Mann in dunkler, fließender Kleidung stand vor ihm, dessen Gesicht im Schatten seiner tief herabgezogenen

Kapuze verborgen war. Er trug eine Einhandarmbrust am Bein, ein Schwert auf dem Rücken und ein kürzeres am Gürtel, dazu eine Reihe von Messern und Wurfringen.

»Wie kommst …«

»Mein Name ist Dolch. Auch wenn es Euch vielleicht schwerfallen mag, Euch an mein Gesicht zu erinnern … Ich bin der Assassine, der dem Gottkaiser während der Zeremonie zu Eurer Amtseinsetzung das Leben rettete.«

»Wo kommst du so plötzlich her?«

»Ich bin geübt darin, mich an Wachen vorbeizuschleichen, Ehrwürdiger Erster Priester.«

»Ein Assassine!«

»Keine Sorge. Ihr seid nicht mein Auftrag …«

»Das beruhigt mich in der Tat.«

»… so wie es bei Eurem Amtsvorgänger der Fall war.«

Kempon schluckte. Trotz des warmen Lichts der Fackeln, das in diesen Räumlichkeiten herrschte, wirkte er auf einmal fahl und bleich. »Was willst du von mir?«

»Ich brauche Eure Hilfe, Ehrwürdiger Erster Priester. Und wenn Ihr das, was Ihr seid, bleiben wollt, dann werde ich diese Hilfe auch bekommen.«

»Und falls nicht?«

»Dann töte ich Euch. Und das werde ich auch, wenn Ihr nach den Wachen ruft oder irgendetwas anderes tut, was unsere Zusammenkunft stört.«

Der Erste Priester schob den Teller ein Stück von sich. »So wie die Dinge liegen, habe ich wohl keine Wahl, als mir dein Anliegen zumindest anzuhören.«

»So ist es.«

»Dann sag, was du willst. Denn jeder, der zum Himmel schaut, ahnt ja wohl, dass Zeit etwas ist, was keiner von uns im Augenblick verschwenden sollte.«

»Hat man Euch schon darüber unterrichtet, dass die äußere Stadtmauer gefallen ist? Dass sich die Söldner der Stadtwache hinter die zweite Mauer zurückgezogen haben, die allerdings nicht lange standgehalten wird, weil der Feind Grünes Feuer einsetzt und viele Söldner ihre Posten verlassen?«

Kempon schluckte. »Nein, das hat man mir nicht gesagt.«

»Dann wird man es noch tun.«

»Wann soll das geschehen sein?«

»Man spricht überall in der Stadt davon. Die Nachricht verbreitet sich wie ein Lauffeuer, und in Kürze wird die allgemeine Ordnung vollkommen zusammenbrechen.«

Der Erste Priester wirkte sehr angespannt.

»Ich weiß, woran Ihr gerade denkt«, sagte der Assassine. »Wenn jetzt jemand auf dem Mittelturm stünde und die Kraft hätte, das Zweite Licht fortzuschicken, könnte die Ordnung wiederhergestellt und die Stadt gehalten werden. Denn dann würden die Angreifer wieder davor zurückschrecken, die Stadt desjenigen zu erobern, der die Welt bewahrt. Aber wer könnte das sein, jetzt, da der Gottkaiser tot ist? Übrigens verbreiten sich auch darüber bereits Gerüchte, trotz all der Bemühungen, seinen Tod geheim zu halten.«

»Ich habe immer noch nicht verstanden, was du eigentlich von mir willst, Assassine.«

»Ihr versteht mich viel besser, als Ihr zugeben wollt, Ehrwürdiger Erster Priester. Oder sollte ich mich so in Euch getäuscht und Euch dermaßen überschätzt haben? Das glaube ich nicht.«

»Jetzt hör mir mal …«

»Nein, Ihr hört mir zu. Und dann werdet Ihr eine Wahl treffen müssen«, fiel ihm Dolch ins Wort. »Mir kam zu Ohren, dass Ihr Euch darauf vorbereitet, das Fortweisungsritual durchzuführen.«

»Wer sagt das?«

»Ihr sollt Euch von Gott berufen fühlen. Aber in Wahrheit wisst Ihr, dass Ihr nicht berufen seid. Vielleicht wisst ihr, wie man die Kalendarien des Gottkaisers lesen muss …«

»Die Kalendarien? Was weißt du darüber?«

Dolch setzte sich an den Tisch und dem Ersten Priester gegenüber. Er hielt den Kopf gesenkt, achtete darauf, dass sein Gesicht möglichst im Schatten lag. Schließlich wollte er den Ersten Priester nicht noch mehr verwirren.

»Ich weiß nichts über die Kalendarien, außer dass sie existieren, dass sie ungezählten Gottkaisern verraten haben, wann man das Zweite Licht fortzuschicken hat – und dass sie diesmal nicht stimmen.«

»Was redest du da, Assassine?«

»Ihr könnt nicht wirklich verwundert darüber sein. Der verstorbene Gottkaiser hat es geahnt. Sonst hätte er einen dritten Versuch gewagt. Und auch Ihr seid Euch unsicher. Und das zu Recht. Die Kalendarien stimmen in den meisten Fällen. Aber eben nicht immer. Manchmal scheint das Zweite Licht einem eigenen Willen zu folgen, oder der Namenlose Gott scheint auch den Glauben eines Gottkaisers auf die Probe zu stellen. Der Grund spielt keine Rolle. Es ist, wie es ist, und Ihr wisst, dass ich die Wahrheit spreche.«

Der Erste Priester schwieg. Er saß in sich zusammengesunken in seinem reich verzierten Stuhl, ein Häufchen Elend und Verzweiflung. Ein Mann, dem eine Aufgabe zugemutet wurde, von der er wusste, dass er sie nicht bewältigen konnte. *Er erkennt gerade, wie sehr er sich selbst überschätzt hat,* dachte Dolch. *Nein, erkannt hat er es schon früher, aber nun endlich gesteht er es sich auch ein. Ein gutes Zeichen. Ich werde mit seiner Hilfe rechnen können.*

»Was ist das für eine Wahl, vor die du mich stellen willst, Dolch?«

»Helft mir. Denn ich vermag das Zweite Licht zu bannen. Zu einem bestimmten Zeitpunkt werde ich die Kraft dazu haben – und es wäre gut, wenn ein Erster Priester dann an meiner Seite stünde. Ihr könnt nichts dabei verlieren, denn wenn ich scheitere, dann wird man mich dafür zerreißen und nicht Euch. Aber wenn ich es schaffe, dann bleibt Ihr, was Ihr seid: Erster Priester.«

»Was wäre die Alternative, vor die du mich stellen willst?«

»Ich bin Assassine – welche Alternative könnte ich Euch schon anbieten?«

Kempon lächelte matt. Er schien beinahe erleichtert zu sein. Erleichtert darüber, dass ein anderer bereit war, die Last auf seine Schultern zu stemmen. »Etwas in der Art dachte ich mir schon.«

»Die Alternative wäre für Euch ohnehin der Tod, Ehrwürdiger Erster Priester. Denn dass die Eroberer der Stadt Euch, den Günstling des gestürzten Gottkaisers, am Leben lassen, halte ich für ausgeschlossen. Und innerhalb des Palastklerus fehlt es Euch an zuverlässigen Verbündeten.«

Kempon nickte. »Wir könnten eine Zeremonie noch bis zum Morgengrauen organisieren und müssen hoffen, dass die Eroberer bis dahin nicht auch die zweite Mauer überwunden haben.«

»Nein, das Morgengrauen ist nicht der richtige Zeitpunkt«, widersprach Dolch.

»Nicht?«

»Wir werden noch etwas länger warten müssen, auch wenn das für uns das Risiko zunächst erhöht. Ich werde Euch Bescheid geben.«

Zwei Tage vergingen, in denen der Bereich zwischen äußerer und zweiter Stadtmauer von Fürst Fengors Barbaren und den Boraniern geplündert wurde.

Mit Wurfseilen und Haken hatten sie die äußere Mauer überwunden und waren auf den Wehrgängen kaum noch auf Widerstand gestoßen. Der Schrecken des Grünen Feuers hatte die Verteidiger vertrieben. Nun, da dieses Feuer längst erloschen war, fielen die äußeren Viertel Arakands nach und nach an die Eroberer.

Die Bevölkerung drängte sich in den Bereichen jenseits der zweiten Mauer. Aber auch die würde nicht zu halten sein, denn es gab kaum noch Wachen, die auf ihren Posten waren. Katapulte gab es an allen weiteren Mauerwällen der Stadt ohnehin kaum. Schließlich war es seit unvorstellbar langer Zeit keinem Eroberer mehr gelungen, so weit in die Stadt vorzudringen.

In der Hitze des Tages herrschte weitgehend Waffenruhe. Alle suchten nur Schatten. Das Zweite Licht hätte sonst mehr Tote gefordert als das Schwert. Aber sobald es Nacht wurde, brachen die Kämpfe wieder aus.

Die Panik hatte sich bis zur Ostseite der Stadt ausgebreitet, wo sich bereits zahllose Menschen an den Anlegestellen der Schiffe drängten, damit man sie hinüber zum Kettenende oder nach Etamia brachte, wo man Tod und Chaos vielleicht noch für eine Eile entgehen konnte.

Zwei Tage und zwei Nächte waren vergangen und die Stadt am Rand des Zusammenbruchs. Doch das Zeichen der Hoffnung musste noch warten. Dolch war gewillt, die Anweisungen des Ketzerkrüppels so genau zu befolgen, wie dies nur möglich war. Immerhin hatte Baladus in allem recht behalten.

Über einen langen unterirdischen Gang, der geradewegs vom Palast aus zum Mittelturm führte, gingen Dolch und Kempon dem Ort entgegen, an dem sich alles entscheiden würde. *»Du bist mein Geschöpf«*, echote Baladus Stimme in Dolchs Gedanken nach. Immer wieder hörte er dessen Worte. Und auch wenn es Dolch zutiefst widerstrebte, dass tatsächlich alles so geschehen sollte, wie Baladus es geplant hatte, so wusste er doch, dass dies die letzte Hoffnung war.

Er hatte seinen Glauben verloren. Es sollte wenigstens die Ordnung bestehen bleiben, die dieser Glaube über Jahrtausende garantiert hatte. Denn die Ordnung, so dachte Dolch, war vielleicht sogar der wichtigere Teil des Ganzen.

Kein großes Gefolge begleitete Kempon und Dolch, wie es üblich gewesen wäre, wenn sich der Gottkaiser zur Zeremonie begab. Die Fackel, die ihnen den Weg durch das lange Gewölbe leuchtete, trug Kaeraetys.

Der Aufstieg auf den Mittelturm war anstrengend, die Luft wurde heißer und stickiger, je höher sie kamen.

Und dann traten sie in die gleißende Helligkeit des so furchtbar nahe gekommenen Zweiten Lichts, das längst kein *Licht* mehr war, sondern ein verheerendes Feuer. Es schien den gesamten Himmel in Brand gesteckt zu haben. Selbst wenn man die Augen schloss, sah man ein Meer aus Rot und Gelb.

Als Straßenjunge hatte Dolch einmal einen Hausbrand erlebt, der auf benachbarte Gebäude übergegriffen hatte. Er erinnerte sich noch an die mörderische Hitze in der Nähe der brennenden Gebäude. Aber dies hier war viel schlimmer.

»Du kannst einfach sprechen«, sagte Kempon. »Dieser Platz ist so angelegt, dass er deine Stimme verstärkt, sodass jeder dich hören wird, der Ohren hat. Auch wenn der Platz im Augenblick wie leer gefegt ist, weil niemand sich im Himmelsfeuer bei lebendigem Leib braten lassen will, er wird sich in Kürze füllen, sei dessen gewiss.«

Dolch schauderte vor der Aufgabe, die vor ihm lag. Aber er wusste, dass nichts von dem, was nun geschah, von ihm abhing. Die Fäden hielt noch immer ein ganz anderer in der Hand. Einer, dessen Kopf er dem Gottkaiser gebracht hatte. *Ich hoffe nur, dass du dich nicht verrechnet hast, Baladus,* dachte er.

Der Assassine trat an die Zinnen des Turms, breitete die Arme aus und begann die Worte zu sprechen, die Baladus ihm so oft vorgesprochen hatte, dass es unmöglich gewesen war, sie sich nicht zu merken. Seine Stimme klang dabei überraschend laut. So laut, dass es ihn im ersten Moment erschrak. Ja, genau so hatten seit Jahrtausenden die Gottkaiser geklungen, wenn sie gegenüber dem Zweiten Licht und dem Volk der Gläubigen gleichermaßen ihre Autorität eingefordert hatten. Dass keine Hörner und keine Chöre erklangen, war zweitrangig.

Kempon stellte sich neben ihn, deutlich sichtbar. Die Menschen kamen aus den Gebäuden und sammelten sich sehr viel schneller auf dem Platz vor dem Turm, als Dolch es vermutet hätte. So lange hatten sie vergeblich darauf gewartet, dass ein Gottkaiser das tat, wofür er verehrt wurde. Die Prozession war nur ein schwacher Trost gewesen. Ein Versprechen auf Errettung, das bisher nicht eingehalten worden war und von dem immer mehr Bewohner Arakands bezweifelten, dass es jemals eingelöst werden würde.

Dolchs Lippen bewegte sich wie von selbst. Er erhob die Stimme, sodass sie gewaltiger klang. Gewaltiger, als je ein Gottkaiser zu seinen Lebzeiten zu den Gläubigen gesprochen hatte. Die Worte, die er sagte, waren gleichgültig. Weder die Gläubigen noch das Zweite Licht konnten sie verstehen. Und darauf kam es auch nicht an, wie Dolch inzwischen wusste. Die Magie lag nicht in den Worten, auch nicht in der Person dessen, der sie sprach. Die Magie lag einzig und allein im richtigen Zeitpunkt, in dem sie gesprochen wurden.

»*Es wird alles so geschehen, wie ich es vorhergesagt habe*«, hörte er Baladus' Stimme.

Dolch hatte kaum noch genügend Kraft, um die Arme emporzuhalten. Das Himmelsfeuer brannte ihm so stark ins Gesicht, dass er glaubte, sein Hirn müsste bald kochen. Wie in einem Singsang und mit allmählich heiser werdender Stimme rief er die Worte in alt-arakandischer Sprache, die für ihn nicht die geringste Bedeutung hatten. Und gleichzeitig sprach Baladus' Stimme zu ihm. So vieles von dem, was der Krüppel ihm in den Tagen und Nächten in Galirons Lager gesagt hatte, hallte in ihm wider. Worte, die er zunächst nicht einmal hatte hören, geschweige denn sich hatte merken wollen. Baladus hatte ihm lange erklärt, welche Himmelszeichen zu sehen sein würden, wenn er den Zeitpunkt genau einhielt. Dass sich der Mond vor die Zweite Sonne schieben und sie über Stunden verfinstern und man plötzlich einen kalten Hauch spüren würde. Es sei eine glückliche Fügung, dass dieses Zeichen zu sehen sei, denn es würde helfen, den Glauben der Masse auf dem Mittelplatz erneut zu entfachen. Danach würde das Zweite Licht schrumpfen und sich fortbewegen, aber es könnten Tage vergehen, bis schließlich kein Zweifel mehr möglich wäre.

Für Dolch war all das nur ketzerisches Gerede gewesen. Doch jetzt? Jetzt waren sie seine einzige Hoffnung. Darin lag mehr Ironie, als einem gläubigen Menschen erträglich schien.

Und dann geschah genau das, was Baladus vorausberechnet hatte. Ein runder Schatten schob sich vor das Zweite Licht. Dieser Schatten konnte nur einen Teil des gewaltigen Feuers am Himmel verdecken. Und doch trat sofort eine Wirkung ein. Die gleißende Helligkeit reduzierte sich auf ein erträgliches Maß. Ein breiter Flammenbogen umflorte das Zweite Licht, das immerhin so weit abgedunkelt war, dass es seinen Sonnenzwilling und den Himmelsbogen nicht länger gänzlich überstrahlte.

Ein Raunen drang aus den Straßen zu Dolch empor. Überall begannen die Menschen zu beten. Selbst die Soldaten von Fürst Fengor und König Ylban von Boranien knieten nieder, während Dolch neue Kraft spürte. Kraft, den Singsang fortzusetzen und das Ritual zu Ende zu bringen.

»Fürwahr – Arakand hat einen neuen Gottkaiser«, murmelte Kaeraetys.

Epilog

Jahre später …

Der Gottkaiser von Arakand, dessen Name einst Dolch gelautet hatte, saß auf einem erhabenen Thron. Zu seiner Rechten stand der Erste Priester, zur seiner Linken Assassinenmeister Thrral.

Während ein Chor von Priestern und Mönchen das Tempelgewölbe mit Gesängen erfüllte, stiegen Erinnerungen im Gottkaiser auf. So viel war seit jenem Tag geschehen, da er in der Mittagshitze das Zweite Licht zuerst verdunkelt und dann fortgeschickt hatte, woraufhin niemand mehr angezweifelt hatte, dass er vom Namenlosen Gott auserwählt war. An jenem Tag hatte sich erwiesen, dass der Glaube mächtiger war als das größte Heer. Der König von Boranien hatte sich ebenso dem Gottkaiser gebeugt wie Fürst Fengor. Nicht einmal ein Lösegeld hatten sie erhalten, als ihre Truppen abzogen. Angesichts der Macht, die der Namenlose Gott seinem erwählten Herrscher verliehen hatte, waren sie froh gewesen, nicht verflucht und aus der Gemeinschaft der Gläubigen ausgeschlossen zu werden. Mit der Schuld, einen Angriff auf den Erhalter der Welt gewagt zu haben, mussten sie leben. Auch mit der Ungewissheit, wie diese Schuld beim Jenseitsgericht gewichtet werden würde.

Dass der Gottkaiser selbst inzwischen seinen Glauben

vollkommen verloren hatte, empfand dieser als eine grausame Ironie.

Baladus hatte in allem recht behalten. *Das Einzige, was er nicht vorherberechnen konnte, war, dass ich ihn doch noch erschlug*, dachte der Herrscher.

Ein Fehler, wie er inzwischen wusste.

Ein Fehler, der den Keim des Untergangs in das Fundament seiner Herrschaft gesät hatte. Der ehemalige Straßenjunge hatte zwar gelernt, die Kalendarien zu lesen, doch die außergewöhnlichen Annäherungen des Zweiten Lichts waren darin nicht verzeichnet, genau wie Baladus es gesagt hatte. Um sie zu erkennen, brauchte man offenbar jene schwarzmathematischen Fähigkeiten, die nur dem Ketzerkrüppel zu eigen gewesen waren.

Ich sitze auf einem Thron, der tönerne Füße hat, auch wenn die ganze Welt mich für den mächtigsten Mann unter den zwei Sonnen hält!

Irgendwann würde es erneut eine außergewöhnliche Annäherung geben. Vielleicht in einem Jahr, vielleicht in zehn Jahren. Wenn er großes Glück hatte, geschah es nicht mehr zu seinen Lebzeiten.

Aber wenn diese Zeit kam, während er noch atmete, würde er zwangsläufig ebenso versagen wie sein Vorgänger. Und es war sehr wahrscheinlich, dass die Ordnung, für deren Erhalt er alles gegeben hatte, dann für immer in sich zusammenbrach.

Er wusste, dass es nichts gab, was er dagegen tun konnte. Und auch kein anderer würde den Untergang verhindern können. Weder die unter dem Befehl von Hauptmann Kellorn stehenden Söldner der Stadtwache, noch die Assassinengarde, noch irgendein namenloser Gott, dessen Existenz ihm inzwischen höchst zweifelhaft schien.

Den Einzigen, der etwas hätte ausrichten können, hatte er eigenhändig getötet.

»*Du bist mein Werkzeug!*«, klangen Baladus' Worte zum ungezählten Mal in ihm wider.

Der Chorgesang verklang.

Die Zeremonie im Tempel erforderte die Aufmerksamkeit des Gottkaisers.

Der Mann, der sich einst Dolch nannte, hatte eingeführt, dass der Gottkaiser bei der Weihe und Einschwörung neuer Assassinenbrüder anwesend war. Sie töteten schließlich für ihn und in seinem Auftrag. Dass das Gewissen des Gottkaisers rein bleiben sollte, indem er möglichst wenig mit den Assassinenbrüdern zu schaffen hatte, erschien ihm gerade in seinem Fall unsinnig. Und zudem war er der Überzeugung, dass eine solche Haltung nur Verschwörungen begünstigte.

Fünfhundert Kehlen begannen nun wie aus einem Mund zu sprechen. Ein dumpfer, murmelnder Chor tiefer Stimmen. Worte, die mit feierlichem Ernst gesprochen wurden.

»Wir sind erwählte Mörder des Gottkaisers von Arakand; die geheimen Werkzeuge dessen, dem Gott die Macht gab, das Zweite Licht zu bannen. Wir töten schnell und leise, unerkannt und unsichtbar – und erhalten damit den, der die Welt erhält.«